返城年代

梁晓声 著

上册

贵州出版集团
贵州人民出版社

图书在版编目（CIP）数据

返城年代：全2册 / 梁晓声著． -- 贵阳：贵州人民出版社，2022.8（2024.1重印）
ISBN 978-7-221-17033-0

Ⅰ．①返… Ⅱ．①梁… Ⅲ．①长篇小说－中国－当代 Ⅳ．① I247.5

中国版本图书馆CIP数据核字（2021）第281321号

返城年代：全2册
FANCHENG NIANDAI：QUAN 2 CE

梁晓声 / 著

出 版 人	朱文迅
责任编辑	钱海峰
出版发行	贵州出版集团　贵州人民出版社
地　　址	贵阳市观山湖区会展东路SOHO办公区A座
邮　　编	550081
印　　刷	小森印刷霸州有限公司
开　　本	787mm×1092mm　1/16
印　　张	44
字　　数	743千字
版次印次	2022年8月第1版　2024年1月第2次印刷
书　　号	ISBN 978-7-221-17033-0
定　　价	88.00元（全2册）

如发现图书印装质量问题，请与印刷厂联系调换；版权所有，翻版必究；未经许可，不得转载。

自序　我和我的那些"知青小说"

"知青小说"四字乃姑妄言之；从概念上说是模糊的——知青写的小说？写知青的小说？抑或曾是知情者写的知青小说？

莫衷一是。

何况，"知青"这一概念也多种多样。它曾是知青的当年青年仅有经历的共同点、类似点；在人品、家教、学业程度、文化影响以及心灵的善恶方面千差万别，不能同日而语。

古今中外没有什么统一的称谓能像相同的帽子一样——任何人戴在头上便都是同一种人了。

我曾是黑龙江生产建设兵团的一名知青。我笔下的所谓"北大荒知青小说"，大抵写的是黑龙江生产建设兵团的知青，当年又叫"兵团战士"。

军队编制、半军营化的集体生活方式以及管理方式、老战士们（他们曾是真正的兵，有的兵团干部还是经历过枪林弹雨考验的人）对知青们的军人作风的影响——诸种因素使黑龙江生产建设兵团的知青在当年与插队知青、农场知青总体"气质"上大为不同。

"气质"一词也是姑妄言之。

所以——当然的，我的"知青小说"中的知青们，也与别人笔下的"知青小说"之"气质"不同；这是由笔下知青人物们的不同所决定的。

如果我不曾是黑龙江生产建设兵团的一名知青，断不会写那么多"知青小说"。

起初我写"知青小说"，当然很受所谓"知青情结"的促使。

怎么会不那样呢？

但后来就不是了。

应该说，从《雪城》开始就不是了——那时我已十分明了，我笔下塑造的只不过是一批曾是知青、返城后人生几乎要从零开始的青年人。知青返城了，知青经历不论对他们的人生影响有多么深——他们，不，我们也不再是知青了。这是常识。

是的，自《雪城》后，我只不过在将笔下的知青人物视为具体的"人"来塑造，这后来一直是我对自己的要求。

某作家笔下的一个或一些工人，不代表"中国工人"；

某作家笔下的一个或一些农民，不代表"中国农民"；

同样，任何文学作品中的兵、学生、商人、干部，都不可能对"全体"具有公认之代表性。

反过来看就对了，就符合文学词典的本意了，即——作家们只不过在写是工人；是农民；是兵、学生、商人和干部的——"人"。

身份不是文学作品中"人"的主要特征；

文学作品中"人"的主要特征乃是由人性怎样、人品怎样、人对自己有无做人准则来决定的。

我笔下的许多知青人物寄托了我对人性、人品、人格的理想——若言理想主义，这才是我身为作家的理想主义，与其他什么"理想主义"风马牛不相及的。

在极特殊的年代，在人性很容易被扭曲的情况下，是青年的一些人，能在多大程度上守住做人底线，并在做人的底线上尽量提升自己的精神坐标和心灵标杆的层级——这才是我后来一再写"知青小说"的原因。

我将我的作品中表现没表现此点，一直当成我写得有价值或没价值的标准之一种。

绝不是唯一标准。但在我，也绝不是可有可无的标准。

这是理解我"知青小说"的一把钥匙。

现在我将它交给读者，相信许多读者读后会有如下感受——我爱书中的许多人物；原来做一个心灵中多一些真善美、少一些假丑恶的人是如此值得的事。

我相信许多人读过后，会乐于将我的书推荐给自己的儿女。

有谁不希望自己的儿女将来是受人尊敬的好人呢？

让做人的坏法似乎反而令人着迷的可恶现象见鬼去吧！

中国需要补上好人文化这一课。

2015 年 10 月 2 日　北京

目 录

第 一 章 /001
第 二 章 /022
第 三 章 /044
第 四 章 /068
第 五 章 /095
第 六 章 /114
第 七 章 /140
第 八 章 /159
第 九 章 /177
第 十 章 /216
第十一章 /253
第十二章 /278
第十三章 /300
第十四章 /322
第十五章 /345

第十六章	/373
第十七章	/391
第十八章	/411
第十九章	/430
第二十章	/468
第二十一章	/489
第二十二章	/506
第二十三章	/524
第二十四章	/544
第二十五章	/580
第二十六章	/599
第二十七章	/617
第二十八章	/635
第二十九章	/663

所谓年代是由冬季串联起来的。

"今年年头，去年年尾，年年年头接年尾。"

世事乖张也罢，浮华也罢，荒唐疯狂也罢，都不可持续。

寒来暑往，唯有冬季，一脚去年，一脚今年，劈叉而至。万亿年来，亘古如兹。闰余成岁，律吕调阳，永未改变。

而在北方，年代是由冰雪串联起来的。

第 一 章

一九七九年年底，哈尔滨一个大雪纷飞的夜晚，防洪纪念碑在雪中巍然耸立，冰封的松花江如铺白毡。

一条条街道两旁的街树缀满新雪，巨大得像银珊瑚一般。此时已是后半夜，每一条街道都寂静悄悄，无人，无车。

一家服装店的橱窗内贴着红纸黑字的告示：为了迎接崭新的一九八〇年，不惜血本大甩卖！新时代万岁！

三孔桥一带的路有段陡坡，两个人影肩并着肩，小心翼翼地从陡坡上走下来，是林超然与妻子何凝之。何凝之棉袄外穿着兵团大衣，腹部微隆，看上去是怀孕了。尽管怀孕了，却还是拎着一塑料桶豆油，背着两张卷成一卷的狍皮；林超然则肩扛满满一袋面粉，左手拎旅行包，看上去也不轻。

两人都累了，走得呼哧带喘的。

何凝之："没想到，都快一九八〇年了，还满列车的知青，还晚点七八个小时。"

林超然:"兵团、农场、农村,哈尔滨的,北京、上海、天津的,还有好几万知青在陆续返城嘛……你可千万小心点儿啊,我摔一跤没事儿,你摔一跤问题大了……"

林超然话音刚落,不料自己滑倒,旅行包、面口袋掉在地上,人也滑出去挺远。

何凝之:"超然!"

林超然滑到了一根电线杆那儿,喊:"别管我!慢点儿下坡,雪下有冰!"

他扶着电线杆欲站起来,但脚腕疼得他直咧嘴,又一屁股坐下。

何凝之走到了他跟前,问:"没事儿吧?"

林超然皱眉道:"脚脖子扭了。"

何凝之:"先别动。"

她放下装豆油的塑料桶,转身去将旅行包和面口袋拖了过来。面口袋摔裂一道口子,撒出不少面粉。她掏出手绢,从里边垫住裂缝,并将地上的面粉往口袋里捧……

林超然喊:"算了,损失点损失点儿吧!"

何凝之也大声地喊:"不捧起来损失不少呢,这可是精粉!"

她将面粉口袋拖近林超然,大口大口喘气,又说:"唉,女人一怀孕,行动起来就像七老八十了。"

她咬下双手的手套,搓手。

林超然:"坐我对面歇会儿,我替你搓搓手。"

何凝之:"别了,我现在这样,坐下费事儿,起来更费事儿。"

她将手套又戴上了。

林超然:"那,扶我起来。"

何凝之将他扶了起来。

林超然:"看来真走不了啦。"无奈地靠着电线杆。

何凝之的眼光有所发现:"你头上方贴着一张小广告,署的好像是我小妹的名字!"

林超然:"这会儿我可没心思关心她了。"贴着电线杆又坐下去。

何凝之擦去眼睫毛上的霜,从书包里掏出手电筒照着细看,但见小广告上秀丽的楷字写的是——"本人女,二十六周岁,黑龙江生产建设兵团返城知青,容貌良好,品行端正,欲寻三十五岁以下品貌般配且有住房之男士为夫,住房十平方米即可,大则甚喜……"署名何静之。

何凝之大叫:"果然是我小妹!"

林超然:"别激动,同名同姓的人多了!"

何凝之:"绝对是她!她写给我的信中说她在练小楷,这么征婚,还'大则甚喜',气死我了!"

林超然双手抱着大头鞋一边活动那只崴了的脚一边问:"什么'大则甚喜'?"

何凝之:"欲寻三十五岁以下品貌般配且有住房之男士为夫,住房十平方米即可,大则甚喜……"

她试图将小广告撕下来,却早已冻在电线杆上了,哪里撕得下来!

林超然:"老婆,先看看几点了行不行?"

何凝之愣了一下,看手表,小声地说:"快一点了。"她不那么生气了,平静了。

林超然仰视着她说:"咱们现在可该怎么办呢?我不同意带这么多东西,你偏不听我的!"

何凝之:"眼看要过新年了,接着就过春节,空手回家像话吗?你爸你妈都有腰腿疼的老毛病,给他们各带一张狍皮也是应该的吧?"

林超然不耐烦地说:"别说那么多了!我问的是,咱们现在可该怎么办?"

何凝之怔了怔,看看地上的东西,吃力地弯下腰,翻一只旅行包,翻出一把带鞘的匕首揣入大衣兜。

林超然:"你把它揣兜里干什么?"

何凝之:"只能这样……你坐这儿守着东西等,我自己先回家去,叫上我爸和我两个妹妹,一块儿来接你。"

她觉得委屈,流泪了,擦了一下脸,转身就走。

林超然看在眼里,明白她觉得委屈了,料到她流泪了,柔声地说:"老婆……"

何凝之站住。

林超然:"就不怕把我给丢了?"

何凝之不转身,不回头。

林超然:"哎哟!"

何凝之一下子转过了身,不安地问:"怎么了?"

林超然:"逗你呢!别急,我有耐心在这儿等。慢慢走,千万别像我似的滑倒了啊。"

何凝之点头。

林超然:"别生气,刚才我不该埋怨你。爱你。你知道我有多么爱你。"

何凝之高兴了,笑了,也柔声说:"别心烦,这才多大点儿事儿啊!我家有自行车,我让我爸骑上自行车先来!"

她走了。

林超然直望到她的身影消失,从兜里掏出烟,往电线杆上一靠,吸着烟,陷入回忆……

兵团军马场场部里,林超然正与现役军人的教导员饮酒话别。桌上除了土豆、拌木耳,还有一大碗蘑菇炖肉。

教导员:"这是鄂伦春猎人送的狍子肉,为什么一口不吃?嫌我炖的不好吃?"

林超然:"不是……教导员,我舍不得离开军马场,也舍不得和你分开。咱们这一别,以后什么时候才能再相见,那就难说了……"

他说得动容,双手捂面,直摇头。

教导员:"我理解。何况,你弟埋在咱们这儿。可军马场撤销了,军马都被赶到别的地方去了,知青也都返城了,只剩咱俩了,咱们再舍不得离开,那也得离开啊!"

林超然:"我弟的事儿,我还一直瞒着家人呢……"

他流泪了。

教导员:"超然,别这样,你弟肯定不希望咱俩悲伤地话别。他是个乐天派,我认为他希望咱俩今夜一醉方休……"

林超然抹把泪,夹了一筷子肉放入嘴里,含泪嚼。

教导员:"我这名现役军人,能与你这名知青营长共事三年,三年里咱俩能将南北知青团结得像亲兄弟一般,并且使军马一年比一年多,超然,这是咱俩的一段缘分啊,咱们都要好好把它保存在记忆中!来,再干一次!"

两人举碗相碰,各自豪饮而尽。

外边,北风呼啸。

教导员从头上摘下羊剪绒军帽,取下红星,双手捧送:"超然,这顶军帽我送给你,作为纪念吧!……"

桌子一角放只书包,林超然从书包里取出两大厚本日记,也双手捧送："教导员，这是我从来到军马场那一天起记的全部日记，也送给你作为纪念。"

两人互相交换了纪念物，相视而笑。

教导员："再干一次？"

林超然："干！"他往两只碗里倒酒。

两人碰碗，又豪饮而尽。

教导员："好静啊！只有风声……咱们马场独立营的传统那可是从不喝闷酒的，我先来段节目？"

林超然鼓掌。

教导员站起来，他看上去已有七分醉了，敞开喉咙，大声朗诵完了苏轼的《水调歌头·明月几时有》。那真是朗诵得豪情满怀！而且像在舞台上演戏一样，一边朗诵，一边这走那走，手势频频。

林超然大声喝彩："好！"

教导员趔趄一下，一掌撑住桌角："该你了！"

林超然："我来什么？"

教导员一指墙："当然是你拿手的！"

林超然起身从墙上摘下二胡，重新坐定，酝酿了一下情绪，拉起一首节奏快速热烈的二胡曲。

他也有几分醉了，动作大开大合，也拉得完全投入……

雪停了，夜空出月亮了，林超然身上已落了一层雪，如雪人。

他抬头仰望月亮，耳边仿佛犹有二胡声和教导员的朗诵声交织着……

他不由得在心里说："雪刚一停，就出月亮了，真是少见的情形啊！月亮，难道你是由于体恤我妻子她怀孕了，好心地为她照亮回家的路吗？"

坡顶突然传来一个青年的吼唱：

"穿林海跨雪原气冲霄汉……"

林超然循声望去，但见一辆三人共骑的自行车顺坡而下……那辆自行车也滑倒了，三个人和自行车摔在了林超然旁边；三人摔得"哎哟"不止，自行车轮子在林超然跟前转……

林超然："下这么大雪，还前后带人，不是找着挨摔嘛！"

三人爬起，都是二十来岁的小青年，穿同一式样的扎趄的棉工作服，其上印着"哈铁"二字。

他们看着林超然觉得奇怪。

青年甲恼火地说:"怎么哥们儿?说风凉话儿是不是?"

林超然:"别误会,是想跟你们套近乎。我脚崴了,走不了路了,也饿极了。哪位身上如有吃的,能不能给点儿啊?"

青年乙:"要吃的?有,有……"

他从兜里掏出一把瓜子,朝林超然一递,嬉皮笑脸地说:"公鸡公鸡真漂亮,大红冠子绿尾巴,你到窗口瞧一瞧,请你吃把香瓜子!"

林超然看出了他是成心在拿自己开涮,并不恼火,笑道:"瓜子我旅行包里有不少,你留着自己嗑吧!"

青年丙:"怎么,还不稀罕要?"与青年甲和青年乙交换了一下眼色,趁林超然不备,将一只旅行包拖了过去,伸入一只手,边摸边说:"不但有瓜子,还有榛子、木耳、蘑菇……这啥?"

他掏出一个拳头大小的东西,凑到路灯光下细看,惊喜地说:"猴头!还有猴头哎!"

青年甲和青年乙,也几乎同时将面粉口袋和一塑料桶豆油拖开了。

"面!有四五十斤!"

"这肯定是一桶豆油!"

三个青年眉开眼笑。

林超然愤怒了:"你们干什么?打算抢吗?"

青年甲:"大哥,别说得那么难听好不好?你以为老天爷会白让我们哥仨摔倒吗?快过年了,这明明是老天他在好意给我们哥仨分点儿年货嘛!老天爷好意,那我们也不能不领情啊,是不是?"

青年乙:"别跟他废话了,拿上趁早走人!"

青年丙:"对对,说走就走,再来个人撞上了不带劲!……"他起来扶自行车。

林超然已站起,隔着自行车,一把揪住对方衣领,声色俱厉地说:"都给我乖乖放下,否则我对你们不客气!"

对方也犯起了浑:"不客气你能把我们咋的?"

他试图扳开林超然的手;林超然哪里容他得逞,猝不及防地伸出了另一只手,把住对方腰那儿,一用巧劲儿,居然将对方隔着自行车举起,转眼扔到了人行道上!

对方躺在地上"哎哟"不止……

青年甲:"嘿,太张狂了!脚崴了不识相点儿还敢动手!上!"

于是他与青年乙扑向了林超然;林超然一拳击倒一个,却被另一个猫腰拱倒……两人在雪地上翻滚不止,最终还是林超然占了上风;对方在翻滚中掉了帽子,林超然抓住他头发,欲往马路沿上撞对方的头……

"住手!"

林超然抬头一看,跟前又站着一个穿"哈铁"工作服的人,年龄和他不相上下。他松了手,站起来,指点着三个小青年,气得不知说什么好。

三个小青年也都站了起来,其中一个扶起自行车;都想溜。

后来出现的那个人厉喝:"都给我站那儿别动!"他是三个小青年的班长,叫王志,也是兵团返城知青。

王志问林超然:"兵团的?"

林超然:"对。"

王志:"几团的?"

林超然:"马场独立营的。"

王志:"你们教导员姓什么?"

林超然:"姓袁。袁儒敏。参加过抗美援朝,从六师调到马场独立营的。"

王志:"一句没说错,他也当过我的教导员。认识一下,我叫王志。"伸出了一只手。

"林超然。"林超然与他握了一下手。

王志:"探家?"

林超然:"返城了。"

王志:"这都眼看着一九八〇年了,你可够晚的。他们三个想抢你这些东西是不是?"

林超然:"可不!列车晚点了,我和妻子走到这儿,我滑了一跤,脚崴了。我妻子怀孕了,只得让我在这儿守着东西,她先自己回家去找人接我……"

王志回头瞪着三个小青年问:"听明白了?"

三个小青年或点头,或讷讷地说:"听明白了。"

王志:"都张大嘴,冲我呼气!"

三个小青年乖乖地张大嘴冲他呼气。

王志依次从他们头上扯下帽子,抽他们,训他们:"不许你们下班喝酒，偏凑一块儿偷偷喝！你们挣那点儿工资里有酒钱吗？你哥不是返城知青吗？你姐不是返城知青吗？还有你哥不也是吗？居然打劫一个和你们哥哥姐姐有同样经历的人！这事儿要是让返城知青们知道了，没你们几个好果子吃！你们哥你们姐也不会替你们说情！"

三个小青年抱着头，都说："班长，下次不敢了。"

"算啦算啦，既然他们是返城知青的弟弟，那就饶他们一次吧。"林超然替三个小青年说情。

王志也是骑自行车经过这里，那么现在有两辆自行车了。

他扶着自己的自行车把吩咐："你，扶这位知青大哥坐我车后架上；你，把油放我自行车后座上；两个旅行包，你俩一人一个，是拎是扛我不管；也有你的事儿，骑上你的自行车，往前追你们的知青大姐，向她通报一下情况，让她早点儿放心！"

那名小青年骑上自行车蹬走了。

林超然大声地喊："一直往前骑准能追上她！她叫何凝之！"

何凝之正走着，那骑自行车的小青年从后边超过她，下了自行车，一脚着地，横着自行车拦住她。

何凝之左手摘下右手的手套，右手伸入了大衣兜里，握住匕首防范地说："你想干什么？"

小青年："大姐别误会，我不是坏人，我是你弟……"

何凝之："我根本不认识你，闪开！"

小青年："我姐也是兵团知青。大姐姓何，叫凝之对不对？"

何凝之："你怎么知道我的名字？"

小青年："我们几个碰上了大哥，一致决定得送你们二位回家。我们有两辆自行车呢，那不轻省多了？您别往前走了，您怀着孕，看累着……"

林超然和何凝之各坐在一辆自行车上，王志和一个小青年推着他俩；另外两个小青年，一个拎着旅行包，一个扛着面口袋，一行人走在偏僻的街区。

一个小伙子怪声怪气地学刚才那小伙子的话："大姐，我是你弟……酸不酸啊？你当你也有一个在郊区插过几天队的姐，就真成了人家的弟啦？"

一阵笑声。

一行人走在另一同样偏僻的街区。

王志："大返城刚开始那一年我就回来了，在家里待了半年多找不到工作，我爸一急，干脆提前退休了，让我能接他班。他是机车维修工，咱没那技术，只得先在装卸队当班长，咱干活那不含糊，所以全队老的少的都挺给咱面子，服管……"

林超然："现在工作是不是好找点儿了？"

王志："更难找了，返城的越来越多了嘛！哪儿有那么多岗位留给咱们啊！唉，终于盼到能返城了，却等于一下子打回了待业的原形，跟谁讲理去？"

林超然低下头，一时郁闷起来。

何凝之："超然，面包会有的，牛奶会有的，不要急，工作也会有的。"

林超然苦笑："我一点儿没急啊！"

一行人走到某中学校门外，对开的铁栅栏大门被铁链和大锁锁着，门旁的小传达室没窗，另一侧是一排砖房的后山墙。院子里一片漆黑。

一个小青年将铁门晃出一阵响声，院子里静悄悄的毫无反应。

何凝之手里拿着一页信纸，林超然用手电筒照着，两人在看。

何凝之："我小妹的信上明明写着，我们全家暂时都住在学校里啊！"

林超然："这还写着，屋子可大啦！"

王志商量地说："我看，要不来喊的吧！"

林超然："喊什么？"

王志对三个小青年说："你们三个一齐喊，就喊……何校长，你女儿回来了，还有你女婿！"

那么长的句子，三个小青年干张了几下嘴，没喊出来。

何凝之："喊'何校长开门'就行。"

林超然："深更半夜的，喊你爸的名字不好，喊小妹的名字吧。"

何凝之："那就喊……'何静之，开门'！"

王志对三个小青年说："快喊吧！"

于是三个小青年大喊："何静之，开门！何静之，开门！何静之，开门！"

院里，一排砖房的两个窗子亮了。

砖房里。一张特大的"床"上睡着何家二女儿慧之，三女儿静之以及她们的父母；睡着四个人，中间还余好大地方。

四人都已被喊声惊醒，而喊声还在继续。

何母："静之，你怎么把些小流氓招惹了？"

何静之清白无辜地说："没有啊！我怎么会招惹他们呢？"

何父："问你自己！没有才怪了！"

何静之："没有就是没有！干吗非把我想得那么低？你们怎么就不问我二姐？"

何慧之："问我什么呀？明明喊你的名字！"

何母："就是！你二姐人家已是护校的学生了，才不会招惹些小流氓！"

何静之抗议地说："妈！"

何父穿好衣服下了地，生气地说："你住嘴！"

何父走到了外边，身后跟着何静之，手拎铁锨。

何父："你跟着干什么？回去！"

何静之外穿一件棉大衣，也没扣扣；里边是一套紧身内衣，天黑，看不出颜色。

何静之："既然知道是些小流氓，你空着手对付他们安全吗？我保护你！"

何父："用不着你保护！快回去，小心感冒！隔着铁门，小流氓又能把我怎么样？"

何静之央求地说："爸！"

门一开，慧之与何母也出来了。

铁门外，王志制止地说："别喊了，来人了。"

何父："深更半夜的，你们跑这儿喊什么？再喊报警了啊！"

何静之："报警是客气的，再喊用铁锨拍你们！这院里没有什么何静之，都滚！"

何凝之："爸，小妹，是我回来了，凝之！"

何静之扔了锨，扑到铁门跟前伸出双手，握住了姐的双手，激动地说："大姐，想死你了！"

何凝之："你姐夫也回来了！"

何静之："姐夫，快握下手，也想你！"

林超然笑而无语地与静之握了下手。

何父、何母、慧之也走到了铁门前；何母、慧之也隔着铁门与林超然夫妻握手。

何父却只顾望着林超然夫妻笑了。

何母："凝之，这次多少天探亲假？"

何凝之："妈，我们这次回来就不走了，我们也返城了！"

何母激动万分，连连用上海话说些表示高兴的话。她原本是上海人，一激动就会说起上海话来。

林超然："爸爸，要是身上带着钥匙，先把门开了呗！"

何父："我光顾高兴了，没想到是你们，也没带钥匙出来啊，我这就回家取！"

慧之："爸，我去。"一转身跑了。

林超然转身想对王志他们说些什么，这才发现他们一个驮着一个，已骑自行车离远了。

何凝之："幸亏碰上了他们。要不，我挺着个大肚子，既不能跳门，也喊不了那么大声，那可怎么办？"

何家。何母忙着从箱子往外取棉被，一边说："怎么也不预先来封信？幸亏家里多两床被褥，还打算元旦前给你们寄去呢！"

凝之："归心似箭啊！一办完返城手续，我俩当天就动身了。妈，屋里怎么不砌火炕火墙？这多冷啊！"

何母："临时调到这儿住了，没顾上找人砌。"

静之、慧之在忙着重铺被褥。

静之："大姐，连这床都是三张乒乓球案子拼的，太窄，靠墙那头搭的板。这纯粹是瞎凑合的一个家！"

何父在为林超然正脚腕子……

何父："骨头没事儿，扭筋了。忍着点儿，保你一下就好。"

慧之："姐夫放心。我爸被劳改那十来年里，学会了劁猪，学会了配中草药，学会了对关节、扳脖子、正脚踝……"

何父猝然一用力，林超然"哎哟"一声。

何父："下地走走。"

林超然站到地上，走了走，笑了："还真不疼了。"

静之："记着，欠老丈人一个情啊！"大家都笑了。

天亮了。中学的操场上，一个班的中学生正在上体育课。

教体育的蔡老师喊口令："立正，向右看齐！"

第一排全体男同学却都扭头看左边——但见从女厕所跑出一个裹着棉大衣的女子，脚穿一双大头鞋；在大头鞋和大衣下摆之间，是一截通红的线裤。

蔡老师："耳朵都有毛病了？我喊向右看齐，都看左边干什么？"

一名男生："老师，那你就改口令嘛。右边没看头，左边才有看头！"

静之左脚踩了右脚的鞋带，绊倒了。

同学们笑起来。

蔡老师也看到静之扑倒了，却说："笑什么？都严肃点儿！"

静之站起，也说："就是，没见过大姑娘摔跟头啊！"

一名男生喊："没这么多人列队见过！"

静之："少跟你阿姨贫！"将大衣往后一撩，呈现上下一身艳红的线衣，双手往腰间一叉，声音清脆地喊："听我口令，全体，向右转，跑步走！"

学生们竟然特别听话，齐刷刷地跑开了。

静之对蔡老师行了一个屈膝礼，温文尔雅地说："您请继续！"

蔡老师："你是静之吧？我是你蔡叔叔，你小时候可不这么的……有意思……"

静之："女大十八变。蔡叔叔再见！"

她跑向了红砖房。

何母正在红砖房那儿抱劈柴，对静之教诲地说："你看你刚才哪儿有个大姑娘样儿！你蔡叔叔那儿正上体育课，你捣的什么乱？"

静之："我也没给他捣乱呀！妈，我才返城一年多，你怎么就处处看我不顺眼了呢？再这样我可回北大荒了啊！"

何母："敢！"

静之："谅你也舍不得！"替母亲端着撮子进了屋。

慧之在作为厨房的外间切面。

静之嗞嗞哈哈地凑炉前烤火，并说："二姐，切细点儿啊，要不你等于糟蹋了姐夫扛回来的精粉！"

慧之:"在家吃闲饭的人没资格要求别人。"

静之:"找不到工作嘛,吃闲饭也不是我愿意的。"

随后进了屋的何母说:"静之我还是得说你!你怎么可以随便替你蔡叔叔对学生下口令呢?"

慧之:"妈,这你倒应该理解她一下了,在兵团当战士,老听别人对我们下口令啦,逮着个机会,干吗不也对别人下达下达口令?连我都时常有那么一种冲动呢!"

静之:"二姐这话我爱听!多谢对我的理解。可我还困呢,得去补会儿觉,吃饭叫我啊!"

她起身进里屋去了。

何母叹道:"慧之,你说静之是怎么了,没返城时,还有点儿淑女的样子,可一返城了,倒贫了呢?"

慧之:"以前父母管着,兵团管着,她又喜欢听夸奖话,可不就得装呗。现在嘛,她要人性大解放了!"

何母:"我看是要原形大暴露了。"

里屋窗帘没拉开,仍黑着。

静之已钻入被窝,在被窝里接连打了几个喷嚏;一掀被子,钻入了旁边的被窝,并说:"大姐我受风了,快搂着暖暖我!"

那被窝里传出的却是林超然的声音:"错了。别轻举妄动,请转移到下一个被窝。"

"哎呀妈呀!"静之一骨碌滚出了那被窝,赶紧又回到自己被窝,用被子蒙上了头。

何母推开门关心地问:"怎么了静之?"

静之在被窝里回答:"虫子咬我了!"

"看你那点胆儿,一惊一乍的!"何母嘟哝着将门关上了。

静之这才从被子底下探出头,责怪地说:"姐夫,你换的什么被窝呀!"

林超然:"怎么,得先请示你呀?"

静之:"这要是天还没亮,又都睡得死沉死沉的,那得闹出多大笑话来?"

林超然:"我带回两张狍皮,今晚铺好就和你姐移过去。以后记住,作什么决定之前,先要充分掌握情况。"

静之："这算个什么家呀！冰窖似的！早知道这样，我不返城了。"

凝之："小妹，别那么多话了！大姐困死了，体恤体恤我。"

作为厨房的外间，林超然和静之面对面坐小凳上吃面条；静之剥了两瓣蒜放姐夫碗里。

林超然："爸妈呢？"

静之："早上班去了。"

林超然："慧之呢？"

静之："今天星期一，回护校去了。"

林超然："看样你放下碗也要出门了？"

静之："我在参加补习班，准备考大学。"

林超然："这我坚决支持。"

静之："替我保密啊，想给我爸妈和大姐二姐一个意外，好让他们对我刮目相看。"

林超然："问你个事儿，你要老老实实回答。"

静之一本正经地说："只管问，我回答姐夫的话一向老老实实。"

林超然："你往电线杆子上贴小广告，为自己征婚了？"

静之："你怎么知道？"

林超然："昨晚也碰巧了，你大姐看到了。"

静之："我那是试探性的，摸摸敌情。"

林超然："你大姐很不赞成你的做法，你要有点儿心理准备。"

静之："你呢？"

林超然："我既不反对，也不支持。那究竟是不是一种征婚的好方式，要靠效果来证明。我是一个目的和效果统一论者。"

静之："不愧是当过营长的，面对矛盾真会和稀泥。"放下碗，站起身又说，"我也得走了，刷碗收拾屋子之类的活，有劳姐夫了。噢，还有一件事。"

林超然："说。"

静之走到他跟前，小声地说："一年多没人给发工资，不好意思再向爸妈开口了……"

林超然："要多少？"

静之："十元二十元都行。"

林超然探手于内衣兜，掏出一卷十元的钱，点了三张递给静之。

静之："谢谢姐夫，以后挣了一定还你！"

她高兴地出门了……

林超然扎上围裙，洗刷碗筷，擦案板、捅炉子、加煤、扫地……转眼收拾得干干净净。他摘下围裙，轻轻推开门，悄悄走入里屋，站在那"大床"前俯视妻子……凝之其实已醒了，只不过闭着眼睛在静静地想心事。外边毕竟天大亮了，布窗帘不能完全遮挡住阳光，屋里不那么黑了。

林超然俯身轻吻妻子额头；何凝之睁开眼睛幸福地笑了，并上举双臂，反搂住了丈夫的脖子。

林超然："别这样，看冻着。"说着，将妻子的双臂放入被窝，坐在"床"边，打量屋子，何家临时的住房，除了外边那间"厨房"，再就只有一间大屋了，其实原本是一间教室。那一长排砖房都是教室，何家住的是最把头的一间，墙角还堆着十几双破滑冰鞋和几个破篮球、足球、排球。而挨着"床"那面墙上，不知为什么贴了半壁白纸。

林超然："我昨晚都想咱们兵团的火炕了。三十多岁的大女婿还挤着住在岳父母家，真羞愧。"

凝之："不是我家屋子大，你家屋子小嘛，自尊心别太强行不行？"

林超然苦笑："接受批评。"

凝之："给我一只手。"

林超然伸出了一只手，何凝之将他的手拽到了被窝里。

凝之："摸摸这儿，他在动，你希望是个男孩儿还是个女孩儿？"

林超然忧郁地说："男孩儿女孩儿我都喜欢，只不过他来的时间不太好……"

凝之："我认为时间很好。我们的孩子将出生在八十年代，他多幸运啊！八十年代，我对以后的中国充满了憧憬。"

忽然隔壁传来一阵响声。是许多学生双脚跺地，桌子腿顿地的声音。

隔壁教室门口，一位五十几岁的女教师仰头流泪，她的短发已半黑半白。林超然认出了她："夏老师！"

夏老师打量他，忽然双手捂脸，转身哭了。

林超然："夏老师，我是林超然啊，认出我了？"

夏老师点头。

林超然："怎么回事？"

夏老师："这个班的学生罢我的课，说还没宣布我平反，那我就还是现行反革命……"

林超然："您等这儿，千万别走开。"

他推门走入了教室。

教室里。教室中央还有一只大铁炉子，林超然径直走到了讲课桌边，下边的同学们安静了。

林超然："别以为你们一闹，立刻就换了一位老师。我不是老师，我是来向你们提出抗议的。因为我妻子正在隔壁睡着，你们弄出那么大动静，我不得不过来一下……"

学生们互相交换眼色。

林超然："既然过来了，那就和你们多说几句……你们都知道三中是一所什么样的学校吧？"

一名男生："全省重点中学中的重点，那谁不知道！"

林超然："我曾是三中的学生，也曾是夏老师的学生，'文革'前，夏老师是三中最优秀的数学老师。而'文革'中，她眼见'四人帮'全面倒行逆施，极'左'思潮谬论泛滥，从一名真正的共产党员对国家和民族的责任出发，利用大字报为武器，对'四人帮'祸国殃民的行径展开了无情的批判。"

肃静中，一个乒乓球掉在地上，滚到了讲课桌那儿，却没人看，都望着林超然。

林超然："据我所知，夏老师她受尽了种种迫害，是个判过死刑的人，可她绝不屈服。有关方面既然已经批准她到这一所中学来上课了，那就证明很快就会为她平反了。你们能听她上的数学课，是你们的幸运！都烧的什么包？一会儿，我也要重温学生时代，陪着你们来听夏老师的课。确实不想听的，现在就请出去。不出去却偏捣蛋的，我丑话说在前边，那我就要修理他。反正我不是学校的老师，修理了那也是出于义愤，舆论也许会站在我这一边……"

没有学生离开教室。

林超然推开了教室门，满怀敬意地说："夏老师，您请进来上课吧！"

夏老师进入，林超然捡起乒乓球，坐到了最后一排的一个空座，肘支在桌上，双手捧脸，享受般地倾听……

夏老师："同学们，这堂课我们讲三元二次方程……"

在林超然看来，黑板前的夏老师恢复成"文革"前的夏老师了，看上去那么年轻、生动、神采奕奕，充满朝气，充满了一位数学老师的讲学魅力……那是在明媚的夏季，教室里充满了阳光。

下课了。教室里只剩夏老师和林超然了，师生二人互相笑微微地望着。

夏老师："超然，谢谢你。"

林超然："老师，您讲的还像当年那么好。"

夏老师："又能当老师了，对于我来说，没有比这更幸福的了。"

一名男生走出，瞪着夏老师。

林超然："你凶巴巴地瞪着老师干什么？"

男生突然大喊："无产阶级文化大革命万岁！打倒现行反革命夏纯！"喊完想跑。

林超然一把拽住他："再喊我教训你！"

男生高唱："无产阶级'文化大革命'就是好！就是好来就是好就是好！"

林超然扇了他一耳光。

夏老师："林超然！你这就不对了……"

那男生与林超然撕巴在了一起，难解难分。

几名男生起哄：

"大人欺负学生喽！"

"你有理讲理，凭什么动手打人？"

"打人犯法你不知道啊！"

教学楼里，校长办公室，五十几岁形象斯文的何校长在打电话："老同学，这事儿你别推，千万替我想想办法。我有四个班的学生不得不在平房里上课，大冬天的，暖气接不过去，行行好，千万拨给我们学校几吨好煤！"

门突然开了。林超然被何母推入，接着何母拉进被打的那名男生。

何父放下了电话："怎么回事？"

何母："超然打了我班这名学生，你当校长的说，该怎么办吧？"

何父责怪地说："那你也别……我正打电话走后门，想给学校搞几吨好煤……"

何母："我是他班主任，我的事和你的事同样需要解决！"

何父："好好好，解决，解决。"问林超然："超然，为什么打他？"

林超然："他扰乱课堂纪律，夏老师都没法上课了。我警告他，他下了课继续冲夏老师乱喊乱叫！"

何父的目光望向了那名男生，男生桀骜不驯地把头一扭。

林超然："他凶巴巴地瞪着夏老师，还喊'文化大革命'万岁！"

何母："但他毕竟是一名中学生！"

何父将林超然扯到了一边，小声地说："给我个面子，道歉。"

林超然走到了男生跟前，不情愿地说："算我不对，行了吧？"

男生："不行！"

林超然："那你说，怎么才行？"

男生猝然扇了他一个大嘴巴子："这样才行！"摔门而去。

林超然摸一下脸，嘟哝："小崽子，下手真狠。"

何父瞪着何母说："你看你，这点儿事儿自己都处理不了。"

何母："我刚才让超然道歉，他不听我的嘛！"

何父："他们小两口昨天刚回来，今天你就使超然挨了一记耳光，你也向超然道歉！"

何母："超然，对不起啦，我想不到那学生来这一手……"

林超然苦笑："我认了。我不是先打的他嘛。可据说，知青刚返城那年，城里许多人都说'狼孩儿'回来了。我看，他们没造过反下过乡的，身上也有几分狼性。"

何母："是个别现象。那学生他父亲是'文革'中的造反派头头，牵扯到'文革'中的人命，被抓起来了……"

何父叹道："全校有好几名这样的学生。"对何母说，"替我写通知出去，星期六放学后开会，专门讨论怎样对待那几名学生的问题。据我了解，在有的班级，老师和同学都歧视那样的学生，这肯定是不对的。'文革'那一套，绝不许在我当校长的这所中学重新上演！"

何母："你是代校长。"

何父："那也是校长！"

林超然："爸，妈，我先走了啊！"

林超然走后，何父又抓起电话，拨号后大声地说："老同学，还是我，求求你了！要烟要酒？直说！一吨够干什么的？怎么也得四吨！好好好，两吨就两吨吧，可得快啊！……"

何母悄悄退出。

何父放下电话,沉思。

蔡老师进入,请示地说:"黑龙江大学毕业的一名工农兵学员前来自荐,请求接见他一下。他还提到了凝之,说和凝之曾是一个连的……"

何校长:"那层关系在我这儿完全不考虑,学什么的?"

蔡老师:"历史。我陪他聊了会儿,觉得他能讲得不错。"

何校长:"好极,好极。我正愁到哪儿去物色一位有水平的历史老师呢,快请进来!"

蔡老师出去,何校长往茶杯里放茶,倒水。

一名二十七八岁文质彬彬的,围围巾、戴眼镜,穿中式棉袄的青年进入。

何校长头也不抬地说:"欢迎,诚挚欢迎。先请坐。我们这所学校,那也曾是区重点,以后我们要争取成为市重点……"

青年:"不用沏茶。"

何校长:"大冷的天,哪儿能连杯茶都不喝呢!"

青年:"谢谢了。"取下眼镜,用围巾擦;而何校长将椅子放到了他跟前,坐于他对面。

何校长:"你怎么称呼?"

青年:"我姓何,何春晖。"戴上了眼镜。

何校长:"那咱俩是一家子。先喝口茶,安徽老家寄来的好茶。自从我归队了,就又能喝上家乡的茶了。"

何春晖端起杯呷了一小口茶。热气在他眼镜上形成一层雾,他放下茶杯,又取下眼镜用围巾擦。

何校长看看他,回忆地说:"我对你好像有点印象……"

何春晖戴上眼镜,也望着何校长……

"文革"期间。戴着"红卫兵"袖标的学生在操场上批斗校领导和老师,被批斗者中有何校长夫妇。当年的何春晖手握对折的皮带,用皮带指点着何母,大喊大叫,并抓住何母头发,按她的头……

何校长怒斥他。

何春晖恼羞成怒,向他头上抽了一皮带,何校长额角流下血来……

何春晖也从何校长额角明显的伤疤认出了他，发呆。

何校长："你原名不叫何春晖，而叫何风雷，对不对？"

何春晖不由得站了起来。

何校长也站了起来，冷冷地说："真想不到。你认为我们还有必要谈吗？"

何春晖无地自容，转身就走。

何校长："帽子……"

何春晖反身抓起帽子，匆匆而去。

何校长手摸伤疤，陷入沉思。

他抓起电话，拨号，说："李校长吗？我是老何。有件事，也可以说是有个人，我得跟你打声招呼，别让他混入新时期的教师队伍……"

凝之陪林超然回家。与何家冰窖似的临时住房相比，林家小而温馨，是从前老旧的砖房，只一屋一厨；但住屋有吊铺，各处都干干净净，一尘不染。住屋墙上挂着成排的相框，镶的都是林父的奖状。

林母正在床上缝小褥子，听到敲门声，问："谁呀？"

外边，林超然扒窗往屋里看，大声地说："妈，是我，超然！"

门开了，林母惊喜地说："是你俩呀！我耳朵有点儿背了，敲好几次了吧？"何凝之："妈，他敲得轻。"

说话间，三人进了屋。

屋里只有一张桌子两把椅子，林母一直拉着凝之的手不放，让她看小褥子："看，我正给我孙子絮小褥子，用的是新棉花新布。"

凝之："妈，也许是个孙女呢，那您不会太失望吧？"

林母："我梦里总是梦见得了个大孙子，八九不离十那就是个孙子了！不过，要偏偏来个孙女，那我也能高高兴兴地面对现实。"

林超然："妈，是真心话吗？"

林母："一边去！我和凝之说话，没你插嘴的份儿，把椅子挪床前来！"

林超然："我要不插话，你眼里好像就只有媳妇，没有儿子了！"说着将一把椅子放在了床前。

林母:"凝之,坐下。"

凝之坐下了。

林母细细端详地说:"我儿媳妇气色挺好。"

林超然:"妈,你好歹也看我一眼嘛!你这不等于把我干一边儿了嘛!"

凝之笑道:"你也坐妈旁边呀!"

于是林超然坐在床沿上。

林母:"你俩的东西呢?"

林超然:"妈,我俩昨天出火车站都半夜了,就直接去凝之家住下了。"

林母:"半夜三更的惊扰你岳父母家,那做得不对吧?自己又不是没家……"

林超然:"咱家不是……"

凝之抢着说道:"咱家的路不是远点儿吗?妈,是我的主意,埋怨他就太冤枉他了。"

林母:"那,这次探家能住多久?"

林超然与凝之互相看看。

凝之:"跟妈说实话吧。"

林超然:"妈,我俩也都返城了。"

林母看看儿子,看看媳妇,嘴唇抖抖地说不出话。

老人家忽然双手捂脸抽泣了……

第 二 章

林母哭得令儿子和儿媳大为不安。

凝之:"妈,你怎么伤心起来了?怕我们返城了给家里添麻烦?"

林母连连摇头:"不,不是,妈是高兴得哭了呀!我这辈子,就没敢梦想着能过上几天和你们一起生活的日子!以后好了,岂不是天天都能看见你们了?"

老人家噙泪笑了。

林超然和凝之也笑了。凝之掏出手绢替婆婆擦泪,林母接过手绢自己擦。看得出,婆媳两人,感情甚笃。

林母:"超然,你返城的事儿,暂时不要跟你爸说……"

林超然:"我知道。我收到了一封我爸让我妹代他写的信,他嘱咐我要留在兵团好好干。既然已经是营长了,那就要争取当上团长、师长,家里也跟着好光荣。"

林母:"你爸他多次也是跟我这么说的。这不表明他对你没感情。其实他可想你了,有时做梦都叫出你的名字来。他是一心指望你更有出息,他也跟着长脸。他倒是盼着你弟返城,你弟为什么还不返城?"

林超然:"妈,我以前不是说了嘛,我弟在那儿处上对象了,那姑娘是当地老职工的女儿,既漂亮又贤惠,两人感情很深。"

林母:"那,要是一结婚,他不就返不了城了?"

林超然:"肯定是那样。"

林母:"他春节前也不回来探家了?"

林超然:"这……他说要在姑娘家过春节……"

林母又哭了:"他这不就是有了媳妇忘了娘吗?我已经三年多没见着他了,甚至连信也写得少了。老大,妈想他可比想你还厉害啊!他毕竟是个小的,也不像你那么方方面面都行……"

林超然不知说什么好。

凝之:"妈,超越不是您说的那样,初次谈恋爱的小伙子都有那么一个阶段。他还采了不少木耳和蘑菇让我俩捎回来了呢,过两天我就给家里送来……"

林母:"别往这边送了,留着你们那边吃吧。"

凝之:"他采得多,怎么也得送过来些。"

突然,厨房传进母鸡下蛋的叫声。

林超然有意岔开话题:"妈,还在厨房养鸡了?"

林母:"就养了一只,不是图的不用买鸡蛋了嘛,再说冬天也不容易买到。你俩等着,我给你俩一人冲碗蛋花儿!"

林母起身到厨房去了。

林超然和妻子都如释重负地长出了一口气。林超然紧握了一下妻子的手,耳语:"谢谢。"

凝之也反过来紧握了林超然的手一下。

林超然:"妈,我不吃,给凝之冲一碗就行。"

凝之:"妈,我现在也不想吃。"

林母的声音:"凝之,超然不吃可以,你得吃。你现在正是需要增加营养的时候,为了孩子那也得吃!"

林超然和妻子相视苦笑,凝之将头靠在超然肩上。

林母端碗进来,放桌上,说:"先凉会儿。凝之,超然不吃,两个我都打在一碗里了。你可得听话,一会儿都喝了啊?"

凝之顺从地说:"妈,我听您的。"

林超然:"妈,我爸在什么地方上班?我想去看看。"

林母:"在江北。具体什么地方我也不太清楚,那得问你妹。你何必急着去看,到晚上父子俩不就见着了?"

林超然:"我是想知道他干活的环境,干的又是什么活儿。"

林超然刚离家门几步,听到背后凝之在叫他,转身一看,见凝之也跟出了家门。

他又走回到妻子跟前。

凝之:"别忘了,先要把罗一民的工资给他。"

林超然一拍书包："忘不了，带着呢。"

凝之："超然，我喝不下那碗蛋花儿。我从没对老人家说过谎，可今天，帮你圆了个弥天大谎，这谎要骗到哪一天为止呢？"

她流泪了。

林超然将双手搭在她肩上，安慰地说："我也不知道，能骗多久骗多久吧！哪天实在骗不下去，真相暴露了，咱俩也就解脱了。"抬手替她抹去眼泪，又说："要尽量装得高兴，千万别让我妈看出来你流过泪啊？"

凝之点头。

某街角小商店里，林超然的妹妹林岚在用提子一下下往一个大瓶子里灌酱油，柜台前站着一个小女孩儿。

门一开，林超然进入。

林岚惊喜地喊："哥哥！"

林超然："先给人家装完酱油。"

林岚给那女孩装完酱油，用抹布擦了擦瓶子，递给那女孩抱着，嘱咐："路滑，走好啊。"

林超然替女孩开了门，女孩出去后，妹妹也绕出了柜台，抱住了他的腰。

另外一名女售货员笑望他俩。

林超然："别这样，让别人笑话。"

林岚："不管！亲亲我！"

林超然无奈，应付地在妹妹脸上亲了一下，妹妹这才放开他。

林岚："哥，啥时候回来的？"

林超然："昨天半夜。"

林岚："和我嫂子一块儿回来的？"

林超然："当然。"

林岚："你俩也是返城了吧？"

林超然摇头。

林岚失望地噘起了嘴。

林超然："不过这次探亲假很长。"

林岚又笑了。

林超然摸了她头一下："到咱爸干活那地方怎么走？给我画张图，我要去看看。"

林岚："徐姐，给我找张纸。"

那被叫作徐姐的售货员从意见册上撕下一页纸递给林岚，两眼却直勾勾地甚至可以说色眯眯地盯着林超然，盯得林超然很不自在。

林岚从衣兜上取下圆珠笔，在纸上画着，标着；林超然问："你罗一民哥哥的铁匠铺子还开在原地方吧？"

林岚："嗯，没挪窝。"

林超然刚一离去，那叫徐姐的售货员迫不及待地问："哎，林岚，你哥和你嫂子会不会离婚？"

林岚不悦地说："你乱说些什么呀！人家两人好着呢！"

徐姐沮丧地说："唉，那没我什么戏了！以往十年里，咱哈尔滨的好小伙子都下乡了，可苦了我们少数留城的姑娘了，找个称心如意的对象难死啦！"

林岚："也不能那么说吧？我觉得我的对象就称心如意。"

徐姐："那是你们小不拉子之间互相找，我指的是我们那一拨儿！你哥真英俊，看着就让我想入非非！哎，如果他有离婚那一天，而我还是没嫁出去，你可得第一个替你哥考虑我啊，我希望捡个漏儿！"

林岚："你越说越不正经了，不理你啦！"

某一条小街的街角，一棵枯树上，挂着一串亮晶晶的铁皮做成的葫芦，简陋的牌匾上写的是"罗记铁匠铺"。屋内传出敲砸铁皮的声音。

一辆上海牌小汽车缓缓开到了这条街上，停在铁匠铺对面。车上踏下一位戴水獭帽子，穿呢大衣的七十多岁的老者，围着长围巾，气质不凡，一看就是长期生活在国外的人。

他望了望牌匾，跨过小街，走到门前，敲门窗。

屋里，罗一民正在做铁撮子；他旁边蹲着一个学龄前男孩，叫小刚，一双小手捧着脸，目不转睛地看着，眼神儿里充满崇拜。

罗一民："聋啦？开门去！"

小刚起身去开了门，礼貌地说："爷爷请进。"

老者进入，打量屋子。架子上，做好的铁皮成品摆放有序，一切井井有条，看来罗一民是一个讲究环境秩序的人。

罗一民站了起来："老先生，要做什么？"

老者："桶。你能做吗？"

罗一民笑了："小菜一碟儿。"

老者："什么意思？"他的中国话说得不怎么流利。

小刚："叔叔的意思是，那特容易，各式各样的桶他都能做。"

罗一民摸摸小刚后脑勺，点了点头。

老者："我要做十只。最大的直径三十厘米，一个比一个小，最小的直径三厘米，能吗？"

罗一民奇怪地问："用来干什么的？"

老者："那你别管。"

罗一民犹豫。

老者："如果你答应下了，工钱好说。你开个价，我不还价。"

罗一民鼓了鼓勇气："十个……那，怎么也得一百五十元……"

老者微微一笑："没问题。"

小刚："爷爷，得先交一半订金。我罗叔叔给别人做活都这样。"

老者："不但完全同意，而且我要一次性交全款。"

罗一民："老先生，那倒不必，先交订金就行。"

老者掏出了钱包，一边点钱一边说："我相信你的手艺。不一定是我亲自来取，付完全款对我来说反而省心了。"

罗一民："那就随您便了。"

老者："这是二百元。其中五十元给这孩子。因为他是个既机灵又有礼貌的孩子，我喜欢他。"

罗一民："这……"

小刚："多谢爷爷。"

老者又摸了小刚的头一下，问罗一民："什么时候能取？"

罗一民："活多，两个月以后行不？不行我往前赶。"边说边点钱。

老者："行，不急用。"

罗一民："多了张一百美元的。"随即还给老者。

老者："我点马虎了。"接过，揣起后说，"告辞了。"

罗一民替老者开了门，并送出门外。

老者发现他一瘸一拐的，问："你的腿……"

罗一民："当知青时，在一次事故中被车轮轧断过。"

老者："请止步吧，我那儿有车。"说着，匆匆跨过小街，坐入了车里。

罗一民目送小汽车远去，一转身，见林超然站在面前。

罗一民惊喜地说："营长！"

两人情不自禁地拥抱。

林超然："我这个营长也返城了。"

罗一民："那就对了！都走了，就剩你一个光杆司令，兵团也变回农场了，你若不走对当地反而是个麻烦！"

屋里，两人坐在小凳上，守着小铁炉子吸烟。

蹲在一边的小刚说："叔叔，你今天发了！"

林超然："是吗？怎么发了？"

罗一民："听他乱说！不过刚才来了位老先生，要做一批活，还交了全款。"

小刚："一百五十元！"

林超然："嚯，一笔大数！真可以说是发了！"

小刚："叔叔，我那五十元你怎么还不给我呀？"

罗一民："五十元怎么能随便给你？等于大人一个多月的工资，我得当面给你妈！没见我陪这位叔叔说话吗？别泡在我这儿了，回家吧！"

小刚低下头，一副不情愿的表情。

罗一民："不听话我可生气了，五十元也不给你妈了！"

"叔叔们再见！"小刚一下子跑出去了。

林超然抚摸罗一民的左膝，友爱地问："还疼不疼了？"

罗一民："有时还疼。冬天不太敢出门，怕受风寒。一旦受了风寒，那是非疼不可的。"

林超然："一民，你也是我的救命恩人。"

罗一民笑了："说什么呢？都啥关系了，还说那种话！"

林超然也笑了……

北大荒的冬季，一辆车厢里载着十几名男女知青的卡车行驶在山路上……

卡车上坡时，车轮一打滑，车厢斜向了路边，并继续滑……而路的另一边是峡谷……

车厢里的知青们惊恐万状，有的不由得抱在了一起，有的跳下了车……

跳下了车的林超然站在车头前，冲司机挥舞手臂大喊大叫；另两名跳下车的知青一个双手在推车厢后挡板，一个在用后背顶。

继续后滑的车轮。

两名知青滑动的大头鞋。

车厢已很接近峡谷了,车上的知青不往下跳处境危险,往下跳也很冒险。

但还是有一名男知青冒险跳下了车厢……是罗一民。

罗一民看着车轮,迅速脱下棉袄卷成一团;他往地下一坐,将卷成一团的棉袄放在左腿上,同时将左腿伸到了车轮底下。

罗一民仰天大叫,昏倒。

卡车轮压在他腿上,停止了后滑。

团部某办公室。林超然在与一位中年干部说话,他站着,后者坐着。

中年干部:"一大清早,你从马场独立营跑到团部来,非指名道姓地向我要罗一民,你可知道罗一民的问题属于什么性质?"

林超然:"我不管什么性质,反正我们马场独立营要定他了!您不同意,我今天不走了。"

他也坐下了。

中年干部:"小林,林营长,你可不兴这样啊!"凑向林超然,压低声音又说,"罗一民的问题是严重的,是现行反革命的性质,师部定的。"

林超然:"我了解过了。他不过就是过年时喝醉了,说了几句不该说的话吗。"

中年干部:"不该说的话?他说……他来到这个世界上,本是一向按一个好人的标准来要求自己的,可'文化大革命'几乎使他变成了一个邪恶的人!他有罪,'文革'也有罪!这样的言论,难道还够不上反动吗?那还得多反动?小林,别忘了你刚刚当上营长,你不能凭着一时的冲动做事情,你要懂政治!"

林超然:"股长,有烟吗?"

中年干部从兜里掏出烟盒,递给他一支,自己也叼上一支,并首先替他点着烟。

林超然吸着烟,沉思着。

中年干部看着他,问:"想通了?"

林超然:"那我也还是要他。"

中年干部:"这……你看你,你怎么……"

门一开,进来一位现役军人,是团长。

两人立刻按灭烟,站起,立正。

团长:"我听人说,你个林超然,一大早就跑到军务股来吵架,有这么回事吗?"

林超然:"报告团长,绝对没有那么回事,是某些不负责任的人向您瞎汇报!"

中年干部:"报告团长,他一大早就来磨我,非要求我将一名知青调到他们马场独立营去!"

团长:"按编制,他们马场独立营确实还缺人。铁打的营盘流水的兵,他只要一名知青,你也别太官僚主义,调给他就是了嘛!"

林超然又一立正,啪地敬了一个礼:"多谢团长批准!"

中年干部:"可他要的是罗一民!"

团长:"唔?罗一民的情况你了解吗?"

中年干部:"我已经对他说了。"

团长:"那你也坚持要?"

林超然坚决地说:"对。"

团长坐下了:"说说理由。"

林超然:"前几天他救了不少知青的命,我也是其中之一……"

团长:"那我听说了,很英勇。如果不是因为他头上戴着政治罪名,本应该树他为全团、全师,甚至全兵团的英雄人物……怎么,你是出于报答?"

林超然:"有那一种原因,但不完全是。我们营部缺少一名勤杂人员,他的腿落下残疾了,只能算半个知青劳动力了,我把他调过去当营部的勤杂人员,体现着一种对劳动力使用的节省思维。马克思的《资本论》认为……"

团长:"打住。别跟我瞎扯,这件事儿犯不着搬出马克思和他的《资本论》。那个罗一民,哪儿都可以调他,就是不能到你们营!"

林超然:"团长,为什么?"

团长:"因为你是全团唯一的知青营长!团里有责任特别爱护你!"

林超然:"团长,我还是不明白。"

中年干部:"如果罗一民成了你的部下以后,哪天又弄出件反动不反动的事儿,连你也会有政治责任的。团长是为你好!"

团长:"明白了?"

林超然:"团长,我替他保证……"

团长一拍桌子:"思想在他脑子里,脑袋长在他脖子上,你替他保证得了吗？！"

林超然一愣，张张嘴，没说出话。

团长站了起来："反动不反动的，在我看那还是小事！一个二十几岁的知青，头脑里能生出什么真反动的东西？我是怕他哪一天想不开，做了什么伤害别人的事情！那你林超然责任就大了！"

中年干部："林营长，我再说一次，团长是为你好。"

林超然激动了："可是谁为了罗一民好？"

团长和中年干部都愣住了，互相看。

林超然："他一条腿已经落残了，可他在他那个连还得和大家干一样的活，不受半点儿照顾，这对他公平吗？人道吗？！"

中年干部也激动了："还不是因为他……"

团长："别打断他，让他说。"掏出烟斗吸起烟来。

林超然也掏出了烟盒……

中年干部："小林！"使眼色不让林超然吸烟。

团长："让他吸！既然都学会了，想吸了，干吗非不许他吸？我这儿都吸上了，那对他不是又不公平，又不人道了？"

林超然生着气吸烟。

团长："教训我啊，我洗耳恭听呢！"

林超然："给我纸和笔！"

中年干部："干什么？"

林超然："我立下字据！如果罗一民到了我们营，他再惹出任何事情，我负一切的责任！大不了当不成营长了！我又没想当上了营长再当团长……"

团长："嗯？！"

林超然："对不起，是气话。"

团长对中年干部说："你看他，咱们是为他好，他反而来气了。"又一拍桌子，"你来气我还来气呢！我还是刚才那句话，哪儿都可以调他，就你们营不可以！"

林超然："那我这个营长不当了，我要求调到他那个连去行不行？"

团长："来真的？"

林超然："当然来真的！"

团长："你你你你这不是故意气我嘛！"

林超然："团长，我也是一名知青呀！我更理解一名知青处在他那种境况之下，内心里会有些什么想法！"

团长："说给我听。"

林超然："他绝不会再说什么反动的话了，更不会伤害任何人！但……说不定哪天他就会把自己给了断了！我这个被他救过的，当上了知青营长的人，总得在那种事发生之前做点儿什么吧？"

团长和中年干部又互相看着。

团长："你怎么知道的？"

林超然："我到他们连去看过他了。"

团长站了起来，走到窗前望窗外，片刻转过身对中年干部命令地说："我批准了。"

林超然笑了。

团长走到他跟前，将一只手按在他肩上："那，罗一民可就交给你了——明白我这句话的分量吗？"

林超然点头。

一辆马车悠悠而行。林超然赶车，车上坐着罗一民，旁边放着行李、网兜……

罗一民："为什么非要把我调到你们马场独立营？"

林超然："因为你在我们那儿情绪会好点儿。"

罗一民："为什么亲自来接我？"

林超然："我喜欢赶马车。尤其喜欢赶长途马车。"

罗一民："为什么不事先征求一下我的意见？"

林超然："没那必要。"

罗一民："为什么你认为没那必要？"

林超然："谁都不愿整天看到某些打自己政治小报告的人，尤其在他们的目的达到了的情况下。"

罗一民："为什么你要同情我？"

林超然："你哪儿那么多'为什么'啊？如果我问你……为什么要豁出一条腿甚至可能是生命救大家，你能回答上来吗？"

罗一民："如果我并不感激你呢？"

林超然："你当时那么做救了大家，难道是为了日后获得感激吗？"

罗一民被反问得一怔。

林超然一挥鞭："驾！"
　　马车在雪野上奔驰起来。

　　马场独立营的一间宿舍里，火炕上腾出了能够铺下褥子的位置。林超然与罗一民走了进来。
　　林超然："你睡这儿。你这边是我弟弟林超越，希望你俩成为好朋友。"
　　罗一民将东西放在炕上，淡淡地说："要是成不了呢？"
　　林超然："那我也没办法啊！边防部队刚刚从咱们马场接走了几百匹马，目前只剩几匹种马了。咱们营现在的任务是配合工程连修路，而你，每天烧烧炕就行了……"
　　罗一民："你就不怕有人攻击你包庇一名思想反动的知青？"
　　林超然："马场独立营现在还没出现那种小人。在这儿，你和大家没区别。"
　　罗一民："有。"
　　林超然一愣。
　　罗一民："别人都去修路，我只烧烧炕，这明摆着是照顾。"
　　林超然："这点儿照顾，你当之无愧。"
　　他拥抱了一下罗一民，罗一民反应淡漠。
　　林超然走后，罗一民坐炕边，呆呆打量新环境。

　　天黑了，知青们都在睡觉。
　　罗一民起床，外出。
　　林超越也起床，跟出。

　　罗一民："我上厕所，你跟着我干什么？"
　　林超越："我也上厕所。"
　　罗一民："撒谎！"
　　林超越："真的。"
　　罗一民："你哥让你这么保护我的？"
　　林超越："我没接受他的什么特殊任务。"
　　罗一民："你这话是此地无银三百两！"
　　林超越："冷死了，别在这儿审我了呀！"搂着罗一民往厕所跑……

静静的冬夜,厕所里传出罗一民和林超越的对话:

"你小子怎么就这么听你哥的话啊?我蹲坑,你也装模作样地陪我蹲坑!告诉你哥,让他把心放肚子里,冲他非把我调来不可,我罗一民不生一死了之的念头了!"

林超越:"你多心了,我跟来可不是为了监视你!"

罗一民:"还撒谎!你连屁股也没擦就往起站!有你这么蹲坑的吗?!"

林超越:"我……我这几天大便干燥……"

罗一民:"我看你是大脑干燥!从明天起,把你哥交代给你的任务给我忘了!"

两人的身影缩头缩脑地往宿舍跑……

两人进了宿舍,见炕上乱作一团——有人的褥子烤着了,在大口往褥子上喷水……

褥子的主人:"罗一民,你他妈的把炕烧这么热干什么?"

罗一民:"对不起,没烧过炕,把握不好火候,以后一定改正。"

褥子的主人:"火你妈个候啊!你把我们当成贴饼子啊!"

罗一民:"你嘴里再不干不净的,我可对你不客气啊!"

褥子的主人:"你他妈的毁了我的褥子,我还想对你不客气呢!"那人光脚跳下地,挥拳朝罗一民便打……

林超越擒住了对方腕子:"他道过歉了,你嘴里还不干净,这可就是你的不对了!"

对方:"放开我,我非揍扁他不可!"

罗一民:"超越,你放开他,我倒要领教领教,看他怎么就能把我揍扁了!"

门一开,林超然进入。

林超然:"超越,放开他。"

林超越放开了对方的腕子,刚要说什么,被林超然制止。

林超然:"我在门外听多时了。超越,把你的褥子铺他那儿。"

林超越照办。

林超然:"你睡一民的被窝。"

林超越点头。

林超然卷卷罗一民的被子,夹腋下,搂着罗一民说:"你跟我睡营部去。"

罗一民不情愿地跟着他走。

林超然在门口转身,对褥子的主人冷冷地说:"为了以后说话干净点儿,你应该每天多刷几遍牙,多漱几次口!"

营部炕上,林超然仰躺着,罗一民背对他侧躺着。

林超然:"你刚才表现不错,总的来说,还算有克制力。这是我没想到的,我更对你刮目相看了……"

罗一民发出了鼾声。

林超然:"白表扬了!"说罢一翻身也睡了。

已是夏天,罗一民在擦营部的窗子……

篮球场上,知青们在打球,看球。

林超然骑马驰来,在营部门前下了马,将马拴在拴马柱上之后,兴冲冲地进了屋,从桶里舀一瓷缸水,一饮而尽。

他放下缸子,看着罗一民说:"自从你来了,许多人居然能喝上凉开水了,火墙烧起来也不倒烟了,宿舍干净了,事实证明我硬把你调来是正确的。"

罗一民脸上的表情毫无变化,也不接话,仿佛根本没听到,仍擦窗不已。

林超然:"一民,你下来。小心点儿,别摔着。"

罗一民从窗台上下来了。

林超然:"把窗关上。"

罗一民关窗,林超然关另一扇窗,两扇窗都关上了,屋里安静了。

林超然走到罗一民跟前,从书包里掏出一个大信封,交给罗一民,郑重地说:"认真填一下,尽快给我。"

罗一民:"什么表?"

林超然:"兵团总部对残疾知青返城条例做出了新规定,比以前宽松多了。我到团里去给你要了一份,将你作为咱们独立营唯一的申请人报上去,估计有希望……"

罗一民却不接信封。

林超然:"怕回去找不到工作陷于困境?我了解过了,不会的。哈尔滨缺人的单位很多，营里再给你写一份好鉴定，不会成什么问题的。"

罗一民："工作倒不难解决。我还不愿成为单位人呢，我父亲被允许开了家铁匠铺子，他老了，视力不济了，快干不了啦。我回去接替他，每月挣几十元不在话下。"

林超然："那快接着呀！"

罗一民："可为什么不跟我商量，自作主张地就把我调来了。又不跟我商量，自作主张地就去团里为我弄了这么一份表？你太不尊重我了，关于我的事，总得跟我事先商量商量吧？"

林超然将一只手放在了罗一民肩上，真挚地说："一民啊，如果你的话意味着是一种抗议，其实我两次那么决定之前都考虑过了。但为什么还自作主张地那么做呢？因为有的事，我根本就没把握一定能办到。明明自己不太有把握，再事先征求你的意见，万一你抱很大希望了，而我使你大失所望了呢？所以我宁肯先自作主张地去做，宁肯办成了反而面对你的不领情。我确信，我努力去办的事，对改变你的人生处境是有益无害的，并且我是在为一个本质良好的人去办的……"

最后一句话，竟使罗一民一抖。

罗一民："营长，你最后那句话，未必是对的。"

林超然："那也未必是错的。好人在别人说自己是好人的时候才羞愧。到目前为止，你这个人身上只有一点是我不喜欢的……"

罗一民："哪一点？"

林超然的第二只手也放在他肩上了："你的自尊心。"

罗一民："人不应该有自尊心吗？"

林超然："但你的自尊心是病态的，也是脆弱的。好人才不会不近情理地拒绝别人的善意和帮助。因为好人明白，那也等于是给予别人做好人的机会。"

罗一民："就算我接受你的批评了，那我也不会填表。"

林超然："我不强迫你，但请给我个明白。"

罗一民："兵团不给我平反，我是绝不会离开北大荒的！"

林超然的双手都从他肩上放下了："你好糊涂！你父亲已经是晚期胃癌了，你当我不知道吗？他就你这么一个儿子，你母亲那么早就去世了，他又当爸又当妈把你抚养大容易吗？早一点儿返城，早一点儿在他身边尽尽孝心，在我看来更重要！否则你会后悔一辈子的！人一辈子都在后悔那种滋味不好受！平反的事你返城了我也会替你挂在心上的，我相信早晚能有那么一天……"

罗一民流泪了："营长，那我听你的。"

林超然："听我的就对了！"

罗一民从桌上将大信封拿了起来……

林超然欣慰地笑了。

两人还坐在小炉旁。

林超然："刚才那是谁家孩子？"

罗一民："街坊家的。他妈是小知青，在郊区插过队，结过婚，离过婚，后来带着他返城了。孩子真是个好孩子，我喜欢他，他也亲近我……"

林超然："别只说孩子，他妈对你有那种意思了吧？"

罗一民："实话实说，有。一得空儿就到我这儿来！不是帮我做这做那，就是对我没完没了地倾诉，翻过来调过去就是她插队受的种种苦，烦死我了！"

林超然："别烦啊！谈恋爱本来就是件需要耐心的事儿嘛！"

罗一民："我？和一个寡妇谈恋爱？还拖着个小油瓶？那我甘愿打光棍！"

林超然笑了："刚才你还承认自己喜欢那孩子！得了，不说你那事儿了。现在我已不是你营长了，也是返城知青了，不为你的个人问题操那份心了……我来是给你送钱的。"

罗一民："钱？"

林超然："你还记得你离开老连队时，连里差你三个半月工资吗？"

罗一民："当然记得。说我那三个半月是被劳改，所以不能补给我。什么时候想起来都生气……"

林超然从书包里取出一个厚信封，抓起罗一民一只手，拍在他手心上："我替你要到了，点点。"

罗一民将钱从信封里抽出一半，看看不禁地眉开眼笑："我今天真是财运亨通啊！别鄙视我见钱眼开啊，我想不笑都不能了！"

他更加笑得合不拢嘴，站起，一瘸一拐地拿着钱走入里屋去了。

林超然看这看那……

罗一民出来了，仍满面喜色，豪爽地说："今天我觉得我忽然成了有钱人了。什么时候你缺钱了就打个招呼，别见外。"

林超然:"会的。坐下,还有事儿。"

罗一民坐下了:"别接着是件不好的事啊!"

林超然:"谈不上多好,但也没什么不好。"又从书包里取出了一个信封递向罗一民:"我说过我会把你平反的事儿挂在心上的。里边是团里师里出的平反证明。"

罗一民接过,看看说:"其实我返城以后,没任何人把我当现行反革命看。我的档案由街道掌握着,粉碎'四人帮'以后,有一个时期街道上还视我为反'四人帮'的英雄人物呢!这没什么意义了是吧?"

林超然:"是啊,没什么意义了。当纪念性的东西保留着吧。"

罗一民:"好,听你的。"

林超然站起来。

罗一民急说:"不许走!我也不干活了,我请客,找地方喝个痛快。"

林超然:"不行,我还要到江北去看我父亲。看看我六十多岁退了休的老父亲,为了生活,在什么情况下,还在干着什么活儿。"

罗一民理解地说:"那我不勉强了。江北挺远的呢,我这有辆小破三轮车,你骑着去。"

他从钥匙链上取下一把钥匙给了林超然。

林超然骑着小破三轮车的身影行驶在一条街道上,他将车停在一处存自行车的地方。

他匆匆在江畔走着。雪后的江畔风光美好,观景照相的人不少,他却目不旁视,只管大步腾腾往前走。

他走在江桥上。

他来到了江北,来到了父亲干临时工的工地,那是郊区的一片荒野,堆着一堆堆水泥预制板,停着两辆卡车。

他进入破败的工棚,见大铁炉子周围,有些小青年吃饭、下棋、打扑克;什么地方有收录机,播放着迪斯科音乐……

他大声问一名小青年:"请问林师傅是不是在这儿干活?"

小青年:"什么?这儿没有驴师傅!"

他用目光四处寻找，发现了收录机，大步走过去将它关了，工棚里顿时安静下来。每个人的头都转向他，每个人的目光都瞪向他……

林超然："请问林德祥林师傅是不是在这儿干活？"

一名青年："老东西从不在工棚里休息！"

林超然皱眉又问："那他在哪儿休息？"

青年："外边！"

林超然："外边？为什么？"

另一名青年："我们怎么知道为什么？自己找去！"说完又打开了收录机。

工棚里又听不到说话声了……

林超然只得退出了工棚，举目四望，却见一道覆盖着积雪的土坡后边升着青烟……

林超然翻过土坡，见到的是这么一种情形……有处地方被铲出了凹窝，垫了一张草帘子，其上蜷缩一人，穿一身又脏又破的棉袄裤，脚上的棉胶鞋打了好几处补丁，头戴旧棉帽，显然已很不保暖，肩上还戴着垫肩，磨得锃亮。林超然走近，蹲下细看，认出正是父亲。父亲的右手拿着咬剩半块烤黑了的馒头。旁边，是一小堆树枝燃起的火，已快灭了……

林超然不久前曾收到一封父亲写给他的信，信中有这样一段话："超然我儿，我瞒着你妈，让你妹给你写这封信。我的意思是，虽然可以返城了，但你千万不要随大流儿！你已经是营长了啊，你有这么一天不容易的。哈市工作很难找，家里房子又小，你媳妇又怀孕了，如果长期找不到工作，家里又帮不上你，那不惨了吗？所以啊儿子，千万听爸的话，也别惦念父母怎样，一心扑实地继续当好营长吧……"

眼前的父亲淌下清鼻涕来，就要淌过上唇了。林超然掏出手绢，轻轻替父亲擦鼻涕，结果将父亲弄醒了……

父亲："超然？"往起站，林超然赶紧扶父亲站起。

父亲："你！你怎么不听我的话，到底还是返城了？"

林超然："爸，我不是返城……我是探家……"

父亲："那你也不该到这儿来找我！有什么急事儿？"

林超然："没什么急事儿……我……我不是太想您了嘛！"

不远处传来哨声、喊声："干活啦！都抄家伙，继续装车！"

父亲踏火堆，林超然帮着踏。

林超然："爸，人家休息的时候都待在工棚里，你干吗一个人待这儿？"

父亲："老了，中午不眯一会儿，下午就拿不成个了。拿不成个了，就干不了活了。干不了活了，就对不起人家开的那份工钱！"

林超然："听我妈说，不是请您当技术指导吗？"

父亲："这儿干的活没有什么了不起的技术，冲我曾经是六级水泥工，让我质量上把把关罢了。现在是冬季，不能浇铸，所以我也不能白拿工资……"

林超然望望成堆的预制板，不禁又问："爸，你也抬？"

父亲："我不抬，充大爷啊？"

又传来喊声："老林头！老林头你死哪儿去了？快滚出来干活！"

林超然愤怒了："这么没大没小，我要教训教训他！"

父亲："你给我站住！一些个小青年，骂骂咧咧的惯了，犯不着和他们一般见识！你快走吧，等我下班回家咱爷俩再聊。"

林超然犹豫。

父亲急了："走啊！你不走我走！"

父亲说走真走，登上土坡，消失在土坡后……

林超然站在原地发呆。

土坡后传来号子声，夹杂着骂人的脏话。

林超然也登上了土坡，见父亲显然已不堪重负，腰已不能像小青年那么挺直了……

他擦了一下脸，因为脸上不知何时淌下泪来。

他望见父亲一条腿一弯，接着被抬杠压得跪倒了。

林超然跑了过去……

一伙小青年皆瞪着父亲，其中一个训斥："老林头，到底行不行？不行干脆声明！"

父亲："我不是脚底滑了一下嘛！"

另一青年："别找借口！数你拿的钱多，干起活来却他妈熊了！叫我们声大爷接着抬，不叫都不跟你一块儿抬了！"

父亲："你小子别跟我犯浑啊！"

那青年："嘿老家伙，今天来脾气了？我偏跟你犯浑，你能把我咋样？"

其他青年都袖着手笑，看热闹。

林超然赶到，怒不可遏，揪住对方衣领，扔口袋似的，将对方扔出老远，一屁股坐在地上……

那小青年："哥儿们，揍他！谁上今晚我请谁！"

另外几个小青年围住了林超然。他从地上抓起杠子，怒吼："谁敢上？谁上我一杠子打死他！"

小青年们被镇住了。

林超然："我警告你们，以后谁再对我老父亲口出脏字，我饶不了他！"

他们的目光不禁都望向林父……

羞辱林父那小青年欲扑向林超然，被另一小青年拉住，劝道："算啦算啦，人家不是父子嘛！也怪你，谁叫你一说话总骂骂咧咧的！"

父亲："都给我闪开！"

小青年们散开。父亲走到了林超然跟前，瞪着他，突然扇了他一耳光，将他帽子都扇掉了——他被扇蒙了。

父亲对那小青年说："这公平了吧？"从林超然手中夺下杠子，喝道，"走！用不着你在这儿显张长！"又对小青年们说，"还都愣着干什么？弯腰挂钩，我起号子！"

在父亲喊出的音调苍老嘶哑的号子声中，林超然呆呆望着他们将预制板抬走了……

天黑了。林超然的背影伫立江畔，江桥台阶旁停着那辆小三轮车。

有人下江桥了。林超然转身走到台阶口，下桥的正是林父……

林超然："爸……"

父亲："你怎么在这儿？"

林超然："我在等着接您。您看，我骑来的。这您不就省得走回家了吗？"

父亲："谁的？"

林超然："罗一民的。我去看他，他借给我的。罗一民您记得吧？"

父亲："小罗子啊，当年你那个营的嘛，熟得很，逢年过节常到咱家来，每次都不空手。冬天有时我走累了，就绕他那儿去歇歇，暖和暖和。"

林超然将说着话的父亲扶上了三轮车。

林超然蹬着三轮车行驶在江畔。

父亲："超然，我当着他们扇了你一撒子，你别生气。"

林超然:"爸我不生气。如果生气还能等着接您吗？"

父亲:"他们那是些受过劳教的青年！父母都管不了他们，劳教也没把他们劳教好，但那社会也得给他们份工作，使他们成为自食其力的人。要不一个个非滑歪道上去不可，对不对？"

林超然:"对。"

父亲:"所以呢，我一名退休老工人，能忍就忍忍，不和他们一般见识，慢慢感化他们，不能因为一句半句话耽误了干活，是吧？"

林超然:"是。"

父亲:"你和他们不一样。你是当营长的人，兵团的营长那也是营长。你一旦跟他们争凶斗狠地打起来，伤了你我心疼；伤了他们，说不定派出所会拘你。那要传到你们那儿，你这营长的面子往哪儿搁？我当时不给你一撇子，活不是就没法干下去了吗？明白？"

林超然:"爸批评得对，我明白了。"

车驶近防洪纪念碑。

父亲:"停一下。"

林超然将车刹住了。

父亲望着防洪纪念碑说:"多少次总想摸摸它，靠着它坐一会儿，总也没了愿。"

林超然:"爸，下次吧。"

父亲:"这不到近前了嘛，扶我下车。"

林超然只得将父亲扶下车。

父亲甩开他的手，走向纪念碑，林超然只得跟着……

父亲踏上台阶，摸碑基，绕着碑基走，最后弯下腰抚摸竣工石，喃喃着:"这碑，这一部分江堤，当年主要是我那个班组修建的。五七年那场大水真吓人，我们先抗洪，紧接着又施工。班组里累倒了好几个，我这个班长硬挺着，提前半个月完成了任务。原以为竣工石上会刻下哪个班组完成的，却没有。没有就没有吧，没有也光荣……"

父亲竟靠着碑基坐下了。

林超然:"爸，别坐这儿呀，走吧。这凉……"

父亲:"坐一会儿不怕，你也陪爸坐一会儿。"

林超然只得坐在了父亲身旁。

父亲探手怀中,掏出了一个铁皮酒壶,扭开盖喝了一口,朝林超然一递:"你也喝口。"

林超然略一犹豫,接过,也喝了一口,还给父亲,问:"哪来这么个东西?"

父亲:"小罗子给做的。他手艺不错……猜我每月还能挣多少钱?"

林超然:"猜不着,多少?"

父亲又喝了一口酒,知足地说:"整整五十!加上我退休工资,一个月小一百元。所以我信上说,家里的事儿你不用操心,有我呢!"

林超然:"我以后不操心了。"

父亲:"以前家里一点儿底也没有,趁我现在还能挣,得赶紧攒点儿。你妹你弟结婚,我这当爸的怎么也得添置一两件大件,对不?"

林超然:"对。"

父亲:"你弟今年又不回来探家了?"

父亲说话之间,不停地喝酒。

林超然也往碑基一靠,眼望夜空,下了决心又鼓起勇气,语调缓慢而凝重地说:"爸,您在我心目中,始终是一位坚强的父亲。所以我认为,某些对于咱们家不好的事,可以长时期地瞒着我妈、我妹,我却不应该长时期地瞒着您。那,就让我这会儿对您说实话吧。老不说,我的心理压力太大了。说了,您作为父亲,那也能替我分担分担。今天晚上,我就再陪您哭一次……"

夏季。林超然在和战友们打马草。

一名知青跑来,惊慌地说:"营长,不好了!林超越在给军马打疫苗时,被那匹发情的种马踢了!"

林超然:"伤得重不重?"

对方诚实地说:"很严重,双蹄正踢在胸口!"

林超然弃了钐刀就跑。

卫生所门外聚着许多知青。

林超然跑来,众人闪开……

林超然进入卫生所,见弟弟仰躺床上,而颈挂听诊器的女卫生员束手无策的样子……

林超然将她扯到一边,小声地问:"情况怎么样?"

女卫生员："很不好。我已经让人套马车去了，得赶紧往团部医院送，但可能……来不及了……"

女卫生员哭了。

林超然扑到床前，轻唤："超越……弟弟，弟弟……"

弟弟的上衣呈现两个清清楚楚的蹄印，他睁开了双眼，吃力地说："哥，我喘不上气……像有双手……把我气管拽断了……"

林超然："别说话，别怕，马上就送你去团里……"

弟弟："哥……如果我死了，别对家里说我是这么死的……这种死法，太不……壮烈了……你要，编种死法……壮烈的那种……那，对爸妈和小妹，也算是慰藉……"

弟弟突然口中喷血，头一歪，死去。

"弟弟！……"

林超然扑在弟弟身上痛哭。

马嘶声，夹杂着脆响的鞭打声。

傍晚，马棚外；罗一民在猛抽一匹拴在马栓上的马。

有人擒住他腕子，是林超然。

罗一民："营长，咱们让它偿命，打报告申请枪毙它，吃它的肉！团里如果不批我偷偷干掉它！"

林超然："它不是人，是匹马啊！大家都在跟我弟告别，你也去看他最后一眼吧！"

他夺下鞭子，将罗一民推走。

他瞪着马，马也瞪着他，一双马眼很无辜。

他扔了鞭子，抱住马头无声地哭……

林超然："爸……"

父亲悄无声息。

林超然扭头一看，父亲手拿酒壶，已不知何时醉睡过去了。

寂静无人的马路，清冽的路灯光下，林超然蹬着三轮车，父亲仍歪头睡在车上……

第 三 章

何家。只何凝之一人在家,她双膝平伸,靠着侧墙坐在"床"上织毛线,身下铺一张狍皮,腿上盖着被子,还披着大衣,另一张狍皮铺在旁边。

她不时抽一下鼻子,显然要感冒。

外门响,她扭头朝里屋门口看,进来的是林超然。

凝之:"你怎么才回来?"

林超然:"罗一民借了我一辆小三轮车,我等到我爸下班,蹬那小车把他送回家的。半路一边的轮胎还没气了,可爸又睡在车上了,我只得推着车走。"

他摘下帽子挂墙上,发现了挂在墙上的二胡,问:"咦,我嫌麻烦不让带,你怎么把它带回来的?"说罢坐在了"床"边。

何凝之:"你一转身我就卷狍皮里了。"她笑道。

林超然:"你还真有主意。"

凝之:"我爱人喜爱的东西嘛,多不好带那也得带回来。吃了没有?"

林超然:"车快到家门口爸醒了。妈和小妹等不及,吃过了,我陪爸吃的。"

何凝之:"你看,我把窗缝都糊上了。没找到白纸,却找到了几张大红纸。觉得暖和点儿了?"

窗子一经用红纸条糊过,显得屋里挺有喜气的。

林超然却淡淡地说:"没觉得暖和。"

凝之:"起码不觉得有风了吧?"

她又抽了下鼻子,掏出手绢擤鼻涕。

林超然坐到了她旁边,商量地说:"凝之,你看这样行不行?让我小妹住你家来,咱俩还是住我家去。你和我妈睡火炕,我和我爸睡吊铺。"

凝之："别折腾了吧，让你爸每天上上下下的，那我怎么忍心？"

林超然将针线从她手中拿去，放"床"上，焐着她双手说："在屋里手都冻得这么凉！冬天过去还早呢！你能克服，那也得为孩子着想！"

凝之："行，听你的。"

林超然："怎么就剩你自己？"

凝之："静之不知从哪儿搞了三张话剧票，市话剧团演的《于无声处》，说是最后一场了，完成文艺使命了，以后就不演了。我爸妈也没看过，就都去看了。你手更凉，狍皮可热乎了，放被里暖和暖和……"

林超然将一把椅子搬到"床"前，坐下，双手伸被子底下，头侧枕在被上。

凝之又拿起毛线织，并说："给你父亲织个脖套，争取年前织成。"

林超然："我以为是为小家伙织的什么呢。"

凝之："暂时还顾不上他。我觉得你心情又不好了。"

林超然语调悠长地说："是啊，简直还可以说糟透了。为我唱支歌吧，唱那首你跟鄂伦春人学的情歌。"

凝之："好久没唱那首歌了。当年因为不但学了，还传唱，严严肃肃地开过我的批判会。"

她一边织毛线，一边轻轻唱了起来：

> 威参拉哥哥，我有点儿小米，给你做小米饭吧，那依呀！
> 韦丽艳姐姐，我来不是为吃小米饭，而是来找你的好意，那哈依呀！
> 威参拉哥哥，我有点儿树鸡肉，给你炖鸡肉吃吧，那依呀！
> 韦丽艳姐姐，我来不是为吃你的树鸡肉，是向你求婚来的，那哈依呀！
> 威参拉哥哥，我有点儿飞龙肉，用它为你下酒吧，那依呀！
> 韦丽艳姐姐，我来不是为了喝酒的，而是要和你过好生活，那哈依呀！
> 你如果真有这个心思，咱们就骑上烈马，双双往大兴安岭奔驰吧，那依呀！
> 咱们赶快备上马鞍，跨上烈马，唤上忠实的猎狗，向大兴安岭奔驰呀！
> 那依呀，那依呀，那哈依呀！……

凝之的歌声刚一停，但听有人在门口那儿鼓掌……

凝之转头，超然转身，见慧之不知何时回到了家里，身上的书包还没取下。

林超然："你怎么无声无息地进了门？"

慧之："在门外就听到我大姐唱了，怕打断嘛！没想到还有一个忠实又亲爱的听众，那么无比幸福地听着！"

凝之默笑不已。

慧之真挚地说："太温馨了，太浪漫了，太令我感动了，但愿我以后也会有这么幸福的爱情……"

她情不自禁地朗诵起诗来：

我必须是你近旁的一棵木棉，
作为树的形象和你站在一起。
根，紧握在地下，
叶，相触在云里。
每一阵风过，
我们都互相致意，
但没有人，
听懂我们的言语……

突然，灯灭了。

慧之："真讨厌，又停电。"

林超然："那是哪国诗人的诗？"

慧之："哪国的？中国的！难道中国就不该有好的当代诗人了？"

凝之："女诗人舒婷的《致橡树》，她都成了舒婷迷了。"

慧之："大姐，为了我未来的小外甥，我借了一个暖水袋。"

凝之："哎呀，老鼠钻我这儿了！"

林超然搂抱住了她："镇静、镇静，别惊着咱们宝宝！"

第二天早晨，阳光照透窗帘，可见"床"上并躺着三姐妹。凝之居中，林超然睡在"床"的一边。

窗外有人喊："家里有人吗？何静之在家吗？"

静之醒了，从枕下摸出手表一看，坐起大叫："都起来！快！快！今天家里要大施工，我怎么把这茬儿给忘了！"

何家门外，聚着罗一民、杨一凡等四名返城知青，三辆自行车一辆平板车上，托着放着水泥袋、沙袋、白灰袋、烟筒、瓦工工具什么的……

静之出了家门，一边梳头一边说："对不起，对不起，没想到你们来得这么早。"

罗一民："静之，其他的我们都带来了，可砖呢？没砖怎么砌火墙？"

静之："砖有的是！"朝罗一民背后一指，"那不！"

罗一民等转身看，校园某处码着将近一卡车新砖。

罗一民："那不是学校的吗？"

静之："大冬天的，学校暂时又不用，我认为我家可以先用一些，以后还上就是了！都听我的，搬！"

林超然也出来了，一眼看见杨一凡，高兴地说："一凡！正想着哪天去看看你，你居然也来了！"

杨一凡那么与众不同，他戴的是一顶短帽耳朵的毡帽，还背着画夹子。

杨一凡矜持地说："一民给我下达命令了，我不敢不来。"

林超然与杨一凡拥抱了一下，之后向罗一民："他俩我不认识，介绍介绍。"

罗一民指着说："他俩和静之一个连，我们也头一次见。"

静之已扎着围裙抱来了几块砖，放下后指着说："大徐、黑兔子，名不重要，这么叫他俩就成。"

那两名男知青笑了。

林超然将静之扯到一旁，小声地说："用学校的砖，你父亲同意了吗？"

静之："如果事先请示他，那他当然不同意！"

林超然："他要是生气了怎么办？"

静之："不是有你和大姐扛着吗？"说罢走开了。大徐和黑兔子紧随其后。

罗一民："摊上这么个小姨子，有时候有苦说不出吧？"

林超然苦笑。

罗一民："你岳父母不在家？"

林超然："我岳父为学校搞煤去了，岳母家访去了。昨天咱俩见面时，你怎么没提今天要来我家？"

罗一民也笑了："昨天我一下子成了富人，高兴得忘了。"

静之他们三个又搬过砖来了。

静之："姐夫，别光站这儿说话，你也得搬，就罗大哥可以不搬。"

林超然指着杨一凡说："他也可以不搬。"

静之这才打量杨一凡："你背个画夹子来干什么？"

林超然："他是画家。"

静之困惑地向罗一民："你怎么替我请个画画的？"

罗一民："他一听说是帮营长家干活，非来不可。"

杨一凡："我来了自然会发挥能力的，到时候你就知道了。"

静之一转身走了，嘟哝："莫名其妙！"

林超然反穿一件脏兮兮的上衣，也在搬砖。他等静之走到身旁，小声说："他叫杨一凡，将来肯定能成一位优秀的画家！在兵团时，神经受过刺激，住过精神病院，你跟他说话要有分寸。"

静之大为意外，不由得扭头看，见杨一凡在仰头望天，空中飞过一群鸽子，鸽哨悠悠……

慧之在喊："静之，又来一个找你的！"

静之走过去，见对方戴滑冰帽，穿得单薄，是那种要风度不要温度的主儿，明明很冷，强忍着做派。

静之："你怎么什么也不带就来了？"

对方："第一次见面就得带东西啊？"

静之："就你这身，冷不说，也没法干活呀。"

对方："还得干活呀？"

静之："不干活你来干什么？"

对方："你征婚广告上，那也没写着第一次见面就得经受劳动考验啊！"

静之一听，急说："得了得了！"一摆下巴，示意对方走向旁边。

静之："你多大了？"

对方："去年高三毕业了，还在家待业。我叫你姐行吧？"

静之点头。

对方："姐，我不嫌你年龄比我大。现在我就可以肯定……我爱上你了。我一见钟情了，深深地，深深地爱上你了。"

静之："弟,听我说啊,你现在的情况,第一是找工作,或者争取考上大学。恋爱的事儿别急,先往后放放。"

对方："姐,我认为对于人生,爱情是第一位的,其他的事反而都很次要。"

静之："可姐不这么认为。再说,你不嫌我年龄大,我还嫌你年龄小呢!"

对方："姐,那你太'左'了,'左'的时代已经过去了。"

静之："这和'左'不'左'没什么关系。快回家去!要不你会冻坏的!"

对方："不。你起码得给我一种希望……"

静之："不给!"转身喊,"大徐!"

大徐应声而至。

静之将大徐扯到一旁,悄语。

大徐："你别管了。"

大徐走到"滑冰帽"跟前,拍拍身上灰土,搂着"滑冰帽"的肩,一边往校门外走,一边小声说:"她挺好看是不是?"

对方连连点头。

大徐："凡事得讲究个先来后到对不对?"

对方又点了一下头。

大徐不搂着他了,抚了他头一下,瞪着他说:"好孩子!实话告诉你,你来晚了一步。死心吧,她属于别人了!"

对方帽子被他捋歪了,正了正帽子,边掏兜边说:"我不信!不可能!"

大徐："怎么不可能?"

对方："我有证据!她不久前才征婚的!……"

对方掏出了征婚启事给他看。

大徐不屑一顾地说:"嗐,不久前在我这就是很久以前了!她前天起已经是我老婆了!"用手指着干活的人又说,"看见了嘛,都在帮我修新房!"

对方急了："更不可能!你配不上她!"

大徐："混账!再也不许你出现在她面前!听话你以后还真有可能认个姐,不听话我修理你!"

传来静之的喊声："给他点儿钱,让他一定乘车回家!"

大徐掏出钱塞对方兜里。对方掏出钱扔地上，悲愤地说："我不要钱，我要爱！"

大徐威胁地说："不识抬举，滚！"

对方向校门那儿退行，目光望着静之的身影。

大徐回到静之身边："任务完成了。"

静之："你跟他说了些什么？"

大徐："我说你是我老婆了，他来晚了！"

静之笑着打了他一下。

传来"滑冰帽"的喊声："何静之，我爱你！"

干活的人皆循声望去。

静之："你就这么完成任务的啊？"

大徐："这小兔崽子！"他捡石头要投，被林超然拦住了。

林超然："都装没听到。"

于是大家又干活。

慧之对静之说："闹心吧。"

静之苦笑地说："唉，人要该出名了，一不小心那就出了名了，一点思想准备都没有。"

"滑冰帽"还在退行着，脸上居然流下了泪。

校门外开来两辆装煤的大卡车，脸上尽是煤灰的何校长跳下车，开大门。

"滑冰帽"喊："何静之！我爱你！坚决地爱你！"

他撞在何校长身上。

何校长一把抓住他腕子："你刚才喊什么？"

"滑冰帽"哭叽叽地说："我爱她。"

何校长上下打量他，吼："我禁止你爱她！"

"滑冰帽"："我爱她任何人都阻挡不了，历史的车轮也阻挡不了！"

何校长还想说什么，"滑冰帽"挣脱手跑了。

两辆装煤的卡车开入校园。何校长大喊："哎！你们哪儿的？谁允许你们搬动那些砖的？"

林超然和大徐、黑兔子都搬着砖呆住了,一时不知如何是好。

静之对林超然小声说:"姐夫说好的啊,兵来将挡,水来土掩!"不理那茬儿,低下头,仍搬着砖快快地往家门口走。

何校长大步腾腾奔将过去,厉声地说:"放下放下!"

三人将砖放下了。

何校长:"超然,你这是带头干什么?为什么往咱家搬学校的砖?"

林超然:"爸,不是我带的头儿。是静之……她想在里屋砌火墙……"

何校长:"她?……没我允许,她怎么敢!我看就是你的主意,你找来的人!哼!"

他一转身又大步腾腾奔向家里。

何家里屋,罗一民已砌起了两层砖,慧之在和泥,凝之端着托盘从外屋进入,其上是几只沏了茶的水杯和一盘子炸馒头片儿;杨一凡也不知何时进了屋,正坐在"床"边脱鞋……

静之神色不安地进入。

凝之没看出来,对她说:"招呼你们连那两个进来喝口茶,吃点儿馒头片儿,不够我再炸。"

静之:"有点儿不妙,爸回来了。"

她话音刚落,何父气冲冲闯入,喝道:"停止!"后边跟着蔡老师,同样一脸黑。

屋里的人,除了杨一凡,都呆呆看他。

何父指着静之、慧之,生气地说:"你们两个没脑子啊?怎么那么听你姐夫的!"

慧之:"爸,不是我姐夫的主意!"

何父:"你别包庇他!"

静之:"爸,不管谁发动的事儿,只不过是借用一些学校的砖,你何必急赤白脸的。"

何父:"借用?经谁同意了?我不只是这个家里的父亲,还是这所中学的校长!你们谁问过我一句?"

慧之:"爸,如果事先问你,那你会是什么态度?"

何父被问得一怔。

慧之:"诚实点儿回答。"

何父："岂有此理！慧之你怎么也变得这么没大没小？我的态度那是另一个问题！"

静之："爸，我姐夫想得很周到，你看，总共搬了多少砖，这张纸上都清清楚楚地记着呢，开春一块不少地还给学校就是了。"

何父："你！何静之！先回答我另一个问题，刚才有个戴滑冰帽的，你跟他怎么回事？"

静之："戴滑冰帽的？我没看见戴滑冰帽的呀！"

何父："也没听到他喊？！"

静之："我什么也没听到呀！"看大家："你们听到了吗？"

一个个都摇头。

何父猛一转身："慧之！你！听到了？还是没听到？"

慧之："我似乎听到了一耳朵，有人喊'车行之，我爱你……'"

杨一凡已经脱了鞋，站到"床"上了，他背对着大家一动不动地说："我也听到了。"

大徐搂着何父的肩走到一旁，小声地说："我父亲年纪比您大，我叫您'叔'行吧？"

何父点头。

大徐："叔，它是这么回事——我姓车，敝名行顺，静之的兵团战友。我妹妹叫车行之，她不幸病故了，她小对象一看见我就跟着我，还喊慧之说的那句话。爱得太深，精神有点受刺激了。"

杨一凡的背影一动不动地说："爱有时是会使人疯掉的。"

何父扭头看杨一凡背影，小声向大徐问："他，那是想干什么？"

大徐："在构思。"

何父："构思？"

林超然："他是画家，我那个营的。"

杨一凡的背影："一张白纸，可画最好最美的图画，但是也可以……"

林超然向何父指了指自己太阳穴，手指还绕了几圈。

何父皱眉，心烦地挥了下手，对林超然数落："砖是建材，紧缺物资，说还就能还上了？咱们哪儿买去？"

黑兔子："不就一百多块砖嘛！我小舅是砖厂副厂长，到时候包我身上了。"

始终没说话的凝之此时开口了："爸，我支持在里屋砌火墙。"

何父:"那你还莫如说你支持咱家人挪用公物!立刻拆了,把砖搬回去!"

凝之:"比起砖,人更重要。你是学校的人,我们姐妹三个是国家的人,在不影响集体利益的前提之下,为了人不冻病,我认为挪用一下闲置着的公物是可以的,何况以后还会如数归还。"

林超然赞同地点头。

何父:"超然你还点头!集体的东西应该秋毫无犯!"

凝之:"没有人就没有什么集体,人在一切物资之上!"

何父:"别反过来教训我!拆、快拆!"

凝之:"爸,如果挨冻的不是咱家人,是学校里的别人家,你这位校长也这么小题大做?"

何父:"你!……"

蔡老师:"老何,算啦算啦,这页纸我揣着,校务会上你解释一下,我做个证不就行了吗?我也不认为是什么原则问题。走,走,我身上带着澡票呢,咱俩找地方洗澡去!"

他将何校长推走了。

静之亲了凝之一下:"大姐,有你的!"

凝之:"你呀,惹爸生气的事儿又往你姐夫身上推!"

静之:"那他也不能白当姐夫呀!"

林超然:"当姐夫的就得心甘情愿当替罪羊吗?"

静之:"怎么我觉得你这姐夫挺心甘情愿的呢?"

众人都笑了。

静之端起托盘请大徐和黑兔子吃馒头片儿。

大徐:"哎哎哎,静之,我替你遮了那么大的谎,怎么也该有点表示吧?"

静之亲了他一下。

大徐乐了:"值!"

大家都乐了。

慧之:"就没我的功劳啦?"

静之深鞠一躬:"亲爱的二姐,小妹多谢了!"

罗一民又砌起砖来。

慧之却看着杨一凡困惑,因为他已开始用铅笔在白纸上画格子,也不用尺子，一笔笔画得很直，一看就是受过专业训练的。

慧之小声问林超然："他想干什么？"

不待林超然回答，静之凑她耳说："想干什么都随他便，别管。"

慧之："可这是咱们的家。"

凝之："咱家人都要做尊敬艺术家的榜样。"

慧之眨眨眼，不知说什么好了。

林超然："听你大姐的吧。"他从慧之手中拿过铁锨，和起泥来。

火墙在大徐和黑兔子的帮助下快砌成了，而"床上"，毯子褥子都已掀开，杨一凡和慧之都站在"床"上了，杨一凡手持大毛笔，慧之双手捧一大碗墨。

林超然、凝之、静之、罗一民、大徐和黑兔子都目不转睛地看着。

杨一凡的笔饱蘸墨汁，拉开架式，唰唰唰，纸壁上出现了龙飞凤舞的草书——苏东坡的《赤壁赋》。

罗一民等三人齐声地说："好！"

静之："大江东去，浪淘尽，千古风流人物……"

捧着墨的慧之，看一眼白纸，看一眼杨一凡，看人看字都看呆了，看得无限崇拜。

火墙快砌好了，《赤壁赋》也一气呵成了。

慧之端着托盘对杨一凡说："请用茶。"

杨一凡端起一杯茶，只喝一口就放下了，既不看慧之一眼，也不看自己的书法一眼，却盯着窗上的霜花看，并说："霜花真美。"

慧之："也请吃几片馒头吧。"

杨一凡拿起一片馒头，一边吃，一边走到窗前去细看霜花。

而慧之的目光几乎不离开他，她有点儿被他迷住了。

外屋，林超然夫妻俩和静之在烙馅饼。揉面的揉面，包的包，看锅的看锅。

林超然："凝之，爸回来后，不论他说什么，千万不要再和他争辩了，要照顾他的自尊心。再说，今天的事，也有咱们做得不对之处。"

凝之："爸不会生我的气的。我主动向他赔个礼，他就又高兴了。"

静之："姐夫，多谢你掩护了我啊！"

里屋，火墙已大功告成。杨一凡在指点着让罗一民进行细加工，而大徐和黑兔子在各自搅拌一盆兑成粉色和米黄色的粉浆。

杨一凡："这几条缝还要勾一勾，看这儿，砖缺角儿了，抹平。还有这里，也要抹平。应该像对待作品一样对待自己所干的活儿。"

罗一民："听你这口气，还真把我们哥儿当小工了！"

杨一凡："什么小工不小工的。这会儿拿自己当小工，是对我的严重侮辱。"

大徐："怎么反倒是对你的侮辱？"

杨一凡："因为此时此刻，你们都是一位艺术家的助手，这是你们的荣幸。"

黑兔子对大徐小声地说："咱俩跟他不熟，你别随便插话，叫怎么干怎么干就是了。"

杨一凡转而看两只盆，指示："这只盆里加一碗水，这只盆里加一勺颜料。"

黑兔子："是，是，立刻照办。"

慧之则倒背双手靠墙站着，目不转睛地看着杨一凡，聚精会神听他说的每一句话。她穿着医院里那种白褂子，戴护士帽，俨然一位白衣天使。

杨一凡终于坐在椅子上了，看着慧之说："我渴了。"

他看她那种目光极为单纯，像幼儿园的孩子看着阿姨。

慧之将一杯水端给了他："这是你那只杯，我刚为你加了水。"

他显然也没听她在说什么，心思只在水，接过杯也只喝了一口就还给她了，若有所思地说："我也饿了。"

慧之放下杯，把盛馒头片儿的盘子端给了他。他不再看她，拿起一片，若有所思地吃。

慧之又退回原处背手而立，仍目不转睛地看他。

杨一凡吃完馒头片儿，站了起来，自说自话地说："我要开始工作了。"

慧之又走到了他跟前，表现出了一名真正的艺术家助手的谦卑："需要我做什么？"

杨一凡："大号排刷。"

慧之从打开的画夹里拿起一只排刷递给他。

杨一凡走到了火墙那儿，慧之跟过去。

杨一凡："米黄色那盆灰浆。"

黑兔子："得令。"

杨一凡看着火墙仍若有所思，连头也不转一下："你可以歇一会儿，由她端过来。"

黑兔子只得退后，慧之默默将盆端到了他跟前。

杨一凡也不看她一眼，只看盆，刷子在盆里反复蘸了蘸，往火墙上刷了第一下……

杨一凡终于休息一会儿了，黑兔子遵照他的"命令"，万分荣幸地接过排刷，刷边边角角没什么艺术要求的部分。

他也学杨一凡的艺术家范儿，命令大徐："红色……"

大徐赶紧将颜料盆双手捧他眼前。

黑兔子："饿……"

大徐赶紧放下盆，往他口中塞馒头片儿。

黑兔子刚刷了两刷子，又张大了嘴，直啊啊。

大徐："你小子什么意思？"

黑兔子："渴……"

大徐："你还想让我往你嘴里倒水呀！"

慧之看着笑得咯咯的。

罗一民暗自着急，只能忍住不发作，头撞桌子。

杨一凡却完全不关注黑兔子和大徐两个，看着慧之忽然说："你穿白大褂真好看，像白衣天使。"

大家一阵肃静，皆愣愣地望着他……

天黑了。校园里，何校长在学校的砖那儿点数，并将砖垛码齐。

何校长走到了家门口，轻轻推门而入。里屋传出何母快乐的笑声。

静之的声音："我爸当时那种严肃的样子具有很高的可笑性……"

何校长在外屋干咳一声，屋里安静了。

何校长推门进了里屋，屋里的情形使他呆愣在门口。他所面对的纸壁上的《赤壁赋》使他呆愣，每扇窗的红色窗缝纸使他呆愣，火墙炉子尤其使他呆愣，那简直是工艺品，涂出了阿拉伯风格的丰富绚丽的图案，一截截烟囱是新的。而何母及三个女儿和女婿，围坐一张旧课桌四周嗑瓜子、花生、榛子，都穿得很少，显然屋里是非常暖和的。

何母："老何，看咱们的家快变成阿拉伯的贵族之家了！"

何父仿佛没听到，走近看《赤壁赋》，赞道："好书法！"

慧之："是杨一凡写的，火墙也是他画成那样的。"

何父转身问："杨一凡是谁？"

林超然："当年我那个营的一名知青。"

凝之："爸，我向你认错，不该当着那么多外人和你辩论。"

何母："过来坐下。"

何父乖乖走过去坐在何母身旁的一把空椅上，何母："特意留给你的座位。"

何父："怎么，要开我的思想批判会？辩论我不怕，真理越辩越明嘛，只要不是'文革'时期那种不许一方说话的辩论就行。"

静之："在咱们家，只有您禁止别人说话的权利，安有别人不许您说话的时候？"

何父："你呀静之，干吗跟我说话总带刺儿？"

何母："老何，也跟我摆摆你的思想立场，当时究竟怎么想的，态度那么凶？"

何父："呵，已经把你们妈妈给统战过去了……我不是一位刚归队的校长嘛，我希望自己归队以后，从大事到小事，都不给任何人指责的任何一点儿理由，尤其是在公私方面。"

林超然："爸这种想法我能理解。"

静之："但也没必要像爱惜羽毛的小白鸽，生怕羽毛上溅了一个小小的黑点儿似的！"

慧之："静之，你的意思我明白，但我反对你的比喻……还不如说人别活得像契诃夫笔下的套中人。人活成那样可太没意思了。"

何父："还是我二女儿善于说服人。静之，你学着点儿。"

静之："既然我大姐都主动认错了，那我也作一下自我批评吧。爸，主意确实不是我姐夫出的，是我一个人自作主张。但我认为，功大于过。"

何母："老何，看你的表现喽。"

何父："你怎么不但被统战了，简直还成了后台似的？"

何母推了他一下，用上海话说："侬说这样话语不来赛的！阿拉完全是为侬好。侬的面皮损失掉了，在家庭中的威望垮塌了，阿拉心情好勿到啥子地方去！所以侬也要作作自我批评才是正确的……"

何父:"好久没听你说上海话了!别停止,说下去,多说些!听你说上海话,对我这安徽人那可是一种享受,想当年爱上你,在一定程度上也是被你们上海女子的吴侬软语所蛊惑了。"

何母:"我打你!没正形!"

女儿女婿们都笑了。

何父:"受你们妈妈的感召,那我也检讨检讨,你们都是大人了,我对你们的态度太强势,那确实也是不对的。"

由于屋子里暖了,他们的心情也分明都愉快了,嗑着瓜子,说说笑笑,其乐融融……

罗一民走到了他的铺子也是他的家门前,掏钥匙开门。

"一民……"

他听到女人温柔地叫他,一转身,见李玖站在一旁,还用块包袱皮儿包着些东西。

罗一民奇怪地问:"你在这儿干什么?"

李玖声音更温柔了:"等你呗。"

罗一民:"有事儿?"

李玖:"等你能没事儿吗?快开门,我都冻手冻脚的了!"

罗一民喝过了酒,有几分醉,钥匙半天插不进锁眼。

李玖:"哎呀,笨死了,你拎着!"让罗一民拎着东西,夺去钥匙,一下将锁打开了。她仿佛成了主人,拉开门,礼貌地先将罗一民让入。罗一民倒好像成了客人,进屋后,拎着东西站在门口。

李玖:"别傻站着,东西放那儿。"

罗一民将东西放下。

李玖哗哗拉上两扇窗的窗帘,接着捅炉子,加木柴,添煤块,转眼使炉火熊熊燃烧起来;再接着,将一张吃饭的小桌摆到炉旁,并将两只小凳摆在桌子两侧。想了想,又摆在一侧了。她洗抹布,擦这儿那儿的灰;打开包袱皮儿,取出几个大小不一的饭盒放在炉盖上。

她那一通忙活,动作利落,快手快脚。

罗一民呆呆看着,为使自己头脑清醒几分,晃了晃头。

李玖笑盈盈地,倍加温柔地说:"过来,坐这儿。"像母亲叫一个宝贝儿子。

罗一民听话地走过去，乖乖坐在一只小凳上，孩子似的问："什么事儿？"

李玖用抹布垫着手，将饭盒一一摆桌上，都打开了盖。

李玖："就这事儿。"

罗一民看着饭盒里几样吃的，又问："这是啥事儿？"他倒也不是明知故问，而是因为醉了。

李玖："别来这套！猪头肉、肉皮冻儿、红烧带鱼、醋熘土豆丝、熘肥肠……都是你爱吃的！"

罗一民："特意为我做的？"

李玖也坐下了，诚实地说："那倒也不是。今天我爸生日，但我可是特意为你留出了些。肥肠可难洗干净了，一遍一遍地用凉水洗，把我手都冻肿了，你得替我焐焐手！"说着将双手伸向了罗一民。

罗一民看着她双手，困惑地问："为什么？"

李玖："废话！我手怎么肿的？"

罗一民："因为你爸过生日，洗肥肠洗的啊！"

李玖一指饭盒："那这是什么？"

罗一民："熘肥肠。你也给我送来了点儿，我沾了你爸的光了……"

李玖："所以你得替我焐焐手！"

罗一民："可你手也没肿啊！"

的确，李玖的双手非但没肿，反而细皮嫩肉，白白胖胖的。罗一民意识到了那双手对自己具有不小的诱惑性，不看那双手了，仰起脸看屋顶了。

李玖："下午肿消了！"

罗一民："那就不用我焐了啊。"

李玖："刚才拎着东西等你时又受冻了！"

罗一民转身："凑炉子边儿，自己搓搓。"

李玖有些生气了，拧他耳朵："别看房顶，看着我！"

罗一民："哎哎哎，别虐待我呀！"只得脸对脸地看着李玖。

李玖吸了吸鼻子："在哪儿喝酒了对吧？"

罗一民："和几个当年的兵团战友为我们营长家砌火墙，过后一块儿喝了点儿，不过我没醉。"

李玖放开了他耳朵："真没醉？"

罗一民："按我的酒量，那才哪儿到哪儿！"

李玖："还能喝点儿？"

罗一民豪迈地说："岂止喝点儿！不过也得看什么酒，什么菜。"

李玖夹了一筷子肥肠硬塞他嘴里。他嚼得很勉强，不过几嚼之后嚼出了滋味。

李玖："怎么样？"

罗一民："嗯，熘得好，香！"

李玖："我的厨艺，这几样菜都是我的厨艺。茅台酒听说过吗？"

罗一民："听说过，没喝过。"

李玖："要是连你都喝过，那还叫茅台吗？招待外宾时，总理设国宴才上茅台！"

罗一民："别人也这么说。"

李玖："不少中国人，连一口茅台都没喝过，就死了。"

罗一民："不是不少，是千千万万。"

李玖："你想喝不想喝？"

罗一民："别逗啦！"

李玖又从包袱皮里拿出了一瓶酒，神气地往桌子当中一放——竟是一瓶茅台！

罗一民拿起左看右看，拧开盖闻闻，吃惊地说："真的？"

李玖："当然是真的！我爸替一位副市长的儿子打了一个大立柜，人家送了他一瓶。我刚才说了，今天我爸生日，他打开喝了二三两，剩下的我连瓶带来了。你刚才说你还能喝……"

罗一民："能能，太能了！"

李玖："这几样菜也行？"

罗一民："行行，没菜都行！"

李玖："这么说，我等你等对了？"

罗一民："当然！当然！"

李玖："情愿我陪你喝两盅？"

罗一民："不是情愿不情愿的问题，是强烈要求，强烈希望！"

李玖大获全胜地笑了："那我把酒温上！"

罗一民："别别，可不能！一加温，精华随着酒气蒸发了，那不白瞎好酒了嘛！屋里已经够暖和的了，就这么喝才是正确的喝法！我找两只杯来……"

他也没醉意了，起身找杯去了。

李玖趁机将门插上,并拉上了门窗的短帘。

罗一民拿着两只杯回到小桌边,李玖装出一副淑女模样,稳稳重重地坐着。

罗一民一边往下坐一边说:"干净的。这是我珍藏的一套杯子,喝好酒那一定得用好杯。"

他往两只杯里倒入了酒,绅士地说:"请。"

两人先后举起了酒。

李玖:"干一下?"

罗一民:"为你爸的生日,干!"

李玖:"谢谢。"

两人各饮一大口。

罗一民:"好酒哇好酒,即使明天就死了,那也算少数幸运的中国人之一了!"

李玖:"别说不吉利的话,划几拳?"

罗一民:"你会什么拳?"

李玖:"插队四年,酒量也练出来了,各种酒令差不多也全会了。"

罗一民:"当年我们兵团管得严,平时有纪律约束着,不许喝酒,更不许划拳……只会螃蟹令。"

李玖:"那就来螃蟹令!"

于是两人划拳,各有输赢。但相比起来,还是罗一民输拳的次数多。也看得出来,李玖酒量更是了得,越喝越机敏,渐入佳境。而罗一民,终于醉倒于地了。

李玖扶起罗一民,架着他一条胳膊将他架入里屋去了。

里屋的花布门帘被放下了。

传出罗一民的声音:"可是,可是,你没说也为这事儿等我……"

李玖:"我都上了你的床了,你就别可是啦!"

罗一民:"我可有……有言,在先……"

李玖:"得啦得啦,省两句吧,男子汉大丈夫的,哪儿有这种时候还发表声明的……"

天亮了,铺子里的窗帘都拉开了,充满阳光。炉盖子上坐着水壶,壶嘴冒着热气。哪儿哪儿都收拾得干干净净,小饭桌也归回了原位。桌上放着一杯茶水，压着半页纸……

门帘一挑，罗一民扶着脑门儿，穿着背心短裤出来了，晃晃悠悠的，踉跄了几步才站稳。他四处看看铺子里的情形，似乎忘了昨晚之事，看到了那杯茶，拿起喝下了大半杯；接着发现了那半页纸，拿起来认真看，纸上写着：亲爱的一民，昨晚就相当于咱们的新婚之夜啦！我内心又燃起了幸福的小火苗，对生活的感觉好极了！但愿你也是！

罗一民："我不是！"

他一屁股坐在小桌上，后悔不迭地说："完了，完了，生米做成夹生饭了……"

李玖家。李玖在对着镜子梳头、描眉，还舔湿红纸团抿红嘴唇，同时哼唱《月亮代表我的心》……

李母在扫地，看一眼钟，催促道："玖呀，快上班去吧，再不走该迟到啦！"

李玖："没事儿，我走得快着呢！"

李母："捡钱了？怎么这么高兴？"

李玖一边穿外衣一边说："中国人工资这么低，捡钱又能捡多少？就算捡一个鼓鼓的大钱包，那最多也就一二百元钱。也许还全是零钱，那就才几十元！"

李母："一二百还少哇？你一个月不才挣三十七八元？你爸吭哧吭哧打一个大立柜，那不才挣五六十元吗？"

李玖："所以说对于咱们中国人，最好别把捡到钱才当成高兴的事儿。除了钱，人另外还有不少高兴的事儿。"

她要往外走，李母拦在了门口。

李母："跟妈说实话，昨晚是不是到罗一民那儿去了？"

李玖："我俩都是返城知青，有共同语言，到他那儿聊聊天儿怎么了？"

李母："孤男寡女的，总去什么影响！再说你昨天也回来得太晚了！我可告诉你，你要是跟他好上了，妈可坚决不同意！没女婿妈都想开了，女婿是个瘸子妈心里别扭！"

李玖不爱听，抢白道："我可没你那么想得开！妈别拦着我，再不走真迟到了！"她将母亲往旁边一推，迈出了家门。

李家门外搭了个木工案子,李父在刨一块木板。木板长,他刨得很用力,口中呼出一团团哈气。

李玖:"爸我上班去了啊!"

李父:"等等,有话跟你说。"将女儿扯到一旁,郑重地说,"你和小罗的事儿,有什么突破没有?"

李玖不好意思,装乖女孩样:"爸妈没下指示,不敢轻举妄动。"

李父:"那我现在就给你下指示,该突破就突破,关系要产生飞跃!如果他能成我女婿,我不在乎他那点儿残疾。他有手艺!有手艺的男人,女人靠得住。爸就是个证明,这不退休了,还能凭手艺为家里挣钱!"

李玖:"可我妈特在乎。"

李父:"别听她的!听爸的,爸为你做主!关键是要有突破!要抓紧飞跃他一家伙!"

李玖:"那,我坚决落实爸的指示!"

李玖心花怒放地走在路上,哼唱着……

"妈!"她一回头,见儿子小刚滑着滑板跟着……

小刚:"妈,我想跟你到街道小工厂去玩儿。"

李玖:"不许!那里有什么好玩的?"

小刚:"就去嘛。那里的阿姨都喜欢我,偷偷给我商标纸。我分给小朋友们,小朋友们也喜欢我了。"

李玖蹲下,搂抱着儿子说:"要做好孩子,听妈话,到你罗叔叔那儿去玩儿。他不是很喜欢你吗?"

小刚点头。

李玖:"你喜欢他吗?"

小刚:"喜欢。"

李玖:"为什么?"

小刚:"他有时候叫我'哥们儿'。"

李玖:"你可不许也反过来叫他'哥们儿'啊!那他就不喜欢你了!"

小刚点头。

李玖机密地说:"妈也喜欢他行吗?"

小刚:"行。我早看出来了。"

李玖摸他头:"我儿子真了不得,眼里揉不进沙子了——那,你要更聪明点儿，在他面前更会来事点儿，帮妈一把，让他也喜欢妈。"

小刚："没问题！"

李玖亲了儿子一下："去吧，妈下班回来给你捎糖葫芦！"

罗一民的铺子里，罗一民在做一只桶。

门一开，小刚进入。罗一民看他一眼，冷着脸继续敲桶。而小刚，照例往他跟前一蹲，双手捂着脸蛋看。

罗一民没好气地说："有什么可看的！"

小刚："叔叔，等我长大点儿，你收我当徒弟吧！"

罗一民："我怎么那么喜欢你！"

小刚："你又不喜欢我了？你不喜欢我，那我也还是喜欢你。我要学成你的手艺，挣老多老多的钱，给我妈花，也给我姥姥姥爷花！"

罗一民："别跟我提你妈！你妈不是什么好东西！"

不料小刚啪地扇了他一个嘴巴子！

两人虎视眈眈起来。

小刚："谁叫你骂我妈的！咱俩再好，那也不许你骂我妈！"

罗一民："你敢打我！谁跟你好了？"拧着小刚的耳朵将小刚扯了起来，一直扯到门口。

小刚咬他另一只手。

罗一民："哎呀哎呀，你还敢咬我！我一脚把你踹出去！"

小刚："大人欺负小孩可耻！"

罗一民："滚出去！"

小刚："那给钱！"

罗一民："给钱？我欠你啊？！"

小刚："那老爷爷给我的五十元钱！你为什么到现在还不给我？也不给我妈？"

罗一民："你！好好，给你就给你！……"

小刚愣了愣，忽然搂抱住他后腰，哭道："叔叔，我错了，我不要那五十元钱了，我还要是你哥们儿！你如果不跟我好了，我妈该打我了！"

罗一民："放开我！"

小刚松开了手，趁机往脸上抹唾沫……

罗一民转身瞪他问："那为什么？"

小刚："我妈说……说……"

罗一民："快说！"

小刚："她说，她比我更喜欢你！说你不喜欢她了，那一定因为你不喜欢我了！"

放声伴哭。

罗一民蹲下，搂抱住他："别哭别哭，我受不了你这个。咱哥们儿言归于好行了吧？"

小刚哭道："不行。"

罗一民："那还得怎么样？"

小刚："你也得喜欢我妈！"哭得让人心疼。

罗一民发呆——他的心声：罗一民你完了，彻底完了……

在一条街路上，并肩走着林超然和慧之。

林超然："喜欢护士这一种职业吗？"

慧之："喜欢。"

林超然："说说，为什么喜欢？"

慧之："起初是喜欢护士的工作服。我觉得我们女人穿上白大褂，戴上白色的护士帽，形象特美。而且我认为，不论哪一年龄段的女性，从少女到老婆婆，也不论高矮胖瘦，一穿上护士的工作服会显得美好起来。而其他颜色不能这样。一位穿红大褂戴红帽子的老婆婆会给人以古怪的印象。"

林超然："同意。"

慧之："所以，当连队推荐我上护校，我兴奋得几个晚上睡不着。上了护校以后，才真正开始对护士这一职业充满敬意了。我们老师给我们讲了一件真事，有一名法国护士，她在巡视病房时，一位戴氧气罩的老人忽然伸出手紧紧抓住了她的一只手。那生命垂危的老人，以为是自己远方的儿子搭飞机赶到了。别人想要把那老人的手分开，而那护士小姐摇头制止。她在病床边坐下，用自己的双手合握着老人的那只手。当时是半夜，等第二天早晨老人的儿子赶到时，见护士仍坐在床边，并且在为他的父亲祈祷。而他父亲那只手，已经冰凉僵硬了。"

林超然："在中国是没有这样当护士的。"

慧之站住了："为什么不能？我以后就要做那样的护士！"

林超然："你误会了。我的意思是，中国人口太多，一名护士要照顾的病人也太多。但我承认，那一名法国护士，她对病人的爱心是值得你学习的。"

慧之这才又开始往前走，并继续说："我的不少同学起初都想成为那样的护士，可最近情况不同了。"

林超然："怎么了？"

慧之："因为有些同学的父母平反了，又成了干部甚至高干。她们可以不当护士了，可以有更多更好的人生选择了，为什么不呢？"

林超然："明白。"

慧之："不说和我有关的事儿了。姐夫，杨一凡为什么会住过精神病院呢？因为恋爱？"

林超然："不是。他还没恋爱过。他给我的印象是，似乎整天在和绘画谈恋爱。中央美术学院招生，我们一致推荐他参加考试。招生老师看了他的画，对他也很赏识。可连里另一名知青偷了他几张画，在考试现场四处散发。那几张画，画的都是裸女。结果，考场成了批判现场。而偷他画那名知青，是他最好的朋友。"

慧之又站住了："你那个营还有那么卑鄙的知青吗？"

林超然："卑鄙小人哪儿都有啊，'文革'恰恰给了形形色色的卑鄙小人太多的机会。杨一凡他是北京知青，父母在'文革'中先后被迫害致死。咱们省有几位画家是他父亲的学生和朋友，为了他好，返城时就将他安排在一个区的文化馆了。据我所知，他对新环境挺适应，他的同事们也挺喜欢他。"

在一个路口，林超然与慧之分手。

铁路某仓库，王志正带领一些人在卸车，其中有我们见过的那三个小青年。

王志发现林超然走来，迎上去。

王志："你怎么来了？"

林超然："昨天，有几名兵团战友到我岳父家去，帮着砌火墙。其中一个告诉我，你们这儿缺人。"

王志："是缺人。可你看，干的什么活儿？"

林超然望了一眼，问："每月多少钱？"

王志："钱倒不少，四十五元。但这是绝对工资，此外再什么钱也没有了。连洗澡票都要自己花钱买。就这样,不托关系走后门还来不了呢。"

林超然:"我干!能托上你这个关系不?"

王志:"一句话的事儿。决定了?"

林超然:"毫不动摇!最好今天就能成为你的手下。"

王志:"你等这儿,我现在就去问。"

王志一转身,匆匆走入一间办公室。

搬运工们休息了,那三名小青年笑嘻嘻地走到了林超然跟前……

其中一名小青年:"姐夫,带烟没?"

林超然掏出烟分给他们……

林超然:"想成为你们中的一员,欢迎不?"

另一名小青年:"当然欢迎!"

另一名小青年:"快分给其他人。要一块儿干活了,第一印象很重要!"

于是林超然向每一个人分烟。

王志沮丧地走了出来。林超然迎上去,急切地问:"怎么样?"

王志:"开始都说没问题。也怪我多说了一句……"

林超然:"多说了句什么?"

王志后悔莫及地说:"表都递到我手里了,我一高兴,说了一句你是当过营长的人,结果那男的又把表从我手里夺去撕了!本该顺顺利利的事儿让我给搞砸了,我干吗多说那么一句呢!"

林超然一转身,也大步朝那间办公室走去。

王志:"哎,你……"

办公室里,一个中年男人在对一个中年女人说:"这王志,怎么能介绍一个当过营长的人来?当过营长的能干得了这儿的活吗?"

女人:"就是,脑子有问题。"

门一下子开了。林超然闯入。

第 四 章

林超然一把抓住那男人手腕,拽着对方往外便走,那个女人惊呆了。

林超然拽着那男人走出办公室,王志等工人也赶到了办公室门口。

王志:"超然,你这是何必呢,这多不好!"

林超然这才放开了对方手腕。

对方揉着手腕,对王志生气地说:"就是他?冲他这德行,谁的人情都没用,门都没有!"

林超然也不听对方的,也不理对方了,大步走到货堆前,指着一个麻袋对三个小青年说:"帮我上肩!"

他们看看王志和那男人,往后闪。

林超然又对王志说:"你帮我!"

王志走到他跟前,小声地说:"你再怎么也没用了,人家都把话说绝了,拉倒吧。"

办公室里那女人也走出来了,她站在门口,看到林超然将王志推开,弯下腰,抱住麻袋一用力,自己将麻袋扛上了肩……

林超然一手叉腰,一手扶麻袋,绕着卸货站台小跑一圈,站在那男人和那女人跟前,说:"我要使你们明白,在黑龙江生产建设兵团,绝大部分知青干部不是靠耍嘴皮子当上的,首先是靠干活干出来的!"说罢,又绕起圈来,众人看呆了。

王志对那男人和女人说:"我刚才忘告诉你们了,他当了营长后还进山伐过木,抬过大木呢,他什么累活都干过!"

林超然又绕了一圈,站在那男人和那女人跟前,请求地说:"我妻子怀孕了,我们以后的三口之家得靠我养活,我老父亲六十多了,还在江北干重活，我得让我老父亲歇下来吧？我岳父家三个女儿，都是返城知青，目前还没有一个工作的，我希望能替我岳父母分担一点儿负担……我……既然你们这儿缺人，我需要这份儿活！"

那女人："快放下快放下，有话别这么说啊！"

三个小青年赶紧上前，从林超然肩上接下了麻袋。

而那男人，却一转身朝办公室走回去。

王志："你看这，超然你这不是自找受累嘛！还白受累！那位爷的性格我太清楚了，在他的权力范围以内从来说一不二。"

那女人："王志你话也不能这么说，我这个副主任也不是可有可无的！你这位战友，我看行！"

那男人却在办公室门口站住了，喊："王志，来！"

王志赶紧跑过去。

一间临时教室里坐着些返城知青，都是准备来年考大学进行补习的，有点儿像早期的"新东方"的意思。其中也有静之，她坐在一个位置上安安静静地看课本。

陆陆续续还有人进入，一个穿工作服的小伙子在她旁边坐下了。

小伙子："你来得挺早。"

静之："我哪次来得也不晚啊。"

小伙子："什么书？"

静之合上书让他看书皮儿，竟是一册非常旧的《英语单词练习》。

小伙子："还会考英语吗？今年没考，明年肯定也不会吧？真考的话，我看教育部又该砸烂了，全中国有几个人会英语啊！"

静之："别紧张，今年肯定不考英语，也不会考任何一门外语，我是自己产生了兴趣。中国宣布向世界敞开窗口，我想将来英语会在中国逐渐热起来的。跑好几家图书馆才终于借到这么一本，还是建国初期的版本，笨鸟先飞嘛！"

小伙子："你可不笨。连老师都多次表扬你学得快，领会能力强。你刚才的话，更加证明你不笨。"

静之笑了："爱听。哎，你姓什么来？"

小伙子："好伤心。我以为自己已经给你留下了深刻的印象。韩，韩信的韩，记住了。"

静之："哪个工厂的来？"

小韩指指工作服，右上方印着"哈酱"两个字。

静之："'哈酱'什么意思？你是……做大酱的？"

小韩苦笑摇头。

静之："豆瓣酱？甜面酱？辣椒酱？……"

她问一次，他摇一次头。

静之："那猜不着了。"

小韩："你猜得我更加伤心了。我在酱油厂上班。做酱油的，论起来比做大酱的高等一点儿是吧？"

静之："这么一会儿使你伤两次心了，对不起啊！"

小韩："我们厂的青年工人都不爱穿这件工作服，即使穿也是外边再套一件衣服，或者干脆用块胶布把'哈酱'两个字贴上。我是不在乎了，反正以后要上大学了。"

静之："这么有自信？"

小韩："去年都考过一次了，摸点儿门了，现在信心满满。目标确定了，自信很重要。"

后排有人说："看，老师来了。"

两人抬头望去，见老师进入，也用目光在同学中寻找谁——那老师不是别人，是何春晖，还穿见何校长时那一身。

何春晖的目光落在静之身上，彬彬有礼地说："何静之，请出来一下。"说罢，自己先出去了。静之在大家诧异目光的注视之下也走了出去。

何春晖："你父亲是师院附中的校长？"

静之点头。

何春晖："你有个姐，叫何凝之？"

静之："我有两个姐，她是大姐。"

何春晖："我在兵团时，你大姐曾是我那个连的副指导员。我给她写了一封信，请你交给她。"

他从书包里掏出一封信递给静之，静之接过，两面看看，见封了口。

她疑惑重重地望着何春晖。

何春晖："不是你想的那种内容。但这封信对我很重要，你必须亲自交给你大姐。"

静之值得信任地点点头。

教室里，何春晖已在上课。

他语调平缓自信，很有风度地说："中国正处在四九年以后一个特别重要的时期。我认为，中国之当代史将从此呈现不同于以往任何时期的拐点。几乎每一个人都难以预见这拐点将中国引向何处，但有一点也许是注定的，即中国不太可能重新回到老路上去了，因为最广大的人民厌倦了。上一堂课我们讲了马恩列斯毛对历史形成的某些思想，这一节课，我想介绍一下区别于政治家们的，某些人类著名的文化知识分子的历史观，诸如柏拉图、亚里士多德的，卢梭、伏尔泰、孟德斯鸠的，以及鲁迅、胡适、陈独秀、林语堂的，为的是能够使大家对所谓历史有多角度的认识。大家交学费，我当尽自己所能，使大家多获得一些关于历史的知识……"

门突然开了，闯入几名警察，顿时一片骚乱。

一名警察："都不要紧张，坐着别动。没大家什么事。"

另一名警察走到何春晖跟前，板着脸说："请您跟我们走。"

何春晖："我犯法了吗？"

对方："会有人替我回答的。"

众目睽睽之下，何春晖被带走了。在门口，他转身朝静之望了一眼。

听课的人们议论纷纷。

"怎么回事？"

"大概因为他讲了不该讲的吧？"

"不至于呀，我也没听他讲过激的话呀！"

"那是在咱们这儿，谁知他在别处都讲了什么呢？"

"他刚才不是正要讲胡适、陈独秀、林语堂吗？"

"那又怎么样？他们也都是和鲁迅一样著名的近代人物，又不是汉奸卖国贼！"

"谁说的谁说的？"

"我！不但不是汉奸卖国贼，还都是大大的爱国主义者！"

"反动！中国还没替他们平反呢！"

"你说谁反动？你说谁反动？你他妈才反动呢！"

"你他妈的！"

于是有两个男的动起手来。于是有劝架的，帮腔的，乱成了一团。

天又黑了。静之和小韩走在路上，小韩推着自行车。

静之："天挺冷的，你先骑上自行车走吧。"

小韩："情愿陪你一段儿。哎，老师在门口为什么看你一眼？"

静之装糊涂："他看我了吗？我没注意。你认为他为什么被带走了？"

小韩："其实别人说的都不对。基本上和他讲的内容没什么关系。他讲的够谨慎的了，我在别处听别人讲过政治、文学，某些人比他讲的犯禁多了。"

静之："那为什么？"

小韩："想考大学的人多了，需要补习的人也多了，那么这种补习班就多起来了。可绝大多数，既没经工商部门允许，也不向工商部门交税。站在工商部门的立场来看，毫无疑问是非法的。"

静之："这倒也是……可你怎么知道的？"

小韩："我父母都在工商部门工作嘛。本来我想提醒他一下的，可又觉得太唐突。几次话到嘴边儿又咽回去了。再一想这地方挺偏，估计工商的人不会摸来。"

静之："可把他带走的不是工商是公安。"

小韩："工商不是无权抓人嘛，所以类似的行动，都是出动工商的车，由公安的人配合。要不是觉得他知识面儿挺广，讲得认真，我是不会到这么远的地方来补习的。"

突然，有人拦住了他俩去路，是那个戴滑冰帽的小青年。

滑冰帽："何静之，你必须给我个说法！"

静之："又是你！我那天不是给你说法了吗？"

小韩识趣地推自行车走到了一旁。

滑冰帽："你那天给我的说法我不满意！"

他从兜里掏出了纸条朝静之一递："你写的，你贴的，我怀着极其认真的态度对待，你不以同样认真的态度来对待，那是绝对不行的！是可忍，孰不可忍！"

静之接过纸条一看，见是她的征婚小广告。她有点儿不知如何是好了，呆看一会儿，有主意了，笑了。

静之："小家伙，你看！"

滑冰帽："我不是什么小家伙，满二十了！"但还是凑过去也看起纸片来。

静之：“看清楚，下边的时间是六月三日，对吧？现在都十二月份了，再过几天一九八〇年了。半年多日子里，我的情况会发生巨大的变化。你呢，晚了，明白？"

滑冰帽：“只要你没结婚，那我就不晚。"

静之：“我结婚那也没必要向你打报告哇！小韩，过来一下。"

小韩推自行车过来了。

静之对滑冰帽温柔地说：“小老弟，向你介绍一下，他是我丈夫。"

小韩一愣，静之向他暗使眼色，他会意了，点点头，礼貌的微笑。接着，一只手臂搂住了静之的肩。

滑冰帽看看静之，看看小韩，自言自语：“骗我，半月前在你家门口那儿，一个搂着我的大哥说，你是他老婆呢……"

静之：“这……这不又过了半个月了嘛！"

滑冰帽：“姐，你也不能太……"

静之：“姐是个没长性的人。"

小韩：“对。她水性杨花。"

静之：“是啊是啊，我是有点儿水性杨花。天生的，没法子。再说，半月前那位也配不上我啊。我俩还比较般配，是吧？"

滑冰帽看看他俩，一转身跑了。

静之长出一口气，抹抹额头："我都快出汗了！"

小韩："怎么回事？"

静之："主要是我不对。六月份那阵子，我一时找不到人生方向，迷茫、失落、怨天尤人，于是呢，写了几张自嘲式的征婚小广告贴在了几个地方。半年多没人理我那茬儿，半个月前他突然出现在我面前，一心一意要跟我谈恋爱。当时别人帮我把他打发走了，不承想他不甘罢休，盯上我了……"

小韩："那就谈呗！"

静之："可他还不到二十岁！高三毕业没找到工作，在家闲待着呢！"

小韩："我看，你还想通过那小广告，开社会一次小小的玩笑吧？"

静之："有那么点儿意思。时代开了我们许多玩笑，就不许我们也开开它的玩笑了？只不过不承想，最后还成了开自己的玩笑！"

她将手中小广告揉成一团，一挥胳膊扔得远远的。

小韩："这叫胳膊拧不过大腿。"

静之："别幸灾乐祸，求你帮个忙。"

小韩："只管吩咐。都假装过你丈夫了，还有什么忙不能帮啊！"

静之："我想再去几个地方看看，如果还有我的征婚启事贴在那儿，得撕下来。"

小韩："愿意效劳！"

小韩用车驮着静之来到一处贴启事的地方。他俩寻找着，终于发现了，两人齐动手往下撕。很不好撕，只能一点点撕。

两人又来到一处地方，分头看两根电线杆子，走到一起，相互摇头。

冬日的夕阳也很红很大。有人从江桥台阶上走下，慧之也从江桥台阶上走下，她发现栏杆上挂着些有框的大大小小的油画，有风景画，有静物或动物画。有的画被卖画人捧着；有的画摆着，不知卖画人在何处。

而不远处，有下棋的，有围观的。

慧之被吸引着，观赏起那些画来。

一个男孩捧着一小幅的油画。慧之站住了，看得出她喜欢。

慧之："多少钱？"

男孩："十元。真想买，可以便宜点儿。"

慧之："想买。"

男孩："那你等会儿，千万别走开！"男孩说完捧着画跑了。

杨一凡在江边画铅笔素描。男孩跑来，高兴地说："有买卖！"

慧之在望着江面——那一段江面很美。她听到咳嗽声，一转身，见跟前站的是杨一凡，肩挎画夹，画已由他捧着了。

慧之一愣，有点窘地说："没想到是你……"

杨一凡倒很大方："我也没想到，但认识你也不能白给你。"

慧之："我没打算白要……怎么，那些画没人守着？"

男孩："都由我守着呢。"一指下棋那伙人："他们都在那儿。如果巡警来了，没理由抓他们，也不会抓我，只会把画都没收了。"

杨一凡："抓进去得办学习班，被教育过了，还得单位派人去领。谁也不愿被抓进去啊，而画嘛，可以重画。"

男孩："你俩别扯闲话啦，快谈价吧，万一转眼巡警就来了呢？"

杨一凡："真想买？"

慧之："挺喜欢。"

杨一凡："挺喜欢那就算了，我的画只卖给很喜欢的人。"

慧之："很喜欢。"

杨一凡："很喜欢那可以考虑，你想便宜多少？"

慧之："我看我有多少钱。"掏出钱包看看，沮丧地说："对不起，不买了——我钱包里总共才三元五角钱。"

男孩不满地说："你倒是先看看钱包啊！"

慧之："我发誓，改天一定来买下。"

男孩："发誓有什么用啊！也许天黑之前被别人买走了，那你多遗憾？说不定还可能被没收了呢！家离这儿远不远？不远回家取钱去，我保证在这儿等！"

杨一凡："钱。"伸出了一只手。

慧之："可，我不能……我这不是等于……"

杨一凡："快。"

男孩："我反对！熟人也不能这么便宜！那你才能给我多点儿提成啊！"

杨一凡："闭嘴。亏不了你！"

慧之将三元五角钱全给了杨一凡。

杨一凡："这五角钱你留着乘车。"还给了慧之五角钱，将三元钱都给了男孩。

男孩接过钱，高兴地说："这还差不多，我从中午站到这会儿才挣到第一份提成，我容易吗我？！"

杨一凡朝慧之递画："归你了。"

慧之愣怔着。

杨一凡："反悔了？"

慧之："不是不是……"

她接过了画。

杨一凡："你俩都满意了？"

慧之点头。

男孩："忒满意了！"

杨一凡："早点儿回家吧啊？"

男孩点头。

杨一凡又对慧之说："再见。"说完，一转身扬长而去。

慧之默默望着他背影。

杨一凡在前边走，慧之捧着画在后边跟着。

慧之："哎！"

杨一凡没反应。

慧之："杨一凡！"

杨一凡这才站住，转身，奇怪地说："真后悔了？"

慧之："我明明占了大便宜还反悔呀？想跟你一块儿走一段路……"

杨一凡："为什么？"

慧之："聊聊。"

杨一凡："为什么？"

慧之："了解了解你。"

杨一凡："为……"

慧之："你那么多'为什么'啊！"

杨一凡不好意思地笑了："行。我允许你了解我。"

两人并肩走着。

慧之："你是北京知青，落户在我们哈尔滨，情愿吗？"

杨一凡："落户在哪一座城市对我并不重要，重要的是在哪一座城市绘画能成为我的工作。"

慧之："绘画对你那么重要？"

杨一凡："绘画是我永远的初恋。"

慧之："你的话说得太……"

杨一凡站住："太不正常了？"

慧之连连摇头："你误会了。我是想说，你的话太感人了！"

杨一凡："太感人了？我自己怎么不觉得？不论贫穷，还是富裕；不论强大，还是弱小；我的祖国啊，我永远，是你的一个儿子……这样的诗句才感人。"他一说完，又独自前行，慧之又呆望着他背影，片刻赶上……

天黑了，两人走到了某区文化馆前。

杨一凡："冻手吧？"

慧之："那你不替我捧一会儿？"

杨一凡："你也没请求啊！"

慧之："这还用请求啊！"

杨一凡："我不是与正常人不一样嘛。现在我请求你吧——到我的画室去暖和暖和怎么样？"

慧之犹豫。

杨一凡："我的画室像春天。"

慧之犹豫。

杨一凡："暖和一会儿之后，我送你回家。"

慧之终于点了一下头。

何家。何凝之独自在家里包饺子。屋子里暖和了，她也不用穿棉袄了。

门一响，林超然随声进入里屋。他上下都套着脏外衣，很疲劳但却很愉快的样子。

凝之："你又哪儿去了？"

林超然："我不是说找王志去吗？"

凝之："那怎么这会儿才回来？"

林超然："以后就得天天这会儿才回来了。"一边说，一边脱下外衣外裤扔在墙角。

凝之："帮谁干活了？穿回那么一套脏衣服？"

林超然："王志借给我的。"接着摘下帽子，脱下棉袄挂起来；再接着走到凝之背后，从后边搂抱着她，与她脸颊贴着脸颊，高兴地说："亲爱的，我找到工作了。"

凝之也高兴地说："什么工作？王志帮你找的？"

林超然："就在王志手下，每月四十五元，今天下午，我已经挣了七角五了。"

凝之有点儿失望地说："超然，毕竟我爸我妈都有稳定的工作，他们归队后还各自补了一年多的工资，咱们还不至于到揭不开锅的地步……所以，没有满意的工作，咱不必非急着挣那份儿工资不可……"

林超然："住在岳父母家里就难免羞愧了，如果再到了花岳父母的钱的地步，那岂不无地自容了？"

凝之："咱俩不是还带回了些钱吗？"

林超然："给了我妈三十，给了静之三十，慧之二十；新年春节再买点儿东西，看看我那个营里，你那个连里几位亲密战友的父母，估计剩不下几元了……"

凝之："可……我不心疼你那也不可能啊……"

林超然："别。好身板的男人，一半是靠干累活干出来的。王志能干的活，我当然也能干。否则，连他手下那三个小青年都不如了。"

凝之无言地吻了他一下。

林超然放开她，转身走到火墙那儿，拎起水壶："有这么多热水，太好了。趁他们都没回来，我得舒舒服服泡泡脚……今天没思想准备，觉得挺累。那只扭了的脚，也还有点儿疼……"

凝之："我就是为你提前烧开了一壶水。"

林超然的双脚已泡入盆里了，并且，还一手持弓，一手持胡琴。

林超然："想听一段不？"

凝之："你还有情绪拉呀？"

林超然："那是。困难是客观的，情绪是主观的，什么时候都不能让客观把主观给压趴下了。给你拉段《二泉映月》吧。"

于是他运弓拉了起来。

在二胡声中，凝之包的饺子更多了。

二胡声不成调了，停了。

凝之扭头一看，见丈夫垂着头，持弓的手也垂着，就那么睡着了。她看着怜惜地叹气。

静之回来了。

凝之："你看你姐夫，就这么睡着了。替我弄醒他，要不一会儿爸妈回来，他肯定不好意思了。"

静之从姐姐头上揪头发。

凝之："别闹，拔我头发干什么？"

静之："弄醒你丈夫，当然得拔你的头发，拔我的头发我不是亏了吗？"

凝之："你就整天贫吧你！我可告诉你，贫惯了，再想做回淑女往往是不可能的。"

静之："我才不想再做回淑女呢！让淑女见鬼去吧！"

她用头发在林超然脸上乱拨一气，林超然醒了："我怎么这么样就睡着了，惭愧，惭愧。"

静之将擦脚布抛给他，接着端起了洗脚水。

林超然："别别别，我自己倒，岂敢劳驾您三小姐！"

静之："甭客气。一家人不说两家话。"

静之倒水回来，凝之吩咐："把这两盖帘饺子也端出去冻上。"

静之："得，一发扬风格，就被当丫鬟对待了。"端起一盖帘饺子出去。

凝之一边洗手一边问："你没觉得静之变贫了吗？"

林超然："那我也不'友邦惊诧'。"

凝之："为什么？"

林超然："她不像你和慧之那么幸运。你俩被分在了好连队，连干部爱护知青。她那个连的连干部，一个比一个'左'。她因为你父亲曾经是右派，在连队一直被划在另册，不得不压抑自己的个性。现在的她，正处在一种从内心里释放压抑感的过程，我反倒替她高兴。"

"还是姐夫更理解我！"静之应声而入。

静之端起另一盖帘饺子又出去了。

凝之："你看她偷听来着。"

林超然笑了："幸亏没说什么伤她自尊心的话。"

静之再次回到屋里时，林超然和凝之已坐在桌旁嗑瓜子了。静之便也脱了棉袄，坐在大姐旁边，姐夫对面。

凝之："老实交代，整天早出晚归的，真上补习班了还是假上补习班了？"

静之："林超然同志，管管你老婆，别让她总对别人说三道四的！"

凝之："严肃点儿，我没跟你开玩笑。"

静之："撒谎是小狗。那位补习历史的老师叫何春晖，黑大毕业的工农兵学员，大家都认为他讲得不错，起码敢讲点儿新观点。"

凝之："戴眼镜对不对？"

静之："对。他说他认识你。"

凝之："我们连推荐到黑大的，我亲自给他写的鉴定，他在连里表现不错。"

静之："可今天他在讲课的时候，被公安带走了。"

凝之吃惊："为什么？"

静之："有人说是因为他讲了犯禁的内容，也有人说类似的收费补习班手续不全，工商部门认为是非法牟利，应予打击。"

林超然始终没插话，因为他一手撑腮，闭着眼还在犯迷糊。

凝之："超然，躺下睡一会儿吧。"

林超然："爸妈回来多不好。"

凝之："有什么不好的，别那么多事儿！"

静之却一惊一乍地说："听，听到外边响声了吗？"

凝之和林超然都摇头。

静之："都没听到是因为你俩光顾说话了！估计是野猫把饺子弄翻了。姐夫你出去看看吧。吹一下风，你会清醒的。"

林超然笑笑，起身出去了。从他那笑可以看出，他明知静之是在成心支他。

静之迅速起身，从书包里取出何春晖那封信交给大姐，机密地说："姐，他让我捎给你这封信。"

凝之看看，撕开。

静之："别这会儿看呀，一会儿我姐夫就进来了！"

凝之没理她。

外边。两盖帘饺子好好地摆着。林超然用双手沾了沾雪，接着搓脸。

林超然转身进屋。

林超然在灶间咳嗽。

凝之的声音："别装咳嗽，进来吧。"

林超然进入，还是坐在姐俩对面。

静之料到了自己的西洋景根本就蒙不了姐夫，不好意思地说："饺子没问题？"

林超然："没问题。但我出去一下还是必要的。"

凝之将信递给了林超然，他接过看。

凝之:"静之,如果我因为什么事和父亲争论起来了,甚至争吵起来了,你是愿意站在正确的思想一边呢,还是不管三七二十一,坚决捍卫父亲的权威?"

静之:"听你这话,你自认为代表某种正确的思想喽?"

凝之:"并不特别自信,一会儿要听听你姐夫的看法。"

静之:"如果像砌火墙的事儿那么对错分明,那我当然像大姐支持我一样支持大姐。"

林超然:"砌火墙的事儿你也不全对,你爸也不全错。"将信还给了凝之。

凝之:"你怎么看?"

林超然:"你父亲的做法我能够理解。但大多数人,尤其大多数青年是不断变化的个体,他忽视了这一点。"

凝之:"那么,同意我和他认真谈谈?"

林超然点头。

凝之:"我不想拖。"

林超然:"何春晖目前的处境很需要帮助,下决心要谈了,当然越早越好。"

静之不安地说:"听你俩的话,我怎么觉得咱家里即将拉开战幕了呢?"

她的话音一落,何父回到了家里,三人于是一齐望着何父。

何父:"都瞪着我干什么?"

于是三人又一齐互望。

凝之悄悄地问:"谈吗?"

林超然点头。

静之一跃而起,飞快地扑到父亲跟前:"爸,我替你挂!"从父亲手中接过帽子、围巾、上衣,一一挂起。

何父:"我小女儿今天表现真好!"走到火墙那儿去烤火,又说,"有了这火墙,太幸福了!"

静之:"爸,饿不饿?要是饿,我先给你煮几个饺子?"

何父:"爸不饿,等你妈回来一块儿吃吧。"

静之:"先吃几个吧,快。"

凝之:"静之,要躲你就趁早出去,别在那儿没话找话!"

静之真的躲出去了。

何父惊讶地望着凝之和林超然:"凝之,你在生谁的气?"

凝之:"爸,请您坐这儿,趁我妈没回来,我有事跟您谈。"

于是何父坐到了女婿身旁,大女儿对面。

凝之:"爸,先请您看看这封信。"

何父从凝之手中接过信,看。

林超然起身为岳父沏了一杯茶放在桌上,之后重新坐在岳父旁边。

何父喝了一口茶,接着看信。

凝之:"爸,不必逐字逐句地看了吧,明白个大概意思就行了。"

何父不看信了,将信纸放桌上,朝凝之跟前一推,接着往椅背上一靠,板着脸说:"我就猜到了,也许会求你出面说情,果然如此!凝之我实话告诉你,你蔡叔叔替我接待他时,他就提了和你的特殊关系。"

凝之:"我和他没什么特殊关系。他曾是一名普通知青,我曾是他的副指导员。如此而已,仅此而已!"

林超然:"凝之,跟爸说话,别那种语气。"

何父:"那么咱俩的关系特殊不?"

凝之被问得一愣,随之将头一扭。

何父:"求职就是求职,面谈就是面谈,之前提跟我女儿是哪种关系干什么?我讨厌搞关系学的人!"

凝之:"但你拒绝他,不是因为关系学不关系学!"

何父:"不错。你说得对。在中国,我对关系学有客观的认识。将来你找工作,超然找工作,也许都得靠我的关系、你妈的关系助一臂之力!"

凝之:"我们找工作不必你们操心。我们自己的知青战友关系足够用。"

何父:"那也还是靠关系!"

凝之:"所以就算他有关系学的意思,那也不是什么大错。"

何父:"所以我承认拒绝他另有原因,他……"

凝之:"他扇过你一耳光……"

何父:"对!还抽过我一皮带……"

林超然:"他信上替自己辩护,说那一皮带不是他抽的……"

何父重新拿起信看。

凝之:"在第二页。"

何父看了片刻,又如前一样,将信推给凝之,态度坚决地说:"那伙红卫兵是他率领的,他是头儿!"

凝之刚要说什么，何父立刻制止："先别说！我是父亲，我应该享有发言优先权！凝之我问你，今年哪一年？"

凝之："爸你什么意思？"

林超然替她回答："一九七九年的最后几天。"

何父："'文革'哪一年结束的？一九七六年十月对吧？'文革'都结束两年多了，当年那么多红卫兵凌辱过、殴打过、摧残过那么多人！从领袖、开国元勋到各级干部再到知识分子包括自己的校长、老师，甚至还有人骂过打过自己的父母！我就奇了怪了，怎么两年多里，我没听说过一个忏悔了的一个道歉了的？"

何凝之："爸，何春晖他忏悔过。"

何父："何时何地？"

凝之："在连队，有一次跟我谈心时，他说，一想到'文革'中对您有过野蛮的行为，后悔得直想用头撞墙。爸，那时'文革'可还在如火如荼地进行。只不过他当时没具体说，我也是看了他的信才知道，原来他打过的是您……"

何父："那你还替他说情？"

林超然："爸，你也应该理解一下凝之。虽说，在我们兵团，那几年托关系走后门依靠父母特权为了曲线返城而上了大学的人不少，但多数是经过公平推荐，一个'正'字一个'正'字比票数才上了大学的。何春晖也是那么上了大学的。何况他的毕业鉴定挺好，讲课也讲得不错，那么凝之作为他当年的副指导员，知道了自己连队当年送到大学里的一名知青，毕业了却哪儿哪儿都不要，心里当然着急。又知道他的处境是您造成的，凝之当然希望……"

何父："凝之，父女俩更应该开诚布公，你究竟希望什么？"

凝之："爸，希望你给何春晖一次机会。起码，让他先代一个学期的课，看看他讲课的实际情况再说。"

何父依然坚决地说："不、可、能。"

凝之："他从小失去父母，是哥哥嫂子抚养大的。他想早点报答哥哥嫂子的抚养之恩，这种愿望，应该被从正面看待。爸，求求您了。"

何父："我被从教育界清除出队的时候，你爷爷奶奶都在农村病着，我要求把我和你妈发配到老家去，也好对你爷爷奶奶尽尽孝心，怎么没人从正面看待我的愿望？"

凝之:"爸,您和我妈受的苦,咱们家那几年的遭遇,不应该全算在一个何春晖头上,那对他不太公平。"

何父问林超然:"你认为呢?"

林超然:"我和凝之的想法一致。"

何父:"我知道,你们兵团知青之间,很讲感情、讲义气。我尊重你们这一点。你们之间讲那种感情,是小感情。我是从大感情出发决定该怎么对待何春晖的!也可以说是一种大情怀……"

灶间,静之一直在耳贴屋门倾听;外门一开,何母回来了。

静之阻止何母进屋,小声地说:"妈先别进屋,我爸和我姐正思想交锋,唇枪舌剑。"

何母虽困惑,便也只得陪着静之倾听。

屋里传来何父的声音:"我要替'文革'中千千万万的受害者讨一个民间公道。民间有种说法,'种瓜得瓜,种豆得豆'。每一个人都要对自己在民间曾播种什么承担后果,所以然是大情怀。何春晖必须受这一民间法则的教育!"

紧接着又传来林超然的声音:"爸,您作为一校之长,拒绝他的求职那也就算了。可为什么还要给和您要好的几位中学校长打电话,凭您在他们中的威望,也影响他们将何春晖阻挡在中学校门之外呢?而他们又影响了更多的校长,这么一来,何春晖想要当一名中学老师的愿望,岂不是完全破灭了吗?"

里屋。何校长喝一口茶,放杯后,心安理得地说:"这正是我所希望的。我们中学校长是什么人?对于每一所中学,我们不但是大管家,同时又是守门人!如果让某些严重伤害过教师、校长的人摇身一变,居然也成了教师,那么教育的树人理念何在?教育的诗性原则何在?"

林超然:"爸,我认为,如果您给何春晖一次机会,也许更能体现教育的树人理念,更能体现教育的诗性原则。记得'文革'前,《教育的诗篇》一直是您的案头书。您也曾经说过,年轻人做了错事,连上帝都会予以原谅。"

何校长:"那也要看什么性质的错事!有些事不仅仅是错事,而是邪恶之事!上帝原谅的是错事,不是邪恶之事。你不要偷换概念,也不要搬出马卡连柯来压我!在全校面临断粮的严峻情况之下,派一个流氓习气成性的学生带着公款去购粮,这是对集体的不负责任!如果说我以前曾感动于书中的这一情节,那么我现在开始怀疑其真实性了!说不定那是马卡连柯杜撰的情节,既骗了高尔基,也骗了许许多多曾像我这么书生气十足的校长!现在的我,倒宁肯相信鲁迅晚年的反省,他说,看来青年未必皆是应该友善对待的!"

林超然看凝之一眼,低下头不说话了。

凝之:"我认为您……"欲言又止。

何父:"凝之,把你想说的话说出来!"

凝之:"我认为,您现在的思想,变得很……"

何父:"怎么样?"

凝之:"爸,我不想说。"

何父一拍桌子,厉声地说:"说!必须说!"

凝之:"很庸俗。"

何父:"再说一遍!"

凝之:"有的话,不管对谁,我只说一遍。"

林超然:"爸,凝之说的是气话。其实她是希望,您在何春晖的这件事上,处理得宽容一些,大度一些,使'文革'中那些野蛮的红卫兵,受到某种感召……您千万别太往心里去……"

何父又一拍桌子:"我往心里去!"猛地站起,手臂发抖,指着凝之,"你!你……"

他拿起茶杯,使劲摔在地上。

何母推门进屋了,身后跟着静之。

何母:"都不许再吵!争论的什么事儿,我在门外听明白了。凝之,谁更有道理暂且不论,你那么说你爸肯定不对,连我都不依!快向你爸认错!……"

凝之也站起,默默穿大衣。

何父:"凝之,你不要以为你下了几年乡,当了几年副指导员,就有资格做你父亲的思想导师了!我告诉你,在我面前,你永远是女儿!你的思想也只不过是女儿等级的思想!"

凝之回头瞪视了父亲一眼,转过身接着穿大衣。

林超然走到了何父跟前,劝道:"爸,消消气。凝之的本意,无非是……"

何父:"别说了!你既然是站在她一边的,那咱俩也没什么话可说了!"

而何母亦在用上海话小声劝凝之:"侬那样子跟侬父亲争论是不来赛的。侬父女俩搞到了这样子僵法,那成了啥子事体?阿拉不是偏袒侬的父亲,侬父亲的做法,勿是毫无道理的,侬快向侬阿爸承认个错误……"

凝之已穿好大衣,围上围巾了。此时的她平静了,竭力若无其事地对林超然说:"超然,送我到你家去。"说罢,径自往外便走……

林超然犹豫一下,跟着走了出去。

何母:"老何,你也不该拍桌子,摔杯子……"

何校长:"她先说我思想庸俗的!"瞪着静之问,"你偷听来是不是?"

静之:"我……"

何校长:"不许说谎!"

静之只得诚实地点了点头。

何父:"那你什么看法?"

静之:"你要是还在气头上,我就不敢说出我的看法。"

何母:"老何,坐下。"

何父看她一眼,乖乖坐下。

何母扫起了地上的碎杯片。

何父看着静之说:"我这儿等着听你的看法呢。"

静之:"爸,你和我姐谁对谁错,我需要消化消化你们的话,认真思考思考才能表态。但有一点我现在就可以很负责任地说……我准备考大学文科,所以常参加各类补习班,听过何春晖的课,他的课讲得还是挺好的。"

何父何母不禁对视。

何母:"你想考大学的想法,可从没跟我和你爸说过。"

静之:"自己还没把握,所以想等到有把握了再说。"

何父:"你准备考大学我支持。没考上来年再考,我还支持。"

静之:"谢谢爸。我煮饺子去!"说罢跑出了里屋。

何父:"小滑头。"

何母:"我怎么不记得你们说的何春晖了!"

何父:"忘了也好。没必要非想起他来。"

杨一凡的画室里,慧之背靠暖气,双手捧一杯热水,边喝边打量。那是宿舍与画室合为一体的房间，一切井井有条。杨一凡是个喜欢整洁的青年。

杨一凡在找什么。

慧之："你找什么？"

杨一凡找到了一把钢精勺子，举给她看了一下，一转身出去了。

慧之观看书架，放下杯子，抽出一册画册翻看——几乎每一页都是裸体女人……

传来杨一凡往回走的脚步声。

慧之赶紧将画册放回。

杨一凡进入，取下糖罐，挖了一勺糖举到慧之嘴边："吃一勺。"

慧之："谢谢，放杯里吧。"

杨一凡："不。在你家里，你还把馒头掰成小块给我吃过呢，我要回报。"

慧之犹豫。

杨一凡："我没传染病，刚才这把小勺也在热水炉那儿烫过了。"

慧之犹豫。

杨一凡："精神病只遗传，不传染。"

慧之终于张口吃下了那勺糖，接着喝水，再接着放下杯说："我暖和了，该走了，不用你送。"

杨一凡："我忽然产生了一种冲动……"

慧之一愣，朝门瞥一眼，看样子随时准备夺门而出。

杨一凡："很强烈的冲动……我想为你画张速写！"

慧之暗松一口气："这……改天吧。"

杨一凡："半个小时就能画完，请答应我的第二个请求！"

慧之不情愿答应，却又不忍拒绝。

杨一凡："你答应了我的请求，你就不会觉得仿佛白得到我一张画了。"

慧之："那……好吧。君子协定，半小时后我非走不可。"

杨一凡："我开始画时，你看着手表。"

慧之终于又点头。

杨一凡看看她问："你棉袄里边穿的什么？"

慧之："毛衣。"

杨一凡："高领矮领？"

慧之："高领。"

杨一凡："什么颜色？"

慧之："红色。"

杨一凡："我喜欢红色,把棉袄脱了。"

慧之犹犹豫豫地摘下围巾,解袄扣。杨一凡却已将落地灯移到床边。

慧之只穿着毛衣了。

杨一凡："过来。"

慧之犹豫又防范地走过去。

杨一凡："坐下。"

慧之坐下了。

杨一凡蹲下,解她鞋带……

慧之："你干什么?!"双手放他肩上,随时准备推开他。

杨一凡："只有一把椅子,一会儿我得坐。不能让你一动不动站着,坐床上会舒服点儿,也自然。"

他已经在解她第二只鞋的鞋带。

慧之的手从杨一凡肩上缩回去。

她的心剧烈地跳动。

杨一凡直起身:"坐到床上。"

慧之将双腿放到了床上。

杨一凡："你最好看看什么。"转身从书架上取下画册,恰是慧之看过那一册。

慧之："我不看那画册!"

杨一凡："听你的,它太沉了。"抽下了一本书递给慧之。

慧之接过一看,是《美的历程》。

慧之："这书行。"

杨一凡："靠着被子,怎么舒服怎么坐。"

慧之依言而坐。

杨一凡抱臂看她:"向左边侧一点儿,双臂自然下垂……对,这样就呈现出你胸部的曲线了,那曲线很美。我又改主意了,要画油画速写。"

慧之叫了起来:"不许!讲好的半小时!"

杨一凡："别叫。别动。当然还是半小时,一分钟也不多延长。"他坐到了画夹前,又说,"别看我。看书。忘记我的存在,不仅要用眼睛看书,还要用心看。那本书值得你用心看。"

他边说边调颜色。

读书的慧之。

杨一凡:"不要两只脚都蹎到后边,一只脚呈现在我眼里。你穿的花袜子很好看,使色彩丰富了不少……知道在我看来,怎样的女性最美吗?"

慧之:"不听!"

杨一凡:"为什么?"

慧之:"狗嘴里吐不出象牙来!"

杨一凡:"那当然!但我也不是狗啊。阅读的少女,在我看来特美。哺乳着的少妇,在我看来也特美。满脸皱纹,白发苍苍,面容慈祥的老婆婆,坐在老房子的门边小凳上,沐浴着明媚的阳光,在我看来同样美……"

看书的慧之。

杨一凡:"而小姑娘低头欣赏手里的一朵野花,或者举着一枝结籽的蒲公英,仰着脸,欲吹还没吹,美得像诗一样对吧?男人应该感激女人,因为女人呈现在男人眼里的美,一直是这世界上的最美……"

画布上完成了一幅肖像油画。

慧之已穿上了鞋,与杨一凡并肩站在画前。

杨一凡:"还行吗?"

慧之发自内心地说:"我喜欢。"

杨一凡:"挺喜欢?"

慧之大声地说:"很喜欢!"

杨一凡看手表:"延长了十分钟。"

慧之:"我要它!"

杨一凡:"不给。我更喜欢。"

慧之:"求求你!"

杨一凡:"求也没用。君子不夺人之爱。穿棉袄吧,我送你回家。"说着,很绅士地替她展开棉袄,帮她穿上。

两人的身影走在寂静的路上,杨一凡双手捧着画。

慧之:"我自己捧会儿吧。"

杨一凡:"不。"

慧之:"你没戴手套。"

杨一凡:"今天晚上不太冷。"

慧之:"不太冷也是冷!"

杨一凡："没冷到我非得戴女孩子手套的地步。"

慧之："我不是女孩子！"

杨一凡站住，眯眼看她："对。你不是女孩子。你看上去比女孩子大不点儿。"

他一说完继续往前走。

慧之望着他背影，又来气又无奈。

何父、何母和静之在吃饺子。

何父对静之说："记住，最近如果有时间的话，给我借一本《教育的诗篇》回来。"

静之点头。

杨一凡送慧之走到了家门口，默默将油画交给慧之。

慧之："进我家坐会儿吧。"

杨一凡摇头。

慧之："那，再见了。"伸出了一只手。

杨一凡："如果我营长也在你家。替我问好。"也不握慧之的手，转身便走。

慧之呆望他的身影一拐不见了。

屋里。何父振振有词地说："你们三姐妹喜欢读书，那是受我的影响！"

何母："就没我的影响了？"

静之："多谢了！"用筷子边敲着碗边唱："多谢了，多谢众位好乡亲，我今没有好茶饭，只有山歌送亲人！"

何父："别贫！"

何母："就是！怎么一返城贫成了这样？"

门一开，慧之捧画进入。

静之："二姐，哪来的？"

慧之："一过江桥，看到有卖的，买了。"

静之眼尖，发现了画角的签名，看着慧之问："不对吧？"

慧之将一根手指压在她嘴上。

何父、何母也走过来看。

何父:"这画很见水平,比杨一凡画的强多了!"还指着家里说,"那个杨一凡,他也就够得上一般画匠的水平。看把咱家搞的,阿拉伯古代壁画遗址似的。"

静之笑道:"他哪画得出来啊!是吧二姐?"

慧之边洗手边淡淡地说:"完全同意。"

何母:"多少钱买的?"

慧之:"三元。"坐下吃饺子。

何母:"那么贵?能买五六十斤一等大白菜啦!慧之,刚参加工作,以后别乱花钱啊!要学会攒,为将来结婚早作准备!"

慧之咬着半个饺子愣愣地看母亲。

何父:"俗!哎,夫人,你那番话未免俗了!三元钱还贵?它够得上是艺术作品了,静之,好好包上,这画值得保存!"

何母:"不当家不知柴米贵!"

一只在转动的"走马灯",内中人物是两个骑马的武将。"走马灯"挂在何家门口。

何家屋里。何母在补一个大红灯笼,静之在用抹布擦另一个。

静之:"妈,我爸从哪儿搞到了这么两个又脏又破的灯笼?"

何母:"可别当着你爸的面儿说又脏又破啊!"

静之:"本来就又脏又破嘛。"

何母:"学校教育经费紧,你爸又好面子,舍不得花学校的钱,是花了他自己的二十元向外单位买的。"

静之:"挂不起新的,不挂又怎么样?"

何母:"整个七十年代被'文革'占去了七年,一九八〇年是一个崭新时代的开始,全中国的人都对新时代的第一年充满种种希望,你爸他更是如此。但凡算得上是个单位的都挂灯笼,一所有一千五六百名学生的中学能不挂?"

静之:"妈,我爸在一九八〇年的希望是什么?"

何母:"还用问?努力使这所中学成为区重点呗。"

静之:"那,您的呢?"

何母:"希望你和你二姐的个人问题都有眉目。希望你大姐顺利地当了妈妈，我和你爸顺利地当了姥姥姥爷。希望你大姐和你姐夫都能找到比较理想的工作。还希望他们能租到一处又便宜又朝阳的一居室……是不是太多了？"

静之："是太多了点儿，但都不算过分。"

何母："也说说你的希望吧。"

静之："第一个希望当然是能考上大学喽！第二个希望嘛……希望学校为咱家解决的正式住房，能离厕所近一点儿。别像住在这儿这样，解次手得走过半个操场。厕所离得远，冬天太不方便了。"停止擦灯笼，憧憬地说，"如果有一天能住在那样的家里，出门十步以内就是厕所，而且夏天开窗还闻不到臭味儿，厕所封闭严，不招苍蝇，那可真是一种幸福啊！"

屋里的灯忽然灭了。

校门那儿，何校长和蔡老师踏在梯子上接电线。
何母与静之拎着大灯笼走来。
何校长："擦干净，补好了？"
何母："我们当成政治任务来完成的。"
何校长："哪只是补过的？"
何母："我这只。"
何校长："用什么补的？"
何母："翻出了一个女儿小时候用的红纱巾……"
何校长接过灯笼，看，并说："如果补得不好，我可要你返工。"
静之："爸，怪冷的，别那么多事儿了，快点儿挂吧！"
何校长用杆子挑起一只灯笼递送给蔡老师。
两只大红灯笼亮了起来，虽说是旧的，补过，但看去毕竟挺喜庆。
何校长："看，有它们和没它们，那就是不一样，对不对？"
蔡老师："那是！"他唱了起来，还边唱边舞，"红灯那个挂在大门口，单等那个五哥哥来上供……"
何校长、何母和静之都笑了。
蔡老师："老何，没我事儿我走了。"
何校长："没你事儿了，快回家吧。"
蔡老师高呼一句："一九八〇年万岁！"走了。
何母："蔡老师这人真好。"

何校长："是啊。十来年没见，还像当年那么有一说一有二说二的性格，还是一位爱校如家的老师。"

静之喊："蔡叔叔！"

蔡老师站住，转身。

静之："您一九八〇年的最大希望是什么？"

蔡老师："公审'四人帮'！"说罢，转身像小伙子似的跑跳而去，并且跳着高伸长手臂够树枝。

静之询问地看着父亲："蔡叔叔的希望为什么是那样的？"

何校长："他父亲是位文学翻译家，在'文革'中被迫害致死。他受父亲的牵连，也吃了不少苦。"

何母："他还自杀过一次呢，要不是被及时发现，命都没了。"

静之不禁向蔡老师的身影望去。

何家屋里。林超然、林父、林母及妹妹林岚都来了，慧之也回来了，大家互相亲热着，气氛欢乐。

慧之在与林岚说悄悄话儿，并给了林岚两本什么书。林岚如获至宝地揣入书包里。

何母陪林母站在火墙前，林母赞叹地说："真好看。我敢说全哈尔滨市，找不出第二家有这么漂亮的火墙，像屏风。"

何母："是超然那个营的返城知青给画的。等你家搬了大房子，砌了新火墙，也让他给你家画。"

林母："这辈子哪儿还有福气再搬次家啊！超然和凝之住你们这儿，我和他爸心里很过意不去。住我们那儿吧，屋子小，又太不方便。"

何母："这几天给你们添麻烦了。"

林母："可别这么说。你这么一说，我心里更不安了。儿子媳妇，本来就该住在公婆家的嘛，哪儿有住在岳父母家的道理呢？"

何母："可你们晚上怎么睡得开呢？"

林母："林岚晚上到邻居家去借宿，我和凝之睡火炕，超然和他爸睡吊铺。"

何母："林岚。"

林岚应声走过去。

何母："别到邻居家借宿了，从今晚起，睡我们这儿。"

林岚看林母。
林母:"那就听你何阿姨的吧。"

厨房里,林超然与静之,一个在拌凉菜,一个在煮饺子。
静之:"姐夫,我大姐还和我爸赌气呀?"
林超然:"她没跟来,是因为有点儿感冒。"
静之:"唉,怎么两家的人都团圆了,别扭反而也一起接一起了呢?"
林超然:"有距离才有思念,没距离必生矛盾嘛。"

林父在独自看杨一凡的书法,何父走到他身旁。
林父:"写上一片黑乎乎的字,我倒觉得不如起先一码儿白纸看着顺眼了。火墙画得花花绿绿的我看着也眼乱。"
何父:"孩子们喜欢那么搞,我也没办法。亲家,来,我让你看样高级的东西!"将林父拉到桌前;桌上,一块绣着花儿,有金黄穗子的红绸布盖着什么东西。
何父:"猜猜盖着的是什么?"
林父:"盖得这么严,这我哪儿猜得到。"
何父炫耀地说:"全哈尔滨有这东西的人家,估计不到万分之一,亲家母、林岚,都过来猜猜!"
林母和林岚都走过来,好奇地看。
林母:"我猜啊,是个漂亮的茶盒。你现在又能喝上安徽的茶了,不是多次说缺个好茶盒吗?"
何父摇头。
林父:"是从杂货市场上买的卷烟机对不对?我在杂货市场上见着过,就这么厚薄,这么大小。我还动过心想买一个呢,可卖主要六七元钱,那我怎么舍得钱买!"
何父摇头。
慧之:"林岚,你猜。和说话有关……"
林岚:"半导体!肯定是!"
慧之指着同在桌上的老旧收音机说:"有那个了,还会浪费钱买半导体?"
林岚:"那就猜不着了。"
何父:"谅你们谁也猜不着。"魔术师似的,将罩布猛然一揭。

第 五 章

　　罩布揭去，一台老式电话机呈现，林父、林母及林岚看呆了。
　　林父："亲家，你可别是靠特权弄到家里的吧？那可是不光彩的事儿，一旦行为暴露，孩子们都没脸见人了！"
　　何母："超然他爸，你一百个放心好了，我们老何才不是那种人。再说他归队归得晚，一门心思全扑在学校的工作上了，想要立下一套好规矩硬规矩要求别人，自己对自己的要求那就更严了。"
　　慧之："是学校党支部开会研究之后，一致决定给我们家安一部电话的，为的是有什么紧急事别人通知我爸快一些方便一些。"
　　林父："听凝之说你还兼着党支部书记，别人不是因为看出了你有这么一种心思，都为了讨好你才一致决定的吧？"
　　何父庄重地说："亲家，绝对不是你以为的那样。我们支部有些事是要投票表决的，这事儿只我一个人投了反对票，没法子，少数服从多数了。再说也确实有这个必要。有天夜里，我们一位老师住院了，家里联系不上学校的人，只得骑自行车赶到我家，又敲窗又敲门又喊我的名字。胃出血，医院没血浆，我又赶紧骑上自行车，挨家挨户叫上几个人去输血。好险。幸而有一位老师血型对上了。那时要是家里有电话，会及时得多。依支部的意思，非要给我买部新电话，也是我自己一再反对，就把仓库里的一部坏了的电话修修给我安装上了。我坚持只要学校报销一半的电话费。"
　　林岚："何叔叔，我听说安装一部电话要四五千元呢！"
　　林父又认真地说："是吗？"
　　林母咂舌道："难怪只能大干部的人家才允许安。一般人就是安装得起，那电信部门也不批准。"
　　慧之："都别多心。你们林家的人谁也别多心。这部电话基本没花钱，我爸走了个后门,学校让电工把办公室的电话线拉过来,这电话就跟办公室的电话连上了。我爸绝不会做可能使咱们两家人蒙羞的事。"

林家三口这才释然了。看得出,在没彻底解释清楚之前,他们内心里都生怕那部电话是以权谋私才会出现在何家的。

林父:"我这辈子,活到这个岁数了,只看到过别人接电话,打电话,自己还从没亲手摸过一下电话呢!今天我可有机会亲自打次电话了。"

他双手在衣服上抹了抹,伸手就要抓电话。

何父赶紧阻止:"哎哎哎,亲家,使不得使不得。兴许你这儿一拿起来,另一边就像电表走字儿似的,给咱记下一笔电话费了!"

何母:"没你说的这么严重啊!不管哪一边先拨的,只要双方没通上话,电话局那里就不会记上电话费。亏你还是位中学校长,连这么点儿常识都不知道!"

林岚:"爸,你就是拿起来了,不拨号,那也还是打不成电话呀!可你要是拨号又往哪儿拨呢?如果只想摸一下,别往起拿听筒,就这么摸摸算了!"

林父索然地说:"那我不摸了。"

何父:"自安上,还没响过。如果一会儿居然响了,我同意让你这位老亲家先接。"

"都别聊啦,开饭啦开饭啦!"静之嚷嚷着,与林超然各端饺子与菜盘进屋了。

桌上摆着七盘八碗了。在二十世纪八十年代,一般人家的饭桌上,鸡鸭鱼肉还是不多的,无非是些家常菜而已。所以,当静之又端上一盘红烧鱼时,林母大为惊讶。

林母:"亲家母,何必这么破费呢,买这么大一条鱼得花三四元钱吧?"

何母朝何父翘翘下巴:"问他,是他买的。"

静之:"我爸和蔡老师一块儿到江北去买的,要不哪儿能买到呢?"

慧之:"听我爸说,是花五元多钱买的。"

林父:"亲家,这我可要批评你啦,过元旦,又不是过春节,饭桌上没鱼,不照样能热热闹闹地把元旦过了?"

何父:"那不一样。那可太不一样了。咱们两家的人,都十来年没见过松花江里的大鲤鱼了。一块儿解解馋,花五元多值得。"

他从小柜里取出一瓶酒摆在桌上，是瓶东北老白干。

林超然又端了一盘菜进屋，放下时说："爸妈，这是凝之她姨从上海寄来的米糕，我岳母教我按上海做法做的。"

何父已打开了酒，边倒酒边说："超然，今晚你要陪你爸和我放量喝几盅。"

林超然："没问题。"

何母："咱们其他人，爱喝啤酒的喝啤酒，爱喝茶的喝茶。"

何父："来来来，不管杯里是什么，都举起来！为了咱们两家人的幸福，以及在一九八〇年的各种希望，干！"

于是杯杯相碰，大家互相谦让着，亲亲热热地你给我夹菜，我给你夹菜，吃着、喝着。

电话突然响了。

大家都安静了，目光一齐望向电话。

何父第一个站起来，刚刚离开桌子，想想不对，转身看着林父说："快、快，我刚才说了要让你先接的。"

林父："你还认真了。"犹犹豫豫地站起。

林岚："爸别磨蹭呀，要不一会儿响声停了，你就接不到了。"

何父再次揭去罩布，闪向一旁，做了一个请的手势。

林父有点儿不知所措地回头看林岚。

林岚："爸你可急死人了！拿起话筒，大声说……喂，这里是何校长家，您哪位？"

林父拿起了话筒。

林父："喂……"

他刚说了那么一个字，电话里传出了一个女子的声音："这里是电话局，现郑重提示您……您的话费，应于下个月的前三天内，到就近的电话局进行交纳，逾期您的电话将会自动消线。再提醒一遍，您的话费，应在下个月的前三天内，到就近的电话局进行交纳，逾期您的电话将会自动消线……"

之后话筒里传出嘟嘟的响声。

林父："她……她怎么只管自己说起来没完，一句都不让我说呢？哪有这样式儿通话的！"

其他人都忍不住笑了。

饭已吃罢。林母、何母、静之、慧之、林岚坐在"床"上玩扑克。林父、何父和林超然仍坐在桌旁饮酒。

林父:"行,咱们到此为止。再喝我可就喝高了。"

何父:"亲家,我不勉强你了。"

他已经七分醉了,搂着林父的肩又说:"亲家,凝之、超然也返城了,咱们两家的人终于团圆在一起了。所以目前的困难实在不算什么,咱们当父亲的,要带头往前看。我已经看到好日子在向咱们招手了。"

林超然一听岳父说漏了嘴了,装作收拾桌子的样子,赶紧端起盘子往外走。

林父:"超然,你站住。"

林超然只得站住了。

林父:"亲家,你刚才怎么说?"

林超然:"你们聊点儿别的。聊点儿别的。"

何父:"超然,你……别管我们……聊什么!我……刚才说,凝之和超然,他们终于也返城了。"

林父:"超然,真的?"

林超然只得放下了盘子,点点头。

林父一拍桌子:"别点头!我要听到话!"

林超然:"爸,是我岳父说的那样。"

"床"上,两位母亲和三个姑娘,都吃惊地望着父子俩。

何父:"亲家,别对超然那么凶嘛,看吓着我女婿!"

林父站了起来,指着林超然问:"你没收到你妹代我给你写的信?"

林超然:"爸,我收到了。"

林父:"可你还是返城了,而且还骗我!"

林超然:"爸,我骗您不对,可您听我解释……"

林母:"他爸,别在亲家这儿吼吼怒怒的行不?有些话跟儿子回自己家说去!"

林父:"你别插嘴!"瞪着林超然又大声说,"我不听你解释!你还解释什么你?返城待业的滋味就那么好受吗?"

林超然:"爸,我已经找到工作了,都上班几天了,在铁路上当搬运工。"

林父:"你!……难道当搬运工比当营长更有出息吗?"

林超然:"爸,话不能这么说。有些情况您不了解,不是现在一句话半句话就能解释得清楚的……"

啪……林父扇了儿子一耳光。

何母:"他爸,你木头人啊,怎么不拉着呀!"

何校长有点儿晃悠地站起来,边往后拉林父,边说:"亲家,你……这是干什么呢!打人是犯法的……"

林父一抡胳膊,何父被抡得坐在地上了。

林父:"我打的是我儿子!法律也不能禁止我打儿子!更用不着你管!"

何父坐在地上也大声地说:"可他不仅是你儿子!还是我女婿!你在我家里,当着我的面打我女婿,你也太不尊重我了!"

林父:"我也是在替你教训你女婿!"

林母:"他爸!你喝了点儿酒,半醉没醉的耍的什么酒疯啊!"

何母:"慧之、静之,你俩还傻看着干什么呀?快下地去拉开他们父子俩呀!"

慧之和静之赶紧往"床"边坐去,慌慌张张地各自穿鞋。

林父:"你这个不争气的儿子!一心指望你有点儿出息,你却偏让我的指望破灭了!"

他又一巴掌向儿子扇去。

林超然擒住了老父亲的腕子,他对老父亲小声说:"爸,你不可以再当着何家人的面训我、打我。我自己也快当爸了,求求你,多少照顾一下我的自尊心。"

慧之和静之已将她俩的父亲扶了起来。

林母、何母以及林岚也站到地上了。

两家人呆呆地看着林超然父子。

林父又用另一只手扇儿子,但另一只手的腕子也被儿子擒住了。

父子俩暗暗较起手臂之力来。

林父终究年纪大了,哪里较量得过儿子的手力臂力?他的双手渐渐被儿子的双手钳制到他自己的胸前了。

他瞪视着儿子的目光垂下了,接着他的头也扭向一边了,脸由于用力而涨红了,脖子的青筋凸起了。

他备感屈辱地吼出一句话来:"放开我!"

林超然松手了,后退了一步。

林父交替揉着手腕。

林岚:"爸,老林家的脸被你丢尽了!"

她拿起衣服、围巾冲出去了。

林父一转身,拿起桌上的酒瓶,咕嘟咕嘟喝了几口,何父从他手中将酒瓶夺下,递给了何母,何母将酒瓶放入了柜里。

林母已在默默流泪了。

林父:"回家!"说罢,也不戴帽子,径自走了出去。

林母看看儿子,看看何父何母,想说句什么,却分明地不知该说什么好……便也往外走。

林超然:"妈……"

林母在门口站住,却没转身,没回头。

林超然:"我是为了能尽孝心才返城的啊!"

林母就那么背对儿子点了点头,无言而去……

何母:"静之、慧之,送送啊!"

于是两姐妹这里那里拿起林家三人的帽子、围巾、书包追出门去。

慧之扶着林母走在前边,静之扶着林父走在后边。东一声西一声传来鞭炮声,夜空上还零星地出现礼花。

静之:"伯父,小心别滑倒。"

林父:"我没醉。我一个人把那一瓶都喝光也醉不到哪儿去。你们姐俩不必送我们,我们能回得了家。"

静之:"我爸妈让我俩送的,我俩得完成任务。伯父,您为什么对我姐夫返城生那么大气?"

林父不回答,仿佛没听到,只管平视前方大步走。

老人家的脸上挂着泪水。

夏季。林家的窗户敞开着。林父在用小钉固定一个相框,少年林超然从旁看着。

林父将相框挂在墙上。相框内镶的是中学奖给林超然的"三好学生"奖状。而墙上已有两排奖状,上边一排没镶框,是林父获得的奖状。下边一排皆镶框,是林超然从小学到中学获的奖状。

父子俩看着两排奖状。

林父:"挺气派吧?"

林超然:"不太好。"

林父:"不太好?你认为怎么样才好?"

林超然:"爸爸的奖状才应该镶在框子里,而不是我的。"

林父不由得抚摸了儿子的头一下,语调极为和蔼地说:"奖状已经不能使爸觉得多么自豪了。"

林超然:"那什么能?"

林父:"你。儿子,你要明白,爸爸看着你获得的奖状,比看着自己获得的奖状还高兴。所以,你的奖状才更应该镶在框子里。转过身去。"

林超然转过了身。

林父从兜里掏出一串钥匙,打开一个桌子抽屉,取出一样什么东西,又说:"转过身来。"

林超然转过了身,见父亲手拿一支自来水笔递向他。

林父:"爸昨天开工资了,给你买了一支笔。"

林超然接笔的手的指尖是蓝色的,那是长期使用蘸水笔被墨水染的。

他拧开笔帽,惊喜地说:"铱金的!"

林父:"高兴吧?"

林超然:"高兴。爸你干吗买这么贵的呀,买支钢尖的我就很高兴了!"

林父:"其实,爸很想给你买一支金尖的。但那要五六元钱,爸没下成那决心。一定要好好学习。咱家祖祖辈辈没出过大学生,你要实现爸爸的愿望啊?"

林超然很庄重地点了点头。

还是夏季,傍晚时分,林父走向林家所住那条小街的街口,有几个女孩在跳格子。

"爸……"

林父一抬头,见林超然站在树下。此时的林超然已是高三学生,胸前佩戴三中校徽。

林父:"你在这儿干什么?"

林超然:"爸,我在等您。"

林父："有事儿？"

　　林超然："爸，今天学校正式通知我，等我高三毕业了，要我别考大学了……"

　　林父一愕："咱家出身也没什么问题啊，你犯什么错误了？"

　　林超然："不是，学校将直接送我去法国留学……"

　　林父："法国？那不是资本主义国家吗？"

　　林超然："也是第一个和中国建交的欧洲国家。"

　　林父："超然，这……可别学校犯错误，你也跟着错了……"

　　林超然："那不会的，这也不是学校做得了主的事，是北京教育部的决定，起码得经过周总理批准。有几个名额分到了咱们哈尔滨……爸，我还没跟我妈说，您同意吗？您如果不同意，我不跟我妈说了……"

　　林父："同意！我同意！爸高兴！"

　　他一转身往相反的方向匆匆而去。

　　林超然："爸，您干什么去！"

　　林父："爸去买几两酒，今晚值得我喝两盅。"

　　林超然拦住了父亲："爸，打散酒那得带酒瓶啊！"

　　林父："可也是。"

　　林超然："还是先回家吧。晚饭前，我保证替您把酒打回家。"

　　林父："爸今天干活干得太猛了，有点儿累，挽着我……"

　　于是林超然挽着父亲的手臂往家去。

　　显然的，林超然告诉父亲的事，使父亲内心里产生了莫大的自豪。那自豪简直是他难以掩饰和承受的。他脸上浮现着喜悦的微笑，他脸上充满阳光！

　　男女街坊亲热地与他打招呼，他嘴上回应着，举起另一只手，像元首检阅一样向街坊招手致意。

　　一位男街坊问一位女街坊："林师傅今天那是怎么了？"

　　女街坊："不知道，是有点儿怪。"

　　林家。一张世界地图摊开在炕上，林父戴着花镜仔细看，一根手指在地图上画着。

　　坐在椅子上的林母说："斗大的字认识不了一笆箩，装模作样地看什么呀！"

林父："但是'法国'两个字,那我还是认识的嘛!"

林超然的弟弟林超越进入,手拿放大镜。

林超越："爸,给,放大镜我也借来了……让我替您找到法国!"

林父接过放大镜,一边说:"不用不用,我自己找到的感觉才好!"手指一点,又说,"在这儿!法国,不大的一个国家嘛!"

林超越："爸,法国很了不起,出过许多伟大的作家、艺术家。巴黎公社您听说过吧?"

林父："他们那儿也公社化了?那法国人一个工分合多少钱?"

林超越被问得一愣。

林超然进入,将半瓶酒放在桌上:"爸,我给您打了半斤,够吧?"

林父："超然,谢谢。"拿起酒瓶,拔去塞子就喝了一大口……

林母也进屋了,将一盆窝头放在桌上。

林母："喝酒也得有个喝酒的样子,哪儿有你这样喝法的?端上菜来再喝就等不及了?"

林父笑嘻嘻地说:"不是高兴嘛!"

林母走出屋后,林父对二儿子训导地说:"超越,你要好好地向你哥学习!问你法国的公社社员一个工分合多少钱你都答不上来,证明你看书看得太少。给你起名叫超越,那就是希望你以后方方面面超过你哥,明白?"

林家兄弟互相看一眼,都笑了……

林家。凝之又在织毛线活,老旧的收音机里,姜昆和李文华在说相声《照相》。

林岚闯入,满脸是泪。

凝之站起,吃惊地说:"怎么了?你怎么一个人回来了?"

林岚："我爸在你家扇了我哥一个大嘴巴子,还把何叔叔一胳膊抡得坐在地上了……"

凝之："喝醉了?"

林岚："那点儿酒才醉不了他!他是因为我哥返城了。"

凝之愣住。

林岚侧转身哭,并说:"哪家的父母不盼着儿女返城啊?我爸他咋反过来?……"

凝之掏出手绢替林岚擦泪:"不好的事发生了那也就发生了,几天后你爸和你哥的矛盾就会过去的。别哭了，元旦哭肿了眼睛多不好！"

林岚："嫂子，你说我哥他，会不会是我爸捡来的啊？"

凝之苦笑："别胡思乱想。"

林岚："你妈让我睡你们家，我妈也同意了。你家砌起了火墙比我家还暖和呢，我也挺愿意睡你们家，有机会多和我静之姐聊聊心里话。我爸那么一闹，我还怎么好意思睡你们家？"

她爬上炕，抱枕头、抱被子。

凝之叹口气，坐在了椅子上，看着林岚问："还到邻居家借宿去？"

林岚："嗯。"

凝之："今天是元旦，不合适吧？"

林岚："要不你、我、加上我妈，咱们三个都在这小炕上睡，那多挤啊！"夹起被子枕头往外便走。

凝之："小妹……"

林岚在门口站住。

凝之："今明两天，就睡家里吧。"

林岚："挤我妈倒没什么，挤嫂子不好。挤你等于挤俩人儿。"

凝之又苦笑了，问："你爸妈呢？"

林岚："他们也不能在你家待了呀，都往回走呢。本来两家人高高兴兴的一个晚上，让我爸给搅了！嫂子，等我爸回来，你甭理他！"

林岚说罢离开了家。

凝之愣了会儿，关了收音机，双手平放桌上，陷入沉思……

静之和林父，慧之和林母还走在路上……

慧之："伯母，我不理解，我伯父为什么特别看重我姐夫是不是知青营长了？"

林母叹道："他对你姐夫寄托的希望太大了。如果你姐夫从小到大是个一般化的儿子，那他也不至于往你姐夫身上寄托什么希望。偏偏你姐夫从小学到高三，一向是品学兼优的学生。老师也夸，领导也夸，别的学生家长也夸。这一夸，就夸出问题来了。"

慧之："我怎么就不觉得我姐夫身上有什么大毛病呢？"

林母："我不是说问题出在你姐夫身上，是出在你伯父身上。你姐夫高二入党后，在你伯父心里，你姐夫简直就成了家里的党支部书记一般。你姐夫说话时,你伯父那种安安静静认真听着的样子,就像听领导在做指示。"

慧之:"这我倒挺能理解。"

林母:"尤其是学校决定送你姐夫到法国去留学以后,你伯父整天高兴得合不拢嘴。可不久不是就搞'文革'了嘛,你姐夫留学的事儿不但吹了,还成了全校批判的'黑苗子'典型。你伯父呢,难免整天唉声叹气。"

慧之:"这我也不难理解。"

林母:"再后来,你姐夫和你超越哥一块儿下乡了,你伯父寄托在你姐夫身上的希望就完全破灭了。你伯父是个很少流泪的人,可你姐夫和你超越哥走那天,你伯父哭了……"

慧之:"我伯父在我姐夫身上到底寄托了什么希望呢!"

林母:"那我不知道,没问过,估计问了,他也不会说。总之就是希望你姐夫有大出息呗。"

林超然和弟弟林超越背着行李捆已走出了家门,林父林母送出了家门口。

林父:"超然,以后,你要替爸妈照顾好你弟弟。"

林超然:"爸,您放心吧!"

林父:"那我就不送你们了。"

他说罢挥了挥手。

林母:"死老头子,孩子们这一走就走到一千多里地以外去了,两年多才能探一次家,说不送就不送了?你不送我送!"

但林父已不听她说些什么,转身进屋了。

林母送兄弟俩走到街口,锣鼓之声由远处传来。

林超然:"妈,您也就送到这儿吧,回去吧。"

远处传来喊声:"林超越,快来,上卡车!"

林超越:"让卡车等我一会儿!"

喊声:"你坐下辆吧!"

林超然:"别急,妈还有话跟咱俩说!"

林超越:"妈,有话跟我哥说吧,我同学在召唤我!"他一转身跑了。

林母:"这孩子!超然你看你弟这么不懂事,以后你多替爸妈操心啊!"撩起衣襟拭泪。

林超然搂抱住了母亲,哄小孩似的:"妈,别难过,我和弟弟是到兵团去,有工资,那不也等于参加工作了吗?"

林母回到了家里,见墙上超然那一排相框不见了,墙上留下了一道道灰痕;而林父,则直挺挺地躺在炕上,也不枕枕头。

林母:"你怎么把超然的奖状都摘了?"

林父不作声。

林母:"问你话呢,都弄哪儿去了呀?"

林父:"在桌子底下。"

林母揭开桌帘,拿出一个相框,见已没有奖状了。

林母:"奖状呢?"

林父:"我都抽出来收着了。再整天看着,还不如看不见的好。"

林母瞪着林父,一时无话可说。

走在一起的林父和静之。

林父:"他来信说他当了营长那天,我高兴得一宿没合眼。从前咱们市区的区长,也不过就是部队上转业下来的一个营长。"

静之:"伯父,那是不能相提并论的。咱们区的那个区长,人家参加过抗日战争、解放战争、抗美援朝,人家是从枪林弹雨中走过来的。"

林父:"怎么不能相提并论?和平年代就不需要营长了?和平年代的营长就矮一截了?和平年代就能永远和平下去了?如果你姐夫还是营长,如果哪一天又起战争了,我相信你姐夫也是个不怕枪林弹雨的好营长。"

静之:"可他不已经不是了嘛,不管是他自己还是咱们作为他亲人的人,都应该以正确的态度面对现实嘛!"

林父:"如果他听我的,不随大流儿,他和咱们,不是就不至于面对他现在的现实了吗?"

静之:"他现在的现实也不能算是灾难呀,我相信我姐夫在现在的起点上,也完全可以寻找到另一种人生价值。"

林父不爱听,挣脱手臂,生气地说:"不用你搀着,我自己能走!"

静之望着他大步腾腾往前走的背影,摇头苦笑。

第二天下午,林家。凝之在给窗台上的白菜花、萝卜花、蒜苗浇水。

林父从外边进入。

凝之:"爸,哪儿去了?"

林父:"走走。散散心。你妈呢?"

凝之:"新布票不是年前就发下来了嘛,她还邻居布票去了。爸您坐下,我有话跟您说。"

林父猜到了她要说些什么,不情愿地坐下。

凝之也坐下了,她说:"爸,我和超然返城的事,您错怪超然了。我俩返城是我先提出来的。我们那个连的知青全走了,就剩我这名知青副指导员自己了,又在不适宜的时候怀了孕。我非留下,反而会给别人造成麻烦。超然的情况也是如此。兵团体制结束了,又恢复农场体制了,干部队伍要大大精减。将他么优秀的知青营长精简了,上级领导觉得对不住他。他自己呢,又不愿非等着安排一个领导岗位,非占一个干部名额。"

林父听着,掏出烟盒,吸起烟来。

街道委员会办公室,一个四十多岁的胖女人在听半导体。半导体里说评书《杨家将》,发声不好,嗞嗞啦啦的。

一身簇新的罗一民推门进入,点头哈腰地说:"主任,新年好!"

街道主任:"别装得那么近乎!新年昨天都过去了,来领票证的吧?"

罗一民:"对对。听说您在值班,我就来了。领票证是第二位的想法,第一位的想法是拜年。"

街道主任:"你嘴还真甜。知道街坊邻居们为什么喜欢你不?"

罗一民受宠若惊地说:"大家喜欢我吗?我还真不知道。"

街道主任:"喜欢的就是你这份儿嘴甜,只要是见了长辈,叔叔大爷,大娘大婶大嫂的,一口一声叫得亲近,让人心里边听着……那个那个……"

罗一民:"特得劲儿?"

主任摇头:"比'得劲儿'还得劲儿的那个词儿……"

罗一民:"要不就是特'温暖'呗。"

主任摇头:"也不是……'温暖'太白话了,打从新中国成立以后就整天听……看我这脑子,怎么一时想不起来了……一个新词儿,还是从你们知青口中听说的,比'温暖'还温暖,带点儿黏糊劲儿的那么一种说法。"

罗一民:"带点儿黏糊劲儿?……是……'温馨'吗?"

主任："对对对！就这个新词儿，是温乎到心里边去的意思，对不对？"

罗一民："也可以这么理解吧。"

主任："小罗，街坊邻居们都说，你们知青一返城，咱们整条街道都变得温馨了，青年人多了，连中老年人都带出朝气了。"

罗一民不好意思地说："我哪儿有那么高的温度啊！"

主任："我夸的不只是你，也是你们嘛！"

罗一民："主任，谢谢您对我们返城知青的夸奖。新年伊始，听了您的一番夸奖，我心里边也特别地温馨……您看您要是方便的话，就麻烦您把票证发给我？"

主任："没问题。一点儿不麻烦……不过，你得先把我这半导体给摆弄摆弄，你听这声儿……"

罗一民摇头："哎呀，我还没修过半导体呢。"

主任："别谦虚，有人说你可能了，什么都会修。这儿也没工具，你先给诊断诊断究竟是什么毛病。"

罗一民："这明显是接触不良嘛。"拿起半导体，放耳边倾听，调台，又说，"大概还受过潮。"

主任："对对，是受过潮！"

罗一民："烤烤就能起点儿作用。"说罢，将半导体啪地往桌上一蹾！说也怪了，声音不但大了，还清楚多了。

主任笑了："真是说你行，你就行。小罗你神了，我要多给你几张豆腐票！"

她说着打开文件柜，取出登记册，边翻着，边说："就差几户人家没领了，今年咱们东北省份每人多了五尺布票，一斤棉花票……咦，你的票证别人替你代领了呀。"

罗一民奇怪地说："别人替我代领了？谁？"

主任："李玖呀，看，这是她的亲笔签名。错不了。"

罗一民不由得凑过去看，皱眉道："我也没让她代领呀。"

主任："就你俩目前的关系，谁代领谁的我们都乐意开绿灯啊！"

罗一民："主任，您可别开这种玩笑，我和李玖……我们也没什么不正常的关系呀。"

主任笑了："我也没说你们有什么不正常的关系嘛！按你们的年龄，你们的经历，就是那个了，也很正常嘛！何况李玖说，你们都要领结婚证了。"

罗一民："她她她，她真这么说的？"

主任："那是！年前发证那天，她当着好多人在这儿说的。那天她可高兴啦，还发糖给我们吃，说是'准喜糖'。'准喜糖'什么意思啊？"

主任起身将登记册放入柜里。

罗一民站在那儿发呆。

主任："我想起来了，'温馨'就是李玖说的。她说和你在一起的时候，心里温馨得没法形容。"

主任一转身，见罗一民正仓皇逃脱似的往外跑，还撞到了门框上。

主任笑了："这孩子，被幸福冲昏头脑了。"

半导体的声音又嗞嗞啦啦的了。

主任拿起来，也学罗一民的样，使劲往桌上一蹾：半导体反而不出声了……她拿起又一蹾，半导体后壳开了。

主任看着半导体发愣。

罗一民走在回家的路上，不慎摔了一跤。刚站起来，又摔了一跤……

罗一民走到了家门口，掏出钥匙正欲开门，却发现门上的锁不见了，吃惊，疑惑。

他轻轻将家门推开道缝，闪进屋。站在门口四下打量，却未见被翻乱的迹象，但发现门锁放在工作台上。拿起锁来一看，锁上居然还插着一把钥匙！

他轻轻放下锁，顺手防范地操起了锤子。

里屋传出一声响动，听起来是撕布的声音。他高举锤子，闪在门帘旁。

一个人抱着什么从里屋往外走，却将门帘带了下来。门帘罩住了那人的头，也罩住了那人抱着的东西。

罗一民大喝："什么人？"

那人一抖，就那么被门帘罩住，一动不动地站住了。但抱着的东西却掉在地上，是棉套和被单。

罗一民一手仍高举铁锤，伸出另一只手，猛地扯下了门帘……那人却是李玖，她头发新烫出了卷儿，脸上还化了妆。

李玖手扪胸口："哎呀妈呀，死瘸子，你吓死我了！"

罗一民高举铁锤的手臂垂下了，随手将铁锤放在了地上。

李玖："你怎么悄没声儿地就进了门？！吓我这一大跳！打你！打你！"

她撒娇地抡起双拳往罗一民身上打。罗一民抓住她两只手的手腕，一揉，将她揉得倒退一步，绊在棉套上，跌坐于地。

罗一民："这是我家。我想怎么进来就怎么进来！"

李玖："这只是你家呀？你要这么认为，那咱俩现在还真得把话说开了。"她干脆将双脚一盘，坐在地上不起来了。

罗一民："什么'说开'不'说开'的，难道我家还同时成了你家啊？我问你，你哪儿来的一把钥匙？"

李玖："配的呗！"

罗一民："你你你，你怎么敢偷偷配了我这儿一把门钥匙？你想干什么你？！"

李玖厉害地说："我怎么就叫是偷偷配的？我……只不过是忘了告诉你罢了……拉我起来，要不我就不起来！"

罗一民："你爱起不起来！我再问你，我的布票、棉花票、粮票和副食本呢？你也不经我同意，凭什么替我代领了？"

李玖："凭什么？你说凭什么？凭咱俩的关系！"

罗一民："你你你，你满嘴胡说八道！咱俩有什么关系？！"

李玖："嘿，罗一民，你属狐狸的呀？吃着了甜葡萄还想说葡萄是酸的呀？你忘了咱俩有天晚上那样了？！"

罗一民："说清楚，哪样了？！"

李玖："那样了！你还想否认吗？"四下瞧瞧，指着放在小柜上的茅台酒瓶又说，"茅台酒瓶子还在你这儿！好酒是白喝的呀？鱼啦肉啦是白吃的呀？我李玖是你可以白搂白抱白亲白那样的呀？"

罗一民张张嘴，一时被噎得说不出话。

李玖更厉害了："罗一民，我实话告诉你，我已经有了。你要是敢抵赖，没你的好果子吃！"

罗一民几步走到小柜前，抓起茅台酒瓶子就要往地下摔……

李玖："恼羞成怒了？想销毁证据？酒还没喝完呢，名酒糟蹋了你不心疼？"

罗一民更加气得说不出话，拧开瓶盖，仰头喝了一大口。放下酒瓶，抓起一样活计摔在地下。那活计恰恰是他做的一只小桶。

他发泄地用脚踏、踏,将小桶踏扁了。

这时,屋外响起敲门窗的声音。

俩人同时朝门窗望去,见门外站着一位老者。正是来过一次,要求罗一民做十只桶那位老者,还是第一次来时那身着装。

李玖笑了:"看你拉不拉我起来!"

罗一民只得忍气吞声将她拉起,小声警告:"你如果敢当着客户给我难堪,客户走了我一定收拾你!"

李玖:"你是我最亲爱的人,我干吗当着客户使你难堪呀?"

她与方才判若两人,走过去开了门,笑容可掬地说:"老人家,请进。"

老者进入。

罗一民也只得强装笑脸:"您老来了?"

李玖:"快请到炉前烤烤火。"她做出的请的手势特优雅,像人民大会堂的服务员迎请外宾。

老者彬彬有礼一笑,走到炉前烤手。

李玖从毛巾绳上扯下毛巾,擦擦凳面,将凳子搬到了炉旁,又笑道:"您老请坐。"

老者和蔼地说:"谢谢。"言罢缓缓坐下。

李玖:"您和我先生说着啊,我得去拆被子。这不过完元旦紧接着就要过春节了嘛,得干净干净迎接春节啊,让您见笑了。"言罢,转身离开,从地上抱起棉套什么的,顺脚将被罗一民踏扁了的小桶拨到老者目光不及之处。

她这一小动作被罗一民看在了眼里。

她进里屋后,罗一民问老者:"您不是说不急吗?怎么……"

老者:"是不急。我不是来催你的。我是顺路来告诉一下,过几天我就回香港了。我要的那十只桶,夏天做好就行。那时候,也许是我来取,也许我委托别人来取。"

罗一民:"到那时肯定做好,谁来取都行。"

老者:"那我不打扰了。"站起。

李玖又从里屋出来了,一点儿不见外地说:"天挺冷的,多烤会儿再走呗。"

老者:"还有些事要办,预祝你们春节愉快。"

李玖抢前一步,开了门,日本女人似的弯下腰说:"我们夫妻也祝您春节愉快。"

老者走出后,罗一民和李玖从门窗望着他跨过小街,坐入汽车。汽车开走。

李玖:"老先生气质真好,说不定是位港商,哎,他要你给他做什么?"
罗一民:"你管呢!"
李玖也不生气,捡起被罗一民踏扁的东西,研究地看着,问:"罐头筒?"
罗一民从她手中夺下那东西,没好气地说:"我的票证呢?给我!"
李玖:"还生气儿呀?刚才我表现得你还不满意啊?你说你对我怎么才满意?我这样上得了厅堂,下得了厨房的女性,哪点儿配不上你这个'半倒体'男人?"
罗一民:"我扇你!"
李玖凑到他跟前,将下颏一扬:"让你扇,你敢吗?我姨是街道副主任,我舅是派出所的,你碰我一下试试!"
罗一民举起的手臂又垂下了,吼:"给我票券!"
李玖:"吼什么吼?今天吃枪药啦?你这脾气以后得改啊!"从小柜顶上拿起票券,朝罗一民一递。
罗一民接过,闪到一边去点票券。
李玖又进了里屋,复将棉套什么的从里屋抱出,并说:"门帘不往上挂了啊,得一块儿洗洗。都挂了一年了,能刮下灰来了,自己也从不洗洗!"
罗一民一转身:"我的布票和棉花票呢?"
李玖:"在我这儿。听说春节前花布样式多,新棉套也上货架了,我得为咱们的婚事开始操办,傻指望你行吗?"
罗一民张张嘴说不出话来。
李玖:"咱们儿子那五十元,就是那老先生给的吧?你替儿子接在手里了,怎么能转手又给了儿子?你倒够大方的,那么多钱能说给孩子就给孩子吗?把咱们儿子惯出乱花钱的坏毛病来你负责吗?"
罗一民:"他是你儿子,不是我儿子!"
李玖:"早晚还不成了你儿子?早比晚好。多亏小刚懂事,没乱花,如数交给我了。五十元值得一存,我放你钱匣子里了……"

罗一民:"你你你,你还配了我钱匣子的钥匙?"

李玖:"当然得配!不配我……"

罗一民:"你给我住口!"一转身往里屋走。

李玖跟在其后,嘟哝:"别人家都是女人管钱。"

罗一民已进了屋,屋里传出他的吼声:"不许进来!"

李玖在门口站住,又嘟哝一句:"哪儿哪儿都堆着破东烂西,我还不稀罕进呢!"

她开始用枕套擦这儿擦那儿。

里屋。钱匣子上还插着钥匙。罗一民把钱匣子抱起,背对门口坐床上,再将钱匣子放膝上,打开,取出钱来点数。

外屋,李玖将棉套、门帘、枕套都用被单扎起。

罗一民从里屋出来了,走到炉前。

罗一民:"哎!"

李玖转身一看,见罗一民一手持炉钩子挑开炉盖,一手捏着一把钥匙。

罗一民:"这是你非法配的我钱匣子的钥匙。"

他两指一松,钥匙掉进炉里。

罗一民又从兜里掏出一卷钱:"这八十元是我钱匣子里多出来的,当然是你放进去的,还给你。咱俩得钱财两清!"

李玖呆呆看着他不接。

罗一民:"亲爱的李玖……"

李玖:"你都叫我'亲爱的'了,还说什么钱财两清?"

罗一民:"你没听我把话说完!我想说的是……亲爱的李玖同志。咱俩不合适你明白吗?我要找的妻子,根本不是你这样的。"

李玖:"我这样的怎么了?哪点儿配不上你?人家来为你拆洗被褥,你还一句一句伤人家的心,你有点儿男子汉大丈夫的高风亮节吗?我不嫌你腿有毛病,你还百般地嫌我!天上的嫦娥你肯定就不嫌了,可嫦娥会炒菜会干家务活吗?你觉得人家配得上你了,可人家能觉得你配得上人家吗?罗一民,你缺少自知之明!"

又有人在外边敲门窗,罗一民扭头一看,门外站着林超然。

第 六 章

罗一民将李玖推进里屋,走出去,在门口和林超然说话。

罗一民:"有事儿,还是路过?"

林超然:"有事儿。"

罗一民:"有事儿也不能让你进屋了,屋里有点儿特殊情况,就在这儿长话短说吧。"

林超然:"三言两语还真说不到点子上。"

罗一民:"那只好改天了,要不晚上?"

林超然:"事儿挺急,那我晚上再来。"

门开了,李玖撑着门说:"大冷的天,干吗站在外边说话?快都进来!"

罗一民瞪着李玖,气不打一处来地说:"没你什么事儿,把门关上!"

李玖:"你这么慢待客人我看不惯!快,客人先进,别灌一屋子冷风!"

罗一民干瞪眼不知说什么好。

林超然也一时犯犹豫。

李玖看着林超然又说:"快进呀!"

林超然进了屋。罗一民也只得跟入。

李玖在门口说:"林超然,我们一民的营长,对不对?"她把"我们一民"说得十分亲热。

林超然:"一民是我的救命恩人,也是好几名马场知青的救命恩人。"

李玖:"总听我们一民说你当年对他多么多么爱护,却从没听他提过救你命的事儿。"

这话毕竟是罗一民爱听的,他说:"那事儿有什么好提的。"

李玖伸出了一只手:"认识一下吧,我叫李玖,在郊区插过队,现在,就快是一民那口子了。"

罗一民不爱听,但却无奈,只有仰脸望屋顶的份儿。

林超然与李玖握手,并说:"也听一民说过你了。"

李玖:"他说我,无非就是我多么配不上他的话。我还觉得他配不上我呢,可事实上已经是他的人了,只得多担待他一点儿。"

她将"已经是他的人了"几个字说得有特别强调的意味。

罗一民:"别真一句假一句的信口胡说啊,成心给别人造成误会怎么的?我看你没事儿还是趁早回家吧!"掏出烟来递给林超然一支,自己也叼上了一支。

俩人吸烟时,李玖还在说:"谁说我没事儿,替你接待一下你当年的营长不是事儿呀?"说着,透火,使炉火更旺了。之后将小饭桌搬到炉旁,将两只小凳摆在小桌两边,认真地擦了一遍。接着,摆上烟灰缸和两只杯,找出茶叶筒,沏上了两杯茶。

她做这一切时,愉快而利索、迅速。

林超然小声地说:"我看行。"

罗一民大皱其眉,向林超然做了一个"停止"的裁判手势……

李玖:"你俩暖暖和和地坐这儿聊,我去干我的活儿,不影响你们。"说罢,从工作案底下拖出一个大洗衣盆。

进入里屋,抱出些该洗的衣服放入盆中。

之后用小盆一盆盆地接冷水倒入洗衣盆,坐下在洗衣板上嚓嚓地搓起来。

林超然:"怎么能只用凉水洗呢,那太冰手了。一民,把壶里的热水给李玖兑些。"

罗一民装没听到,催促:"快说你的事儿。"

林超然摁灭烟,拎起炉上的铁壶,走过去往洗衣盆里兑热水。

李玖:"林大哥,你可要经常批评批评我们一民,他对我根本就没有一点儿体恤心。"

林超然:"那不对。"接了一壶凉水放炉上,坐下后又说,"当然要批评。在男女关系方面,我最反对大男子主义。"

罗一民忍无可忍地说："姓李的女同胞，从现在起，请闭上你的嘴。营长，请开始说你要说的事。"

林超然谴责地指点了罗一民一下，发愁地说："一民，我又没活儿干了。"

罗一民："你不是刚在王志那儿干了没几天吗？怎么了？你俩闹掰了？"

林超然："那倒不是。王志是好哥们儿，我对他满怀感激。可装卸班出了工伤，偏偏出工伤的人和我一样，也是临时工。这一住院，花了不少公费。铁路上认为是教训，就下达了内部文件，彻底清退装卸部门的临时工。这下王志也帮不了我了。他到我岳父家去告诉我，我送走他就来你这儿了。"

罗一民挠腮帮子："唉，顶数找工作的事儿让哥们儿战友的为难。"

林超然："你帮不上忙我也不为难你，跟你唠叨唠叨我心情能好些。不瞒你，昨天在我岳父家，我老父亲当着我们两家人的面扇了我一耳光。"

罗一民："大爷那是为什么？"

林超然："他反对我返城。"

罗一民："反对？为什么会反对呢？"

林超然："这说起来话就长了，一言难尽，以后再慢慢讲给你听。我现在面临的情况是……如果不尽快找到一份工作，我老父亲对我的火气那就更大了，估计我和你嫂子两家，连春节也会过不好的。"

罗一民："我有个想法，只怕你不会听我的。"

林超然："说说看。"

罗一民："如果你同意，我出面召集一次马场返城知青的聚会。能召集多少人召集多少人。只要天气好，不太冷，地点选在哪一个公园里都行。还不必花钱。"

他停住话头，观察林超然的表情。

林超然不动声色地说："把你的意思说完。"

罗一民："你想啊，咱们马场独立营两百多名知青，据我所知，局级干部的子女四五名，处级干部的子女十几名，还有各行各业头头脑脑的子女。当年他们的父母是'走资派'时，你从没歧视过他们，他们对你也都挺感激的。如今你要找一份工作，他们肯定都愿意帮忙。只要他们中到了一半，你的问题就好解决了。怎么样？"

林超然："不怎么样。"

罗一民："这么说你不同意喽？"

林超然："对。不同意。不过老实说，我也像你这么想过。"

罗一民："自尊心排斥？"

林超然："有自尊心排斥的成分，但不是最主要的。"

罗一民："那最主要的是什么？"

林超然："一民，你明明了解的，我对通过权力关系达到个人目的的事，一向是反感的。关系是关系，权力关系是权力关系。我求你帮忙，求王志帮忙，这都是关系。你们即使帮了我，也跟权力没什么瓜葛。但如果你俩的父亲是什么局长，你们再通过你们父亲的权力间接帮我，在我这儿，事情的性质就变了。那不就纯粹是靠权力走后门了吗？如果我走了这种后门，别的返城知青会怎么看我呢？又会怎么看我们这个社会我们这个国家呢？你忘了？咱俩在兵团的时候曾经很坦率地讨论过走后门现象对不对？你说过……你憎恨走后门现象像憎恨投毒于井的罪犯们。"

罗一民："但我现在已经不那么憎恨了。返城对我的一个教育，那就是，城市里的后门之风比兵团普遍多了。别说不走后门办不成大事了，就连些小事也办不成。所以当老百姓的，那得习惯于走后门，善于走后门。只有这样，才能活得不那么困难，不那么憋屈。你现在也是普通老百姓的一员了，你也没法例外的。你非要例外，那就等于成心和自己过意不去。"

林超然："我承认你说的基本上是事实，但……"

他看着罗一民，低声又说："一民，对不起。"

罗一民："你别跟我说'对不起'呀，你明明是对不起自己嘛。"

李玖忽然大声说："你俩是商量事儿呢，还是开思想座谈会呀？"

两人不由得都朝李玖看去。

李玖停止搓洗，也看着他俩问："林大哥，不就是好歹先找份工作，让你老父亲别再跟你闹情绪，让你和嫂子两家人，能过一次和睦融洽的春节吗？"

林超然重燃希望地说："对……"

李玖："不就是好歹先找份工作，但是还不愿借助当官的人的权力吗？"

林超然："对……"

李玖："这也不是太难的事啊！"

罗一民："你别在那站着说话不嫌腰疼啊！"

李玖用待洗的干衣服擦擦手，起身走了过去，拖过一个木墩，坐在罗一民身边，谴责地问罗一民："你为什么不诚心诚意地帮林大哥？"

罗一民生气地说："你想挑拨我俩关系啊？哎，你怎么就知道我不诚心诚意？"

李玖："你如果诚心诚意，就该替林大哥求我。你替林大哥求我了吗？"

两个男人一时又看着她发愣。

李玖也瞪着罗一民说："你长个眼睛瞪着我干什么？现在求也不晚。你如果诚心诚意想替林大哥排忧解难，那就赶紧求我，我就等着你说一句求我的话。你说了，林大哥的事儿那就等于解决了，包在我身上了。"

罗一民对林超然说："别信她。她这是拿咱俩打欻呢！"

林超然："小李，不是在开我俩的玩笑吧？"

李玖："我像是在开玩笑吗？咱俩初次见面，大哥我能拿你发愁的事儿开玩笑吗？"

林超然："那，我现在郑重求你。"

李玖："大哥，不是我驳你面子。你求不算，得他求。"

林超然将求助的目光转向罗一民。

李玖却从烟盒里抽出一支烟叼在嘴角，林超然赶紧按着打火机向她伸过去。

李玖："让他点。"

林超然将打火机递向罗一民。罗一民却侧目斜视李玖，皱着眉，一副厌恶的样子，不接打火机。

林超然："一民，我急了啊！"

罗一民这才不得已地接过打火机，按着，伸向李玖叼在嘴角的烟。

李玖吸着烟，乜斜了罗一民一眼，又对林超然说："大哥，你看他那表情，是像替你真心求我的样子吗？"

罗一民："我样子又怎么了啊？"

林超然："你那样子是不太好。样子好点儿！"

他暗中踩了罗一民的鞋一下。

李玖："这种时候，还要大男子主义！我这可等着你求呢，我的耐心那也是有限的！"

林超然严肃地说："一民，我的耐心那也是有限的。为了我，你总不至于将打保票的事儿偏要给搞黄了吧？"

罗一民："好好好，我求。营长，我可是为你求她的！"

李玖："反对。重说。"

罗一民："叫'营长'怎么了？我叫'营长'叫了那么多年，叫惯了！"

李玖："叫'营长'没错。后边那句话我听着不顺耳，你心里明明那么想的也不应该说出来，要省略。"

罗一民气得站了起来，在屋里走到这儿走到那儿，仿佛面临的是变节与否的重大抉择。

林超然也站了起来，瞪着罗一民说："一民，你要是觉得那么难，那我走了，不在你这儿瞎耽误工夫了，算我白来一次。"说罢，真朝门口走去。

罗一民："营长……"

林超然站住，却未转身。

李玖："一民，瞧你这费劲儿样！哎，我就不明白了，简简单单的事儿，为什么你偏要往僵了搞呢？我教你怎么求我。你要对我这么说……亲爱的玖，看在我和我们营长多年友情的份儿上，我恳求你，帮帮我们吧！……听话，快这么说啊？"

罗一民无奈，只得走到她跟前，眼望着屋顶刚要开口。

李玖："眼望着哪儿呢？要看着我。求我又不是求屋顶！"

罗一民万般屈辱地看着她说："亲爱的玖，看在我和我们营长多年友情的份儿上，我恳求你，帮帮我们吧！"

林超然的手拍在了一民的肩上，耳语："哥们儿谢了！"

罗一民脑门上都出汗了，他举手抹了一下汗。

李玖："多简单的事儿呀，你看你刚才那副痛苦样子！有那么痛苦吗？你俩都坐下，我告诉你们为什么我敢打保票。"

于是林、罗两人又坐下了。

李玖摁灭烟，胸有成竹地说："咱们全哈尔滨市的工人中，八级工是不多的。所有的八级工中，八级木工那更是少而又少。全中国，建国初期评出了一批八级木工，后来就再没几个评上的，明白？"

林超然、罗一民同时点头："明白，明白。"

李玖："我父亲就是解放初期那一批评上的八级木工。'文革'前，全哈尔滨市就那么四五名八级木工，相当于木工这一行的状元！'文革'前退休了一人。'文革'中他们与三名'三高'一块儿挨斗，又惊又吓，被折腾死了一人。粉碎'四人帮'后,回山东老家一人,病故一人。现在,全哈尔滨市,据说只我父亲一人了。虽然也退休了,但身体好,还能接些私活,明白?"

林超然点头。

罗一民:"你简明扼要一点儿,该直奔主题了!"

李玖:"现在,许多干部解放了,平反了,官复原职了,有的还高升了,又住进大房子里去了,谁家不想添一两件家具呢?他们的儿女也都该结婚了,我指的是和咱们同龄的。咱们可以凑合,而他们的儿女,再凑合也得有一套新家具吧?要买,得排上几个月的号,得凭票。凭票也只能买一两件。因此,我爸可就成了宝了。求我爸打家具的,不论职务高低,那也得排号。不少干部,或者他们的儿女,都不同程度地欠着我爸一份儿情。林大哥你的事儿,只要我爸向他们中哪一个开口,那还不是他们一句话就安排了的?"

林超然也失望地仰起脸看屋顶了。

罗一民:"怎么着,我说她拿咱俩打岔嘛,正经八百地兜了一个圈子,这不是又绕回了咱俩刚才讨论的原点吗?"

李玖:"你别破坏我情绪!不同!"

罗一民:"怎么不同?"

李玖:"林大哥现在什么人?返城知青,普通公民,待业。比普通公民还普通。你什么人,一开铁匠铺子的。林大哥求你,是普通公民求普通公民。我是什么人?也是返城知青,在街道小厂糊纸盒,你求我还是普通公民求普通公民。我爸也是普通公民,我求我爸,是普通公民的普通公民女儿求普通公民。"

她指点着林、罗两人唱了起来:"穷不帮穷谁照应?两个苦瓜一根藤!"

罗一民:"说到底,你爸还是得求干部手中那个权!"

李玖:"也不像你说的那样我爸是求他们。我爸给他们做家具,比他买少花了多少钱啊!而且我爸做的家具,质量好,样式好,比家具店卖的强多了!是我爸给他们一次回谢人情的机会。干部那也是人吧?欠了人情那也希望找个机会还吧?什么事儿都不能犯教条主义。教条主义害死人!"

罗一民盯着林超然看,那意思是……你的事儿,你拿主意吧!

林超然:"小李的话,倒有点儿说服我了。是啊,教条主义害死人。"

李玖:"那就别坐在这儿干耗时间啦,都跟我到我家去吧!"

李玖家那个大杂院里。李玖指着自行车棚说:"看,我爸又做出了一个大衣柜,还有两个书架,得等到天暖和了他亲自刷漆!"

罗一民小声对林超然说:"不走后门,公共车棚能允许他父亲占那么大地方?"

李玖回头斥道:"说什么呢!"

李家住的是苏式老房子,居然有木扶手的沙发。李父和林超然坐面对面的单人沙发。李玖和罗一民并坐在双人沙发上,她挽着罗一民一只胳膊,亲亲昵昵地偎靠着罗一民。而他,虽不情愿,却只能忍着性子,不便发作。作为客厅的房间不是很大,三个沙发占去了大半空间。冬日的阳光照进屋里,家庭气氛挺温馨。

李玖:"我家这套沙发也是我爸做的。"

李父:"小玖,你和小罗,你俩的事,怎么样了啊?"

李玖:"爸你放心。我和一民,我俩的关系飞跃了。他将成为你的女婿,那是板上钉钉的事儿了!"说罢,幸福地将头往罗一民肩上一靠。

看着女儿和罗一民那股子亲密劲儿,李父脸上也洋溢着幸福。

李玖:"林大哥已经答应做我俩的主婚人了!"

林超然一愣,只得顺水推舟地说:"是啊是啊,义不容辞……"

李父:"小玖,找烟给你林大哥和一民。"

林超然:"伯父,我不会……"

李父:"你看你那指甲,明明是吸烟的人嘛!"

林超然看看自己指甲,不好意思地笑了。

罗一民忙将指甲熏黄了的手往腿下插藏。

李父:"一民,你也别掖着藏着啦!你们这拨孩子,都苦闷过。学会了吸烟,那也是情理之中的事。现在返城了,苦闷肯定少了。有毅力的,那就戒了它。不想戒的,控制点儿,少吸,那也没什么。"

林超然:"伯父,多谢您这么理解我们。"这话他说得很真诚。

李玖拿着盒烟归座了,竟是一盒带过滤嘴的中华!

罗一民不禁与林超然交换意味深长的眼色。

李玖各给他俩一支,并说:"大大方方吸吧!在我家就别客气,别见外,何况我爸刚才都那么说了!"

于是林、罗两人大大方方地吸起烟来。

李父:"那我也陪你们吸一支。"吸着烟后,又说,"我舍不得花钱买这么高级的烟。人家送的,偶尔吸一支,当成种享受呗。"

李玖:"爸,我和一民要是领证了,你可得为我们也做一套这样的沙发啊!"

李父:"那是当然的!不过呢,一民那儿的住屋地方小,适合做一套小点儿的。但样式我已经想好了,做出来会比这一套还好看!"

李玖就高兴地亲了罗一民一下,之后又挽着罗一民的手臂偎着他。

罗一民心里那个腻歪,因而表情就哭也不是笑也不是,相当古怪。

林超然向罗一民使眼色,让罗一民看李家的表,于是罗一民对李玖耳语。

李玖:"爸,你还没表态呢,我林大哥的事儿,你到底帮不帮忙啊?"

李父:"刚才谁一打岔,把那事儿岔过去了。帮,帮,当然帮。林营长……"

林超然:"伯父,叫我超然吧,我现在只不过就是个返城了的待业青年。"

李父:"那什么,小玖,去把我的记事本和我的花镜拿来。"

李玖又起身颠颠地去找了。

罗一民与林超然又交换眼色。

片刻,李玖将记事本和花镜取来递在父亲手上了。李父戴上花镜,翻开小本,一页一页看。

小本上无非写着些张王李赵科长处长局长,以及大衣柜床头柜五斗橱书架写字台什么的。

李父边看边说:"没想到,我这八级木工,'文革'结束这两年里,和这么多带长的人建立了友好关系。可是,一些关系都动用过了,一时还没有合适的人选了呢!"

李玖急了:"爸你别这么说!我都向他俩打保票了。你要是又说帮不上忙了,那我不等于忽悠他俩了嘛!"

李父:"你急什么啊!我也没说帮不上忙了嘛!"

从林超然和罗一民的表情看得出来,他俩心里都有点儿七上八下的。

李玖:"爸,你什么时候为谁们动用了那么多宝贵的关系啊?我不是跟你说过嘛,那都是高级人脉,不能随随便便就为别人用了。过硬的关系那要为咱们自己家和亲朋好友保留着!万一咱们也遇到了掰扯不开的事儿呢？"

李父："你这么说也不对。不是我不给你留面子，你那种想法纯粹叫自私。街坊邻居的，左邻右舍的，子女返城落户的事儿，工作的事儿，接班的事儿，扩建一下房子的事儿，知道我认识一些干部，愁眉苦脸地求到头上了，好意思一口回绝吗？能忍心不帮吗？"

李玖："别人的事儿不说了，反正我林大哥这个忙，你是非帮不可的！我都快急出汗来了，我来给你当个参谋！"

她起身走到父亲身后，从后向前伸出手臂，也拿着那小本了。

李父却不看那小本了，放手了，将花镜也摘下放镜盒里了。

林超然不由得又忧虑地与罗一民对视。

李父："林营长，以后我就叫你小林了……"

林超然："伯父，那最好。"

李父："小罗就快是我姑爷了，而你曾经是小罗的营长，那也就等于，曾经是我姑爷的营长，咱们是这么种关系吧？"

罗一民敷衍地说："啊，是是。是您说的这么一种关系。"

李父："人和人的关系分远近亲疏，帮忙也分先后缓急。小林咱们的关系亲，所以当优先。你的事影响到两户人家春节能不能过好，所以是急茬儿。又亲又急，我要为你动用最硬的，也是最有把握的关系。"

李玖、罗一民和林超然互相看，都释然欣然地笑了。

李父："我要介绍你去找的人，'文革'前是咱们市的一位副秘书长，人品很好的一位老干部。'文革'前我们就认识。当年五一、十一、中秋节、元宵节那样一些日子，他往往代表市委市政府邀请我这样一些大工匠聚会。'文革'中，他挨斗，我陪过斗。'文革'结束，他一被起用，不久就派秘书主动联系了我。冲这种关系，我为他做了一排大书架，分文未收，白做。他也对我说过，'李师傅，今后你遇到了什么难事儿，尽管来找我。只要不违反原则，我一定尽力而为'。为你们哪个返城知青解决工作问题，都是为一个中国的待业青年解决了工作问题，肯定不违反什么原则。"

李玖频频点头。

林超然："伯父，太让您费心了。不过，我觉得，我只不过是要先找一份临时的工作，脏累不怕，每月能挣那么三四十元就行……这种忙，麻烦到那么一位老干部，是不是……太把自己当回事了呢？"

李玖："大哥，要是给你介绍了一份正式的工作，你又挺满意，那不是更好吗？"

林超然："可我下一步的人生该入哪行，我还没考虑好……"

罗一民："我也有超然那么一种感觉，常言说得好，杀鸡岂用牛刀……"

李玖白了他一眼："你那是怎么形容呢？不会形容别瞎形容，也不怕我爸笑话！"

李父："我不笑话。一民你和李玖这样的孩子，你们名义上叫'知识青年'，其实知识是很有限的。形容得驴唇不对马嘴，没什么可笑话的。可你们林大哥就不同了，闺女，你介绍的人家是'文革'前老高三，还是名牌中学的学生，又当过知青营长，所以在我这儿，是非把他当成回事儿不可的。小林，这事儿就这么定了，我也算交了我闺女的差了啊？"

林超然点头道："伯父，那我听您的。"

李父："他秘书跟我打过招呼了，这几天他还要组织我们一些当年各行各业的大工匠聚一下，到时候我当面向他提你的事。之后，他肯定会安排你面谈一次。但是记住，千万别带烟啦茶啦酒啦的。他当然是个又吸烟又喝酒又有饮茶习惯的人，送的人就多。他根本不缺那些……"

罗一民："那……带钱？"

林超然始料不及地说："多少……为好？"

李父："带钱那成了什么事儿了？那不是把我们的关系搞得不体面了吗？说不定他还会生气。我的意思那是，什么也不要带，什么也不许带。就那么空手去最好！"

林超然和罗一民诺诺连声。

林、罗、李三个离开了李家，走到了院子里。李玖仍挽着罗一民，挽得紧，罗一民挣了挣，没挣出自己的手臂。

李玖："怎么谢我？"

罗一民："以后再说。你别这么黏糊行不行？"

李玖："就黏糊！现在亲一个，以后不用谢了！"

罗一民："你知道我心里有多……"

李玖："多爱我？"

罗一民恨恨地说："我腻歪你！"

李玖："爱腻歪不腻歪！反正从今天起，你拿我更没治了！你不亲我我亲你！"

她非要亲到罗一民一口不可，罗一民躲来躲去终究还是没躲开她那一亲。

林超然站在离他俩几步远的地方，背对他俩装聋作哑。他发现了李玖的母亲领着小刚，站在不远处，正狠狠瞪着李玖和罗一民。

林超然响亮地干咳了一声。他这一咳，李玖和罗一民也发现了自己被瞪视。罗一民识趣地走到了林超然身边，背对李母，小声对林超然说："我有多腻歪李玖，她妈就有多瞧不上我。"

而李玖，为了掩饰尴尬，反而走向母亲，并问小刚："儿子，跟姥姥哪儿去了？"

小刚："姥姥带我串门去了。"

李玖："妈，我给你介绍一下，那位是一民在兵团时候的营长。"

李母朝林超然和罗一民瞥一眼，装糊涂地说："一民是谁？哪儿冒出来了一个一民？你跟我家去，我有话对你说！"

李母抓住女儿手腕就往家里拖。李玖虽不情愿，但还是被拖入了门洞。

小刚看看罗一民和林超然，也一转身跑进了门洞。

门洞里传出李母的声音："你缺心眼呀？我跟你说了多少次，你要是当了罗一民的媳妇我不同意，你怎么偏跟他在当院里那么黏黏糊糊的？刚才前条街上的你赵婶还跟我说，愿意把她一个远房侄子介绍给你！她侄子人家现在搞单干，从大庆向外省倒石油，倒成一把就赚老鼻子钱了！"

李玖的声音："个人倒卖石油那是违法的！你想让我嫁给投机倒把分子呀？我才不听你的，那我的第二次婚姻不也没好吗？这次我一定要嫁给一个有手艺，能和我稳稳当当过日子的人！罗一民是我的最爱，我非他不嫁！"

罗一民悲哀地说："听，听，太恐怖了！我完啦，完啦。"

林超然却说："我怎么挺受感动的呢？"

李母的声音："我是要逼你嫁给投机倒把分子吗？人家是合法倒卖，有批文的！家去！家去！今天我非把你弄进家门不可！"

门洞里传出一阵门响，归于安静。

林超然和罗一民走在路上。

罗一民："我有种很不幸的感觉。"

林超然："说。"

罗一民："我觉得自己被你连累了，被李玖绑架了，成了李玖她爸的人质。"

林超然站住了："你为什么要把自己看得这么可怜呢？我觉得李玖人挺好啊，性格也挺好玩的，而且挺勤快。最难得的是，我看出她是全心全意地爱上了你。"

罗一民："营长同志，请打住。李玖她在我面前夸自己，比你夸她更全面。今天我罗一民为你，算得上是肝胆相照，两肋插刀了……祝你的事办得顺利。"

他一说完，转身就走。

林超然望着他一跛一跛的背影，陷入两难，并且一脸内疚。

日历牌上的日子是一月六日。李玖家，李玖将那一页日期撕下，放在唇上连吻几吻。她穿的是一身新衣服，当然，也不过就是棉袄罩上了花罩衣，棉裤外套一条新呢外裤而已。

内屋，李母挑着门帘，探出头，极其忧郁地看着她。

李玖将日历纸折起，问："妈，鞋油在哪儿？"

李母走出里屋，装模作样地拿起掸子这儿掸掸那儿掸掸，说："就你买过一盒，你早用光了，空盒都扔了。"

李玖："真是的，也不想着再买一盒儿。有身份的人家，鞋油应该和酱油一样，少不了的！"她走到洗脸架那儿，用抹布沾盆里的水擦旧皮鞋。

李母："咱家算什么有身份的人家？"

李玖："如果单按我爸的收入而言，起码是厅局级干部人家吧？"

李母："单比收入，投机倒把的兴许比省长收入都高呢！没这么比的，还有一言！我问你，今天什么日子？"

李玖："一月六号。"

李母："一月六号有什么特殊的？"

李玖："没什么特殊的啊！"

李母："那你撕下来亲啊亲的，还折起来揣兜里。"

李玖："我喜欢这个日子。六六大顺，一顺到底。"擦完鞋，站她妈跟前，感觉良好地说，"怎么样？"

李母："这身儿不是预备春节穿的吗？一下班就穿上干吗？"

李玖："今晚我们厂的姐妹要欢聚，肯定会聚到很晚。我不回家住了，就近住我姚大姐家。她丈夫回老家探父母去了，我俩聊点儿知心话。"

李母："说的真事儿似的！玖子，你是妈生出来养大了的女儿，你撒的谎再圆乎，那也骗不过妈去！"

李玖笑了，厚脸皮地搂了母亲一下："妈，你这么说，不好像我撒谎是从你那儿遗传的了吗？"

李母皱眉推开了她："我再问你——这事儿你爸不好意思问你，让我问：你爸让你替他收回来的两笔手工钱，怎么少了三四十元？"

李玖遮掩地说："那事儿呀！那事儿我爸有什么不好意思当面问我的呢？妈，替我告诉我爸，它是这么回事儿，我去到了人家那两位干部家，人家对我特亲热，待以上宾！妈，待以上宾你懂吧？"

李母："别跟我来弯弯绕，快说！"

李玖："所以呢，我作为我爸的特使，那也得仗义点儿是不？又所以嘛，我一高兴，少要了那两家三四十元。我认为这么做才叫不辱使命，我替我爸长了老大的脸啦！"

她一边说，一边戴围巾，拎拎包。

李母听得半信半疑。

李玖："妈，我走了啊！"

李母："站住。"

李玖在门口站住，转身，一脸豁出去，鱼死网破的表情。

李母走到她跟前，低声下气地说："玖子，你可千万别鬼迷心窍，非在一棵歪脖子树上吊死啊！"

李玖："妈，你不明白什么叫'追求'！追求，那就是追着求着，不达目的，誓不罢休。我的第二次婚姻我做主！是我的追求！有追求才爱得来劲儿，没追求的爱有什么意思？"

她将长围巾往后一甩，英勇赴义般推门而出。

李母自言自语："这可怎么好，这可怎么好……"

罗一民的铁匠铺里，罗一民在做喷壶。

门一开，李玖进入。罗一民冷淡地抬头看她一眼，继续敲敲砸砸。

李玖:"一民,抬头。"

罗一民装聋。

李玖:"不想替你们营长帮忙了?"

罗一民抬起了头。

李玖:"我怎么样?"

罗一民:"还那样。"

李玖:"你到底想不想帮你们营长忙了?如果你根本没诚意,那我又何必非上赶着!"转身欲走。

罗一民急忙站起:"哎哎哎,别说走就走嘛!"

李玖:"要是真想帮忙,会来点儿事儿。再问一次,我怎么样?"

罗一民:"袄罩花样挺好看!嚯,呢子裤子!"弯腰捻捻,"上等呢子。"

李玖:"穿我身上怎么样?"

罗一民:"合身。嗯,人饰衣服马饰鞍,果然,果然。"

李玖:"别说果然!说结果——还那样吗?"

罗一民:"嗯,结果……不一样了。不那样了,比那样强多了!"

李玖笑了:"这还算会来点儿事儿!我不要求你违心地赞美我,但你总得实事求是吧?我再问你,今天什么日子?"

罗一民想想:"我还真记不清了,反正今天是一月的头几天。这几天我忙着赶活儿,过糊涂了。"

李玖从兜里掏出日历纸给他看:"这就是今天。"

罗一民:"噢,一月六日。"

李玖:"今天是你生日!"

罗一民恍然大悟地说:"可不!没人提醒,我都忘了生日了。"

李玖:"以后就不同了,你忘了我都忘不了。如果你真心实意帮你营长,那么现在听我的——赶快穿得像样点儿,我带你去家好饭店吃一顿,给你过一次印象深刻的生日!"

罗一民愣愣地看她。

李玖:"没听明白我的话呀?"

罗一民:"那……谁花钱?"

李玖:"我说要给你过生日,当然我花钱!"

罗一民:"好,好,遵命!"一转身挑帘进了里间屋……

李玖："咱不骑你那小破三轮啊，咱乘公共汽车！"

罗一民和李玖坐在一家饭店里靠窗的座位，饭店里就他俩。
罗一民："怎么没别人？"
李玖："这是全哈尔滨上档次的饭店之一，一般的人敢进？"
果然来了几位不一般的人，看去像干部，被服务员彬彬有礼地请到了楼上。
罗一民："说好的啊，你请我，可别坑我！"
李玖："你烦不烦啊！"接过服务员送来的菜谱，当今大款似的，"猪蹄！腰花！熘肥肠！炒鸡蛋！两只大对虾！"
罗一民："哎，姐们儿姐们儿，花你的钱也悠着点儿。大对虾咱就免了。"
李玖："甭听他的，听我的！"

菜上来了。两人互相举起了杯。
罗一民："为了你的生日……"
李玖："你的！"
罗一民："对对对，我的。自打出生以来，也没吃过这么奢侈的一顿！别说过生日了，过春节都不敢想得这么丰富……为了表达我心中的万分感谢……"
李玖："祝你生日愉快！"
两人碰了一下杯，大快朵颐。
罗一民："这肥肠熘得好！"
李玖："也不想想带你来的什么地方！"
服务员送菜来了："大对虾，两位的菜齐了。"
服务员走后，两人同时看着大对虾。
罗一民："怎么……不像。"
李玖："是不太像。"
两人一人一只夹到了自己盘子里吃起来。
罗一民："倒是也有虾味儿。"
李玖："那也肯定不是！服务员！服务员！"
服务员应声而至。

李玖："这是什么？"

服务员："大对虾呀。"

李玖："肯定不是！"

服务员："既是，也不是。粉面子兑虾油做成的。"

李玖："那你们菜谱上写着大对虾！"

服务员翻开了菜谱，指点着说："看清楚了，下边括号里还有一行小字——素做海鲜，实验菜款。"

李玖细看，无言以答。

服务员："只能怪您自己没看仔细。别说冬天了，夏天的哈尔滨也很难见到大对虾呀！前几天，市里领导宴请朝鲜人民共和国外宾，请人家吃的也是这种大对虾！实验菜谱嘛，这道菜你们得发挥想象力来吃。"

罗一民："别说了别说了，我们都是有想象力的人，只不过刚才没发挥就是。"

服务员合上菜谱走了。

李玖："扫兴！"

罗一民："也别扫兴嘛！你看我就没扫兴。虽然不是真的，价格还便宜呢！省你钱了——来来来，为这道菜的创造性干杯！"

李玖："粉面子做的，降低了我请客的高规格！"

但她还是举杯与罗一民碰了一下。

李玖挽罗一民手臂走在街上——天黑了。

罗一民打了个响嗝，问："还哪儿去呀？看电影？"

李玖："都是'文革'前的老片子，等出了新片子咱再看。"

罗一民："那你带我哪儿去？"

李玖："到地方你就知道了——碰杯时可说好了，今晚你一切听我安排。"

两人站在一处公共浴堂前——牌匾上写的是"红色浴堂"。

罗一民仰头望着说："这样的名字让我产生恐惧的联想。'文革'都结束三年多了，怎么也没个什么人提出来改改名？"

李玖："名字不重要，爱改不改，谁有闲心管这种破事儿，反正咱们只不过是来洗澡。饱不剃头，饿不洗澡。咱俩都吃得饱饱的，泡泡澡那多享受！"

　　罗一民："你的盛情我完全同意，都半个多月没顾上洗澡了，可干吗非来这呀？"

　　李玖："这儿改革服务了，分出高级的了，咱俩的票我都预先买好了！"

　　罗一民："高级的？……多，多少钱？"

　　李玖："瞧你那样！你的生日嘛，一切享受我掏腰包！"扯着罗一民进入。

　　门堂里。两张长椅上分坐着些男女，还有站着的。

　　老服务员迎上前道："今晚人多，两位得耐心排会儿了。"

　　李玖豪迈地说："我是高级票，他也是！"

　　老服务员："那不用排了，楼上请。"

　　李玖拉着罗一民迈上了楼。

　　老服务员拖着长调喊："高级票的两位，楼上的迎着啦！"

　　公共汽车站。罗一民和李玖站在那儿说话。

　　罗一民："高级的到底多少钱？"

　　李玖："先说你泡得怎么样？"

　　罗一民："那叫舒服！大池子，人还少，有莲花喷头，比自己用盆往身上泼水方便多了，也省水。你们女部那边呢？"

　　李玖："我们女部那边更高级，洗完了有吹风机。才一元钱，还不算贵吧？"

　　罗一民："还便宜呀？普通澡票才三角钱！"

　　李玖："又来了！别气我啊！"

　　罗一民："花你钱我也心疼！不让我回家，还有什么节目？"

　　李玖："接下来是重场戏，你可要好好配合！"

　　一辆上海牌小汽车驶来，停住。

　　李玖绕到车后看车牌："就这辆！"拉开车门，向罗一民做请的手势。

　　罗一民："你……这……"

　　李玖："快上呀！"

　　罗一民只得上了车，李玖紧接着上车了……

车上，罗一民丈二和尚摸不着头脑，张张嘴又要问什么。

李玖："别说废话！"她将什么东西塞他手里，像一副扑克，附耳小声地说，"到地方再看。"

上海牌车停在友谊宫。

李玖、罗一民下了车，李玖从挎包里掏出一盒烟给师傅，嘴甜地说："谢谢师傅，也请师傅代我谢谢我吴叔叔。"

师傅接过烟一看，是"中华"，乐了："吴局长交代了，偶尔再用车，找他他高兴。"

车开走了。

罗一民："你搞什么名堂？"

李玖："不过打着我爸的招牌麻烦了一位副局长呗，小事儿一桩。知道这什么地方不？"

罗一民："友谊宫谁不知道！"

李玖："给我听明白了，你配合得怎么样，关系到我的心情。我的心情怎么样，关系到你营长的工作！我没示意你开口，不许你乱说话！"

她挽着罗一民进入了友谊宫。

总台那儿——一名青年、一名中年，两名女服务员在接待李玖和罗一民。李玖："我们预订的房间，有领导打过招呼的，内部价。"

青年服务员查登记，给中年服务员看。

中年服务员："交钱吧，五十元。"

李玖："五十元？不是内部价吗？"

罗一民已打开了那盒"扑克"，将一些小纸袋袋倒在台面上，研究地看。他一听在谈价，不看小纸袋袋了。

李玖小声地说："先别看那玩意，收起来。"

中年服务员："每个房间对外三十元，对内二十五元，你们一人一个房间，不正好五十元？"

李玖："误会了。我们不需要一人一个房间。"

中年服务员："你俩住一块儿？"

李玖："我们两口子。"

中年服务员:"领导电话里没强调你们是两口子。"

罗一民完全呆掉了,又不便发作,只得转身望天花板。

李玖:"领导没强调也没关系。我还带了证明信。"掏出证明信给对方看。

中年服务员:"这种街道小厂开的证明信不具有证明的权威性,我们这儿不认。"

青年服务员:"我们这里只认结婚证。"

中年服务员:"要不,你给领导打个电话,请领导对我们强调一下?"一只手放在电话上。

李玖:"好好好,两间就两间!"掏出钱包数钱。

两人已经分别住进了房间。

李玖的房间里,她穿上了浴袍,拖鞋,坐在床上点一堆钱。

罗一民的房间里,他凑在台灯下终于看清,"扑克"盒上印着"避孕套"三字。

李玖的房间里,李玖在擦皮鞋,哪儿哪儿都挤上了鞋油,并嘟哝:"坑我二十五元!不用白不用!"

电话响,她接电话。

罗一民的房间里。罗一民对着电话咬牙切齿地说:"你给我那玩意干什么?!差点儿让我出丑!"

李玖的房间里,她笑出了声:"谁叫你猴急猴急的?"

电话里传出罗一民的声音:"胡说!我怎么就猴急猴急的了?亏你想得出来!"

李玖:"不是为了让你好好享受一次生日嘛!我的预算是花掉一百元,还剩二十几元不知怎么花呢!那东西别扔啊!今晚用不上,以后用得上,是托人家姚大姐给买的,没结婚证不卖!"

罗一民房间里。罗一民生气地说:"我看你是抽风!"他啪地摔下了电话……

总服务台。青年服务员在打电话,一手捂话筒小声地说:"组长指示,要严密监视刚入住那一男一女。为了我们这里的荣誉,绝不能让他们厮混到一个房间里去!我们就是不给某些人犯某种错误的机会!……"

楼层服务台那儿。另一名女服务员在接电话:"请组长放心,在我的钟点内,一定不会使他们得逞!……"

李玖的房门开了。李玖探头探脑,穿着浴袍和拖鞋溜出了房间……
李玖在走廊一溜小跑……
她看到了楼层服务员在瞪她。
李玖:"还没睡啊?"
女服务员:"你们睡了我也不会睡。我们这里有规定,九点以后,禁止男女住客彼此逗留。"
李玖一笑:"知道。认真看过《住客须知》了。我跟我那口子说几句话……"
女服务员:"308是吧?请跟我来。"她居然替李玖敲308的门。
罗一民开了门,一愣。
李玖:"我不逗留,就几分钟!"斜身挤入了门。

李玖插上了门。
罗一民双手叉腰,气不打一处来地瞪她。
李玖找出浴袍、拖鞋,一一甩在床上,命令地说:"换上换上!要不二十五元钱白花了!看这床,这枕头,多软乎!再泡个澡,保你舒舒服服地一觉睡到大天亮!"
罗一民:"不是刚在红色浴堂泡过吗?还泡哇?!想把自己变成鱼呀?"
李玖:"这儿的热水更冲!不泡白不泡!换地方了,享受的心情那也要不同。"
罗一民抓住她一只手,一拖,李玖顺势投入他怀里。
罗一民:"你怎么是这样的啊?"

李玖妩媚地、柔声地说:"为了让你过一次印象深刻的生日。钱都花了,别跟我怄气。"

罗一民顿时被软化了,猛烈地吻她。

李玖软化在罗一民怀里了。

敲门声。

女服务员的声音:"服务员,送晚报!"

罗一民:"不看!"继续猛烈地吻李玖。

早晨。住地餐厅。

李玖和罗一民面对面坐在小桌两侧。

李玖:"别喝豆浆,要喝牛奶。牛奶营养成分更高。服务员,请送一杯牛奶!"

服务员用托盘送来了一杯牛奶。

罗一民一口将牛奶喝下去半杯。

李玖目不转睛地望着他,慈母般地说:"宝贝儿,小口喝,别呛着。"

罗一民杯子都没放下就呆住了——除了他母亲,没人叫过他"宝贝儿"。

李玖仍目不转睛地说:"咱们是中学同学,咱俩同桌过,咱两家是街坊,从小就熟悉,知根知底,咱俩有基础。你是我自己做主的人。你是我的追求。跟我离了的那个动不动就打我,而你不高兴了,只不过对我吼。"

她说完低头往面包片上抹果酱。

罗一民猛醒似的,不再呆看她,也往面包片上抹果酱。

两人同时将夹了果酱的面包片递给对方,同时愣住,同时用另一只手接过对方递向自己的面包片,互相望着吃起来。

李玖嘴一抿,哭了。

罗一民小声地说:"哭什么啊,让别人看着会产生误会的,以为我们的关系不正常,我昨天夜里把你怎么样了。"

李玖:"我感动。"

罗一民:"其实,我没你想象的对你那么好。"

李玖:"我知道。"

罗一民又一愣。

李玖:"我是被我自己感动的。我不懈的、百折不挠的追求感动了我自己,我怎么就这么热烈地爱上了你呢!"

她放下面包片,双手捂脸哭出了声。

罗一民:"停止,停止,我的少奶奶。"

在投向他俩的目光之下,他大窘,不知所措。

一份日历牌。一九八〇年,中国还没有大挂历,台历什么的。连大专学校的学生宿舍里挂的也是日历牌。

日历牌上的日子是一月六日。慧之的手将那一页日期纸撕下去了。此时是中午。

这是护士学校的宿舍,有四张上下层的床和一张旧桌子,剩下的空间很小。住七人,另一张床的上层放箱子什么的。但此时,宿舍里除了慧之,另外还有两名同学:一名在床上看书,一名在桌子那儿写字。

床上的同学:"咱们宿舍里,顶数慧之最有时间观念。慧之要是不扯日历,一个月中也不见得有谁扯几次。"

慧之:"你刚才说了一个'最'字,我听了神经一紧张。"

床上的同学:"怪了,明明是夸你话嘛,你还神经紧张,为什么?"

慧之:"我想,也许是'文革'中,'最'字听得太多,说得太多了吧?"

写字的同学:"哎,两位,你们说全中国将近八亿人口,至少也有两亿户人家吧?这每年每户扯完一年日历牌,多大浪费啊!"

慧之:"是啊。将来也许会有人设计出一种年历,将十二个月三百六十几天压缩在几页纸上,而且漂漂亮亮的,看着有欣赏的价值。"

写字的同学:"就像大型的年历片那样?"

慧之:"对。"

她刚要再说什么,门忽然开了,又进来了两名同学,一名对另一名急切地说:"快撕开。说好了的啊,让我挑一张!"

慧之:"她上海表哥又寄来什么好东西了?"

被问的女同学:"年历片!"

"那也得有我一张!"

"我也要!上海的年历片好看!"

于是床上的女同学下床了,桌旁的女同学围过来了。

慧之:"我发扬风格,你们挑完了我挑。"

拥有年历片的女同学:"不许动抢的啊,我自己挑完了才是你们的!"

她刚一将信封从书包里掏出，被别人一下夺去了。

信封又被另一只手夺去了，撕开了，年历片抖出在桌上了。

她们抢成了一团。

人人手里都有一张年历片了，各坐一处，欣赏、讨论。那是一套芭蕾舞《红色娘子军》人物组成的年历片。

"你们一掠夺，我这一套不全了！"

"不是剧照，是画的呀！"

"我更喜欢画的，比真人剧照更好看。"

"太夸张了吧？真人的腿哪有这么长的？"

"女性之美，首先美在身材。身材之美，是由修长的双腿决定的。这是对我们女性美的夸张，我能接受！"

"老实说，我不喜欢。"

于是大家的目光都集中在一个娇小的女同学身上了。

娇小的女同学："如果这套年历片是男人画的，那么这个男人的思想意识很成问题。他将我们女性的一双裸腿画得这么长，把我们女性的胸部画得这么高，腰画得这么细，意欲何为？还不是为了唤起男人们对我们女性身体的着迷想象吗？而这个动机显然是邪恶的。如果设计者恰恰是女性，那么更成问题了，岂不是等于在进行间接的展示吗？"

"你的分析有一定道理。我认为肯定是男人画的。"

"我也认为是男人画的。从中国的汉字就可以进一步证明。字典上那么多'女'字旁的字，无一不是中国男人创造的。其中大部分，是赞美咱们女性的。"

"比如……'女''子'合成一字为'好'，'少''女'合成一字为'妙'，'又''女'合为'奴'，'立''女'合为'妾'等等，男权意识在汉字中体现得淋漓尽致！"

"等等等等，亲爱的女公民姐妹们，如果男人们欣赏我们女人，喜欢用许多方式表现我们女人的美，说白了吧，如果一些男性艺术家痴迷于我们女性的身体美，真的是我们女性的耻辱吗？真的意味着他们邪恶吗？"

这一名女生的话使宿舍里安静了，每个人都陷入了思考。

"慧之，你怎么看？别一有思想交锋你就保持那种淑女式的沉默。"

慧之微微一笑："非要听我的看法？"

大家点头。

慧之看着娇小的女同学问:"如果这一套年历片,画的根本不是红色娘子军战士,而是各种姿态的裸体女子,但不是表现放荡的,而是表现沉静之美的,你怎么看?"环视大家又问,"你们怎么看?"

娇小的女同学:"亏你想得出来!"

另一名女同学:"别管什么沉静不沉静!谁敢画我们女性的裸体,并且印出来公开发售,那我就恨不得将他打翻在地,再踏上一只脚!"

"我也踏上一只脚!"

"那一半左右的西方画家、雕塑家,在我们中国人的眼里不都成了问题男人了?"

又一阵安静。

慧之:"如果现在'文革'还没结束,有一名具有绘画才华的青年,真的偷偷画了一幅裸体女像,而且被发现了,虽然他在各方面是被公认的好青年,文质彬彬的,对待我们女性一向温良恭敬谦让,那我们也还是要把他打翻在地,再踏上一只脚吗?"

"慧之,别你光问我们,我也来问你一句……如果画的是你,你会如何?"

慧之:"其实,我也没想好。不过,这是我这几天一直在想的问题之一。"

"这家伙,闹了半天她自己也没想好!"

慧之:"'文革'虽然结束了,我想不明白的事非但没怎么减少,反而比以前多了。"她开始穿棉袄,系围巾。

一九八〇年,中国的那一代青年,依然是喜欢辩论的青年。只不过,许多青年不再特别自信自己所坚持的言论肯定是对的了,也不太轻易地就企图将别人的言论一棍子打死了。

娇小的女同学:"哎,还没讨论出个结果呢,你穿上棉袄干什么?"

慧之:"估计咱们今天也统一不了认识。我想到公园去,看看冰雕现场的情况。"

娇小的女同学:"还在创作阶段呢,那有什么可看的?等正式开展了再去看多好!"

慧之一边戴手套一边说:"有时候,艺术创作的过程也很值得关注嘛!"

一名女同学:"这家伙,怎么说起话来深沉劲儿的了?"

"我也去!"

"别管她深沉不深沉,反正考完试了,都去都去!"
于是姑娘们都开始穿戴起来。

包括慧之在内的五个姑娘,在公园里走着、看着。
这一个冬日的中午阳光很好。
公园里到处在进行雕塑。有的冰雕已基本完成,在细加工;有的还只不过是冻在一起的冰块;斧子、凿子、电锯都用上了。

杨一凡在全神贯注地雕塑一具少女沐浴冰雕。裸体的西方少女,左腿直立,右腿踏在石上,一手持浴巾,一手持陶罐,正从肩头往下倒水。
姑娘们来到了这里。
娇小的姑娘小声地说:"真美!"
一名女同学也小声地说:"可这不正是裸体的少女吗?"
"但那是西方少女,我能接受。"
"如果是中国少女,你就鼓动咱们把她打翻在地?"
杨一凡根本不看她们一眼,仿佛她们根本不存在。他全神贯注于自己的创作。
慧之:"我认识他。"
娇小的女同学:"那你叫他一声,咱们问问他为什么雕这么个。"
慧之:"不愿影响他。"
杨一凡从架子上下来,退开几步,从各个角度看他的作品。
他不满意地摇头。
他突然操起地上的大锤,向他的作品用力砸去。
姑娘们发出了吃惊的叫声。
杨一凡继续砸;冰雕转眼毁了。
慧之:"杨一凡?"
杨一凡这才弃了大锤,向姑娘们转过身。

第 七 章

而杨一凡还在继续砸,姑娘们不解地看着。

不远处一个四十多岁的男人大声说:"小杨,省点儿劲吧!"

杨一凡:"不砸碎点儿,铲车不好铲啊!"

他的呼气使眼镜蒙霜了,他摘下眼镜,在衣服上擦霜。

四十多岁的男人走了过来,问:"又怎么了?"

杨一凡:"想雕一位咱们中国的少女。"

四十多岁的男人:"你雕外国的裸体少女,领导们都勉强同意,又改变主意想雕那样的中国少女了,不等于给领导出难题?"

杨一凡:"你替我去说。"

四十多岁的男人:"谁说都是难题啊!"

杨一凡孩子似的:"求求你。"

中年男人显出为难的样子。

杨一凡:"你替我说成了,我把我那册《西洋雕塑百图》送给你。"

中年男人:"舍得?"

杨一凡郑重地点头。

中年男人笑了,拍了他后脑勺一下:"你这小子,学会收买了!不过你的条件使我愿意被收买,我说说看。"

杨一凡也笑了,笑得很孩子气。

中年男人招手喊:"铲车!"

小型铲车开过来了。

中年男人对司机说:"替小杨铲干净,再选几块好冰运来!"说完,回到自己的雕塑那儿去了。

杨一凡将大锤和工具放到一边去,之后退开,恰恰站在慧之身旁。 直到那时，他对包括慧之在内的姑娘们还是不看一眼。

慧之侧转身小声叫他："杨一凡。"

杨一凡没听到，他在呆望着铲车推冰，若有所思。

慧之大喊："杨一凡！"

杨一凡这才听到了，转身看着慧之，困惑地说："我不认识你。"

慧之："你应该认识我！你往我家火墙上画过图案，还有……"

她不知怎么说好，干脆大声地背起来："大江东去，浪淘尽，千古风流人物。"

其他姑娘们有意帮慧之一忙，齐声配合："乱石穿空，惊涛拍岸，卷起千堆雪！"

杨一凡定定地看着慧之的脸说："请把围巾摘了。"

慧之犹豫一下，将围巾摘了，并且不高兴地说："在我家，你还让我给你们当过助手！"

杨一凡笑了："认出你了。你是我营长的妻子的第一个妹妹。"

一个姑娘小声地说："这家伙说话怎么这么别扭啊！"

另一个姑娘也小声地说："不过说的是一个标准的关系句。"

杨一凡问慧之："你叫什么名？"

慧之："记住了，我叫何慧之。"

杨一凡："'之'字我知道是哪个字，'慧'字呢？"

慧之："'智慧'的'慧'。"

杨一凡："她们是谁？"

慧之："都是我卫校的同学。"

杨一凡向姑娘们："她智慧吗？"

姑娘们又齐声地说："智慧！"她们都笑了。

杨一凡："智慧的姑娘，请跟我来。"说罢径自往前便走，仿佛确信慧之肯定会跟着。

慧之看同学们一眼，喊："哎！"

杨一凡站住，不转身，不回头。

慧之："那我同学们呢？"

杨一凡："她们是自由的。"

娇小的女生："废话！"

某一个女生："这家伙怎么古古怪怪的？"

另一个女生:"别这么说,让人家听到多不好!"

慧之一时不知如何是好。

另外两个女生推她:"跟去吧跟去吧,你的心都跟去了,别装出不情愿的样子了!"

"还'智慧的姑娘',真倒牙!"

姑娘们笑作一团。杨一凡已走出挺远了,慧之跑着追去。

杨一凡和慧之站在一处雕塑前。

杨一凡不说话,静静地看。

慧之忍不住问:"你雕的?"

杨一凡点一下头,转身又走。

慧之只得又跟着。

两人站在另一处巨大雄伟的雕塑前。

慧之赞叹地说:"真壮观!这不可能也是……"

杨一凡:"不可能也是我一个人雕的。是我和同事们合作完成的。"慧之不禁以倾慕的眼光看他,他却又一转身走了。

慧之发现同学们在偷偷跟随,又犹豫。

杨一凡却仿佛脑后有眼,站住了,分明在等她。

她不再犹豫,又跑了过去。

隐在一处雕塑后的同学们议论:

"慧之真不够意思,我们是陪她来的,她却禁不住一个四眼儿的勾引,把我们丢下不管了!"

"这么说对那个杨一凡也不公平吧?我看是咱们慧之有点儿对人家着迷了!"

"河里青蛙,是从哪儿里来?树上鸟儿,为什么叫喳喳?哎呀妈妈,年轻人就是这么没出息!"

某一个姑娘竟大声唱了起来。

娇小的姑娘:"我看咱们别继续跟踪了,识趣点儿,打道回府吧!"

姑娘们挽着手,齐声高唱着"河里的青蛙"向相反的方向走了。

两男两女迎着姑娘们的面走来。其中一位穿大衣的中年女性，显然是被陪同的干部，她站住，对姑娘们侧目而视。

姑娘们非但不收声，反而声音更加响亮地唱着走过去。

女干部："真不像话，些个大姑娘，明知没出息，还这么大声齐唱！"

另一个女人："'文革'前的年轻人，不是都爱唱那首歌嘛！"

女干部侧目瞪她。

两个男人中的一个："其实咱们也唱过。"

女干部又瞪着他，批评地说："'文革'过去了，那就又什么歌都可以公开唱了？好歌是可以催人奋进的，那种歌能催人奋进吗？"

被批评的男人女人尴尬地点头。

两个男人中的另一个："领导的话是对的，对的。那什么，让门口把严点儿，开展前，不能允许什么人都随便进来。"转对女干部毕恭毕敬，"副局长，请继续往前视察吧！"

杨一凡和慧之已站在松花江的栏杆前了。江上停着一辆卡车，有些人在用大绳往卡车上拽冰块。

杨一凡："以前，我认为对于雕塑艺术，材料是决定其价值的。青铜、玉石、大理石、花岗岩，最起码是树木，那才值得认认真真地雕。"

慧之："现在呢？"

杨一凡："现在我的想法改变了，喜欢上冰雕了。"

慧之："为什么？"

杨一凡指着说："你看这松花江，一到冬季，简直可以说有取之不尽，用之不完的冰。这是世界上最廉价的雕塑材料，可又像一大块一大块的玉那么晶莹剔透。用普通得不能再普通的冰，雕塑出满园美丽的作品供人们欣赏，这种创作劳动同样是值得的。"

慧之："可毕竟是短命的艺术。春天一到，它们就无法保留了。"

杨一凡看着她问："你为冰雕惆怅？"

慧之诚实地说："有点儿。"

杨一凡："大可不必。"

两人沿江畔缓缓走着。

杨一凡："这世界上生命短暂的，又何止冰雕呢？当冬季来临，北方的蝴蝶就都死去了。还有许许多多美丽的花,也都死去了。但它们毕竟都美丽过。生命的意义,不完全取决于长短。有一种既属于动物又属于植物的菌类,样子很不好看,像一团发面,生存在深山老林的地下,叫'太岁'。在越深的地下,活得越久,据说能活一千多年。即使偶尔被挖出来了,不适合人吃,牲畜也不吃。那样活着,又有什么意义呢?相比于能活一千多年的'太岁',我倒宁愿做一只蝴蝶,做不成那种漂亮的大花蝴蝶,做一只夏天司空见惯的,像两片小白纸片儿的白蝴蝶也行。哪怕一到冬季我就死了,但毕竟自在地飞舞过,还享受过各种美丽的花的花粉。"

慧之:"那种小蝴蝶也有黄色的。我更喜欢黄色的。"

杨一凡:"那我就做一只黄色的。做不成蝴蝶,做彩蛾或蜻蜓也行。连彩蛾或蝴蝶都不成的话,做某些不是害虫的昆虫也罢。比如七星瓢虫、天牛、金龟子……"

慧之:"天牛和金龟子都是农林业的害虫。"

杨一凡:"是吗,那我不做天牛和金龟子了。对啦,我做金小蜂!金小蜂不是害虫吧?"

慧之:"这我可就不清楚了……"

两人互相看一眼,都笑了。

慧之:"你为什么非雕中国少女……不可呢?"

杨一凡:"裸体冰雕?"

慧之点头。

杨一凡:"我有一册《西洋雕塑百图》,本是我父亲视如珍宝的。'文革'中,红卫兵抄家,我冒着挨打的危险把它藏起来了,后来就成了我父亲留给我的纪念物。在那一册雕塑画册中,有许多幅就是裸体雕塑作品。在兵团时……"

慧之:"也就是在马场独立营?"

杨一凡:"对。有次被别的知青发现了,要烧了。幸好你姐夫及时出现,被他'没收'了。但过后他又还给我了,叮嘱我千万要收藏好,不能再被别人发现。我不认为人类应该对自己的身体被艺术化了感到羞耻。东西方发现的远古岩画中的人类形象,几乎都是裸体的。后来我明白了……人类是从自然界感受到色彩之美的,却是从自身发现线条之美的。在一切有形的东西中,没有什么能比我们人类的身体更富有线条美。那么将这一种美艺术化地展现了,怎么能是罪过呢?"

慧之："哪一本书中的观点？"

杨一凡："自己悟到的。我相信是那么一回事。人不应该因没必要羞耻的事而羞耻，不应该对另外一些事不知羞耻。"

慧之："哪些事？"

杨一凡："不正直、不仁义、不诚实、不人道，在别人遭到不公平对待时抱臂旁观，甚至墙倒众人推，助纣为虐。在朋友面临迫害时，背叛友谊，甚至落井下石，邀功求赏。我说得对吗？"

慧之默默点一下头。

杨一凡："虚伪的人不能真正成为有良知有道德感的人。我希望艺术能帮助人们纠正虚伪、偏见。我希望有更多更多的雕塑家参与到冰雕创作中，用北方江河的冰，使东北三省所有的城市，在冬季里全都变成美丽的冰雕陈列馆！用松花江的冰，用黑龙江的冰，用嫩江、牡丹江和绥芬河的冰。"

杨一凡说后几句话时，指着松花江，做着手势，说得那么激动、那么神往。

慧之看着他，听得呆了。

杨一凡忽然地说："我怎么对你说这些？我为什么要对你说这些？"

慧之只是摇头而已。

杨一凡："对不起，我得去工作了。"

他说完转身大步而去。

慧之望着他的背影张了张嘴，什么话也没说出来。

晚上，护士学校学生食堂。这一桌那一桌有些女生在吃饭。人数不是太多，绝大部分餐桌空着。

那四个与慧之同宿舍的女生聚在一桌。

娇小的女生："一放假，真是冷冷清清凄凄惨惨戚戚。"

某女生："想家了？那别留学校，回上海过春节去呀！"

娇小的女生叹了口气："侬忘啦？阿拉上海只有哥哥嫂子了，住房小的滋味无法形容，就算阿拉阿哥想吾，阿拉阿嫂见吾还不烦死特啦？"

另一个女生问坐在对面的女生："你回北京吗？"

坐在对面的女生："坦率说，我可不想当护士。我要在假期复习功课，争取考上哈医大！"

一名留刘海的女生环视着食堂说："留下的，十之七八是外省市的同学。"

"差不多还都是当年的知青。有的刚入校不久,'四人帮'咔嚓完蛋了,眼看着别的知青返回北京、上海、杭州了,自己反倒一点儿起初的幸运感也没了,想不要这所护校的学历了吧,又觉得可惜,毕竟是多年良好表现换来的。想要吧,又怕耽误了返回北京、上海、杭州的机会。"

"要不怎么说甘蔗没有两头甜呢!"

"真羡慕慧之,学历也有了,也和家人团圆了。"

"既然羡慕我,那我春节期间一定请你们到我家去做客!"

她们正议论着,慧之端着饭盒出现了,边说边坐下了。于是同学们七言八语地审问她:

"怎么这么晚才回来?"

"不至于一直待在公园里吧?老实交代,后来又和那个杨一凡到哪儿去了?干什么去了?"

"提醒你啊慧之,看上一个人,那关系也不能进展得太快!"

慧之:"你们瞎说些什么呀?你们走不一会儿我俩就分手了,后来我回家了。"

娇小的女生:"看着阿拉眼睛!"

慧之咀嚼着,定定地看着她。

娇小的女生:"侬那双眼睛里老复杂了!"

慧之:"不瞒你们,我觉得……我有点儿爱上他了。"

留刘海的女生:"噢,上帝,太神速了吧?你疯了?"

慧之用筷子指点着大家:"记住。以后在我面前,尽量少说'疯'字,拜托诸位了。"

同学们面面相觑,不明白她的话究竟什么含义。

李玖抱着一条毛毯和一只枕头来到了罗一民的铁匠铺门口。她推了推门,门从里边插着。

门帘也拉着,李玖只得走到窗前往里看,但见满屋烟,罗一民脸朝下趴在地上。

毛毯和枕头也从李玖手中掉在地上。

李玖急得团团转,满地找砖石,拿起一块以为是的,用另一只手一砸,碎了,是雪团。

她情急之下,用胳膊肘一撞,一块门玻璃碎了。她伸入一只手,开了门;

但手抽回时，被碎玻璃划破，流血了。

　　她吮了吮伤口，也顾不上包扎，将门敞开，接着推开了门。

　　她将罗一民翻了个身，使他靠在自己身上，拍他脸颊，叫他："一民！一民！"

　　罗一民一手还握着小铁锤，而另一边的袖子在冒烟。地上有一盆炭火，但已不红了，快灭了。

　　李玖只得又将罗一民放倒在地上。

　　李玖三下五除二将冒烟的棉衣拎到外边，丢在雪地上踩。

　　李玖将那盆炭也端到了外边，扬在雪中。

　　她再次回到屋里，这时屋里烟已散尽。她伏在地上，捧着罗一民的头左右晃，同时喊："一民！一民！"

　　罗一民闭着眼睛一息尚存地说："谁叫我？……我……怎么了？"

　　李玖："你亲爱的玖叫你！除了我谁会这么心疼地叫你？你他妈煤气中毒了！"

　　罗一民："我……不会……死吧？"

　　李玖："还能说出话来，估计死不了。"

　　她吃力地架起罗一民，将罗一民架入里屋，放倒在床上，之后往外便走。

　　罗一民抓住了她一只手："求求你……别……丢下我不管。"

　　李玖："这时候你知道求我了？不用求。我是那种见死不救的人吗？起码的人道主义我还是有的。"

　　她挣脱手，走出里屋，关窗关门。

　　罗一民在里屋喊："李玖！李玖……"

　　李玖关好门窗，一拍脑门，自言自语："忘了毛毯和枕头了。"

　　她又开了门，走到外边，捡起毛毯和枕头，拍打着。

　　罗一民的喊声传到外边："李玖！李玖！李玖你在哪儿？"

　　李玖笑了："还能喊出这么大声，那肯定死不了啦！"

　　她轻轻地拉开门，闪入屋，再轻轻地插上门，抱着东西，猫悄地走到里屋门口，不急于进屋，在门旁倾听。

罗一民的话声:"这混蛋女人……还什么……人道……主义,嘴上说得好听,见我……这样,还是……开溜了。"

扑通一声。

李玖抱着东西进屋了,见罗一民掉在了地上。她将东西放床上,双手叉腰看着罗一民。

罗一民挣扎难起。

李玖:"我能不管你吗?我去关门关窗了!救了你一命,还骂我,不识好歹!"她的手还在流血,就又吮手。

罗一民:"谁叫你不答应一声。"

他眼看就要爬到床上了,怎奈全身无力,又坐在地上倒下去了,双手将一半床单也扯到了地上。

李玖:"嘿,不认错,反倒有理了!"她用牙咬着,从床单上撕下一条来。

罗一民:"你撕我家什么……东西?"

李玖:"都这副熊样子了,还能分出心来顾家,也算是你一条优点!"

她用布条包扎手上的伤口。

罗一民:"哎哟,哎哟,胳膊疼,大概胳膊摔断了!"

李玖已包扎完毕,这才慌忙将罗一民扶到床上,使他仰面躺着,接着轮番活动他两只胳膊,并问:"疼吗?不疼?那这只没事儿?这只疼吗?这样疼不疼?"

罗一民:"刚才剧烈地疼了一阵,我也分不清疼的是哪一只,现在两只都不疼了。"

李玖将他胳膊往床上一摔:"哼!还耍我!"

她坐在床边,问:"屋里明明有炉子,你又从哪儿搞了些炭?你说你在屋里烧盆炭火,那不是没事儿找事吗?"

罗一民闭着双眼说:"炭是你儿子送来的。我也不知他从哪儿捡的,送给我当然是为了讨好我,巴结我。偏巧我一通炉子,炉子入冬前没顾上加固炉膛,又把炉箅子弄掉了。大冬天的,我这屋四处进风,屋里断了火行吗?我正忙着做件活儿,心想就先生盆炭火吧,一来为自己暂时取暖,二来也觉得不辜负你儿子一片讨好的心。我要是不幸死了,和你儿子的讨好那也有一定责任。"

李玖拧他耳朵:"再说一遍!"

罗一民:"用词不当,用词不当,不是责任,是有一定关系。"

李玖:"这么说也不行!自己犯懒,二百五,还往我儿子头上赖!你真能胡搅蛮缠!"

罗一民:"哎呀哎呀,别扭了,看把我耳朵拧掉了!炭真是小刚送来的,不信明天当面对质!"

李玖:"拧掉了也活该!说,小刚也是你儿子。"

罗一民:"这么说不好吧?太早了点儿吧?"

李玖:"不早!好!说不说说不说!"

罗一民:"哎呀哎呀,我说我说……小刚,他……也是我儿子!"

李玖:"还得说,林超然工作的事儿,你是不是欠我一份大情?"

罗一民:"是是是,是欠你一份大情。"

李玖:"刚才,我是不是救你一命?"

罗一民:"也是也是!"

李玖:"女人报答救命之恩,往往以身相许。你们大男人报答女人的救命之恩,是不是也该学着点儿?"

罗一民:"该,该,太应该了!"

李玖:"学着点儿的实际行动,是不是应该高高兴兴地,尽快地和我结婚?"

罗一民:"实际行动可以多种多样,灵活机动。"

李玖:"我就要求我说的那样!依还是不依?"

罗一民:"依!依!"

李玖这才松手了。

罗一民揉着耳朵说:"快去给我端杯水来,我渴死了,嗓子眼儿直冒烟!"

李玖将脸俯下,凑着他的脸说:"冒一股我看看?我没见过嗓子眼儿里真冒烟的人。"

罗一民:"哎呀,你就别幸灾乐祸了行不行?"

他厌恶地将头一扭。

李玖:"烦我,还像支使丫鬟似的支使我!我才不侍候你,自己去倒!"

她起身拽下床单,卷成一团,走到外屋,快速地擦这儿擦那儿,之后扔在盆里。看得出她也是一个见不得半点灰尘和凌乱的人。

罗一民的声音从里屋传出:"我浑身无力,能下地吗?!"

李玖也不应他的话,但却拿起了暖瓶往一只杯里倒水。

罗一民的声音:"要加糖!"

李玖还不应他的话,找出糖罐,往杯里加糖。

罗一民的声音:"你磨蹭什么呢?成心气我是不是?!"

李玖生气地说:"你叫唤什么你!烫!得凉会儿。"

李玖家。一把椅子摆在正当门处,李父正襟危坐。李母站他面前,一手叉腰,一手拿鸡毛掸子。

李母:"你不躲开,我敢打你个老东西你信不信?"

李父:"你敢打我,我就敢和你闹离婚!"

李母:"你!你老糊涂了你?抱着毯子抱着枕头到那个罗一民那儿去,一去这么半天,我不把她找回来,那说不定就住那儿了!"

李父:"那又怎么样?"

李母:"那又怎么样?你揣着明白装糊涂啊?那还不就那样了?!"

李父:"那样了好哇,正合我意啊!哎,我就不明白,女儿和小罗好,小罗人也不错,还有一门手艺,你为什么就偏要进行破坏呢?"

李母:"说我破坏,我就破坏到底!我不许女儿二婚嫁给一个瘸子!"

李父生气了:"你拿个破掸子在我面前舞扎什么!"猛往起一站,夺过掸子,抬膝一碰,掸子一折两截,扔在地上。

小刚从里屋探头出来说:"小罗叔叔不是瘸子,他就是……就是腿有点毛病。"

李母:"没你什么事儿,睡你的觉去!"

小刚:"有我的事儿。"说完缩回了头。

李母气得说不出话。

李父:"听到了?孩子都比你有主见!"

李母:"一家四口,你们老少三口一个鼻孔出气,好好好,我不管了,有你们后悔那一天!"

她退到沙发那儿坐下,气哭了。

李父又坐下了,瞪着她数落:"三个人的眼光还不如你一个人的眼光准?你那又是什么破眼光?女儿还不是因为听了你的,第一次婚姻才失败了?"

李母:"我不就看走眼了那么一次吗?"

李父:"你还想看走眼几次?事关女儿幸福,当母亲的看走眼一次,那就没了二次发言权!我八级大木匠的眼,不看则已,一看一个准!这次我要替女儿做主撑腰,绝不允许你瞎搅和!"

李母:"罗一民他没正式工作!"

李父:"他们返城知青没正式工作的多了!当过营长的还得求我找份儿活干呢!"

李母:"他那铁匠铺子不定哪天就开不下去!"

李父:"走一步看一步,车到山前必有路!我相信小罗他不管干什么,都能拿得起放得下!"

罗一民家。李玖已经和了一盆泥,扎着围裙在修炉膛了。

罗一民的声音:"我看我是死不了啦,你可以回家了。"

李玖边往炉膛里抹泥边说:"不修好炉子生上火,没让煤烟熏死你也得把你冻个半死!"

罗一民的声音:"你明明干不了的活就别逞能。免得你今晚上瞎鼓捣了半天,明早我还得返工。"

李玖:"你怎么知道我干不了?就你们兵团的知青干什么都行,我们插队知青个个都混过来的啊?小瞧人!"

罗一民的声音:"那你先把门窗堵上,一股股寒风都灌里屋来了,我都冻脸了!干活你要先干容易的。"

李玖火了,冲里屋嚷:"闭上你那乌鸦嘴,躺在床上下不了地了,还呱呱没完!讨厌!"

李玖在将木柴劈细。

炉火生起来了,火势很旺,看来她将炉膛修得挺好。

李玖在往门上玻璃碎了的地方钉一块薄铁皮。她嘴里衔着几根钉子,钉得像模像样的。

炉上的铁壶冒气了,李玖兑了一盆热水,一只手洗脸擦脸。

她想了想,端着盆进了里屋。她放下盆,拧干毛巾,坐在床边温柔地说:"来,也给你擦擦脸。"

罗一民:"我心里正这么想,没好意思说。"

李玖:"少废话。"

她替罗一民擦完脸，罗一民这才发现她手上缠着布条，问："手怎么了？"

李玖："开门时，碎玻璃划破了。"

罗一民："抽屉里有红药水紫药水，还有药布，得重新包扎一下。大冬天的，别得破伤风。"

李玖又拧了一次毛巾，温柔地说："待会儿，再给你用热毛巾擦擦脚，那样你能睡得舒服些。"

罗一民："算了，不必了吧。"

李玖已不管三七二十一，扯下罗一民袜子擦起他的脚来，擦完一只，洗洗毛巾，接着擦另一只。

罗一民的脸，他面部有感动表情了。

李玖端着水盆走到外屋，挂起毛巾，将水掸洒于地。之后，双手交抱胸前，站在里外屋之间，靠着门框打量外屋。

李玖："咱们外间屋多少平米？"

罗一民："四十多平米呢。"

李玖："要里外间都是住屋，够宽敞的。"

罗一民："那当然。"

李玖扭头看，罗一平的眼睛正看着她。

李玖："屋里暖和了吧？"

罗一民："是啊，暖和多了。"

李玖："现在感觉怎么样了？"

罗一民："头不那么昏了，胳膊腿也能动了。"

李玖："这么说话多好。以后别你戗我一句，我戗你一句的，行不？"

罗一民："行。快把你手重包一下。"

李玖："那不急。没事儿。你能跟我好好说话，我心情就好。心情好，那儿伤了也不觉得太疼了。自从第一次到你这儿来，就喜欢上了你这儿。看《林家铺子》那部电影，可羡慕电影里那么样的一个家了。前屋是铺子，后屋住人，铺子是半个家，家是半个铺子，生意靠紧着生活，生活是生意的一部分，不求发财，但求平安，觉得那种小日子挺有滋味儿。命运照顾，还真圆了我的梦想。"

她的话说得充满幸福感。

她又一扭头，看见罗一民睡着了。

天亮了,李母在罗一民的铺子门前转悠,门帘拉严着呢,她又走到窗前,窗帘也拉严着。

"你那是在干什么?!"李父的很严厉的声音。李母一转身,见李父在瞪着她。

李父:"一大清早的,你跑这儿来干什么?"

李母:"我来告诉李玖,快到上班时间了。她今天连班都不上了?"

李父:"用不着你告诉她。过了上班的时间她还不回家,我替她请假。跟我回家去!一大清早就在这儿扒窗扒门的,也不怕别人笑话!"抓住李母手腕,拽她走。

李母:"你别拽我呀!你这么拉拉扯扯的就不怕人笑话了?"

李父:"你给我小声点儿,不拽你你走吗?!"

罗一民铺子里屋。床上的罗一民醒了,一睁眼,见李玖坐在床边一把椅子上,身上盖着毯子,还在歪头睡着。

李玖受伤那只手并没重新包扎,血迹染红了布条。

罗一民想将她那只手放到毯子底下,结果把李玖弄醒了。

两人都不好意思地笑了。

罗一民:"没听我话,手没重新包扎一下?"

李玖看看手,不在乎地说:"没事儿。估计口子合上了。"

罗一民:"别大意。还是听我的,现在就重新包扎。"

李玖将毯子盖在罗一民身上,起身去拉开抽屉,拿出了药水和药布。

罗一民坐了起来,温和地说:"坐过来,我帮你包扎。"

李玖坐到床边让罗一民替她重新包扎伤口。

李玖:"差点儿忘了一件事儿……林超然工作的事儿手拿把掐了。人家那老干部派秘书亲自到我家,说老干部要在自己家接见一下林超然,日子定在后天下午,时间地址我都记在纸上了,一会儿给你压在外屋工作案子上,你今天千万得通知到林超然。"

罗一民:"对于我们营长,估计春节前不会有比这更好的好消息了。放心,我今天下午就去找他。"

李玖:"如果你觉得身上还是没劲儿,那我就下午请半天假,替你去找他。"

罗一民："别。我能行，睡一觉好多了。"

这时，他已替李玖包扎好了手上的伤口。

李玖看一眼桌上的旧闹钟说："我上班时间还从容，你躺着别动，我给你煮碗面。之后我直接去上班，那会儿你再起来。"一说完，就起身到外屋去了。罗一民就又躺下，大睁双眼在想什么。

课堂上，中学时的罗一民和一名容貌清丽的女生同桌，她叫杨雯雯。

那显然是在考试。监考的男老师倒背双手在课桌间走来走去。窗外丁香花白、粉、蓝三色盛开。

罗一民的钢笔没水了，他用胳膊肘碰碰杨雯雯，让她看自己写不出字的笔。

杨雯雯拧开了自己的钢笔。

罗一民也拧开了自己的钢笔。

笔尖对着笔尖，杨雯雯将自己钢笔里的墨水挤给罗一民的钢笔。

罗一民拧上钢笔，在草搞纸上画了画，笔又能流利地写出笔画了。

杨雯雯笑了……她不但人美，笑得更美。

大睁双眼的罗一民。

笑得妩媚的杨雯雯的脸庞，一次又一次在他眼前浮现。

外屋，李玖在愉快地哼唱着煮面条。

李玖："亲爱的，放不放酱油？"

罗一民的声音："放点儿。"

李玖一边往锅里滴酱油一边又问："再切一点儿白菜？"

罗一民的声音："行。"

里屋。罗一民仍大瞪双眼发呆。

切菜的快速声响代替了《十五的月亮》。

切菜声停止了。

李玖的话声："那我可上班去了啊！"

罗一民："快走吧，要不该迟到了。"

"亲爱的！"罗一民闻声朝门口一扭头，见李玖扎上了头巾的头探了进来。李玖："咱俩好好说话的感觉好极了！"

李玖嫣然一笑，她的头一闪消失了，接着是开关门声。

罗一民还躺着发呆。

"亲爱的……亲爱的……亲爱的……"

李玖的声音响在罗一民耳畔。

李玖的笑脸与杨雯雯的笑脸交替浮现在罗一民眼前。

一张写着时间地址的纸拿在林超然手中。

林超然面对一幢苏式小二层楼，周围环境空旷安静。

林超然已在楼道里，按一扇门的门铃。

林超然摘下了帽子，脱了大衣，坐在一位老干部家的客厅里。客厅摆着木结构沙发，几乎和李玖家的一模一样，但沙发罩是蓝色的。自然，靠墙有排大书架，还有一扇门，通着另一房间。

林超然和老干部坐在茶几两侧。

老干部："沙发、茶几都是李师傅给做的。李师傅那人好，老工人本色，一点儿也没八级木工的架子，有求必应。我很尊敬他。"

林超然："您也一点儿没老干部的架子。李师傅也很尊敬您。我也是。"

老干部："干部架子嘛，'文革'前那还是有的。事物总是一分为二的，完全没有，那干部还真当不好。这样看架子问题，更符合辩证法。'文革'那几年，七斗八斗的，彻底把干部架子斗散架了。现在又回到岗位上了，还有点儿缓不过神儿来，得把从前的架子慢慢找回来，不找回来就没法适应工作……不谈那些了，谈起来话长了。谈你的事吧，冲李师傅的面子，我想我不论多么忙那也得亲自接见你一次。"

林超然："谢谢您。"

老干部："你在高中时就入党了？"

林超然："对，高二的时候。"

老干部："当年高二里学生党员多吗？"

林超然："我毕业前，共五名学生党员。三名正式的，两名预备的。我是三名正式党员之一。"

老干部："五名党员可以成立一个党小组了。"

林超然："对。"

老干部:"那么说,你还是党小组长吧?"

林超然不好意思地低下了头,以沉默代替回答。

老干部极为赏识地看着他。

在那扇门的另一边,老干部的夫人、女儿站在门旁,侧耳聆听。

老干部的声音:"当初学校还准备送你去法国留学?"

林超然的声音:"有那么回事。"

老干部的夫人将女儿扯到了一旁,小声地说:"政治条件良好,是将来当干部的苗子,你找对象首先要找这样的。一会儿妈陪你进去,看看你能相中不。"

老干部女儿:"那多不好。"她看起来是二十世纪八十年代女青年中的"老大难",当年那样的"老大难"很多,都是被"文革"影响了爱情和婚姻的姑娘。这一个看起来形象一般般,但分明也还是一个心地善良、性情温柔的姑娘。

老干部夫人:"有什么不好的?你爸是在替你考察对象,又不是谈工作。你不进去看看人长得什么样,那不等于白耽误你爸时间了?"

老干部女儿点了下头。

客厅里。老干部又问:"连你也在'文革'中受委屈了吧?"

林超然淡淡一笑:"一点点。比起许多人受到的严酷迫害,连委屈都算不上。"

老干部点头,显然对林超然的回答极为满意。

正门一开,老干部的夫人与女儿双双而入。

老干部坐着介绍道:"来得正好,刚想请你们也过来互相认识一下呢。这位就是老李师傅介绍来的小林,这位是我老伴,那是我女儿。"

林超然已然站起,向两位意外见到的女性礼貌地点头。

老干部:"我女儿也曾经是下乡知青。先是和我们老两口进'五七干校',后来连'五七干校'也容不下我们了,随我们被遣送回了原籍。名义上是插队知青,实际上成了小劳改犯,真是受尽了屈辱。"

林超然同情地说:"我能想象得到。"

老干部的女儿:"爸,不是都过去了嘛。"

老干部的夫人:"女儿说得对,一块儿聊点儿别的。"说罢坐下。

老干部:"你们年轻人之间,别那么拘束,第一次见面握握手嘛!"

林超然大方地伸出了手,老干部的女儿也大方地伸出了手。两人握过手之后,都高兴地笑了。老干部和夫人也高兴地笑了。

老干部:"怎么还都站着呀?坐下,坐下。"

林超然和老干部的女儿坐下后,气氛变得更加融洽。

老干部的夫人:"看你,这么慢待客人,也没给客人沏杯茶!"

老干部:"只顾聊了,忘了,小林别挑理啊!"

林超然:"伯母,我不渴,不必麻烦。"

老干部夫人:"那有什么麻烦的。你不挑理,我都替你挑理。"看得出,林超然给她的印象极佳。她看他那种眼光,几乎就可以说是丈母娘看自己喜欢的女婿的眼光了。

老干部的女儿起身去沏了一杯茶,默默放在茶几上。

老干部的女儿重新坐在沙发上后,不时偷瞟林超然。

林超然觉察到了,不自在,但极力掩饰。

他坦诚地说:"我知道,在许多返城知青找不到工作的情况下,我这个当过知青营长的人,不能做一个自力更生的榜样,反而托人情,走捷径,是不好的。但李师傅的女儿和我一个非常要好的知青战友是对象关系,他们出于好意安排了,我不来一次,太辜负友情了。所以,如果费周折,那就不必了。能有幸认识你们一家,我已经感到特别高兴了。"

老干部夫人:"小林啊,你也不必这么想。知识青年返城,这是党中央的决策。既然是中央决策,做好你们的就业安置工作,那就是各级领导干部的责任。只不过城市的压力一时巨大,但逐渐的,都会有着落,不过是工作性质和早一天晚一天的区别。"

老干部:"你刚才说到'自力更生',这是很好的想法。'自力更生'是相对于国家的一个词。相对于个人嘛,可以说成是'自谋职业'。市委市政府也在思考,看能不能出台一些相关的政策,鼓励返城知青自主创业,以缓解城市严峻的就业压力。"

老干部夫人:"别说那些行不行?'自谋职业''自主创业'那些口号到什么会上说去!小林的工作问题另当别论,反正落实在你身上了。不但要尽早安排,安排得我们母女俩不满意还不行!"

她的话使林超然大觉意外,一愣,不由得将疑惑的目光投向老干部女儿。

老干部女儿:"妈,你说些什么呀!怎么能那么说呢!"

老干部夫人："你妈急性子嘛！"看看林超然，又看看女儿，接着说，"我心里高兴的时候，那性子就更急了！"

老干部："好好好，夫人，我保证不让你和女儿失望行了吧！从现在开始，你要只高兴，别犯急。小事一桩嘛，犯的什么急呢？"

老干部女儿："爸，您也是，就不能转移一下话题呀！"

老干部："我接受批评，接受批评。那，咱们转移一下话题？"

老干部夫人："早就该转移了！小林，你有什么爱好呢？"

林超然："也没太多爱好。学生时代喜欢打篮球、唱歌、拉二胡。这三种爱好在兵团一直保持着，以后也会尽量保持……"

老干部夫人看着女儿说："我这个女儿体育方面没什么爱好，连打乒乓球也打不过我和她爸。但音乐方面，她和你的共同语言一定很多。"

老干部女儿："下乡前我是一中女生合唱团的，我们还参加过两次'哈尔滨之夏'呢。"

林超然："巧了，我妻子也是一中女生合唱团的，她叫何凝之，说不定你们以前认识。"

老干部夫人："你……你结过婚？"

林超然点头。

老干部夫人皱起眉头看老干部。

老干部愣愣地说："现在……是不是……离了？"

林超然："我们什么情况下都不会离婚的。她和我一块儿返城的，现在我快当爸爸了。"

气氛一时极为尴尬。

老干部女儿："爸，妈，我头有点儿疼，回我屋去了啊。"

她说着站起身来。毕竟是干部女儿，起码的礼节还是有的，临出门对林超然微笑道："失陪了。"

她笑得很勉强。

林超然终于明白自己是一个什么角色了。

他也站起来说："真是耽误你们太多时间了，我还有事，得告辞了。"

他取下帽子往头上一扣，取下大衣往手臂上一搭，连连躹躬，倒退而出。

"这李师傅，办事真是荒唐！"门一关上，他听到了这么一句话，老干部说的。

第 八 章

　　老干部家那幢小楼外。林超然几乎从台阶上跌下，撞在了罗一民身上，被罗一民扶住。他的大衣掉在地上。
　　罗一民："你可出来了！我等了你半个多小时。"
　　林超然帽子都戴反了，罗一民替他戴正。林超然生气地瞪着罗一民。
　　罗一民歉意地说："出误会了吧？都是李玖的错儿！"
　　林超然："误会大了！我从没那么难堪过。"
　　他推开罗一民，也忘了捡起大衣，拔腿便走。
　　罗一民："你听我解释嘛！"捡起大衣，追赶林超然。
　　大步往前走着的林超然。背后罗一民的喊声："超然！超然！营长！"

　　林超然脚步反而更快了，跨过一条马路。
　　背后突然传来急刹车声及骂声："你他妈瘸子过马路还不看灯！找死啊！"
　　林超然急转身，见抱着大衣的罗一民坐在地上。他慌忙跑过去扶起了罗一民。

　　两人站在路旁一个卖烤红薯的三轮车前互相嚷嚷。林超然虽穿上了大衣，却没扣扣子。
　　罗一民："你能怪我吗？我给你出的主意，你不采纳！李玖说求她爸，你反倒言听计从，并且把我也搭上了！"
　　林超然："怎么就把你也搭上了？她给了你地址，你为什么就不替我问个明白？"
　　罗一民："我怎么能想到她把地址给抄错了？是她爸问起你的事来，听她说的地址不对,这才发现她把地址给抄错了!她急忙来找我,我急忙赶到你岳父家,可你已经往那老干部家去了!我后脚也赶去,你已经进人家屋了!前后就差那么三五分钟!你叫我怎么办?敲开人家门?进人家客厅把你拽出来?"

卖烤红薯的是一个和他俩同代年龄的青年,他拿起一个红薯,一掰两半,一半给林超然,一半给罗一民,劝道:"两位吃我个红薯,消消气儿,消消气儿。"

罗一民:"我请他。吃完朝我要钱。"将两掰红薯都接过去了,一半自己吃着,一半递向林超然。

林超然:"不吃!"

罗一民:"甜!"

林超然:"滚你的!"

卖红薯的:"不算他请的,算我请的你吃不吃?"

林超然和罗一民不禁上下打量他。

卖红薯的:"不瞒两位,我也是返城的,从林场回来的。"

林超然这才接过红薯吃起来。

罗一民:"一天能挣多少?"

卖红薯的:"挣个两元三元的不成问题。你们在我这儿嚷嚷了半天,我也听明白了,是因为工作的事儿。既然后门都没走成,那还莫如学我,干脆自己给自己安排一份儿工作。"

林超然:"要是夏天红薯不好卖了呢?"

卖红薯的:"那就卖冰棍呀!什么好卖卖什么呀!我母亲没工作,我父亲五七年起一直被劳改,他自己还刚平反,正等着分配工作呢,所以我连接他的班也接不成。我是被逼上了这么一条道儿。一年多以来,我倒渐渐想开了。天天上班每月不就挣三四十元吗?还得处处被人管。我自己给自己安排的这份工作,一年算下来比上班还挣得多点儿呢!"

"好吃!"罗一民已将自己那半个地瓜吃完,伸手又要拿起一个。

林超然将他的手打开:"别上脸!"

罗一民掏出钱包,抽出一元钱,抓起卖红薯的一只手,往对方手里一拍:"你挣点儿钱不容易,我俩不能白吃你的!"说罢抓起一个地瓜心安理得地吃起来。

卖红薯的:"这多不好意思。"

林超然:"我俩在你这儿站了二十多分钟了,还没见一个人来买的呢!"

卖红薯的:"地瓜皮别扔地上,扔我这筐里。这儿要是满地的地瓜皮,那我在这儿可就待不长久了。看,我的买主来了!"

林超然和罗一民顺对方手指的方向看去,见一男一女两个人,手拉手向这里走来。

卖红薯的:"是不是买主,打老远我一眼就能看出来。知道你俩站我这儿嚷嚷我为什么不烦吗?因为你俩也帮我吸引人的注意了。"

走过来的一男一女竟是静之和小韩——静之一认出林超然和罗一民,不好意思地甩开了小韩的手。

静之:"姐夫,你俩怎么在这儿?"

罗一民:"你姐夫让我请他吃地瓜呗!"说罢,研究地上下打量小韩。

林超然也上下打量小韩。小韩被打量得不自然起来。

罗一民对静之说:"介绍介绍吧!"

静之:"我在补习班上认识的朋友,小韩。"

林超然心不在焉地笑笑,小韩也笑笑。

卖红薯的却已在称两个大地瓜了。

静之:"别两个,我俩分一个就行。"

卖红薯的:"别分啊。分梨不好,分地瓜也不好。地瓜一掰两半儿,没准能掰出齐茬儿来,那意味着真分了。"

小韩:"别说了,两个就两个。"对静之又说:"我爱吃地瓜。你吃不了的我吃。"又向林超然,"姐夫吃够没有?没吃够我再请你吃一个。"

林超然摇头,围着烤炉转,看。

静之:"姐夫,我们是在补习班听课来着。"

罗一民:"别给他说你俩的事儿,你姐夫现在没心思关心你的事儿。"

卖红薯的:"这两个大,八毛五,给八毛吧。"

小韩付了钱,拿起两个地瓜,给了静之一个。

静之:"姐夫,那我俩走了啊!"

林超然:"顺路去我家一下,替我看看你姐,但别说在这儿碰到了我。"

他说时,都没朝静之看一眼。

罗一民望着静之和小韩背影,感慨地说:"搞对象的搞对象,找工作的找工作,上补习班的上补习班,卖地瓜的卖地瓜,这一返城,都成了独行侠了,八仙过海，各显其能，各自为战，聚一次都难了。有时真想拿个大喇叭满市喊……紧急集合！"

林超然问卖红薯的："你刚才挣了他俩多少钱？"

卖红薯的："我不说了嘛。他俩叫你姐夫，所以我八毛五算八毛了。两个那么大的地瓜，一个才挣一毛几分钱。在咱们返城知青中流传着一个口号你们没听说？"

林超然："口号？什么口号？"

卖红薯的："推着小车背着秤，跟着倒爷干革命。一年赚它六七百，十年咱就换了命！"

林超然："一民，从明天起，把你那小三轮车长期借我。"

罗一民："行。你说借多久就多久。"

林超然："如果能帮我找到这么大一个废铁桶更好。找不到那我自己想办法。"

罗一民："你也要……卖地瓜？"

林超然："他能干的，我为什么不能？"

罗一民大叫："反对，坚决反对！我们当年马场独立营的营长站在街头街尾卖地瓜，你让我们全营返城知青的面子往哪儿搁？"

林超然："现在我可顾不上你们的面子了！我只能顾一下我自己在父母和岳父母面前的面子了！"

卖红薯的："我也坚决反对！"

林超然："你反对个什么劲儿？你刚才说那种口号我不可以响应？"

卖红薯的："你不适合卖地瓜！你刚才还说，都站这儿二十多分钟了，怎么没一个来买的？干我这行需要耐心，你不可能有我这种耐心！"

林超然："你怎么知道我不可能有？"

卖红薯的："看你样就没有！当过营长的还能有我这份儿耐心？再说……卖的多了，那就谁也挣不着钱了。"

罗一民："对喽，这才说到了要害！"

"哎哎哎，也照顾一下我们的耐心行不行？"

卖红薯的一转身，见身后不知何时站着几名中学生了，个个戴校徽，扶着或跨着自行车。

卖红薯的乐了："老主顾们来了，对不起对不起，让各位小哥们儿久等了。咱们还是老规矩，一斤算九两。"

他忙着秤起地瓜来。

"咱们别老站这儿替人家当幌子了，走吧！"

罗一民将林超然拽走了。

两人走在路上。

林超然回头看一眼，自信地说："我能干！"

罗一民劝说地说："营长，咱不眼红人家行不？你才返城几天啊，人家还有返城半年多了找不到一份儿活干的呢！咱该沉住气的时候，那就要沉住点儿气。"

林超然："半年后你嫂子都该生了！我可沉不住那么长的气。"

罗一民："能眼看着你到那时候还找不到份活儿吗？我只不过那么一说！"掏出钱包往林超然大衣兜里揣："连钱包都拿着！咱先把春节高高兴兴地过完，愁事儿留到春节以后再说。咱们不都还年轻着嘛！年轻就是乐观的理由和资本！"

林超然："你的话我同意，钱不要。眼下我还不缺钱！"

两人在人行道上推推搡搡的。

江北。林父干活的工棚里。又是休息时刻，几个小青年在打扑克，有人被贴了一脸纸条。

林父在用一块木板钉一处透亮的地方。

一名青年站在窗子那儿剥烤土豆皮儿。

那青年一抬头，大惊失色，指着窗外往后退，结结巴巴地说："看，看……不好……不好！"土豆掉在地上，他转身就往外跑。

林父也往窗外看，但见一辆卡车的车头朝工棚直撞而来。

围在离窗不远处打扑克的小青年们却浑然不觉，有人还在大呼小叫地甩牌呢。

林父："快散开！"

说时迟，那时快，哗啦一声，卡车车头撞入了工棚。

打扑克的小青年们呆了。

林父也呆了。

一阵安静中，棚顶发出吱咔吱咔的响声。

林父和小青年们都抬头看。一根钢筒棚梁在移动。

林父大吼："快跑！"

小青年们这才醒过神来，一个个跳起来争先恐后往外跑。混乱中，其中一个被推倒——正是那个羞辱过林父，还要和林超然打架的青年，一屁股坐在地上，他仰脸望着棚顶呆若木鸡。

林父本已在门口了，回头一看，扑过去抱住了他的头。

跑到外边的小青年们转身看时，工棚塌了半边。

医院。林父躺在病床上，头缠药布。床前站着几名小青年，包括那个被保护了的青年。还有一个穿兵团棉袄的人，是队长，叫张继红。

张继红："林师傅，您只管安心住院。一切医药费都由队里来报。"

林父："继红啊，我想跟你商量个事儿。"

张继红："您只管说。凡是我做得了主的，我照办。"

林父："我不想干了。我想离队。"

张继红："那不行。咱爷俩那么合得来，我舍不得您走。"回头瞪着小青年们低声训，"凡是惹老爷子生过气的，我饶不了他！"

林父："不关他们的事儿。我自己不想走，他们气不走我。再说我也不真生他们的气。"

张继红："那……"

林父："我想单独跟你说。"

张继红挥挥手，小青年们退出去，唯有那个被保护的小青年不走，哭叽叽地说："林师傅，我认错还不行吗？"

林父着急了："我不说了嘛，不关你们的事儿。"

张继红往外推那小青年："别腻歪人，外边待着去！"

病房里只剩林父和张继红了。

林父："我不干了，我是想让我儿子林超然顶替我……他也是你们兵团的。"

张继红为难地说："这……"

林父："我知道你这个队长没权进人，所以我说让我儿子顶替我。他比我年轻，比我有力气。他顶替我，队上不是也不吃亏吗？给他的工资比给我的工资少些也行。"

张继红："林师傅，咱们这个劳动队的内幕，您也多少知道点儿了。一些干活的人，养着些白拿工资的人。我这个队长，也只不过是个看人脸色行事的队长。哪天那幕后的人觉得我不听话了，说开也就把我开了。但既然您都那么不计条件地求我了，我就给您个准话。我做主了！工资争取和您一样。"

林父欣慰地笑了。

张继红："但是呢，再过些日子就春节了，早晚不差那么几天，过完春节再让他上班好不？"

林父："那好。这听你的。"

林超然匆匆跑进医院。

医院走廊匆匆走着林超然，与他迎面走过来张继红他们。

林超然认出了那些小青年，低喝一声："站住！"

小青年们畏畏缩缩地站住。

林超然："说！谁该对我父亲受伤负责任？"

张继红："林超然？"

林超然这才将目光望向张继红。

张继红："我叫张继红，是他们队长。我的棉袄应该使你相信，我们会成为朋友。"他穿的是兵团棉袄。

林超然冷峻的表情并无变化，但却点了一下头。

张继红一手搭他肩上，搂着他走到一旁。

林超然急切地问："我父亲的情况怎么样？"

张继红："轻微脑震荡。但是对于六十多岁的人，那就不能算轻微了。起码得住几天院，估计出院以后，得继续休养半月二十天的。"

林超然："他们又怎么欺负我父亲的？"

张继红："你误会了，是意外事故造成的。运预制板的大卡车刹车失灵，撞倒了半边工棚。你父亲为了保护他们中的一个，头被钢管砸了一下。幸而钢管落下之前被什么东西担了一下，否则老爷子惨了。"

林超然："你能不能帮我一个忙，劝我父亲别在你们那儿干了。我作为他儿子，看到他为了每月多挣几十元钱，整天拼着老命干那么重的活，我心疼。"

林超然说得难过，将脸一转。

张继红："这也正是我要跟你说的。老爷子太刚强，你给他开工资，他就非那么拼老命地干不可。别说你作为儿子的心疼了，连我作为队长的也看不下去。刚才老爷子终于主动向我提出，他决定不干了。"

林超然："这我心里就好受了点儿。"

张继红："可他请求我，让你顶替他。我虽然是队长，其实只不过是个被利用的人，因为我可以把那些调皮捣蛋的小青年镇住。进一个人，开一个人，我都没有权力的。但老人家的请求我又不能不一口答应。"

林超然："那不使你太为难了？"

张继红："我为不为难你别管。我正式通知你，春节一过，你就到江北去上班……能说定吗？"

林超然点一下头，拍拍张继红肩，大步朝病房走去。

林超然进入了小小的单人病房，见父亲仰躺于病床，一只手放在被子外，胸口那儿。

林超然："爸……"

林父没睁眼睛，但身子往床里挪了挪。

林超然明白父亲的意思，脱了大衣搭在手臂，缓缓坐在床边，轻声地说："我妈我妹也要来，我没让她们来，坚持我自己先来看看您。"

林父："你做得对。"

林超然："爸，我向您认错。"

林父："认的什么错？"

林超然："您不许我返城，我却返城了，还骗您。"

林父："你从小到现在，我没太打过你，对不对？"

林超然："次数不多。"

林父："所以我不说没打过，说的是没太打过。"

林超然："是爸说的那样。"

林父："在一九八〇年的第一天，在你三十三虚岁的时候，我扇了你一撇子，心里挺恼火是不是？"

林超然："不是。"

"不是？"林父终于睁开眼睛瞪着他。

"有点儿。"林超然避开了父亲的目光。

林父："'有点儿'和'一点儿没有'是一回事儿吗？儿子回答父亲的话，

那要句句实打实地回答。"

林超然微微苦笑，点头。

林父："你向我认错，那就是觉得我扇你扇得挺对。我也向你认错，过后我认为我扇你扇得不对。"

林超然意外地一愣，随即说："爸，这会儿咱不说那件事。"

林父："这会儿才是说那件事的时候。你虚岁都三十三了，都结婚了，快当父亲了，而且当过好几年营长了，返城不返城，是由你和凝之决定的事，别人无权干涉。"

林超然阻止地说："爸……"

林父："别打断我。你不但是我儿子，还是凝之丈夫。你返城不返城，那也得听听人家凝之的想法，尊重人家的态度。我偏阻挡你返城，那不等于也剥夺了人家凝之返城的权利？如果你俩不得不两地分居，她又怀着孕，那我这当父亲的……"

林超然："爸……"

林父："你又打断我。"

林超然岔开话题："我碰到张继红了。"

林父："他跟你说我的决定了？"

林超然点头。

林父又闭上了眼睛，问："你同意？"

林超然："爸是为我操心，我怎么能不同意呢？"

林父："也不完全是为你操心。我老了。再不服老，那也是老了。重体力活儿，越来越干不动了。一块预制板小一千斤，抬杠往肩上一压，腿弯发软了，腰挺不了那么直了。其实我也是怕哪一天又出丑，与其让别人说你个老东西明明干不动了，别硬撑着了，还莫如自己识时务点儿，主动打退堂鼓的好。"

林父眼角淌下泪来。

林超然伸手想替父亲擦泪，但手还没触到父亲的脸，又缩回去了。

林父："我这一受伤，也是好事。这么离开劳动队，我觉得还挺体面的。你看，我住的可是高干病房。"

林超然："爸，这不是高干病房，别人忽悠您呢。"

林父："单间还不是高干病房？"

林超然："脑震荡需要安静，起初是得住几天单间，为了便于观察。"

林父又睁开了眼睛，不悦地说："你怎么偏说我不爱听的话？就算别人忽悠我，你不点破就不得劲儿？"

林超然："刚才不是您说的，儿子回答父亲的话，句句都要实打实的话嘛。"

林父又闭上了眼睛："我说的话又不是'最高指示'，就不能灵活一点儿理解？……我还得嘱咐你几句，张继红那人不错，但他有他的难处。如果他决定什么事儿你认为不对，可以给他提建议，但不可以偏逆着来。对那些小青年，也不要太较真儿。看不惯的时候，自己躲远点儿，眼不见心不烦。总之你要时时刻刻给自己提个醒，你是去干活挣钱的，不是去当营长的，记住了？"

林超然："爸，我记住了。"

林父："我身上痒，替我挠挠。"

林超然将手伸入了被子里……

林父："左肩膀头……往左，再往左……右肩膀头……中间，脊椎骨两边……行了……"

林超然抽出了手，问："爸，怎么一种不好的感觉？"

林父："也没太大不好的感觉，就是头沉，迷迷糊糊的。"一翻身，背对着儿子了，又说，"回去告诉你妈你妹，别担心我，没啥大不了的。我这辈子还没住过院，正好享受享受。我困了，你走吧。"

他说完，往上一扯被子，蒙住了头。

林超然看了父亲几秒钟，弯下了腰，双手捂脸，随之抱住了头。

门无声地开了……护士走入，指指手表，示意林超然该离开了。

林超然起身走到门口，扭头又望一眼父亲，推开了门。

天黑了。罗一民的铺子里。罗一民在敲敲打打地做小桶，同时训斥李玖。而李玖坐在炉旁，在往枕芯里装荞麦皮。

罗一民："你说你啊，成事不足，败事有余！我营长好端端的一次工作机会，就让你那么给白白断送了！"

李玖默默听着。

罗一民："我营长可能还以为，你和你爸串通一气，帮他找工作是假，为了讨好那老干部，把他当女婿候选人积极推荐是真。"

李玖忍无可忍地说："你有完没完啊？！"

罗一民使劲儿敲一锤，余怒未消地说："说你几句你还抱屈啦？你使我营长当时的处境很难堪，也使我在营长面前很难堪！"

李玖将枕头一摔，猛地站起："可我和我爸都是出于好心！林超然如果那么猜疑我们父女俩证明他小心眼儿，如果你也那么猜疑我们父女俩，证明你不是个东西！"

罗一民又当地使劲敲一锤，也站了起来，手拿锤子朝李玖一指："我怎么不是东西了？你们父女俩明明别有用心！"

李玖："你说你说，我们怎么别有用心了？"

罗一民："你帮我营长的忙是为了讨好我！你爸肯帮忙是为了你！"

李玖："罗一民，你这么说，真是一点儿人味儿都没有！"

她双手捂脸哭了，边哭边说："你有理！你罗一民有天大的理！理都叫你占尽了！我是为了讨好你，我爸是为了讨好你，连我儿子也是为了讨好你！可你有什么了不起的？值得我们大小三口人全都讨好你？！你不和我一样是返城知青吗？你不就是一个没单位的瘸子吗？不冲着咱俩当年是同班同学，我还不想下嫁你呢！我一有空儿就往你这儿溜，一来到你这儿我满眼都是活儿！被褥枕头替你拆洗了，该补的衣服都替你补了！连炉子都替你修好了！还替你倒过一次尿盆！我家有口好吃的，赶紧也送过来一份儿给你吃！就算我讨好你，你怎么就那么冰冷的一颗心，凭我怎么暖和也暖和不过来呢？"

罗一民的手臂垂下了，被数落得无话可说。

李玖双手一放，反指着他说："罗一民，罗一民，因为爱上了你，我和我妈都成陌生人了，几天不说话了！我今天算看透你了，好好好，我替你缝完这只枕头，以后永远不来你这儿就是了！路上碰着了，我李玖也保证绕道走。"

她这么说时，罗一民已放下锤子，一步步走到了她跟前。

罗一民抬起了手。

李玖一仰脸："你还想打我？"

罗一民的手，却不由得替她抹泪。

李玖拨开他手，转过身去。

罗一民双手捧住她脸，将她的脸扳向了自己，内疚地说："听你这么一数落，我好像成了坏人了。"

李玖不再说什么，将他的手分开，又转过身去。

罗一民绕到她对面,看着她说:"是啊,你对我很好。真的很好。我也知道,你是真爱我的。估计除了你,世上不会有第二个像你这么爱我的女人了……"

李玖:"你不要以为我是离过婚的,有个孩子,就再也嫁不出去了。老实告诉你,一听说我是八级木工李勤和的独生女,愿意和我结婚的男人还不少,愿意做上门女婿的也有过!"

罗一民:"这我信。八级木工的退休金加上你父亲一年到头挣的,肯定比一位局长全年的工资还多。"

"滚一边去!我自己就没有一个男人愿意娶我了吗?"她双手一推,将罗一民推开。

罗一民又往她跟前凑,并说:"你一番数落,把我的心数落软了。有时候我自己也扪心自问,你对我那么好,还救过我一命,我却对你那么不好,确实也太没人味儿了。是啊,我又算个什么东西呢?有你这么爱我,明明是我的幸运嘛!我怎么就不识好歹,把幸运不当一回事儿呢?"

李玖抹了抹泪,欲坐下继续装枕头。

罗一民拽住了她手,不使她坐下,语调终于温柔了:"来,别伤心了。让我抱抱你,暖暖你的心,也暖暖我自己的心。"

李玖扭捏了一下,被罗一民抱在怀里了。

她叹道:"唉,其实我这么没志气地爱你,也是有原因的。下乡前我做过一次对不起你的事,你自己至今不知道,但在我心里压上了一块石头,像是心结石。"

罗一民:"哪儿有心结石这么一种病啊!再说咱俩当年都是中学生,中学生能做什么对不起中学生的事啊?"

李玖抬起了头:"也能。"

罗一民一愣,喃喃地说:"是啊,有时候……确实也能。"

李玖:"想不想听我告诉你?"

罗一民:"不。别说。不管什么事儿,过去了,就让它永远过去吧。"

他又抱紧了李玖。

罗一民脸上写满了愧疚的表情。

门忽然开了。小刚进入,两人分开。

李玖难为情地说:"儿子,你跑来干什么?"

小刚惴惴不安地说:"妈,姥姥和姥爷在吵架,因为你。"

李玖："吵得凶吗？"

小刚："凶。姥姥摔东西了，还哭。"

李玖看一眼罗一民，拉着小刚匆匆走了。

罗一民愣片刻，走到门那儿，插上了门。

他又愣了片刻，回到起身处，坐在小凳上继续做小桶。旁边已经做好一个比水桶小些的铁皮桶了，他正做的是第二大的。

在他敲打着的时候，眼前又浮现出那位气质优雅的老先生来到铺子里的情景。

这时他有些困惑不解，还有些心烦意乱。

他站起来用目光寻找什么。找到了烟，站着吸了起来，低头看着做了一半的桶。

一挂鞭炮被点燃。何家门口，静之点燃鞭炮后，捂着双耳退到慧之和林岚身边。

鞭炮响过，与慧之同宿舍的四名女生站在她们面前。

女同学们一齐抱拳道："新年吉祥，恭喜发财！"

静之也抱拳道："同喜同喜，有财大家一块儿发！"

慧之向同学们介绍："这就是我那个装过淑女，返城后再也不愿继续装下去了，于是很少时候能够安静下来的妹妹何静之。"

娇小的女同学又一抱拳："久仰久仰！"

慧之："哎哎哎，你们再贫下去，是不是还都要单膝下跪互相撞膀子啊？"

大家都笑将起来。

静之："她是我姐夫的妹妹林岚。今晚我们何家林家分成两组过三十儿，这边儿就剩我们三个了，大家想怎么开心就怎么开心！"

慧之："正担心你们未必来，那我们白准备了。都别站在外边说话了，快屋里请吧！"

于是同学们鱼贯而入，从林岚跟前走过时，还一个个向林岚道万福。

林岚不知如何是好，吃吃地笑个不停。

慧之对林岚说："不是外人，都是我好同学。她们跟你闹，你也可以跟她们闹。放开点儿，别拘束。"

林岚点头。

娇小的女生看门上的对子：

上联是：一九七九再见再见再见

下联是：一九八〇你好你好你好

横批是：不见最好

娇小的女生问慧之："你想出来的？"

静之："她有这等冰雪聪明？本姑娘想出来的，也是本姑娘的墨宝。"

娇小的女生："赐教，何以不见最好？"

静之："一九七九年是七十年代最后一年，可以代表整个七十年代。七十年代有七年多被'文革'占去了，是以不见最好。"

慧之："得啦得啦，别炫你那点儿小聪明了，我都冻得慌了，进屋！进屋！"

她一一推着，将静之、林岚和娇小的女同学推进了屋。

屋里。有的女同学在欣赏火墙，有的在欣赏书法，有的在欣赏画出来的窗框。

娇小的姑娘："哇！上帝！阿拉来到了阿拉伯王宫了吧？"

"慧之，你要是有一个哥哥或弟弟，就冲你家这么漂亮的屋子，我一定要死乞白赖地当你嫂子或你弟妹！"

"那这屋子也不一定就归在你名下啊！"

"我不霸占，只要居住权！"

"让人家一家住哪儿去呀！"

"哎哎哎，不但你有那想法，连我都有同样想法了！"

四位客人议论纷纷，静之、慧之一脸得意。

而林岚，则抓起桌上的花生、瓜子往客人们手里塞。

静之一边嗑着瓜子一边说："我们这个家嘛，美中不足之处还是有的，得上学校的公共厕所，去一次走半个操场。要是赶上闹肚子，那可惨了！"

留刘海的女同学："那我也喜欢你们这个家，宁肯动大手术切掉四分之三个胃，每天只吃很少的东西！"

"真够喜欢得狠劲儿的！"

大家都笑了。

只有娇小的女生没笑，在欣赏白纸上的书法，问慧之："谁写的？"

慧之："杨一凡。"

娇小的女生:"一百元卖不卖?卖我就借钱买走!"

大家又笑。

娇小的女生对静之说:"侬那字体不来赛的!蚯蚓在墨里打滚爬出来的一般样!介好的书法贴在侬家里,侬要照葫芦画瓢,一天抄八遍,好好地练哟!"

静之被说得直眨巴眼睛,答不出话来。

大家又笑作一团。

林超然家,何母、林母、凝之在包饺子,何父与林父在吊铺上下棋。

何父:"将!抽你一个大车!"

何母:"你别在上边使那么大劲儿拍棋盘,看震下灰来掉面板上。"

林母问凝之:"超然说他上哪儿去了?"

凝之:"他怕杨一凡想北京,说是要请他来吃饺子。"

林母:"家里这么小的地方,请人家孩子来了,没处坐没处站的,让人家多别扭啊!"

凝之:"那不会的。杨一凡的意识里根本没有别扭不别扭这回事儿!"

啪!上铺传下来林父的声音:"你输啦!刚才舍给你个车吃,那叫诱敌深入,撒网捕鱼!"

何母翻眼朝上看,林母赶紧在面板上方抻开一块面布,而凝之摇头笑了。

何家门外。杨一凡拎着一些画框,在仰面看天,也是在倾听。

屋里传出姑娘们的歌唱声。每首歌不唱完,只唱几句,唱的全是一九四九年至一九八〇年的爱情歌曲,从《十五的月亮》到《小小荷包》到《树上的鸟儿成双对》到《一条小路》《莫斯科郊外的晚上》……

娇小的姑娘裹着大衣从厕所那儿跑回来,看到杨一凡并认出了他。

娇小的姑娘:"杨一凡?"

杨一凡的目光望向她。

娇小的姑娘:"找慧之?"

杨一凡:"不,找我营长。"

娇小的姑娘奇怪地说:"找你营长?啊,明白了明白了,那进屋啊!"

杨一凡:"屋里怎么那么热闹?"

娇小的姑娘:"其实也没别人,全是女人。"

杨一凡:"我不进全是女人的屋子。你把这几幅相框拎进去。"

他将相框放在门旁。

娇小的姑娘:"镶的什么?"

杨一凡:"在兵团的时候,我说过要为我营长画几幅画,我得履行诺言。"

娇小的姑娘:"真不进来啊?"

杨一凡摇头。

娇小的姑娘只得拎相框进了屋。对于她,那是些够沉够大的东西。

他俩说话时,屋里的唱声仍在传出去,只不过已不再是唱歌,而是三个人在唱《智斗》了。

屋里。静之在唱胡传魁,另外两个姑娘在唱阿庆嫂和刁德一,带着动作唱,其他姑娘则以口伴奏。桌上,摆着几盘饺子几盘菜,还有空酒瓶子。

姑娘们都喝得脸红红的,互相搂着靠着的。

娇小的姑娘拖着相框进了屋,其他姑娘居然没注意她。

她将相框立在墙边,大声地说:"安静!别唱了!"

屋里安静下来,大家都看着她。

娇小的姑娘:"外边有情况!"

留刘海的姑娘:"别上了趟茅房,回来就一惊一乍的!见着鬼啦?"

娇小的姑娘:"不是鬼,是杨一凡!"

大家一时你看我,我看她,半信半疑,最后都将目光望向慧之。

慧之:"别骗我!"

娇小的姑娘:"慧之,太自作多情了吧?人家根本没提你。人家说是给你姐夫送画的,喏。"

她一指,大家的目光这才望向相框。

慧之问静之:"把他请进来吧?"

静之:"那还用问!但是呢,谁把人家招来的,应该谁把人家请进屋。"

慧之:"又油嘴滑舌的!没听明白是给姐夫送画来的呀?你快去请他进来!"

静之:"嚯,连你也支使起我来了!我在咱们何家的地位太惨了点儿吧?不去!"

慧之："成心惹我生气是不是？我是你二姐，支使你一下不行吗？"

静之："才大我一岁半！"

慧之："那也是你二姐！"

姐俩斗嘴之际，已有个姑娘将相框拎过来，解开绳子，一幅幅摆在"床"上了，共六幅，画的都是动物。

静之也走过去看。

慧之无奈，猛起身跑出门。

门外已不见杨一凡。

慧之犹豫一下，跑出校门，东张西望。

远远近近响着鞭炮声。

慧之望见一个男人身影，追过去，叫了一声："杨一凡。"

那人转身，不是。

慧之："对不起。"

慧之若有所失地回到了家里，见大家还在看画。

娇小的姑娘："慧之，阿拉……"

慧之："打住。要不说上海话，要不说普通话，别掺和着说！"

静之笑了："我家也有你这么一位，是我妈。我挺爱听你和我妈那么说话的，像听两个人同时在说。"

慧之："别打岔。你，想说什么？"

娇小的姑娘："你一气嘟嘟的，我忘了。"

大家都笑了。唯慧之不笑。显然，她因没找到杨一凡而不高兴。

留刘海的姑娘："她是想问你，你能猜到不，杨一凡为什么送这样的几幅画来？"

慧之一幅接一幅地看过，问静之："为什么？"

静之眨眨眼："我怎么知道？"

慧之："你不知道是不对的！证明连亲人们在你心中的位置都没摆正。林岚，你知道你家人都属什么吗？"

林岚摇头。

慧之："记住这是你爸的属相，这是你妈的属相，这是你哥的属相。

静之,你也应该记住,这是咱爸的属相,这是咱妈的属相,这是大姐的属相。"

静之:"怎么没有我的?"

林岚:"也没我的。"

静之:"这个杨一凡,看来他没摆正我在他心中的位置!林岚,以后咱俩不理他了。"

一个姑娘:"哎,这最后一幅为什么画的是小鹿呢?十二属中也没属鹿的啊!"

静之:"他住过精神病院,肯定画到后来精神不正常了。"

慧之严厉地说:"你住口!以后再也不许你那么说他!"

姑娘们一时噤若寒蝉。

第 九 章

走在路上的杨一凡……大年三十晚上,街面上只有他一个身影。
几束礼花升上夜空,他驻足仰望。

林超然家窗子旁……杨一凡呆呆地望着屋里。可看见林母、何母在吃饺子,而凝之正将一盘饺子往吊铺上递,林父往下伸手接过。

杨一凡转身走了。

罗一民铺子的窗旁……杨一凡同样呆呆地望着屋里,可看见罗一民、李玖并坐一处也在吃饺子,而且小桌上有酒菜。
李玖夹了一个饺子送到罗一民嘴边,罗一民张嘴吃了。李玖向罗一民怀里一偎,罗一民一手搂着她,另一只手拿起酒盅喝了一口。

杨一凡转身走了。

杨一凡出现在兆麟公园门口。
守门的大爷探出头问:"小杨,不去找你那些兵团战友聚聚,来这儿干什么?"
杨一凡:"想进去看看。"
守门的:"现在大年三十晚上,公园里没人,明天起人才多。"
杨一凡:"我就想趁着没人,独自看一遍。"
守门的:"别忘了啊,初五到我家去玩!"
杨一凡点头,进入公园。

守门的大爷自言自语："唉，孤单劲儿的。大年三十儿晚上，去谁家也不合适呀。"

寂静悄悄的公园里……杨一凡在一处处冰雕之间走着，看着。

杨一凡走到了他自己的作品前。这是公园里一处很偏僻的地方。他雕的洗浴裸女，已经是一个中国少女了。雕塑在他眼中幻化变成了穿护士白大褂、戴护士帽的慧之。他晃了晃头，雕塑恢复原状。

一只手拍在他肩上。他一回头，是林超然。

林超然："我去你宿舍找过你，撞锁了。幸好在楼外碰到了你们文化馆的人，说你有可能到公园来了。"

杨一凡："我也到你岳父家去了，送给你几幅画。"

林超然："送我画干什么？"

杨一凡："你是我营长的时候，我说过要送你几幅画。"

林超然："我都忘了。"

杨一凡："我没忘。"

林超然："走，到我家吃饺子去！"

杨一凡："我吃过饺子了，在我们馆长家。"

林超然："那，咱俩到罗一民那儿去，找他喝一通。"

杨一凡摇头。

林超然："大年三十儿晚上的，我不能让你一个人孤孤单单地在公园里逛。"

杨一凡："孤单有时挺好。我习惯了。"

林超然："今天晚上谁孤单都不好，要不就咱俩找个小饭馆去喝两杯？"

杨一凡："今天晚上哪儿都不营业了。再说我也不太喜欢喝酒。"

林超然一时没咒念了，想了想，忽然又说："你陪我看电影去！很久没看电影了，特想看场电影！"

杨一凡："想看什么电影？"

林超然："什么电影都行！"

杨一凡："想去哪家影院？"

林超然："听你的！"

杨一凡："东北电影院演《林海雪原》。不是样板戏,是解禁的老片子!"

林超然："就看《林海雪原》!"

杨一凡终于高兴地笑了。

林超然也笑了,一搂他肩,两人向公园外走去。

两人走在冰雕间的背影。

杨一凡的声音："脸红什么?"

林超然的声音："防冷,涂的蜡!"

杨一凡的声音："怎么又白了?"

林超然的声音："又涂了一层蜡!"

杨一凡的声音："莫哈!莫哈!"

林超然的声音："正晌午时说话,谁也没有家!"

七八只酒杯碰在一起,七八个青年聚在一张大圆桌旁……那间屋子看起来是一家小饭店的门面屋,墙上贴着菜谱、毛主席像、最高指示、卫生标语什么的。

罗一民和李玖也在七八人中,大家都喝得很亢奋,齐唱着《祝酒歌》……歌罢,纷纷落座;只有一人未坐,意犹未尽地朗诵:

> 三伏天下雨,雷对雷,
> 朱仙镇比武,锤对锤!
> 今儿晚上,朋友们相聚是
> 杯对杯!
> 酗酒作乐的是浪荡鬼!
> 醉酒哭天的是窝囊废!
> 饮酒赞前程的
> 是咱们下过乡的这一辈!

大家鼓掌,喝彩。

有一人说:"最后一句改得好!"

另一人用四川话说:"改一改,是要得地!一点儿不改,是要不得地!"

第三个人:"谁的诗?豪迈!"

第四个人："郭小川的诗。延安派诗人，后来总受批判，说他的诗不够革命。听到粉碎'四人帮'的消息，激动得彻夜难眠，抽了好多好多烟，结果失火了，就那么走了。"

罗一民："我提议，为诗人郭小川，为一切写过好诗的，不论中国的还是外国的，古代的还是当代的，活着的还是死了的诗人们，干杯！"

于是大家又碰杯。

一人说："'文革'结束以后，政策逐渐允许了，我爸妈就将家里临街这间屋腾出来，开了这个小饭馆。我呢，返城后当了店小二。起初有点儿想不开，现在想开了。挣爸妈的工资，那多仗义！"

另一人说："亏你张罗，更亏你提供这么一处地方，要不还聚不起来。"

是主人的说："去年初三我就张罗过一次，好多同学都不知去向了，白张罗了。今年初三总算把你们几个聚到一起了，了了我一桩心愿。"

李玖："当年，你们几个都是一民的好同学，小哥们儿，现在，我要当着你们的面，也要当着一民的面，对我自己进行大揭发，大批判！我要……"

她打了一个嗝，接着说："灵魂深处爆发革命！爆发……革命的忏悔……不，忏悔的革命！反正，就是那么个意思……"

大家都望着她，听她说。

罗一民："你快喝高了，别喝了。"

他欲夺李玖的酒杯，李玖将拿杯的手闪开了。

李玖将一杯啤酒一饮而尽，抹抹嘴继续说："初二上学期，一民因为给同桌的杨雯雯写了一份情书，遭到全班批判，全校批判，他爸还把他痛打了一顿。从那时候起，他恨死杨雯雯了。其实呢，不是杨雯雯把情书交给老师的。老师根本没看到什么情书，是听一名女生汇报的。"

罗一民："你？"

李玖："一民，对不起。初二时我就喜欢你了，而你喜欢杨雯雯，我嫉妒。一民，现在我当面向你忏悔。"

听的人分明都没将那件事当成回事，互相议论着：

"我下乡后就再没见到过杨雯雯。"

"听说，她居然没下乡。"

"不可能吧？'文革'中不是传说她家有海外关系吗？"

罗一民握成拳的一只手，那是恨到极点时的拳。

李玖："如果以后有机会见到杨雯雯，我也会当面向她忏悔的。"

罗一民心头怒火突然爆发……他将杯中的酒泼在李玖脸上，接着扑向李玖。

　　其他人急忙将他拉开。

　　罗一民指着李玖，咬牙切齿地说："我绝不能原谅！"

　　他甩门而去。

　　气氛顿时凝重。

　　李玖呆愣片刻，往桌上一趴，放声大哭。

　　松花江解冻了。夕阳照耀满江冰排，颇为壮观。

　　夕阳变为明月。月光洒在江上，冰排闪闪发光。

　　何家。"床"上躺着三人：何父、何母、凝之。静之的被窝空着。

　　门轻微的响动声，静之披着大衣的身影闪入。她端着一盆煤块，转身关门，接着蹲下捅炉子，往炉中加煤块。

　　静之上"床"，躺下，将大衣盖被上。

　　凝之："干什么去了？"

　　静之："还能干什么啊？上厕所呗。"

　　凝之："又趁机偷了一盆学校的煤块是不是？"

　　静之："不能算偷，大大方方的。谁愿看见谁看见！"

　　凝之："嘴硬！万一有人看见多不好？"

　　静之："咱家那无烟煤什么破煤？谁叫爸不求人再买些好煤？哎，大姐，我姐夫不会再住咱家了吧？"

　　凝之："他们父子解开疙瘩了，估计不会了。"

　　静之："他不住这儿，我行动自由多了！"

　　凝之："嘘……不跟你说，说起来没完。"

　　静之："不行，我得头朝那边睡。一会儿火旺了，该烤头了。"

　　她头朝"床"里而睡了。

　　天亮了。何母在一间教室上课，凝之坐在后排听。

　　下课铃响，学生们涌出教室。

　　何母和凝之在教室门口说话。

　　何母："静之在家？"

凝之："睡得像猫似的，呼呼的。"

何母："妈这堂课讲得怎么样？"

凝之："妈你要对自己有信心。讲得挺好，水平已经基本恢复到以前了。就是，上课不同于在家里，别一讲到关键时，反而说出几句上海话了。"

何母："唉，'文革'中，因为我曾经是上海人，专案组非找个上海人用上海话一次次审我，认为那样更容易从我口中套出有价值的交代材料。我一说普通话，他就对我拍桌子瞪眼的。"

一名女生跑来，神色慌乱地说："不好啦不好啦，老师，你家里有人喊救命，是个女人的声音。"

母女两人大惊失色。

蔡老师操着一支冰球拍，后边跟着些男生匆匆跑过操场，向何家跑来。

何父追上了蔡老师们，伸出双臂阻拦："学生们站住！一个也不许跟着，都给我回到教学楼去！"

何母、何凝之也相互搀扶着走来。

何父："情况不明，你俩也不许跟着！"

何母："难道家里闯进去坏人了？"

她快哭了。

何父："估计就是那么回事，你赶快打电话报警！"

何母转身跑向教学楼。

凝之极其担心地说："爸，你跟蔡叔叔也小心点儿！"

何父从蔡老师手中夺去冰球拍："你也不能去，这是我自己家的事。"

蔡老师："这时候还分什么谁家的事？你不能剥夺我见义勇为的权利！"

他欲夺回冰球拍，但何父已跑远了。

蔡老师在何家门口拿起了一块砖。

屋里传出静之的声音："来人啊，救命啊，来人啊！"

两个男人交换一下眼色，何父在先，蔡老师在后，推门进入。

何家里屋门被一脚踹开，何父和蔡老师闯入，一个高举冰球拍，一个高举着砖。

但两人那样子愣在门口了，家里并没什么坏人，但见——那一幅书法已被渗透得字迹模糊，这一片那一片黑乎乎的。而穿着一身红色线衣线裤的静之斜躺"床"上，双手抱头，被褥被踢得左一团右一团。

何父放下了冰球拍，蔡老师扔掉了砖头。

两人走到"床"前。

静之："我都喊累了，怎么才来人呀？"

何父："这……你究竟怎么了？"

静之："我头发不知被什么粘住了，起不来床了，连头也动不了啦！这是什么破家呀，还有陷阱！"

一缕缕头发落地。

静之还是一身红线衣裤，披着大衣，坐在椅上。凝之一手拿大剪刀，一手拿梳子，在为她剪头。

凝之："'文革'期间，一派红卫兵服从复课闹革命的号召，另一派不服从，就将不少黑板涂上了沥青，目的在于阻止。你今天一盆，明天一盆，总是深更半夜偷学校块煤，把屋里烧得太热，沥青当然就化了。怎么样，受到惩罚了吧？"

静之："两码事儿！姐你可得为我剪得好看点啊！"

凝之："刚才你像被蜘蛛网粘住的大红蜻蜓似的，爸为了赶紧拯救你，把你的头发剪得乱七八糟的。我现在进行的只不过是补修工作，再有发明创造的水平，那也好看不了。再说家里也没有剪头发的剪刀。"

静之："大姐，求求你了，我上午还要到小韩家去做客呢！"

凝之："哪儿冒出来个小韩？通过你贴那些征婚小广告认识的？我可提醒你，那也会受到惩罚的！"

静之："我们是高考补习班上认识的，人家是正派人家子弟。"

凝之："怎么叫'正派人家'？怎么又叫'不正派的人家'？"

静之："他爸是工商局副局长。"

凝之："静之，你什么时候有了官僚阶级思想了？我记得咱们姐妹三个曾有过约定，在个人问题上只看本人是否优秀，绝不受对方家庭情况影响。"

静之："我也想找我姐夫那么优秀的丈夫啊，可那不得凭运气嘛。小韩这人各方面也不错，挺有上进心，不过我们还没到你说的那一步。先别告诉爸妈啊！"

凝之："行。替你保密。我想起来了，前几天妈整理箱子，翻出一顶你中学时戴过的毛线帽，还是我给你织的。建议你戴那顶帽子，进了人家屋不往下摘，人家也不会太奇怪。"

静之："还是大姐对我好，替我想得这么周到。"

凝之："得啦，只能补修到这种地步了，快洗洗去吧！"

小韩家是幢俄式平房，就是早期俄国人盖的那种老铁路房。小韩伫立家门前。

静之地下冒出来似的出现了："还东张西望！我都在你面前了！"

小韩转身看见她，讶异地说："你怎么戴了这么一顶帽子？"

确实，静之戴的毛线帽五颜六色，有两条长辫子似的系带，系带末端还有两个绒球。

静之："怎么，我戴着不好看？"

小韩："好看是好看。不过，也太好看了，使你看上去不够成熟，太……"

静之："太活泼了？"

小韩："老实说，太儿童了。"

静之不悦地说："如果你爸妈喜欢那类看上去像石雕一样成熟稳重的姑娘，那我还莫如别进你家算了。"

她假装转身欲走。

小韩一把拖住她："哎哎哎，别当真，开句玩笑嘛。我是提醒你有点儿思想准备，我爸妈可能会做出使你感到困惑不解的事，为的是试探你究竟是一个怎样的姑娘。"

静之："那我也得提醒你有点儿思想准备，因为我可能同样会使你爸妈困惑不解，并且通过你爸妈的反应，考察他们是怎样的父母。"

小韩："你可千万悠着点儿，别使他们'友邦惊诧'，那我就比你们双方都尴尬了。"说罢，将静之扯到一旁，面授机宜地说，"你要循序渐进地使他们认识你，了解你，最终，对你的一切言行见怪不怪了。"

静之："我的言行一向很古怪吗？"

小韩："你看你这又是抬杠的话了，我不是就那么一说嘛。我父母在'文革'中被红卫兵斗怕了，似乎留下后遗症了，心有余悸。一想到以后要经常与不够了解的人朝夕相处，而且还是与红卫兵同代的人，难免的就如临大敌。"

小韩家客厅。韩父在翻找什么，韩母双手交叉胸前，紧张地说："儿子可别带回家一个当年的女造反派。"

韩父："是啊是啊，我也很担心这一点，请神容易送神难……找到了。"

他将一个木匣子捧到桌上，打开，哗啦倒出了一桌面麻将，同样紧张地说："快快快，坐下，演习演习。"

于是夫妇两人对面坐下，四只手抚牌。

韩母："你负责考察还是我负责？"

韩父："咱俩共同吧。"

韩母："那也得分个主次责任，各自任务要明确。"

韩父："你为主，我为辅。你进行试探性的对话，万一有点儿僵，我负责打圆场，调解一下气氛。"

他的话刚一说完，门开了。小韩让进静之，同时说："爸，妈，这就是静之！"

韩父、韩母双双站起，望着静之一时发愣。

静之："伯父伯母好！"

韩母："你好你好。"

韩父："欢迎欢迎。"

静之："伯父伯母你们快坐下，我换鞋。"

韩母："不用不用。"

静之："雪开化了，路上挺泞的，不换可不行。"

韩父、韩母坐下了。小韩、静之已换上了拖鞋。

静之："伯父伯母觉得我帽子太儿童了是吧？"

韩母："是啊是啊。"

韩父："不是不是……显得很活泼。"

小韩："都进屋了，活泼也别戴着啦！"他替静之摘下了帽子。

韩父、韩母真的目瞪口呆了，连小韩也"友邦惊诧"了……因为静之的头发短得根本没有发型可言，像男中学生剃的板寸，使她的样子变得不男不女。

小韩："你……你怎么把一头秀发剪成这样？"

静之："你手真快！一句半句我也说不清楚，先让我坐下行不行？"

小韩瞪着静之，将一把椅子从桌前拉开，静之款款坐下。

小韩也坐在她对面了。那一家三口仍疑惑地瞪着她。

静之："伯父、伯母，首先请你们放心，我头发剪成这样，绝不是由于阿Q那种病，也不是刚从监狱出来。昨天晚上睡觉前我还一头秀发呢，完全是因为今天早晨一件意想不到的事情造成的。对于我，简直也可以说是一桩不幸的事件。"

小韩关心地问："静之，很不幸吗？我和我爸妈能不能帮上什么忙？"

静之泰然一笑，淡淡地说："已经过去了。不会困扰我的。只不过损失了一头秀发，但是还会长出来的，不是吗？"

韩父、韩母点点头。

静之："如果伯父、伯母允许的话，我先留个悬念，一会儿再解释行不？"

韩父、韩母同意地说："行，行。"

韩父问小韩："现在都粉碎'四人帮'了，监狱里也禁止对女犯人剪头发了吧？"

小韩："我想是的。"

韩母："静之，你对'文革'时期某些监狱剪女犯人头发怎么看？"

静之严肃地说："第一，'文革'不是任何意义上的革命，那一时期的所谓'女犯人'，有许许多多是被迫害的好人。即使真的是女犯人，剪她们的头发那也是知法犯法。"

韩父、韩母及小韩皆点头表示赞同。

小韩："爸，妈，从哪儿又把这副麻将翻出来了？"

韩母："你爸翻出来的。说静之要来了，干坐着说话挺索淡的，大家一边儿玩着一边聊天，气氛不是更良好吗？"

静之："伯父伯母爱玩麻将？"

韩父："谈不上爱玩儿。身为国家干部，爱玩麻将肯定是缺点。只不过年节假时，关系特别好的朋友来了，偶尔玩玩。"

小韩："这是我父亲家里传下来的一副牛骨麻将，'文革'中被抄出来了，我父亲因此吃了不少苦头，去年才作为非法抄没物品退给我家。"

静之拿起一枚麻将摆弄，看着。

韩母:"静之,你对麻将有什么看法?"

静之:"没看法。"

韩父:"没看法怎么理解?"

静之:"今天以前,我只听说过麻将,没看到过,更没摸过。我觉得麻将与扑克、桥牌都是一类东西,朋友们聚在一起玩玩,是种不错的休闲方式。但是如果变成了赌博的方式,那就可悲了。也就这么一点儿人人共同的想法,所以我说没想法。"

韩父:"这想法已经很好,很好。'文革'中批斗我的人,一致认为玩麻将的干部肯定是革命斗志衰退的干部,其实我在工作方面一向勤勤恳恳,兢兢业业的。"

小韩:"爸,聊点别的。"

韩母:"对。聊点儿别的。"盯着静之问,"咱们玩一会儿?"

静之一愣:"我不会。"

小韩:"妈,不要强人所难!"

静之:"我想玩麻将也没多么难吧?伯父、伯母如果有兴趣,那咱们就玩儿!不会可以边玩儿边学嘛!接触一下新事物没什么不好的。"

小韩:"那也要看什么新事物!"

韩母:"别打消人家静之的好奇心!你自己不是也像对待新事物一样学会的吗?"

小韩语塞了。

韩父:"来来来,玩会儿!静之,靠我近点儿,我告诉你怎么玩儿!"

静之挺高兴地将椅子向韩父挪近。

韩母已开始兴致勃勃地洗牌,码牌。

四人玩得渐渐情绪投入。韩父趁静之不注意,偷换她的牌,并指导她出牌。

静之和了,得意地推倒牌,兴奋地大叫。

韩父、韩母交换会心的眼色。

四人在吃饭。静之坐在韩母身旁,韩母欢喜地为她夹菜。

静之讲着什么。

何父与蔡老师冲入何家屋里的情形。

静之斜身于床,头发被粘住的情形。

凝之为静之"抢修"头发的情形……

韩家三口人忍俊不禁起来的情形。

小韩抚摸静之头顶，静之将他的手打开，韩父、韩母相视一笑的情形。

韩家只剩韩父、韩母两人了，桌子也收拾干净了。两人对面而坐，像洽谈业务或工作。

韩父："你感觉如何？"

韩母："我挺喜欢她。性格开朗，长得也好，能带给人快乐。关键是，不是那种胎里带来似的极'左'姑娘。虽然'文革'结束两年多了，他们那一代的人，头脑里的'左'还是挺根深蒂固的，一言一行老透着那么一种令人反感的劲儿，好像坚决在强调，自己当年是为了响应毛主席的号召，所以所做的一切事都是对的。"

韩父："是啊。但静之这姑娘一点儿不那样。她连对麻将都能一分为二地看待，证明她根本不'左'，所以不可怕。"

韩母长舒一口气："我还真挺担心儿子偏偏娶回一个思想很'左'很'左'的少奶奶，现在我完全放心了。"

韩父也笑了："我也完全放心了。我也挺喜欢她。你看人家姑娘，头发虽然变成那样了，却不在乎，照样快快乐乐地就来了。"

韩母："道具用完了，收起来吧。"

韩父："对对，收起来。"将麻将装入匣子里。

小韩和静之走在路上。

小韩哑然失笑。

静之："笑什么？"

小韩："想到了你大姐的形容，好像蜘蛛网粘住了一只大红蜻蜓。好美妙的形容。"

静之："确切的说法应该是，我被形容得好美妙。"

小韩："你感觉到没有？我爸妈喜欢你。"

静之："可谁又会不喜欢我呢？我可有言在先，我今天到你家中，只不过是一般性的应邀做客，丝毫也不意味着别的什么。"

两人经过一处报刊亭。

小韩："跟我来。"

静之跟他绕到了亭子后边。亭子的门在后边。

静之站住，不走近他了。

小韩："到跟前来，我有悄悄话儿对你说。"

静之："阴谋诡计。"但她左右看看，还是走到了他跟前。

小韩拥抱住了她。

静之倒也没反抗，柔情地说："说罢。"

小韩不禁吻她。

静之扭捏一下，之后配合他的吻。

小韩："现在意味着别的了吧？"

门突然由里往外猛推一下，将两人吓一大跳，赶紧闪开。

出来一老头，也不看他俩，嘟哝："亲嘴也不选个好地方，哪儿有靠着人家门就来的，碍事巴拉的！"

小韩大窘。

静之咯咯地笑着跑开了。

静之回到家里。见凝之站在"床"上，左手拿块木板，右手拿锅铲，正从起先是黑板的墙上往下刮沥青。

静之："大姐辛苦了，我来。"摘下帽子，脱了棉衣脱了鞋，高高兴兴地上了"床"。

凝之将木板和铲子给了她，惋惜地说："可惜杨一凡的书法了。"

静之："整天面对这么脏兮兮的一大块黑板难看死了，得请杨一凡再来给美化美化。"

凝之："那怎么好意思！你这么高兴，肯定是大获成功喽？"

静之："小韩他爸妈喜欢我！"

凝之："在人家家里一直没摘帽子？"

静之："恰恰相反，一进门我就大大方方地把帽子摘了！"

凝之："结果使人家爸妈目瞪口呆。"

静之："错！他爸妈乐得合不拢嘴！"

凝之："撒谎！"

静之："不骗你，大姐！他妈说，哎呀老天爷，我儿子咋把一位活菩萨请回家了！"

凝之笑着打她一下："又贫！小心点儿，别把沥青弄床上！"

静之："他爸说，这下咱家可有人保佑平安了，不必担心过七八年再来一次了。"

凝之笑得扶墙坐在被垛上了。

松花江上已不见了冰排，江水丰满。

慧之和杨一凡伏在江畔栏杆上，两人都已换上秋装。

慧之："春天时就想找你没好意思开口，夏天你又到外面去采风，现在秋天了，我请你再去为我家美化一次吧！那么漂亮的一个家，现在被那么大一块脏兮兮的黑板搞的，我们全家人的情绪都特受影响。"

杨一凡："有些事，是不能做第二遍的。"

慧之："为什么？"

杨一凡："我的人生经验告诉我的，小时候，上学前我母亲说我手脸没洗干净，强迫我洗第二遍，结果不是肥皂'杀'眼睛了，耳朵里进水了，就是弄翻了盆，弄湿了衣服和鞋。上了中学以后，老师全班点名宣布我必须补考，结果补考的成绩往往更差，有几次差点儿留级……"

慧之："那都是你不愿意的事。"

杨一凡："画画得不错，要求我再画一遍去参赛，并且预言我再画一遍一定更好，结果也往往适得其反。"

慧之："要求不等于请求，我是在请求你。"

杨一凡："这的确有点儿不同。"

慧之："因为对你来说，我不同于别人？"

杨一凡："不，因为在今天以前，我不记得有什么人请求过我。"

慧之："那你就认真考虑我的请求呗。你也应该知道，有些事，第二遍肯定能比第一遍做得更好，而且收获也会更多。"

杨一凡："哪些事？"

慧之："比如擦窗子。小时候，我妈妈给我家庭任务擦窗子，大姐回来看着说，边边角角没擦干净，慧之你如果肯擦第二遍，咱家的窗子一定是全院擦得最干净最明亮的窗子。于是我就乖乖地擦第二遍，可想而知，全院人都说，看人家老何家的窗子擦得多干净多亮！我呢，就获得了愉快，而且获得了怎么样将窗子擦得又干净又明亮的经验。飞行员第二次试飞，轮船驾驶员第二次试航，粮农菜农花农第二年种粮种菜种花，养蚕妇第二年养蚕宝宝，都是一次比一次做得更好。"

两人说话时杨一凡始终望着江面，一次也不转脸看慧之。而慧之说话时，却每一次都转脸看着杨一凡。只有自己不说话，听杨一凡说话时，才将目光望向别处。并且，虽然将目光望向别处，却听得十分认真。

杨一凡："我爱听你说话。没人这么有耐心地劝我做什么事，我也从没这么有耐心地听别人劝我做什么事。"

慧之："我是在耐心地请求你做事。做对我们家有益的事……我是不是太自私了？"将"请求"两字说出强调的意味。

杨一凡："别这么认为……现在我还没做呢，已经感受到一份收获了……"

慧之："什么收获？"

杨一凡："愉快！"

慧之笑了："你答应了？"

杨一凡："给我两天构想的时间，这个星期日的下午两点，我准时到你家去。"

慧之："我代表我姐夫和我们全家欢迎你！"

杨一凡："但我是有条件的。"

慧之："请说。"

杨一凡："作画不是表演节目，不被围观最好。"

慧之："你的意思是，我应该提前将家里人支走？"

杨一凡："如果你能做到，我画起来会很开心，也容易画好。"

慧之："那不难。第二个条件！"

杨一凡："像第一次一样，你当我助手。就这两个条件。"

慧之："都没问题。一言为定！"

杨一凡："一言为定。"

慧之："那，我走了……"

杨一凡："走吧。"

慧之："再见。"

杨一凡："再见。"仍不看一眼慧之，而这使慧之走得有点儿不情愿。

慧之："你倒是看我一眼啊！"

杨一凡："你这是请求还是要求？"

慧之："要求！"

杨一凡:"那你要求过分了,我这会儿想事儿呢。"

慧之张张嘴,再也说不出什么话,赌气一转身走了。

慧之已走出挺远,忍不住驻足回望。

傍晚。何家只有凝之在家,她坐在一把椅子上织毛线活——

敲门声。

凝之:"请进。"

门外的人没进,隔会儿,又敲门。

凝之:"谁呀?"

门外的人:"这是何慧之家吗?"

凝之起身去开了门。门外站着一个五十来岁的男人,麻绳勒着双肩,背着什么重物,一脸的汗。

凝之:"慧之是我妹妹,她不在家,请进来吧。"

男人:"我还真找对了,你们这个家太难找!"摘下帽子擦汗,看见水缸,走过去,拿起水舀子就舀水喝。看来他渴极了,喝得咕嘟咕嘟的,他身上背的东西用麻袋包着,用麻绳十字花捆着。

凝之困惑地看着他的背影问:"您打哪来?"

男人放下了水舀子,转身说:"二龙山。"说着将麻袋包放在地上。

凝之:"兵团的二龙山?"

男人:"兵团现在又改回叫农场了,是别人托我捎给你妹妹的,我不能耽误了,得赶回去的火车!"说罢,拔脚往外便走。

凝之跟到了外边:"哎,谁托你的,什么东西啊?"

男人:"麻袋里有信!"

凝之望着他走远,进了屋,拎拎麻袋包,没拎得起。

晚上,何家五口在吃晚饭。

慧之:"爸妈,有件事跟你们协商一下,星期日下午两点到晚饭前,我们班团小组想在咱家开次会。"

静之:"那时候我在上补习班。可是二姐,我很奇怪,你们学校就没地方开团小组会了?"

何母:"你不在家就说不在家,别像审问你二姐。我要家访,也不在家。"

何父:"我倒没什么事儿,但也可以不在家,在办公室看看书,看看报。静之，我让你替我借的《教育的诗篇》，都多长时间了，你早忘了吧？"

静之："借书的人太多，一星期前才借到，交给我妈了，爸你抓紧时间快看完啊！"

何母："我放你办公室书架上了。怪我脑子里事儿多，忘了告诉你了。"

凝之："慧之，我也不在家。好多天没见到你姐夫了，得去你姐夫家看看。"

静之："想他了？"

何父用筷子敲了她头一下。

凝之坦率地说："有点儿。"

大家都笑了。

凝之："我也差点儿忘了，慧之，厨房那个大麻袋包，是你们二龙山的老职工托人捎给你的东西。"

何母："我进门看见还挺奇怪呢，拎了拎没拎动，什么东西那么沉？"

何父："我怎么没注意到？"

何母："你那眼！不绊你脚的东西你从来注意不到。"

凝之："我问了，那人急着赶车回二龙山，没顾上说就走了。"

慧之："他们心里还真有我。这就叫感情！静之，帮我抬进来！"

于是两人起身走到厨房，将麻袋包抬入屋里。

静之："真沉，有六七十斤！"

慧之已找到了剪刀，准备剪开麻绳。

静之："且慢！"蹲下，研究地按按这儿，按按那儿，起疑地说，"我怎么觉得，像是……"

何母："别卖关子！快说是什么！"

何父："打开一看不就知道了嘛。"

静之："最好还是先别打开，软软的，我觉得，像肉……"

慧之也困惑了："托人给我送六七十斤肉？也太大方了呀，我也不值得二龙山当地的什么人对我这么好啊！"

凝之："如果真是肉，确实太大方。慧之，你对当地什么人有恩？"

慧之想想，更困惑："没有呀。我一知青，能对当地什么人有恩呢？我欠了他们不少恩情倒是真的。"

静之："我的意思是，像……像是肉……肉体……"

何母："肉体？"

静之："去了头和四肢的……那么一整段肉体……"

何母何父对视一眼，起身也走了过去，看着麻袋包，像看着不祥之物。

静之："前几天报上不是登了，松花江下游发现一颗人的头颅，警方还没发现尸身吗？"

何母："别说了！尽往恐怖的事上瞎联想！"

何父也蹲下，这儿按那儿按，起身对何母低声说："静之说得没错。"

凝之走了过来，问慧之："慧之，再想想，最近你……做了什么招人恨的事没有？"

慧之快哭了："姐，我怎么会呢！"

静之大着胆子，扯开麻包一角，将一只手小心翼翼地伸了进去，仿佛麻包里是活物，会咬她——她猛一下抽出手，站起来说："肯定是……"

何母："不许再说！"

静之快步走到盆架那儿去搓肥皂，洗手。

何父："静之！"

静之扭头。

何父："你最近做没做什么招人恨的事？"

静之抗议地说："干吗冲我来啊！在你眼里，大姐、二姐都好，就我专门惹麻烦啊？"

何父："住口。问你什么说什么，别那么多废话。你认为你从小到大，给家里惹的麻烦还少啊！"

静之将毛巾往盆里一摔，赌气坐回桌子那儿去了。

慧之从盆里捞起毛巾，拧干，搭好。接着用拖布拖溅出的水。

静之："二姐你就装好女孩儿吧你！再怎么装，这事儿也跟我没关系，是冲着你的大名送到家里来的！"

凝之："静之！"

何父："谁也别动那麻袋。没想到咱家成了现场，我去派出所！"说罢走出去。

何父与派出所老张在家门口下了自行车。

老张："如果真是你们全家怀疑的那样，可真是一件大好事！"

何父："怎么反而是一件大好事？"

老张："你想啊，那不就有了新线索，可以早日破案了嘛。我们所那可立了大功了！"

何父不爱听地说："敢情没往你家送，送到了我家里！"

两人进了屋，但见何家母女四人一溜儿坐在"床"边，都不安地望着那麻袋包。她们见了老张，同时站起。

老张一竖手掌："都坐那儿别动。我不叫，谁也别过来。"

母女四人便又同时坐下。

老张也蹲下，在麻包上这儿按按，那儿按按。

静之："我把手伸进去摸了一下，像女人的皮肤，我好像还摸着了半截胳膊。"

何父对何母说："你也想想。"

何母："我想什么啊？"

何父："有没有什么人恨你啊！"

何母："我从不招人恨，你自己才应该好好想一想！"

于是何父坐在椅上，掏出烟猛吸。

何母："你还有心思吸烟！"

何父："我这不吸着烟想呢嘛！恨我的人是有的，但那都是旧恨了。要说最近，只有一个人会恨我。"

何母："谁？"

何父："就是那个也姓何的，当年凝之他们连队那个……我不是断了他当老师的路了嘛。"

凝之抗议地说："爸，你胡说些什么呀！"

老张直起身，朝何父招手，何父走到了他跟前。

老张将他扯到角落，小声地说："不管你爱听不爱听，这会儿我心里相当激动！不能在你家打开，你还得帮我把那东西弄派出所去。"

何父点头，对何母说："我得帮老张把那东西弄派出所去。"

凝之："我要不要也去？我见过背来那东西的人，能说出他的样子。"

老张："你先不必去。但是做好什么时候得去的心理准备。"

他与何父将那包东西抬出去了……

何母自言自语："怎么会出这种事！今晚我不做噩梦才怪了呢！"

静之："不摊上这事儿，人该做噩梦，也会做的。"安抚地搂住了母亲。

慧之双手捂脸哭了。

凝之也安抚地搂住了她的肩。

啪——麻袋包被四只手抬起，放到了一张桌面上。派出所。老张等几名警员围着桌子，其中一人端老"海鸥"式照相机，预备拍照。
何父："没我什么事，我到外边去行不？"
老张点头。

何父走到外边，大口吸烟，头脑里不断回忆着拒绝何春晖当老师的请求的情景。

派出所屋里。剪刀剪断麻绳，剪开麻袋，有些颗粒状东西撒落一地，老张捡起几颗，细看看说："是大粒盐。继续……"
剪刀一剪到底，暴露出白皙的肉皮。
闪光灯一闪，拍照者连按快门。

门外。何父刚将烟头扔掉，老张走了出来，面无表情地说："别在外边站着了，进去看看吧！"
何父直往后躲："不看不看！那是你们的工作，不是我的工作！"
老张："是背给你家的，又不是背给我们的！吓不着你，好东西！"说着，将何父拖入屋里。

进了屋的何父，面对的是桌上半扇猪肉；猪皮刮得白白净净，其上一层大粒盐。
老张："是好东西吧？"
何父呆住。
一名警员将一封湿漉漉的信递给他："这是在麻袋里的。"
何父接过，急抽出信纸展开来看，而警员们却开始议论："十几年没见到这么新鲜的肉了，超一等！"
"咱们能买到的，那都是在冷库里冻了好多年的肉了！"
"到现在还是每月每人半斤，怎么也不加点啊！"
"这不快到中秋节了嘛，何校长家这下可有肉吃了！猪肉炖粉条，可劲儿造吧！"

看信的何父。

写信者——慧之连队老职工老于的画外音:"慧之你好:自从你离开连队去上卫校以后,我和你婶子可想你了,总念叨你!你是我们家的大救星!当年要不是连里有你,你婶子没命了,我也绝不可能会有一对龙凤胎儿女。那我老于也非疯了不可。"

电话突然响起。

老张抓起了电话:"喂,我是,请指示,是,是,保证不出差错。"

包括何父在内,目光都望向老张。

老张放下电话,严肃地说:"分局长亲自指示,要我们立即配合抓捕嫌犯!赶快准备一下,马上出发!"又对何父说:"何校长,那就只有靠你自己带回去了!"

何父:"这……有刀没有,不给你们留下一块,那我多过意不去!"

老张:"心领了心领了,你还是赶快请回吧!"

一名警员又用麻袋包起了肉,替何父扛到外边。

何家。半扇猪肉放在了桌上,何母与三姐妹还是一溜儿坐在"床"边。何父手拿信,边走边读:"慧之,想念你的也不只我们两口子,想念你的夫妇太多了!所有由你接生的孩子,他们也都和我们大人一样,想念你这个慧之阿姨。"

慧之陷入了回忆:当年的兵团连队,老于家门外,聚集着包括老于、连长在内的众多男女。

老于从房檐下掰半截冰溜子,嘎嘣嘎嘣地吃。

连长一掌将他手中的冰溜子打落。

老于:"连长,我……我嗓子冒烟,心里像着火!"

连长训斥:"给我住嘴!你怎么就不提前送你老婆到团部卫生院去!"

老于:"我……我不是觉得,慧之她都接生过好多次了。"

连长:"可她没接生过双胞胎!你这是视人命如儿戏!"

老于:"我……我也想不到会是双胞胎啊!"

一妇女:"连长,事已至此,再怎么训他也没用了!"

一男人:"唉,这可就太给慧之出难题啦!"

屋里忽然传出婴儿响亮的啼哭。

大家都松口气地笑了。

老于笑道:"听,没事儿吧?"

连长:"你还笑!"从老于头上捋下帽子,用帽子抽他。

门一开,穿白大褂的慧之走出,白大褂上尽是血。

慧之看看老于说:"母子平安。"刚一说完,昏过去了,幸被连长扶住。

何家。何父问慧之:"慧之,你接生过多少孩子啊?"慧之想了想回答:"也不算太多,三十来个吧。我们那是个大连,人家多。"

全家人都对她刮目相看起来。

慧之:"都这么看着我干什么呀?都不信啊?"

何父:"你从没对我和你妈说起过。"

慧之:"那有什么可说的呢?我是在师里受过培训的卫生员啊!"

何母:"念信念信。"

何父:"原以为你卫校毕业后,还会回来的。可知青一返城,估计你也不会回来了。现在,鼓励我们养猪了,也允许卖了。中秋快到了,你们知青当年不是常说每逢佳节倍思亲吗?我们也思念你呀!托人捎去的半扇猪,是我家养的猪杀了,原本只想当成我们两口子的心意,可许多人不干了,说也得当成他们的心意,家家都给了我们钱,所以呢,你就得当成大家的心意来收吧。你们城里吃不到新鲜猪肉,祝你们全家过一个快快乐乐的中秋节。"

慧之忽然将信夺去,自己看了片刻,伏在了"床"上——显然,她是无声地哭了。

全家人的目光又都落在了她身上。

何母对何父说:"那什么,你还不把那肉剁开,放大盆里,先腌着。"

慧之忽然又坐了起来,她已泪流满面,大声地说:"都送给别人,咱家人不许吃!"

静之:"人家就是让咱们全家过一个快快乐乐的中秋节,你干吗不许咱家人吃啊?"

慧之:"因为你们刚才都不往好处想!特别是你!要不是你那番鬼灵精怪的话,当时几剪刀剪开麻袋,根本不会发生后来那么没意思的事!坚决不许你吃!"

静之直眨眼说不出话来。

何母哄慧之："好好好，我二女儿说了算，一口都不许静之吃！可是，也别都送人啊！你姐夫家自然是必送的。蔡老师家也应该送一小块儿对不！派出所嘛，就等妈做好了红烧肉给送去吧！我二女儿总该同意爸妈吃吧？"

慧之："那行。"

何母："也该同意你大姐吃吧？"

慧之点头。

何父却已开始磨起刀来。

静之："大姐，看到了听到了吧？什么叫偏心？什么叫家庭歧视，这就是嘛！"

凝之笑道："你少说两句。"

静之："偏说，逼我吃我也不稀罕吃了！因为呀，从今以后，一看见肉，我就会产生恐怖的联想！"

何父："还胡说八道，连我也觉得都怪你！"

慧之却要打静之，静之跑出，慧之追出。

凝之从地上捡起信纸，叠好，塞入信封，看着沉思。

寂静的校园里，慧之在追静之。

静之摔倒，直"哎哟"。

慧之："静之，摔疼哪儿了？姐扶你起来，没事儿吧？"

静之笑了："逗你呢，我的二姐！"

慧之："还敢气我！打你打你！"

静之："小妹求饶小妹求饶，二姐手下留情。"

校园里响起两姐妹的笑声。

白天。某公共汽车站，一辆车驶来，停住，前后门同时一开，静之随乘客下车，她拎着一个网兜，内装一带盖的小盆。

"姑娘，高瑞街怎么走？"从前门下来的一个男人向静之问路，他四十来岁，穿一身洗旧了的黄军装，肩上还挎一只旧军挎包。

静之转身，看着那男人愣住，那男人也看着她愣住。

公车开走。两人仍愣愣地互相看着。

大雪纷飞。

北大荒。冰天雪地间，一辆大卡车行驶着，车头披红挂花，远远的，还有一辆吉普车。

卡车驶入一个连队亦即一个村子——候在村口的知青、老战士顿时敲锣打鼓。

喇叭欢快地响起来了。

鞭炮也响了。

孩子们跑来跑去喊："新娘子来啦，新娘子来啦！"

有人将新娘子扶下卡车。

大食堂门口贴着对联：

战天斗地终须扎根边疆
成家立业只为永远革命

大食堂内。一场婚礼在举行中，静之是司仪。

静之："新郎、新娘互相鞠躬！"

于是一对新人照办。

静之："互换像章！"

新郎、新娘各自从胸前取下像章，替对方戴于胸前。

静之："互赠红宝书！"

有人将崭新的毛著合订本递给新娘、新郎，两人互赠后还互相握手，同时说："继续革命，永远革命！"之后，又都将红宝书给身后的人拿着。

静之："夫妻进行革命拥抱！"

于是一对新人互相拥抱。

静之："夫妻进行革命之吻！"

新娘："静之，没这个项目吧？！"

静之："别人主持的婚礼有没有我不管，反正我主持的有！快，速战速决，我知道你们都急着早点儿结束好入洞房了！"

新娘："才没有呢！"忸怩不已。

男知青们起哄："阿米尔，上！阿米尔，上！阿米尔，上！"

新郎豪迈地说："中国人死都不怕，还怕亲嘴啊？上就上！"搂住新娘深吻起来。

静之朝女知青们捻响了手指："来段主题歌！"

于是有女知青起头唱："河里青蛙从哪里来？树上鸟儿为什么叫个不停。"

男女知青都唱了起来："哎呀妈妈，年轻人就是这么没出息！年轻人就是这么……没出息！"

双扇门突然被推开，迈入团参谋长及警卫员。

团参谋长正是静之在公共汽车站碰到的男人。但他当年并非现役军人，而是六六年转业到兵团的。

参谋长大手一举："停止！"

一对新人已然不吻，但新郎还搂着新娘，吃惊地说："我们已经停止了呀！"两人随之分开。参谋长扭头不再瞪着一对新人，板脸扫视众人，冷冷地说："这里在搞什么名堂？"

静之："报告团参谋长，我们在为一对知青举行婚礼。"

参谋长不转身不回头："我是明知故问，没具体问你，你别挺身而出！"

静之被噎得一愣，敬礼的手缓缓放下了。

参谋长："门上的对联什么人想的，又是什么人写的？"

静之："我想的，我写的。"

参谋长这才转身瞪着她："自我介绍一下。"

静之："连队女一班副班长，哈尔滨知青何静之。"

参谋长绕着她转，并上下打量她，边说："字倒是写得不错，但是我对那副对联很不以为然！甚至也可以说，很反感！"

众人困惑，交头接耳。

静之啪地立正敬礼，同样困惑地说："请参谋长批评指正！"

参谋长："扎根我当然支持，即使心里不情愿，那也得给我把根扎下来！成家是人生必然阶段的事，也应该获得理解。但，立业是什么意思？作为具体的一个个人，想要立的什么业？唵？工农商学兵，都应该是把一切献给党的人！那么，又有什么自己或小家庭的业可立？企图立哪样的业，毫无疑问是私心作祟！"

静之："这我不敢苟同！我写的'成家立业'四个字，意思是组成革命家庭，更好地立社会主义之大业！"

参谋长："狡辩，社会主义大业早就立稳了，我们每个人能做的只不过是添砖加瓦。'成家立业'，这四个字本就是一句老话，体现的完全是发家致富的封建社会小农意识！我们无产阶级的人，只成家，不立业，不立一己小家之业！"

静之："参谋长，就算是您说的那样，难道您就不可以从正面来理解理解，而非从……"

参谋长："不可以！不好的思想已经从一副对联暴露出来了，那我就有责任从思想上敲打敲打你们！"

静之将一对新人推到旁边坐下，悄语："别破坏情绪，一切有我呢。"忍气咬住下唇，也盯着参谋长。

参谋长："刚才你们还唱起来了'苏修'的歌曲！明知没出息还唱？！"

静之："既然你听出来了，证明你自己也唱过！"

参谋长："不许你再打断我的话！还当众亲嘴，简直丑态百出！"

新郎猛地往起一站："强烈抗议！你这是在侮辱我们两个！"

静之将新郎按住坐下去，瞪着参谋长，语气强硬地说："参谋长，你突然出现在这里，究竟想干什么？"

参谋长："想干什么，想要把这场婚礼变成大批判的现场！因为这里充满了封、资、修的气味！别的暂且不论，我现在要求有人来回答，汽车队怎么就为你们出动了一辆卡车？"

静之："是我去请他们出车帮忙的。"

参谋长："团里三令五申，严禁任何个人通过私人交情动用汽车，目前全中国都柴油短缺，我们兵团用的是战备特批柴油，这一点你不知道吗？"

静之的声音低了："知道。"

参谋长生气了："那你是明知故犯喽？"

静之的声音又高了："可总不能让新娘子从六十多里地以外的连队背着行李带着东西走来吧？"

参谋长："马车是干什么的？"

静之："我们蔬菜连只有牛车没有马车！"

参谋长："那就用牛车！"

静之："天寒地冻的，那新娘子还不一路上冻成冰棍啊？！"

参谋长："你这个战士行啊！不管我问得多有理，你答得似乎比我还有理！"转身对警卫员说，"去，把他们连长和指导员找来！"

静之:"我们指导员探家去了。"

新郎:"我们连长痔疮犯了,在团部住院呢。"

参谋长:"原来如此!老猫不在家,小猫上房梁!实话告诉你们,那辆披红挂花的卡车经过团部,恰巧被我看到了,我立刻就上了吉普车,不远六十多里跟到了这儿!"

静之挖苦地说:"您那样做就不浪费油了吗?而且浪费的是汽油,比柴油还贵!"

众知青议论纷纷:

"就是!"

"还搞跟踪,什么事啊!"

"我们连青春都奉献了,用点儿柴油怎么了啊,再说人一辈子只结一次婚!"

新郎火了,大声地说:"走!咱们不举行婚礼了!大家也散了吧!真他妈没劲!"拽着新娘就走。

静之:"都别散,你俩也别走!别理他,听我的,婚礼继续!"

新娘:"静之,这还怎么继续啊!"她快哭了,还是和新郎一块儿走了。

参谋长:"这样的婚礼就不该再继续下去!"

静之:"你不通人性!"

参谋长:"革命性就是我的人性!"

静之:"你是个混蛋。"

警卫员:"不许辱骂首长!"对静之举起了拳。

静之双手往腰间一叉:"你敢!"

几名男知青上前,一个个交抱双臂站在了静之前边。

参谋长呵斥警卫员:"你给我把拳放下,退一边去!"

警卫员退开了,几名男知青也闪开了。

参谋长:"好你个何……何……"

警卫员:"何静之!"

参谋长:"何静之,你这样的战士,不配在边防连队!我一回到团里就要下令,把你调到最远最远的山里连队去!"

静之冷笑地说:"随你的便!"

参谋长:"我让你不管表现多好也入不了团!"

静之:"我已经入了。"

参谋长："只要我还在这个团，那你就休想入党！"

静之："如果党内你这种人太多，那我根本不想入党了！"

参谋长手指着她，张张嘴说不出话，怫然而去。

知青们顿时围住了静之。

一名女知青："静之，你疯啦？你快把参谋长气死了！"

静之大叫："是他快把我气死了！"

静之坐在村口一辆卡车的驾驶室里，连里的人在送她。

静之："这就不浪费柴油了？没想到有这么一天，我竟享受到了参谋长的特批待遇！"

新娘："静之，你就别开玩笑了。都是因为我，我心里难受死了。"

她哭了。有的女知青也流泪了。

连长："小何，安心去吧。等过个一年半载，参谋长把你骂他的事淡了，我和指导员一定再把你调回来！"

静之开玩笑地说："别骗我了，把我这么一个浑身刺儿的女知青调走了，还不正中你们下怀呀！"

指导员："我们向你保证。你也清楚的，大多数时候，我们还是挺喜欢你的性格的。但到了别的连队，可别再太较真了啊？"

卡车开走了。

静之吹起了口哨——《我们年轻人》的曲调。

驾驶员："咦，女知青还会吹口哨？"

静之："女知青的嘴就不是嘴啦？"继续吹，但脸上却已流下了泪。

公共汽车站。参谋长真诚地对静之说："小何，真想不到还会见到你。这两年多里，我经常自我反省，不得不承认，"指指自己太阳穴，"自己这里边，'左'的极'左'的东西还不少。用你的话是'不通人性'，那也不算过。当年那件事，请你接受我郑重的道歉！"

他深躬一躬，接着啪地立正，敬了一个标准的军礼，一转身大步而去。

静之心情复杂地望着他的背影，忽然忍不住地喊："参谋长等等！"

参谋长站住，却没回头。

静之快走几步，赶上他，不计前嫌地问："参谋长，您到哈尔滨来干什么？"

参谋长感慨多多地说："我也和你们一样，获得批准，可以返回家乡了。可北京在哈尔滨召开的几个全国性会议刚结束，往北京方面去的车票非常难买到，而我回南方，又必须先到北京。我刚才去访一位老战友，想请他帮忙，他家却不知搬哪儿去了。"

静之："现在您去哪儿？"

参谋长发愁地叹口气："哪儿也没心思去啊，回红霞旅店干等几天呗，也只能如此啊。"

静之："参谋长别犯愁，车票的事包在我身上了。您谁也别找了，我保证让您尽快离开哈尔滨！"

参谋长："你有特殊后门？"

静之："我虽然没有什么后门，但可以发动群众啊。全团五六千名哈尔滨知青，还能让我们当年的参谋长困在哈尔滨？"

参谋长笑了："那我全靠你小何了！"

静之也笑了："这就对了！"

林家。林超然衣帽整齐，坐在桌前拼粘一些票券，而林母在做一只小老虎鞋。

林超然失去耐心地说："妈，您饶了我吧！剩下的我不管了啊！"

林母："不行！但凡还能粘好的，都得粘好！那是咱家整整一个季度的肉票、豆腐票、糖票、肥皂票！对了，还有烟酒票呢！下个季度两三个节呢，都不过啦？"

林超然："唉，这等于折磨我！"

林母："反正不是折磨你，就得折磨我！我已经老眼昏花，笨手笨脚的了，你还忍心让你妈受折磨啊？"

门外静之的声音："何家三姑娘驾到，能不能进呀？"

林母："静之呀，别顽皮。大娘都想你了，快进来！"

静之拎着网兜笑盈盈地进入。

林母："快坐大娘这儿！"

静之将网兜放在桌上，坐于炕边，问："我大爷呢？"

林母："闯祸了，躲出去了。"

静之："我大爷能闯什么祸？"

林母："让他去领下季度的票券，他也不说一回家就放起来，结果让你姐夫洗他那件衣服的时候全给毁了，你说多气人！"

静之："我姐夫也有一半责任，甚至更大的责任。洗之前，为什么不翻翻衣兜？这是起码的常识。"

林超然："别说风凉话，过来帮我粘。"

静之："不。"

林超然："看我受这份折磨挺快感？"

静之："有点儿。"

林超然："良心大大地坏了，忘了你当年被发配到最远的连队，我跨着师，用了三四天的路程去安慰你了？"

静之："永远忘不了。你也别粘了，包好，我带回家，有空慢慢替你完成任务。"

林超然乐了："多谢多谢，这才是有良心的表现。"立刻找张报纸，将一桌面乱糟糟的票券包好，递向静之。

静之："姐夫你别这么迫不及待地把麻烦推给我行不行？我今天没背包，改天来取。"

林母："就是！看他那免刑似的样子！"

林超然不好意思地笑，收起报纸包，掀开了盆盖，高兴地说："妈，快来看，静之给咱家送了有钱也没处买的东西！"

林母放下鞋，起身一看，见是一小盆剁成块的鲜肉，惊讶地说："这么好的鲜肉！静之你哪儿搞的？"

静之："我二姐她连队的老职工，昨天托人给捎来了半扇猪。我爸妈忙了小半夜，全用花椒盐水淡淡地腌上了，我大姐命令我今天必须送过来些。"

林超然："我正好马上要去看望我老师，妈，得允许我给我老师带点儿吧？"

林母："行。你分分。"起身去厨房取回一个小盆。

林超然用筷子往小盆里夹肉。

林母打量着静之说："静之，我怎么觉得你好像高了点儿？"

静之提着裙子说："我妈当年穿过的一双皮鞋给我穿了。"

林母笑了："难怪。你穿裙子穿皮鞋更有样了！以后夏天里再别穿你们兵团那种衣服裤子了。好时代开始了嘛，你们姑娘家，可以穿得时髦点儿！"

静之笑了："大娘这话我爱听。"

林超然已分好了肉，将网兜拎在手里说："妈，那我走了啊！"

林母不依地说："不行不行！静之堵住门，别让他走！超然你不许拎走那么多！"

林超然："妈，我和我老师七八年没见过了，少了我送不出手！"

林母："那我不管！"欲从儿子手中抢下网兜。

静之："大娘，就依了我姐夫吧。半扇猪肉呢，明后天我再送来些。"

林超然和静之走在路上。

静之欲挽林超然的手臂。

林超然甩开了她的手："好好走！"

静之："挽着你就不是好好走了？"

林超然："挽着走像什么样子！"

静之："无非就是像恋爱的样子嘛！我差不多还是白纸一张，没经验。你就算当我教练，培训培训我嘛！"她终于还是挽住了林超然的手臂。

林超然："唉，你说你哪点像你大姐？又哪点像你二姐！？"

静之："我干吗非得像她们！姐夫，我有事求你——给买张去北京的车票，这个忙你一定得帮，非帮不可！"

林超然断然地说："又向别人打保票了，是不是？自己打保票自己去兑现！往北京去的车票多难买你不知道？我没那种门路！"

静之："姐夫！"

林超然："叫一百遍姐夫也白叫！"

两人站住了。

静之："我在公共汽车站碰到了我们团的参谋长，他也被批准回家乡工作了，见他因为一张票很犯愁，我能不管吗？"

林超然："就是当年惩罚过你的那位参谋长？"

静之点头。

林超然："这就另当别论了……"想了想，又说，"我也只有替你去求王志。"接着弹了静之一个脑崩儿，"行啊，什么时候变得有胸怀了？"

静之笑了。

突然传来喊声："抓住他！抓住他！"

一个人从他俩身旁跑过，胸前还搂抱着东西。林超然追上他，将他从后面拦腰抱住。对方是个小青年，怀里抱的两包月饼掉在地上……

几个男人、一个中年妇女追了上来，中年妇女穿的是商店售货员的那种白褂子。她跑得气喘吁吁，双手撑膝说："放……放开他……"

林超然放开了小伙子。

小伙子捡起月饼包，对中年妇女说："婶儿，你何苦的啊！你看你跑成这样，引得他们几个追我，好像我是小偷扒手！"

中年妇女："你还有脸这么说！你个大小伙子你又何苦的！给我副食本！"

小伙子乖乖掏出副食本递给她。她从衣兜上取下圆珠笔，在副食本上写了几笔，将副食本还给了小伙子，还扭小伙子耳朵，边对围观者说："他拎走了月饼，我一下想到忘了往他副食本上记。一叫他，他撒丫子就跑。那我当然非追他不可！全市每人半斤月饼，凭什么你家想买双份儿？！认错不认错？"

小伙子"哎哟"连声地说："认错认错！婶别扭了，再扭把我耳朵扭掉了！"

中年妇女终于松开了手。

小伙子："我搞了个对象是郊区农村的。农村人家没副食本，农民多少年没吃过月饼了，我不是既想自己家有月饼吃，又想讨好讨好对象的心吗？"翻看副食本，沮丧地说，"得，美好的愿望破灭了！"

中年妇女后悔地说："那你不早点儿站住跟我说！可也是，我这是何苦的！"

包括林超然和静之在内都苦笑了。

林超然和静之继续往前走。

静之："从没听你说过曾有一位教你拉二胡的老师。"

林超然："我有必要什么事都跟你说吗？当年我才十来岁，上学路上，经常听到一个小院里传出二胡声。我真爱听啊，往往的，一听就入迷了，连上学也迟到了。"

静之："想起来了，我听我大姐讲过，是在青年宫教二胡的一位老师，对不对？"

林超然："对，他后来就收我为徒了，那真是手把手地教啊！"

两人走到一个临街小院前，进了小院，林超然敲门，出来一位妇女。

林超然："请问，青年宫的王老师住这儿吗？"

妇女:"他和我们换房了,他也不在青年宫教二胡了,改行了。找他有事?"

林超然:"他是我老师,多年没见着他了,特想他……"

妇女:"栓子,带这位叔叔阿姨去你王大爷那儿!"

屋里应声出来了一个男孩。

男孩儿和林、静两人走在路上。

男孩一指:"就那儿!"转身跑了。

一块极简陋的牌匾,其上用黑墨写的几个大字——"杂物维修铺"。

嘭嘭嘭的钉鞋声……

林、静两人双双站门前,门完全敞开着。但见屋内一个半秃顶的老人,扎着围裙,戴着眼镜,口中衔着钉子,在聚精会神地往鞋底上砸钉子。

静之迷惑且小声地说:"是他?"

林超然也小声地说:"看样子是他。可他不应该这么老,他怎么会这么老了啊。"

铺子里乱七八糟地堆满杂物——椅子、板凳、马扎子、旧收音机、各种球拍、各种乐器。

老人抬起了头。

林超然:"老师……"

老人站了起来,往上推了推眼镜。

林超然迈入铺子:"我是林超然。"

老人回忆地说:"不记得了。"

林超然:"就是当年,您手把手教我学二胡的那个小超然啊!"

小小的板障子院里放着几盆花,少年林超然在前,坐凳子上,老师在后,坐椅子上,从后手把手教之。

少年林超然在青年宫的舞台上演奏二胡,听众中坐着满面喜悦的老师。

锣鼓声中——下乡前,胸戴大红花的林超然,从老师手中接过相赠的二胡……

林超然已与老师拥抱在一起了。

　　老师激动地说:"十多年没人叫过我老师了。"

　　林超然:"老师,为什么不在青年宫教乐器了,而在这儿。"

　　老师伸出了左手:"五个指头有三个指头伸不直了。因为我头上不是戴过一顶'右派'的帽子吗,还因为我教的学生中,有的也是'黑五类'子女,'文革'中,有红卫兵用穿皮鞋的脚,把我的这只手踏残了。我现在挺好,恢复名誉了,也恢复文艺级别了,钱是够花的。可我是个闲不住的人,政策一允许,我就开了这个铺子。我现在更是个大能人了,会修的东西可多了……门外那位是谁?"

　　林超然:"我妻妹,顺路陪我来了。"

　　老师:"那别站外边呀,快请进来!"

　　静之微微一笑:"我在外边等会儿就行。"

　　林超然:"老师,快过中秋节了,我给您带了点儿肉来。"

　　老师掀开盆盖看看,连说:"多谢多谢。我就单身一人,每月那半斤肉还真不够解馋的!超然,我要给你看样好东西!"他扯去一块罩布,现出一架手风琴。

　　老师:"这是别人让我修的,有年头的东西,老俄国时期的名牌呀!音质那叫好!来来来,你拉段给老师听!"

　　林超然为难地说:"我也拉不好啊!"

　　老师:"拉不好也比我拉不了强呀!手风琴我也手把手教过你嘛!"

　　林超然只得将手风琴套在肩上拉了起来。

　　老师:"坐下拉!我可想听有人拉它了!"

　　林超然笑着摇摇头,他越拉越投入,曲调也越来越欢快热烈。

　　鞋跟踏地之声。

　　静之在门外随手风琴声旋舞起来。

　　林超然和老师也先后走到了门外边。

　　静之也越跳越欢快、热烈。她将西班牙舞跳得优美极了!

　　老师情不自禁地与之共舞。

　　林超然刮目相看地说:"静之,什么时候学的呀?"

　　静之得意地说:"参加全师文艺会演时,各团宣传队员之间偷着教,偷着学的!"

　　渐渐有了围观者。

舞得快乐无比的静之。

手风琴的优美曲调在人们的耳畔回荡。

一树丁香生长在何家门旁。

何家的窗子，有的敞开着，有的关着。关着的窗子皆擦过了，边边角角擦得一尘不染，干净明亮，而且窗台上都放着一小盆花，盆中的花也小小的。还只有叶，没开花。八十年代，一只完整且美观的花盆不是一般人家能有的。何家窗台上的花盆，不是残破的，就是以铁罐头盒或不再能使用的瓷碗代替的。

慧之穿着护士的白大褂，戴上了护士的白帽子，站在屋内擦那扇敞开的窗子。

她一抬头，杨一凡已站在窗外，因为他不是去写生的，而是来何家创作"壁画"的，所以肩挎的不是画夹，是一个能装更多东西的兜子，当年叫"马粪兜"的那一种。

杨一凡："我来了。"

慧之笑了，问："窗子擦得干净吗？"

杨一凡还挺认真，逐扇窗子细看。慧之则探出身看他。

杨一凡又站在她跟前，只说两个字："干净。"

慧之迎杨一凡进了屋。杨一凡看着他画的那些内窗柜，发现有的地方颜色剥落了，露出白墙，指着说："得补颜色。"

慧之："那要谢谢。"

杨一凡的目光落在何家老旧的座钟上，又看看自己的手表说："你家钟快。"

慧之："快七分钟。"

那钟的指针指着两点零二分。

杨一凡放下兜子，打开钟门，将时间拨到了两点整。

他转身对慧之说："开始。"

两人卷起"床"上铺的，抬起乒乓球案板立在旁边，再将支架也立在旁边。

杨一凡观察黑板，指这儿指那儿；慧之用锅铲铲尽上边的污秽。

杨一凡站在另一块乒乓球案上，用彩色粉笔往黑板上画草图；而慧之站在旁边，不时从他手中接过一截彩色粉笔，同时递给他另一支。

两个窗台上摆满盘子、碗。杨一凡在调兑内中颜色，慧之端着一瓷缸水站在旁边。

杨一凡："水，一点点。"

慧之谨慎地往碗里倒水。

杨一凡："停。"

慧之应声而止。

杨一凡："做得很好。"

慧之笑了。

杨一凡开始往黑板上描画油彩。

蔡老师拎着饮水杯朝何家走来。

黑板上已经描绘出了油彩图案。

慧之："我觉得还缺少某种色彩。"

杨一凡："直说。"

慧之："红色。"

杨一凡："红色？"

慧之："如果在这儿，这儿，再画两台拖拉机呢？"

杨一凡："只能由事实来证明。"在慧之所指处，几笔画出了一台拖拉机。慧之又笑了："效果好多了。"

杨一凡一手油彩盘，一手画笔，极庄重地说："到我跟前来。"

慧之往他跟前跨了一步。

杨一凡："再近点儿。"

慧之困惑，犹豫一下，站到了他对面。

杨一凡向她伸过头，在她脸上亲了一下。

慧之被亲愣了，呆看他。

杨一凡："你的建议是正确的，予以表扬。"

慧之笑得像朵花。

杨一凡却不再理，又只顾画起来。

慧之脉脉含情地看他。

窗外传来咳嗽声，慧之一扭头，见蔡老师站在窗外。蔡老师向她一举饮水杯。就是当年以罐头瓶盛水,用塑料绳编成的套子套着的那一种杯。

蔡老师:"学校的烧水壶又坏了,你家要是有开水给我倒满。"

蔡老师:"何校长,什么时候请我喝喜酒?"

何父:"喝喜酒?我有什么喜事?"

蔡老师:"喝你家慧之的喜酒呀!凝之的婚礼是在兵团办的,我连块喜糖也没吃上!慧之的婚礼,我可预先申请当主婚人啊!"

何父:"太想喝酒了吧?慧之还没个对象的影子呢!"

蔡老师:"有!你也太不关心慧之了吧?只怕她对象多次出现在你家了,你也还蒙在鼓里。"说罢,转身欲走。

何父:"别走,你都知道了些什么,向我汇报。"

蔡老师一笑:"无可奉告。"挣脱袖子,一走了之。

何父自言自语:"莫名其妙。"

何家。黑板上的彩画已出现全貌:手拿一块月饼的慧之和杨一凡在看着。

慧之:"想不想吃月饼。"

杨一凡:"想。"他并未看她。

慧之:"张嘴。"

杨一凡乖乖地张开了嘴。

慧之掰了一块月饼塞入他口。

杨一凡嚼着,仍看黑板。

慧之情不自禁地也在他脸上吻了一下;杨一凡也被吻愣了,也呆呆地看她。

慧之笑道:"也对你予以表扬。"

何父的办公室里。何父坐在椅上,将脚放在另一张椅上,舒舒服服地在看《教育的诗篇》。

书中的人物对话——

孤儿院里那名问题青年:"为什么是我?"

院长马卡连柯:"除了你,还叫我信任谁呢?谁又能替大家完成这么危险的任务呢?"

问题青年:"如果我带着钱远走高飞呢?"

马卡连柯:"我相信你不会的。这么多孩子等着粮食,你不会辜负大家的信任和期望的。"

何父已坐在桌前了,他在从书中抄什么话。
他又站起来,拿着书,边看边走动。
问题青年途中遇到劫匪的片断……

粮食运回孤儿院了,问题青年又站在马卡连柯面前了。
马卡连柯:"孩子,你胜利了。"
问题青年:"是您的信任战胜了我。"
马卡连柯:"不。归根到底,是你战胜了以前的你自己。"

办公室窗外,天已微黑。

何家。何母及三姐妹面对黑板欣赏地看着。黑板上已是一大幅壁画了,画的是蓝天白云,金色麦海,麦海中红色的拖拉机、收割机,以及用镰刀、钐刀收割着的人们。

慧之:"妈,这就是我们当年收割的情形。"

静之:"二姐,你可为咱家立了大功了!我喜欢这幅画!看着它,我都有点儿想北大荒了。"

凝之:"慧之,你要把杨一凡请来,为什么不实话实说呢?"

慧之:"想让你们再惊喜一次嘛!"

凝之搂着她说:"你达到目的了。"

何母:"可你既然能把人家请来,麻烦人家辛辛苦苦画一下午,为什么就不能挽留住人家吃了晚饭再走呢?"

慧之遗憾地说:"他说我姐夫不在,他就不了,非走不可!"

何父回到了家里。

静之:"爸,喜欢不?"

何父:"咱们家快成美术馆了!喜欢!不喜欢的人精神不正常!又是那个杨一凡画的?"

静之:"除了他,谁能这么热爱咱们的家啊?"

何父问凝之:"是你麻烦人家的?"

凝之:"是我大妹。"

何父看慧之,意外地说:"噢,怎么会是你?"

慧之:"是我,您有什么意外的?"

何母:"你爸倒也不是意外。他一向反对太麻烦别人。"

何父:"你不必替我解释。解释得也不对。麻烦不麻烦别人先不说,我还真有点儿意外。"

静之:"爸,我二姐的面子可大了!看那儿,人家杨一凡还题了字呢!"

何父引颈看着说:"我看不清,念给我听。"

静之:"遵慧之所命,欣然而作。"

何父皱了一下眉,沉思,转身又无意间望见了挂在墙上的一幅相框,正是那幅画了小鹿的相框。

何父:"那个杨一凡,他未免太热爱咱们的家了。"

慧之不爱听,转身欲走开。

何父:"慧之,站住。"

慧之站住了。

何父:"我得和你单独谈谈,晚饭后到我办公室去一下。"

慧之:"我又不是你学生,干吗非到你办公室去谈啊!"

何父:"没听明白吗?我要和你单独谈。"

何母:"慧之说的也是,有什么话还不能当着我们几个的面谈啊?"

静之:"就是。动不动就扫全家兴!"

何父:"你住嘴!"

凝之:"慧之,那就听爸的吧啊?"

慧之跑了出去。

第 十 章

何父简陋的办公室亮着灯,那是一只布满灰尘的灯泡。何父背着门在修剪窗台上的一盆文竹。

走廊传来脚步声,何父未转身。

门开了,何母进入。

何父仍未转身,问:"我约女儿谈话,夫人为何前来?"

何母不正面回答,却说:"跟你说多少次了,让你把灯泡擦擦,到现在你也不擦。你这是校长办公室,即使你自己懒,那也应该让别人替你擦擦。否则,给人一种不好的印象。"

何父一边浇花一边说:"难道我这里不干净,不整洁?怎么别人来到我这里,都不看灯泡怎么样呢?"

何母:"别人都不是你妻子!别人不说,你每天在这里写、看,就不觉得光线太灰暗了?不注意细节的男人不是好男人!"

她一边说,一边在盆里洗抹布。

何父已在浇另一盆花了,又说:"太注意细节的男人也不是好男人。"

何母:"奇谈怪论!"

她将椅子搬到了灯下。

何父这才转身:"哎,你干什么?"

何母:"我看不过眼去。"欲登上椅子。

何父:"别别别,我来我来。这要是闪失,摔伤了你,那三个女儿还饶得了我?"

他自己登上了椅子,扭下灯泡,递给何母。

何母擦灯泡。

何父:"知道我要跟慧之谈什么吗?"

何母:"她和杨一凡的关系？"

何父:"我觉得太有必要和她谈谈了，你认为呢？"

何母:"同意。但你是做父亲的，她是女儿，有些话说深了不是，说浅了她不往心里去，也许我和她谈更合适。"

何父接过灯泡，扭上，下了椅子，将椅面擦擦，搬回原位放好，看着何母说:"其实我心里也正这么想。"

何母:"那你走，我在这儿等她？"

何父:"行。"沉吟一下，又说，"咱们对她的生父生母有这份责任，是不是？"

何母叹道:"是啊。如果任凭她和一个精神不正常的人对上象了，哪天面对她生母的时候，咱们怎么交代啊！"

何父:"你可千万别说出不该说的话。"

何母:"我还没糊涂到那种地步。"

走廊里又传来脚步声。

何母:"哎呀，是慧之。"

何父:"这……"

他无处躲避，情急之下，蹲在了写字台一角。

何母:"你这成何体统！"

何父:"只当我不存在。"

何母犹豫一下，坐在桌前椅上，拿起一本书装看，正是那本包了牛皮纸书皮的《教育的诗篇》。

门开，慧之进入，奇怪地问:"妈，你怎么在这儿？"

何母:"替你爸等你。"

慧之:"我爸呢？"

何母:"慧之，先坐下。"

慧之有点困惑，想将椅子搬到桌前。

何母:"就坐那儿嘛。"

慧之:"喜欢和妈坐得近点儿。"还是将椅子搬到了桌前。

何母放下书，郑重地说:"慧之呀，你爸临时有点儿事，让我替他跟你谈谈。当然也不能说替他，妈认为也有同样的责任和你谈谈。"

慧之:"责任？妈什么事儿呀，这么郑重其事的？"

她拿起了《教育的诗篇》翻看。

何母："妈跟你谈话呢。别看书，看着我。"

慧之合上书，更加困惑地望着母亲。

何母："慧之，你承认不？在你们三姐妹之中，我和你爸最疼爱的那还是你。"

慧之："当然承认啦，所以静之常吃醋嘛。"

何母："她有吃醋的理由，一般而言，父母都是疼爱最小的儿女。"

慧之："妈，快切入正题吧，过会儿我还想回学校呢。"

何母："好。切入正题。对于你大姐的个人问题，爸妈都没操心，也都很满意。对于静之的个人问题，爸妈不想操心，也操不起她的心。随她去，爱找什么样的找什么样的。但对于你的个人问题，爸妈却要求自己必须操心。不，是必须倍加关心。"

慧之："出于对我的偏爱？"

何母点头。

慧之笑道："那我倒宁愿你们少偏爱我一点儿，也像对静之那样，随我爱找什么样的找什么样的。那对我妹也公平些。"

何母："别笑，妈跟你进行严肃的谈话呢！"

慧之："我笑也不证明我回答得不严肃啊。"

何母愣住。

慧之表情平静地望着母亲。

何母单刀直入了："你喜欢杨一凡？"

慧之也一愣，点头。

何母："喜欢他哪几点？"

慧之："单纯，像个大孩子。率真，也像个大孩子。童心未泯，更像个大孩子。总之吧，像个大孩子。"

她由衷地笑了，好感溢于言表。

何母："大孩子大孩子，你这么说他，我看你也像个大孩子了。他因为精神不正常，所以才那样。"

慧之："妈，他曾经精神受过刺激。"她将"曾经"两字说出强调意味。

何母："有什么区别？"

慧之："区别很大。"

何母："还有呢？"

慧之："他善良。连一只正蜇他的蜜蜂也不忍拍死。他对美的事物特别敏感,而我热爱美的事物。他有绘画天分,我觉得我小时候也有点儿,只不过后来没坚持画,天分似乎消失了。"

她又笑了。

何母:"老实对妈讲,你是不是有点儿爱上他了?"

慧之想了想,含糊地说:"也许有那么点吧。我目前还说不清楚。妈,我真的说不清楚……"

何母:"太不理智了!那就太不理智了!"

慧之:"妈,我要是不理智到底呢?"

何母又愣。

母女两人眈眈对视。

何母忽然一笑:"咱们母女像是谈判了……"

慧之:"更像是你在审我。"

何母:"瞎说!妈什么时候审过你?来,妈给我二女儿倒杯水……咱娘俩明明是在聊天嘛!"

她起身倒水。

慧之却发现地上有只甲虫在爬,弯腰看时,也发现了父亲的一只脚。

她直起了腰,表情大为不悦。

何母端杯转身时,水从杯中晃出,滴在何父手背上。何父烫得甩手,吸凉气。

何母将杯放在桌上,充满爱心地说:"烫,凉会儿再喝。刚才说到哪儿了?"

慧之:"我说更像是在审我,你说咱娘俩明明是在聊天。"

何母:"对。是说到这儿了。慧之,妈的意思是……也可以说妈的看法是,你也到了考虑个人问题的年龄了。而个人问题嘛,是终身大事,关系到人一生的幸福与否。所以,做父母的……不,做儿女的……所以呢……"

慧之:"妈,审不下去了?爸,我妈审不下去了,您别猫在桌角了,站起来接着审吧!"

何父不得不站了起来,尴尬地说:"慧之,别误会啊,我可不是在偷听。我这几天缺觉,坐在那儿看了会儿书,不知怎么一犯困,睡过去了。你妈最近视力也下降了,居然一直没看见我……"

何母尴尬,不自然地笑笑。

何父:"本来就是爸爸约你来谈的嘛,你妈自告奋勇,非要替爸爸和你谈。既然你们娘俩谈得有点儿僵,那爸爸发表发表个人看法,这应该是可以的吧？……"

慧之面无表情地看着父亲。

何父："对于杨一凡，你喜欢他的那些方面，爸爸与你有同感……"

慧之："您不是不知怎么一犯困，睡过去了吗？"

何父："是啊是啊。但坐在地上哪儿能睡得那么实呢，半睡不醒的，还是听到了几句。杨一凡是个好青年，这我承认。但他毕竟……"

慧之："但他毕竟精神受过创伤，所以不配获得爱情了？"

何父："我并没这么说嘛！他可以成为最受我们家欢迎的人，甚至可以成为我们家的一员。对，怎么不可以成为我们家的一员呢？冲你们曾经都是兵团知青这一点，冲他和你姐夫的关系，完全可以的嘛！"看着何母又说，"如果咱俩认他做干儿子，那他不就成为咱们家的一员了吗？逢年过节，我们可以把他主动请到家里来。就是平常日子，他也可以随时来啊！我听你姐夫说，他比你大一岁。那你可以把他当成哥哥。你和静之不是从小就希望有个哥哥嘛？甚至，我和你妈，我们也可以允许你喜欢他。像一个妹妹喜欢哥哥那样……"

他又看何母，何母点头。

何父话锋一转："但不允许你爱上他。绝对，不允许！一点点儿，都不允许！有了一点点，就会一发而不可收！这是爱情的规律！别的姑娘爱上他，我和你妈，包括你，我们都应该为他祝福。但如果你非要爱上他……"

慧之眼中充满泪水了："我说过我非要爱上他了吗？"

何母："慧之，你虽然没那么说，但爸妈不是那么担心嘛！"

何父："但如果你非要爱上他，那，我和你妈会共同要求你姐夫，让你姐夫想出一个办法，使他以后别再到咱家来了。而且我们会给静之一个任务，让你妹负责看住你，绝不许你单独去找他……"

慧之的眼泪流下来了："为什么？你们为什么？"

何父："因为你是我们最特殊的一个女儿！"

何母："别说什么'特殊'不'特殊'。因为爸妈最偏爱你……"

慧之大叫："我不需要这种偏爱！你们这种偏爱，你们刚才那种一个在跟我说，一个躲在桌角偷听的谈话方式，太让我不高兴了！我回学校去了，这个星期不回家了！"

她猛地站起，冲了出去。

何父、何母怔怔对视，听着慧之的脚步声。

何父："她不理解我们。"

何母："你那么生硬的态度，她又怎么能接受？"

何父："你绕来绕去，半天才绕到正题上。绕到了正题上还审不下去。"

何母："我没审！我是在听她谈！你那才叫审！简直是施压！"

何父："可一点儿不施压行吗？"

何母张张嘴，没说出话来，走到窗前。

何父也走到窗前。

他们望见慧之的身影跑过空荡荡的操场。

何母："慧之长这么大从没让我操心过，也从没大声和我嚷嚷过。可是今天，咱们怎么办啊？"

何母哭了。

何父搂住了她肩，劝慰地说："你别哭嘛！你一哭我心里都乱了！看来，咱们是缺少处理这种事的智慧了，得让超然帮助咱们解决问题啦！"

何家门口。凝之置身于窗外一张旧的竹躺椅上。窗子敞开着，她借着窗内泄出的光在看书，一手拿蒲扇，很闲适的样子。

屋内。一张课桌移到了窗口，静之坐在桌前写字，桌角摆着台灯。

啪——静之拍了一下蚊子。

凝之："静之。"

静之抬起头来。

凝之将蒲扇递给她。

静之："大姐你用吧。"

凝之："还是你用吧。你姐夫一会儿就来了，他一来我就进屋了。"

林超然："我来了。"

凝之望着他笑。

静之："真是说曹操，曹操到。"

林超然："看你姐多享受，哪儿来的躺椅？"

凝之："你父亲在旧货市场上给我买的，自己抬到这儿来的。扶我进屋吧！"

林超然："先别啊，陪我在外边说说话。小妹，我把窗关上了啊，免得影响你。"

静之:"还莫如说怕我听到。"

林超然弹了她额头一下,将窗子关上了。之后,拖过一只小板凳坐在了凝之旁边。

林超然:"想不到静之会这么勤奋。"

凝之:"说了……破釜沉舟,考不上大学就出家。她从小就争强好胜,什么事没下决心则已,一旦下了决心,开弓没有回头箭。"

林超然不禁扭头看窗子。窗内,静之写字的神情特别专注。

林超然问凝之:"在看什么书?"

凝之:"《约翰·克利斯朵夫》,以为再也看不到这样的书了……静之不知从哪儿借的。"

林超然:"明天我开工资,你想买什么不?"

凝之:"如果路过新华书店,买一本《简·爱》吧,我要送给你妹妹。"

林超然:"为什么?"

凝之:"想让她读一读那一类爱情小说。"

林超然:"还有别的原因吧?"

凝之深情地看着他摇摇头:"你瘦了。比在兵团时晒得还黑。"

林超然:"你还没回答我的话。"

凝之微微一笑:"有点儿原因,不是什么大不了的事儿,省省心吧啊?"

林超然:"既然你这么说,那我不追问了。"

凝之:"但我估计,我爸妈又该有事求你了。"

林超然:"唔?"

凝之:"关于慧之和杨一凡的事。"

林超然:"他俩会有什么事儿?"

凝之:"也许,慧之喜欢上了杨一凡。要是求到你头上,你也很为难吧?"

林超然意外地点头。

凝之:"知道我刚才在想什么?"

林超然:"想什么?"

凝之:"我在想,喜怒哀乐,烦愁苦绪,这些构成了人生的乐章。如果一个人自从出生以后,生活中只有喜乐,他的人生真的会比大多数寻常人五味杂陈的人生更幸福吗?"

林超然笑了:"那肯定的。"

凝之:"你这么说是你最近操心的事太多了。而我却更迷恋寻常人的幸福感。比如我刚才坐在这儿,手拿一本书,心安神定地等待着我亲爱的丈夫下班回来。在我的腹中,我们的小宝宝一下一下轻微地动着,我能感觉到他的小脚似乎在踢我。而在窗内,是像宫殿一样漂亮的家,虽然并不是我们的小家,但几乎也等于是我们的。桌前坐着我亲爱的小妹,正为了实现考大学的志向而刻苦学习。小妹那种孜孜不倦聚精会神的状态好感动我,使我满心间充满对她的祝愿。校园里如此安静,今晚的夜空又是这么美好,瞧,月亮那么大,那么圆;星星那么亮,那么多……"

林超然也不禁和妻子一样仰起脸望着夜空。

夜空的确异常美好。

凝之:"那么这一时刻,我内心居然充满了幸福感。感谢父母使我来到世上,感谢缘分使我有了你这样一位好丈夫。尽管我还不知道自己以后的工作是哪一行,也认为我丈夫现在的工作不是长久之计,更不知道我们以后的小家会在哪一条街,是一间什么样的小屋子。而且,我心中经常会产生远忧近虑和种种郁闷的情绪,有时甚至是莫名的郁闷。亲人们的任何烦恼,也往往会成为我自己的烦恼,使我夜里翻来覆去睡不着觉。但即使这样,我还是那么热爱生活,一点儿也不嫌弃属于我的这一种具体生活。"

林超然:"而且,我们的父母身体健康。"

凝之:"对。这是我所感受到的许多种幸福中特别主要的一种。所以,我还会经常感觉到幸运。幸运加上幸福,使我愿意去关心那些生活还不如我们的人,看到他们的生活也变得顺遂起来了,就会发自内心地替他们高兴。"

林超然情不自禁地握住她一只手亲吻了一下,而凝之抽出手,抚摸他的肩、背……

凝之:"今天干活很累?"

林超然点头。

凝之:"衣服都让汗湿透了。……"

"脱了,我马上给洗出来!"——是静之的话。

两人扭头看去。窗子已不知何时又敞开了,静之双手捧腮正看着他俩。

凝之:"你姐夫刚夸过你学习刻苦,你一转眼就破坏了他对你的好印象!"

静之:"看你俩那么亲亲爱爱的,能缓解我的大脑疲劳。"

她起身去找了一件上衣，从窗口扔给林超然："我爸的，先换上。"

夜晚的江畔。 慧之在郁闷地走着。
一对互相依偎的情侣从她身旁走过。
又一对情侣的身影在拥抱，接吻。 慧之从他们身旁走过，忍不住回头看。
慧之扶在栏杆上望着滔滔江水。
这时她回味着杨一凡的亲吻情景。 杨一凡吻她一下，并说："你的建议是正确的，予以表扬。"
慧之笑了。
不远处传来迪斯科的音乐声。

一台半大不小的录音机摆在地上，几名小青年随着音乐跳得来劲儿。
慧之站在一旁看着，不禁地也随音乐轻轻晃身。
围观的中老年人摇头，低声议论：
"社会主义的美好夜空之下，这成什么样子！"
"唉，世风日下啊！"
"也不能这么说吧？总比前几年动不动就在这里开批斗大会，有人剪别人的头发，用墨弄黑别人的脸，甚至挥舞皮带抽人，而成百上千的人围观强吧？"说这话的是位戴眼镜的知识分子。
"那正是为了使中国不出现眼前这种现象！"
"这种现象比动不动就把人打成反革命还可怕？"
张继红出现了："快跑。 派出所抓你们来了！"
小青年们停止狂舞，一个个跑了。
喊声："站住，不许跑！"
最后一个小青年关了录音机，张皇失措，突然将录音机向慧之一递，哀求地说："好姐姐，帮帮忙！我家有亲戚从香港寄来的，不能被没收了！"
慧之犹豫一下，居然接了过去。 她刚往身后一背，一名警员已赶到，抓住那小青年喝问："录音机呢？"
小青年："不是我的，是谁的谁拎跑了！"
警员询问地看围观者。
慧之指着说："往……往那边跑了！"
说"世风日下"的围观者指着慧之刚欲说什么，张继红将他的手按下去了，搂着他肩耳语："有时候沉默是金。"

那人扭头看看他，不说话了。

警员："那你也得跟我到派出所去一趟！"

小青年："我怎么了我！"

警员："传播资本主义文化！"说着，将小青年扭走了。

原地只剩张继红和慧之了。

慧之看着手中的录音机说："现在我该拿它怎么办呢？"

张继红："交给我吧，我认识那小崽子，住在我们那条街。"

张继红和慧之在江畔走着。

张继红："你到江边来干什么？"

慧之："散散心，正要回学校去，你呢？"

张继红："刚从江那边过来，明天和你姐夫他们又得累一天，我提前过去安排安排。"

慧之站住："继红大哥，你觉得杨一凡这个人怎么样？"

张继红："好人啊！"

慧之："怎么好法？"

张继红："善良。心地单纯得像个大孩子，除了与正常人比有时候精神还是显得不太正常，做人方面简直可以说非常可爱！"

慧之："他精神没受刺激以前也是这样的吗？"

张继红："这我可就不清楚了，我哪儿有你姐夫了解他啊！你问这些干什么？"

慧之："这……我，我爸妈要认他做干儿子。"

张继红："好事！太好的事了啊！转告你爸妈，就说我说的，他这个干儿子太认得过了！"

慧之："大哥，谢谢你的话，我走了。"转身走了几步，回头叮嘱地说，"咱俩的话，先别跟我姐夫说啊！"

张继红点头，目送慧之背影走远。

他按了一下录音机的开关，响起了音乐声，听着，很享受地往前走……

又是一天开始了。上午，何家。

凝之在这儿那儿地擦拭，静之在复习功课。

凝之:"静之。"

静之头也不抬地应着:"嗯?"

凝之:"估计肉炖得差不多了,我都闻到肉香味儿了,你出去看看。"

静之:"一会儿的。"

凝之:"那还是我自己吧。"

静之:"别别别,我去!"这才站起身,先从大姐手中夺下抹布放桌上:"你别擦这儿擦那儿的了。对于一个家,有时候,明明有灰尘也完全可以假装看不见!"

凝之:"我也是想活动活动,快到日子了,不太敢一个人出门了,有时还真闷得慌。"

静之:"做母亲是要付出代价的嘛!"扶大姐躺在躺椅上,一手从床上拿起毛线活,一手从床上拿起《复活》,问,"想看书?还是想织小衣服?"

凝之伸出了手:"把小衣服织完吧。"

静之将毛线活递给她。

凝之却又说:"那还是看书吧!"

静之将书递给了她。

凝之翻开书签所隔的部分,看了起来。

静之走到厨房去了。

静之从厨房回到里屋,一手拿筷子,一手端碗,嘴里还咀嚼着,走到大姐跟前,问:"尝一块不?"

凝之点头。

静之夹起一块肉,塞大姐嘴里。

静之:"香吧?"

凝之点头。

静之:"火我压上了,锅我端下了,没我什么事儿了吧?"

凝之点头。

静之:"托尔斯泰的书,以前咱家几乎都全,姐你也都看过,还值得这么认真地看?"

凝之:"以前看有以前的看法,现在看有现在看的心得。名著当然是值得反复看的。"

静之:"那你认真看吧。没什么事儿别再叫我了啊!"

凝之挥挥手，静之就又坐到桌前去了。

静之翻看桌上的几页纸，忽然转身："大姐！"

凝之笑了："这可是你先叫我的。"

静之："巧了，我这文学复习提纲上，正巧有一道是——列宁说托尔斯泰是俄国的一面镜子。你怎样理解这句话？"

凝之想了想，反问："你怎样理解'一面镜子'四个字？"

静之："一面镜子嘛……就是一面镜子呗！"

凝之："总体上的文学艺术，是人类社会的一面镜子……"

静之："历史才更是吧？"

凝之："历史当然也是。但历史这面镜子，一般是平面的，只反映大事件和重要的历史人物。而文学艺术这面镜子，却是多棱镜，反映的是更细致的社会面貌。聂赫留朵夫这样的人物进不了历史。马斯洛娃更进入不了。屠格涅夫、契诃夫、雨果、左拉、巴尔扎克笔下的众多小人物都进入不了。历史也难得从心理学和精神学的层面记载历史人物，而文学艺术却必然如此。古今中外一切的文学作品构成了社会的多棱镜。托尔斯泰的作品是多棱镜的一面，这对于一位作家和他的作品已是极高的评价。但如果认为托尔斯泰和他的作品便是完整的多棱镜了，那就以一概全，太片面了。仅供参考。得有话在先，真考这道题的话，减分了可别埋怨于我。"

静之刮目相看地说："哎呀妈呀，我大姐简直可以当大学中文教授了！"

凝之："别贫。"

静之："接着还有一问呢——《复活》的文学价值何在？真是巧上加巧，好像你是在为我重读的。"

凝之："这还用问啊？你当年又不是没读过！"

静之："我那时多大啊！爸妈不许看，偷偷看，看也看不懂！"

凝之："忏悔。自我救赎。每个人的一生都会犯这样那样的错误，尤其是因为人性缺点所犯的错误更需要忏悔，因为那种错误的性质直接是人性罪过。忏悔既是为了使受害的人获得心灵抚慰，同时也能使自己从罪过感中获得解脱，所以是自我救赎。不忏悔不能获得自我救赎。心灵被罪过感纠结着的人，是罪过感的囚徒。咱们不少中国人，缺的正是忏悔意识和自我救赎意识。如果将《复活》比作一个人，它应该成为我们的心灵导师。"

静之沉思片刻，低声地说："姐，那我也要忏悔。我不可能见到托尔斯泰了，就向你忏悔吧！"

凝之:"你也做过坏事?"

静之:"可不嘛。好几年了,在我心里总是个疙瘩了。"

凝之严肃地说:"那,交代吧。"

静之:"当年,我那个班的女知青也强烈要求上山伐木。说法是——男知青能干的活,我们女知青照样能干。其实,只不过是想进入深山老林,能采到猴头和松蘑、桦树蘑。再剥些大片的桦树皮做灯罩。"

凝之:"主要还是你的想法?"

静之:"对。连里被我们磨得没办法,只得同意了。但派了一名老职工为我们做向导,也交代由他负责我们的安全,我们一切必须听他的。平时我们都叫他老耿头。其实他才五十多岁,只不过长得老。到了山上,这片林子他不许砍,说是可以成为上好的木材;那片林子他也不许砍,说是还没长成材……"

冬季的山林中,老耿头带领女知青搜寻着,静之她们累得呼哧大喘。

静之厉叫:"老耿头!"

老耿头站住,转身看她。

静之:"连里派你干什么来的?"

老耿头:"带你们伐木啊。"

静之:"那些树为什么不能伐?"

老耿头平静地说:"我刚才不是说了嘛!"

静之:"你这成了带我们搜山!"

老耿头:"伐哪种树,不是得满山找嘛!"

静之:"找,找!你儿子被狼叼山上了?"

老耿头严厉地说:"静之,我儿子可是我心头肉。你要是再敢咒他一句,小心我扁你!"

静之瞪着他气得说不出话。

拖拉机牵引一辆爬犁行驶在路上。

静之在心里埋怨:"专带着我们伐那些枯树、病树、歪七扭八的树。太阳下山了,大家累得要死,树却没伐多少。什么猴头蘑菇桦树皮,也都一无所获。可是他呢,还唠唠叨叨地教诲我们。"

老耿头:"自从你们来了以后,我眼瞅着一座山伐秃了,又一座山伐秃了。这样伐下去,以后我们的子孙后代,要用一根树做房梁,那也得到一百多里以外的山上去伐了。"

静之:"不伐冬天烧什么?让我们烧大腿呀?"

老耿头:"团里不是号召烧煤吗?煤矿不就是离咱们连远点儿吗?你们班为什么不要求去拉煤?"

静之被噎得说不出话。

爬犁转弯,静之身子一晃,老耿头被她一肩撞下了爬犁。

凝之:"你成心。"

静之点头:"大家把他扶上爬犁,他一路哎哎哟哟的,我们还以为他装,心里反而解气。当天他到卫生所看腿,没想到骨折了。腿好后,落残了,从此走路一跛一跛的了。"

凝之:"我和你姐夫正是因为伐木的事才认识的。"

静之:"大姐,讲讲。"

凝之一板脸:"讲什么讲,先说你的事,什么情况下赔礼道歉的?"

静之:"没有。"

凝之:"没有?"

静之:"他每次见了我,还对我说,小何,别不安啊!那不怪你,只能怪我自己没坐稳。我能对他说,那是我成心的吗?话到嗓子眼儿也说不出口了呀!"

凝之:"你给我听着,如果你明天写一封忏悔的信寄给他,这件事我不对任何人说。如果你不,我肯定先告诉爸爸妈妈!"

静之:"可……"

凝之:"必须在明天!晚一天也不行!"

静之:"可……他在我们返城前,就因为突发性脑出血,死了……"

姐妹两人互相注视着,静之在沉默中低下了头。

凝之:"把你的书书本本给我合上!"

静之照做了。

凝之:"去往饭盒里装一个馒头,再装些红烧肉,给你姐夫送到工地去!"

静之站了起来,默默往外走。

凝之:"给我站住!"

静之站住。

凝之:"不许乘车!一站都不许!你要给我走着去!你要给我一边走一

边想，还有什么办法能对他有个交代！我今天晚上要听你的想法！"

静之拎着装有饭盒的小网兜走在路上，她确实是在一路走一路想着什么。

"姐！"背后有人叫她。

她转身，见是一个二十来岁的大背头青年。

静之："叫我？"

青年："姐你不认识我了？"

静之摇头。

青年："我……你忘了冬天的时候，你家正砌火墙，我去找过你啊！不至于这么健忘吧？"

静之呆望着他，想起了他向她应婚的情形，大徐将他驱赶走的情形……

静之厌恶地说："你能理解我多么不想再见到你吗？"

青年："你能理解我多想再见到你吗？"

静之："所以你经常像特务似的监视我，跟踪我？"

青年："也不太经常。有时候想到了你才那样。今天老天照顾我情绪。爱情得追求。追求不就是一边追一边求，死缠烂磨，乘胜追击吗？"

静之更厌恶了："别跟我扯什么爱情！你个小屁孩儿懂什么爱情！"

青年往后拢了一下大背头，矜持地说："我十九岁多好几天了，不是小屁孩儿，我哥们儿都说我仪表堂堂，给人的印象特成熟，特有气质，特……"

静之："给我打住！我认为冬天的时候，我已经向你解释清楚了！"

青年："你当时不就是强调你比我大六七岁嘛！当时我也强调了我不在乎呀！"

静之："可我在乎！"

青年："这是你此刻的态度。人的态度会变的。"

静之："可我对你的态度不会变！警告你，不许继续跟着我啊，否则我对你不客气！"

她转身便走。

青年："我看姐根本就不是一个冷面无情的人。"不但跟在静之旁边，还殷勤地说，"姐，我替你拎着网兜儿。"

静之只得又站住，发火地说："你烦不烦人啊！你怎么这么……"

青年："姐想说我'这么无赖'是吧？我有时候是有点儿无赖。但像我这样的人不见得都是坏青年，几年前抡起皮带就抽人的家伙们倒是一个个都不无赖，还一个个装得很正经，你能说他们反而比我好吗？"

静之张张嘴没说出话来，又转身便走。

青年继续跟着，喋喋不休："姐，我现在一个人住套两居室，对，我爸妈落实政策了，我家房子归在我名下了。你那征婚启事上不是写着，有十平方米一间小屋子的男人你就肯嫁吗？"

两人往前走着的背影。静之自顾大步往前走，青年边走边说什么。

两人走在一条小商业街上。一家服装店外的架子上，挂着大大小小形形色色的乳罩。

海报上写的是：出口转内销！物美价廉！中国女性的天赐良机！机不可失！时不再来！

商家设摊售卖，吸引一群大姑娘小媳妇！买的卖的，不亦乐乎。

静之站住了看，动心了，忍不住掏出钱包。

青年一把将钱包掠去，使静之手中的网兜掉在地上，饭盒盖开了，红烧肉扣了一地。

那青年却挤着替静之买乳罩去了。

静之将目光从他身上收回，呆看地上。

静之折了一截树枝，惋惜地将红烧肉扫向垃圾筒。

青年站到了静之跟前，表功地说："姐，我给你买到了三个，怕只买一个，不是你喜欢的颜色。我看你那儿不高不低，估计买中号的准合适！"

他还指着静之胸部。

静之接过钱包一看，里边只剩一元几角钱了。

她啪地扇了他一耳光。

一些妇女吃惊地看着他俩。

青年捂脸愣了愣，笑道："别看我俩呀，她是我姐！快买快买！再不买抢不着了。"

兆麟公园里。静之在前匆匆而行，脸上仍有怒色。网兜里，除了饭盒，还有那三个装在塑料袋里的乳罩。小青年距几步远跟着她，一脸的委屈，也一脸的无怨无悔。还有些惘然，不知自己为什么会挨一耳光。

静之站住，四望。小青年也站住，随她的目光而望。

远处一张长椅，静之走了过去。

静之坐在长椅一端。青年犹豫一下,也走过去想坐下。

静之:"滚开!"

青年四面望望,以理服人地说:"你走累了,我也走累了啊。再没别处可坐了,姐你让我往哪滚?"

静之瞪着他,一时不知说什么好。

青年在长椅另一端坐下了,仰头望天。

静之取出一个塑料袋看,其上印着英文。

青年:"Made in China(中国制造)。"

静之不禁扭头看他,居然有点刮目相看的意思了。

小青年自嘲地说:"Dear(亲爱的),Hello(你好),Thank you(谢谢你),就会这么几句。"

静之:"You bastard(你是个混蛋)!"

青年自然听不懂,看着她眨眼。

静之不再理他,将塑料袋装入网兜。

青年掏出烟来吸。

静之:"不许吸烟!"

青年乖乖把烟揣起,望着远处愣神,唱:"到处流浪,到处流浪,命啊,你叫我奔向远方奔向远方,我和任何人都没来往,孤苦伶仃……"

静之:"不许唱!"

青年戛然而止。

静之:"坐过来!"

青年一喜,紧挨着她坐下。

静之皱眉:"没叫你坐这么近!"

青年起身,坐在了不远不近的地方。

静之:"说!"

青年:"姐,说什么?"

静之:"你怎么回事?"

青年:"我……不就是,你贴了征婚广告,我揭下来应征了。你却嫌我比你小六七岁,而我根本不嫌你比我大六七岁。我喜欢你的样子,像《钢铁是怎样炼成的》中的区团委书记安娜……"

他站了起来,直挺挺地举起一只手臂,掌心朝上;另手叉腰,大声地说:

"共青团员同志们，安静！"

他又学安娜的语气，直视着静之说："保尔·柯察金同志，你以为我们革命者，就是心中只有一杆红旗高高飘扬，整天嘴里喊着各类斗争口号的人吗？不，你错了，完全错了！我们革命者心中，也应该有美好的爱情、真挚的友情、温暖的亲情！当然，还应该有诗意。"

静之："好啦好啦，看出你有表演细胞了，你给我坐下！"

青年又乖乖坐下，坐得靠近了静之。

静之："你缩短了刚才的距离。"

青年欠身，欲坐开些。

静之："已经坐这儿了，那就别动了。"

青年正中下怀地笑了。

静之："刚才我问你，你父母是做什么工作的？"

青年："我从没见过我母亲。我父亲说我半岁时母亲就因病去世了，他因为太爱我母亲，也因为……怕不幸给我找了一个不爱我的继母，所以一直没再婚。"

静之："那，你父亲是做什么的？"

青年："建工学院的教授。"

静之又刮目相看地说："那，你那位教授的父亲，看得惯你这种样子？还系领带！不怕脖子焐出一圈痱子？"

青年："我父亲几年前跳楼死了。防洪纪念碑、北方大厦、哈工大主楼、市委大楼，他都是设计负责人，所以就成了反动权威。领带是我父亲的遗物。我一想他了，就系上。"

他说得极平静。

静之不禁看他，目光温柔了。

静之："那几年，你是怎么过来的？"

青年："和爷爷奶奶相依为命。"

静之："靠什么经济来源生活？"

青年："我爷爷是哈一机退休的老工人，奶奶是亚麻厂退休的老工人，都有退休金。去年，我爷爷去世了。"

静之："那，现在就靠你奶奶的退休金？"

青年点头："她还卖冰棍，一支挣七厘钱。"

静之："伸手。"

青年伸出了一只手。

静之犹豫了一下，握住了他那只手。

青年的身子一颤。

静之："如果你奶奶哪一天也不在了，以后你怎么生活？"

青年："不知道。"

他头一扭，无声地哭了。

静之："如果我给你找个工作，很苦，很累，但毕竟每月能挣几十元钱，你干不干？"

不料青年摇头。

静之："不干？"

青年："我要当艺术家。我还喜欢画画。我还会写诗、歌词。我有多种艺术才华。"

静之扭头看他，又不知说什么好了。

青年："姐，我保证以后凭自己的才华，能使你生活得好。"

静之："别说了！"

青年立刻缄口。

静之："我必须向你声明，我现在已经有未婚夫了。"

青年也扭头看她，呆住。

静之："你既然口口声声叫我姐，我允许你以后把我当姐姐，行吧？"

青年不语。

静之："说呀！"

青年不情愿地点头。

静之："但是我今年要考大学。在高考之前，不许你再纠缠我，听明白没有？"

青年："不是纠缠。姐那么说是对我的侮辱。只不过是希望增进了解。"

静之："那就尊重你的说法，能做到吗？"

青年点头。

静之长出一口气："现在换个话题。我问你，如果你伤害过一个人，一直想找机会向那个人忏悔……"

青年："我没伤害过人。"

静之："我说如果！可那个人死了，你该怎么办？"

青年："姐，我真的不知道。你伤害过别人？"

静之："我……你看我是那种人吗？"

青年摇头。

静之："考考你的智力……而已。"

青年笑了。

静之望着远处的花丛，沉思。

青年："姐……"

静之将头扭向他。

青年："我的回答是——到那个人的坟前去说忏悔的话。虽然死人是听不到的，但可以当成他能听到。而且，差不多是向死人下了保证，以后同样的事再也不会发生了……给几分？"

静之："满分。"

青年笑得像天真的孩子。

静之："现在我要求你走。我想一个人在这儿待会儿。"

青年："服从。但是满分，得给奖励吧？"

静之掏出了钱包，取出一角钱："给，自己买根奶油冰棍吃。"

青年摇头："姐，让我吻你一下吧！"

静之瞪他。

青年："要不我不走！"

静之妥协地闭上了眼睛，仰起了脸。

青年在她脸颊上吻了一下，心满意足地跑了。

静之并不看他的背影，仍望着花丛沉思。一个姑娘站在花丛前，小伙子在为她照相。

静之的心声："静之，静之，保尔·柯察金也是在家乡的公园里，也坐在长椅上，并且同样是在黄昏；他想的是如何解放全人类，你想的却是如何才能实现为时已晚的忏悔……但是保尔·柯察金同志，你也有想要忏悔的事吗？比如你对于对你有救命之恩的冬妮娅的态度，比如你的哥哥只不过因为与一个中农的女儿结婚了，你后来就那么瞧不起他，比如，你似乎只在伤残时才需要母亲。你每次养好伤离开家时，走得是那么决然，走后也很少给母亲写信。尽管她不认得字，但可以找人念给她听啊。比如你在写给战友的信中说，恨不得打掉所有头脑中有资产阶级、小资产阶级思想的人们的门牙。什么又是资产阶级、小资产阶级思想呢？如果完全由你来裁决，那你又该打掉多少人的门牙呢？亲爱的保尔，我当然是十分崇敬你的,请原谅现在的我,用心灵真挚地与你交流这些我以前从不曾有过的想法……"

太阳又大又圆,红得很,却已偏西。

江北的那一片工地上,林超然和他的工友们仍在抬预制板。那是沉闷无声的劳动情形,看上去大家都很累了。

他们将两块预制板装上了卡车,从踏板上往下走时,那个对林父不敬过的小青年一失足,从踏板上掉了下来,幸被林超然扶了一下。

林超然:"小心点儿。"

那小青年:"都快干了一天了,何必这时非两块两块地抬?"

别人都懒得回答他的话。

林超然:"那不卡车等着开走嘛,坚持一下。"

工棚里。一个二十多岁的、脸上化了浓妆的姑娘在发工资,领工资的是七八个从二十岁到三十岁年龄不等的青年,有一个看上去还是少年。他们有的嚼口香糖,有的嗑瓜子,有的穿喇叭裤,有的留"飞机头"。总之,他们是各个城市在八十年代都曾有过的一些青年。

张继红站在一旁吸烟,冷眼看着发工资的情形。

林超然他们进入了工棚,他只穿背心,将上衣搭在肩上。他们也冷眼看着发工资的情形。

林超然问那个看上去还是少年的:"多大了?"

那少年:"二十。"

对林父不敬过的青年:"放屁!你他妈有二十吗?"

张继红:"你嚷嚷什么你?再嚷嚷出去!"

他走到了少年跟前,双手放在少年肩上,将少年推到了桌前,用命令的口吻对发工资的姑娘说:"先把他的给发了。"

姑娘看看花名册,对张继红摇头:"没他的名字。"

张继红:"怎么就没他的名字了?"

姑娘将花名册递给他。他看了片刻,往桌上一摔:"妈的!"

他无奈地转了一圈,双手又放在少年肩上,将少年往门外推。少年快哭了。

林超然默默望着他俩。

张继红在门口对少年说:"别急,叔叔明天去找工程队的头儿。"

一个是工友的青年嘟哝:"妈的,明明是一些寄生虫、吸血鬼,连发工资还得发在前边!"

张继红正望着那少年的背影发呆,林超然走到了他跟前,小声地说:"是不是让干活的人先领工资?"

张继红点头。

林超然走到了桌前,一一将"寄生虫们"推开,并说:"让让,让让,请干活的人先领工资!"

被推开的人当然都不高兴。

"飞机头":"你老几啊你?"朝林超然当胸一拳。林超然手疾眼快,抓住了他腕子。

林超然:"你老几?"

两人较了一阵腕劲,"飞机头"的手臂被林超然拧得向后弯过去。林超然猛一推。"飞机头"后退数步。

林超然:"谁还不愿给个方便?"

对方纷纷退开了。

张继红一摆头,干活的青年们走到了桌前。

发工资的姑娘看一眼花名册:"徐海涛。"

对林父不敬过的青年:"本爷。"

姑娘发给他工资。

他不接,问:"为什么没有我十元奖金?"

姑娘:"工资单上没写着你也有。"

徐海涛指着说:"为什么他们就月月有?"

发工资的姑娘:"你和他们不一样。"

徐海涛:"老子和他们怎么不一样了?"

发工资的姑娘:"这你别问我。"

张继红从她手中将钱掠去,塞到徐海涛上衣兜,搂着徐海涛的肩将徐海涛推开了。

发工资的桌前只剩下林超然和张继红了。

张继红:"给他加上十元奖金。"

发工资的姑娘:"工资表上也没写着有他的。"

张继红一拍桌子："我说有就有！"

发工资的姑娘只得往林超然的工资中加了十元。

林超然将那十元钱从工资中点出，又放在桌上了，指着工友们平静地说："他们都没有我也不要。"

他离开桌前，往工棚外走，工友们跟出，"飞机头"们这才纷纷拥到桌前。

工棚外。只站着林超然和徐海涛等三人了。张继红悻悻地走出。

林超然："他们三个要请你一顿，让我相陪。"

张继红："没那心情。"

徐海涛："有没有心情我们不管，面子反正得给。"

一行五人走在市区内。

他们路过新华书店。

林超然想到了什么，说："等我会儿，我进去买本书。"

林超然进入新华书店后，徐海涛对张继红说："他人不错，没记我仇。"

张继红捋了他后脑勺一下。

四人都笑了。

林超然空手而出。

张继红："怎么没买？"

林超然："我要买的那本书几天前就卖光了。"

小饭店里。林超然、张继红等五人边饮边聊，看上去张继红的情绪也变好了。

张继红："'文革'一结束，小饭馆呼啦一下多了，工程队也多了，超然，不知什么时候，咱俩也能组成一支工程队，再也不受别人的剥削，不受别人的窝囊气！想不想？"

林超然："当然想。"

徐海涛为每人都满上了酒，瓶中还剩下些，他嘴对瓶口喝光了。

张继红看着他表扬地说："这小子喝酒可实在了，而且有酒量。"

徐海涛举杯站了起来："两位哥，这一杯，我们三个，希望和你们两位站着干了它。"

于是另外四人都站了起来。

徐海涛："头儿，感谢你一年多来对我们的关照，有时我们骂骂咧咧的，你也不太往心里去。超然大哥，你接替老爷子来了以后，咱们渐渐处得也不错了，是吧？"

林超然微笑点头。

张继红："少奉承。有完没完？"

徐海涛："那，干！"

五只杯碰在了一起，都一饮而尽。

徐海涛："两位哥，咱们刚才喝的可是离别酒。"

林超然和张继红同时一愣。

"我们三个都不是甘愿长期受剥削的人。"

"那点儿剥削也可以睁只眼闭只眼地不认真，但是看不惯他们那种理直气壮的样子。要不是你头儿总压着我们，有好几次我们想大打出手。"

"所以，从明天起，我们仨都不再去上班了。"

这三人一说完，都放下了杯，同时转身往外走。

林超然和张继红呆住。

徐海涛在门口回头道："如果你们两位哥哪天组成了一支工程队，不用你们到处找，我们会去投奔你们。"

他们出了门。

张继红直挺地坐了下去，林超然也缓缓地坐了下去。

张继红："这样的工程队留不住人。一拨拨来，一拨拨走，他们是跟我干的时间最长的了，现在连他们也不干了。过几天我又得到处招兵买马。"

林超然："你刚才说想组织一支自己的工程队，为什么不？你要是下决心，我充当你的左膀右臂。"

张继红："别开玩笑了，你是在兵团当过营长的人。"

林超然："我正想忘掉那些经历。真的，你有经验了，下决心吧！"

张继红："经验是有些的，但要把手续办齐全，少说得跑几个月，盖几十个章。想想，就自己给自己打退堂鼓了。"

林超然："那些白领工资的人怎么回事？"

张继红掏出了烟，给林超然一支。林超然摇头，他自己吸上了。

张继红："有的人神通广大，现在政策又允许了，人家很快就会把手续办齐了。咱们工程队的负责人，就是那样一个能人。人家为了答谢方方面面的人情，白给十来个人每月发工资，咱们干涉得着吗？说到底我也只不过是人家雇的。如果我处处逆着来，人家一句话我就回家待着去了。对于人家，我起的那点儿作用，也不过是缺人手的时候招招人，每天监督着干干活儿。"

林超然："咱们返城知青中有那么多人还在待业，为什么不招他们？"

张继红："不敢。咱们返城知青中即使待业的，那也都是些眼里揉不得半粒沙子的主儿！招那么一批，比徐海涛他们还看不惯的话，那我怎么办？就连你来，我也暗自担心过，怕你万一不服我管，咱俩闹僵了，我跟老爷子怎么交代？超然，现在，谁走都行，你可千万不能走。只要有你在，我管谁都更硬气了。估计明天还有不告而辞的，你得和我共渡难关。要不，也许连我都得待业了。"

林超然："放心，我不走。如果你又待业了，我不也一样？"

两人相视苦笑。

林超然走到了林家住的那条街口，看见父亲在下棋。

林超然："爸……"

林父冷冷地说："下班了？"

林超然："您回家不？要回家我等你下完这一盘？"

林父没好气地说："那个家，我不想回去！别烦我！"

林超然困惑，倒退着走了。

林超然回到了家里，林母在往锅中贴饼子。

林母："今天你下班倒早。"

林超然："今天发工资，所以大家较早就把活干完了。"从兜里掏出钱往母亲兜里塞，"总共四十五元，我留五元，给凝之二十元，剩下二十元给您。"

林母躲："别往我兜揣啊！你辛辛苦苦挣的钱，你给凝之嘛！"

林超然："凝之叫我一定得给您二十元。"

他硬将钱塞入母亲兜里了。

林母："那我替你们存着，到什么时候也是你们的。"

林超然："妈，您和我爸闹别扭了？我看见我爸在街口下棋，想等他跟我一块儿回家，可他对我没好气。"

林母："他不是冲你，也没跟我闹别扭。"小声地说，"你弟又好久没来信了，你爸正想他，生他的气，你小妹回来又说，她把工作辞了。你看，她没跟家里任何人商议。你爸一听就火冒三丈了,要不是我拉着,非揍她一顿不可。"

林超然意外,皱眉道:"小妹为什么?"

母亲叹道:"说好早就在那个小杂货铺子干腻歪了,也要准备考大学!可她也不想想,她又不是静之。千军万马都在考大学,哪儿轮到她能考上啊!"

林超然一掌推开门,进了屋。林岚没在屋底层。

林超然朝吊铺上看,见小妹趴在吊铺上看书,还在落泪。

林超然:"小妹,你下来。"

林岚头也不抬地说:"我在看书。"

林超然:"那你也给我下来!"

林岚:"你有话就说嘛,我又不聋!"

林超然:"为什么不跟家里人商量商量就把工作辞了?"

林岚:"我闻够那小铺子里的咸菜疙瘩味儿了!"

林超然:"那也是一份工作!"

林岚:"我没工作了将来也不会要你来养活我!"

林超然:"难道你要靠爸爸用退休金来养活你吗?"

林岚:"你怎么知道我辞了那一份我不喜欢的工作,将来就会再也没工作了?"

林超然:"你……"

他一跺脚,伸手将林岚的书夺了下来,见是一册初三《代数》,气得要撕。

林岚:"你敢!是我借的!"

林超然:"就你,实际上等于是小学毕业!你再复习能考上大学吗?能考上个中专就算不错了!初三《代数》你看得懂嘛!"

他将书往吊铺上一扔,扔在了林岚脸上。

林岚:"用不着你管!"

她唰地拉上了吊铺帘,帘后传出一阵哭声。

只有林超然和母亲在吃饭。桌上摆着贴饼子、大楂子粥,几盘简单的炒菜。

林母:"岚子,下来吃饭。"

吊铺帘后静悄悄的。

林超然:"别理她。我去把我爸找回来？"

林母:"不去找他也好，他走时在气头上，也许在外边容易消消气儿。"

林父仍坐在那儿下棋。但下棋对手已走了，他在自己跟自己下。

林超然走来，蹲在父亲对面。

林超然:"爸，我陪您下一盘？"

林父:"和你下没意思。你棋好，总得让我。你没意思，我也没意思。"

林超然:"爸，那你回家吃饭吧。"

林父一瞪眼:"我现在还不想回去，行吗？"

林超然勉强一笑:"当然行啊，随您。爸，其实，我弟前几天来信了，挺长的一封信……"

林父:"是吗？在你身上没？在的话，现在就念给我听……"

林超然:"没在我身上。不是寄回来的。也许是为了家里早点儿收到吧，七转八转的，转到凝之手里了。我这就是要去凝之家，明天带回来读给您和我妈听。"

林父情绪好转了一些:"那你快去吧！明天千万记着把信带回来！我不自己跟自己下了，我也回家！"

林父收起棋盘，夹着。父子两人都站了起来。

林超然:"爸，我小妹辞职的事我知道了。您别太着急生气的，她如果能考上一所中专，将来掌握一门技能，那也好。"

林父:"是啊，我也想通了。不过你不要因为她暂时没工作了就给她钱。你挣那份工资不容易。你和凝之，你们也快有小孩儿了，也该准备一点儿钱了。你小妹她不至于缺钱。她参加工作以后，我和你妈都没要过她的钱，她自己攒下了点儿。"

林超然:"爸，我听您的。"

林父:"走吧走吧，快走吧！"

何父做校长那所中学的校门外。何父在走来走去。

几名男生从学校走出，其中一名夹着篮球。

男生们:"何校长好！"

何校长:"同学们好同学们好，又练球了？"

一名男生:"我们要争取在区赛中夺冠军!"

何校长:"很好,很好。是应该有这种志气,是要为学校争光。"

分明地,他的话有些心不在焉。

男生们走了,其中一名回头望着何父说:"校长怎么了,好像有什么心事。"

何父看到了林超然,迎上去。

林超然:"爸,在散步?"

何父:"超然,我在等你。我和你岳母,我们想和你谈谈。"

林超然一愣,想了想,问:"慧之和杨一凡的事?"

何父点头。

林超然:"凝之昨天聊了几句他俩的事,我也想听听她的看法。"

何父:"这次就免了吧。这次咱们的谈话不能让任何人知道,包括凝之。咱俩从后门进学校吧,免得被凝之和静之看到。"

林超然困惑极了。

何父引领林超然进入他的办公室,何母已坐在办公室里了。那个年代中学校长的办公室没有沙发的。三把椅子呈三角形放在中间一把椅子旁,中间那把椅子放着一杯茶。

何父:"就咱们三个,随意坐。"转身将门插上了。

林超然完全发蒙。

何母:"超然,坐呀。这杯茶是为你沏的,我和你岳父都不喝。"

林超然坐下,何父也坐下。

何父问何母:"我先说你先说?"

何母:"还是你先说吧。你没说到的,我补充。"

何父:"超然,你当过杨一凡的营长。我和你岳母都看得出来,虽然你们返城了,你也是待业青年了,但他啊,罗一民啊,有时候似乎还把你当他们的营长看,对不?"

林超然:"有几分是我们之间的友情在起作用,有几分是兵团情结在起作用。"

何父:"那个杨一凡,他现在对你的话,还会听吗?"

林超然点头。

何父:"能听到什么程度?"

林超然:"他父母都去世了,他又是独生子,除了一个堂兄,再就没有亲人了。自从他在兵团住过一段精神病院，他堂兄连与他的书信往来都中断了。可以这么说，我成了他最亲也最信任的人。我想，我要求他的事，他是肯做到的。"

何父："很好。很好。"

何母："超然，喝茶。"

林超然端起茶杯喝了一口。

何母："慧之向我们承认，她很喜欢杨一凡。已经，有点儿爱上他了……"

何父："而我们做父母的，最不希望看到的就是，慧之对杨一凡，由有点儿爱上了，到爱得一发不可收拾……"

林超然："岳父、岳母，你们的意思是希望我找杨一凡谈谈，让他这一方面明确拒绝慧之对他的喜欢，和……还处在萌芽中的爱？"

何母："能不能？"

林超然苦笑："这对我太有难度了。我一向促成两个恋人之间的爱情，从没扮演过拆散别人爱情的角色。我先和他俩分别谈谈，了解一下情况再说好不？"

何母："好是好。只怕，如果不早点儿干预，那就来不及了。当然，我和你岳父，也会加大对慧之的干预力度。"

林超然听着，沉吟着，不由得拿起杯来喝茶。

何父："超然，我实说了吧……慧之她不是我们的亲生女儿！"

林超然顿时喷出一大口茶水，呛得猛烈地咳嗽起来。

何父替他将茶杯放在椅上，何母直拍他后背……

林超然终于平静了下来。

何母却哭了，她说："超然，我是当教师的，你岳父是当校长的，杨一凡也是个好青年。不能因为谁住过一次精神病院就在精神方面判谁的无期徒刑，这个道理我们是懂的。可慧之她毕竟不是我们的亲生女儿，而是别人的女儿啊！她生母还在世，我们一直有联系。我们也怕作为养父母，太对不起她的生母啊！"

何父："说来真是话长了……我和你岳母，我们与慧之的生父生母，是大学时期友谊特别深厚的同学，但我们又不是相同专业的学生。我是学中文的，你岳母是学数学的，而慧之的生父是学通讯的，她的生母又是学俄语的。在我们四人中，最聪明最有天分的是慧之的生母，不但是俄语系的尖子学生，而且自修了英语、法语，口译笔译的水平也都不错。我们四人虽不是同一专业的学生，却有共同的爱好，都是校剧团的成员。大学毕业后，我和你岳母分在了上海的同一所中学，不久结婚了。一年后，凝之出生了。我们为了不影响工作，将凝之送到了乡下她外婆家。每到星期日，当年的四个青年一起到乡下看同一个孩子，另外两个青年当然是慧之的父母。以至于凝之一岁多的时候，还根本分不清究竟谁才是真正的爸爸妈妈。又过不久他俩也结婚了。慧之刚满周岁，她父亲踊跃报名援藏去了。由于工作需要，组织上征求慧之母亲的意见，问她同不同意被调到外交部去？其实她当时的工作很好，是市委领导的秘书。慧之的成长条件也很好，入托在市委的托儿所里。但我们那样一些青年知识分子，一向是以党的工作需要为荣的，她满怀热忱地同意了。组织上也替她考虑得很周到，说一到外交部，可能立刻就要被派出国，问孩子怎么办？她说孩子会由亲人抚养。当时她心里想到的亲人，是凝之的外婆，那是一九五四年的事……"

何父已是泪流满面，说不下去了。一边站起来往窗前走，一边对何母挥手道："你说，你接着说……"

何母："我和你岳父听了她的决定，也都很替她高兴，很支持。一个星期日，我们陪她到乡下去跟凝之的外婆商议，还把慧之抱去了。凝之的外婆一听明白我们什么意思，就乐了。说带一个孩子是带，带两个孩子不也是带吗？孩子互相有伴，性格还会活泼。从前的年代，中国人都很单纯的。能帮助别人，那是自己的一份高兴。结果当天慧之就被留在你外婆家了。我们两对青年夫妻，四个好朋友，于是分离在了三个地方。我和你岳父在上海，慧之的母亲在国外，父亲在西藏。以前是四个人到乡下看一个孩子，从那以后就变成了两个人到乡下看两个孩子……"

凝之坐在桌前看一份报。她听到门响，立刻将报折起，往身下一坐。

静之拎着网兜进入，神情沉郁，闷声不响地坐到了姐姐对面，将网兜放桌上。

姐妹两人互相注视。

凝之看着网兜问："给你姐夫送去了？"

静之点头。

凝之："他高兴吗？"

静之："当然。张继红他们一哄而上，一群狼似的，转眼抢了个精光。"

凝之:"那些是什么?"

静之从网兜里掏出了乳罩,一一摆在桌上:"出口转内销的,也为你和我二姐各买了一个。"

凝之拿起一个,看看,放下,严肃地说:"你以为取悦我,我就会不问上午的事了?"

静之:"没那么想。"

凝之:"那说说吧,打算怎么做?"

静之:"我一定找机会回北大荒,把憋在我心里三四年的话,到耿传贵坟上去说出来。"表情真挚。

凝之点头。

静之从兜里掏出折起的报,展开,放在桌上,指着说:"路上买的,大姐你看。"

凝之瞥了一眼,低声说:"我已出去买了一份报,看过了。"

静之:"我见过他,前几天陪我姐夫找到了他。"

凝之:"我虽没见过他,却多次听你姐夫提到了他。"

杂物维修铺门前,林超然拉手风琴,静之与林超然的老师翩翩起舞的情形……

钟声——六点了。

凝之:"千万别让你姐夫看到,那对他会是很大的刺激。"

静之:"烧了吧?"

凝之点头。

静之拿起两份报往屋外走,一开门,与林超然撞了个满怀。

静之:"姐夫……"

林超然:"慌慌张张地要干什么?"

静之:"不干什么……捅了火,该做晚饭了……"

林超然:"今天的报?"

静之点头,立刻又摇头:"不是……几天前的了,正要烧了……"

林超然:"给我。我好久没看报了。我看完了也别烧,留着包东西。"

静之不知如何是好。

林超然:"给我呀!"

静之:"几天前的报有什么看头?"

林超然本来就因为与岳父、岳母刚谈过话,还因为小妹辞职的事,满腹心事,便不耐烦了:"你怎么这么多废话?"

他掠去报纸,进屋了。

静之跟入,冲大姐无奈地耸肩。

林超然走到凝之身旁,捧起她脸吻了一下。

凝之:"看你的样子挺累。"

林超然:"还行。放心,有兵团那十年多的经历垫底,没什么活能累垮我。"

他躺到躺椅上看起报纸来。

凝之、静之交换不安的眼色……

静之:"姐夫,讲个笑话给你听啊,说从前有一个老和尚带着小和尚下了山,小和尚第一次看到女人……"

林超然:"住口!你烦不烦人?我现在没情绪听你讲笑话!……"

静之默默坐到了凝之身旁。凝之搂着她的肩,姐妹两人忧郁地望着林超然。

林超然心不在焉地翻报,忽然定神,由仰躺而坐起,看得双手发抖起来——某页报一行标题的特写:老二胡演奏家因饱啖红烧肉而亡。

林超然陷入极度的悲伤之中,忆起了和老师的交往……

老师的手在为小林超然的脸化妆。

"紧张吗?"

"紧张。"

"自己登台演奏都不紧张,与老师合奏有什么可紧张的。"

"怕拉不好,影响了老师的水平。"

"越这么想越拉不好。你要反过来想,与老师合奏,我一定会拉得更好啊?"

"嗯。"

师生两人在台上合奏《万马奔腾》……

胸戴上山下乡大红花的林超然站在老师家小院前——门上挂着锁。

林超然听到响动，一转身，见老师站在眼前——被涂了黑脸，一手拎着牌子，一手拿着高帽——牌子上写着"反动艺术权威"。

老师将二胡赠给林超然。林超然搂抱住老师，头抵在老师肩上无声而泣。

林超然已站起，撕报，愤怒地说："胡说，他怎么会吃肉撑死！我要找他们算账！"

姐妹两人也只有忧郁地、呆呆地看着他而已。

何家四口人（慧之不在）与林超然在吃晚饭。

何父："怎么没上红烧肉？"

何母："中午又吃了一顿，你又给蔡老师他们送去了一碗，哪儿还有了？"问林超然，"超然，你觉得我做得怎么样？"

林超然在想心事没反应。

凝之："妈问你，觉得她做的红烧肉怎么样？"

林超然："他们胡说！"

何家四口人皆愣。

静之踩他的脚。

何母："我听凝之说，让静之给你往工地送去了些……怎么，你那些工友不爱吃？"

静之："那些狼！当着我的面一抢而光，都说从没吃过那么好吃的红烧肉。是吧姐夫？"

林超然："是啊是啊，好吃。非常好吃……我刚才想别的事了。"

何母："我那是正宗的上海烧法。肉还多着呢，过几天再烧。下次一定让我女婿吃个够！"

静之："听，我妈多疼你！"

何父："静之，复习得怎么样？"

静之："感觉良好。"

何父："与小韩的关系呢？"

静之："也算……感觉良好吧。"

何父："'也算'，是什么意思？"

静之："爸，您真不懂假不懂？"

何父："我懂也要由你自己来回答！"

静之："那您听清楚了——'也算'的意思就是，与复习的良好感觉相比，次之。"

何父:"那不可以!你也给我听清楚了——小韩那青年不错,不许你的感觉次之!婚姻是终身大事,要像对待高考一样专执一念,认认真真地对待!"

静之翻白眼。

何母:"静之,你爸说得对,我也觉得小韩那青年不错。"

静之:"我说小韩半句不好的话了吗?有时候一心不可二用。非二用不可也要主次分明,这个道理你们应该比我还懂吧?"

凝之:"静之的话也对。爸、妈,她已经不是小孩子了,我认为有些事不必再耳提面命了。"

林超然:"同意,吃饭吃饭,大家都吃饭啊!"

校园里,凝之挽着林超然绕操场散步。同样是一个月亮很大、星星很多的美好夜晚。

林超然默不作声,耳畔却不时回响着何母的声音:"简单地说吧,后来慧之的父亲不幸牺牲在西藏了,她的母亲回上海料理完了她父亲的后事,看了一次慧之,又来去匆匆地出国去了。真是悲伤而回,悲伤而去。我和你父亲也把凝之和慧之接回上海,安排入托了。转眼到了一九五七年,又多了静之,一岁了。那一年,你岳父'戴帽'了。我们就给慧之的母亲写信,问慧之该怎么办?那时慧之已将我们当成亲爸亲妈了。慧之的母亲回信说,在她心目中,我们依然是她最好的朋友。在当年,那种信任是使人感动落泪的。一年后你岳父'摘帽'了,但我们却被重新分配到江苏工作了。你岳父认为,与其长期留在江苏,还莫如回他的老家安徽。于是我们又带着三个女儿回到了安徽。从一九五七年到一九六六年这将近十年中,慧之和她生母见过四次。既然慧之已经将我和你岳父当成了父母,我们三个大人一商议,干脆就让慧之先叫她母亲表姨吧。再后来就到了'文革'前,我和你岳父都担心'表姨'的秘密有一天会被大字报给公开,给慧之和她的生母都带来不良影响。正巧那时你岳父的一位同学当上了哈尔滨教育局的领导,你岳父和我一商议,我们就又带着三个女儿调到了哈尔滨。而'文革'开始后,慧之她母亲的遭遇更是一言难尽了……"

凝之:"你好像有什么心事。"

林超然:"没有啊。"

凝之："别骗我了。我爸的办公室亮着好久的灯，那会儿我爸我妈又都不在家里。而你说回这边，又久久不见你的影子……是不是我爸妈和你在办公室谈什么事了？"

林超然："不过就是慧之和杨一凡的事。"

凝之："我猜就是。"

林超然："你什么态度？"

凝之："我主张谁都先不要横加干涉，顺其自然。慧之不是那种完全没有理性的人，如果杨一凡确实不适合做丈夫，慧之是会逐渐得出结论的，也是会处理好他俩的关系的。"

林超然："我也是这么想的……我觉得你也有心事。"

凝之站住了，看着林超然说："静之今天陪我去医院进行产前检查，我俩见到了何春晖。我曾是他在兵团时的副指导员，他曾是静之的辅导班老师。他当不成中学老师在看自行车，完全是由于我父亲的情绪作怪。你想当时我和静之多尴尬？"

林超然："他什么反应？"

凝之："他倒挺平静，只字没提他那件事。我决定还要为他的事和我父亲郑重谈一次。"

林超然："凝之，暂缓吧。你父亲现在，操心烦恼的事也不少。"

凝之："那我听你的，但肯定是要再谈一次的。"

青山脚下一村庄。

山腰一丘新坟前，站立着包括林超然在内的十二三人，年龄在三十至四十五岁之间，人人手持二胡，其中有军医、法官、女性。一位女性头戴白帽，穿的还是医生的白大褂。

静之在不远处望着他们。

林超然望着木制的墓碑，其上写的是"二胡演奏者王长河"。

林超然："老师，您出生在这里，遵照您生前的意愿，我们这些你生前教过的学生，今天将您安葬在这里。你生前最爱对我们说的话是'心情咋样'。而您对我们说得最多的祝愿是'心情愉快'。你明明是一流的二胡演奏家，却总是谦虚地说自己是二胡演奏者。此时此刻，我们的心情都不好，有的人，是闻讯直接从单位请假赶来的。现在，我们要共同为您演奏您生前最喜欢听的《万马奔腾》！"

于是，所有人都将二胡卡在腰间拉起了《万马奔腾》。

某报社的走廊里，林超然和静之匆匆走着。
静之："姐夫，我觉得你犯不着这样做……"
林超然站住了，严厉地说："再说一遍？"
静之不说话了。

两人站在一扇门前，门上的牌子写着"社会新闻部"。
静之挡在门前，劝道："你有权利让他们纠正错误报道，但千万别大闹一场……"
林超然："躲开！"
静之："我反对你情绪化的……"
林超然拽着静之胳膊将她推开，一掌推开门闯了进去。

里边几个人正开会，皆吃惊。
一人站起，问："什么事？你怎么不敲门就往里闯？"
林超然从兜里掏出折成方形的一页报纸，往桌子上一拍："谁写的稿？"
那人扫一眼，不无气势地说："我啊，你小点儿声行不行？怎么了？哪儿不符合事实了？"
林超然："医生明明说他是突发心脏病死的，你为什么非写成是吃红烧肉撑死的？你们这份报，明天必须纠正报道错误，向死者道歉！"
静之进入。又一人站起，大声地说："怎么还跟进来一个？出去出去！"
他要往外推静之。
林超然朝他一指："你敢碰她！"
那人胆怯了。
第一个站起来的人："你是干什么的呀？瞎咋呼什么呀？怎么死的，人不都是死了吗？！只有亲属才有资格找我们说长道短的，而我们知道他没有亲属，你算老几呀你！"
林超然一把揪住了他衣领："我是他学生，他是我老师！你使我老师的死成了笑谈，造成了对他的侮辱！我要求你不但要纠正，还要公开道歉！"
其他人欲上前将他俩分开。
林超然："都他妈给我退后！"

那些人也胆怯了。

林超然:"如果你不。不但我不答应,他们也不会答应!"揪着对方衣领将对方拖到窗口——

院子里,站着那些手持二胡的人。

对方连连点头……

江畔。

林超然穿着背心,肩搭上衣,大步走向江桥。

静之的声音:"林超然,你给我站住!"

林超然站住,转身。持二胡的静之生气地看着他。

静之:"我是受我大姐的嘱托,才这里那里跟着你的!"

林超然:"那就别跟了,回家去啊!"

静之:"你为什么一路不跟我说话?"

林超然:"我干吗非跟你说话?我气还没消呢,不想说话,跟你也没话可说!"

静之:"你必须向我道歉!"

林超然走到了她跟前:"向你道歉?我向你道的什么歉?听着啊,最近我烦透了,别在这儿跟我犯小姐的矫情啊!"

静之:"大姐要求我提醒你,时时保持理智,在报社里你很不理智!"

林超然:"错!在报社里我特别理智,不理智我就揍那小子了!"

静之:"你对我的态度也很粗暴,所以你必须道歉!"

林超然:"那,你大姐让你送给我的红烧肉你送哪儿去了?"

静之一时语塞。

林超然:"送给小韩了是吧?我不计较,他是你对象嘛!可我连影儿都没见着,还得替你遮掩,你怎么不先向我道歉?"

静之:"反正你得向我道歉!"

林超然:"如果我不呢?"

静之:"以后我不叫你姐夫了!"

林超然:"随便!"

静之愣了愣,一转身走了。

林超然望着她背影自言自语:"我才不惯你的小姐毛病!"

第 十 一 章

上午。江北工地。

张继红、林超然和五六个工友在工棚里开会。

张继红："昨天下班后，徐海涛他们三个跟我打过招呼了，说以后不来了。现在，又只来了五六个，也不知今天没来的，以后还来不来了。如果你们也只不过冲我面子来的，那我坦率告诉你们，我的面子不值得你们太在乎，何况你们的面子已经给足了。既然如此，想不干了的，干脆也请便吧！"

一名工友："也不完全是冲谁面子不冲谁面子的问题，离开了这儿，不又得到处找饭碗吗？"

"是啊，大家彼此都熟了。到了别处，看到的又是些新面孔。"

"我们这些当年下乡后来又一直没给分配工作的人，姥姥不疼舅舅不爱的，到哪儿还不都是临时工，都免不了受些窝囊气？你们几个如果还都能忍，那我也能忍。"

"超然，你是留，还是走？"

林超然："只要继红不走，哪怕只剩他一个人了，那我也陪他。"

又一名工友："你后来的都能这么讲义气陪到底，那我们早来的更没话说了！"

张继红："说来说去，大家还是又给我面子。那好，咱们今天有几个人，干几个人的活。以前怎么干，今天还得怎么干。"

众人点头。

林超然："队长跟我说了，目前这行效益挺好，预制板供不应求，幕后老板赚得盆满钵满，那都是我们用汗珠子挣的钱。老板白给一些人开的工资，其实也沾着我们的汗水。我们还几乎没有星期日，加班加点也从来不给加钱。我知道大家因此都感到很憋气。但我主张，忍一忍。因为我们人人家里都特别需要这一份工资。我也不是主张一味逆来顺受地忍下去，到了该理论一下的时候，我和队长一定会为了大家的利益出头理论。"

工棚门突然开了，又进入十来个人，都是陌生人。为首的，穿花格衬衫，戴金项链。

"花衬衫"："几点了？都不干活，在这扯什么淡呢！"

张继红看一眼手表说："我们不是在扯淡。我们只不过开了半小时的会……"

"花衬衫"："开会？开他妈什么鸟会啊！发给你们工资，是让你们坐在工棚里开会的吗？谁是张继红？"

张继红："我。你什么人啊你，一进来就骂骂咧咧的！"

"花衬衫"："从现在起，你不是队长了，我是了。"从兜里掏出一张折叠着的纸递给张继红。

张继红展开了看看，递向林超然。林超然刚欲接，被"花衬衫"夺去。

"花衬衫"："你他妈没资格看！"揣起那页纸，转身指着说，"你们几个听明白了？这年头，中国还缺干苦力的吗？就算城里找不到了，到农村一招呼一批批抢着来！谁如果不愿在队里干，趁早滚！"

那五六名工友都默默看着张继红和林超然。

张继红一笑："走，干活去！"

一台搅拌机在转动。张继红装满两桶搅拌好的水泥，一名工友正欲挑走，林超然扛着一只沉重的草袋子走来。

林超然："等等！"一斜肩，草袋子落地。

林超然扒开了袋口："看，这是什么？"

张继红："黄土！"

林超然："刚才卡车运来的，除了水泥和沙子，还有整袋整袋的黄土和炉灰！咱们在兵团也搞过营建，听说过往水泥里掺黄土和炉灰反而更结实的事儿吗？"

张继红："明白了，一定是因为现在水泥紧俏，不好买了。"

林超然转身一指："黄土和炉灰也在往那两台搅拌机里倒！"

远处也有两台搅拌机在转动、轰鸣。

正要挑起水泥走的那一名工友："咱不管！爱掺什么掺什么！他们就是往里掺屎橛子，那也是他们昧良心！"又欲挑起便走。

林超然用一只手压住了扁担："不能这么想。现在可是咱们具体在这儿干。预制板是重要的建材。如果不能保证起码的用料合格，那盖起来的楼房多危险？如果不懂另当别论，但这点儿起码的常识咱们可都明白。揣着明白装糊涂，那昧良心的就不只是他们，也是我们了！"

　　张继红："我还没注意，超然说得对。"

　　那名工友："他不是说的要忍吗？"

　　林超然："可我也说了，该理论的时候，我和队长会出头理论的。"

　　张继红："我已经不是队长了，叫咱们那几个先别干啦！"

　　林超然："叫所有的人都别干了！"

　　工棚里。"花衬衫"躺在一块木板上，高架二郎腿，在听半导体里刘兰芳播讲的《杨家将》。

　　外边传来喊声："别干了，都别干了，停止！也别让搅拌机转啦！"

　　"花衬衫"奇怪，坐了起来。

　　林超然和张继红走入。

　　张继红："队长，咱们的活儿，不兴那么干的。"

　　"花衬衫"："不兴哪么干啊？"站了起来，傲慢地瞪着张继红。

　　林超然："往搅拌机里加黄泥和炉灰是不对的！"

　　"花衬衫"："你他妈住口，你算老几？"

　　张继红："你嘴里干净点儿，骂他就等于骂我。"

　　"花衬衫"："等于骂你又怎么了？你们懂个屁！水泥紧缺，不掺点儿兑点儿，再干一个月就没水泥了！那时如果还买不到，停工啊，你知道停工一个月经济上多大损失？"

　　张继红："别跟我们扯损失不损失的，我们现在说的是良心问题。"

　　"花衬衫"："你叫停工的？"

　　林超然："我。"

　　张继红："不是他，是我！"

　　"花衬衫"："我猜就是你挑的头！"

　　他扇了张继红一耳光。

　　林超然："你……"

　　他上前一步，欲"修理""花衬衫"。

　　"花衬衫"见势不妙，跑出了工棚，在外边大喊："跟我来的人都过来！

别慢慢腾腾的，跑！手里都拎上打架的家伙！"

林超然和张继红一出工棚，工棚外已围着半圈手持棍棒的人了——都是跟"花衬衫"来的人，他们是八十年代最初的农民工。

"花衬衫"："他俩跑进木棚威胁我，还打了我，替我出气的，今天发十元奖金！不，二十元！狠狠地打！只要别打死就行！打伤了打残了不关你们的事！"

对方中有人犹豫，有人却捋胳膊挽袖子，跃跃欲试。

跟林超然、张继红很铁的那五六名工友也跑来了，也都拎着棍棒、锹、扁担。

局面还真是一触即发。

张继红直奔"花衬衫"而去，叫喊着："王八蛋！不听劝还动手打人，今天我非叫他跪地上求饶不可！"

林超然一边阻拦一边说："你们先把他拖开！"

工友中的两人，上前将张继红拖走了。

"花衬衫"躲到了农民工们后边。

林超然对农民工们说："我下过乡，对农民有感情，也了解农民的日子很穷苦，一年到头，手里连点儿零花钱都没有。我现在返城了，一时找不到正式工作，所以也在这里干活。咱们的目的都一样，为的是给家里挣一份儿工资，不是来打架的。你们种菜、种粮，如果种子不好，结果会怎么样，你们都清楚。盖房子盖楼也一样，预制板就是大梁，往水泥里掺黄泥、掺炉灰，那就是昧良心。他不但自己昧良心，还让我们也都昧良心干活，还不听劝，还骂人，打人，反过来倒打一耙，所以我们今天不咽这口恶气了。你们要是非充当他的打手，那我们也没办法。如果觉得十元钱、二十元钱并不值得你们听他的指使，那就闪开点儿……"

对方互相看着，一个说："他说的在理。"

于是都退开了。

"花衬衫"被孤立在那儿了。

林超然走到了张继红跟前，问："是你自己打回公平，还是我替你？"

张继红："我！我！别拽着我！"

林超然："那放开他吧。"

于是两个拽住张继红胳膊的人放开了他。

张继红脱了上衣朝后一甩，瞪着"花衬衫"走过去。

"花衬衫"转身欲跑，被工友们四下里堵回来。

"花衬衫"摆出了拳击架势，也瞪着张继红蹦蹦跶跶的。张继红绕着他走，越绕离他越近。

林超然吸着一支烟，冷眼看着。

"花衬衫"却忽然跪地求饶："大哥，大哥，我看出来了你是狠茬儿！我怕你行了吧？我……我不也就是一催巴儿嘛！你们为了工资，我也是为了工资啊！大哥你高抬贵手！这么着，我今天回去跟老板说说，你还当你的队长。"指着林超然说："让他当副队长！这行了吧？"

张继红见他那样，索然至极，猛一转身。林超然已在他跟前了，将半截烟塞在他嘴角，搂着他肩说："那只能算了，消消气。"

张继红："超然，咱们别挣这份儿工资了。"

林超然："也是我的想法。"解下垫肩扔在地上。

其他几个人也纷纷将垫肩、套袖、手套扔在地上。

林超然对"花衬衫"说："把我们的话捎回去……如果继续昧着良心，可别怪我们揭发。"

林超然、张继红一行人走过江桥。

他们在桥下分手告别。

林超然："心里都没怨我吧？"

工友们摇头。

张继红："那什么，谁要是先找到了活儿，并且还可以介绍别人的话，互相通个气儿。"

工友们点头。

"姐夫！"林超然转身一看，见慧之站在不远处。

松花江畔某露天冷饮店。林超然与慧之对坐，各自用吸管吸着一瓶汽水。林超然上衣的肩背，照例被汗湿透了。

慧之："姐夫，活儿很累是不？"

林超然笑笑："也累不到哪儿去，不过是咱们在兵团常干的活儿。"

慧之："本想过江桥去找你的，不想在江这边碰到了你。你们过这边来干什么？"

林超然搪塞地说："今天活儿少，提前干完了。"

慧之："我想和你谈……我和杨一凡的事儿。"

林超然点头。

慧之："你一点儿都不惊讶？"

林超然："你爸妈跟我说了。"显然，由于刚刚失去了江那边的工作，他心思很难集中，这使慧之误会了。

慧之："姐夫，我没什么得罪你的地方吧？"

林超然："没有啊。快说，我还有事。"

慧之："那我不多说了。既然我爸妈跟你说了，不管他们是怎么说的，反正你已经知道我俩的关系了。你是除了我爸妈，现在唯一知道的人。本来我想先跟我大姐说，想了一晚上，最后决定还是先告诉你……"

林超然："想听我的意见？"

慧之点头道："也想获得你的理解和支持。"

林超然："是对你一个人的，还是对你们两个人的？"

慧之沉吟了一下，低下了头："暂时是对我一个人的吧。"

林超然："那好，听着。"

慧之抬起了头。

林超然："如果我说了不支持的话，你会惊讶吗？"

慧之愣了愣，不自然地一笑："不会的。以我对你的了解，你绝不会那么说的。"

林超然："我完全理解你。我不会说不支持的话。"

慧之又笑了，这一次笑得很欣慰。

林超然："但我反对。而且，坚决反对。"

慧之呆了。

林超然："趁你还没陷得太深，我劝你回头是岸。如果你也不理我的反对，一意孤行，我将进行必要的破坏。我知道这是你的初恋，如果你感到心灵受伤了，那么自己疗伤。就像动物受了伤，自己舔自己的伤口那样。各种各样失恋的痛苦，你在兵团时期应该见得多了，听得多了。人生往往就是不遂人愿的，有情人最终不能成眷属，这也不是什么百年不遇的事，全世界几乎每时每刻都在发生。你也别那么娇气，认为不该发生在你身上，认为一旦发生在你身上就得人人同情。如果杨一凡也觉得受伤了，他那边不用你担什么心，我会帮他摆脱阴影的。这就是我的态度，听明白了？"

慧之："你的态度，好鲜明！"

林超然:"责任使然。"

慧之:"也使我感到好冷。"

林超然:"那是因为咱们在喝冰镇水。"

慧之:"你今天简直……判若两人!"

林超然:"那是因为你还不完全了解我。"

慧之猛地站起,瞪了他片刻,转身便走。

林超然则低头看着手中的汽水瓶发呆。

一对青年恋人走了过来。

男的:"可以坐在这儿吗?"

林超然没听到。

男的:"哎,礼礼貌貌地问你话,你装的什么聋啊?"

林超然抬头瞪他。

男的:"你怎么还瞪我?!"

女的不安地将男的拉走,小声地说:"别跟他一般见识,你看他那种眼神儿,也许精神有毛病。"

他们坐到了别处,再看林超然时,见林超然也不用手拿着瓶子,只用嘴叼着吸管,低头吸着已然不多的汽水。

女的:"看那样儿,肯定精神不正常。"

男的:"坐那儿不是可以面朝着江嘛。"

那样子吸着汽水的林超然。

这时,在林超然的脑海里交替地出现何父、何母对慧之情感问题的看法。

何父:"超然,如果爱上杨一凡的是静之,那我都不至于非拆散他们不可。可慧之不是我们的女儿啊,我们不能像对自己的女儿那么对她放任自流啊!她生母多次来信说,要来哈尔滨看看我们看看她。因为我们的家还不是一个正式的家,所以才劝她别急着来。但今年不来,明年还不来吗?明年我们的房子还分不下来,后年一定就分下来了。那时不用人家再说要来,我们会主动邀请人家来住一段日子。那时我们怎么办,替慧之瞒着?如果实话实说,怎么说得出口啊?"

何母:"如果让慧之和杨一凡的关系成了事实,我们太对不起信任我们如同信任上帝的朋友了吧?我们之间的友谊,对我们双方那就像宗教啊……"

林超然猛地用胳膊一扫,两只汽水瓶同时飞出,落地粉碎。

一名男服务员刚要上前,被一名女服务员拽住。

林超然转身看他俩,后悔地说:"对不起……"

女服务员赔着笑脸说:"没事儿,走吧走吧……"

林超然走到了他俩站的柜台那儿:"我赔。总共多少钱?"

男服务员:"算了,你快点离开就行。"

林超然大声地说:"我说了我赔!"

男服务员:"好好好,愿意赔当然好。别生气,怒伤肝。汽水两角五一瓶,两瓶五角。瓶子一角五一个,两个三角,总共八角。"

林超然走在江畔的背影。后背湿了一片的背影。他大步奔走得特快。

汽笛声。

林超然扭头望去,江上,一艘拖船逆流行驶,拖的东西很多,吃水很深,行驶虽然缓慢,但看上去很有拖力。

他不由得伏栏观望。

拖船驶远,又响一阵汽笛。

他挺直了腰,对江深吸一大口气,缓缓呼出。如是再三。

他又走在江畔,但已不像刚才走得那么急匆匆的了。

他走到了新华书店。看新书告示,上写的是:

> 应广大读者强烈要求,本店又调入世界名著多种,
> 欢迎选购,请按秩序排队。

买书的人已排到了店外。

林超然走入书店,走到队头,问售书员:"有《简·爱》吗?"

售书员:"有。后边排队。"

"超然……"

他转身一看,见凝之挺着大肚子排在队中。

林超然挽着妻子走在回家的路上。

林超然:"你怎么可以为小妹买一本书,就到市里来了?多让人担心!"

凝之:"怕你又把我嘱咐的事忘了。我既然答应了小妹,那就要早点儿买到,早点送给她。我走得慢,多走走对肚子里的宝宝有好处。再说我整天待在家里也挺闷的,喜欢到新华书店这种地方。对于我这种女人,逛书店的兴趣远超过逛商场的兴趣。"

第二天。罗一民的铺子。

罗一民在做最后一只桶,案子上已一溜摆着大小九只了。

林超然进入。

罗一民看他一眼,没说话,只将小凳拖到了自己跟前。

林超然在小凳上坐下。

罗一民:"那位老先生真怪,预付了钱,却一次也没来催活儿。"

林超然:"你还真得借点儿钱给我了。"

罗一民不禁抬头看他。

林超然:"我又失业了。"

罗一民:"怎么回事?"

林超然:"后台老板不地道,往做预制板的水泥里掺黄土和炉灰,昨天终于忍无可忍了。"

罗一民:"多少?"

林超然:"二十三十都行。"

罗一民:"五十吧。"

林超然:"不必那么多。"

罗一民:"你看你!万一短时期内找不到活呢?"

林超然:"那……听你的。"

罗一民:"让我把这只桶做完。"

林超然:"你和李玖怎么样了?"

罗一民:"你少操点儿心不行吗?"他显然不愿谈。

林超然苦笑,又说:"我是这么想的,又失业了的事,既不让我家人知道,也不让凝之家人知道。包括凝之本人。她都快生了,不能让她多忧多虑的。我呢,手中有钱,心中不慌。一边找工作,一边每天装按时上班。左找右找还是找不到,那就常到你这儿来坐坐……"

罗一民:"欢迎。"

林超然:"不欢迎也得欢迎啊。要不我怎么办,不能总在马路上闲逛着挨过一天的时间吧？"

罗一民："有一条挣钱的路，不必求人，就怕你不干。"

林超然："说。"

罗一民："我为你借一柄刷墙刷子，长把的那一种。再为你借一把抹子，一个刮板，一只工具袋。有了这几样东西，你每天早上蹲在三孔桥那条街的道边，兴许就有雇你刷房的。我听说那儿形成了劳务市场，甚至有些机关单位也到那儿雇人刷办公室……"

林超然："每天多少钱？"

罗一民："不按天算。按平米算。听说一平米三毛钱。十平米不就三元钱了？屋子最小的人家也二三十平方米吧？每个月只要被雇到五六次，起码不就四五十元挣到手了？要是几个人合包一次活儿，一刷就刷了一幢办公楼呢？那不就时来运转了？不是因为腿不好，怕没人雇我，连我都想每天到那儿等活，不开这铺子了。"

林超然："为我借！明天我就来取！"

罗一民："真动心了？"

林超然："不是动心了，是就这么决定了！"

敲门窗声。

门外站的是杨雯雯的外公，就是那订货的老先生。他戴单礼帽，着布鞋，一身中式亚麻裤褂，手持纸扇。

林超然起身替罗一民开了门，请入了杨雯雯的外公。

罗一民也站了起来，堆笑地说："刚才还说起您，以为您忘了。"

杨雯雯的外公："这是对我很重要的事，不会忘的。"也一脸微笑，很和气。

罗一民："他是我朋友林超然，当年还是我营长。"

林超然伸出手，杨雯雯的外公与他握了一下手，并说："幸会幸会，真是年轻有为。"

罗一民："那是以前的事，现在比我还落魄，过几天就得去当刷房子的临时工了。"

林超然："也不能说是落魄，暂时处于人生低谷而已。"

杨雯雯的外公："唔，两者有何区别？"

林超然："大多数人的人生都会有低谷。就看怎么看了，别人看你很落魄，自己被别人的看法压垮了，那就容易悲观。落魄是有心理成分的说法，低谷只不过是承认一种客观事实而已。"

杨雯雯的外公:"那么你是个乐观的人喽?"

林超然:"总体上是。"

罗一民:"你们先别讨论悲观乐观的问题,我这儿不是举行座谈会的地方。老先生,请过目我给您做出的活儿。"

他引杨雯雯的外公走到了案前。

杨雯雯的外公:"我一进门就看到了。"拿起最小的一个,观赏古董似的,"你用的白铁皮不错,活儿也做得不错。边儿敲得齐,嗯,底部的洞剪得也圆。满意。很满意。"

罗一民笑了:"可您来得不巧。就剩那个最大的还没做完了,您今天不能全带走。"

杨雯雯的外公:"今天我也不带走。现在,我要求你,将每一个都安上喷嘴儿。"

罗一民:"那……那不成了喷壶了吗?"

杨雯雯的外公:"对。我最终要你做的正是喷壶。"

罗一民:"您当时为什么不说明白?"显出了不高兴的样子。

杨雯雯的外公:"我每次都说得很明白啊。第一次我说做十只桶,你说很容易。第二次我说每只桶底部剪一个洞,你也说不难。你正是一次二次按照我的要求做的,我今天来看到了,还很满意,你怎么会有我没说清楚的感觉呢?"

罗一民:"当你第二次来要求每只桶的底部剪一个洞时,其实我心里就有点不高兴了。你要是早说,做成桶状之前就在铁皮上剪出洞了,那多省事?可我当时一句也没埋怨您,对吧?当时我问您最终要做成什么,您偏不说。现在您说要的是喷壶,对我麻烦大了。做喷壶一开始就根本不是这么个做法。"

杨雯雯的外公:"你要求我说'对不起'?我可以说,但是不想说。究竟要做什么,起初我没想好。做成喷壶是一步一步的想法。"

罗一民看着他摇头,分明不信他的话。

杨雯雯的外公:"不管麻烦不麻烦,按照合同,你都必须为我做,是吧?"他从上衣兜掏出一纸合同,展开,看着念:"客户甲方一次性预先付款。乙方无条件承诺,甲方怎么要求,乙方便怎么做。在做法和期限两方面,完全服从甲方要求。"

杨雯雯的外公："你再看一遍不？"

罗一民望着他摇头。

杨雯雯的外公将合同揣起后说："我承认是给你添了麻烦。我愿意再多付你钱。说吧，多少？"

罗一民仍望着他摇头。

杨雯雯的外公："你不要，我不强加于人。我没那习惯。尤其不习惯非给别人钱不可。我是商人，对钱还看得较重。"

林超然："您要大大小小这么多喷壶有什么用？"

杨雯雯的外公："用处太多了。我喜欢花，养了大盆小盆的花。大盆的用大点儿的喷壶浇水，小盆的用小点儿的喷壶浇水。这把，可以用来浇院子里的花。这把最大的嘛，我觉得可以用它来浇滑冰场。"

他转身向林超然："你认为如何？用它是不是也可以浇出一片滑冰场？"

林超然："老先生，非要用它浇出一片滑冰场那也不是不可以。但大型的滑冰场都用洒水车来浇。中小学的滑冰场，一般也是用爬犁改装的简单洒水车来浇，没听说过用喷壶的。"

杨雯雯的外公："没听说过的事，不等于没有过的事。我很好奇，想看到用喷壶浇出冰场的情形。这么大的喷壶，装满水肯定很沉。刚才我和你握手，觉得你的手劲特别大。到了冬季，我雇你浇冰场怎么样？"

林超然一笑："现在是夏季，到了冬季再说吧。如果那时我又没活可干了，愿意。"

杨雯雯的外公也笑了："那咱们就算先口头订下君子协议喽？"转身对罗一民又说，"啊，按照合同，对你还有个要求。下个月的今天，我来取喷壶，十把一把不能少，你可要赶赶啦？"

罗一民已完全呆在那儿了。

杨雯雯的外公："不打扰你们，告辞了。"

自始至终，不论是他跟罗一民说的话，还是跟林超然说的话，听来都是那么的和气。而且，也一直是和颜悦色的表情。

林超然替他开了门，礼貌地将他送到外边，伸出手臂阻止骑自行车的人，挽着他过了小街，一直将他送到小汽车旁，两人在车旁说着什么。

林超然目送小汽车开走。

铺子里。罗一民还呆在那儿。

冻得通红的双手在用大喷壶浇水。杨雯雯的双手。
她那双结了一层冰的鞋面。

林超然回到了铺子里，说："老先生是位港商，还是从咱们哈尔滨去香港的。他说他对哈尔滨有深厚的感情，所以政策一允许就打算回来投资了。"

罗一民："我看他是来者不善。"

林超然："为什么这么认为？"

罗一民未答。拿起最小的那件活儿，愣愣地看着。

林超然："我觉得老先生人挺好的呀。老人嘛，他们的想法、做法，往往都和我们年轻人不一样，难免会使我们觉得怪怪的。我们常要求老年人看我们大的方面是怎样的人，那我们看老年人就也应该同样看大的方面。"

罗一民："我恰恰觉得，他正是在大的方面来者不善，成心刁难我。"

林家。凝之在读信给林父和林母听。

凝之："爸爸，妈妈，我不是不想家，不想你们。我不是那种有了对象就忘了父母的儿子。我不但非常非常想你们，还很想我小妹。现在，兵团又改回农场了，我们这里也开始实行承包制了。我承包了一大片土地，还承包了一台拖拉机，还有犁铧、收割机，总之是配备齐全的一组农机具。我一心想要做北大荒的第一代农场主……"

林母："难怪他到现在也不返城！怎么可以有这种想法呢？那不是和想当地主是一样的野心吗？以后哪一天还不挨斗啊？"

林父："别打岔！好哇！好，好！老二这封信写得很有水平嘛！争取为国家多种粮食，向国家多卖粮食，这是光荣的想法嘛！农场主也不能和从前的地主画等号，是要做大农民！对，心甘情愿做农民的人，那也要做大做强！"

凝之："妈，别担心。我二弟的想法，正是我爸说的那样。"

林母："凝之，你都不让我担心，那我就不担心了。论国家政策方面的大事，妈不如你明白，但妈信你的。"

林父急迫地说："你先别说了，先听信行不行？凝之，快接着念！"

凝之："爸爸，妈妈，我们农场，组织了一个农场职工考察团，我也报名了，被批准参加了。不久我们要到新疆去进行考察学习。这一去,也许要半年,也许要一年。考察学习期间,我肯定还是不能回家探望你们了。但是有哥哥和嫂子在你们身边尽孝,我是完全放心的。"

林母落泪了:"我都快四年没见到他了,一下子又要去新疆了,又要很久不能探家。"

林父:"你掉泪干什么呢!凝之不是念得明明白白嘛,他是去考察学习!要做大农民,不考察不学习,大得起来吗?"

林母:"我想他!最近想他都想得夜夜睡不着觉!怎么,还不许我因为想他掉眼泪啊?"

林父:"就你想他,我就不想他了吗?但只要他是为了有出息,再两三年内不回来探望我们,那我们也得理解他!"

林母:"我说我不理解他了?"

凝之听着两位老人的话,心里别提有多不是滋味。

外边传来叫卖声:"豆腐!新压出来的大豆腐!干豆腐水豆腐豆腐丝喽……"

凝之:"爸,妈,我先去替你们买点儿豆腐!"

她说着起身往外便走。

凝之站在那条街的电线杆前,双手捂脸哭泣。

某图书馆。小韩进入,目光四处寻找,发现了静之。

静之在埋头看一部厚厚的书,沉思,往小卡片上写什么。

一只手将半页纸推向她,其上写的是:"出去一下!"

静之一抬头,见小韩站在她对面,向她亲昵地笑。

静之在纸上写了"不行"二字,复将纸推向小韩。

小韩又在纸上写了"为什么"三个字,再次将纸推向静之。

坐在静之旁边的一个姑娘,拿起书不满地走了。

小韩赶紧坐到那把椅子上。

静之小声地说:"我办的是临时证,只能在这里看不能把书借走。"

小韩:"我有重要的话跟你说,先把书还一下嘛!"

静之:"这是高考必读文科书目之一,等着借的人很多,我一还回去五分钟之后就借不到了。"

小韩："我要跟你说的话很重要。如果你听了也许就不想高考了。"

静之疑惑。

小韩："不骗你。"

静之犹豫，四下望，又小声地说："书我是不能轻易还的。那边有一个我认识的人，我先把书交给他。"

她起身走向一个同龄青年，与之耳语。

小韩望着。

两人站在图书馆外的高台阶上。

静之："说吧。"

小韩："又好多天没见面了，特想你。"

静之一怔。

小韩："真的！"

静之："我认为这不是你急着要跟我说的话。"

小韩："是急着要跟你说的话之一。但是你得先回答我一个问题。"

静之笑了："问吧。"

小韩吸着了一支烟，小心眼儿地说："他是谁？"

静之："哪个他呀？"

小韩："接过你书那个男的。"

静之："在图书馆认识的。"

小韩："你还真善于交际，怎么认识的？"

静之严肃了："别小心眼儿啊，审我呀？"

小韩不好意思了："不是因为爱你嘛！"

静之："气我！快说正题！"

小韩："静之，我爸妈的意思是——希望咱俩早点儿结婚！"

静之又一怔。

小韩："他们对你印象可好了，一点儿也不在乎你有没有大学学历。"

静之："代我谢谢他们对我的好感，那你呢？"

小韩："我和他们的想法一样，当然更不在乎你有没有大学学历了。"

静之："可是我自己在乎。我并不是为任何别人考大学的。"

小韩："现在是千军万马都拥挤在考大学这座独木桥上了，你又何必非参与这场竞争呢？"

静之:"我要做最好的我自己。"

小韩:"可想而知,竞争将会很残酷。"

静之:"我们这一代,以前谁也无法做自己的主,现在终于又开始有了这样的机会,我认为是我们这一代的福音,千军万马很壮观,我参与其中感觉良好!"

小韩:"我爸妈的意思是,其实,如果咱俩就我一个人能考上大学,他们已经很高兴了。至于你,他们保证为你安排一份特别稳定的,也就是政府机关性质的,起码是事业单位性质的工作,风吹不着,雨淋不着,上班几乎等于看看报,喝喝茶,聊聊天的那么一种工作。那样,你不正是做成了最好的你自己吗?"

静之:"以后呢?"

小韩:"以后我有了大学文凭,肯定会努力工作,科长、处长,争取几年一个台阶……"

静之:"而我,工作之余,要全心全意相夫教子,做典型的贤妻良母,加上善于讨公婆欢心的儿媳妇?"

小韩:"对对对!"憧憬地说,"那是多么美好幸福的生活啊!"

静之:"仅仅那样,我肯定不是做成了最好的我自己,而只不过是做成了你最好的妻子,和你爸妈最好的儿媳妇!"

小韩:"可……如果咱们都一门心思投入高考复习,多少天才能见上一面,只怕咱们之间那点儿刚刚形成的热乎劲儿,渐渐地,不知不觉地又凉了……"

他说得很忧郁,也很真诚。

静之望着他的目光顿时温柔了,多情了。

她说:"不会的。我爱你。"

小韩:"我比你爱我更爱你,这你应该感觉得到。"

静之:"我当然感觉得到!"情不自禁地拥抱住他,欲吻他。

不料小韩轻轻将她推开了:"别……站在这么高的地方,让别人看见多不雅!"

静之又是一怔,庄重地说:"转告你爸妈,谢谢他们的安排。但大学,我是非考不可的!"

她转身走入图书馆。

小韩站在原地发呆,烟头烧疼了他的手。

静之回头大声地说:"不许随地扔烟头,扔垃圾筒里!"

小韩捡起烟头,已不见了静之身影。

"嫂子……"

凝之一转身,见林岚站在跟前。

卖豆腐人的叫卖声仍在传来。

林岚:"嫂子,谁惹你伤心了?"

凝之:"谁也没惹我伤心,是我自己想到了点儿伤心事。兜里有钱没有?"

林岚:"有。"

凝之:"快去追上卖豆腐的,买几块豆腐!"

林岚:"也没盆啊。"

凝之:"那买干豆腐!"

凝之捧着用纸包着的干豆腐,林岚搀着她往家走。

凝之:"小妹……"

林岚:"嗯……"

凝之:"千万别跟你爸妈说看见我哭了。"

林岚懂事地说:"嗯。"

林家门口。林母迎道:"你有孕在身,结果还让你去买了,家里有两块豆腐。"

凝之:"正巧碰上了林岚,我让她买了一斤干豆腐。超然念叨想吃干豆腐了,他今天会回这边来,我陪他在这边吃。"

林母:"那好,晚上两样都做。"

三人进了屋,林父指着桌上的一本书对林岚说:"你嫂子给你买的,还不说谢谢?"

林岚拿起《简·爱》,高兴地说:"早就想看这本书了,谢谢嫂子。"

林父:"你工作的事,既然辞了,我和你妈也就不再训你了。你想考学,从明天起我们也开始支持。但是你要向你二哥学习。你二哥来信了,他立志要留在北大荒做大农民。你要学习他这种志气。你嫂子念两页了。最后一页你念给我和你妈听……"

269

林岚从桌上拿起信，看着说："这不是……"

凝之抢着说："这不是一封邮寄的信，是你二哥托人捎回哈尔滨的。"

林岚看了嫂子一眼，虽然心生困惑，但还是坐下念了起来："爸爸妈妈，我从小总听大人们说，儿想父母扁担长，父母想儿长城长。那时不太理解，现在，终于理解到……作为思念之情，儿女只不过有时才特别地想父母，而父母只不过有时才不想……"

林父："好！老二这封信，真是越听写得越好！他懂事了，太懂事了！把刚才那两句再念一遍！"

林岚就又念了一遍。

林父林母静静地听林岚念信。

林母起身从墙上摘下相框，擦着玻璃，端详着林超越在兵团时期所照的单人照。那是一张彩照。当年中国民间还没有彩色胶卷。那张照片上的彩色是用笔染上去的。

林父从林母手中拿过了相框，也端详着。

眼泪掉在玻璃上。

老工人粗糙的手掌抹着眼泪。

凝之内心极其矛盾地看着两位老人。

林岚："念完了。"

林母伸出手："给我，你二哥这封信得我保留着。"

林父也伸出手："给我，得我保留着。"

林岚看着两只手，不知究竟该给谁。

林母将信掠过去了："我先说的！"

林父："我不让着你，能由你把话先说了！"

他企图从林母手中夺去信，林母侧转身不愿信被夺去。

凝之和林岚都愣愣地看着。

林父无奈地，也像小孩子似的："那，咱俩谁也别争，让女儿保留！"

林岚一愣。

林母："对我，是儿子的信。对女儿，是二哥的信。你让岚子自己说，究竟该谁保留着？"

林父："让女儿保留着，是为了让女儿多看几遍，学她二哥那么有志气，那么懂事，那么……由你保留着，你能向老二学什么？"

林母妥协了，将信朝林岚一递："给，你保留着吧！记住你爸的话，多看几遍,要向你二哥学……"

林岚有点儿不知所措地看着凝之,凝之微微向她点一下头。

林岚这才将信接了。

林父:"他妈,说不定啊,将来咱们老二,兴许还比老大有出息。你看老大,返城回来,这是落了个什么结局?"

林母给了他一拳:"当着凝之的面,你说的这是什么浑话!"

凝之笑笑,小声地说:"我不生气。超然现在的情况,那肯定是暂时的……"

图书馆。静之随几个人走出来。

"静之!"她一回头,见是小韩。

小韩:"中午了,一块儿找地方吃饭吧。"

静之:"你一直等我到现在?"

小韩:"如果这也惹你不高兴了,我道歉!"

静之:"道的哪门子歉啊!你呀你,我是多么过意不去!"

她主动拉住小韩一只手。

哈尔滨一处僻静又环境不错的小餐厅,门外有餐桌椅,并有一株栽在大木盆里的夹竹桃,正开着花。

静之和小韩坐在一张小餐桌旁。小韩在看菜谱,静之在看书。

小韩:"想吃点儿什么?"

静之眼睛不离开书:"随便,你点什么我吃什么。以后都要同吃同住了,你爱吃的我也会爱吃!"

小韩笑了。随便点了几样菜。

静之:"千万别多点了啊,吃不了浪费不好。"

小韩:"就点了三样——炒土豆丝、拌黄瓜、西红柿炒鸡蛋,都是你爱吃的吧?"

静之这才抬起头,并点了点头,握一下小韩的手,张开嘴却无声地说:"爱、你!"

小韩幸福地笑了,理解地说:"你说服了我,我服从你的意愿——什么书啊?"

静之合上书——是一本《鲁迅作品选》。

小韩："我数理化头脑不行，也只能考文科，文学方面的书还没来得及看，快给我补补课！"

静之："抓住两个要点——鲁迅他们那个时代的文化知识分子们，一批判的是中国人的奴性，二批评的是中国人的'看客'现象。"

小韩："我那套复习提纲中，有一个问题是——'五四'时期所批判的中国人的奴性，究竟是怎样形成的？"

静之："想想《三国演义》卷首词最后两句是什么？"

小韩摇头，惭愧地说："当真人不说假话，没读过。"

静之："'一壶浊酒喜相逢，古今多少事，都付笑谈中。'封建社会等级森严，人人都难免多少有些奴性。这不仅是中国现象，也是世界现象。"

静之侃侃而谈地讲着。

小韩双手捧腮小学生似的听着。

服务员端上来菜、饭。

两人边吃边问着，答着……

鸽哨声。一群鸽子在天空飞翔。静之和小韩已吃罢饭，站在夹竹桃旁。

静之："这花开得真好。"

小韩："真舍不得与你分开，也真愿意听你说话。没想到，才一个多星期没见，你又知道了那么多！"

静之："你得把'知识'两个字分开来理解。'知'只不过是知道，'识'是自我见解。自我见解比知道更重要。如果仅仅为了考大学，完全按照复习纲要的范围读点儿书，那也只不过是知道了些什么，知道得再多，却懒得思考问题，就只不过会成为一个喜欢掉书袋的人。"

小韩心猿意马地说："还真想吻你！"

静之一仰脸："批准。"

小韩四下张望，看有没有人在注意他俩。

四周静悄悄的无一人。静之已等不及，搂住了他脖子。

小韩："等一下！"

静之愣愣地放开了他。

小韩从上衣兜掏出一盒烟，揣入裤兜，笑着说："三五的，我在收集烟盒，别压扁了。"

静之看他片刻，大笑起来，笑得弯下腰。

小韩被笑得莫名其妙。

静之:"哎,亲爱的,你咋是这么一个人啊!那我还莫如干脆吻花儿得啦!"双手捧一朵花,郑重地吻了一下,一转身扬长而去。

小韩呆呆地望她背影,又看那朵花。

林父、林母和林岚、凝之在吃晚饭。

林母:"不再等超然一会儿了?"

凝之:"别等他了,林岚刚才都说饿了。"

林岚:"对,不等他,让他吃剩的!"

林父严肃地说:"不许你以后再说这类话!还当着你嫂子的面说!我埋怨你哥可以!你有什么资格轻视他?"

凝之:"爸,她是开玩笑。"

林超然进屋了。

林超然:"你们又在背后议论我什么?"

每个人都笑了。

五人在吃晚饭。桌上一盘炖豆腐,一盘炒干豆腐丝成为主菜。

林母用小勺往凝之碗里盛炖豆腐。

林父用筷子往林超然碗里夹干豆腐丝。

因为听凝之读了二儿子的信,林父、林母显得心情特别好。五口人其乐融融的情形像过年过节。

林父:"豆腐可是好东西,从前它是老百姓饭桌上的素肉,多吃豆腐长寿。每个月发不发半斤肉票我不在乎,哪天要是干豆腐不凭票了,那对于我就是到了共产主义!"

林岚:"现在私人也可以做豆腐卖豆腐了,政府部门睁只眼闭只眼的也不太管了,豆腐票不等于没了意义?"

林母:"你爸一说肉票我想起来了,前条街上的老张家,儿子结婚办喜事时,借了咱们五斤肉票,到现在也没还。也不知是真忘了还是装忘了。岚子,你哪天去要!"

林岚:"这种得罪人的事我可不去!"

林超然:"妈,别要了。街里街坊的,几斤肉票还记在心上多不好,看伤了和气。"

林母:"得要。那是我平时舍不得用,半斤半斤攒下的,为的是今年春节两家人都过个肥年,猪肉炖粉条让大家个个可劲儿造!"

凝之：“有天我做了个梦，梦见连粮票都取消了，购粮证也不发了。而且呢，大米白面随便买了……”

林父：“凝之，你呀，连做梦都做得与众不同！那么浪漫的梦你也敢做？”

林岚：“大老粗别瞎转好不好，浪漫！”

林父：“瞎转也是跟你妈学的！”

林母：“哎，往我身上赖！我什么时候转过？”

三个晚辈都笑了……

天又黑了。林超然挽着凝之走在回何家的路上。

林超然：“你让二弟到新疆那么远的地方去了，估计我爸我妈一年半载之内，不会再责怪他不回哈尔滨探家了。”

凝之站住，看着林超然说：“超然，不能再那么骗他们了，骗到哪天是头呢？每编一封那样的信，对我都是折磨。写着写着，就不像二弟的话，不像二弟的字体了。”

林超然：“是啊，我理解。本来应该是我的事，却一而再，再而三地推给了你，太难为你了……”

凝之：“我当然也理解你。你怎么能够一封封编出那样的信呢？两位老人那么容易受骗，又那么相信我。我怎么骗，他们就怎么信。每骗他们一次，我都有一种深深的罪过感……”

她又哭了。

林超然轻轻搂抱住了她，内疚且安慰地说：“我来面对，我来面对，现在确实还不能告诉他们，等到一个适当的时候吧，比如小妹考学的事过去了以后，我也有了较稳定的工作……”

韩父坐在沙发上看报，韩母在打电话。

韩母：“不用费心介绍了，儿子已把对象领回家来吃饭了，挺好的姑娘，模样好，性格也好，开朗活泼，是我和他爸中意的那种类型。小韩当然更中意她啦。家庭也还算可以，说不上门当户对，但也不至于使我们干部人家多么没面子。姑娘她父亲当年是摘帽的那一批，我们小韩他爸向组织汇报了，组织说问题不大……"

敲门声。

韩母:"准是儿子回来了,改天再聊。"放下电话开门,门外果然是小韩,表情郁闷地换鞋。

韩母:"回来了?"

小韩:"这话问的,我不都站你面前了嘛!"

韩母:"见过静之了?"

小韩拖长声音地说:"见、过、啦!"说罢,盘腿坐在了地中央。

韩父不看报了,从眼镜上方看他:"转达我们的想法了?"

小韩:"转、达、啦!"

韩母:"她很高兴是吧?"

韩父:"难道她还会不高兴?"

小韩:"正是。"

韩母:"'正是'是什么意思啊?你爸说的那样,还是我说的那样?"

小韩却答非所问:"我俩都快那样了……"

韩父:"哪样?儿子,你们还没登记,可别胡来,那会有不堪设想的后果的!"

韩母:"其实真那样了也没什么。生米做成熟饭,煮熟的鸭子就飞不了啦!再说时代不同了,对象之间那样也不应该算作风问题了……"

韩父:"我不许!谈恋爱要有规矩方圆!"

韩母:"你的思想也要解放一点儿!"

小韩:"安静!都听我说——我俩正要接吻,她忽然不了,转身去吻一朵花!"

韩父、韩母一时你看我,我看你。

小韩往地上一躺。

韩母:"别躺地上,看着凉!"

小韩仿佛没听到,自言自语:"我觉得她像一匹小马驹,小野马驹。我虽然当过兵,可惜不是骑兵,一点儿也不熟悉马性,只有骑自行车才骑得溜……"

韩父、韩母又是一阵互看。

罗一民的铺子里。罗一民在做喷壶壶嘴。他旁边的小凳上放着白酒瓶子和一小盘咸菜。他敲几下就停止,喝一口酒,往嘴里放一条咸菜。

屋外传入问话声:"一民在家吗?"

罗一民："死啦！"

门一开，进入一个三十七八岁的男人，穿背心裤衩，趿拖鞋，手握一卷纸。

来人："这不活得好好的嘛！一边干着活儿，一边还喝着，这就是干个体的好处。要是在正经单位，哪儿能这么干活儿？"

罗一民头也不抬地说："我这儿就不是正经地方了？虽然不是单位，但我干的也是正经活儿，我是凭手艺挣钱的正经人！"

来人："那是那是，开句玩笑，别误会嘛。谁敢说你这不是正经地方，你罗一民不是正经人啊！撮子、挑水桶、洗衣盆、舀水铁勺、烟筒和房檐下的淌雨管，哪样不是你罗一民做的呀？咱们这几条街的居民缺了你还行？"

罗一民又喝了一口酒，这才瞪着对方说："没工夫和你闲扯淡。没事儿走。有事儿说。"

来人："当然有事儿。很重要的事儿。对我重要，对你也重要。甚至还更重要。对咱们这条街上好多户人家都很重要，关系到咱们共同的切身利益……"

罗一民："你是想说拆迁的事儿吧？"

来人："对对，真是聪明人，一点就知道了。但是你清楚是谁打算投资拆迁吗？"

罗一民："爱谁谁。"

来人："就是来过你这儿几次的那位老先生！他是位港商，今儿白天还到你这儿来过，对不？有人看到了！他也不是想让整条街的人都搬走。他是要投资翻修这一条街。但是有几家，他希望能搬走。我家是一户，你这儿也是一户。我家那三间老房子虽不起眼，却据说是抗日联军的一处联络站。而你这里，当年是犹太人开的一家小旅店，专门收留流亡的犹太人。"

罗一民："简单点儿，我正干活儿呢！"

来人："咱们可以搬。说将来要盖一幢楼，优先让咱们挑户型。能住进新楼房，干吗不搬？但，我不说了，你看这个。"

他将手中那卷纸递给了罗一民。罗一民接过看了片刻，还给他。

来人："咱们总共十几户，希望你挑头，跟他谈条件。"

罗一民："为什么你们要推举我挑头？"

来人："你当年不曾经是红卫兵小将嘛！"

罗一民反感地说："别跟我提当年！"

来人:"好好好,不提当年。别生气,耐心点儿。都明确表态了,只要你肯挑头,人人听你的。你怎么吩咐,大家怎么响应。"

罗一民:"谈条件我是支持的。我们也有权利谈条件。可为什么要狮子张大口呢?都想一下子腰缠万贯啊?"

来人:"如果真能那样,为什么不?天上掉馅饼,百年不遇的事儿。狠敲一笔不为过。天下熙熙皆为利来,天下攘攘皆为利往嘛!"

罗一民:"据我所知,人家就不是为利投资。人家等于是捐资行为。"

来人:"他是香港富商,钱太多了嘛!可咱们不都是平民百姓,一辈子钱不够花的人嘛!大家还说了,目的达到以后,每户从补偿金中抽出一成给你。十几户啊,你想想那多少钱?"

罗一民又喝一口酒,放下瓶子说:"我才不挑那个头!谢谢你们的抬爱。你们非狮子大张口,你们自己去扑去咬!我的条件我自己定。我的权利我也要自己去主张。"

来人:"一民,再考虑考虑。"

罗一民:"你走吧,别耽误我干活儿。"

来人:"你……你这不是不识抬举嘛!"

罗一民用锤子一敲铁砧:"滚!"

第 十 二 章

清晨,有雾,秋季到了。雾不是很浓,并且在飘移。

雾中一些骑自行车的人影驶过,自行车铃声不断。

雾气渐渐散去,人行道上出现另一些人,七八个,年龄从三十岁左右到五六十岁,或站着,或坐在人行道沿上,皆手持长杆的刷墙刷子,肩搭帆布工具袋。有的戴蓝色单帽,有的戴破草帽,有的没戴。他们的帽子、衣裤、鞋上布满灰点。灰点儿也不仅是白色的,还有黄色、绿色、粉红色的。看去像穿斑点迷彩服的士兵。

林超然也在他们中站着,在看一本薄书。他显得很"另类",因为只有他一个人衣服、裤子、鞋子干干净净的,戴着绿军帽。

"超然!"

林超然一抬头,见是骑辆旧自行车的王志,一腿跨车上,一脚踏路沿上,长杆刷子绑车后架上,也是一身灰点子。

在这种地方见到了王志,使林超然很意外,也很高兴,问:"你……不是有工作吗?"

王志:"今天星期日啊,能多挣点儿就多挣点儿啊。"

林超然:"我都过昏头了,根本没有星期几的概念了。"

王志:"我两个月前当爸爸了,日常开销多了。不多挣点儿,太对不起老婆孩子了。"

林超然:"那也得祝贺你。我也快当爸了,可到现在还没稳定的工作。听别人说站这儿能找到活儿,就来试试。"

王志:"像你这样,等到天黑也等不到活儿。你看看别人,再看看你自己,从上到下干干净净的,哪像干这行的样子!"

林超然:"我特意穿了身干净衣服,以为能给雇工的人好印象。到这儿了才发现自己不太对劲，可已经站这儿了啊！"

王志："还拿本书看！什么书？"

林超然："《泰戈尔诗集》，怕等久了闷。"

王志："放包里。"

林超然将书放入挎包。

王志问别人："谁带灰桶了？最好是有灰底子的。"

一人答："我。干吗用？"

王志："前边路上有洒水车在浇树，去接点儿水，湿桶底就行了。"

那人开玩笑地说："不能白用啊，得交费！"拎桶走了。

王志弄湿了刷子头，往林超然衣服裤子上甩灰水，甩完了前边甩后边。

王志："我们这种人被叫作路边工，又叫蹲马路牙子的。我是这儿的创始人之一。谁身上的灰点子多，受雇的机会才多。每个人都舍不得洗去，成了我们的行头，也可以说是广告。"

林超然："每月能挣多少啊？"

王志："去年还不行，今年一下子活路多了。好像全哈尔滨市的人都活得来劲了，家家户户都要粉刷房子似的。从开春到现在，连我这业余的都挣了二三百了。他们中有人都挣了一千多！"

林超然："多少？"

王志："一千多。你还别不信，真的。几个人刷一个单位的房子，每人一次就能分二三百。有那运气好的，几个人刷了一所中学……"

林超然孩子般地说："王志，拉兄弟一把，我也想挣一千多。"

王志："别急，咱俩既然碰上了，我起码保证你今天能挣到钱。帽子给我……"

林超然："是顶军帽。"

王志："不想挣一千多了？"

林超然乖乖摘下军帽给了王志，王志一手帽子，一手刷子，往军帽上甩水。

有人大声地说："王志，要不要点儿带色的？这几只桶里还有带色儿的灰底子！"

王志："要，拎过来。"

王志退到一旁站着了。三个人围着林超然，三把刷子从三个方向往他身上甩水，有的干脆用刷子往他身上刷……

林超然："谢谢，谢谢，给你们添麻烦了。"

一人说："小意思，一点儿不麻烦。"

王志："太阳一晒，一会儿你看去就合格了。"

太阳在空中运行，由东而升空正中，而偏西，落下。

天黑了。

四人身影走在路上，是林超然、王志他们。人人扛着长杆刷子，有的拎着桶，单手推自行车。

四人坐在一家小饭馆里了。

林超然："我请。"

王志："你刚加盟第一天，轮不到你。谁也别争，我请。"

四只啤酒杯碰在了一起，都一饮而尽。

王志："超然是我兵团战友。我不在场的时候，你们多关照他啊？"

一个说："没问题！"

另一人说："你是前辈。前辈吩咐了，我们当然照办。"

第三人："别说多余的了，分钱，分钱！"

王志从兜里掏出来点数。其实不多，一百来元而已。当时没有百元钞，也没有五十元的。若有，没点的必要了。

林超然："想不到今天一天能挣三十元，今天以前我连这种梦都不敢做。"

王志："不多。咱们四个人才刷了二百多平方的房子。你见了钱那么激动，先给你。"

他将一份钱给了林超然。

又是一个早晨。

还是那条马路旁，林超然还是和那些人站在一起，只不过王志没来，而林超然的衣服，已和他们一样了。

一人骑自行车来找活儿了，看去是只雇一人，大家推让了一番，最后一起向找活儿的人推林超然。

林超然蹬着罗一民那辆三轮车跟去了。

天又黑了。三轮车停在罗一民铺子外。

屋里,罗一民在埋头做喷嘴,林超然在脱满是灰点子的衣服,换上另一套干净的衣服。

天又亮了,林超然已穿上了满是灰点子的衣服,走出罗一民的铺子,开了锁,蹬着三轮车走了。

傍晚,林超然和一名路边工在路边分钱,二人互拍一下手告别,一个蹬着自行车、一个蹬着三轮车各奔东西。

白天。林超然他们照例在同一条马路的人行道上,或蹲或站,林超然又在看《泰戈尔诗集》。
不同的是……他们头顶的树叶变黄了。
林超然仰望树叶。晴空万里。
林超然默诵着泰戈尔的诗句:阴晴无定,夏至雨来的时节,在路旁等候瞭望,是我的快乐。从不可知的天空带信来的使者们,向我致意又向前赶路。我衷心欢唱,吹过的风带着清香……
一阵自行车铃声。
林超然从天空收回目光,见王志又像第一次那样出现在面前,满面春风,如逢大喜。其他路工围了过来。
林超然不无幽默地说:"捡到了一个大钱包?"
王志笑盈盈地点头。
一名路工当真了:"什么地方捡的?里边多少钱?"
王志:"反正钱不少。不过我一个人打不开,得你们大家帮我才能打开。"
另一名路工:"真捡到那么大钱包,他就是用炸药炸也自己把它弄开了,还会来求咱们帮忙?"
又有一名路工:"就是!肯定怕咱们分啊!"
王志郑重了:"你们想象成再大的钱包那也小了,简直就等于是个钱柜。黑龙江大学要粉刷一座教学楼,听说我干得挺有口碑,就派了一个人主动跟我联系。如果你们不帮着，那么大一项活我一个人干得了吗？"

大家被好消息冲昏了头脑，互相愣愣地看着。

林超然："还愣着干什么呀？抛他！"

于是众人发出哄声，将他举起，一次次高抛。

他们一行七八辆自行车从一段坡路冲下来，都将铃声按得连响，有人还大撒把，高兴得怪叫。

他们在黑大校门前下了自行车，羡慕地望着进进出出的大学生。唯王志一人在跟门卫说着什么。

林家门口。林父在擦一辆扔了不见得有人捡的自行车，车的前后胎都龟裂了，瘪了。

林母走出家门，问："你从哪儿捡这么一辆破车？"

林父："废品站，花两元钱买的。超然不能总骑人家小罗的车。你看这标牌，永久，名牌儿！"

他一拍大梁，又说："听说这种车的大梁是用一等钢材做的，要不敢叫永久？"又用手使劲按按车座，"车座弹簧也还有点儿弹性。再花点儿钱，修修准能骑。"

林母："跟你说，你不觉得超然近些日子不对劲吗？"

林父："怎么了？"

林母："他回这边家的次数少了。"

林父："那就是回何家那边的次数多了呗！凝之再有俩月该生了，他多回那边去还不应该的呀？别挑些没用的理！"

林母："他怎么星期天好像也不休息了？"

林父："我在江北干活的时候，不是也接连几个星期天没休息过？"

林母还想说什么，张张嘴，忍住了没说。

张继红在一处存自行车的地方补车胎，一旁坐着看自行车的何春晖，手拿一本英语词典。念念有词地背着。

张继红："哎……"

何春晖向他转过了脸。

张继红:"不会有人赶我走吧?"

何春晖:"放心,我不赶你走,没人赶你走。"

张继红:"那谢了。真想出国?"

何春晖:"逼上梁山。"

张继红:"说得还挺悲壮,谁逼你了?"

何春晖:"不告诉你。你也是兵团回来的,传来传去,传到对方耳朵里,影响良好关系。"

张继红:"难道是咱们返城战友逼你不成?"

何春晖:"到此为止,别再多问,哪儿说哪儿了。再问我也不会多说一个字了。"

他又背起单词来。林父推着破自行车走到。

林父:"继红!"

张继红意外地说:"大爷……修车?"

林父:"你……你怎么……"

张继红:"是啊是啊,我怎么在这儿修起自行车来了呢……超然没跟您汇报?"

林父:"你俩闹掰了?是他把你挤走了?"

张继红:"我俩好着呢。那个工程队越来越不地道了,居然让大家往水泥里掺黄土掺炉灰。我俩看不过去,带头闹了一场,和几个人离开了。"

他一边说一边站了起来。

林父:"那……超然他……又找到活了吗?"

张继红挠腮帮子:"这……我也不太清楚。"

林父猛转身走了。

张继红:"哎,大爷。"

林父头也不回。

张继红看着自行车自言自语:"这么破的自行车还值得修?"

何春晖却仍在背单词,仿佛对刚才的事根本没看到,也根本没听到。

林家。林父坐在炕边低头吸烟,林母站在他身旁。

林母:"又怎么了?一回来就唉声叹气的!"

林父:"超然和小张都不在江北干了。小张在修自行车,超然找没找到活干,他也不清楚……"

林母:"我说什么来着?等他再回家来,你得问。"

林父:"他不说,我不问。你也不许问。他都那么大人了,如果又找到活了,在干着,问问倒也没什么。如果还没找到呢?不管你还是我,问了叫他的脸往哪儿搁?"

林母:"那我去何家问凝之!他现在是怎么回事,总不至于连凝之也瞒着!"

林母话音一落,转身往外便走。

林父:"别去!"

林母在门口站住,回头看他。

林父:"那……去吧,去问问也好……"

何家。凝之坐在炕上织小孩毛衣,林岚坐在静之坐过的那张桌子上在看书。

凝之:"小妹,复习什么呢?"

林岚:"中国文学史。"

凝之:"哎,你不是想考理科大学吗?"

林岚:"静之姐说,我理科功课差得太多了,根本没希望。她建议我改考文科。"

凝之:"想听听我的建议吗?"

林岚:"想。"放下书坐到了嫂子身边。

凝之:"我建议你连大学都不要考了,干脆考中专吧。比如师范学校,现在缺小学老师,将来毕业了当一位小学老师不是也不错吗?又比如,还可以报考财会学校、商业学校。报考护校也行啊,将来和慧之一样,能当名护士不是也挺好吗?"

林岚低头不语。

凝之:"你恋爱方面的事,我听静之跟我说了……那小伙子曾经也是你那个小商店的售货员,而且和你同一个柜台,对不?"

林岚点头。

凝之:"后来他考上大学了,暗中又处了一个对象。直到你有一天发现了,他才承认了,于是坚决地提出与你分手。这对你的感情打击很大,受不了。还起过轻生的念头,是吧?"

林岚点头。

凝之："你多傻呀！你要是真做出了轻生的事，没死也得把你爸你妈惊吓出病来。我和你哥，我们两家所有爱你的亲人，也都会受惊不小。如果死了，那你不是也等于想要你爸妈的命？他们将你抚养到这么大容易吗？你还没怎么尽过孝呢，对得起他们吗？"

门外。林母已不知何时来到，在侧耳聆听了。

屋里。林岚说："嫂子你放心，我再也不会起轻生的念头了。静之姐也劝过我，我早想明白了，世上失恋的人多了，为恋爱的事轻生，太不值得了。我这么年轻，还没太好地活过呢。命是自己的，不能拿命赌气。中国的小伙子多了，我又何必非在一棵树上吊死？再说现在看来，他也不过就是一棵歪脖子树！"

凝之微笑道："你从不轻生到想考大学这种思想转变是可喜的。但也不必为了置气来考。干吗非置那种气呢？如果你能这么想，我要争取做一个知识更丰富的人，那就完全是自己的事了。考大学还是考中专，就能够更理性地对待了。"

林岚："嫂子，你说得都对，我一定认真考虑，不说我的事了行不？我也有话要问你。"

凝之看着她，寻思地说："那，问吧？"

林岚："不能骗我。"

凝之："我骗过你吗？"

林岚摇头，突然说："我二哥出什么事了？"

凝之一愣。

林岚："我妈都快保存一小纸箱我二哥的来信了。他的每封信都是由我读给我爸妈听的，所以我对我二哥的字体太熟悉了。我早就看出后来的一些信不像我二哥的字体了，可是又不敢跟我爸妈说。我大哥回来以后，我背着爸妈问过我大哥一次，他却训我瞎疑心，胡思乱想。特别是昨天那封信，我越看到后来，越发现不是我二哥的字体。嫂子，究竟是谁在替我二哥写家信？"

凝之看着林岚不回答，只用一手理林岚的鬓发。

林岚并不拨开她的手，也同样凝视着她，又问："你？"

在林岚的凝视之下，凝之不得已点了一下头。

林岚眼中顿时充满泪水："我二哥……没了？"

凝之又点了一下头。

林岚再也说不出话来，嘴唇抖抖的，哇地大哭起来。

凝之将她搂在怀里。

门外扑通一声。静之抱着几本书恰巧进家门，见林母躺在地上。

书从静之手中落了一地。

静之："大娘，大娘！"

黑大校园里。林超然、王志等人坐在小花园里休息。

林超然："如果让咱们把整个黑大的楼全刷一遍，那我三年之内就不愁工作的事了。"

一名工友："想得倒美！咱们不会干烦，人家黑大还嫌三年的时间太长了呢！"

另一名工友："等咱们把这幢楼里里外外刷完了，那也就到冬天了，刷灰抹墙的活干不了啦，咱们的好时候也就过去喽。"

另一名工友："估计明年开春形势对咱们很不利，我听别人说，那时可能每个区都批准不少施工队。政策一放开，有活儿干没活儿干，首先靠的可就是关系了。像咱们这样的散兵游勇，也许到处抢都抢不到活了。"

林超然："那，让王志带头，咱们也组织起来呀！"

王志："我是有正式工作的，我组织，有关单位不批。"

一名工友："超然，干脆你把我们组织起来呗！你当头儿，让王志当咱们顾问。怎么也别刷完了这幢楼，哥儿几个把钱一分就都不知去向了啊！"

另一名工友："谁当头儿不是个问题。咱们信得过王志，超然是王志的知青战友，他当头我也肯定支持。但是我听说，要想批得下来，还得有挂靠单位，挂靠单位还要同时是经济担保单位。如果有一个单位乐意让你挂靠，同时还乐意担保，没有几万元押在人家那儿是不行的！就是咱们几个，个个都卖血也凑不够几万元啊！"

这人一番话，说得大家又都表情沮丧起来。尤其林超然，竟叹了口气。

王志站起来，大声地说："明年的愁事，到了明年再愁也不迟。兴许明年还有好事把愁事给抵消了呢！干活！"

大家站起来，林超然发现了静之的身影……她一边走一边东张西望。

静之也看到了林超然。

静之："姐夫！"急匆匆地走过来，脸颊上淌着汗。

林超然："在找我？"

静之："终于把你给找到了！我大姐不知道你具体在哪儿干活，我只得去问罗一民。他说你也许在黑大，我又借了辆自行车往黑大来。骑到半路还没气了……再找不着你我急死了……"

何家。林母躺在床上，一名女医生在为她量血压。

何父、何母、凝之、林父、林岚，有的坐着有的站着，全都表情忧虑。除了林父垂头坐把椅子上，其他人都看着女医生在为林母量血压。

女医生："血压还可以，比平常是高了些，但没事。刚才也听过心脏了，心脏还好。"

何父："要不要送医院？"

女医生："我觉得不用。放心，何校长，我虽然是校医，这种把握还是有的。"

大家都出了一口长气。

林母："亲家公、亲家母，你们都别守着我了。还没放学，都忙去吧。"

何母："我已经上完课了。心里别生我们凝之的气。你要是觉得她有罪过，我先替她认罪……"

林母："说哪儿话啊，亲家母，我儿媳妇是怕我们老两口一时承受不了才骗我们的，我能连这一点都理解不了吗？凝之，凝之你过来一下……"

凝之走到了床前。

林母："给我手。"

凝之伸出了手，林母握着她手说："凝之，难为死你了孩子。我半点儿都不怨你，不是好儿媳妇，谁会像你这么做啊，又哪能做到你这样啊！"

说得凝之也难过起来。

林母："孩子，别难过。你看，我这不是也算挺住了吗？你一难过，对肚子里那小家伙不好……"

何父送女医生出了门，转身叫了一声林父："亲家……"

林父抬头看他，眼中脸上并无泪水，但表情却呆呆的。

何父："你不许恨我女婿。如果你是他，你的做法还不是一样？"

林父："不一样。"

何父:"不一样,你怎么做?"

林父:"我也永远不回来见父母了。"

何父大叫起来:"你那叫浑!普天下的好儿子差不多都会像我女婿一样,只有自己也浑的儿子才会像你那样!"

林母的声音:"亲家公,你说得对……"

何父问道:"看你的意思,是非要和我女婿过不去了?如果你非那样,我以后不想和你见面了,这次我要说到做到!"

何母的声音:"老何,不许你用那种口气跟亲家公说话!"

何父:"我这是在对他进行再教育!"

正这时,静之和林超然先后进屋了。

林父瞪着林超然一动不动,也不说话。

林超然走到父亲跟前,双膝跪下了。

林父:"你真能耐,把我和你妈骗了这么多年,骗得我和你妈实实诚诚地一信再信……"

林超然:"爸,我没把弟弟照顾好,我那么长时间地骗你们也不对……今天,愿打愿骂随您的便,我跪在这儿受着……"

林父:"你弟没了,你跪在这儿有什么用?你给我起来。"

林超然摇头。

林父大吼:"我叫你起来!"

在亲人们的默默注视下,林超然缓缓站起。

林父:"也扶我起来。"

林超然将父亲扶了起来。

林父也不再看他,低头问:"你弟死前,遭罪没有?"

林超然:"没……没怎么遭罪……"

林父:"那就是……遭了罪了?……"

林超然:"我想……他当时主要是急,怕最后见不到我一面,再没机会跟我说话了……"

林父:"你们见上了那一面没有?"

林超然:"见上了……他说……他说……让我先瞒着爸妈,能瞒多久就瞒多久……"

他流泪了。

林父:"他死得值?"

林超然:"他是为救战友死的。团里、师里都批准他为烈士了,团长还参加了他的追悼会……"

林父这才转脸看儿子,他缓举起了一只手。林超然以为父亲要打他,闭上了眼睛。

林父却不过替他抹去了眼泪。

林父对何父说:"亲家,我有个请求……"

何父:"你只管吩咐,我照办。"

林父:"咱们两家人,很久没在一起吃顿饭了……今天一起吃顿晚饭吧,就算是为我家老二,咱们聚一次吧?"

何父点头。

傍晚。夕照洒入罗一民的铺子,使铺子里的光线很温馨。

罗一民在擦案子上的喷壶,大小十把喷壶都做好了,摆在一起成为铺子里最显眼之物。

敲门窗的声音。

罗一民扭头看时,见门外站的是一位姑娘。

罗一民开了门。

姑娘礼貌地问:"可以进吗?"

罗一民点头。

姑娘进入,罗一民打量她。见她二十二三岁,留长发,穿一套西服衣服,脚上是短袜皮鞋。

姑娘:"我是来取喷壶的。"

罗一民:"定做的老先生让你来的?"

姑娘:"他是我外公。"

罗一民指着说:"那不,刚才我还擦了一遍。"

姑娘:"那谢谢你了。"走到案前观看喷壶。

罗一民:"谢什么,应该的。"

姑娘拿起了最小的一把,转身问:"钱付清了是吧?"

罗一民点头。

姑娘:"我只取走这个最小的就行。"

罗一民:"那……其他九把呢?"

姑娘:"都归你了,留作纪念吧!"

罗一民狐疑了："我……我要这么多把喷壶也没有用。"

姑娘："随你怎么处置。你认识杨雯雯吗？"

罗一民呆住了。

姑娘："认识，还是不认识？"

罗一民点头。

姑娘："她是我表姐。见到你很荣幸。我出生在香港，这是第一次随我外公来大陆。此前经常这么想……什么时候有机会回内地，一定要找到那个在数九寒冬强迫我姐用喷壶浇冰场的人。现在，我和我外公终于如愿以偿了……原来您就是那个使我表姐失去一只手的人……"

罗一民呆住着。

姑娘："我外公说，您并不是一个凶恶的人。我不信，所以我也来了……我与我外公有同样的感觉。"

罗一民呆住着。

姑娘："这十把喷壶您做得确实不错，也不厌其烦，给您添麻烦了。"微微鞠一躬，接着说，"我表姐嘱咐我，一定要亲手把这封信还给您，就是您当年写给我表姐的那封信。当年我表姐并没将信交给老师，后来为什么会使您遭到羞辱，连她也不明白。她倒也不恨你，因为她觉得，失去了一只手，心里却平静了。那么，物归原主吧。"

她掏出了一个信封放在案角，也没说"再见"之类的话，只微微又鞠一躬，翩然而去。

天黑了。铺子里没开灯，罗一民的身影坐在炉前，一手拿酒瓶子。

他举起酒瓶喝酒。酒已喝光，仅有几滴落入口中。

他放下酒瓶，左手从兜里掏出信，右手从兜里掏出火柴。

火柴划着，信也被烧着了。

他并没将烧着的信投入炉中，而是放在炉盖上。火光映亮了他的脸——毫无表情，如同泥人的一张脸。

信燃成灰，他的脸又隐入黑暗中了。

啪，一块石头击碎玻璃，落入屋中，他呆看了那块石头片刻，缓缓扭头望窗子。

啪，又一块石头击碎玻璃，击中了他的头，他身子抖动了一下，却并没用手捂头。

血,月光下黑色的血痕从他额角淌下……

何家。两家人在吃饭,除了慧之,两家人都在。

何母:"起先想做素的,后来一想也不必非那样,就叫静之到黑市上去买了两条鱼。就当超越回来探家了,我们两家聚在一起为他洗尘吧。"

静之:"妈,以后不能总把那些买卖东西的地方说成是'黑市'了。新的说法是'自由市场'。你还总说成是'黑市',买的卖的听了都会不高兴。连报上都为新说法发了社论。"

何母:"说顺嘴了。改,今后一定改过来。"

林父:"亲家母,谢谢你亲自做了这顿饭啊。你刚才说,就当超越回来探家了,我也是这一种想法。那,我就要先为我家老二夹个丸子……"

他夹了一个丸子放在旁边一只空盘里,像对一个人说话似的:"超越,你爱吃肉,还特别爱吃丸子。你婶做的丸子比你妈做的好吃,来,爸给你夹一个。我知道你小子也能喝几两,咱爷俩再碰一下……"

他又端起酒盅,与旁边的空酒盅碰了一下,一饮而尽。

林母也往旁边的盘子里夹了块鱼,同样像对一个人说话似的:"超越,妈也给你夹块鱼。现在,哈尔滨又能买到鱼了。从去年开始,允许自由市场存在了,火柴、灯泡、烟酒糖、肥皂、香皂什么的,也不凭票买了。听说,明年起豆制品也不凭票买了。粮本上白面、大米、豆油都比往年的限量多了。总之,生活是一年比一年好了,家里的事你什么都别操心啊……"

林母说完,林父又举起酒盅说:"亲家公,你也拿起来。"

何父便也举起了酒盅。

林父:"这一盅,是敬你们何家的。首先是敬我儿媳妇凝之的。她一直替超越给我们老两口写信,我心里的感动就不说了。我着重要说的是,和你们何家这样的知识分子人家结成亲家,我们林家人一直觉得幸运。这话也不是今天才想起说,以前心里就是这么想的,几次话到口边又咽回去了。社会上把你们说成'臭老九'的时候,我们林家人也还是觉得你们香。如果连文化知识都臭了,那一个国家还剩什么东西是香的呢?我们林家,是不可能再出大学生了……"

林超然和林岚低下了头。

林父:"但你们何家肯定还会出大学生。静之,你给我加油!你考上了大学,我们林家也跟着高兴!亲家,咱俩也为静之能考上大学干了这一盅!"

于是两位父亲碰一下酒盅，都饮尽了。

静之："伯父，为了对您的祝愿表示感谢，我也要干一盅！"

她为自己倒了一盅酒，一饮而尽。

林母："静之，你们到底是哪一天才考呀？"瞥一眼女儿又说，"一问她还烦！是悲是喜，早考完早落定个结果，也好早作下一步打算。"

静之："伯母，南方都考完了，咱们北方定在八月十四日到十七日三天内考，这是中央特批的。"

林父："为什么比南方晚？"

何父："咱们北方秋收开始得晚啊！好些知青仍留在农村、农场呢，农村农场的青年也应该享有同等的高考机会，是为了照顾咱们北方的秋收。"

林岚却不高兴了，冷着脸问母亲："妈，喜我明白，可是怎么就悲了？"

林母被问得一怔。

林岚腾地往起一站，激动又大声地说："爸、妈，你们放心，如果我落榜了，就是死，也不成为你们的累赘！"

林超然："小妹，你胡说些什么呢！"

林岚："我的话也是说给你听的，自从我辞职那一天起，你就没好声好气地对待过我，还经常向我泼冷水！"

林父一拍桌子："放肆！"

林岚跑出去。

何母向静之使眼色，静之跟出。

屋里气氛一时凝重。

林父对林母生气地说："都是你把她宠的！"

林母："还用我宠她吗？自从老大、老二下乡了，家里就她一个孩子了，她自己首先就拿自己当宝了！"

凝之缓和气氛地说："爸，林岚感觉有压力，也得让她的压力找个机会释放一下。再说，林家也肯定会出大学生的。我和超然，将来一定把林家的第三代人培养成大学生。"

何母："仅仅培养成大学生不行，还要往硕士、博士的目标上去培养！"

何父："亲家，今天是特殊的日子，别因为孩子们的一两句话动气，来来来，我给你满上，咱俩得再干一盅。"

何父斟满酒，有人敲门，林超然起身去开了门。

见门外站的是李玖。

林超然:"李玖啊,进来,就我们两家的人,没生人。"

李玖:"那我也不进了。我跟你说几句话就走。"

林超然将门关上了。

李玖:"外边说吧。"

林超然跟李玖走到了外边。

李玖:"一民他……虽然一直和我僵着,可我却还是在关心他。刚才我儿子告诉我,他那铺子的两扇窗被人砸碎了,一块石头还砸破了他的头……"

林超然皱眉问:"什么人干的?"

李玖:"那条街上几户人家的孩子。他们的大人,希望他挑头闹拆迁补偿,他不愿挑那个头,据说还对找他的人没好脸色。大人们一不高兴,孩子当然就那么干了。"

林超然:"找派出所啊。"

李玖:"这种事儿,派出所怎么管啊!再说孩子们一扔完石头就跑了,又没当场逮着,没凭没据的。我生气了,站当街替他骂了一通。可他倒好,也不插门,也不糊窗,不知喝了多少酒,躺在床上睡得人事不省。"

林超然:"那,你来找我……想要我怎么做。"

李玖瞪他片刻,一赌气转身便走。

林超然赶上两步,扯她:"别这么大脾气!好好好,我今晚去陪他一夜,你是不是这个意思?"

李玖:"你不陪他还我陪他啊?就目前来说,我跟他除了是街坊,再什么特殊的关系都没有。但你和他还有特殊关系!撇开他救过你的命不论,你还是他最亲的一个人。我是想到了你们这种特殊的关系才着急慌忙地来告诉你的。要是没人告诉你,今晚没人陪他,他万一出点儿什么事,内疚要命的首先是你!"

她一番话说得振振有词,也说得林超然哑口无言。

李玖:"说话呀!哑巴了?"

林超然:"你说得对,很对。谢谢,多谢。这么着啊,李玖,麻烦你先回他那儿去,我随后就到,行不行?"

李玖:"行不行都叫你说了,那我只能说不行也得行啊。我可等你!"

她匆匆走了。

林超然紧皱双眉,仰脸望夜空。天空阴沉,要下雨。

林超然回到了屋里，坐下后心神不定。

林母："那姑娘不是一民的对象李玖吗？她找你什么事？"

林超然："她来告诉我，一民情绪不好，喝多了酒，希望我今晚能陪一民一夜。"

林父："应该。好朋友嘛，那就得有个好朋友的样子。"

林母："是啊。你没返城的时候，人家孩子经常来咱家看望我和你爸，过年过节还总也不空手。"

林超然："岳父、岳母、超越，那我喝一盅先走了啊！"

他自己斟满一盅酒，与超越的空酒盅碰一下，一饮而尽。

学校外的人行道上，静之拽住林岚不许她走。

静之："你这孩子怎么这么不听话呢？今天晚上必须住我家！再跟我拧巴我可打你了啊！"

林岚："我不是孩子，是你小姑子。"

静之："是我小姑子，我也有资格打！"

"对，替我好好教训她！"静之扭头一看，见是林超然双手叉腰站在一旁。

林超然："爸爸妈妈心里有多么难过你知道不？你没大没小还敢当着老何家人的面气他们！还反了你啦？"

林岚："我心里就不难过了吗？我也想考大学怎么就不对了？我没正经上过几天学那是我的错吗？"

林超然："再顶嘴我现在就揍你一顿！"

静之："那我可不许！我打她行，你打绝对不行！你快走，该干吗干吗去！"

林超然忍着气正要走，静之却严厉地来了一句："站住！"

林超然转身不解地看她。

静之："你刚才的话我听着也不顺耳，什么叫'当着老何家人的面'？我们老何家的每一个人，与你们老林家的每一个人，难道不是亲如一家的关系吗？"

林超然："你这么挑我字眼儿有意思吗？"

静之："你那么跟林岚说话是对的吗？为什么就不能说'当着两家亲人的面'？"

林超然张开嘴一时不知说什么好。

静之却不理他了，搂着林岚小声说："我有我爸办公室的钥匙，咱俩去复习功课！……"

望着静之和林岚的背影，林超然嘟囔："都变了，都有毛病了！"仰天长叹，"老天爷开恩，哪天才能让我少操点儿心？"

何父的办公室里。静之往后拧住林岚一只胳膊，将林岚上身按在桌子上，用另一只手打林岚屁股，边打边说："打的就是你这个小姑子！你自己说，在饭桌上那么发泄一通对吗？"

林岚："我不是你小姑子！"

静之住手了。

林岚直起身也转过了身："你又不是我嫂子，你大姐才是我嫂子！"

静之："你……你刚才自己说的，你不是孩子，你是我小姑子！"

林岚："我这几天都复习得满脑子糨糊了！"

静之自言自语："我怎么也跟着糊涂了……"

她暗自有点难为情，转过身。

林岚："静之姐……"

静之转身，小声但严肃地说："小姑子不小姑子的事，往后不许跟咱们两家的任何人说啊，羞人劲儿的……"

林岚："我二哥，真的是烈士吗？"

静之摇头："那是……谁也意想不到的事故……"

林岚："我大哥那么说，只不过是为了安慰我爸妈？"

静之点头。

林岚脸上淌下泪来，又问："你觉得，我考上大学的希望一点儿都没有吗？"

静之沉吟一下，点头。

林岚："那，考中专呢？"

静之："我也只能说，碰碰运气吧。"

林岚："爱情结束了……工作没了……连考上个中专也没太大希望……我……我可怎么办啊！"

她双手捂脸哭了。

静之："别哭……"

林岚没止住哭声。

静之大叫:"不许哭!"

林岚终于止住了哭声,呆望静之。

静之:"你不是个孩子了,这话是对的!"

林岚:"对又有什么用!"

静之搂抱住了她:"所以你应该懂得,有时候放弃反而是明智的……"

林岚:"如果我连中专都不考了,我一点点指望都没了!静之姐,最后这几天里,再多为我费费心,帮我补习补习吧!"

静之:"岚子,我要说的恰恰是——最后这几天里,咱们再不要一块儿复习了……否则,连我的把握也大打折扣了。"

林岚推开了她。

静之:"岚子,老实说,你一坐我身边,我就会想你白考一场的结局。我一这么想,心里就乱成了一团麻,连自己也复习不进去了……"

林岚:"当初是你主动要帮我的!"

静之:"当初是当初,现在是现在,现在我比任何人都看得更清楚……"

林岚也大叫:"何静之!"

静之不说下去了。

林岚:"何静之,你太自私了!你刚才还指责我大哥一句话说得不对,而你说什么我们两家任何人之间都是亲人的关系!我这个亲人不就是占了你一点儿复习的时间和精力吗?你不但自私,还两面派!……"

静之:"再说一遍!"

林岚:"你自私!两面派!心口不一!"

静之扇了她一耳光。

林岚跑出去。

静之转身看着桌子上一摞复习书,一挥手,扫了一地。

罗一民的铺子里。李玖站在案子上,在用纸板挡窗户碎了玻璃的地方。远处已有雷声传来。

林超然出现在窗外。

李玖成心不理他。

林超然:"这有什么用!聋啦?没听到雷声?纸壳子哪禁得住雨淋吗?"

他几下就将钉好的和正在钉的纸板扯了下去,李玖气得干瞪眼说不出话。

林超然："躲开。"

李玖不想得罪他，怕他一不高兴走了……默默躲开。

林超然推开窗，从窗口跳入屋里。东张西望，找到了铁剪子，拿起一片铁皮剪了起来。

李玖："要不要我帮忙，不要我走了。"

林超然："敢！"

林超然在往窗上钉铁皮，李玖站在旁边听吩咐。

林超然："按住那个角。"

李玖乖乖照做。

林超然："钉子。"

李玖摊开了另一只手……

窗上钉严了两块铁皮，外边也下起了大雨。

屋里。林超然问李玖："你和一民处不好，还有一个原因知道是什么吗？"

李玖摇头。

林超然："他脾气不好，你脾气也不怎么样。明明求人的事，一句话听着不高兴，转身就走……谈恋爱也这个谈法不行。如果真爱对方，对方脾气不好，自己脾气就得好点儿。能用自己的好脾气改变对方的坏脾气，那才叫能耐。如果连自己的好脾气也被对方的坏脾气带坏了，那叫没能耐。爱一民这样的，你非要求自己爱得有能耐不可，明白？"

李玖点头，很虚心的样子。

林超然从墙上摘下雨衣披她肩上："现在没你事了，可以走了。"

李玖："你说话我特爱听！"突然亲了林超然一下，出门消失在雨中。

林超然看见了炉盖上的纸灰，奇怪了一下，拿起笤帚钩起炉盖，将纸灰扫入炉中。接着，见地上有碎玻璃，铁皮边角，还有砸进屋的石块带进的土，便扫起地来。

他扫完地，一抬头，见他那一身满是灰点的衣服，居然被用衣架挂着，像爱惜衣服的人挂一套高级料子的衣服那样。旁边立着长杆刷子。连三轮车的钥匙，也系上了醒目的彩色绳挂在墙上。

他不禁地摸了一下。

他又发现了空酒瓶，拿起，仰头往嘴里控了几滴酒，放在一角。

他看起案上那一排喷壶来，点数，自言自语："还缺一只。"

他朝屋里嚷："瓦西里同志，瓦西里同志，你能告诉我为什么只有九只喷壶吗？"

门帘挡住的里屋悄无声息。

林超然学列宁的语调："完全睡着了，那么就让他睡一会儿吧！"

他往手指上挤了点儿牙膏，用手指当牙刷刷牙漱口、洗脸。

他双脚泡在盆里，在看《泰戈尔诗集》。

他轻声地念着：

这掠过婴儿眼上的睡眠，有谁知道它是从哪里来的吗？是的，有传说它住在林荫中，萤火朦胧照着的山村里，那里挂着两颗鲜艳迷人的花蕊。它从那里来吻婴儿的眼睛……

他擦干脚，趿着鞋，握着诗集，大声地说："瓦西里同志，请听我朗诵泰戈尔的诗给你听！好诗像好酒一样是不能独享的！……在婴儿的四肢上，花朵般喷发的甜柔清新的生气，有谁知道它是在哪里藏了这么久吗？是的，当母亲还是一个少女，它就在温柔安静的爱的神秘中，充满在她心里了……这就是那婴儿的身体所散发的甜柔新鲜的生气！……哎，你说，我是不是应该将这样的诗句读给凝之听啊？"

他停止踱步，向里屋看去：门帘挡住的里屋仍悄无声息。

他又学列宁的语调和手势："全体苏维埃公民都可以作证……他从来也没睡得这么死过！"

他插上门，关了灯，撩门帘进了里屋。上床，开了床头灯。罗一民侧躺着。

林超然用诗集打了罗一民一下："你小子是真睡得这么死还是装的啊？"

罗一民没反应。

林超然发现灯座下压着一张纸，放下诗集，抽出纸看。

罗一民的笔迹这样写道：

我选择这一种服安眠药的死法，完全是出于自愿，没有任何一点儿被逼迫的原因。我死后,所存现金一百三十六元七角,赠给李玖同志,并希望她对我的一切粗暴态度予以原谅。

案上九把喷壶,麻烦李玖代为处理。我的愿望是白送给那些想要的人。

这套屋子,赠给我当年的营长林超然。那么,一切拆迁事宜,他有全权主张权益。

但,那一柄刷子以及抹子、工具袋,须还二十三号老张家……

林超然笑了:"这小子,真事儿似的!"

他将纸揉了,扔地上,关灯躺下。他突然意识到了不对,猛地坐起,又开了灯……

他推罗一民:"一民,醒醒,吱一声!"

罗一民无反应。

他扳罗一民,将罗一民扳得仰躺着了,拍罗一民脸颊。

罗一民还是没反应。

林超然慌了:"我的上帝!"

他扶起罗一民,将罗一民背在身上……

林超然背着罗一民走出里屋,在外屋踩翻了洗脚盆,水洒一地。

林超然背着罗一民走到屋外。雨还在不大不小地下……

他将罗一民放在车斗里,但车斗浅,罗一民不是往这边倒就是往那边倒,根本坐不稳。

他无奈,只得又将罗一民背在身上,朝街口大步跑。

第 十 三 章

天已亮了，雨却在淅淅沥沥地下。

医院里，病房外。对面长椅上坐着林超然和李玖。他俩都坐长椅一端，静静的走廊里只有他俩，谁也不看谁。林超然衣服湿着，裤角和鞋又湿又有泥，头仰着，靠着墙，大睁双眼。李玖披着离开罗一民家里林超然披在她身上的那件雨衣，摆弄手指。两人都在想心事。

病房门一开，一位中年女医生走出，站在两人之间，看看这个，看看那个。

女医生："谁是罗一民亲人？"

李玖一指林超然，小声说："他……"

林超然："还是她吧……"

女医生："这有什么推让的，到底谁？"

林超然看着李玖，面无表情地说："你回答。"

李玖："那，是我。"

女医生："冬眠灵是控制药品，你们家哪买的？"

李玖："他平时睡眠不好，我求人给他开的。"

女医生："你们家还有不少？"

李玖："估计也不会太多。每次只能给他开出两天的，肯定是他逐渐攒下了一些。"

女医生："你是他妻子，你平时应该管理好，幸亏发现及时，洗胃及时，否则死定了。"

女医生说完走了。两人望着她背影一拐消失，同时收回目光，互相看着。

林超然："求谁开的安眠药？"

李玖:"慧之……"

林超然:"我一猜就是这样!"

李玖:"是我求她的,你千万别训她。"

林超然:"我是那种动不动就训人的人吗?"

病房门又一开,出来一名护士,双手插兜里,习以为常地说:"他现在清醒了,最好有人跟他说说话,会使他的情绪平稳点儿。"

林超然和李玖都站了起来。

护士:"只能进去一个人,也不能太久,十分钟后自觉出来。"

林超然毫不推让地说:"我进去。"话一说完就推门进去了。

护士在李玖对面坐下,也不看李玖,打了一个大哈欠。

李玖:"他说,他为什么了吗?"

护士:"这是应该我们问你的话。"闭眼打起盹来。

病房内。罗一民仰躺着,林超然坐他床边,板脸看他。

罗一民惭愧地说:"我现在还不想告诉你为什么。"

林超然生气地说:"我现在也不想问!"

罗一民:"当一个人的重大决定在实行过程中被破坏了,那种沮丧是难以形容的。"

林超然:"现在,我对你这个人的沮丧也是难以形容的!不好的时代过去了,好的时代开始了,你有什么资格对人生悲观绝望?又有什么资格自杀?"

罗一民:"难道自杀也需要资格?"

林超然:"命运在苦难中备受煎熬,身心被无法忍受的病痛所折磨,都可以被认为是一种资格,你他妈的没有!"

罗一民:"是啊,那么比起来我是没有。可,我的决定起码不失为一种有益于她的决定吧?李玖可以重新考虑个人问题了,那对她才是明智之举。你呢,和凝之也有自己的小家了。哈尔滨市千千万万的年轻夫妻想有自己的小家,那种梦想那么容易就能圆了?我一个人入土为安了,对你和李玖,不是两全其美吗?"

林超然猛地站起,大声地说:"美个屁!你把你自己想象成什么人了?高尚的施舍者?又把我和李玖当成什么人了?没有你的施舍就像人生一败涂地的可怜虫?你他妈明明有什么可耻的原因,却还大言不惭地拿我俩说事儿！你怎么忽然变得这么玩世不恭？"

护士进入，训林超然："乱嚷嚷什么？别嚷嚷！这是病房，又不是你自己家！是叫你进来劝导的，不是叫你训他的，出去吧出去吧！"

护士往外推林超然，李玖趁机进入。

护士："你也不许进了，出去出去！"

李玖："求求你，就说几句话……"

罗一民："让她待会儿吧，我也有几句话要问她。"

护士就只将林超然推出了病房。

病房里传出李玖的哭泣声："我不要你的钱，我要你这个人！你怎么能这样啊你？咱俩之间的疙瘩真就永远也解不开了吗？"

罗一民："别哭，我的决定不是被破坏了吗？我问问你，你跟超然都说了些什么？"

静之、慧之和杨一凡走来。

静之："李玖爸妈天没亮就到我家去了，说半夜发现李玖不在床上，找到一民家，又发现门也没锁……我找的我二姐，她找的一凡，我们估计你肯定把一民送这一家医院来了……"

林超然也不看静之，只对慧之训道："再也不许你通过关系给李玖开安眠药！"

慧之低下头去。

林超然："一凡，跟我来一下。"说完大步便走。

杨一凡看一眼慧之，跟去。

林超然和杨一凡站在医院台阶上。

林超然将一只手按在杨一凡肩头，张张嘴，却又把想说的话咽下去了。

杨一凡："我知道你想说什么。"

林超然："你说你知道的时候，那就是你根本不知道！"

杨一凡："我说我不知道的时候，才是真不知道，我知道又不想说知道的时候，只会不说话，绝不会说不知道。"

林超然听着他绕口令似的话，再次欲言又止。

杨一凡："你想对我说，罗一民那么做是不对的，对吗？"

林超然："一凡，我是想跟你说……"

他另一只手也按在杨一凡肩上了，犹豫一下，拍拍杨一凡脸颊："对。罗一民那么做是不对的，这正是我想对你说的话。"

杨一凡孩子似的笑了。

林超然："慧之就要毕业考试了，你呢，又刚接受了绘画宣传任务，告诉她要珍惜自己的时间，也别经常找你，影响你的创作啊？"说完转身下了台阶。刚走两步，站住，回头又说，"后边的话，你别说是我说的。"

杨一凡点头。

杨一凡回到了静之和慧之身边。

慧之："我姐夫跟你说了些什么？"

杨一凡："说罗一民的做法是不对的。"

慧之："这还用他跟你说啊！"

杨一凡："你就要毕业考试了，我又刚接受了绘画宣传任务，你要珍惜自己的时间，也别经常找我，那会影响我的创作……"

慧之："这是他的话，还是你自己的想法？"

杨一凡沉默。

慧之："说呀！"

杨一凡："我选择沉默。"

慧之生气地一转身。

杨一凡："我想……这里不是太需要我，我还是回单位画画去吧……"

转身欲走。

静之拽住了他："别说走就走。既然我二姐把你也找来了，起码应该让罗一民知道你来了，对他是种感情安慰。"

病房里。李玖向罗一民指门窗，罗一民朝门窗看，见门窗外出现杨一凡的脸，他忧郁地摇头。接着是慧之的脸、静之的脸，她俩对他招手。

护士对李玖说："你也出去吧，我要给他输液了。他没事儿，睡两天，自己就可以出院回家了。"

细雨中。林超然蹬着三轮,扛着长柄刷,穿着满是灰点儿的衣服的背影。

黑大校园内，一幢楼的楼洞内。王志等四人坐在报纸上打扑克。

王志发现了林超然站在楼门前，打招呼："来了？"

林超然点点头，走过来蹲下。

王志："你玩两把？"

林超然摇头。

王志："家里事儿过去了？"

林超然点头。

王志："不玩也别看你那什么尔的诗集啊！要看躲一边儿看去。见不得你那种书香人士似的样子。"

林超然："都没带兜里。没那心思了……我少来了两个半天，发钱时从我那份里扣钱吧。"

王志："说得认真劲儿的！谁家里还没出过急事儿？都像你这么认真，那还能一块揽活儿？"

一名工友将扑克一丢："不玩了！心里起急。"

他起身走到外边，仰脸望天。

大家也都跟出了楼门。

王志对林超然说："我心里更急。一下雨，头遍灰浆不干，二遍那就不能往上刷，真担心老天爷给咱们眼罩戴，坏咱们的大事。"

林超然："给支烟。"

王志："自从有了孩子，我戒了，怕对孩子不好。再说一包烟几角钱，辛辛苦苦挣的钱，为对身体有害的瘾花那份钱，想想太不值得了。"

另一名工友向林超然递过一支烟。

林超然："我也快当爸了，那我也开始戒。"

那名工友："也别说戒就戒呀！悠着戒嘛。"

林超然："说戒就戒，从现在开始！"

有一名工友忽然跪下，双手合十，祈祷："老天爷照顾照顾，千万别从星期一一直下到星期六……"

王志敏感地说："今天星期一吗？"

那名工友站起后反问："昨天是星期日，今天不是星期一是星期几？"

王志急了："那你们怎么谁都不提醒我？星期一我得到单位去上班！坏人！坏人！坏人……"

他摘下帽子抽另外三人。

林超然推他："别好人坏人的啦，快走快走！"

王志奔下台阶，跨上自行车远去。

林超然坐在台阶上，也呆望天空。

背后有一名工友大声唱起来：

>年轻的朋友们，
>
>大家来相会。
>
>为了你……为了我……

旧窗帘被唰地拉开。窗外是一个晴朗的早晨，对面街树的叶子已镶了金边。

穿着背心裤衩的罗一民朝里屋大声地说："超然，快起来，天晴啦！"

林超然一手扶把，一手扛刷子，蹬着三轮车向黑大驶去。看得出他心情良好。

林超然将车停在那一幢楼外，兴奋地奔入楼里。

楼外除了林超然骑的三轮车，多了一辆旧自行车。

又多了一辆。

三辆自行车了。

从敞开的窗里飞出了口哨声。

口哨声戛然而止。林超然指着一面刚粉刷的墙："哎，那面墙不行，重刷一遍！"

一名工友："那可以了！你看着不均，是光线的原因！"

林超然："别找客观原因，再刷一遍累不着你！"

林超然等四人在楼外围着小石桌吃饭。那个年代还没卖盒饭的，他们也不可能买面包肉肠吃，吃的都是从家里用饭盒带的饭。

一名工友问林超然："你带的馒头怎么那么白？"

林超然："是用北大荒的精粉做的嘛！"掰了一半馒头递给对方。

另一名工友问："返城半年多了，带回的面还没吃完？"

林超然："我是沾我战友的光，他和当年的老战士老职工们书信频繁，他们来玩时又给他带的。"

工友："看来你留给当地群众的人缘不怎么样啊，怎么没人给你带？"

林超然："你那么想可错了，我是不愿麻烦他们，如果也写去一封信要，多了不敢说，两袋三袋的几天以后就送到家了。"

工友："吹吧您那！"

一名教职人员骑自行车来到近前，下了车问："谁是王志？"

林超然："他得上班，今天没来，他不来时让我替他负责一下。"

对方："我们领导发话了，说你们刷得很仔细，让给你们几个每人十元饭票，中午你们可以用饭票去食堂吃饭。"掏出用牛皮筋扎着的饭票递给林超然。

林超然接过，欣然地说："谢谢。今天校园里怎么这么静啊？"

对方："几天前放假了啊。今天是高考第一天，为了保证高考环境，学校各个门都把得严。"

对方转身离去。

林超然："请等一下，法律系考场设在哪幢楼？"

对方："我也不太清楚，校门口广告栏里贴着方向图，一看就清楚了。"

对方说完，骑上自行车走了。

林超然自责地说："我怎么连这个日子都不关注了？"

他将饭票一放，扣上饭盒盖，起身便走。

三个工友愣愣地看着他骑上三轮车猛蹬而去。

校门口那儿，林超然刹住车，也不下，在车上看贴在广告栏内的方向图。

林超然骑车来到另一幢楼前，楼外贴着"第六考区"。

他进入楼里，一步三级上台阶，楼内静悄悄的。

他从一条走廊的这一头走向那一头，从门窗依次往教室里看。

他从一间教室的门窗望到，里边有一名女考生坐在靠窗一排的一个位置上，枕手臂在睡着……

他轻轻推开门走入了教室，那女生抬起头，是静之。

静之："姐夫……"

林超然走过去，坐在她对面，问："我以为你永远不叫我姐夫了，考得怎么样？"

静之："还行吧。没有难得心烦意乱的题。上午考了一门，下午接着考一门。"

　　林超然:"中午怎么不回家?"

　　静之:"为吃顿饭,一来一往的,搞得时间挺紧,还不如在这儿眯一觉。"

　　林超然:"没吃饭?那怎么行!我去给你买点儿吃的。"说着站了起来。

　　静之拽住了他:"别。吃了一个面包,喝了一瓶汽水。吃得太饱,下午头脑会昏沉沉的,反而考不好。我就是有点儿犯困,可又不敢睡实,怕万一进来一个坏小子……"

　　她不好意思地笑了。

　　林超然:"你只管放心睡,我坐这儿当你的警卫。"

　　静之:"那我可要舒舒服服地睡一会儿了啊!"

　　林超然:"因地制宜,能多舒服就多舒服吧。"

　　静之就起身拖过一把椅子,与自己那座位的两把椅子拼在一起。

　　林超然也站了起来,脱了上衣,只着红背心。他将上衣里朝外卷卷,递给静之:"垫着。"

　　静之:"姐夫,有你在这儿我放心多了,但可别耽误了你干活儿。"

　　林超然:"我们中午也得休息休息啊。你能睡一个小时,到时候我叫醒你。"

　　静之:"罗一民怎么样了?"

　　林超然:"我陪他住了整整一个星期,情绪稳定多了。你大姐怎么样?"

　　静之:"她挺好。每天享受着即将做母亲的幸福感受。但有时候也会显出点儿焦虑不安。初次临产的女同胞全那样,她和我们住在一起,你不必太惦记着。罗一民究竟因为什么事儿那么想不开啊?"

　　林超然:"一两句话说不清楚。我跟你讲不好,也许以后他会自己告诉你。"

　　静之:"那肯定就是极不光彩的事了,他才不会亲口告诉我呢!"

　　林超然:"我可没那么说,你也就不要好奇心那么强,不许问他。也不许说话了。我也要眯一会儿……"

　　他伏桌上了。

　　一会儿,静之呼吸均匀,还真睡着了。

林超然的肩背一起一伏，看去也睡着了。

窗外刮过一阵风，镶了金边的树叶纷纷而落。

一批批脚步踏上台阶……

考生们纷纷进入那一间教室，林超然在门外和静之说话。

林超然鼓劲地说："你准备的时间挺充分，记忆力好，又聪明，一定要对自己有信心啊！"

静之自信又自负地说："我当然对自己有信心啦，而且是充分的信心。"

林超然笑了："那我干活去了。别忘了考完去跟我打声招呼再回家。"

静之点头。

林超然转身走了两步，站住，回头问："林岚放弃了没有？"

静之摇头。

林超然："唉，真是毫无自知之明，不撞南墙不回头，不撞个头破血流都不回头。是我家根儿上遗传的不良性格，我爸当年也是这种性格。"

静之："让她撞撞南墙也好。"

林超然："她报的大学还是中专？"

静之摇头："不知道。"

林超然："那她在哪一片考区？"

静之："也不知道。"

林超然："你怎么一问三不知？她不是整天和你在一起学习的吗？"

静之："起先是那样。后来她生我气了，就分开复习了。我主动找过她一次，问她最后的打算，她不理我，什么也不跟我说了。"

考试铃声响。

静之："姐夫，我得进去了。"

林超然点头。

静之忧郁地看看他，进入教室。

长长的寂静的教室，只有林超然的身影，孤单单地伫立在那间教室门外。

又一阵铃声。

另一考区另一间教室的门开了,师生们涌出。

教室里。只剩林岚一名考生还坐在那儿,手拿着笔,望着考卷发呆。

戴眼镜的监考的男老师:"三秒钟后,你如果还不交卷,算你弃考。"

林岚十二分不情愿地交了考卷,站立起来。

老师刚想走,林岚叫住了他。

林岚:"等等!"

老师转过了身。

林岚:"把考卷给我。"

老师:"开什么玩笑?这不可能!"

林岚:"我强烈要求你给我!要不我抢了啊!"

老师也极不情愿地将考卷给了她:"你简直岂有此理!我记住了你的考号。你将被扣分的!"

林岚发泄地撕着考卷。

老师目瞪口呆:"你!"

林岚冲出教室,同时将考卷扔进纸篓。

林超然匆匆下楼而去。

校园里。楼影、树影开始偏移,肥大的树叶不再被阳光照得亮闪闪的了。紧接着是一阵下课铃声……

第六考区的楼口涌出一群考生,静之夹杂在人群中。

静之肩挎书包在林超然干活那幢楼前喊:"林超然!"

林超然出现在二楼一个窗口,没戴帽子,头发上脸上尽是灰点儿。

静之:"怎么不戴帽子?"

林超然:"我那是顶军帽,舍不得!"

静之:"石灰伤头发,不怕掉哇?"

林超然:"头发掉了还可以长!自我感觉怎么样?"

静之:"比上午更好点儿。"

309

林超然笑了，竖起大拇指。

　　静之："我大姐都想你了，今天还不回我们家一次呀！"

　　林超然："今晚我们要干通宵！下了一个星期的雨，我们得把时间抢回来！你去我家一次，关心关心我妹考得怎么样。如果她考得不好，替我安慰她……"

　　静之："知道啦！我买了几个煮鸡蛋，接着！"

　　她从书包里掏出鸡蛋，一次次抛向林超然，林超然一次次接住。

　　静之："姐夫，我走了啊，明天还要考一天呢，我缺觉！"

　　林超然挥手道："快回家，晚上别熬夜了！"

　　静之转身刚走两步，背后传来林超然和工友的声音。

　　工友的声音："别夸啦！你不怕越夸越让我们嫉妒吗？龟儿子才有又聪明又漂亮的小姨子！"

　　林超然："好你个坏小子！吃着我给的鸡蛋还敢骂我，非修理你不可！"

　　静之笑了。

　　林家。只有林母一个人在家，坐在桌旁。桌上摆着包好的饺子和饺子馅儿、饺子皮儿。她显然已无心包下去，看着发呆。

　　静之进入，笑问："伯母，包饺子啊？"

　　林母："为林岚包的。她这一时期白天晚上地复习，都瘦了。不管考得怎么样，得犒劳犒劳她！得让她体会到，我这当妈的体恤呀！"

　　静之："伯父呢？"

　　林母："借了辆手推车，拉着满市转，到处捡旧砖去了。"

　　静之："要干吗？"

　　林母："你大姐不是快生了嘛，你伯父想捡些旧砖，在我家旁边，给你大姐和你姐夫盖间小偏房，得使他俩以后好歹有个小家呀！"

　　静之："伯母，告诉我伯父，那么大岁数了，不必再受累了。我大姐和我姐夫住我们家，我们全家没意见！"

　　林母："那也不是常事啊！女婿长期住老丈人家，外人会笑话的，再说多不方便。"

　　静之："林岚还没回来？"

　　林母："回来过了，呆坐一会儿又走了。"

静之：“哪儿去了？”

林母：“说是到江边散散心。”

静之：“她考得怎么样？”

林母：“我也问不出来呀！看她那闷闷不乐的样子，怕是考得不怎么样。我问了一句，她不吭声，我就再没敢多问。”

静之：“我去找找她。”起身便走。

林母：“静之……”

静之站住。

林母：“你明天还要接着考，别为她分心了，看影响得你也考不好。”

静之一笑：“没事儿的。”走出……

林母长叹一声，拿起一片儿饺子皮。刚要包，却终究是没心思，又放下了。

松花江边。 静之走着，东张西望地寻找……

林岚坐在江畔台阶上，呆望江水。江对岸的景致很美。 夕阳西下时分，芦苇被照耀得泛着红光。

有人在她旁边坐下，她扭头一看，见是静之，起身便想走。

静之抓住了她的手，命令地说：“乖乖给我坐下。”

林岚挣手。

静之：“你看周围人不少，不坐下我还扇你耳光。 反正我料你也不敢还手，那你不只有挨扇的份儿？”

林岚不情愿地坐下。

静之：“扇过你那一耳光，我向你赔礼道歉。 你愿意的时候，也可以扇我一耳光，咱俩把那件事儿扯平了行不？”

林岚不理她。

静之搂住了林岚的肩，林岚扭动了一下身子。

静之：“咱们林、何两家，每个人之间都要亲如一家，我对你哥说的这话，是发自内心的。 这一点，在'文革'中，也被事实证明了。 我们两个相比，两家亲人寄托在我身上的希望，比寄托在你身上的希望大多了。 我的压力也比你的压力大多了。 所以，如果连能够考好的我也落榜，那两家亲人都会是一种什么心情？你认为我自私，对我是不公平的。”

林岚声音极小地说：“那……你考得怎么样？”

静之：“自认为考得不错。”

林岚推开她，瞪着她说："那我嫉妒你！"

静之苦笑。

林岚也啪地扇了静之一耳光！

静之愣了愣，又苦笑道："已经扯平了啊！再动手我可翻脸了啊！"

林岚双手捂脸哭了："可我完了，考得乱七八糟！"

静之又搂住了她，劝："小妹，听说过'破罐子破摔'这句话吧？一时冲动辞了职，这不可怕。恋爱失败了，这也不值得寻死觅活。高考失利，连考上中专的希望也落空了，更是许多人经历过的事。但可怕的是，一个人开始破罐子破摔了。人一那样了，就好像果子从心核里往外烂了……"

林岚反搂住她哭道："静之姐，我才小小年纪怎么突然觉得人生如梦了啊！"

静之："人人有时候都有这样的感觉，我也一样。但，尽管人生如梦，但也要尽量活得清醒一些……"

两人的背影。静之掏出手绢替林岚擦泪。

罗一民的铺子里。钟表的指针已经指向了一点多，罗一民伏在案子上睡着，还发出鼾声。

敲门窗声。林超然的身影出现在门外。

罗一民没醒。

林超然的身影转到窗口，敲窗子。

罗一民仍没醒。

林超然将长柄刷的长杆从小窗口伸入屋里，捅着了罗一民几次，终于将罗一民捅醒。

罗一民一激灵："谁！"

林超然的脸出现在小窗口："不让我住你这儿了？"

罗一民揉着眼睛开了门，林超然一进门就脱衣服、脱裤子、脱鞋。罗一民插了门，将他的衣服、裤子挂起，将他的鞋摆好。

罗一民："都几点了？你干脆别回来算了！"

林超然："不回来我睡哪儿？"他开始刷牙洗脸。

罗一民："你家，你岳父母家，哪儿你不能住？"

林超然："我发现住哪儿都不如住你这儿方便。早就想住你这儿了，只不过缺少正当理由。"

罗一民："哎，你这人！太不客气了吧？为了等你回来，我都没敢脱衣服上床睡觉，怕你敲门我不醒。你怎么连句歉意的话都没有？"

林超然："那我也敲了半天窗，还得用刷子杆把你捅醒！你折腾我的时候你忘了？你又什么时候说过歉意的话？"

罗一民张张嘴，一时无话可说，转身去捅炉子。

林超然："你捅炉子干吗？还怕睡觉冷啊？"

罗一民："废话！我早吃过了，给你热热饭。"

林超然："不吃了！"说完往里屋走。

罗一民抢前一步，拦在里屋门口，正色道："要求你洗洗脚不过分吧？我的被褥就不是被褥了？我夏天拆洗过！"

林超然嬉皮笑脸地说："我这不拿着毛巾嘛！我又累又困，坐床上擦擦得了，别这么不开面儿！"

罗一民："这是我擦脸巾！"一把夺过去，转身从门口离开。

林超然趁机进了里屋，在里屋大声说："那我可上床了啊，麻烦你把擦脚巾捎进来！"

里屋。两人已躺在床上了。台灯还亮着。

罗一民："你可在我这住了一个多星期了。"

林超然："我们在抢时间，以后天天得早出晚归的。别烦，让我再住一段日子。"

罗一民："明白了，不忍心影响两边亲人，所以住我这儿，对不对？"

林超然："对。"

罗一民："却不在乎影不影响我？"

林超然："不在乎。"

罗一民："你这种朋友对我是个负担。"

林超然："你对我也是。"

罗一民："我把我和杨雯雯之间的事告诉了你，你是不是对我有另外的看法了？"

林超然没回答。

罗一民："我要求你说出来。即使是很恶劣的看法，我也能承受得住，但希望你能给我个明白话……"

林超然发出了鼾声。

罗一民欠身看看他,无奈地关了台灯。

罗一民的铺子里,天还没亮,外屋开着灯,林超然已穿好了干活的衣服,蹲在炉子那儿吃馒头。

门帘一挑,罗一民穿着背心、裤衩走了出来,抱着膀子问:"都凉一晚上了,怎么不生火热热?"

林超然:"没事儿。怕生火弄出动静搅醒了你。别感冒,进屋里接着睡。"

罗一民望一眼表,表针指向三点半。

罗一民:"你才睡了两个多小时。"

林超然:"我们约好了四点钟开始干活。"三口两口将手中馒头吃光,盖上饭盒盖,起身走到水龙头那儿,嘴对着笼头喝水。

他甩袖子抹抹嘴,拿起刷子。

"超然……"

他一转身,见罗一民已披了件衣服,下身却仍只穿裤衩。

罗一民:"我把我和杨雯雯之间的事告诉了你,你是不是对我有另外的看法了?"

林超然放下刷子,走到罗一民跟前,搂抱罗一民一下,双手放他肩上,真挚地说:"应该忏悔的人很多很多,可是到今天却只有极少数的人有忏悔的心。你是极少数的人之一,而且你还打算用死来忏悔。证明我当年费那么大劲儿把你调到马场独立营,并没看错你。有忏悔心的人是可以永远做朋友的,这就是我对你的新看法。"

罗一民感动地说:"太怕失去你这个朋友了,我要当面向杨雯雯的外公忏悔。"

林超然:"应该。越早越好。忏悔不是酒,拖久了容易变质。"

罗一民:"你得陪我去。"

林超然:"这几天我实在没工夫。忙过这几天,一定陪你去。你先打听打听他住哪儿。"

罗一民:"你可得说话算话。"

林超然笑了:"向杨一凡保证。"

罗一民:"为什么是向杨一凡?"

林超然:"他纯洁。"

林超然骑着三轮车的身影行驶在马路上，仍一手扶把，一手扛刷子，蹬得很快。

马路上寂静无人，无车。

某日中午。罗一民在小理发店理发。

罗一民："也刮刮脸。"

理发师："你没什么胡子。"

罗一民："那也刮刮。"

理发师："一刮，以后可就长得明显了啊！"

罗一民："今天对我是个特殊的日子，不管以后脸怎么样。"

理发师："那好，听你的。"

林超然站在罗一民铺子门外。他换上了一身干净衣服，戴着那顶洗干净的军帽，看着罗一民在锁门。

罗一民穿了一身挺新的衣服，锁上门转身问："我样子还行吗？"

林超然点头。

罗一民："鞋上的灰点子也不擦擦。"

林超然苦笑："擦了，擦不掉。"

两人站在某宾馆前。那是一幢八十年代的建筑，但在当年应是最高级的。林超然："肯定是这儿？"

罗一民点头。

两人出现在大堂。林超然向服务员询问什么。

两人站在房间一扇门前。

罗一民："超然……"

林超然看他。

罗一民："我心跳有点儿加快，嗓子也发干……"

他艰难地咽了一口唾沫。

林超然严肃地说："一民，我可是趁午休的时间陪你来的。这都站在门口了，你打退堂鼓那就不对了。"

罗一民："不打退堂鼓。打退堂鼓太对不起你了……不过，万一人家老先生根本就不愿见我呢？"

林超然被问得一愣。

罗一民："咱们什么情况都应该有所估计对吧？你千万别误会我的话啊，你看这样行不……你先进去，说明来意。如果人家同意见我，你出来叫我，我再进去。如果人家不同意，我不在场，你不是也不至于陪着我受尴尬吗？"

林超然沉吟……

罗一民："忏悔的话当然得由我亲口说。但你先进去征求一下人家的意见，不也表明对人家的尊重，而不是强加于人吗？"

林超然："也好。那你待哪儿？"

罗一民指着说："我到楼梯那儿去吸支烟，镇定一下心情，想想我的话究竟该怎么说。只要你一叫我，我立刻会出现在你面前。"

林超然："好吧，就按你说的那样。"

望着罗一民消失在安全门后，林超然的手指按了下门铃。

室内。杨雯雯的外公坐在办公桌后，手持放大镜在看哈尔滨市区图。罗一民做的那把最小的喷壶摆在桌角。

他听到门铃声，离开桌后开了门，见门外站的是林超然，大觉意外。

杨雯雯的外公："找我？"

林超然："陈老先生，冒昧打扰您，请原谅。"

杨雯雯的外公："我不姓陈。我姓程，工作程序的程。"

林超然一愣："不但冒昧打扰，还把您的姓搞错了，真不好意思，请您多包涵。"

程老先生："没什么。不少人都把我的姓搞错过。"

林超然："我们见过一面，还握过手……"

程老先生："我一眼就认出你来了，在罗一民的铁匠铺子里，你们是朋友。有事？"

林超然："有一件事，罗一民特别重视。我想，您必定也同样重视。他希望我能代替他先行向您求见一下。他认为，只有在获得您同意的情况之下，才能来侵占您宝贵的时间。"

程老先生犹豫一下，点点头，从门口闪开，做了一个请的手势。

林超然走入房间，打量着，目光定在桌角那只小喷壶上。

程老先生关了门，淡淡地说："坐吧。"

林超然收回目光，在沙发上坐下。

程老先生："说吧。"

林超然："您是长者，我是晚辈。您还站着，我不能坐着和您说话。"

程老先生又一愣，坐下了，刮目相看地说："你这个年轻人，挺特别。"

林超然笑了笑："除了'文革'前喜欢看书，其他方面也没什么特别的。"

程老先生："唔？这么说，你在'文革'中也是大大的造反派了？"

林超然："那倒不是。我看过的一些书告诉我，有些事肯定是不对的。甚至是罪过的。还有的事，是罪恶……"

程老先生："说下去。"

林超然："书籍在那个年代拯救了我。我至今对好书心怀感激。"

程老先生站了起来，不动声色地说："年轻人，你也请站起来一下。"

林超然站了起来。

程老先生走到书架前，向林超然一摆头。

林超然也走到了书架前。

程老先生："我以为在大陆再也见不到这样一些书了，没想到一批批的出版得这么快，而且，一到书店往往便被一抢而光……在这些书中，你看过哪几部？"

书架中……托尔斯泰的、普希金的、莱蒙托夫的、雨果的、海明威的、哈代的、狄更斯的书，一列挨着一列。

林超然："实不相瞒，当年都看过了。"

程老先生："这么说，你很幸运地生活在书香之家？当然，那后来肯定也是一种不幸。"

林超然："是啊。十之八九是一种不幸。不过，当年我只不过是一个工人父亲的儿子，我的家住在哈尔滨最不起眼的小街上。当年我根本不敢奢望买书，听说了一部好书，就想方设法四处相借……"

程老先生："原来是这样……"

他指着《九三年》问："这本也看过吗？"

林超然："'在革命的原则之上，人道主义是更高的世间原则。'书中这句话，当年对我影响很深，超过了铺天盖地的标语和口号……"

程老先生："我以为你刚才是在吹牛，现在相信你的话了。"

林超然："如果您允许的话，我现在可以开始说罗一民的事了吗？"

程老先生："扯远了扯远了。我每天坐着的时候多，站着的时候少，有时候更想站着。如果你不介意的话，陪我站会儿吧。"

林超然笑了笑："很高兴陪您站会儿。"一指桌角的喷壶，"我要谈的事和喷壶有关。"

程老先生一愣，转身看喷壶，复转身看着林超然，庄严地说："我认为，我和罗一民之间，关于喷壶的事已经没有什么可说的了。该付他的钱我早已付清，我对他做的喷壶也很满意。我只要了那把最小的，另外九把，他还可以卖给别人。怎么，他还觉得他很吃亏吗？"

林超然："他和杨雯雯之间的事，他告诉了我。那件事多年以来一直折磨着他，使他内心里很痛苦……"

程老先生慢条斯理地说："比我的外孙女在少女时期就失去了一只手还痛苦？"

他转身从桌上拿起一支雪茄，擦着火柴，吸了起来。

林超然："他的痛苦是一个人因罪过而感到的痛苦……"

程老先生目光犀利地看他一眼，但没接言。

林超然："他恳求您给他一个机会，能允许他当面向您忏悔……"

程老先生激动地说："别说啦！"走到窗前，背对林超然。

林超然："他的忏悔之心，确实是真诚的……"

程老先生仍不接言。

林超然："我明白您的态度了。打扰了……那么，我告辞了……"

他转身向门口走去。

程老先生："等等。"

林超然站住了。

程老先生仍背对着他问："他在哪儿？"

林超然："等在走廊里。"

程老先生："你认为我真的很有必要见他吗？"

林超然："我们这一代人，受到的忏悔教育太少了……"

程老先生："我恰恰认为你们受到的太多了。你们不是善于进行革命忏悔吗？什么灵魂深处爆发革命之类的忏悔……"

林超然："我指的是，人对良知所进行的忏悔。我们所受到的宽恕教育更少。这两种教育，对于我们这一代人，以前几乎等于零。我多么希望，您能为我们补上这一课……"

程老先生终于缓缓地转过了身，表情还是那么庄严。他问："你叫什么名字来着？"

林超然："双木'林'，'超然物外'前边那两个字。"

程老先生："林超然，你确实如我所说，与大多数你的同代人有些两样。我姓程，年轻时也是学工程设计的。我做事在意程序。你们今天来见我的过程，符合我的程序观。我承认，我被你最后一番话说服了。那么，就有劳你将那个罗一民请进来吧！"

林超然激动又惊喜地说："多谢程老先生！"他兴冲冲地出了门，却不见罗一民的影子。

他走到楼梯通道那儿，也没找到罗一民。

他着急地下了楼梯，低声叫："一民！……一民！……罗一民！"

他在大堂向服务员询问，被询问者摇头。

他又问一名服务员，对方同样摇头。

他问一名拖地女工，这次似乎问对了，女工指门外……

他急匆匆地走到楼外，站在台阶上四方巡视，仍不见罗一民的影子。

他踏下台阶，着急地跺脚……

罗一民蹲在一棵大树下吸烟，他首先看到了林超然那双鞋，一抬头，林超然双手叉腰站在跟前。

罗一民将烟按入树根周围的土里，站了起来。

林超然："真想扇你一大嘴巴子！为什么不在指定的地方等着？"

罗一民反有理地说："你进去了半天不出来，我一想你肯定是替我挨骂呢。骂你你就别老老实实听着了，为什么不找个机会早点儿出来？"

林超然二话不说，拖着他就走。

在楼外台阶上，罗一民挣脱了手。

林超然："我给你铺垫得挺好，人家老先生同意见你了。"

罗一民："可我……刚才自己在外边等这会儿工夫，思前想后的，心跳又加快了……要不，我的意思是……忏悔我肯定是要忏悔的，但其实，我一点儿没做好挨骂的精神准备……"

他伸出右手又说："不信你摸摸我脉，刚才还一百二十多下……"

林超然白了他一眼，但却真摸起他手腕来。

也许由于罗一民脉搏确实快吧，林超然体谅地说："坐下。"

罗一民在台阶上坐下了，林超然坐在他身旁，看着自己手表说："陪你坐五分钟。只五分钟，一分钟都不多给。"

罗一民刚想说话，林超然立刻又说："不许说话。你深呼吸，听我说……你一会儿获得了宽恕的话，就好比刑满释放，可以重新做人了……"

罗一民抢机会说了一句："但杨雯雯失去的一只手却还是长不出来……"

林超然："但是她也许会这么想……许多被伤害过的人听不到当事人的半句忏悔，而伤害过我的人真诚地向我忏悔了，并且我居然宽恕了他，我能够宽恕多么好……"

罗一民："但愿如此吧。"

林超然："你不说话只听我说行不行啊？我认为……正如你期待着她的亲人给你一次忏悔的机会一样，杨雯雯也正期待着予以宽容的机会。你不错过你的机会，那么也等于给了她一次机会……"

走廊里。林超然拖着罗一民向程老先生住的房间走。

两人站在那一房间门外，但见房门大开，有一名女服务员在吸地毯。

林超然："请问，住在这里的程老先生在吗？"

女服务员："几分钟之前还在等人，现在出去办事去了。他是个时间观念很强的人，一过了时间，往往就不等了。"

林超然："到哪儿办事去了？"

女服务员："不知道。"

林超然："估计什么时候回来？"

女服务员："那可没准了。往往只要出去了，很晚才回来。"

林超然沮丧极了，狠瞪罗一民一眼，罗一民却在闭着眼睛深呼吸……

罗一民的铺子里。林超然正将脱下的干净衣服卷几卷，放入工具袋，开始穿那身干活时穿的脏衣服。他的表情证明他一肚子不高兴。

罗一民看着他："那，咱们什么时候再去一次呢？"

林超然："再去一次？再去一次你自己去吧！归根到底那是你自己的

事,不是什么咱们的事!"他终于一发而不可收,指指点点,爆发式地宣泄开了,"你说你啊,我是为了你才住你这儿的,回来得晚了一点儿,你就抱怨我折腾你!今天你不是折腾我吗?而且是白折腾了一通!下那么大雨的晚上,背着你往医院跑,你不是折腾我吗?而且那一天我爸妈小妹刚知道我弟弟死在北大荒的真相!说是通过李玖她爸给我介绍工作,可却搞成那么大一场误会!那也等于是白折腾我!再说今天的事,你连人家老先生究竟姓什么都没打听清楚!人家根本不姓陈,人家姓程!工程的程!程序的程!不是耳东陈!"

他话一说完,抄起刷子,推开门往外便走⋯⋯

罗一民愣了片刻,发现车钥匙还挂在墙上,摘下追出门去,林超然已走十几步了。

罗一民:"不骑车了?"

林超然如没听到。

罗一民:"今晚回不回来了?"

林超然反而走得更快了。

罗一民自言自语:"折腾你几次怎么了?来的什么劲啊!有志气连我借的刷子也别用!"

第 十 四 章

林超然家住的那条街的街口,他碰上了母亲,母亲手捧半瓶酒,他伴母亲往家走。

林母:"怎么今天得空回家了?"

林超然:"中午抽空陪罗一民办点儿事,下午还得干活。惦着家里,拐个弯回来看看。"

林母:"小罗不要死要活的了?"

林超然:"一早一晚总是劝他,不理智那股子劲儿过去了。"

林母:"那就好。难熬的年头都熬过去了,别返城之后反而钻牛角尖啊,那多没出息!你传个话儿,说我说的。"

林超然:"一定传。家里来客了?"

林母叹道:"哪儿来的客啊!你妹非要证明自己能,是中专也报了,大学也报了。先考的中专,觉得考得还行。接着考大学,一考考了个乱七八糟。再和别人一对中专的题,这才明白考得也不怎么样,都及不了格。她哪能受得了,在家里哭了一大场。"

林超然:"她就是不听劝!如果集中时间和精力,一门心思考中专,兴许还不至于这么一种结果!"

林母:"她从小拧得很,你又不是不知道。脾气随你爸的根。妈摊上了她这么一个女儿,你摊了她这么一个妹妹,有啥办法?只得凡事将就她呗。她一哭,哭得你爸那个心烦。她去何家了,你爸心里还在烦。忽然就哭了,说想你弟了。我先劝你妹好一阵,没心情再接着劝你爸了。也不知道怎么劝了,心想干脆为他打几两酒,侍候他喝了,醉了,睡了,我也图个清静。"

林母说到伤心处,声音哽咽了。

林超然从母亲手中接过酒瓶,挽着母亲说:"妈你也要想开点儿。老百姓人家，家家都像一出苦情戏，都差不了多少。以后日子好了，咱们老百姓的生活会相对好的……"

林母："你换工作的事，你爸知道了。主动跟他说一句，要不，他觉得你不尊重他，什么事儿都不告诉他了……"

林超然："到了家我告诉他。"

林母站住了，看着儿子，悲伤地说："妈看着你穿这么一身干活的衣服，心里不是滋味。你爸肯定更是……想当年，你们学校决定保送你出国留学以后，全家都跟着光彩，街坊邻居看咱家人，眼光里的羡慕那都藏不住。那时候，你爸可乐意你挽着他走了。妈当然也乐意，可都轮不上妈……"

林超然笑了："妈，听您这话的意思，是嫌我穿这么一身衣服挽着您走，丢您的人了呗！"

林母打了他一下，也笑了："胡说八道！妈是那么个意思吗？再落魄的儿子，在妈眼里，那也是个金不换的儿子！"

林超然："这话我爱听。而且，现在也挺需要听妈对我说这种话。但您不能认为您儿子现在就是落魄了。全中国干力气活儿的人多了去了，现在我也是他们中的一分子了，说我们体力劳动者落魄是不对的，我爸不就一辈子都是体力劳动者吗？"

他的话玩笑的成分极大。

林母嗔道："不许跟妈来无限上纲那套！"

母子两人都笑了。

母亲在前，林超然在后，回到了家里。

林父直挺挺地躺在炕上。

林母将酒瓶放下，赔着小心地说："他爸，给你打回酒来了。"

林父不领情地说："我什么时候叫你打酒了？瞎溜须！"

林母看一眼儿子，苦笑，又说："超然回来了。"

林父抹一下脸，缓缓坐了起来。

林超然："爸，别为我妹的事上火。上火也没用。已经这么个结果了，对她也是一种教育。"

林父："没工作了，也没学上，那她以后咋办。"

林超然："既然她有心求上进，也不能打击她。等我有了稳定的工作，也有精力和时间了，一定亲自辅导她。再考几次，怎么也能考上个中专。"

林父："那么一等，还不把她等成老姑娘了！"

林超然被噎得一时不知再说什么好。

林父:"你坐下。"

林超然坐下了。

林母:"超然下午还得干活儿。你别训跑了女儿,这会儿又想铆上劲儿再训儿子。"

林父:"你住嘴。想听坐一边听,不想听干脆躲外屋去。"

林超然:"我和工友们打招呼了,下午晚去一两个小时他们不计较。"

林母默默坐下了。

林父:"我不问你江北的事。江北的事继红已经跟我说了,我支持。你现在成了蹲马路牙子的,对吧?"

林超然:"对。"

林父:"有人雇你?"

林超然:"幸而有个兵团战友也蹲马路牙子,他们有活儿的时候都愿意带上我。"

林父:"我并不认为蹲马路牙子那就丢人。不偷,不抢,靠干力气活挣钱,到什么时候也不算丢人!可你为什么一直瞒着我?"

林超然:"想给您和我妈一份惊喜。"

父亲一时不解他的话,愣愣地看着他。

林母:"傻儿子,你都蹲马路牙子了,还能带给爸妈什么惊喜啊!"

林超然:"我们几个比较幸运,包到了一次大活,估计得干一个多月。交活时,每一人都分三百来元……"

父亲一侧头,以手捂耳:"多少?"

林超然:"三、百、来、元……"

林母:"撒谎!尽骗你爸妈开心!"

林超然:"爸、妈,不骗你们。原想等钱分到手,拿回家摆在你们面前了,再跟你们一五一十地说。我是这么想的,省点儿花,够我和凝之花大半年了。半年内找不到活心里也不慌了。还能每月给小妹点儿零花钱。赶在天冷之前,捡些砖,备些料,等明年一开春,让兵团战友们帮帮忙,在咱家旁边接出一间小偏厦子,那我和凝之也算有了自己的小家,而且就住在你们二老近前,随时可以孝敬你们。这一个冬天呢,有活儿了我就干,没活儿干我也认了,那就一门心思学学怎么当爸,再辅导辅导我小妹。我相信,随着中国以后的发展,不是人找活儿的问题,而是活找人的问题……"

林父兴奋地说："起来，跟我外边说话！"

林超然起身跟父亲走到了外边，林母也跟到了外边。

林父抓着儿子手腕，将儿子带到了房角，林母也跟到了房角。房角码着些旧砖旧木方子。

林父："咱爷俩想到一块儿了。看，我已经备下了这些。开春我再给你们贴钱买点儿，不信盖不起一个小偏厦子！"

林超然："我争取不用您贴钱。"

林父："你跟你那些新工友说说，能不能也让我去跟你们站马路牙子？如果咱爷俩都三百三百地挣，那咱家的日子，还不几年就进入共产主义了？这整天一点儿活都不干，我身子骨难受！"

林母："你看你那样！一时又眉飞色舞的，见钱眼开！你还莫如老老实实地说，每天挣不着钱你心里叽歪，也不怕儿子笑话！"

林父："那怎么啦？整天想着通过劳动挣钱是劳动者的光荣本色！"

林超然："妈，我哪儿能笑话我爸呢！我心里想的，他都替我开始做了。我这么大一个儿子了，在我爸面前只有不好意思的份儿。"他搂着父亲的肩，哄小弟弟似的，"爸，挣钱这种事呢，不能太急。您都为咱家挣一辈子钱了，该歇了，那就得金盆洗手。您放心，凡是属于咱老林家的人该挣到家的钱，以后我一个人就全把它挣回来！一分也不会让它从手指缝漏掉了！我向您保证，行吧？"

林父林母都笑了。

林父想到了什么，对林母说："他妈，那什么，你那个，回避一下……"

林母："怎么一下？"

林父大声地说："回避！'回避'什么意思你都不懂啊？没文化！"

林母："你当我真不懂啊？不就是——你要跟儿子说悄悄话，不愿让我听吗？"

林父："那你还不快走！"

林超然听着父母拌嘴，默默在一旁笑。

林母嘟囔："老倔头子！"走了。却没走远，站墙角拐弯处偷听。

林父蹲在砖垛上，低声地说："我忽然就又想你弟了，给我讲讲你弟的什么事儿，最好是讲可笑的事儿。"

林超然一愣。

林父："怎么，你弟就没一两件可笑的事儿！"

　　林超然："有。当然有。既然爸想听，那我就讲。"

　　他也蹲在父亲身边。

　　父亲掏出烟递给他一支。

　　林超然："爸，我也快当爸了，下决心戒烟了。"

　　林父也一愣。

　　林超然从父亲手中要过火柴，替林父点着烟后说："等我们分了钱，我一定给爸买个好点儿的打火机。"

　　林父："别说别的，讲啊！"

　　林超然："我弟也处过对象，是个上海姑娘，另外一个连的，人挺好。他们两个连相隔十几里……"

　　北大荒冬季的夜晚，两个棉袄外穿大衣的身影，踏着深雪相向跑着，跑到一起彼此搂腰，像两头直立的河马，谁也搂不紧谁。

　　两个年轻人都向对方伸着脖子才亲着了一下嘴儿。

　　林超越："你们连没开新年联欢会？"

　　姑娘："当然开啦！"

　　林超越："那你跑我们这来？"

　　姑娘："怎么？还来得没道理了？"一扭身，假装生气。

　　林超越哄她："别生气别生气，千万别生气。我不是头一次谈恋爱嘛，没经验……"

　　姑娘又猛地向他转过身："少找借口！我就不是第一次了？我问你，想我没有？"

　　林超越："没……想……"

　　姑娘又生气地一转身。

　　林超越："没想那不就奇怪了嘛！"

　　姑娘打他："气我！"

　　林超越搂住了她："我爱你生气的样子！"

　　姑娘从衣兜里掏出了一个用手绢包着的、小盘子那么大的东西给了他。

　　林超越："什么？"

　　姑娘："你最喜欢的东西，一路上我手揣在兜里，都把它焐热了。"

　　林超越拨开手绢一角，眼望着姑娘，下口就咬……

姑娘:"别咬!"

林超越:"哎哟,咯松我后槽牙了!"低头完全展开手绢一看,见是小盘子那么大的一枚毛主席像章,赶紧又说,"罪过罪过!我最喜欢的东西是好吃的东西,我以为……"

姑娘不安地说:"快看看咬出牙印没有?"

两人头碰头地细看。

林超越:"正面肯定没有。"

姑娘:"背面有也不行啊!"

林超越翻过像章,两人又细看。

林超越:"我敢保证,背面也没有。"

姑娘:"谢天谢地,要是留下了牙印,那可是不得了的事!咱们快请罪吧!"

林超越:"又没人看见……"

姑娘:"那事情也是发生过了!"她跪下了,扯林超越,超越便也跪下了。

马场独立营大食堂。知青们、老职工及家属孩子在看节目,舞台上正演《智取威虎山》片段:林超越饰演的座山雕捧着联络图在唱:"联络图,我为你,朝思暮想……"

他一展斗篷,小盘子大的主席像章掉在地上。

八大金刚之一:"三爷,掉东西了!"

台下哄笑。

另一金刚捡起,双手递给"三爷"。

"三爷":"那不是我的!"一指杨子荣,"是他的!我看他还是个共军!"

台下人笑得前俯后仰。

林超然、罗一民、杨一凡也笑了……

突然有一名知青站起,指着台上大叫:"都不许笑!这是一起严重的反动事件!"

一片寂静,人人严肃。

林超越喃喃地说:"我……我不是故意的,我别在里边绒衣上来着……"

啪!团长的手狠狠地拍在桌上。

327

马场独立营营部。林超然立正站着，团长在训他："林超然啊林超然，现在那事件闹得全团都知道了，那个罗一民，还有那个精神不好的杨一凡又把人家向团里举报的知青给揍了一顿，你说该怎么平息过去吧？"

林超然："我决定关林超越三天禁闭！"

团长又一拍桌子："罗一民和杨一凡也得禁闭三天！一分钟都不许提前放出来！"

林超然显出有异议的样子。

团长："你那么看着我干什么？还想反对啊？"

林超然："团长，您刚才说了，杨一凡精神不太好，对他就免了吧？"

团长指点着他："你说你啊，越是那让人不省心的，你越爱往你的营里划拉！"

林超然："他们终究也是知青啊。"

团长："罗一民必须一块儿禁闭！"

林超然："是！"

团长想了想："惩前毖后，治病救人，三天长了点儿。"

林超然立刻地说："那一天！"

团长："一天太短了！两天！你要向全营宣布，这也是团里的决定！"

林超然："是！"

林母在墙拐角那儿，已听得紧咬下唇，泪流满面。

林父："你讲的事儿，一点也不好笑。"

林超然："当年是不好笑……"

林父："现在也不好笑。"

林超然："那，等我以后想起了真正好笑的，再给爸讲。"

林父站了起来。

林超然也站了起来。

林超然："爸，从今天起我不在罗一民那儿住了。虽然是好朋友，但给人家添太多的麻烦那也不应该。从今天起，我得住家里。我会经常半夜三更才回家，因为我们在抢时间。打扰爸妈的睡眠，我又不太忍心……"

林父："别不忍心！抢时间干活那就好比打仗冲锋，该忍心不忍心还行？前几天我捡砖头的时候，正巧捡到了一个铃铛。今天我就把它装在门上。我比你妈觉轻，铃一响我就起身给你开门……"

一阵自行车铃声。

林超然笑了:"说到铃铛,就有铃声响,看来是个顺遂的好兆头。"

两人来到家门前,见张继红站在那儿,身旁停辆自行车,林父曾推去修的那辆破车,已修好,也擦得很干净。

林超然:"继红,真是好久不见了,这几天都想你了。"

张继红不无挖苦意味地说:"也没那么久吧?"随即将脸转向林父说,"大爷,我是给您送车来的。该换的换了,该修的修了,保证您再骑三年没问题。"

林父:"继红,超然想不想你我不知道,我可是真想过你。我和你相处的时间比他长,咱爷俩对撇子。快屋里坐,聊会儿。"

张继红:"不了大爷,改天吧。我那儿还求人看着摊儿呢!"

林母:"总得进屋喝口水。"

张继红:"还真有点儿渴。那也不喝水了,让超然送送我,在街角那儿让他请我喝汽水儿!"

林超然:"没问题。"拍拍自行车座又说,"正好我骑它上班。"

林超然推着自行车和张继红走在路上。

张继红:"老实说,你骑这辆车,我不高兴!"

林超然:"你什么意思啊?"

张继红:"说出来那就没意思了,自己想。"

林超然一脸困惑。

卖汽水卖冰棍的摊前,张继红表情冷冰冰地说:"两瓶汽水儿,他付钱。"

林超然:"对,我付我付。"掏遍了所有的兜,尴尬地说,"真不好意思,这身衣服中午刚换上,兜里没钱。"

张继红:"有你的。一会儿工夫,变成不好意思了。"又对卖汽水的说,"那开一瓶,我自己付钱。"

卖汽水的开了一瓶递给他,他一边喝,一边望街景,不理林超然。

林超然:"你究竟……"

张继红:"别再说什么意思,想。"喝光汽水,将汽水瓶放下,也看着林超然问,"还没想明白?"

林超然抓住他一只手腕:"不说清楚别走。"

张继红："不够意思的人才不明白什么意思。那天咱们过了江桥，分手时我怎么说的？……谁找到了活儿，跟哥儿几个打声招呼。有推荐资格的，帮着推荐推荐。我是这么说的吧？连那几个小兄弟，后来都一一找到了我，告诉又在什么地方干什么活儿。虽然都没有推荐的能力，但他们那份儿心到了，起码不用我这个当过队长的再惦记着了，也证明我没白和他们相处过。可你呢，找到了工作，蔫不愣登地就只顾自己挣钱了，完全把我给忘了！"

林超然笑了，松开他腕子，将一只手拍在他肩上，不以为然地说："你心眼儿小得可笑。我那是蹲马路牙子的活儿！"

张继红："但你们五个人可是在给黑大刷一幢教学楼！"

林超然："你怎么知道的？"

张继红："我想知道的事儿，那就会知道点儿。干完了，每人能分三百多，对不对？怕一告诉我，我想加入，结果影响你们少分钱了，对不对？"

林超然张张嘴，没说出话来。

张继红也拍拍他的肩："超然，你不够意思。我就这个意思！"

他一说完，拔腿就走。

林超然呆在那儿。

何父当校长那所中学的街道，骑着自行车的林超然遇见了蹬着三轮平板的静之。车上坐着凝之和林岚，林岚搂着嫂子胳膊。

林超然和静之都下了车，静之一脸汗。

林超然："你们这是干什么去了？逛街啦？"

静之："我二姐走了个后门，我和林岚带我大姐去医院检查了一下，平安无事。"

凝之："既然慧之给联系好了，检查检查不是我安心，你也放心吗？"

林超然："林岚，你下来。静之你坐车上。"

林岚下了三轮平板车，扶住了自行车，怯怯地说："那我去买点儿菜。"

林超然："去吧。"骑上了三轮平板车。

林超然一边蹬车一边说："静之，谢谢啊。我的义务，让你操心了，过意不去。"

静之："也是我的义务啊，你老婆是我姐！"

林超然："但对于你姐，我毕竟是她丈夫。有的事，首先是丈夫的义务，其次才是其他亲人的义务。"

凝之："知道你脱不开身，要不早回家看我了。"

林超然："静之，你从你大姐的话里，是听出的批评意味多啊，还是听出的理解意味多啊？"

静之咯咯笑道："你耳朵又没毛病，自己听不出来呀？"

车到何家门前，林超然和静之扶凝之下车，进屋。

凝之幸福地说："快当母亲的感觉真好，要不哪有这种左搀右扶的资格？"

两人扶她坐下，林超然问："医生说什么日子没有？"

凝之："医生也说不准，只给了个大概的，说二十天后可以申请住院了，那时得准备一笔钱。"

静之一边洗脸一边接言道："姐夫，钱的事你不必操心，我爸妈说了，钱他们出。"

林超然："我想出现在也没有啊。不过我爸妈也有言在先，钱他们准备好了。"

凝之："别让你爸妈出。我爸妈都有工作，还是由我爸妈出吧。"

林超然："那你记清总共多少钱。等一个月后我分了钱，要还你爸妈。向你俩提前交个底儿，估计我能一个人分三百多元。"

静之："姐夫行啊，快成有钱人了！"

她说着，将毛巾递向林超然。

凝之高兴地说："静之，我嫁你姐夫有眼光吧？他应该受到奖赏，我起来坐下不方便，你替我亲他一下。"

静之："得令！"说着，已双手搂住林超然脖子，欲亲他脸颊。

林超然躲着脸说："别胡闹！"

静之："我在执行命令。"总算在林超然脸颊上亲着了一下。

林超然："意思到了就行了！"

静之："不正规，不算！我代人做事，那可从来都认真的。"

林超然无奈，只得由着她在脸颊上又亲了一下。

凝之："静之考得可好了。她高兴，我们全家都高兴。自从返城以后，这是我最高兴的一件事了！"

林超然："可我爸妈，都因为林岚没考好心烦意乱的，幸亏我刚才回去安慰了他们一番。我虽然有思想准备，但一看见她也没法高兴得起来。她准又在你们面前哭了一鼻子吧？"

静之忧虑地点头。

凝之："你不许数落她啊！我俩好不容易才把她劝开了点儿，你别一训她，她又想不开了。她年轻、任性，受点儿挫折有好处，就当成是生活替我们教导了她吧！"

静之："其实呢，她另外还有伤心的事。"

林超然："什么事？"

凝之向静之摇头。

静之："一会儿你还得去干活，以后再告诉你。"

林超然："各学校都放假了，慧之怎么不回家？"

静之："她联系到江北精神病疗养院实习去了，整个假期都要住在那儿。"

林超然："为什么非得到那种医院去实习？"

静之看一眼大姐，沉默不语。

凝之："你快走吧。你们在赶活，去晚了少干了，看人家有意见。"

林超然："静之，替我照顾好你大姐，拜托了！"

何静之立正、敬礼："遵命！"

他在门口站住了，转身看着凝之说："差点儿忘了一件事。"

静之："如果我能办的，我办。"

林超然："还真不愿让你替我办。"走到凝之跟前，捧住她脸，在她额上亲了一下，之后一转身大步而去。

静之笑道："我姐夫有时像个小孩儿。"

凝之："他更像小孩儿的时候，你是没看到。"

静之走到她背后，双手抱着她，弯下腰说："很幸福，是吧？"

凝之："在所有幸福中，这一种幸福是最难得的了。"

林超然肩扛长柄刷子，一手扶自行车把，意气风发地蹬着自行车。

黑大校园里。那一幢教学楼前，三名工友身下垫着报纸、纸板、灰袋子，皆仰躺着。

林超然骑自行车驶来，下了车，支稳，按车铃。

三名工友坐起，瞪着他。

一人说："骑上自行车你也来晚了！"

另一人说："看见那一堆石灰了吗？罚你，都扛楼里去。"

台阶旁，堆放着十几袋石灰。

林超然看着说："甘愿受罚。"

第三人一边往起站一边说："我帮你上肩。"

林超然："免，我自己行。"

他自己扛起一袋，还夹了一袋，大步入楼。三名工友互相看着议论："这家伙，在哪儿充电了？"

"凭良心说，他干活还行。"

"他们下过乡的，别的方面不论，干起活儿来都行。"

夜深了，校园里寂静悄悄。左右的楼窗都黑了，只有这幢楼的几个窗口还亮着灯，敞着窗。

从一个窗口看见，林超然的身影在刷墙，并且，还在吹口哨，吹的是《莫斯科郊外的晚上》。

罗一民的铺子里。罗一民在一张一张往下扯日历纸，李玖站在一旁看着。罗一民还穿着上次去忏悔时穿的那身半新的衣服，李玖也穿了一身半新的衣服。

李玖："别撕了，再撕，撕过了。"

罗一民这才住手。

李玖走过去，也撕下了一张，撕到了九月三日。

罗一民又欲撕手中的日历纸，被李玖一把夺过去。

李玖："别白瞎了，留着擤鼻涕。"她理顺了，一折揣入兜里。

罗一民："我要过一个心情轻松的国庆。"

李玖："我也是。"

罗一民："想好了？"

李玖点头。

罗一民："别像林超然陪我似的，关键时候又打退堂鼓了。"

李玖："不会。"

两人出了门。

罗一民锁上门，朝小三轮车翘翘下巴："上车。"

李玖："我蹬车。"

罗一民："别争。我。"

李玖："我。你别累得够呛，到了地方心跳加快，又没勇气了。"

罗一民："那累你了。"坐上了车。

李玖将车停在程老先生住的那家宾馆前。

两人站在电梯口。

李玖："要不，你先打头阵？如果人家也愿意见我，你出来叫我？"

罗一民瞪她："这就是关键时刻，你和我上次的表现没什么两样。"

李玖："那，再给我点儿时间……"

罗一民："中国给咱们的时间还短呀？"

李玖张张嘴，看样还想说什么。

罗一民却已按了门开关，电梯门在李玖面前缓缓闭合，罗一民的脸在她面前缓缓消失。罗一民脸上那种极其失望又单刀赴会似的悲壮表情，给李玖留下很深的印象。

罗一民走出电梯，他脸上刚才那种表情依旧。

他走向程老先生所住的房间。房间敞着门。女服务员在外间也就是作为客厅的房间又吸地毯，一抬头见罗一民站在门外。

女服务员："什么事儿？"

罗一民："我找程老先生……"

程老先生的男秘书从里间走了出来，用带有香港语调的话问："预先约好了？"

罗一民在门外摇头。

秘书："那么，您贵姓？"

罗一民："罗。'十八罗汉'的'罗'。罗一民。"

秘书："知道您是谁了，请进吧。"

罗一民进入。

秘书："您来得不凑巧,董事长前天回香港了。不过您别失望。我是他秘书。他估计到了您可能会突然来访,临行前交代过我,说如果您来了,让我把这个袋子交给您。"

秘书从书桌旁拎起一个纸袋递给罗一民,罗一民犹豫一下,接过。

罗一民："这里是什么?"

秘书："我也不太清楚,应该是他送给您的礼物吧。啊,对了,肯定是礼物。因为他让我转告您,如果您自己不愿保留,随便送给什么人都可以,说有的人肯定用得着。"

罗一民："还说什么?"

秘书："再没向我交代过什么。"

罗一民："您刚才说,您知道我是谁。那么老先生……关于我都说了些什么呢?"

秘书回想地说："他近来接触的人太多了,除了临行前交代的话,再没听他提起过您……"

罗一民望着书桌问："老先生就在这张桌子上办公?"

秘书点头。

罗一民放下袋子,面向桌子,双膝跪下了,但却没低下头,而是微微扬着头,闭上了眼睛……

秘书和服务员看着他愣住了。

中学冰场上,还滑不好的罗一民,谨慎而笨拙地移动脚步,羡慕地望着滑得好的男女同学。那些同学有的穿赛刀,有的穿花样刀,其中尤数穿花样刀的杨雯雯滑得最好,像一只冰上蝴蝶。她的浅粉色围巾、滑冰帽和毛线手套格外醒目。

罗一民滑倒了。

一双花样刀以漂亮的姿势刹住在他跟前,一只浅粉色的毛线手套同时伸向他,他一抬头,看到的是杨雯雯笑盈盈的脸。

他握住杨雯雯的手,杨雯雯将他拉起。

杨雯雯和罗一民双手握着双手,她倒着滑,带着对面的罗一民滑。

秘书："罗先生……"

罗一民睁开了双眼。

秘书看着门口说:"有人找您。"

罗一民朝门口一扭头,见门外站着李玖,正呆呆地望着他。他要往起站,因为腿有毛病,再加上跪久了,竟没能立刻站得起来。

秘书上前将他扶了起来。

秘书:"罗先生,需要我转告什么话吗?"

罗一民摇头:"只说我来过就行了。"说完转身向门外走。

秘书:"袋子……"

罗一民站住,从秘书手中接过袋子,又说:"再替我转告老先生一句话,就说我明白了,喷壶是用来浇花的。"

罗一民和李玖从门口消失了,秘书和女服务员收回目光,困惑地互相看着。

秘书:"告诉我这个香港人,他最后那句话什么意思?"

女服务员:"我哪儿知道,像联络暗号。我还生怕他是个精神有毛病的人呢!"

罗一民在蹬那辆三轮车,车上坐着李玖,抱着置于膝上的纸袋。

罗一民眼前,不时闪过杨雯雯在冰场上伸向他那只戴着浅粉色毛线手套的手,不时闪过伸向他的一只假手,还不时闪过杨雯雯用指甲油染红了指甲的手……

"停!"李玖的大叫声。

罗一民刹住了车,转身一看,见李玖脸上已淌着泪了。

李玖:"你倒是说句话呀!"

罗一民:"好,我说,我说……那,咱们找个地方,取出来看看是什么东西……"

一条两旁有民宅小院的街上,罗一民刹住了车。

两人将一个包装盒从纸袋里取出,李玖捧着盒底儿,罗一民打开了盒盖。紫绸垫着的盒内,竟是罗一民做的那只最小的喷壶。

李玖:"他这是什么意思?"

罗一民:"不知道。"

李玖:"他秘书跟你说什么了?"

罗一民:"如果我们不愿保留,可以随便送给用得着的人……"

李玖:"我不愿保留……但这么好的盒子和袋子我要,可以装东西……"

罗一民："那归你了……"

李玖："看着你跪那儿，我心里不是滋味，你也是替我……"

罗一民："再别说谁替谁的话了啊？总得有人带这个头，是不？……林超然说得对，带这个头不可耻。"

他替李玖抹去脸上的泪。

罗一民蹬车行驶在那条街上。

有一户人家的花园里种了不少好看的花，罗一民将车刹住，李玖在车上探身，将小喷壶挂在了木栅栏上。

那户人家里走出一对老年夫妇，奇怪地望着罗一民背影，接着凑近看喷壶。

男的伸出了一只手。

女的："别碰，万一是坏人使坏呢？不认不识的，为什么把这么好的一个小喷壶挂咱家栅栏上？我觉得应该报警……"

男的："别把人都琢磨得那么坏。"取下喷壶，细看，称赞，"活做得挺细。我早想买一个专门浇屋里那两盆君子兰，到处买不到，就当是圣诞老人送的吧。"

女的："尽瞎说，圣诞老人夏天才不现身呢，再说咱们又不是孩子。"

夜晚。罗一民蹬着的三轮车行驶在一个寂静无人的居民社区，李玖坐在车上，双手护着几把喷壶不使它们掉下去。

李玖将喷壶一把把挂在人家的栅栏上，放在人家外窗台上或放在门口。

天亮了。一户户人家的大人或孩子发现了喷壶，皆奇怪地拿起看。

在不同人家的院子里、阳台上、屋里，不同的人们手拿大小不一的喷壶在浇不同的花。

天黑了。某小饭店一间狭窄的光线昏暗的单间里，坐着林超然、王志及另外三位工友。都穿着满是灰浆点子的衣服，也都蓬头垢面的样子，但看去个个都很兴奋。

一名女服务员进入，问："五位大哥请看菜谱。"

王志："小妹，菜谱我们就不看了，荤的素的搭配着，把你们这儿最拿手的菜上那么五六道，再来五瓶啤酒。"

女服务员:"放心,十分钟之后就开始上菜。"

林超然:"不必那么急,半个小时之后再上吧。下去后告诉别的服务员,半个小时内别来打扰我们。"

一名工友:"啤酒可以先上。"

王志像发扑克似的发钱。除了他自己,林超然等四人都手握啤酒瓶,一边看着王志发钱,一边喝。

一名工友突然喷出一口酒,喷在对面的林超然脸上、身上。

王志:"你得喉炎啦?"

那名工友:"对不起,激动的,激动的……"

林超然用袖子擦桌上的酒点子,一边说:"没关系,理解……"

另一名工友:"服务员,拿……"

坐他旁边的那位赶紧捂他嘴。

但女服务员已闻声推开了门,问:"几位大哥有吩咐?……"

她见人人面前一摞钱,怔住,别人急忙用手捂钱。

林超然起身往外推她:"没事儿没事儿,过二十分钟再来……"

林超然坐下后,王志又开始分钱,连一堆角票、分币也人人有份。

王志:"剩下点儿零头别分了,归我吧?"

一名工友:"你早就该这么说!"

于是大家都笑得合不拢嘴,各自要抓起钱往兜里揣。

王志:"都别急。第一轮是分完了,还得分第二轮呢!"

他拿起自己的钱,往手指上啐了一口,又开始将自己的钱一一分给大家,分到自己剩不了多少了,这才往兜里揣。

林超然:"你什么意思?"

王志:"活基本上是你们干完的,我只不过一早一晚和星期日才去干点儿,怎么能和你们分一样多的钱?按劳分配才公平嘛!"

林超然:"没你我们一下子挣不到这么多钱。"说完将二次分配的钱,往王志面前一推。

其他人也都照他那么做。

柜台那儿,店主猫着腰小声打电话:"对,形迹确实都挺可疑。是的是的,服务员亲眼看到了,他们是在分钱,你们快来吧……"

单间里。王志严肃地说:"都收回去。该怎么就怎么。你们不收回去,我连这顿饭都不吃了,走人。"

一名工友对林超然说:"你这兵团战友就这脾气,我们太了解他了。他认准的死理,那就非那样不可。"

王志:"饭钱我一分不出了,你们哥四个好好请我这顿。"

林超然等四人笑了,只得无奈地又把钱收回去了。

五只啤酒瓶子碰在一起,五人吹喇叭似的一饮而尽。

五人互不相让,狼吞虎咽。酒足饭饱,有的揉肚子,有的打饱嗝,互相看着傻笑。

敲门声。

王志起身开了门,进来一位派出所警员,年龄在二十七八岁,一九八〇年,当年的小知青都到了那个年龄。该警员是小王。

林超然们见他进入,很诧异。

小王:"还吃着呢?"

一名工友:"吃完了,该散了。"

另一名工友:"进错门了吧?"

小王:"没错。就这个单间。几位别见怪,我是例行公事。现在,你们必须回答我的问题,饭前你们干什么来着?"

王志:"饭前嘛,我们分钱来着。怎么,找个地方分钱也犯法吗?"

小王:"分钱犯不犯法,那要看钱是怎么来的。谁回答我第二个问题:这又不是哪个单位发工资的地方,你们在这儿分一笔什么钱?"

一名工友火了:"审问啊?你管得着吗?"

小王:"我说过了,我这是例行公事。"看着王志又说,"刚才是你回答了我的问题,那么还是由你来回答吧。"

王志:"分我们劳动挣的钱。"

小王:"在哪儿劳动?什么性质的劳动?哪个单位,或者什么人发给你们的钱?"

王志也火了,往起一站:"不是偷的不是抢的不是坑蒙拐骗得来的,是用汗珠子换来的!"

小王:"谢谢你的回答,不过回答得还不够具体。能不能具体点儿?"

王志:"如果我不愿再回答了呢?"

小王:"那对我倒没什么,不过对你们可就不好了。实不相瞒,外边还有几位我的同事呢。如果你们在这儿都能说清楚，我们不必为难你们，咱们双方不都省了事了吗？"

另外三名工友也一齐站了起来，对小王怒目而视。

小王说话时，林超然一直在默默观察他。林超然也缓缓站了起来，先将王志按坐下去，接着对另外三名工友说："人家例行公事，你们瞪什么眼睛啊？坐下，都坐下。"

三名工友悻悻地坐下了。

林超然站到小王跟前，端详着他，出其不意地从他头上摘下警帽——小王留的是平头。

小王："你想干什么？"他的手握住了腰间的警棍。

林超然："你个小王，不认识我啦？"

小王也端详起他来。

林超然："连你们何副指导员也忘了？"

小王："你是……林营长？……我们副指导员的丈夫？"

林超然捋了他后脑勺一下，笑道："小子，想不到穿上警服了，你们副指导员知道了一定特高兴。"说罢，将警帽端端正正戴他头上，看着王志等三人又说，"他一进门我就觉得他面熟！是我爱人当副指导员那个连队的通讯员，还兼司号员。当年下乡时才十六岁，整天军号不离手，到处显摆。还尿炕，还偷听连部会议，东散布一句西散布一句的。到兵团是走后门去的，从兵团参军也是走后门去的。要不是我爱人在知青中替他进行了说服工作，他当年想去参军那也去不成！"

小王："你就先别揭我老底儿了，快向我坦白交代你们是怎么回事吧！人家这儿向我们派出所举报了，有五个形迹可疑的男人在这儿鬼鬼祟祟地分钱……"

林超然笑了，搂着他肩，一一指着王志们说："他也是咱们兵团的，他们仨都有过插队经历。除了他，我们四个都是蹲马路牙子的，刚为黑大刷完一座教学楼。人家守信，当时就给钱了，所以我们就到这儿来分。"

门外有人大声问："小王，没事儿吧？"

小王："没事儿，一场误会，还有我认识的人！"

门外的人："问清楚了就快出来，撤！别聊起来没完！"

小王："你们先走，我等会儿！"

他将林超然按坐下去，自己半坐在桌沿，掏出烟，一一分给大家，边对林超然说:"说说我们副指导员的情况,也说说你自己的情况。"

王志等四人与林超然和小王在饭店门口告别。

小王和林超然推着自行车边走边聊……

两人也在某一街口握手告别。

林家。 林超然进了家门,见母亲和一个女人在缠毛线,那女人是街道上的主任。
　　林母:"超然,这是街道上的赵主任。"
　　林超然:"赵婶好,我爸呢?"
　　林母:"到你岳父家去了。 今天是你岳父生日,请他去喝两盅。 你赵婶等你半天了,有事儿跟你商量。"
　　林超然:"婶请这边坐。"
　　赵主任坐到了桌旁去。
　　林超然脱下上衣,翻过一下,垫在椅面上,坐下后说:"婶,有什么指示?"
　　赵主任:"婶一个小小的街道主任,哪儿敢对你当过营长的人下什么指示啊!"
　　林母:"主任,别提他以前那点光彩了,那都过去了,一笔勾销了,现在成蹲马路牙子的了。 你要和他说的事,他准乐意!"
　　林超然:"婶有什么好事想到我了?"
　　赵主任:"超然,是这么回事……咱们街道上,从前办了一个皮革厂,一来二去总没办兴旺,后来就黄了。 一排三大间砖房,还有不小的院子,空着几年了,那不怪可惜的嘛……"
　　林超然:"婶想让我把那个厂再给办起来?"
　　赵主任:"是那么个想法。 但办皮革厂是不行了,有味儿,也脏、乱,居民意见大。 如果办个别的什么厂,街道给开绿灯。 我请示过了,区里也支持。 现在还有不老少返城知青工作没着落呢,办好了,不等于为政府排忧解难了?……"
　　林超然高兴地说:"婶,一言为定,您千万别再找别人了,这个机会属于我了!"马上起身穿衣服。

林母："看把他高兴的！你又穿衣服干吗呀？"
　　林超然："跟我婶去看那地方！"
　　赵主任笑了："别这么性急呀。天都黑了，去了也看不清，明天吧！"

　　白天。张继红修自行车那地方，张继红在安装车胎，林超然推着自行车来了。他支稳车，坐在道沿上看。
　　张继红不理他。
　　一卖冰棍的大娘推着冰棍车走过。
　　林超然："大娘！"
　　大娘站住。
　　林超然起身去买了支冰棍，仍坐回原地，吮着，看街景。
　　张继红："大娘，我也来一支！"
　　大娘将车推了过去。
　　张继红："有奶油的吗？"
　　大娘："有。一般奶油的五分，高级奶油的一角。"
　　张继红："那来支高级的。"
　　卖冰棍的大娘推车走远了，两人各自吮着各自的冰棍，谁也不理谁。
　　张继红自言自语似的："高级的那就是高级的，口感就是不一样，口口甜蜜蜜！"
　　林超然："一个修自行车的，一天挣不到一元钱，吃根冰棍还要吃高级的，这叫典型的死要面子！"
　　张继红："典型死要面子的人，也比那典型的背信弃义的人强！"
　　一个取车人走来。
　　张继红："好了。你看，都上上了。等我吃完这支冰棍，该紧的地方再紧紧……"
　　取车人："我还有事儿呢。"
　　张继红："那，替我拿会儿……"
　　取车人看着他手中吮过的冰棍皱眉："拿过了，弄得我手黏叽叽的，哪儿洗去？"
　　林超然："我替你拿着？"
　　张继红瞪他一眼，不情愿地将冰棍递给他。
　　张继红三下五除二将车紧好，伸手向取车人要钱："六角钱，你给五角吧。"

取车人："哎，不是说好的两角吗？"

张继红："补胎是两角。但这后轮有两根条不起作用了，你看，我给你换上了两根新的。每根条哪儿买都得一角钱……"

取车人："你说不起作用就不起作用了？我也没叫你换车条啊！"

张继红："你是没叫我换，可后轮吃重，两根条不起作用了，骑着不安全……"

取车人："你这种人我见得多了，不就是想多挣点儿成心的吗？"

张继红："你他妈怎么这么不识好歹？"

取车人："你他妈的，就给两毛，爱要不要！"

掏出钱包，取出两角钱，丢工具箱里，推着车就要走。

张继红一手按在车的两把之间，瞪眼道："你看我样像好欺负的吗？"

林超然坐在那儿，看着他俩起哄道："嗯，我证明，他绝对不是好欺负的。"

取车人扭头看他。

林超然："一个不好欺负的人再碰上了不顺心的事儿，正生气，那就更不好欺负了。再说，他是好心好意，对你负责。你不谢他还不给钱，明摆着你不通情达理。"

林超然说完，看着取车人，咬一口左手的冰棍，咬一口右手的冰棍。

张继红："别看他，看我。我不听你谢，我只要钱。"

林超然："不好欺负的人都他那德行，见钱眼开。我和他是一样德行的人，还是哥们儿。"

取车人又掏出了钱包，找出三毛钱扔在工具箱里，骑上车走了。

张继红蹲下捡钱，站起时见林超然站在对面。

张继红："我冰棍呢？"

林超然："我吃了呗。那么高级的冰棍，总不该看着化光了吧？"

张继红："你！别以为帮我说两句话，我会对你印象好点儿。"

林超然："要是我想请你帮我办个厂呢？"

张继红眼睛亮了，将小凳往林超然跟前一摆，用袖子擦一下，蹲那，仰脸说："给我坐下，简单说，好事别啰唆！"

两人一蹲一坐，起先一个说，一个听，后来张继红站了起来，也比比画画兴奋地说开了。

林超然骑自己车，车后座上坐着罗一民，行驶在市郊公路……

林超然："我早就想去看看你父亲了……"

罗一民："我认为你也应该。我每次探家，我父亲都嘱咐我向你学习。写给我的信中也少不了那种嘱咐。在他心目中，你不但是我营长，还是我哥。或者还是，按西方说法，是教父……"

林超然："还不是你给他灌输的那么一种印象！"

罗一民："你不能这么认为。你不是每次探家都到我家去，和我父亲一聊就一上午或一下午嘛！你给他留下的印象太深了——他说过他把我这个儿子交给你了吧？"

林超然："说过。不止一次……"

两人来到殡仪馆，进入了骨灰安放区，听到哭声——李玖的哭声，连哭带说的话语："伯父，一民那么恨我，可我仍然那么爱他。他当着聚会同学的面打了我，我也没法不爱他……伯父，我李玖可该怎么办啊？"

林超然小声而严厉地说："难怪你俩……为什么打她？"

罗一民将头一扭："我……那天醉了……"

林超然："打那么爱你的女人，可耻！醉了也可耻！"

罗一民："我俩之间的事儿，你不会知道……"

林超然："我也没必要知道那么多！总之你是打了她！"

李玖的哭诉声："伯父，求您给一民托几次梦，让他原谅我以前做过的错事，让他好好爱我吧！我发誓，我和他结婚以后，一定做一个贤妻良母，一定经常来看您，让您在九泉之下，永远省心，为我们感到欣慰……伯父，求求您，千万给他托梦吧！一次不行，不能使他回心转意，您得多给他托几次梦……"

李玖的哭诉听来令人心疼。

林超然指着说："现在，该怎么办你自己决定！"转身走了。

李玖还在罗父的骨灰盒前悲恸。

罗一民出现在她背后："玖子。"

他将一只手放在她肩上，李玖一扭肩。

罗一民反而从后抱住了她，也哭了。

两人就那么一个抱着另一个，低声哭作一团。

返城年代

梁晓声 著

下册

贵州出版集团
贵州人民出版社

第 十 五 章

街道赵主任说的那处厂院所在的那一条街基本上是平房,砖的或土坯平房。街路也是土路。放眼四望,周围几乎见不到楼影。在当年的哈尔滨市,那类居民区很多。但如今几乎不见了。厂院的门是对开的,木板的,由于风雨的侵蚀,看去已有些朽了。门上的铁链和大锁锈迹斑斑。那种大锁叫虎头锁,如今也不多见。

林超然和张继红站在院门前。

张继红:"怎么连个街号牌都没有?"

林超然:"以前有没有咱们不管。如果咱们是它的主人了,那就会有的。"说罢,从板缝往里看。

张继红:"肯定是这儿?"

林超然:"没错儿,就是这儿。"掏出一把拴了绳的钥匙开锁,打不开。

"躲开,看我的。"张继红从地上捡起一块石头砸锁,没砸开,石头倒碎了。他一时兴起,猛踹一脚,结果将一扇门从折页那边踹开了。

林超然:"你看你,急什么!"

张继红:"关系到挣钱的事,没法不急。"推开门,做作地说,"大人请。"

两人进了院子,但见满目杂乱,这里那里,堆着旧砖旧瓦、旧木板、木方子、破窗框,还有几卷油毡纸。一排砖房倒还像样。

张继红:"这种地方,夜里容易闹鬼。"

林超然:"说点儿吉利的行不行?"对旧瓦、木板、木方子、油毡纸产生了兴趣,翻看着说,"好东西,都是好东西。"指着油毡纸说,"咱俩先把这个扛屋里。"

张继红：“我刚换上的衣服，有劲儿没地方使啊？”

林超然：“我也刚换上的衣服，叫你扛你就扛！”扛起两捆油毡纸进屋去了。

张继红脱下衣服挂杖子上，也扛起了两捆油毡纸。

张继红扛着油毡纸进了屋，与林超然从这屋走到那屋，再从那屋走到这屋，上下左右一通看。三大间房子，中间和里边一间都有火炕，炕上还有旧炕席。

张继红指着两处漏雨的痕迹说：“这漏雨，那也漏。”

林超然：“修修就不漏了。”

张继红：“不说是个厂吗？怎么还有火炕，也不像是厂的样啊。”

林超然：“起先是厂。黄了以后，改旅店了，专供赶马车进城的车老板住。”

张继红：“那你就别说是旅店。咱哥俩知道，那叫大车店。”

林超然：“有人在院里吊死了，大车店也开不下去了，一直空到现在。”

张继红吃惊地说：“这凶宅？”

林超然：“别一惊一乍的。不是在屋里，是在院里，吊在板障子上……”

张继红：“那也一样！”冲了出去，林超然愣了愣，跟出，见张继红在连连抖他的上衣。

林超然：“街道主任没实说，我妈告诉我的。”

张继红：“老狐狸！难怪我一进院子，立刻有股鬼气拂拂的感觉。”

林超然：“实地看了，现在你有什么想法。”

张继红掏出烟，递给林超然一支。

林超然：“我快当爸了，戒了。”

张继红：“我已经当爸了，不戒。”叼上了那支烟。

林超然：“为了孩子老婆的健康，你也得戒。”

他欲夺下张继红嘴上的烟，张继红躲开，吸着了那支烟。

张继红：“这是在讨论大事，不吸烟还行？你什么想法？”

林超然诚实地说：“我还什么想法也没有。自从返城后，只想个人的事儿了，从没想过还要替别人办什么厂。”

张继红：“我也是。”

林超然：“你如果说免，我今天就把钥匙还了。”

张继红：“你容我想想嘛！老实说，这地方比我想象的好。房子状况不错，院子也够大，还是铺砖的。错过这村，没这店了。修自行车那事儿，退休的人挣点儿零花钱还可以，养家糊口哪儿行？我做梦都想有个地方，召集几个处得来的哥们儿，干出一番咱们自己的事业。工作这么不好找，政策又允许了，咱们为什么不？"

　　林超然："不在乎院子里吊死过人了？"

　　张继红："过好日子的想法，鬼也休想挡住！"

　　林超然笑了："哥们儿，那咱俩想一块儿了。"

　　他伸出一只手，张继红握了他手一下。

　　林超然："可是在这儿能干什么，我确实还没想出来。"

　　张继红："我刚一看院子这么大立刻就想到了……你现在骑那辆自行车好骑不？"

　　林超然："状况很好啊。"

　　张继红："你爸推到我那儿时，简直就没法修。当破烂卖，估计最多也就能卖十元钱。可我将它大卸八块，这辆旧车上用一部分，那辆旧车上用一部分，一组装，你不是骑着也挺不错吗？现在有几处旧车市场，那辆车如果推去卖，怎么也值五十元。想想，一个人每月组装那么两辆车卖出去了，少说七八十元挣到手了。七八十元什么概念？一名六级技工的工资！比科长的工资少不了多少！"

　　林超然："可……哪儿来那么多旧自行车呢？"

　　张继红："哥儿几个先凑笔钱收啊！全哈尔滨哪年不得淘汰几百辆自行车啊！这事儿要是做上三五年，那咱们还不都腰缠万贯了？"

　　林超然："人呢？有人愿意跟咱们干吗？"

　　张继红："这话问的！咱这叫白手起家办厂！总比蹲马路牙子强吧？还不能声张。一声张，咱们那些没工作的兵团战友呼啦一下都来了，咱俩反而为难了。先悄没声地召集那么六七个人，干出点眉目，看情况再说……"

　　林超然："就照你说的办！你当头儿，我协助你。"

　　张继红："那不行！这回是你提供的机会，得你当头。"

　　两人在院里指指点点，比比画画，都很兴奋地说着。

　　街道办事处。赵主任在给一位老妪剪头发，听到敲门声。

　　赵主任："进来！"

　　林超然左手右手都拎着东西进入，左手拎的是四包点心，右手拎的是四瓶罐头，肩上还背着军挎包。

　　赵主任明知故问："超然啊，你这是……"

　　林超然："姊，我和我战友看中那地方了，也做出决定了。我们都非常感激您，大家嘱咐我向您表达表达心意。"说着，将东西和军挎包放桌上。

赵主任："哎呀，我大侄子！你看你实在劲儿的，就这么明面儿拎办事处来了，叫人看见多不好！"

林超然不好意思地说："我没想那么多。"

赵主任："这是韩三奶，咱们街道上的孤寡老人。多少年了，一直是我给她剪头发，快叫过。"

林超然："三奶好。"

韩三奶："孩子，记住啊，以后送主任礼，要往家里送。不兴大白天送，要天黑的时候送。"

赵主任："得，您这么一说，我跳进黄河也洗不清了。那包里是什么？"

林超然："一点儿木耳，一点儿蘑菇，我带回来的，也是我妈的心意。"

赵主任："那替我谢谢你妈。你把那点心和罐头分两份儿，一会儿让三奶带走一份儿。木耳、蘑菇就别分了，她快没牙了，吃不动。"

韩三奶："还剩几颗牙，慢慢嚼，也能吃得动。"

赵主任："您倒不客气。那也给她分出一份儿来，用报夹子上的报纸包就行。"

林超然从报夹上取下报纸，边分木耳，边说："婶，我们六七个兵团战友，打算先在那地方组装自行车，就是收破旧的自行车，经过重新改造，再推到旧自行车市场去卖，您同意不？"

赵主任："同意。给你们空子钻，你们都不会做违法的事，这一点婶太相信你们了。"

林超然又分点心和罐头，接着说："那我们还应该办些什么手续呢？"

赵主任："这点儿主婶做得了，你们甭费心了。等婶儿有时间了，替你们跟有关部门打声招呼就行。"

林超然："我们占用了那处地方，是不是也该使街道办事处有笔收益啊，不知道那得是多少钱？"

赵主任："这婶儿更做得了主了！你们先按想法干起来再说，起初肯定挣不了多少，意思意思就可以。往后干好了，挣多了，那时再签份合同什么的也不晚。"

林超然："婶儿，您对我们真好，太感激了。还有件事儿，我都不知该不该开口说了……"

赵主任爽快地说："只管说。凡是婶儿做得了主的，婶儿的话就是红头文件！"

林超然吞吐地说："我和我爱人，我们还没自己的住处，我爱人又要生小孩儿了，我爸想帮我在我家旁边接出间小偏厦子……那院里有些旧砖瓦，还有点儿木料，几捆油毡纸……"

赵主任："别说了，明白你的意思了。那些东西，堆那儿有年头了，再不派上用场，全废了。街道办事处一分钱不收你的，你可以全拉你家去！"

林超然喜出望外地掏兜："婶儿，我不是想白要。怎么的，我也得放下几十元钱……"

赵主任："这孩子！不许！那你把这些东西也拎走好了……"

林超然："那……那……那我给您躹一躬！"

他深躹一躬，高兴地说："婶儿，我走了！"

看着林超然出了门，赵主任问韩三奶："韩老太，我答对得有政策水平吧？"

韩三奶："太有了，看把那孩子高兴的，要不怎么说送礼好办事儿，王母娘娘也喜欢收礼呢！"

赵主任嗔道："哎，你这老太婆今儿咋啦？我这儿给你认认真真地剪着头发，你怎么一句一句尽说我不爱听的？"

韩三奶："谁叫你说我没牙，吃不动木耳、蘑菇了……"

天黑了。林父在林家山墙那儿整理旧砖瓦和木料，林超然蹬着平板三轮车来到，车上放着旧窗框，坐着静之。

林超然："爸，都拉回来了。"

林父："咱们林家第一次摊上天上掉馅饼的好事！那几捆油毡纸，有钱都没处买去！"

静之一边帮着归整一边问："大爷，你看还差多少？"

林父："够盖起半截了。"

静之："我姐和我姐夫，开始吉星高照了，是吧大爷？"

林父喜悦地说："是啊是啊。有时我想想，超越到那边儿去了也对。要不连他也返城了，哪儿有他结婚成家的地方？"

静之看着林超然，一时不知再说什么好。

林超然打岔说："爸，我把车还了以后，要到静之她们学校去洗澡，会回来晚点儿。"

林父:"去吧。啊,静之,我差点儿忘了……"掏出钱来给静之,"这二十元钱接着。你考上大学了,我们林家得表示表示。"

　　静之:"大爷,心意我领了。我爸给我三十元钱……"

　　林父:"嫌少啊?他给是他的,我给是我的。他才给你三十,我给你二十,我觉得不算少。你不收,就是卷我面子……"

　　林超然:"静之,还不接着?"

　　静之:"谢谢大爷。"

　　林超然蹬着的三轮平板车行驶在街道上,车上依然坐着静之。

　　林超然:"林岚最近情绪怎么样?"

　　静之:"当然不高兴了,整天闷闷不乐的。"

　　林超然:"慧之和杨一凡的关系,你掌握些什么情况?"

　　静之:"我什么情况也不掌握。她是我二姐,我一问她,还不引起她疑心啊?了解了什么情况,不及时向我爸妈和你汇报明摆着是包庇,汇报了又明摆着是出卖我二姐,所以还不如什么都不问,你好我好大家都好。"

　　林超然笑了:"明哲保身这一套你学得倒挺快。你和小韩的关系进展如何了?"

　　静之:"还行。"

　　林超然:"还行是什么意思?"

　　静之:"他爸妈越来越喜欢我了。"

　　林超然刹住车,扭转身看着她说:"他爸妈对你什么态度挺重要,但不是你们之间关系的第一要素。第一要素是……"

　　静之拖长音调地说:"明白……的!第一要素是,他爱我到什么程度,我爱他到什么程度。姐夫,我明年都二十七了,你累不累心啊?"

　　林超然愣了愣,苦笑:"有时候真觉得挺累心的……"

　　静之庄重地说:"你知道自己这叫怎么回事儿吗?叫操心强迫症。按佛教的说法,又叫:'我执。'就是自己认为自己对一些人、一些事儿负有重大责任,不依不饶地强迫自己把责任进行到底,永不自行解脱。"

　　林超然又蹬着车子,问:"都是与我有亲情、友情关系的人,想解脱能解脱得了吗?"

　　静之:"有时人要这么想,没我又如何?某些事,当事人不愿按你的愿望去处理,即使你的愿望是良好的,那也要给当事人自主选择的空间。顺其自然。

大多数现实生活中的事，顺其自然并不一定就肯定会酿成恶果，倒是太主观干预反而会事与愿违……"

林超然："你这完全是导师的口吻！"

静之："怎么，只许你经常在我面前充导师啊？提醒你啊，谦虚使人进步，骄傲使人落后！"

三轮平板车渐驶渐远……

何家。凝之靠墙坐在床上，在听着半导体收音机学英语。

林超然进入，上身横躺于床，问："为什么学起英语来了？"

凝之："不为什么，就是想学。免得以后许多人都会英语了，自己当了妈，没时间没精力学了，有落后于时代的感觉。"

林超然："凭我们，当年的老高三老高二，到什么时候也不至于落后于时代吧？"

凝之："那可难说。静之还没正式成为大学生呢，我已经感到她看问题的角度，分析问题的能力，都很值得我参考了。"

林超然关了半导体，又说："刚才在路上她还感觉良好地教导了我一通。跟你汇报三件事儿，都是好事。第一，我把工钱拿到手了，三百二十多元……"

凝之："真的？咱们这不一下富有了吗？"

林超然："是啊。富得也太快点儿，都有点儿不真实的感觉。第二，街道赵主任让我和张继红去看了一处荒废的小厂院，希望能把它利用起来。我和继红决定了，召集几名咱们兵团的战友，开始办厂。第三件好事那就是，那厂院里有一些旧砖旧瓦和旧木料什么的，都还能用。静之已经帮我运回我家那边了……明年这时候，咱们一家三口，肯定已经有自己的小家住了！"

凝之："超然，起来。"

林超然坐了起来。

凝之："亲亲我。"

林超然却将一只手伸入兜里："先给你钱。"

凝之："不。先亲我。"

林超然只得先捧住她脸亲她。

凝之深情地说："爱你。"

林超然："不爱我，那是不对的。"说着，掏出钱来点数，将一沓钱给凝之，"这二百元你收着，这一百元我们办厂先垫上用，剩下的二十元我零花，够我花两个月的。"

凝之："太少了，你每月买两条烟就得五六元，再给你三十。"

林超然："我决定戒烟了，都坚持十几天了。"

凝之愕然。

林超然："不只是钱的问题，也是为你和宝宝的健康着想。王志都戒了，我也应该有戒的毅力。"

凝之："可听他说，他是返城之后才吸的，而你下乡不久就吸了。"

林超然："我自信我有比他更大的戒烟毅力。"

凝之："有时烟瘾犯了很难忍？"

林超然点头。

凝之情不自禁，双臂搂住林超然脖子，深吻他。

响亮的干咳声。

两人扭头一看，见静之不知何时进屋了，手里拿个纸包，纸包已经抠出了洞。

林超然发窘地说："车还了？"

静之调皮地说："回姐夫的话，车还了。"

凝之："静之，你再悄没声儿地出现，可别怪我以大姐的身份动家法了啊！"

静之："我也没养成回自己的家还得敲门的习惯啊。再说你现在这样儿，打得着我吗？"

林超然："你大姐她是鼓励我戒烟。"

静之："我又不是外人，我看见了你们有什么不好意思的呀，要不你们列出个亲吻时间表贴墙上，以后我自觉回避。"

凝之看着林超然说："听到没有？好像在撵咱们，真希望咱们那小屋早点儿盖起来。"

林超然："对。冲她那话，我抓紧盖。"

静之："得啦得啦，别一唱一和的了！姐，我碰到蔡老师了，他从糖厂走后门给你买了二斤红糖，说让你产后经常喝。好长时间没吃红糖了，你尝块儿，甜极了。"

她从纸包的小洞抠出一小块红糖往凝之嘴边送。

凝之："嗯，是甜。"

静之："姐夫，你也来点儿？"

林超然："馋猫，我就免了。"

凝之："爸妈怎么还不回来？"

静之："蔡叔叔说，上海来了几位他们大学时期的同学，他们陪着去了，叫我做饭给你们吃，姐，姐夫大人，想吃什么？煮大碴子粥肯定是太晚了……"

凝之："那就煮苞米面粥吧，不是有西葫芦和土豆吗？切片儿炒一块儿，再蒸几个窝头、几块倭瓜。你姐夫饭量大，没干的不行。"

林超然："那么麻烦你了，我等不及你做好，得去洗澡，把澡票给我。"

静之这才放下红糖纸包，掏出澡票给林超然，林超然接过刚欲走，林岚回来了，一副失落而又迷惘的样子。

林超然："小妹，哪儿去了？"

林岚冷淡地说："找同学去了。"

林超然："小学同学还是中学同学？男的还是女的？"

林岚逆反地说："小学同学怎么了？中学同学怎么了？男的怎么了？女的怎么了？"

林超然有点儿生气地说："哎，我问你几句话，你就不能好好回答吗？"

林岚："怎么回答算好？怎么回答又算不好？"

林超然："你！……告诉你，必须做好思想准备，过几天和我们一起干活！这么大的姑娘了，不许整天无所事事，在家闲晃！"

林岚："你怎么知道我无所事事？吃你的了？喝你的了？你们又是谁？你们干的活我要是不愿干呢？非逼着我干吗？"

林超然气得举起了手。

静之挡在了林超然面前："借你的话说，林岚这么大的姑娘了，不是你当哥的想打就可以随便打的。"

凝之："静之说得对，超然，还不洗澡去！"

静之往门外推林超然："洗澡去洗澡去！"

林岚："我知道你嫌我没出息，早晚出息个人样给你看！"

她哭了……

大浴室。服务人员拉住了腰间围着浴巾的林超然："别进那边。那边池子里刚放的水，烫。"

林超然："我就是要烫一烫。"

浴室里只有林超然一人泡在水池一角，已是满脸的汗。看得出，他在忍着烫。

他突然大唱："穿林海跨雪原气冲霄汉……"

林超然、张继红他们在清洁厂院厂房。

有的在拔院子里的草。

有的在补地面砖。

有的在擦窗。

有的在屋里换炕席、扫墙、扫地。

里里外外干净了。

一辆辆破旧的自行车被推入或扛进院里了。

那些自行车被拆卸了,部件分门别类地摆放整齐。

两人一组两人一组在组装了。

有人在清洗部件,有人在往组装好的自行车上刷漆。

组装好的自行车由一辆而三五辆十几辆了。

天光也随之由白天而晚上,晚上而白天地交替着。

又到了一个白天。 院子里,林超然他们将手叠在了一起。

他们推上自行车先后离开了院子。

他们的车队行驶在街道上,有的还骑一辆带一辆。

公共汽车站,张继红守着一辆自行车吸烟。 车把上挂块纸牌,上写"卖"字。 一名候车男子主动搭讪:"多少钱?"

张继红伸出四根手指。

男子:"你自己组装的?"

张继红:"永久的架子,凤凰的车把,飞鸽的车圈,都是名牌零部件,不骗你,识货快掏钱。"

男子:"三十!"

张继红:"少一分钱也不卖!"

另一男子也凑过来了,看这看那,还按铃。

张继红:"新铃。 实话实说,就铃不是名牌车的。"

那名男子:"我买了。"

张继红:"痛快。 便宜你两元,给三十八吧。"

一名交警走来，张继红赶快将纸牌一翻。

交警："干什么呢？"

张继红："等人。"

交警："别在这儿等，妨碍他人上下车。"

张继红向买车人使眼色，买车人跟他走开了。

两人站在人行道那边，张继红从买车人手中接过钱。

第一个男人看了来气，指着大叫："他倒卖自行车！"

交警朝张继红走过去。

张继红："快走！"

买车人骑上自行车，飞快地蹬走了……

交警："不许跑！"

张继红倒退着，嬉皮笑脸地说："你还没跑，我跑什么？你跑我才跑。改革了，开放了，天不许地不许的时代过去了，你要跟上形势，一名交警维持好交通秩序就行了，管这么宽干吗？"

交警被他说得站住了，若有所思。

张继红一抱拳："不必相送，兄弟就此一别。"

交警眼睁睁看着他扬长而去。

一处自由市场。林超然守着自行车站在修鞋的摊子旁，车把上也挂着写有"卖"字的纸牌。

一个女人穿上修好的鞋起身走了。

修鞋的："坐下吧。"

林超然："谢谢你。"在小凳上坐了下去。

修鞋的："鞋怎么了？"

林超然："没怎么，我不修鞋。"

修鞋的："不修鞋你站我这儿干吗？"

林超然指指车把上的纸牌。

修鞋的："劝你还是别在这儿卖，更别占着我凳子。占着我凳子影响我生意。"

林超然："对不起，我以为……"

他不好意思地站了起来。

两个小青年凑了过来，看车。

林超然："感兴趣？"

其中一个点头。

另一个低声地说："大哥，这边说话。"

林超然随他走到了一旁。

小青年："先帮我想想，今天几号？"

林超然："九月十二。"

小青年："那么，是个双日子喽？"

林超然："对，双日子。"

小青年挠腮帮："那可不好办了，逢双日子我什么都不买。"

林超然："哦？"

修鞋的："哎，那人，车……"

林超然扭头一看，车被另一小青年骑走了。

对面的小青年也跑了，林超然追去。

两人在自由市场一逃一追，林超然终于揪住那小青年衣领一抡，那青年倒在地上。

小青年刚一爬起，林超然揪住了他前衣领，恼火地说："今天几号？"

小青年："九月十二……九月十二……"

林超然："我逢双日子脾气一向不好。"

小青年："大哥破个例，脾气好点儿，好点儿，还你车不就是了嘛！"

傍晚。 林超然推着那辆车进了小厂院子。

林超然进了屋。 见张继红坐在桌旁点钱，其他人围桌而坐。

张继红："怎么没出手？"

林超然嘴对着水龙头喝水，之后抹抹嘴说："不顺。 你们呢？"

一名知青战友："我们当然没什么不顺的啦，只往车把上挂个牌儿，支那儿干守着，那不行！ 得豁出脸面，嘴勤点儿，不停地问。"

张继红："听到了？"

林超然："我要求传帮带。"

张继红："明天你跟着我，要好好学。"扬扬手中钱，又说，"今天卖了十辆，这是四百五十元。 除去收购旧车的二百元本钱，再扣掉买小零件的三十元，咱们干挣二百二十元。 平均下来，每人差不多四十元。"

一名兵团战友:"分!"

林超然:"哎哎哎,要按章程来!"

另一名兵团战友:"半个月分一次,那只不过口头说说的。没写在纸上,那就不能算章程。"

林超然:"当然要写在纸上,过几天我亲自写。但在我们之间,都口头同意的也得遵守。谁急着用钱,打欠条,算借!"

张继红:"我支持超然的话。"

林母忽然进来了,表情焦急。

林超然:"妈,你怎么来了?家里出什么不好的事了?"

林母:"超然啊!出了太不好的事儿了!你妹她……留下一封信就离家出走了!压在托盘底下,还是静之来家里发现的,我俩谁都没敢告诉你爸。"

林母将手中的信给了林超然,林超然看信,眉头渐渐扭成了疙瘩。

林岚在信中这样写道:"爸爸妈妈,我走了,和一名要好的初中女同学到深圳去了。我俩面临的人生处境相似,都有一种愿望,到一个遥远而陌生的地方去开始新的人生。希望你们千万不必惊慌,更不必担心。我一到了深圳,就会给家里写信。"

林超然:"谁知道深圳在哪儿?"

众人摇头。

张继红从林超然手中要过去信,看着说:"大娘,小妹这信上写得挺明白,让你们千万不必惊慌,更不要担心,她一到了深圳就会给家里写信。"

林母:"继红啊,我能不惊慌,能不担心吗?连你们都不知道深圳在哪!两个从没出过远门的女孩子家,万一遇到坏人,把她们给拐卖了,哪儿找她们去呀……"

林超然急得在屋里来回走。

一名知青战友:"我想起来了,听中央电台广播过,好像是广东省,一个什么什么区。"

另一名兵团战友:"我也想起来了,经济开发区,中央的一个改革试点儿。"

林母:"东北……广东……这这这得有十万八千里,怎么非去那么老远啊!超然,你倒是快拿主意啊!"

林超然:"妈你别哭,我在想……"

显然,他也乱了方寸。

张继红:"还想什么呀！她俩得坐火车，而且只能先到北京！到火车站去呀，也许能在车站拦下她俩。"

林超然:"妈，那我去了！"冲出去。

张继红:"你们几个也别愣着呀！都骑上自行车，也到火车站，还有通往火车站的各路汽车站……"

一名兵团战友:"没车可骑了，不都卖了嘛……"

张继红:"那就走着去，跑着去，总之都给我行动起来！"

其他人一下子全站起。

火车站。林超然冲入火车站。站台上几乎无人，他看到了静之，静之也看到了他，两人走到一起。

静之:"开往北京的车半小时前离站了，我也来晚了。"

林超然吼:"你不是说我是操心强迫症吗？你不是说顺其自然吗？我一教训她你还总护着，这就自然了？我执、我执，你当我愿意执吗？我不执你能执吗？"

静之克制地，平静地说:"依你怎么办？把她整天捆家里？想当年，咱们这一代中，不少人不是也像小妹一样，留半页纸，写几句话，东北、新疆、贵州、云南、内蒙古……有人不也觉得离家越远越自由吗？"

林超然:"我们是我们，他们是他们！"

静之:"我们是迫不得已，或者是盲从，是青春期冲动，我看小妹她倒是经过考虑的。"

林超然:"别教导我！"

静之掏出了钱，朝林超然一递:"晚上还有一趟开往北京的车，钱够买张到北京的票，那你追她去。北京咱们的兵团战友多的是，不愁借不到钱再往前追……"

林超然瞪着静之再说不出话来。

张继红和另一名兵团战友也出现了。

张继红劝林超然:"你跟静之吵有什么用啊！这事儿也不能怪静之啊！"

静之一转身走了。

夜晚，林家。林父在吸烟，林母在掉泪，林超然和静之坐在林母、林父身旁，进行安慰。

林超然："爸妈，事情已经这样了，那咱们也就只有顺其自然了。我打听过了，了解情况的人告诉我，深圳那地方将来会有发展……"

　　静之说："大爷、大娘，我已经和我北京的知青战友联系上了，他们会在北京站帮忙拦住的。一拦住了，就会打电话通知我父亲……"

　　林父："随她去……有志气，她就当没这个家，永远别回来！"

　　林母："静之，你还有事儿，都陪我们着急上火的大半天了，回家吧，大娘能禁得起。"

　　静之："大爷，那我走了啊。一有什么消息，我立刻会来告诉你们二老。"

　　林父："静之啊，让你也跟着操心了，对不起啊。"

　　静之："大爷，一家人不说两家话。"

　　林父："超然，送送静之。"

　　林超然不愿地说："送什么啊，她又不是小孩子了。"

　　林父生气地说："叫你送你就送！怎么，我支使不动你了？"

　　静之向林超然使眼色，林超然默默往外送她。

　　林超然和静之走在街上。

　　静之："其实，我心里特别同情小妹。"

　　林超然站住，瞪着她说："你居然这么说，使我怀疑她受到过你的支持。"

　　静之平静地说："这你太冤枉我了。她经历的一些事，你根本不知道，她也不能跟大爷和大娘说，只有像吞了苦胆似的，一个人默默忍着满腹苦水。"

　　林超然："你怎么知道？"

　　静之："她只告诉了我和我大姐。"

　　林超然："那你也告诉我！"

　　静之："你既然对我那么怀疑，我不想跟你说什么了。"欲往前走。

　　林超然抓住了她手腕："告诉我！"

　　静之："你弄疼我了！"使劲甩开林超然的手。

　　林超然："我是她亲哥！我也有权知道！"

　　静之："她打过两次胎了！我认为，她也是想到一个很远的地方去疗养创伤！"

　　林超然呆住。

　　静之："你知道对一个二十来岁的姑娘，未婚先孕那是多可怕的事吗？不仅怕手术痛苦，更是怕被人知道！怕到天天夜里做噩梦的程度！"

林超然:"你胡说,简直是胡说!不可能,我妹妹……这怎么可能……"

静之:"小妹和一个小伙子恋爱三年多了,三年多以前,她才刚刚十八岁啊,对方比她大两岁,是商业局一位副局长的儿子,因为父亲长期没被解放,似乎是铁定的'走资派'了,所以也分到小妹上班那个小杂货铺了。小妹是多善良的女孩儿呀,日子一长,他俩就开始恋爱了。'四人帮'都粉碎了,小伙子的父亲还没被解放,小伙子苦恼极了。而这时,他俩爱得难舍难分了。前年小伙子的父亲终于也获得了平反,去年小伙子考上了大学,在大学里另有所爱了……小妹一定也要考大学,为的就是争一口气,可没争成……"

林超然:"你为什么早不跟我说?"

静之:"又埋怨我,我和我大姐都向小妹保证过的,绝不对任何人说!"

林超然:"我不是任何人!我是她亲哥!"

静之:"跟你说了,你又能怎么样?你能把对方劝得回心转意吗?"

林超然哑口无言了。

静之:"或者,去将对方打一顿?"

林超然恨恨地说:"我发誓,非那样不可!"

静之:"所以我才不想告诉你!但是明天,我要以我的方式,去为小妹讨个公道!我也发誓,非那样不可!"

她一说完,转身便走。

林超然呆呆地望着她的背影。

第二天。这是明媚的一天,时间在下午,夕阳将一些房舍镶上温馨的橘色。

静之匆匆走在路上。

在她后边,林超然跟踪着。

静之拐过一个街角。

林超然也拐过那个街角,静之表情冷冷地站在他跟前。

林超然尴尬地说:"我……巧劲儿的……"

静之:"早就发现你在跟踪我了。"

林超然:"那……一块儿去吧?"

静之:"那我不去了。"

林超然:"为什么啊!"

静之:"因为我是去谴责,而你是去打架。"

林超然:"打也是一种谴责方式,拳头有时候比舌头管用。"

静之："是知青的时候，我也这么认为。在连队，男知青能打架，只要他次次打得有理，我一点儿也不讨厌他，反而很服他……保尔·柯察金也挺能打架。"

　　林超然："那我一会儿准让你佩服得五体投地。"

　　静之："可现在我返城了，当年的想法改变了。"

　　林超然："我可没你变得那么快，给我一次替小妹出气的机会行不行？"

　　静之摇头，坚决地说："不行，现在我开始讨厌男人动不动就打架了。"

　　林超然："好好好，我服从你。你用你的方式谴责，我站你旁边，为你助阵行了吧？"

　　静之犹豫。

　　林超然搂着她肩，哄她："别耍小姐脾气。就算我是跟踪，那也跟踪你半天了，我不可能就这么走了。你带路，我保证看你的眼色行事……"

　　两人站在人行道上一棵树下，望着对面一幢小楼的窗口。

　　林超然吸一口烟，问："就住那楼里？"

　　静之点头。

　　林超然："说说你的方式。"

　　静之："我要等到接送他父亲的小车在楼前停住，他父亲下了车，回到家里，那时我要敲开他家的门，当着他父母的面，谴责那王八蛋丧失爱情道德，脚踩两只船的行径。"

　　林超然："完全同意。我只跟在你身边，保证一言不发。"说完，将烟头往地上一扔，踩一脚。

　　静之："请捡起来，扔垃圾筒里。"

　　林超然一愣，照办了。

　　他回到静之跟前时，静之说："返城了，又是城市人了，那就要改掉一些坏习惯，重新做回一个合格的城市人。"

　　林超然："我是你姐夫，少来三娘教子那一套！"

　　这时，马路对面传过来一串女性的笑声。

　　两人同时望去，见一男一女两个青年手拉手跑到了楼前。男青年很胖。

　　静之看一眼手表，说："他俩看电影去了，回来得还挺早……"

　　马路对面，一对青年上台阶时，也不知真假，女青年"哎哟"连声，说崴脚了。

男青年:"哪只?快说哪只脚?我给你揉揉!"

女青年将一只脚踏在台阶上:"这只!"

男青年蹲下,脱了她的高跟鞋,揉她的脚。

林超然皱眉,转身。静之却在冷冷地望着。

男青年:"好点儿没有?"

女青年嗲声嗲气地说:"好多了!"

男青年替她穿上鞋,站起。

女青年:"还得吻吻我!"

男青年四顾地说:"这是在街上。"

女青年:"我不管!爱我就得听我的!"

男青年只得吻她。女青年不管三七二十一,搂抱住男青年的脖子就长吻不止。

静之也转过了身。

林超然:"还没进屋?"

静之摇头。

林超然:"在干什么?"

静之:"亲嘴儿!"

林超然:"妈的!"

静之:"我又改想法了!"

林超然询问地扭头看她。

静之:"看着来气,你还是过去揍他一顿吧。"

林超然一拍她肩:"这么想就对了,让你看着解解气。"

马路对面,女青年撒娇地说:"我眯眼了!这只眼睛。"

男青年:"我吹吹,我可会翻眼皮了!"

他翻起女青年眼皮:"也没什么啊!"

女青年:"就有!"

男青年:"好好好,有,有,我仔细看看……"

一只手拍在男青年肩上。他一回头,眼前是板着脸的林超然。

男青年:"你谁啊你?想问路也没你这样的!随随便便拍肩膀,找骂啊?"

林超然:"我是林岚的哥哥。"

男青年表情一惊,竟立刻闪到了女青年身后,恐慌地说:"你想干什么?!"

林超然:"本想揍你一顿。可当着女性的面,又不想了。我妹妹让我转告你,她当初爱上你这副德行的男人，恨只恨自己瞎了眼。因为你使她怀过两次孕的事却没那么简单就过去，十年后的今天，将有两个孩子出现在你面前，齐声叫你爸爸。所以你俩得慎重考虑要不要孩子，别要了到那时养不起！"

他一说完转身就走。

女青年转身呆呆地看着男青年，一只眼始终翻起着眼皮。

男青年："打打打……打掉了……"

林超然猛一转身，男青年吓得蹿上台阶，逃入了楼里……

静之望着林超然走回到她跟前。

静之："为什么不揍他？"

林超然："他不是我的个儿，对他不太公平。再说，当着那姑娘的面，我忽然下不了手。"

静之："就这么算了？"

林超然叹口气："就这么算了吧。他根本配不上林岚，真不知道林岚当初是怎么了，让她接受一次人生教训吧。"

静之大叫："我没解气！"从树根下拔起了半块砖头，愤恨地说，"我知道哪几扇窗是他家的，我砸他家窗！"

林超然拖住了她一只胳膊："算了算了，你看我都咽下了这一口恶气，跟我学……"

静之大叫："我不学！"

林超然搂抱住了她，劝道："该学就得学。好静之，咱们都消消气。你看，让别人瞧着咱俩这样多不好……"

果然，三五行人驻足，奇怪地看着他俩。

林超然从静之手中夺下砖头，扔在地上，将静之拖走。静之回头望马路对面，女青年还孤单地站在原地，也正望着她和林超然。

晴转多云的天空。雷声，下雨了。不是很大，已下了几日了，天空还看不出放晴的迹象。小厂的木板、障子完全湿透了，几辆旧自行车并排淋在雨中。

屋里。林超然、张继红和兵团的战友们，有的躺在炕上睡觉，有的在下棋，有的在望着窗外发呆，而张继红在烦闷地吸烟。

望着窗外发呆的人自言自语："一场秋雨一场寒，十场秋雨换上棉，这肯定是今年的最后一场秋雨了。"

林超然心里分明也很烦，他在摆弄一支烟，企图将烟立在大拇指甲上。

张继红按着打火机朝他伸过去，他将火苗吹灭了。

林超然："继红，咱们可因为下雨闲了两天了。这么闲下去，损失大了。咱们不像工人，有月工资保障着。咱们像农民，少干一天，就少一天的工分！"

张继红："那咋办？老天爷跟咱们闹别扭，我心里也急啊！"

林超然："把院子里那几辆车推屋里来，在屋里拆卸组装！"

张继红："怕散满屋汽油味儿，也怕失火。"

林超然："开窗嘛！为了安全谁也不许吸烟嘛！"他抚乱了棋子，推醒睡觉的人，大喊，"干活！干活！"

张继红按灭了烟，也大声地说："听超然的，把那几辆车推屋里来，谁也不许在屋里吸烟！"

林超然："你首先要严格要求自己！"

一个穿雨衣雨靴的人进了屋，是静之。

静之："姐夫，北京方面和我爸通上电话了，他们在北京站找到了林岚和她同学，只不过她俩决心都已下定，咱们那几名北京兵团战友，只得把她俩送上了开往广州的列车。"

张继红："对超然来说是好消息，起码你爸妈放心多了！"

林超然："她爱怎么样怎么样，我这个哥以后不操心她的事了！你们还愣着干什么？快照我的话做呀！"

于是有两个人从墙上摘下雨衣，披着出去了。

林超然问静之："你还有事没事？我们要干活了！"

静之故意用冰冷的语气说："我大姐已经在医院里了，恭喜你今天就是爸爸了。"

林超然一愣，随即心花怒放地笑了。

静之却一转身走了。

冒雨匆匆走着的静之，当然是受委屈的表情。

她背后传来林超然的声音："静之！静之！"

她反而加快了脚步。

林超然赶到了她前边。静之左走，他左拦。静之右走，他右拦，并说："别生我气，我这几天不是心烦嘛！"

静之终于站住，冲他嚷："你心烦就可以拿我撒气啊！"静之面前的林超然没戴帽子也没披雨衣，衣服快淋透了。

林超然："是我不对，向你认错。你不是一直想有一本《英语900句》吗？我逛了好几家书店，给你买到了！"伸手腋下，抽出书，递向静之。

静之也忍不住笑了，夺去书，一边往书包里装，一边说："我们学校下午开新老学生联谊会，我代表我们法律系出节目，不能和你去医院了。你见到我姐，替我祝贺她当妈妈了！"

林超然点一下头，转身跑了。

静之："姐夫！"

林超然站住，回头。

静之："别忘了！"

林超然："忘不了！"

医院接生室外。何父何母、林父林母一排坐在长椅上。蔡老师单独一人坐在他们对面的长椅上。

林超然落汤鸡似的出现了。

何父何母和蔡老师站了起来。

何母心疼地说："怎么不披件雨衣啊？"

林超然笑道："没事儿，来之前衣服已经湿了。"

何父："我还没骑过平板车，多亏你蔡叔叔。"

林超然："蔡叔叔，谢谢。"

蔡老师："谢什么啊！要谢，得谢学校那辆平板车。自从你岳父一再主张买了那辆车，学生、老师和老师家属，一有急病全指望那辆车了……你看你爸妈！"

林超然转过身，见父母高兴得合不拢嘴。

林母："超然，你爸想知道，你和凝之，给孩子起下名字没？"

林超然："商议过了，如果是男孩，就叫林楠，楠树的楠。如果是女孩，想随凝之的姓，叫何露，露珠的露，行不，爸？"

林父："行，行！咱们两家，那有啥说的。啊，对了，你岳父告诉我，有你妹消息了，你别担心了。"

林超然："静之也告诉我了。"问岳父，"凝之情况还好吧？"

何母："挺好，被推进去的时候望着我笑微微的。"

何父："她就是太能忍了。上次慧之陪她来那次，医生说最多提前三天才能住院，她就非要等到明天再来……"

林超然坐下，自言自语："真想吸支烟啊！"

林母："你爸兜里有！"

林父掏兜，林超然摇头，将头往后一靠，一脸幸福地陷入回忆。

冬季的山林。

两台拖拉机拖着爬犁行驶在山路上。前边路上几名男知青横站路上，拦住了爬犁的去路。

第一台拖拉机上跳下两名知青，与拦路的知青交涉。话不投机，双方发生了肢体冲撞。

林超然从第二台拖拉机驾驶室跳下，匆匆走过去。马场营的知青全都下了爬犁，紧随其后。

林超然："怎么回事？"

首先跳下的两名知青中的一人："他们不许咱们马场营的爬犁上山！"

林超然："为什么？"

对方中的一人："林营长？"

林超然："对。"

对方："我们副指导员希望和你们马场独立营的人谈谈。"

林超然："谈什么？"

对方："一谈就知道了嘛！"

林超然："这种表达希望的方式太霸道了吧？"

何凝之的声音："与你们的方式相比，我们够克制的啦。"

林超然转身看时，见何凝之大步而至。

对方："副指导员，他就是林营长。"

何凝之："何凝之。"

林超然："你们什么意思？"

何凝之："团里下达过文件，为了减少伐林取柴的面积，凡离小煤场近的连队，应以煤代木。你们马场独立营离小煤场最近，可你们舍近求远，进山伐木的次数最多。"

林超然部下一人："那煤一点儿也不好烧！"

何凝之："当然不如木材好烧。但我们连队离山林最近，离煤场最远，我们都已经开始烧煤了。告诉你们我们的经验，夏天发动大家做成煤球就好烧了。"

林超然部下又一人:"但我们不是连队,我们是独立营!"

何凝之看那人一眼,之后说:"好大的口气!林营长,你不会也是这么想的吧?"

林超然部下又一人大声地说:"营长,不跟他们啰唆了,闯过去!"

林超然:"何指导员,听到了?"

何凝之:"司号员!"

"到!"一名腰悬军号的小知青走到了何凝之跟前,就是后来那派出所警员小王。

何凝之:"如果他们敢硬闯,就给我吹紧急集合号!"

司号员:"是!"

何凝之:"这会儿是你们人多。可号一响,就是我们人多了。那我们可就会把你们连人带拖拉机扣留了,包括你这位营长。逼我们那么做的话,可就只有通知团里来解决问题了!"

林超然:"我听来听去,觉得你似乎把这几座山林当成你们连的私有财产了。"

何凝之:"当然不是。甚至也不仅仅是团里的、师里的、兵团的;不但属于国家,还属于后人。而你们马场独立营的营长同志,似乎也一点儿没有这种意识!你不但放纵你们的人进山乱砍滥伐,今天还亲自率队!我们已经多次劝阻过你们了,可你们根本不予理睬。如果所有的连队都像你们一样,几年后这几座大好山林就伐光了!那时如果我们还在这里,望着一座座秃山头,内心惭愧不?以后如果我们离开这儿了,当地人的子孙望着一座座秃山头,内心里会怎么想?"

马场的知青们一个个躲避着何凝之的目光。

林超然小声地说:"请到一旁单独说几句行不?"

何凝之随他走开了十来步。

林超然:"听你口音是哈尔滨的。"

何凝之:"一中高二的。"

林超然:"我三中高三的。你批评得对。但是今天……请给我这营长个面子。"

何凝之:"没问题。往山里边多走一个来小时,有片不知为什么枯死了的树林。如果你们伐那一片树,我们就放行。"

林超然:"保证。"摘下手套,伸出了那只手。

367

何凝之："先不跟你握手。等事实证明了你的保证再握吧。"
她一转身走了。
林超然望着她背影苦笑。

天黑了，两台拖拉机驶回同一处地方，被站在路中央的何凝之招手拦住。林超然跳下拖拉机，出乎意料地说："想不到你还真等在这儿检查我们！"
何凝之："那是！出于对你林营长的信任，我可是一个人来的。"
林超然："请吧！"
何凝之察看爬犁上的树木。
何凝之："看来你是个说话算话的人。"
林超然："现在我们可以握手了吧？"
何凝之终于笑了，从棉手闷子里抽出了手。两只手握在了一起。
林超然："别向团里打我们的小报告。"
何凝之："别对我和我们连记仇。"
林超然："怎么会呢！"
何凝之："记仇我也不在乎！"
两人都笑了。
何凝之站在路旁，目送爬犁远去。
爬犁上，林超然对部下命令："喊'何指导员再见'！"
部下们闷不作声。
林超然："都聋啦？"
一部下没好气地说："要是不理她那套，咱们早回去了，肚子都饿扁了！"
林超然："少废话，那也得喊！"
人人将头一扭。
林超然："都不是好兵！"
他只得自己站起来喊："何指导员再见！"刚喊完，从爬犁上跌了下去。
何凝之望见，笑了。

一幢小泥草房门上贴着对联和喜字。对联上联是：还有小园桃李在；下联是：留花不发待郎归。
横批：美的相思。

屋内。一支红烛静静燃烧。

林超然搂着凝之的腰站在床前,两人都穿棉袄。

林超然:"新房应该是温暖的。"

何凝之:"生火晚了,后半夜就暖和了。"

林超然:"门上对联谁写的?"

何凝之:"我们连一名知青秀才,写的古人诗。"

林超然:"太小资情调了,不怕议论?"

何凝之:"谁爱议论谁议论去。生活要是完全没了情调的话,热爱生活那就成口号了。"

她用双臂搂住林超然脖子,主动吻他。

红烛。

木箱当成的桌子上,一盆白菜花显得生机盎然。

一阵雷声。医院里。雷声似乎使何、林两家人不安起来。

林父看着林母说:"怎么这么久?我记得你生超然他们三个的时候,还是在家里,那我也没在门外等半天。"

何父看一眼手表,心中虽也不安,却安慰道:"不算太久,还不到一个小时。按凝之的年龄,算是晚育,时间长点儿是必然的。"

何母:"别说那些让人不安的话……"

林超然站了起来,走到接生室门前,侧耳聆听。

蔡老师的手拍在他肩上。

蔡老师:"别急。想当儿子和想当爸爸,都是一件需要耐心的事。我陪你出去等会儿?"

黑龙江大学某礼堂,迪斯科音乐声中,男女学生们尽情舞蹈。

音乐戛然而止。

学生们奇怪,都向摆放录音机的地方望去。有人问:"怎么回事?"

有人手持麦克风大声说:"现在宣布一条联欢纪律……快四步、慢四步、华尔兹、探戈舞曲以及一般交谊舞曲都可以放。但是禁止播放迪斯科舞曲,更不许跳。"

有人大声说:"我们刚才跳的不是迪斯科,是迪士高!"

宣布纪律的人:"别跟我来这套!我是英语系选出来的学生会干部。我在传达的是有关方面对大学生的要求。"

有人表示不满："既然是学生会的干部，那你就要代表学生们的想法，而不是有关方面！"

宣布纪律的人："有意见跟我说没用，向有关方面提去。请大家继续！"

音乐又响起来了，但已不是迪斯科曲了，而是《好一朵茉莉花》了。

有人怏怏不快地说："岂有此理！"许多人不跳了，欲散去。

主持联欢会的人："大家不要散！我们大学生应当有海量，不能因为一点点不快说散就散是不是？下面穿插一个节目，由法律系新生何静之同学为大家朗诵诗歌！"

静之出现，从主持人手中接过话筒，自信地说："我为大家朗诵舒婷的《祖国啊，我亲爱的祖国》……"

静之深情地朗诵：

> 祖国啊，我亲爱的祖国。
> 我是你河边上破旧的老水车，
> 数百年来纺着疲惫的歌；
> 我是你额上熏黑的矿灯，
> 照你在历史的隧洞里蜗行摸索；
> 我是干瘪的稻穗，是失修的路基；
> 是淤滩上的驳船，
> 把纤绳深深
> 勒进你的肩膊
> ——祖国呵！

欲走的同学都不走了，一个个认真倾听。

静之：

> 我是贫穷，
> 我是悲哀，
> 我是你的祖祖辈辈
> 痛苦的希望呵，
> 是"飞天"袖间
> 千百年来未落到地面的花朵

——祖国呵！

　　我是你簇新的理想，
　　刚从神话的蛛网里挣脱；
　　我是你雪被下古莲的胚芽；
　　我是你挂着眼泪的笑涡；
　　我是新刷出的雪白的起跑线……

蔡老师出现，挤开人墙，望着静之，犹豫不前。
静之：

　　是绯红的黎明
　　正在喷薄；
　　——祖国呵！

蔡老师终于下决心向静之接近……
静之：

　　我是你十亿分之一，
　　是你九百六十万平方的总和；
　　你以伤痕累累的乳房
　　喂养了
　　迷惘的我、深思的我、沸腾的我……

蔡老师走到了静之跟前，对她低声说什么。静之如雷击般呆了。
蔡老师退到了一旁。
一张张困惑地望着静之的脸。
静之脸上泪如泉涌。
静之望着大家，哭泣地朗诵：

　　那就从我的血肉之躯上
　　去取得……

在雨中奔跑的静之。
她如泣如诉的声音：

你的富饶，你的荣光，你的自由……

静之跑到了家门口，恰遇从屋里跑出的，穿白大褂的慧之。
姐妹两人在雨中悲痛对视。
慧之："咱们永远失去了大姐……屋里躺倒了咱们何、林两家五口人……"
姐妹两人抱头痛哭。
雨帘变成漫天大雪。

张继红等人站在一家小饭馆外，呆望饭馆的门。
门一开，静之将喝醉的林超然架了出来。她架不动姐夫，脚下一滑，两人一齐摔倒。张继红上前扯起了她，而两名兵团战友一左一右架起了林超然。
静之扇了他一耳光。
林超然："谁……借我点儿钱？"
静之："林超然！你还是个男人吗？你使我大姐在地下不安！你丢我大姐的脸！你也辜负了他们对你的信任！"
她一转身走了。
张继红："超然，两个多月来，大家都不知道再干什么好了，所以……决定散伙了。今天，是一块儿来告诉你的……"
他一说完也走了。
站在他面前的四人也走了。
架着他的那两个人，将他架到一棵树前，使他双手搂抱大树。之后，连他们也走了。
林超然："不能散……不能散……回来……都回来……"
他大喊："不能散！都给我回来！"

第 十 六 章

何家。静之默默将电视打开。那是一台十二吋黑白小电视,不知为什么,却调不出图像来。

几人的目光都望向电视,电视屏幕虽然一片雪花,却终于出了声音:"据我省气象台报道,我省地区,气温骤降。尤其黑河地区一带,普降大雪,交通中断,形成雪灾……"

傍晚时分,大雪纷飞,风声如号。一个小村子几乎被埋在雪中,只露房顶。在人家和人家之间,挖出一米多深的通道,像战壕。

两个人袖着手在通道中行走。

远处传来狼嚎声。

两个人大声喊着说话:

"这两天,怎么狼叫得起劲了?"

"饿的呗!逮不着吃的,想进村,又不敢!"

"知青一走,连队人少多了,连狼也放肆了,还要进村吃人咋的!"

"那可没准,得嘱咐女人孩子小心点儿!"

一幢屋子里聚着些男人,其中有林超然和张继红。林超然祆袖戴着黑纱。

一个五十多岁的男人在说话。他是从前的连长,现在的队长。

队长:"超然我就不介绍了。小何在连里当知青副指导员时,他常来。咱连里还常开玩笑,说他是咱连女婿……"

一个男人:"别咱连咱连的了。现在兵团又改成农场了,连队又叫生产队了,你也不是连长,是生产队长了……"

队长失落地说:"是啊是啊,不说那些。"他看着张继红问,"你自我介绍一下吧……"

张继红:"我以前是三师十七团的,现在改成什么农场了我也不清楚……我和超然这次不请自到,是想借点儿肉,借点儿面……"

另一个男人:"借点儿?借点儿是借多少?"

听他的口吻,分明不怎么愿意。

张继红:"最好能让我俩带走百多斤猪肉,十来袋面粉。如果是精面粉更好……"

那男人:"还精面粉!"扭头对别人小声说,"听他话好像该他们的。"

张继红听到了,尴尬地看着林超然。

林超然干咳一声,歉意地说:"我也知道,我们四十几万知青呼啦一走,北大荒又冷清了。说实在的,我也不好意思来。何况这里也不是我从前的连队,只不过是我妻子从前的连队……"

门忽然开了,刚才在外边朝这里走来的两个男人进入。

其中一个一看到林超然就大呼小叫:"超然,想你呀!小何呢?没跟你一块儿来?"

队长向他指指自己祆袖……他这才发现林超然祆袖上戴着黑纱,愣住。

另一个已明白何凝之为什么没来了,扯他一下,和他一起坐下了。

林超然低了一会儿头,抬起头接着说:"凝之生前也很想大家。如果她还活着,肯定跟我一块儿回来……哈尔滨不少咱们兵团的返城知青还没找到工作。"看着张继红又说,"我俩在夏天里组织大家组装过旧自行车,还卖了点儿钱大家分分。但冬天一来,行不通了。所以,又组织大家包冻饺子卖,希望春节前都能多少再分点儿钱……可你们也都知道的,在城市里,粮食是定量的,得凭购粮证买。肉得凭票,非年非节不发肉票。所以我们就想到了回来借……等我们以后混好了,加倍奉还……"

队长:"超然,你不说这话了行不?越说越外道了。北大荒是有人情味儿的地方。你俩那份儿返城的歉意,也不必一再表达了。兵团那十年里,有你们四十几万知青在,热闹,也确实多向国家交了许多粮。但年年亏损也是真的。亏就亏在你们四十几万知青每年的工资方面,那每年都是几个亿。对于国家,对于北大荒,你们返城了究竟是好是不好,那得两说着……"

后进来的一个男人打断了队长的话:"队长你也别哪壶不开提哪壶了!要说就说当下的事儿!超然,你们不就是需要面,需要肉吗?面我家不多了,但我上个月刚杀一口猪，你干脆带走半扇猪！凝之她曾经是我两个孩子的老师，冲哪方面我都不能小气！"

与他同时进屋的男人："面我家有成袋的，一会儿你跟我回家扛去！"

又一个男人站起大声地说："那就都别瞎耽误工夫了！凡是家里有的，都回家扛出来往车上装吧！他俩不是说今晚不能住下吗？"

"成！"

"就这么办！"

"既然来了，那就不能叫你俩空手回去！"

"是啊。如果空手回去，那成个什么事儿！"

男人们七言八语说着，纷纷站起。

队长："别急，别急，都别急嘛！"看着林超然和张继红又说，"非连夜走不可？"

林超然："火车站那儿还有几名返城知青在等着，要赶明天早晨开往哈尔滨的那趟车，怕他们等急了。"

张继红："再说哈尔滨也有些兵团的哥们儿在盼着我俩早点儿回去。我俩一离开，他们没主心骨了。"

队长："好。不强留。那什么，多套两架爬犁，多去些人，负责安全送到火车站。这几天夜里闹狼，有猎枪的都带上！也多扎些火把带上！"

村口。三架爬犁蓄势待发。一架爬犁上装着东西，坐着林超然和张继红；另两架爬犁上坐着些搂抱猎枪的、持火把的男人。但火把都还没点上。

老人、女人、孩子们在相送。

队长："都甭等我发话了，走啊！"

三架爬犁驶动了。

三架爬犁疾驶在雪原上。

"驾！驾！"之声及鞭声不绝于耳。

有人指着说："看！看！他妈的有狼跟上来了！"

接着有人说："一、二、三……六只！……那儿又一只，七只！……"

黑夜中，一双双绿眼睛分左右两边追上来。

狼嚎声。

爬犁上有人喊："不让它们总追着！点上火把！"

于是每架爬犁上都燃起了火把；然而狼群还是跟着。一条条狼影从爬犁两边奔过。

男人们的咒骂声：

"妈的，怎么都不怕火了？"

"饿急了呗！"

"震慑震慑，给它们一枪！"

"别，看惊着马！"

但枪声已响……果然，有马受惊了；一架爬犁斜驶开去，并且没多远翻了。人在地上，火把也掉落了。

但见几条狼影向那三人扑去。

这边载人的爬犁上有谁大喊："快捡起火把！"

那三人捡起了火把，威吓狼群。

这边车老板勒住了两匹马，爬犁上的四人跳下马车跑去解围，奔跑中有谁又放了一枪。

林超然和张继红坐的爬犁驶出了很远才勒住，车老板反身操起枪，瞄了瞄，放下了，担心地说："瞄不准，怕伤着人。"

张继红欲下爬犁，林超然拽住了他。

林超然："你赤手空拳跑过去能起什么作用！"

他从车老板手中夺过猎枪，瞄准。

砰……

张继红："好！撂倒一只！"

车老板："给你子弹！"

林超然接过子弹，压上膛，又瞄准。

砰……

雪原上……剩下的绿眼睛停止不前了。

狼嚎声似乎有了种悲哀意味。

三架爬犁又行驶在雪原上，火把照亮男人们的脸。一场惊险之后，还都有些兴奋。

一架爬犁上有人问："刚才谁开的枪那么有准头？两枪打死了两只狼，弹无虚发嘛！"

另一架爬犁上有人回答："是林超然！"

其他男人议论：

"小子行啊，不愧在战备连待过！"

"光两张狼皮在哈尔滨就能卖不少钱！他可没白回来一趟，还发了一笔！"

"他说不要！让咱们卖了，把钱分分，算给各家孩子的过年礼钱啦！"

"这才够意思嘛！"

哈哈哈哈……

男人们的笑声中，三架爬犁渐远。

白日。 哈尔滨市工商局会议室。

局长也就是小韩他父亲在主持会议。

韩局长："卖假牌车的现象还没查清楚，现在又出了卖冻饺子的现象，市里领导把我找去严肃批评了一顿……"

小韩："哪座城市没有卖假牌自行车的现象？至于那么当回事儿吗？"

韩局长："你是不是了解点儿什么情况，徇私不报啊？"

小韩："爸，这您可冤枉我！"

韩局长严厉地说："出去！"

小韩："我怎么了，您发脾气？"

韩局长一拍桌子："我叫你出去！"

小韩："那您也得说出个理由！"

一名老工商将小韩拉起，劝了出去。

韩局长："不像话！开会时叫起爸来了！这是在局里，又不是在家里！假牌自行车的事，要继续抓紧查！飞鸽也有了，永久也有了，凤凰也有了，那都是人家上海、天津的名牌！人家两市工商的同志来咱们哈市开会，在存自行车处发现了那种拼凑组装车！咱们市的面子栽大了！必须查个水落石出，严加惩处！冻饺子的事是最近才发现的现象对不对？"

有人汇报："对。我们的同志还没亲眼看到过，但接到了七封举报信……"

韩局长："这现象比假牌自行车的事更要及时查清，严肃惩处！否则，如果有市民吃出问题来，那我们工商责任大了。"

又有人说："局长，既然市里领导都很重视了，能不能请公安的同志配合一下，那样执法的威力会强不少。"

说这话的是位四十来岁，看上去精明能干的女同志。

韩局长："同意。 你先跟公安的同志沟通一下。 如果需要，我亲自给公安局长打电话。"

组装自行车的那个小厂院里。这儿那儿，包括犄角旮旯都打扫得很干净。院里临时用砖和木板搭起了些架子，放着大大小小的面板、菜板、盖帘子什么的，其上冻着饺子。

屋里。些个男女返城知青守着两大盆馅儿在包饺子，边包边说话，静之也在其中。

"自从我家面板拿这儿来了，我妈一要做面食，我就得到邻居家去借面板。"

"那有什么法子呢，我家的面板不也贡献这儿来了吗？谁叫咱们既接不了班，又不是考大学的料，而且还没门路呢！"

"哎哎哎，你们女的就别抱怨了！我们这几个大老爷们儿，要是整天和你们一块儿包饺子，还得每天晚上偷偷地卖，说起来多丢面子啊！"

"面子重要，生存更重要啊！听说，香港、台湾早就有了饺子机，一台机器比一百多双手包得还快！"

"我盼着那么一天，要不咱这儿成了自行车厂，要不有了那么一台饺子机。总之，那咱们好歹也算是工人，现在咱们这算什么？"

静之却没说话，飞快地擀皮儿。

有人问她："静之，今天怎么话这么少啊？"

有人接言："人家现在是黑大法律系的大学生了，跟咱们说不到一块儿了嘛！"

静之这才苦笑道："我有我的愁事儿，以后四年，如果靠爸妈给的钱买饭票的话，那不也同样没面子吗？"

门一开，李玖进来了，拿着用红绳扎成一卷的挂历。

李玖："好热闹啊！"

静之："拿的什么？"

李玖："挂历。"

静之："挂历？什么挂历？快打开看看！"

李玖解开了系绳，一幅条形大挂历呈现在静之面前。上面印的是古代山水画。

静之："太美观了！哪儿来的？"

李玖一页页掀着挂历，同时说："市政府发给各局和离休老干部的，有人也给了我爸这么一幅。我呢,来这儿找静之她姐夫,有件麻烦他的事儿。又快过春节了,不好意思空手,临出门就带来了。静之你要是喜欢那就拿回你家去,反正给了你给了你姐夫,都能代表我的心意……"

一个姑娘说:"这么珍贵的东西你送人,你爸妈舍得呀?"

李玖:"他们舍不得也得舍得啊。在我们家,我的事儿压倒一切!"

静之:"我做主了,先挂这儿吧,让大家欣赏几天!"

李玖将挂历挂在了一面有钉子的墙上,问静之:"你姐夫不在这儿?"

静之:"和张继红大哥在里屋炕上睡着呢。他俩昨天后半夜才从兵团回来,估计一路没在车上合过眼。洗洗手,帮我擀皮儿。他们那么多人包,我有点儿供不上了。"

她放下擀杖甩双手。

李玖洗罢手,帮她擀,同样擀得飞快。

静之:"找我姐夫什么事儿?"

李玖:"还不是我和罗一民的事儿!我俩的事儿他不关心可不行!"小声地说,"我跟你讲,我俩都那样了!去年春节前那样好几次……"

静之:"哪样了啊?"

李玖:"别装糊涂!"

静之明白了,笑她:"小声点儿。"

李玖:"我儿子都五六岁了,还怕别人议论那种破事儿呀?"

静之:"破事儿你还让慧之为罗一民倒腾壮阳的偏方!"

李玖在静之手背上拧了一下:"你也给我小声点儿!这个慧之,嘱咐她保密,她到底还是泄密了!我也不是为了那事儿,一民他确实肾亏,他肾亏,对他自己也不利嘛……"

静之笑道:"得啦,别解释了,越描越黑!"

李玖:"让你给描黑的!哎,啥时候吃你和小韩的喜糖啊?"

静之忧郁了:"也许,你还真吃不上了……"

李玖:"咋了?他家条件那么好,人我也见过,长得挺帅,你可别眼光太高!"

静之叹口气:"一言难尽,以后再跟你细说。"

她将包好的饺子托在手心呆看,陷入了回忆……

黑大的一间小教室。黑板上写着"首期读书会"五个美术字,课桌摆在了一起，静之等十二三名男女同学在交流。而桌上，摆着厚厚薄薄几本鲁迅的书。

一名男生在发言，很激动的样子："我认为，鲁迅先生当年所揭示的国民劣根性，无非两点。一曰奴性，二曰看客心态。而这两点，在'文革'中又全面呈现了一番。在我们那一所中学，有些红卫兵学生往老师脖子上拴铁链子，逼迫老师在地上爬，还要学狗叫，就因为那位老师的出身是资本家。并且指着说，看，资本家的乏走狗就是这个鸟样子！许多同学都围观了，我也是围观者之一。有人还笑，我也笑……"

敲门声，一名同学起身开了门，叫静之："静之，有人找。"

静之起身出了教室。

见门外是穿着工商制服的小韩。

静之："工作落定了？"

小韩："这不是制服都穿上了吗，怎么样？"

静之："挺合身。"

两人在校园里走着。此时已是深秋，树上地上，一片金黄的叶子。

静之："你不是说，还要考一次吗？"

小韩："我爸妈说，其实也没那必要了。"

静之："你爸妈给你解决的工作？"

小韩："我不靠他们靠谁？'文革'中被改造了十来年，受了许多苦，让我进工商局，也体现着组织上对他们的精神赔偿。"

静之："如果对干部们都按这种赔偿，好工作还不都让你们干部子女占了？"

小韩："别动不动就以批评的眼光看一些事……"

静之："对于中国，有些现象现在不批评，将来成后患！"

小韩："我怎么听着，好像'文革'在你这儿还没结束似的？"

话不投机，静之抬头望天，望树上的黄叶。

小韩："别一句话不爱听就那副嘴脸。"

静之倏地将目光瞪向他。

小韩："用词不当，收回收回。我找你有重要的事商议！"

静之："请简单点说，我在主持讨论会。"

小韩："还是那件事儿。我爸妈的意思是，现在你考上了大学，我的工作也落定了……"

静之:"可我现在还是学生!"

小韩:"已经当爸爸妈妈了的还有是学生的呢,学校又不是不允许你这种年龄的女生结婚!我爸妈将新房都替咱们解决了!大两居,还是木板的地,朝阳,老式的俄式楼房。我去看过了,特满意,相信你也会满意……"

静之:"我的态度不变,不毕业,不结婚!对不起,我不能陪你太久。"转身欲走。

小韩抓住了她的手腕。

两人互瞪。

小韩:"是不是移情别恋了?"

静之:"如果是那样,我会当面向你做出坦率的声明。"

小韩一拽,将她拽到了跟前,脸对脸地瞪着她,审问地说:"你和你姐夫是怎么回事?"

静之挣了挣手腕,没挣开。

小韩:"老实交代!"

静之:"不放开我咬你手了啊!"

小韩:"别以为我什么都蒙在鼓里,我发现过你挽着他走!从那以后……"静之咬他手。

小韩"哎哟"一声,放开了静之的手腕。

静之:"说下去。"

小韩:"你还真使劲儿咬啊!"举起了手。

静之:"敢!不想谈恋爱了是不是?"

小韩:"你总这样拖着我,我还怎么跟你谈下去?"

静之:"你居然暗中监视我,我又怎么跟你谈下去?"

小韩:"我是干部子弟,工作好,又有房,不是除了你何静之就找不到老婆了!"

静之:"那你他妈的就去找!"转身便走,走了两步,回头又说,"如果让我在你和我姐夫之间选择,我当然会选择他!"

小韩望着静之的背影走远,气极,踹树,踹疼了脚。

教室里。同学们在听静之发言。

静之:"我承认,刚才大家对国民劣根性的看法都有道理。但我同时认为,奴性也罢，看客心态也罢，其实也是全人类的劣根性，需要文化进行特别长期的启蒙影响才能改掉。《巴黎圣母院》中，加西莫多在广场上受鞭笞时，不是也有成千上万的人在看戏似的围观吗？《红字》中的女主角受羞辱时，不是有围观者用马铃薯砸她吗？只不过，中国需要有雨果，有霍桑，现在还没有……"

一名女生："我们也需要中国的《复活》，我们需要忏悔的精神和自我救赎的意识。"

一名男生："从前我们还有梁启超、鲁迅。"

另一名女生："我觉得中国文化中只有鲁迅是不够的。"

静之："最近我读到了一本关于闻一多的书。他的清华好友潘光旦留美时，他还在清华。潘光旦是在美国读优生学，在写给闻一多的信中，批判了中国多生而无优生意识的弊端，这基本上也是一个事实。但闻一多在回信中说：如果你想要据此证明中华民族从根本上就是一个劣种的民族，那么我将在你回国之前买一把手枪，一见到你就亲手打死你！"

同学们都笑了。

门突然开了。小韩双手叉腰，气势汹汹地说："何静之，你给我出来！"

静之霍地往起一站："韩士强，你想干什么？"

小韩一言不发往教室里闯，几名男生挡在了他面前。

静之："有劳你们几位，把他给我拖走，一直拖到校门外！"

小韩被拖走了。

静之生气地说："岂有此理！"

门突然又开了，闯入两名公安人员，其中一名举着搜查证喝道："都别动！我们是公安人员，有搜查证。"

大家都吃惊地呆住。

立刻又进来两名工商人员，其中一人是小韩。

小韩与静之四目相对，他避开了目光，而静之却瞪着他。

另一名工商："他们两名公安人员在配合我们工商部门打击投机倒把、非法牟利行为！人赃俱在，你们还有什么可说的？"

里屋。睡在炕上的林超然和张继红惊醒了，一齐匆匆穿衣服。

外屋。那名年长的工商指着一个锈迹斑斑、看上去很重的铁柜子问："这是什么？"

"保险箱。"张继红的声音。

年长的工商一回头，见林超然和张继红已从里屋走出，张继红还在扣袄扣。

年长的工商："钥匙在谁那儿？"

张继红："在我这儿。"他腰带上有条链子，链子上就那么一把钥匙，显然，那是他极重视的一把钥匙。

年长的工商："打开。"

张继红瞪着对方不动。

年长的工商："叫你打开，没听到？"

张继红看林超然。

林超然点头。

那铁柜有密码。张继红旋转密码。

小韩对其他男返城知青严肃地说："都站墙边儿去，不许靠墙。"

林超然看小韩一眼，静之看林超然，林超然苦笑。

没人动。

小韩一个个推大家。

有一人也推小韩。

一名公安："想干什么？老实点儿。"

柜子打开了，里边是些分面值摆放的钱，还有几摞硬币。

年长的工商："小韩，把钱收了。"

小韩从公文包里抽出一个半大不小的信封，将钱收入进去。

静之忍不住地说："韩士强，那可是他们最近才挣到的辛苦钱。"

小韩："也是赃款。"

张继红上前一步，抓住了小韩衣领。

一名公安用警棍朝张继红一指："你想阻止执法？"

林超然："继红！"

张继红松手了。

年长的工商研究那柜子："你们真够能耐的，还组装起保险柜来了！"

一名男返城知青："那是我们从废品收购站买的，改造一下自己用犯法吗？"

年长的工商："但收购旧自行车，拆卸、组装、销售就是犯法。组织在一起，包那么多饺子四处卖，也是犯法。"一指保险柜，对小韩又说，"这也是物证，搬车上去。"

小韩让一名公安替他拿着公文包，双手抱保险柜，却怎么也抱不起来。

林超然："小韩，别费劲儿了。那是日本军用的，很沉。"

小韩作罢，朝年长的工商摇头。

年长的工商："你们认识？"

小韩难堪地说："一般性的熟人。"

年长的工商问林超然："想必你是林超然啰？"

林超然点头。

年长的工商："叫你的人将院里那些冻饺子弄车上去。"

林超然："这种情况下，他们不会听我的了。"

一名公安："小韩，我俩帮你。"

小韩："怎么弄车上？"

年长的工商："全倒小卡车车厢里就行。"

林超然："往车上一倒，那就全脏了。脏了就不能吃了，浪费了。现在的中国，吃饺子是一种幸福。如果那么多好端端的饺子全浪费了，你一点儿不心疼吗？"

年长的工商："别听他的。听我的。"

李玖突然说："慢！"

于是小韩等四人的目光望向她。

年长的工商："你又是什么人？"

李玖："院里的饺子全是我花钱雇他们包的，归我所有！你们谁敢动一指头，那就是侵犯私有财产！"

年长的工商光火了："跟我耍泼？我不吃你这套！"

李玖也大光其火："谁耍泼了谁耍泼了？我向你作声明你为什么侮辱我？你说你说你说！"瞪着小韩又嚷嚷："姓韩的，我知道你爸是工商局长！今天他不道歉，我闹到你爸的办公室去！还有你们两个公安的也给我听明白了！我爸和你们局长和市里的领导那都是有交情的！如果我不高兴了我爸那也就不高兴了！如果连我爸都不高兴了，那也没你们高兴的日子了！总而言之，敢动我一个饺子的，我叫他一辈子再吃饺子的时候就想到我，一想到我就闹心！"

李玖连嚷嚷带比画，小韩们连连后退。

年长的工商："把他们都请车上，走！"

他一说完就识相地转身而去。

一名公安："各位理解理解，我们是奉命行事，请吧！"

静之："韩士强，我也不例外吗？"

小韩："这话你别问我,我说了不算。"

另一名公安："女的也请配合配合啊?"

片刻,屋里只剩静之、李玖、小韩和一名公安了。

那名公安对静之客气地说："你也请吧。"

静之："我为什么要跟你走?我是黑大的学生,来看一个人的。"

她掏出学生证递向那名公安;对方接过看一眼,还给她,接着看小韩。

小韩："我认识她,她确实和咱们查的事无关。"

静之："韩士强,心里幸灾乐祸是不是?"

小韩："我不像你想的那么卑劣。"朝那名公安一摆头,两人也离去。

小韩和年长的工商坐在工商局的车里,年长的工商坐驾驶座。

年长的工商："那比比画画乱嚷嚷的女的,她爸究竟是什么人?"

小韩："木匠。"

年长的工商："木匠?当时让她唬住了。"

小韩："八级木匠。"

年长的工商："十八级那也是木匠!"

屋里。

李玖埋怨静之："我咋说的?后悔了吧?你要是和小韩还好好地处着,凭他爸是局长,林超然是你姐夫,怎么也不至于是刚才那么一种局面!起码他小韩会向你通风报信儿……"

静之："李玖你在这儿守着,我没回来,千万别离开!"

她一说完冲了出去。

何父当校长那所中学。刚下课,何母走出。

"妈……"

何母一转身,见静之站在教室门旁。

何母："有事儿?"

静之恳求地说："妈,放学后你留下十名学生行不?"

何母："为什么?"

静之："把他们借给我……"

何母："借给你?你头脑出问题了?学生又不是物品,老师有什么权力将学生借给别人？荒唐！"

　　静之："妈，我要办点儿事儿，缺人手，想求你派十名学生帮帮忙……"

　　何母："这倒可以考虑，那也要看公事私事。"

　　静之："我姐夫他们那儿包出了好多饺子，今天晚上必须卖出去……"

　　何母："绝对不行！我怎么可以派给你十名学生，让你带着去卖饺子？又不是义卖！说你荒唐，你就是荒唐！"

　　何母转身便走。

　　静之呆望着母亲背影。

　　何母回头又说："你是大学生，也不许你帮那种忙！"

　　中学操场上。蔡老师带领一个班的学生在跑步。

　　走在操场上的静之望着站住了。

　　"蔡叔叔……"

　　蔡老师一转身，见静之站在跟前。

　　蔡老师："有事儿？"

　　静之："蔡叔叔，我要做件事儿，需要人手帮忙……"

　　蔡老师："没问题，我这就可以派给你几名学生……"

　　静之："谢谢……不用了。"

　　她发现父亲走出了教学楼，正大步走过来。

　　静之转身便走。

　　蔡老师困惑。

　　何父："静之！何静之你给我站住！"

　　静之拔腿就跑。

　　黑龙江大学。静之那个宿舍里。

　　静之愁眉苦脸，同宿舍的女生七言八语：

　　"帮你姐夫他们卖饺子？能让我们抽几成？"

　　静之："赚头很少，没成可抽。"

　　"那不成剥削了？我们黑大学生的时间就那么不值钱啊？不去！"

　　静之："我这不是在哀求大家帮忙嘛！都给我个面子，行行好嘛！"

　　"看看，都快急哭了！好吧，你何静之的面子我不能不给，我去！"

　　"大学生就是要体验各种各样的生活，尤其那种不容易的生活，我也去！"

"你们先都别急着表态，有个幕后情况得搞搞清楚！"一名女生绕着静之边转边说，"你说与对象分手，嘎巴溜脆地就分手了。分手之后，情绪还没受多大影响。并且呢，动辄'我姐夫'长'我姐夫'短的。老实交代，你什么打算啊？是不是爱上你姐夫了呀？"

静之被问呆了。

"不回答都不去！"

"回答了也要看是不是真话！"

"对！要听真话！让假话见鬼去！"

静之："真话就是……就是……我姐夫他们太不容易了，如果我不是考上了大学，也是他们中的一分子。我心疼他们！"

一女生大叫："他们他们！这叫什么回答！刚才问的是你是不是爱上了你姐夫！"

静之："这……我不知道，真的不知道……"

"爱情起初都这么糊里糊涂的！她这么说，也等于承认是爱上了！"

静之着急地说："歪曲！强加于人！"

同学："安静！静之，还希望我们都去不？"

静之："都快跟我走哇！"

那同学："别急，少安毋躁。现在只回答我一个人的话——你心疼他们是吧？"

静之点头。

那同学："他们中包括你姐夫是吧？"

静之点头。

那同学："问完了！"看周围同学，又说，"都明白了吧？"

被看的同学一个个点头，也不知真明白了还是假装明白了，更不知明白了什么。

静之突然说："我爱他！我爱上了我姐夫！这么回答你们满意了吧？"

那名"诱供"的同学："早承认不就拉倒了吗，多耽误工夫啊！"

静之眼里却已含着泪了。她是急的，也是气的。其实她是被逼的才那么说。

一名女生仰面朝天往床上一躺，呻吟般地说："我的上帝，太激动人心了！"

两名女生几乎同时从左右两边搂住了静之，同时亲她脸颊，同时说："你太令人钦佩了！太浪漫了！太有情调了！太……"

"真爱真爱！真爱就是这么不管不顾的！"这么说的女生在发呆且自言自语。

另一名女同学："看她，快哭了！对于咱们女性，真话被从内心里逼出来的时候，眼泪往往也就被同时逼出来了！"

又一名女生举臂高呼："真话万岁！真爱万岁！"

静之——指着同学们说："都得去！谁不去我跟她绝交！"

同学们："去！去！""当然都去！"

于是一个个穿袄，穿鞋，扎围巾。

静之们走出宿舍，在走廊碰到了几名同学，其中一人问："哎，你们着急忙慌地干什么去呀？"

静之们已下楼了，从楼梯传来含糊的声音："……饺子！"

后碰到的同学互相问：

"她们干什么去？"

"我听到的好像是吃饺子。"

"我也好像这么听到的。"

"吃饺子谁不去呀！走走走，赶上她们！"

于是这五六名女生也跑下了楼梯。

何家。只有何父何母在吃饭。

何母："超然两边住，是因为心里牵挂着两边的老人。有时顾此失彼的，太难为那孩子了。不如主动跟他说，让他平时不必来了，只年节过来就行了。"

何父威严地说："那不行。慧之在精神病院实习，不知是真忙还是找借口，不经常回家了。回来一次话也不多，还不在家里住，待两三个小时就回医院去了。静之呢，自从当上学生会干部，回家次数也少了。超然再不常来，我心里会觉得空落落的……"

何母："那，就要求他一个月来一次。"

何父："咱们已经没有权利要求他什么，只能那么请求他。"

何母："也不知他们那些饺子怎么能卖得出去，要不，咱们买几斤？"

何父："行。我让蔡老师也买几斤。但是静之回来，你还要狠狠训她！她不但向你这当妈的，还向蔡老师开口借学生！胡来！太过分了！"

门一开，蔡老师进入。

蔡老师："你们二位怎么可以在吃饭！"

何父何母不明白他的话，愣愣地看他。

蔡老师："没看报啊！今天公审'四人帮'！真是的！"说着就开了那

十二吋的黑白电视，调台。

何父拍脑门："忘了忘了。这么大的事儿怎么给忘了！"

蔡老师："你俩披上点儿，得开窗！"

何母："开窗干什么？"

蔡老师："全校老师中就你家有电视！"说罢，自作主张推开了窗子，将小电视摆在了窗台上：窗外二三十人，一个个穿得很防寒，都在等着看实况。

在城市的大小街道，在一些商店、单位、政府机关的窗内、门前，聚着一群一群的人。

城市的上空，处处回响着公审"四人帮"的现场声音。

城市的街道上，出现了静之和她的女同学们的身影。

她们大声嚷嚷着招徕顾客：

"饺子饺子冻饺子！猪肉白菜饺子！猪肉酸菜饺子！精白面饺子！"

"素馅冻饺子！谁买素馅冻饺子！不多了不多了啊！萝卜木耳蘑菇馅饺子！放了油炸大虾皮儿的饺子！"

"为了庆贺公审'四人帮'，黑大女生卖冻饺子了啊！这是包满了希望的饺子！这是包满了反思的饺子！这是大快人心的饺子！"

她们这么一喊，还真吸引了不少人买。

一名女生端着大盆拦住一行人："公民公民，请留步，公审'四人帮'了，高兴吧？"

行人："那当然！"

女生："高兴就买袋饺子吧！国营商场的正规纸袋，每袋一斤，只多不少！回家煮上，边吃饺子边看电视……"

行人："我家没电视。"

女生："那听广播啊！大叔成全成全，卖完这几袋，我也要找地方看电视去！"

行人掏出了钱包。

在公安局临时拘留所探视室，林超然和小韩面对面坐着。

小韩："你们的事儿不是我说查就查的。我只不过一般工作人员。"

林超然："明白。"

小韩："从今天起，开始公审'四人帮'。"

林超然："知道。"

小韩从兜里掏出一个小半导体收音机放桌上："这个借给你。"

林超然略一犹豫之后说："谢谢。"将小半导体揣入兜里。

小韩："这么晚了，是超过了探视时间的。再说今天也不是探视的日子，明天才是。我找了个关系才被允许见你。"

林超然："想给我上点儿工商法规课吧？"

小韩："不错。你们的行为肯定已构成经济犯罪。刑法上规定叫扰乱和破坏社会主义经济罪，也叫投机倒把罪。而且你们的犯罪形成了规模，两起并判，组织者肯定要被当成典型严判的。你要有坐几年牢的思想准备……"

林超然："组织者确实是我，你能不能替我转达一种请求，把别人都释放了，一切罪名我一人承担。"

小韩："可以替你转达。"

林超然："你觉得我的请求能被接受吗？"

小韩："完全有可能。毕竟不是敌我矛盾。"

林超然："那要再次谢谢。"

小韩："我能问你一个私人问题吗？"

林超然点头。

小韩："你对我就一点儿歉意都没有？"

林超然不明白地说："你什么意思？"

小韩："你太虚伪了吧？静之她和我分手，完全是由于你！"

林超然受辱地说："胡说！怎么会完全由于我？"

小韩："她当面亲口告诉我……她和我分手，是因为她……她爱上了你这个姐夫！"

林超然猛地站了起来，恼怒地说："这不可能！你是成心来羞辱我的吧？她跟我说，你俩分手是因为性格不合！她发现你喜欢驾驭人，而她不愿被任何人所驾驭！我还正想找机会做做你们双方的工作呢！"

小韩也站了起来："林超然，你是真蒙在鼓里还是在我面前演戏？不错，我是有点儿大男子主义，是有点儿喜欢驾驭人，但我向她保证过，我会改！"

林超然："不可能，不可能，你胡说！即使是她亲口告诉你的，那也不能证明她爱上了我！她……她是可怜我……只不过是可怜我……"

他突然对小韩大叫："但我根本不需要她的可怜！"

第 十 七 章

何家。何父在看报,何母在饭桌上批改作业。两人都戴老花镜。

何母取下老花镜,揉眼眶,自言自语:"以前就从没想到过,我也会有眼花这一天……"

何父头也不抬地说:"什么年纪了嘛!"

门一开,静之回来了,神情很是沉郁。

何父何母都望着她。

静之却不看父母,也不说话,径自走到火墙那儿暖手。

何父:"看公审实况了?"

静之:"能不看吗?"

何父:"哪儿看的?"

静之:"街上。"

何父:"为什么在街上?"

静之不回答。

何母:"今天怎么这么蔫?"

静之:"不是说我贫,就是说我蔫,怎么样你们才看着我正常?"

何父何母不禁对视。

静之转身,将一把椅子搬到炕前,坐下,从书包里掏出一把把钱点数。

何父何母不由望着她背影。

何母:"干什么呢?"

静之:"点钱。"

何母:"帮你姐夫他们卖饺子了?"

静之:"对。"

何父："对什么对？你不对！"

静之朝父亲转过了头："我又怎么不对了？"

何父："你向你妈和你蔡叔叔借学生，那能说对？这种事一旦传开，就不怕别人议论？"

静之："我下乡那十多年里，有时得连生死都置之度外，有那一碗饭垫底儿，难道还怕什么议论？"

何父："夸大其词！自我膨胀！你们只不过下了十多年乡，不是长征！那点儿经历，也配动不动就挂在嘴边儿上自吹自擂？"

静之："要这么说，你们也一样，只不过就是受了十多年屈辱，你们不也动不动就挂在嘴边儿上？"

何父被噎得愣住。

静之又转身数钱。

何母："你看你今天这是怎么了？明明自己做得不对，还偏不好好说话！"

静之又向母亲转过身去，据理力争地说："一心想为自己所爱的人尽一点儿微薄之力，怎么在你们看来，就千不对万不对的了？"

何父何母又不禁对视。

何父将报纸随手往火墙炉盖上一放，猛地站起，严厉地说："前边那句话再说一遍！"

静之意识到失言了，改口道："能为自己所敬爱的人尽一点儿微薄之力，是我高兴的事。"

何父："你刚才不是这么说的！"

静之："我刚才不就少说了一个字嘛！"

何母暗松一口气，责备地说："静之，以后你千万要注意，有的话是不能拿过来就说的！一字之差，那意思可就太不同了！太容易引起别人的误会了！别忘了你现在已经是大学生了，用词不当会让人笑话的！"

炉盖上的报纸着了，何父赶紧下地，用脚踩踏。

敲门声。静之开了门，见门外站着两个男人，其中一个穿警服，静之一愣。

穿便服的男人："请问，这是何校长的家吗？"

静之点头，闪于一旁，两名不速之客进了屋。

何父与何母已站在一起，表情都惴惴不安。

穿便服的男人问何父："您就是何校长？"

何父点头。

静之也站到了父亲那一边,庄严地说:"请问我父亲又犯了什么法?"

何母:"静之,礼貌点儿。"

穿便服的男人:"你们误会了,我们是来送平反文件的。我是教育局的,这位是市公安局的。今天开始公审'四人帮'了,对于十年中受到冤屈和迫害的人,今天是个大喜的日子,所以上级指示我们,尽可能将有些平反文件在这几天里送达本人。我们已经送了几家,你们是今天的最后一家了。您是校长,送给您也就等于是送到单位了。雪厚,车不好走,路又不熟,请原谅这么晚了还登门……"

何父奇怪地小声问何母:"咱们学校也有该平反的人,我怎么一点儿不知道?"

穿便服的男人:"该平反的不是别人,就是您本人啊。"

何父:"我?"他愣了愣,自言自语:"已经当了两年多校长了,我都忘了……"

穿便服的男人对穿警服的男人说:"那开始吧。"

穿警服的男人:"因为您还被我们公安机关正式批捕过,判了一年多的刑,所以对您正式宣布平反,也是我们的一种责任……"

他从公文包里掏出几页纸,将公文包递给穿便服的人拿着,展开那几页纸,干咳一声,大声宣读,听来像宣读判决书:"查何世荣同志,原系哈尔滨市第六中学语文教师,现任哈尔滨市前进中学代理校长。在一九五七年,因莫须有的言论,被错划为'右派';在'文革'中,又因保留有中国十大元帅的全套小幅标准照,被公安机关逮捕,判刑,现正式向本人宣布,两项罪名,均属政治迫害……"

默默聆听的何家三口。

宣读着的公安人员;平反文件还挺长,读完一页,还有两页。

宣读终于结束,穿警服的男人向何家三口敬礼,穿便服的男人与何家三口握手。

何家三口木呆呆地望着他们转身离去。

何父并没激动得流泪,表情挺漠然,自言自语:"我记得,我当年的'右派'帽子,三年后是摘了的呀……"

何母:"当年摘了也跟别人不一样,那叫摘帽'右派'。"

她一转身哭了。

静之搂着母亲,小声地说:"妈,现在的我爸,不是政治上就完全跟别人一样了吗？"

何母："妈是高兴的。自从恢复了工作，别说你爸他自己忘记了那些事，连我也快忘了。"

何父表情还有点儿呆。他居然将两根手指塞入口中，吹起口哨来，却吹不响……

静之呆望着父亲。

何母："一九五七年以前，你爸一高兴就吹口哨。一九五七年后就没再吹过。"

何父自言自语："我就不信再吹不响了！"又一吹，吹响了，而且吹出了极长极响的一声。

静之和母亲都笑了。

何父也笑道："廉颇老矣！不能让老天爷白为咱们下这么大雪，走！外边堆雪人去！"

一家三口堆起了一个胖胖的大雪人，都看着笑。

何母："快过元旦了，再堆一个吧。"

静之："为什么还堆一个呀？"

何母："代表阿财和来喜呀！"

静之："要不是冻手了，真想堆四个，都用墨画上叉，代表王、张、江、姚！"

何父："那么做不好。再可恨的人，也有他们的人格。"

静之："他们当年怎么对待别人的人格来着？"

何父："他们现在不是受到公审了嘛！"他左手搂妻子，右手搂女儿，回家了。

第二天早晨。静之在家门外刷牙、洗脸。

何母披衣走出，问："起这么早干吗？怎么不多睡会儿？"

静之："都七点多了。"

何母："今天可是星期天。"

静之："学生会有活动。"

何母："进屋洗吧，别冻着。"

静之："怕搅醒我爸。妈你快进屋去，别冻着你。"

何母："我不披着袄的嘛。静之，你没什么事儿瞒着我们吧？"

静之:"妈,你想多了。"

何母:"这几天见着过你姐夫没有?"

静之:"见着过。"

何母:"他们的事儿,还顺吧?"

静之:"还顺。妈别在外边说个没完了,你进屋吧!"

她干脆将脸浸在了盆里。

何母看着她叹口气,退回屋去。

市公安局拘留所门前。静之在徘徊,看手表。

一名公安人员来上班,静之拦住他,诉说着什么,掏出学生证给对方看。对方将她带入了拘留所。

公安局探视室。静之与林超然隔桌而坐。

静之:"今天是探视日,我是第一个。"

林超然:"你不是第一个。"

静之:"谁?不可能有人来得比我还早。"

林超然:"小韩。他昨天晚上就来过了。"

静之一愣,随即说:"姐夫,你别想劝我跟他和好。那是不可能的。"

林超然:"你以为可能的事也是不可能的。"

静之又一愣:"不明白你的话。"话题立转,"他们几个情绪怎么样?"

林超然:"在我的请求下,他们几个昨天晚上就被释放了。我们的事儿我家没人知道吧?"

静之摇头,又问:"没人太粗暴地对待你吧?"

林超然:"张继红他们一说我当过知青营长,这里的人对我还都挺客气,甚至可以说有点儿刮目相看。"

静之:"姐夫,你没睡好……"

林超然:"是啊。怎么能像在家里睡得那么好,难免会翻来覆去想些事情的。"

静之:"那些饺子都卖出去了,我黑大的同学们帮我卖的,今天我就会把钱如数交给张继红……"

林超然严肃地说:"静之,你给我听着。以后,不许你再掺和我的事!"

静之:"那些事只是你的事?"

林超然:"是我们几个的事也不许你再掺和!"

静之:"别忘了不但你们是返城知青,我也是。更别忘了,你不但是你们林家的人,还是我们何家的一分子。"

林超然:"别抬杠!这是抬杠的地方吗?"

静之:"我说得不对了?我大姐不在了,你就不是我姐夫了?"

林超然:"尽说些莫名其妙的话!"

静之:"你的话就不莫名其妙了?"

林超然:"你……你给我记住啊,我最反感别人怜悯我,更不许你怜悯我!"

静之默不作声,眼中快要涌出泪水。

林超然:"不许在这儿掉眼泪!我昨天晚上写了一篇东西,你带出去,今天就要送到报社去。要想办法使它尽快发表出来……"

他将一个信封递向静之。

静之抹了一下眼角的泪,一把掠去信,起身便走。

林超然:"站住。"

静之在门口站住。

林超然:"一个字一个标点符号都不许改。"

静之推门走了出去。

静之在一家小饭馆吃油条、喝豆浆,听到背后两个男人在议论:

"看今天的晨报了?"

"看了。你是指那个投机倒把团伙吧?真给返城知青丢脸!"

"说起来不怕你笑话,我买过一辆他们改装的自行车,骑着倒还挺快的。三个多月了,居然没出什么毛病。我老伴儿还买过他们卖的饺子,那皮儿那叫白!全哈尔滨的粮店里,从来就没卖过那么白的面!听说,是他们从兵团弄回来的。馅也挺香……"

"投机倒把就是投机倒把!你觉得没吃什么亏上什么当,那也不能改变他们那种行为的犯法性质。"

静之拿着没吃完的油条起身离开了。

静之从报亭买了一份晨报,翻着,一行醒目标题映入她眼:我市拘捕一伙投机倒把分子。

静之按小韩家门铃,开门的是韩母。

韩母意外又喜悦地说："静之啊，你可好久没来了！阿姨怪想你的呢，快进来！"

静之："不了阿姨，改天吧。小韩在家吗？"

"我在。"小韩出现在他母亲背后。估计到了静之找他不会是什么好事儿，板着脸。

静之却尽量装出自自然然的样子，笑着说："快穿上外衣，跟你说几句话儿！"

韩母："就那么忙，不能进屋来坐几分钟？"

静之："马上还有别的事儿，阿姨再见！"

她一说完，转身跑出去了。

小韩跟在静之身后走着。静之走得很快；小韩没戴帽子，冻耳朵了，双手捂着。

小韩："哎哎哎，还往哪儿走啊？什么话站这儿说不行啊！"

静之站住了。偏巧，站在那个小韩吻过她的报刊亭前。

还是那个老头，啪地拉开小窗，袖着双手往窗台上扒，准备看场好戏似的看他俩。

静之将报纸往小韩怀里一甩："自己看！"

小韩看报，表情诧异。

静之："公安还没审呢，法院还没判呢，事情还没做出符合法律程序的结论呢！现在可是八十年代了，不是'文革'时期了。对'四人帮'还得审后才宣布罪名呢，你们昨天刚把人拘留，怎么今天事情就会以这样的标题见报了？我代表他们质问你，并提出严正抗议！"

小韩："嚯，嚯，上大学了，读了几天法律系，自以为了不起了？这件事见报了跟我毫无关系，你对我抗议得着吗？又不是我让报社那么登的！"

静之："那你向我解释是怎么回事！"

小韩："这当然可以。不过我没这义务……除非你求我……"

静之一转身。

小韩踱到了她对面："求吧。快点儿。我冷。不求我可走了啊！"

静之又一转身。

小韩："那么，再见。"

他真的转身便走。

397

静之："你给我站住！"

小韩站住了，回头看她。

静之："回来。"

小韩摇头，指指静之，指指自己跟前的地。

静之不情愿地走到他跟前，近于低声下气地说："那好吧，我求你……请你向我解释，那是怎么回事？"

小韩："那还用解释？凭你的智商还不明白是怎么回事？是我们局搞宣传的同志一时嘴不严，犯了自由主义的错误呗！"

静之："也是由于你们工商好大喜功吧？"

小韩："你看你，说话又带刺儿。我要是你那么小心眼儿，不也有理由提出严正抗议了？"他摸了她的头一下，又说，"我还真挺喜欢你戴那顶小孩儿帽的样子。"

静之："昨天晚上你看我姐夫去了？"

小韩点头。

静之："出于什么心理？"

小韩："没什么阴暗的心理。完全是因为考虑到你我那么一段曾经的关系，出于礼节。"仰面叹口气说，"你毕竟是可爱的……"

静之："我希望我们之间即使做不成夫妻了，那还可以做好朋友。"

小韩："但愿吧。"

静之："我们的事儿，你还没告诉你父母？"

小韩苦笑："我的情况不像你的情况，你父母还根本不知道我。可我父母不但见过你了，还都那么喜欢你。几次想开口告诉他们咱俩吹了，又几次话到嘴边咽回去了，不太忍心……"

静之："对不起……也真对不起你父母……"

她也有些伤感，眼中一时现泪，转过脸去。

小韩："我向你姐夫说了……"

静之："你告诉他我不反对。"

小韩："我还告诉他……你爱上了他……"

他仍不时双手捂耳朵。

静之惊诧地看他。

小韩："给你泼点儿冷水……我觉得你姐夫那人，不是你那么容易就能爱成功的……"

静之一转身，双手捂脸，无声哭了。

小韩："哎哎哎，别哭嘛！我说不那么容易，也包含'咬定青山不放松'的意思……"

他又摸了静之的头一下。

静之含泪笑了，推着他说："快回家吧，别一会儿把耳朵冻掉了！"

小韩："那我走了。"

在静之的注视之下，他倒退几步，一转身跑了。

守报刊亭的老头："没多大看头！"

小窗砰地关上。

静之走在校园里。走到宿舍楼前，见楼门旁贴着通告，其上写的是：对何静之等九名同学集体逃课的行为，予以警告处分。

静之心事重重地进入宿舍，同学们都还在睡懒觉。

其中一个睁开眼看见她，叫了一声："静之……"

静之呆坐在自己的床位上。

其他同学也都醒了，有的趴在被窝里看着她，有的拥被而坐看着她。

静之内疚地说："太对不起你们了！"

大家反而七言八语安慰她：

"别那么想。我们几个可都不在乎，更不后悔。一个人的档案里如果连一次处分都没有，那太不真实了吧？"

"是啊是啊，我内心一直有一股强烈的冲动，可盼着因为什么事儿被处分一次了，现在总算如愿以偿了！"

"我也是。也许由于咱们当年都被压抑得太久了吧？"

"话又说回来，老先生的课还是讲得不错的。同时有九名学生旷课，也难怪老先生会一气之下找到系领导那儿去……"

一名女生从枕下摸出手表，看一眼提醒道："哎哎哎，诸位，上午还有老先生的课，咱们几个刚被处分，再一块儿迟到，那就太说不过去了吧？"

于是大家纷纷穿衣。

教室里。一位六十来岁的男老师在讲课，他姓陈。

陈老师："纵观人类的历史，不但社会公平、正义、民主、平等、尊严和自由是许多人用生命和鲜血诏告于世的普世价值,法律本身的神圣性也是如此……"

静之用课本挡着,在用红笔修改林超然交给她的那一封信。原题"给返城知青留条活路"被她划掉,改成了"何不鼓励他们自创谋生之路"……

陈老师:"在西方法史上,发生过这样一件事:一位法律条文的制定者,大意之下腰佩短剑进入了议会厅。当即有人质问他,法律规定任何人不得佩剑进入此地,你是法律的制定者,不可能不清楚;你现在应该怎样惩罚你自己呢?那法律条文的制定者回答:'我要为我的大意自我裁决',当场拔剑自杀……"

他一边说,一边走向静之。待静之发觉,陈老师已站在她身旁了。

稿子被陈老师拿过去了。

陈老师:"林超然……就是报上登的那个林超然?"

静之不知如何回答才好,站了起来。

陈老师:"你的结交面还真广。"

那名上海女同学替她说:"林超然是她姐夫。"

陈老师:"我不管他是不是你姐夫。如果你对我的课已毫无兴趣了,以后干脆不要再来上课,干脆跟他卖饺子去吧!"将稿子折了两折,揣入兜里。

静之收起课桌上的东西,跑出了教室。

陈老师已站在讲台上了,他扫视着学生们说:"还有谁不想上我的课了?一块儿出去嘛!"

校园里。静之靠着一棵大树伫立着。她忽然双手捂面,转到了大树的另一边。

哭声。

教室里。下课了。与静之同宿舍的那几名女生围着陈老师七言八语。

罗一民的铺子里,罗一民在剪开一个大喷壶,剪掉壶嘴,再将做成壶身的铁皮砸平。

敲窗声。

罗一民抬头一看,见街道主任站在门外。他起身去开了门,街道主任进屋。

街道主任将一份报放在什么地方,诲人不倦地说:"晨报晨报,那就是早晨必看的报。十点钟以前不看,就那么别在门把手上,还不等于白订了?你的各种票又不去领,新粮本新购货证也不主动去换,是不是非得我亲自给送来呀?"

她说着,从手拎包中取出粮本和各种票券,摊在案上认真核对,点数。

罗一民拿起报展开看。那一条使静之震惊的大标题同样使他震惊,他急切地看。

街道主任径自说:"一民啊,婶关心关心你。你和李玖的事儿,还有破镜重圆的可能没有哇?婶给你透露个情况,人家李玖那儿,可仍有那么点儿跟你和好的意思。不多,也就只能说是一点儿。你如果也有那么一种意思,婶替你过个话儿,再找机会替你说合说合?"

罗一民一句也没听入耳去,坐在那儿发呆。

街道主任转过身,见状数落:"报上登着地震预报啦?"

罗一民这才将目光望向她,摇头。

街道主任:"还是的!我跟你说的话你听了没有哇?"

罗一民摇头。

街道主任:"你倒是拿份报在那儿发的什么呆呢?得得得,我再说一遍,只说一遍了啊!就是……你跟李玖,你俩还打算破镜重圆不?"

罗一民:"我……我压根儿就没跟她圆过……"

街道主任来气了:"还嘴硬!敢说压根儿就没跟她圆过?我是谁?我是街道主任!也是李玖她表婶儿!有些话,她不跟她父母说,那也会忍不住跟我说!你都跟人家大姑娘……"

罗一民:"她不是大姑娘。"

街道主任气得一翻白眼:"不是大姑娘也是良家妇女!总而言之,你都跟人家明铺暗盖的好几遭了,现在倒当我面说你俩没圆过!你个死瘸子!你臊得慌不?像你这么转身就不认账,还算个男人吗?"

罗一民:"婶儿,我错了。"

街道主任:"你当然错了!要是前几年,就冲你这种不老实的态度啊,我街道主任几句话就能把你送去劳改你信不信?"

罗一民:"信……"

街道主任:"那,我刚才说了,李玖那边儿既然有重新和好的意思,你这头呢?也有我就替你过个话儿。"

罗一民犹豫地说:"这……"

街道主任:"别这啊那啊的,快表态!我还有好几家的票证得去送呢,没闲工夫在你这儿瞎耽误!"

罗一民:"那……行,行。"

街道主任:"这态度还差不多!今年春节多发了一斤肉票一斤蛋票,每人还有二斤朝鲜的明太鱼。说是二斤,鱼哪儿能是准星准两的?拿票买时嘴甜点儿，二斤半三斤兴许也会卖给你。不知为什么，古巴蜜枣好几年没票了。一会儿你点点，少了去找我补。现在你有那么点儿回心转意的良好态度了，咱俩的关系也就又不同了。姊发完如果剩下些票，回头都给你！"

罗一民："行。"

街道主任："说行不行！好像我非得强给你似的！刚才我还教导你，要学得嘴甜点儿！"

罗一民："谢谢姊儿。"

街道主任："我走了，别送。"

她走到门口，转身又说："差点儿忘了，有件事儿我得预先提醒你……这一九八一年的春节一过，天暖和了以后，咱们这条街要进行改造了，听说是一个香港商人无偿投的资。那时候，你这铁匠铺子肯定就开不成了，你得有充分的思想准备，早作打算，另谋生路。"

罗一民又望着她呆住。

街道主任："我的话你可要往心里去啊，到时候措手不及，可别怨姊没提前跟你打招呼！"

街道主任终于走出门去。

罗一民的目光也又垂下，看着报上的标题继续发呆……

罗一民在反复思考街道主任刚才说过的话：

"不是大姑娘也是良家妇女！"

"李玖那边既然有重新和好的意思，你这头呢？也有我就替你过个话儿。"

"那时候，你这铁匠铺子肯定就开不成了，你得有充分的思想准备，早作打算，另谋出路。"

他也终于要往起站了，却因坐得太久，站了几站没站起来。

某宾馆的一个套间改成的办公室兼会客室。

杨雯雯的姥爷在看同一份报。

一九八〇年的夏季，林超然替罗一民来向杨雯雯的姥爷表达忏悔时，秘书正指挥人往墙上挂一幅极现代的油画。那一大幅油画看上去是各种色彩的随意组合，题为《1980年中国印象组画之一》。油画是杨一凡画了卖的。

杨雯雯的姥爷放下报，按一下桌角的铃，起身走到画前，看着，沉思着。

门一开，秘书进来，他是老先生从香港带来的香港人。

杨雯雯的姥爷（程老先生）："先看桌上的报。"

秘书拿起桌上的报看。

程老先生则拿起一支雪茄,燃着,吸一口,继续若有所思地望着油画。

秘书:"林超然这个名字有点儿熟。"

程老先生:"了解一下,弄清楚报上登的林超然,和去年夏天曾替别人来表达忏悔的林超然是不是同一个人。"

秘书:"明白。"

秘书退出后,程老先生缓缓坐在沙发上,眼仍望着油画。眼前呈现出当时见到林超然的一幕。

"程先生,在知青年代,我当过罗一民的营长。我以我的人格向您发誓,罗一民他确实是真心忏悔了。那一种罪过感后来折磨了他多年,直到现在还折磨着他。他没能亲自来,实在是由于太缺乏面对您的勇气……"

黑大校园里。静之站在一幢教学楼的台阶旁。

陈老师从楼内走出,踏下台阶。

静之:"陈老师……"

陈老师一回头,和蔼地说:"我找过你。"

静之:"老师,旷课的事我向您认错,请您原谅……也希望您,能将那篇稿子还给我……"

陈老师:"当然,当然。我到处找你,就是要还给你……"

他掏出稿子还给了静之。稿子已放在大信封里了。

静之接过信封后,陈老师又说:"与你同宿舍的几名女生,替你作了必要的解释。我在课堂上对你说了几句很挖苦的话,而老师不应该对学生那样,我也郑重向你认错。"

静之:"老师,我一直重视您讲的课。"

她又快哭了。

陈老师:"不错的一篇稿子。改过的词句都改得对。题目尤其改得好……你接着要去报社对不对?"

静之噙泪点头。

陈老师:"经那么一改,稿子虽然是一篇好稿子了,但我估计,那报社轻易也不会发的。报社的一位副主编是我老朋友,我替你给他写了一封信,也放进信封了,不知道会不会起到点儿推荐作用……"

静之:"谢谢老师!"

她深躬一躬,转身匆匆而去。

报社门前聚着几十名男女知青,从第一级台阶到最后一级台阶上,也一个挨一个坐满了知青,显然是在闹静坐示威。而他们大多数人,穿的依然是兵团时的黄棉袄、黄棉裤。头上是军棉帽,脚上是大头鞋。

一名女知青指着说:"看,何静之来了。"

一名男知青:"何静之是谁?"

另一名男知青:"何凝之的小妹,林超然的小姨子。"

另一名女知青:"我可不是冲着林超然来的。我是冲着我们副指导员来的。"

静之匆匆走了过来,惊愕地说:"你们这是干什么?"

为首的一名男知青:"我是你大姐那个连的。你大姐的葬礼,我们中好多人都参加了。"

静之:"我问的是大家在这儿干什么?"

知青们七言八语起来:

"这话问的,不论冲你大姐还是冲你姐夫,我们能不来吗?"

"你姐夫他们不就是没工作,自谋生路吗?用好面好肉春节前包些饺子卖卖,何罪之有?"

"就是。报上那么大标题说他们是投机倒把分子,等于是对我们所有返城知青的诬蔑!报社必须公开道歉!"

这个说,静之看这个;那个说,静之看那个。等大家说完了,她才忧虑地说:"我想,我大姐如果活着,不太会赞成大家用这样的方式解决问题。"

为首的男知青:"静之,现在顾不上地下的人了,只能顾地上的人了。说说,你来干什么?"

静之:"我姐夫写了篇稿子,也算是代表他们几个的辩护书吧,让我送到报社来,请求予以发表。"

一名男知青学小平的四川语调:"好!好!超然同志辛苦啦,要得!要得!"

为首的男知青:"早说呀!闪开,闪开,让弗拉基米尔·静之同志过去!"

坐在台阶上的知青这才往两边闪,于是静之踏上了台阶。

副总编办公室里。中年副总编看罢陈老师用毛笔写的信,对静之客气地说:"坐,坐。"

静之坐下,满怀希望地看着副总编。

副总编又拿起稿子看,头也不抬地说:"喝水不?"

静之:"不。谢谢。"

副总编:"那我不客气了。"片刻就放下了稿子。

静之:"看完了?"

副总编向静之摇头。

静之情不自禁地说:"您根本就没认真看!"

副总编:"有些稿子,是不必太认真看的。一目十行地看看,甚至只看看开头和结尾,就能判断可以发或不可以发。这是由我们的职业素养所决定的。别说我了,老编辑们也都有这点儿水平,而且必须有。"

静之一下子站了起来,激动地说:"你!"

她竭力克制住情绪,又用恳求的语气说:"求求您,再认真看看。这篇稿件看问题的角度,并不是毫无道理啊!"

副总编:"别激动。你别激动。激动没用的,先耐心听我把话说完啊。我和你们陈老师的确是朋友,他也不是第一次向我推荐稿件。而且呢,他是有推荐水平的。以往凡是他推荐的稿件,我十之八九是要发的。但这一次不同。为什么不同呢?因为……顺便问一两句,你和林超然什么关系?"

静之:"他……是我姐夫……"

副总编:"姐夫?原来这么一种关系。明白了。他在兵团时还当过营长吧?"

静之点头。

副总编:"你姐夫他们,确实是干了两起投机倒把的勾当。这一点是毋庸置疑的。如果我们连此点都没了解清楚,哪能在头版显著位置发那样的消息呢?而现在问题的性质变得更严重了……不但我们报社门口有人在静坐,工商局公安局门口,连市委市政府门前,也都有返城知青在静坐。静坐就是示威嘛。示威那也要示威得有道理嘛!你是学法律的,不会认为他们示威得有道理吧?老实说,公安部门已进入待命状态,只等市委一下达指示,那就开始采取必要的措施了。你替我想想,别说我是副总编,就算是总编,我又能帮上什么忙呢?又敢帮什么忙呢?事情的性质正在起变化。不,天刚亮就开始起变化了……"

副总编摇头,摊手,一副爱莫能助的样子。

静之又颓然地坐下了。

副总编:"唉,你姐夫的号召力没用在正地方……"

静之叫道:"不是他号召的!"

她站起来,跨到桌前,抓起信和信封冲出了办公室。

静之脸上淌着泪出了报社的楼,知青们围住她七言八语:
"怎么样?发不发?"
"看来是不肯发啰?"
"妈的,明摆着,根本不把咱们的静坐当回事儿嘛!"
"这不等于非要把好人变成坏人嘛!"
静之发作地说:"都别说啦!"
大家一时愣愣地看着她。
静之:"他说,事情的性质已经起了变化。还说,公安部门已经在待命了……"
她哭了。
为首的男知青:"报社的人这么说,那就是真的了。既然如此,怕了的,回家吧。"
不但没人走,反而有人又坐在台阶上了。
一名知青一边坐下一边说:"说事情的性质已经起了变化,那就是说我们帮了倒忙。帮了倒忙还一走了之,那成了什么人了!"
另一名知青:"挤挤,互相挤,咱也坐一会儿。"硬挤着坐下了。
静之哭道:"你们还聚在这儿干吗呀?嫌事儿闹得不够大呀?"
为首的男知青来气了,吼道:"你嚷嚷什么你!哭叽叽的,真讨厌!上了大学了,学了几天法律了,就这么禁不起点事了?那你还莫如没考上大学!把你姐夫的稿子给我看!"
静之掏出稿子给了他。他抽出信纸一看,又来气了:"这不是!"
另一名男知青:"信封里还有,别来气别来气,她不一女流之辈嘛!"
静之挥拳欲打他,被一名女知青搂着肩推下了台阶,于是几名女知青围住她相劝:
"别担心,不保出你姐夫他们,我们不会罢休的。"
"咱们静坐也不是完全没有道理嘛!我爸是法官,连他都说,没经审判没由法庭定罪,报社那么登出来的确是不对的!"
"就是!即使一审那么判了,你姐夫他们还有申诉的权利呢!二审还可以推翻一审所判的罪名呢!"
台阶上,几名站立着的男知青已头挨头地看完了稿子。

为首的男知青:"哥几个觉得怎么样?"

一名男知青反问:"你呢?"

为首的男知青跷起了大拇指:"我觉得挺有水平。"

另一名男知青:"咱们把它抄成大字报,来个满市开花,四处张贴好不?"

为首的男知青:"好不?当然不好。'文革'结束了,咱不搞'文革'那套。"

又一名男知青:"对对。免得留下话把,使家乡父老对咱们产生不良的印象。"

主张抄成大字报的知青:"那依你该怎么办?"

为首的男知青:"我自有好主意。你,你,跟着我。"说着蹦下了台阶。

另外两人也蹦下了台阶。

为首的男知青干咳一声,清了清嗓子,大声地说:"同志们,当前的形势是这样的……"

一名坐在台阶上的女知青:"省省吧,有话直说,别学电影里那套!"

为首的男知青:"好,直说。"举起手中信,"林超然写的这一篇稿子,我们几个看了都觉得好。我们三个要陪静之将它送到市委去,争取能让市委书记看到。"

另一名女知青:"那我们呢?"

为首的男知青:"你们要坚守岗位,除非公安局来人把你们一个个拖走。饿了凑钱买面包,渴了买冰棍,冻脚了忍忍。"捋袖子看一眼手表接着说,"再坚持一小时,等下批人来换大家,咱们这可是全天候的行动,都明白了?"

大家点头。

他走到了静之跟前,开诚布公地说:"你去呢,我们哥仨算陪你去。你若不去呢,没你我们哥仨也能把信送到,你自己决定吧。"

一名女知青:"静之你别去了。你已经是大学生了,万一追查起来对你太不利。"

另一名女知青:"她说得对,别去了。你不像我们这些人,我们这些人和你姐夫一样,都是没单位没正式工作的,我们也是为我们自己争取权利。"

静之:"我去。"

静之和两名男知青走在前边,为首的知青蹲着系鞋带,于是他腕上的手表呈现在他眼前……

他起身叫了一声:"等等。"

静之等三人站住,齐转身。

为首的知青走到他们跟前说:"除了静之,咱仨都把手表撸下来,揣兜里。"

见另外两人不解，又说，"如果咱们口口声声说咱们没正式工作，生活几乎陷于绝境，可要是让别人发现咱们腕子上都戴着手表，那不是等于自扇耳光吗？"

两名男知青中的一个说："谁敢这么说我先扇他大嘴巴子！我当了十年兵团战士还不能买块手表戴戴吗？还非得到了卖表的地步才算人生绝境吗？"

另一个说："你的话虽然不无道理，但是他的话更有道理。"

静之："那就都放我书包里吧。"

于是三人撸下手表递给了静之。

林家。何父来到了林家，与林父坐在桌两边说话。桌上放着报纸，一版朝上，大标题醒目。林母坐在炕边在给孙子喂奶，并且落泪。

何父："老哥，现在关键的问题是，先得把超然保出来。他是自尊心多强的人啊，恐怕在拘留所里的时间长了会精神崩溃的。"

林父："精神……怎么的？"

何父："崩溃！就是，好比一幢楼……"

林父："他不能用一幢楼来比，只能比作一幢房子。砖房比不上。土坯房，最好的比喻那也只能比成是'干打垒'的房子，西北那边农村人家住的一种房子……"

林母："哎呀你呀，不明白的话那就要先听亲家解释。你一句接一句的总打岔，那还能早点儿商量出个主意吗？"

林父："我不是一直在听，刚说了几句嘛！好好好，我不插言了，亲家你接着说。"

何父："就好比一幢楼房，不，一幢房子，承受不住房顶上堆了成堆的重压，呼啦一下塌架了！所以，咱们得托关系，千方百计先把他从拘留所里保出来。但我是中学的一校之长，由我出面太……太那个了……"

何父说时，林父已卷好一支烟吸着了。他紧皱着眉头看着报上的标题问："太哪个了？"

林母："你！你个老东西气死我了！儿子都在局子里了，你这儿还不着急不上火的，一句有见识的话都说不出来！"

她擤了一把带泪的鼻涕往鞋底儿抹。

林父火了，一拍桌子："你给我住嘴！总打岔的是你！不是我！你怎么知道我不着急不上火？我心里边从来就没这么急过！我心里边的火都快蹿到嗓子眼儿了！我是比不上亲家有见识，所以不明白的话句句都要问个明明白白。"

何父:"老哥老哥,咱别这样,千万别这样。我也不是什么见多识广之人,也是头一次面临这种事儿。"

林父:"亲家,对不起。你看让你没开完会就慌慌张张地来了。你不来我和超然他妈还不知道,还以为他昨晚睡在厂里了……"

林母:"那也算个厂?现在好了,连那地方都出了名了,成黑窝点儿了!"

林父就又狠狠地瞪林母。

何父:"我正在市党校参加学习班,今天一早觉得一些人看我的眼神儿有点儿怪,和我说话的表情也有点儿怪,正纳闷,凝之她妈求的人找到了我。我看了报顿时就愣在那儿了。凝之她妈要不是有课也来了……"

林父:"她没来我一点儿不挑理,有课嘛。你还接着刚才的话说,太那个是太哪个了?"

何父:"就是……就是……"

林母:"就是影响太不好了!"

何父:"对。是亲家母说的意思。我们在党校整天学习讨论的就是反对党员和干部托关系走后门之类的不正之风。"

林父:"明白了。所以呢,你把这张纸片给了我……"

他从兜里掏出一张折成条的纸,拿在手里看着。

何父叮嘱地说:"亲家,这张纸太重要了,你可千万收好!"

林父:"重要的话你说过几遍了。能帮上忙的那样一些人的住址,你也详详细细地写在这上边了。他们都是和你关系友好的人,还都是些头头脑脑的人物,有的还是市委的副书记。你呢,怕影响太不好,自己不出面,让我去登门找他们,央求他们替超然说情,争取别把超然真给判了,是吧?"

何父:"是是。亲家,你理解得明明白白的……"

林父一板脸:"何校长,我问你,我儿子林超然,他还是不是你女婿了?"

何父一愣,眨眼道:"是啊。就算他以后再婚了,我也还是要把他当女婿看。凝之她妈也会这样。"

林父:"何校长,我看,凝之不在了,你已经不把超然当你女婿看了!如果凝之还活着,超然摊上的事,那就确确实实是咱们两家要共同担当的事。现在可好,你就来报个信儿,就来送这么张纸,好像你这么做了,不论对超然还是对我们林家,那也就做得仁至义尽了。你心里就是这么想的吧?"

何父极不悦地说:"我也明白了。你刚才说你不明白,那是成心装不明白。"

林父:"明明是和你关系友好的一些人,你自己不出面,连几封信也不写,只给我几处地址，我去找能起作用吗？人家能把我相求的事当回事吗？……"

何父："我要是白纸黑字写了信，万一被哪一个交给上级领导，万一也被上级领导当回事，抓个反面典型，我这中学校长还有脸当吗？就算我还有脸当，人家还让我当吗？"

林父："你何校长把话说到这份儿上，真是越说越明白！"

林母低声然而气愤之极地说："你个老倔头儿小声点儿，孙子睡了……"

她一边将孩子放下一边又低声地说："亲家你别跟他一般见识。我理解你的难处。他不愿去求人，我按着地址挨家挨户去求。"

她一转身，愣住。纸条已烧在林父手中了。

何父孩子般委屈地对林母说："你看他……他怎么……怎么能这样……"

他说话的声音极小。

林母跌坐在炕沿边，干瞪着林父。

从这一时刻起，由于孩子睡了，不但他们三人之间，后来进屋的人们，也都尽量小声小气地说话，都像是怕被监听器听到。

林父："何校长，从今往后，咱们两家不必再以亲家相称了。免得让我儿子超然丢了你何校长的脸，影响了你何校长的政治前途……"

何父一字一张嘴，嘴张得老大声音却极小地说："你的话我听了来气！咱两家的关系扯不断。"一指炕上的孩子又说，"他不但是你孙子，还是我外孙！"

林父也同样小声地说："你外孙的命运你甭担心。我儿子说了，凝之一走，这世上不再有能使他爱上的女人了，你外孙断不会有个后妈的……"

何父干张着嘴，气得说不出话。

林父："超然的事，你何校长不必再分忧了。我也不会去托什么关系求什么人的，何况我也不知该求什么人。但我的儿子，我了解，他就绝不是那种摊上点儿委屈就崩了溃了的人！不就是被搞到拘留所里去了吗？不就是被报上说成投机倒把团伙的头儿了吗？不就是要被判几年的刑吗？'文革'中那么多人被关入牛棚和监狱里了，有的前后一关就是二十多年，大多数人不是既没崩也没溃吗？我的儿子林超然，我认为他没那么娇气，他扛得住！"

何父又张了张嘴，还是说不出话。

林母："这都是说些什么呀，说些什么呀……"

她双手捂脸，小声地哭。

有人敲窗。

三人看时，见窗外站着一个人，是张继红。

第 十 八 章

还是林家。张继红在小声安抚三位父母辈的人。

张继红："你们只管放心，什么事都不必担心。我向你们保证，超然他绝对不会被判刑入狱的。全哈尔滨市上万名没正式工作的返城知青呢，一个个猪往前拱，鸡向后刨，是自谋生路，都得千方百计地挣钱。如果我们成了投机倒把的团伙，那么几万名返城知青还不都成投机倒把分子了？再说了，超然把罪名全揽在自己身上了，我们被放出来了，能没事儿似的吗？能让他真被判了刑吗？"

林母："继红啊，为了给大娘个放心，你能不能告诉大娘，你托的是哪个关系那么硬？"

张继红："不瞒你们，为了使超然早点儿回到家里，我们哥儿几个进行了十万火急的大发动，从昨晚就谁都没闲着，现在一个找一个的，五六百名没正式工作的返城知青都发动起来了。工商局门前、公安局门前、市委市政府门前，已经都是我们的人了……"

何父："他们……他们在那些地方……干什么？"

张继红："什么也不做。不喊不叫的，就规规矩矩安安静静地坐在那儿，站在那儿，饿了凑钱买吃的，渴了吃冰棍……"

何父："你们……搞静坐？"

张继红："不全坐着。台阶什么可坐的地方坐满人了，后来的就站着……"

何父："有站着的也是静坐。"

张继红："是啊是啊。要不咋办？更好的办法我们一时也想不出来。我们是全天候式的……"

林父："怎么就是全天候式的？"

何父："就是二十四小时轮班倒。让那些地方的门前，分分秒秒都有他们的人！"

林父："那还不把事情越闹越大？"

张继红："都是自愿的。也都豁出去了。我们不怕把事情闹大！"

何父叫苦不迭地说："唉，这……这反而会害苦了超然的呀！我没主意了，什么主意也没有了……"

林父："我也更没主意了，听天由命吧……"

张继红："林大爷，何校长，听你们的意思，像是在埋怨我们？"

林父站了起来，将一只手重重地拍在张继红肩上，将头朝旁边一低："不埋怨。继红啊，你们都是些讲义气的好孩子……可，你们想怎么做，那也应该事先到家里来跟我们商议商议啊！"

何父："就是的！"

林父："继红他们是一片实心实意，你别说什么埋怨的话！"

何父："我没说。你说了。"

林母走到厨房里去了。她小声又哭起来。

敲门声。

林母抹抹泪，开了门。进来的是街道主任和一位陌生男人。

林母掩饰地说："主任，有事儿？"

街道主任："我这街道主任当了十来年了，从没遇到过这么大的事儿！……这位是区长同志……"

林母无言地推开了里屋的门，往里屋让街道主任和区长。

街道主任还在门口互相谦让。

区长："主任，您请。"

街道主任："您是区长，您先请。"

何父站了起来，他和区长认识。

张继红："区长同志，您来得正好。主任是我们的熟人，您是贵客，还是您先进吧。"

于是区长进了里屋。

街道主任见屋里再多进一个人就挤得谁也转不开身了，不进了，建议地说："我不进了，就开着门说吧，里外的人都能听到。"

林父："对对，区长您请坐。"

区长亲民地说："林师傅，您原来坐哪儿还坐哪儿，我坐炕边就行。何校长，你快坐下嘛！"

何校长就坐了下去。

林父看看何父，又看看区长，问："你们认识？"

区长："岂止认识，还是大学校友。何校长比我高一届。"

林父瞪着何父不满地说："你那张纸上可没写着。"

区长看着何父也问："什么纸？你们的关系是……"

何父尴尬地说："没什么纸。他这人就那样，有时候东扯一句西扯一句的，尽说些让人莫名其妙的话……我们是亲家关系。"

区长："那么，林超然是你女婿啰？"

何父："对对，大女婿。我大女儿已经不在了……"

区长："难怪你也在这儿。你大女儿的事儿和你们的亲家关系，你可从没跟我说过。"

何父："平常咱们不是见面不多，互相聊得也少嘛！"

街道主任是直性子，还是大嗓门，忍不住在外间也就是在厨房高叫："别东拉西扯的啦！那么大的事儿在满处闹腾着，区长是亲自来处理情况的，抓紧时间，快谈正事！"

张继红指着她喝道："你别嚷嚷！吵醒孩子！"

喝罢，连自己也觉得，自己的嗓门比街道主任还大，不由得朝炕上的孩子望去……

但孩子已醒了，哭起来。

区长抱起孩子，拍、晃、哄。

孩子哭得更凶。

林父与何父同时站起，这个叫着"孙子孙子"刚抱过去，那个又叫着"外孙外孙"抢抱过来。

屋里一时大人站而不坐，小孩哭个不停，乱作一团。

林母进了屋，从何父怀中将孩子抱过去，走到外屋拍哄了片刻，孩子才不哭了。

张继红一步跨到里外屋门那儿，抓住街道主任手腕将她拖进了里屋。

张继红训她："你说！我们怎么满处闹腾了？说！我们的事搞成现在这样，你街道主任就没责任吗？当初是不是你主动找林超然，让他带头办个小厂的？

我们卖改装的旧自行车,你不知道吗?街道提过成没有?说!"

街道主任:"你松手行不行?把我手腕都攥疼啦!"

孩子在外间又哭起来,林母将里外间门关上了。

街道主任挣脱了手腕,辩解道:"那不叫提成!那是租金!那么大一幢房子,一处院子,总不能白让你们占着吧?"

张继红:"入冬以来,我们包饺子卖,你敢说你街道主任不知道?你还说我们包的饺子好吃,拎回家去三斤还没给钱!哎,当时你怎么就不提醒我们是不合法的?你有什么资格乱嚷嚷?"

街道主任:"我嚷嚷了吗?我天生大嗓门你小张不是也知道的吗?我的责任我没推!不信你小张当面问区长,我也有责任我检讨了没有!你小张没良心,当初我是同情你们这些下乡回来的孩子才……你一点面子都不给我留!你……"

她气哭了。

张继红发泄了一通,平静了,内疚地说:"婶儿,对不起,刚才我太不冷静了……"

街道主任:"你不冷静就可以那么训我啊?你怎么不敢那么训区长?我……我打你!"

街道主任也不冷静了。

区长:"哎哎哎,主任,都冷静点儿,都冷静点儿。"

他将街道主任推到了外屋。

何父:"区长,给你添麻烦了。"

区长:"咱俩之间,你别叫我区长,还像当年一样叫我名字吧。"

张继红遇到了可以平反的人物似的,忙问:"区长,您贵姓?"

区长:"免贵姓刘,刘平川。一马平川后边那两个字。"

张继红:"好名字好名字,大爷,快,笔!"

林父:"抽屉里,自己找。"说罢,仰脸长叹一声,随即双手抱头弯下腰去。

张继红找到了一支圆珠笔,一边往手心上写区长的名字,一边又说:"区长,冲您今天能亲自来,冲您的好名字,我想,我们一些人的事,一定能大事化小,小事化了。"

区长:"本来也算不上什么大事嘛。"

区长这么一句话,使林父、何父、张继红的目光都集中在他身上了。

何父:"平川,你认为,孩子们的事,算不上什么大事?"

区长:"是啊。情况我听街道主任介绍过了。小张同志,你们的所作所为,确有不当之处。即使是由于生活所迫,那也要合法化。起码,应该得到工商部门的许可。就是卖冰棍,不也应该先获得执照吗？没人提醒你们,这是有责任提醒你们的人的过错。你们下乡多年,对城市的一些法规、观念淡漠了。不知者不怪。但是呢,以后都是城市公民了,那就要尽快恢复对城市法规的认同,对不对？"

张继红连声地说:"对,对,区长同志说得对。"

何父林父频频点头。

区长:"贩卖重新组装的自行车,那种事可再也不能干了。万一买的人骑着出了灾祸,还不惹上官司？"

张继红:"对,对,我们也不是完全没有那种顾虑,今后保证不干那营生了。"

何父林父又频频点头。

区长:"至于卖饺子嘛,只要食品卫生方面把关严,我看可以继续。但那也要先把一概许可手续办齐全了。"

林父:"区长,那……我儿子林超然,他不会被判刑了？"

区长:"林师傅,事情说简单,也并不那么简单。工商部门,公安部门,他们是在依法执法,还不能伤了他们的执法尊严。市里各方面的领导们,对事情的看法还有分歧,处理意见还不太统一。尤其是静坐现象发生以后,可以说分歧更大了。有的领导的强硬处理态度还挺坚决。我刚才的话,也只能代表我自己的看法……"

何父、林父、张继红面面相觑,一时又都垂头耷脑的了。

区长:"你们别听我这么一说,心理负担又大了。我既然亲自来了,了解了许多情况,那我一定紧急向市里的领导们汇报,并且陈述我刚才的个人观点。但我们接下来应该做的是,分头去劝说静坐的返城知青们离开那些地方,以免事态更加复杂化。小张同志,你能在这方面助我一臂之力吗？"

张继红:"这……"

他还是点了一下头。

区长:"林师傅,您呢？"

林父:"区长,您说的话,句句在理。您叫我配合着怎么做,我就怎么做。"

区长的脸转向了何父。

何父为难地说:"我正在区党校学习。上午已经请了半天假了,下午还有我的大会发言。"

区长:"我再替你请下午的假。"

何父:"那我听你的。"

于是区长站了起来,准备走;门一开,林母抱着孙子进入,愧疚地说:"区长,真不知该怎么感激您……"

区长:"老人家别这么说。至今还有几万名返城知青找不到工作,我们心里也很着急。问题出现了,咱们都互相体谅着把它解决了就好。"

他还有心思逗了逗孩子……

街口。区长、何父、林父、张继红都站在一辆"伏尔加"旁,后三者各自推着旧自行车。

区长:"林师傅,还是坐车吧。冰天雪地的,您心里又着急,骑自行车我不放心。"

林父:"没事儿,我能骑。区长,我还有几句话,能不能再耽误您几分钟,单独跟您说说?"

区长:"行啊,那咱们旁边说。"

林父支稳车,与区长走开了,两人走到了一根电线杆子底下。

张继红看着手上的字说:"这位区长人不错。"

何父望着电线杆子那儿说:"当年给老市委书记当过秘书,'文革'中也吃了不少苦头。"

张继红:"您有这么硬的关系,干吗不为超然用一用啊?关系是越用越活,不用白瞎,所以要趁还好好活着的时候用活,不用那就好比有钱不花,废纸一张。"

何父:"他现在又在仕途上了,我就不愿联络他了。"

张继红:"关系是分等级的。认识当官的,那是一等关系。"

何父:"我的经验恰恰相反。他们很容易翻脸不认人的,而且政治要求他们还不能不那样。我是个思想经常犯自由主义的人,不愿某一天又被列入另册的时候,他被我牵连了我觉得对不起他,他跟我翻脸了我又嫌恶他。"

张继红愣愣地看着何父,品味他的话。

何父:"再说,我看超然,他虽然和你们一样了,似乎还没忘记自己当过知青营长,似乎还觉得自己对你们有份责任,不愿只顾自己,不管你们了。"

张继红:"是您说的那样。所以一发动,几百人为他聚起来了。要不是冲着刘区长人不错，谁想把我们弄散了，恐怕也不那么容易。"

电线杆子那儿，林父大睁双眼，仰脸望着头顶的电灯泡，嘴唇直抖，分明是满肚子的话不知从何说起。

区长掏出烟给了林父一支，自己也叼上了一支，并且首先替林父点燃了烟。

区长："林师傅哪儿人？"

林父："老家山东，闯关东来的东北。"

区长："刚才在屋里，我还以为您是南方人呢！可具体哪个省的，口音又听着都不像。"

林父："我是咱们国家第一代建筑工人。一九五八年就开始支援大三线，从东北到西北再到西南，甘肃、贵州、新疆、四川，去过了不少地方，六十多岁了才退休回到哈尔滨，口音不知不觉就变成现在这样了……"

区长肃然起敬地说："难怪，那您也是咱们国家的功臣。"

林父："什么功臣不功臣的，不敢那么想。但区长，作为一名建筑工人，我可是对得起咱们国家的……"

他说不下去了。

区长："林师傅，不管什么话，只要您想跟我说，那就只管敞开了说。您跟我说的越是掏心窝子的话，那就越等于看得起我。"

林父看着区长说："区长，有几句话，刚才不便说。尤其当着我老伴，更不能说……林超然他弟，埋在北大荒了；他妹因为对象吹了，考大学又没考上，一时想不开，只身一人跑到广州那边一个叫深圳的小地方去了，至今半年多了，还不回来；超然他媳妇……夏天里又没了……我们老两口眼前就他这么一个儿子了，他自己又当了爸……这，这他要是被判了，只剩我们老两口带个孙子，往后的日子可怎么过啊！……所以，我拜托了！我……我这会儿给您下跪的心都有了……"

他的话说到后来，已是老泪纵横。

区长动情地说："老人家，您放心。我这个区长不糊弄百姓，我说话是算话的。凡是我在您家表的态，都会向区里的领导们秉正而言……"

李玖上班的街道小工厂。午休了，她和一些街道妇女们在端着饭盒吃饭。

李玖："谁吃蛋糕？谁吃蛋糕？"

她带的是满满一饭盒蛋糕。结果她一那么说，女人们转眼将她的蛋糕分光了。

李玖:"哎,你们太不客气了吧?那我吃啥?"

"我分你一半!"有个女人分给她半块窝头。

李玖看着手中窝头说:"让我干啃窝头啊?"

"我给你点儿咸菜!"

"我这还有虾酱,也给你点儿!"

于是她饭盒盖上有了咸菜和虾酱,她沾着虾酱一小块一小块地吃起窝头来。

一个女人问:"还咽得下去窝头不?"

李玖:"勉强。"

另一个女人:"人比人,气死人。你们说人家李玖啊,摊上那么一位有手艺的老爸,连些当官的人家都上门相求,虽然和咱们一样在个街道小厂上班,可人家整天那感觉多充实啊!"

李玖:"科长一级的还轮不到,处以上的那也得排号。"

又一个女人:"她家那小日子过的!全区也没几户老百姓人家比得上!有次她感冒了,我去她家看她,她还非送我出门不可。她家门口,有这么粗一个大水缸,她掀开缸盖,我一看,嚯,一水缸的烟、酒、茶、点心、罐头!她倒大方,拎出一包东西硬塞给我,我问是啥?她说她也不知道。我到家打开一看,是一包棉花似的东西。不是像新棉花那种东西,是像揪巴松散了的老棉花套的那么一种东西,黄色的,小孩尿了一百遍似的那么一种黄……"

李玖:"明明是好东西,让你这么一说,倒好像我给你的是恶心人的东西!"

那女人:"我自打出生以后,头一次见过那种东西。闻闻,香!尝点儿,更香!"

有个女人打断道:"快说!到底是什么?"

那女人:"李玖,那是什么来着?"

李玖:"那叫肉松!几斤好肉,才能做成那么一斤肉松!全中国没几家做肉松的厂,而且都在南方!"

于是女人们七言八语起来:

"抗议!我用最最强烈的抗议,来表达我最大最大的无产阶级义愤!这种现象太不合理啦!咱们大多数人家吃肉还得凭票呢,她李玖家吃的都是肉松了!她家吃一斤肉松顶咱们各家吃好几斤肉!姐妹们,这不革命行嘛!"

"可'文革'已经结束了呀!咱们要革命,也只能是'文革'那么一种革法呀!"

"不是说过七八年再来一次吗？先记下这笔账，下次刚一来，咱们都去抄李玖的家！"

"李玖家有的，还不是那些干部人家送的啊！李玖家都用一个大缸装，那些干部人家得用多少缸啊！"

"再来一次的时候，凡是家里除了水缸还有缸的，一律再送农村去改造！"

"那会伤害好干部的，兴许人家多出来的一个缸是用来做大酱的！"

"干部家不做大酱！"

"也别说得这么绝对！我们院就有户人家男的是科长，他媳妇年年春天做大酱！"

"处以上的肯定家里就不做酱了！"

李玖此时已吃完了她那半块窝头，用勺子当当敲了一阵饭盒，于是大家的目光都望向了她。而她若无其事似的，端起一只杯子喝了口水，用一只手捋嗓子，抚胸口……

李玖："哎呀妈呀，噎死我了！"

女人们交换"仇恨"的目光。

李玖从墙上摘下了布兜，板脸问："刚才谁说再来一次'文革'要抄我家了？"

一个女人："她说的，代表我们大家的心思！"

李玖："真替你们遗憾，那就都没有份儿了！"她从包里掏出块糖，逗弄地在自己眼前晃几晃，炫耀地说，"酒心巧克力！"剥去糖纸塞入口中。

一个女人问旁边的女人："啥是巧克力？"

旁边的妇女："我也没听说。"

另一个妇女发一声喊："抢她！"

于是大家一拥而上，夺去了布包，分抓包里的糖。

女人们口中都含着糖了。但含着糖嘴也不闲着，仍七言八语：

"哎，李玖，你整天快快乐乐的，真一点儿愁事也没有哇？"

李玖："怎么没有！我爸毕竟一天比一天老了，他说过几次了，有点儿干不动了，我的好日子快到头了。"

"那也不至于你犯愁呀！从一九七八年起你爸就开始接活了，如今你家怎么还不攒下一千多元了？"

李玖："没问过。当女儿的怎么能问那个？"

"李玖，说正经的啊，赶紧让你爸托托关系走走后门，早点儿把你弄进正规的国营厂里去呀！那对你爸还是难事儿啊？"

李玖："不稀罕。哪儿的工资还不一样多？差点儿一年也差不了几十元钱。就在这小厂上班挺好，离家近，请假、迟到、早走管得也不严。再说，我喜欢你们……"

"骗人！"

李玖："我真喜欢你们。"

"喜欢我们啥？"

李玖："喜欢你们的贪劲儿，闹劲儿。和你们在一起，有点儿愁事儿也愁不了多久。"

"可惜我没有一个能娶你的大儿子，要有，我非做主把你娶到我家不可！"

"你想得倒美！人家李玖有对象！"

"就那个开铁匠铺的瘸子呀，你俩不是吹了吗？"

李玖："别瞎说啊，我们才没吹呢，我只不过延长了对他的考验期。"

"玖子，说说，他究竟哪点儿好，不管你妈多么反对，你也还是非他不嫁？"

李玖："我也不知道……反正在上中学的时候，我就开始喜欢他了，也许是命里注定吧……"

李玖说得伤感了。

女人们的目光却全都望向了门口。罗一民不知何时出现在门口那儿了，他身后门还没关严。他呢，棉袄外罩了件中式外衣，棉裤外罩的单裤有裤线，棉军帽往上系着帽耳朵，还像五四青年似的围了条长围巾。显然，他来之前将自己捯饬了一番，看上去挺精神的。

一个女人呵斥："你谁呀？怎么悄没声儿地就进来了？门也不关严，长条玻璃管尾巴呀？"

另一个女人："就是，我说哪儿来的一股凉风呢！"

这时李玖也转过头去，见是罗一民，就那么转着头呆住了。

罗一民："我跟李玖说两句话就走，捎带给你们放进点儿新鲜空气。李玖，小刚病了，我想，你该请半天假……"

他果然一说完转身就走。

李玖猛地站了起来，急匆匆地穿棉袄，找头巾："我头巾呢？我头巾呢？"

女人们也都着急忙慌地帮她东找西找。

街上。罗一民走着，李玖追上他。

李玖："我早上出门时小刚还精精神神的，他怎么就病了？"

罗一民边走边说："我也不清楚，不过你放心，不是多么严重的病。但小孩子嘛，有个头疼脑热的就想让妈妈守在跟前……"

李玖："你这是往哪儿走呀，小刚现在在哪儿？"

罗一民："在我家……"

李玖："怎么会在你家？"

罗一民："他在我那儿玩，忽然就说肚子疼，我给他揉了一会儿，他说不太疼了，现在躺在我的床上。"

李玖狐疑，站住。

罗一民径自往前走。

李玖："罗一民，你给我站住！"

罗一民站住了，转身看着她。

李玖："罗一民，冤有头，债有主，你要是因为恨我就对我儿子做了什么不好的事，就是百年以后咱俩都变成鬼了，那我也饶不了你！"

罗一民："李玖，过去的半年多里，我渐渐想通了一件事，那就是……你当年做的事是可以原谅的，而我做的事是罪恶的。如果我继续恨你，只能证明我是多么不愿意承认自己的所作所为是恶事，总想找个替罪羊。一个经常这么忏悔的人，怎么会再伤害一个孩子呢？何况小刚是你的宝贝儿子……"

两人走到了罗一民的铺子门前。

罗一民开了锁，往屋里让李玖；李玖又狐疑着，猜测地看了罗一民一眼，犹犹豫豫地进了屋。

罗一民跟着进去。屋里自然没有小刚的影子。

李玖："小刚，儿子，儿子妈来了……"

她说着往里屋走。

罗一民转身插门。门锁换了，是那种也可以在里边锁死的暗锁了。他将门锁死后，将钥匙揣入了兜里。

"罗一民！"

罗一民转过了身，李玖叉腰站在里屋门口。

李玖："你为什么骗我？"

罗一民："不骗你，怕你根本不会再到我这里来了。"

李玖："我当然不想再到你这里来！"

罗一民："那，咱俩找个别的暖和地方谈谈也行。"

李玖："咱俩明明已经是冤家了，没什么可谈的！"冲到门前，自然打不开门。

李玖："你开门！"

罗一民摇头。

李玖："你想干什么？"

罗一民："只想跟你好好谈谈……"

他说着向李玖走近。

李玖："你别过来！"顺手从门旁抄起了顶门杠，并防范地往后退。

罗一民："李玖，我是……又有事求你了……"

李玖："你就死了心吧，我再也不会帮你了！"

罗一民："这次的事，你非帮我不可。我营长昨天晚上被公安局抓起来了，说他们几个犯了投机倒把的罪。你不是跟我提过你父亲也认识公安局的什么人吗？"

李玖："别人求我帮，你求我偏不帮！不帮不帮不帮！"

罗一民一边说，一边接近李玖。李玖则一边说一边往后退。二人就那么你进我退地绕着屋子转。

罗一民："我听说不少知青因为他们的事在四处闹静坐，这时候如果还没关系替他们跟公安局方面沟通沟通，事情会越闹越大的，那反而会害了林超然！"

李玖："别跟我说那事儿！你们是兵团的，我是插队的，那事儿跟我没关系！"

罗一民："有关系……"

李玖大叫："没关系！"

她被小凳绊了一下，摔倒在地上，顶门杠也脱手而出。

罗一民上前拉起她，顺势从后面拦腰抱紧了她。

李玖自然挣扎，却又哪里挣得开去呢！

李玖："放开我！再不松手我可喊了啊！"

罗一民："你喊吧。今天我豁出去丢人了！除非你答应帮我，否则我就这么一直搂住你！"

李玖气得直跺脚："罗一民你不是东西！你拿我儿子当钓饵，把我骗到你这儿，还把门锁死，还想再利用我！你怎么能这么样对待我啊！因为杨雯雯的事，我当着那么多人向你忏悔，可你却扇了我一大嘴巴子！那会儿你考虑到我丢不丢人了吗？"

罗一民："我错了。有些事只能在已经做了以后才意识到。"

李玖："我不听你的花言巧语！来人啊，救……"

她已经哭得满脸是泪了。

罗一民捂住她嘴。

她抓住罗一民那只手往狠处咬了一口。

罗一民疼得紧皱双眉，然而却将嘴凑着她一只耳朵，柔声细语地说："李玖，玖子，你刚才说得不对。林超然怎么了，不但和我有关，也和你有关，和咱俩以后的事有关。以我和他的关系来说，现在的我只有两个选择……要么也为他的事去参与静坐，要么通过别的方式，帮助他将复杂的事化解得不那么复杂了。如果你不肯帮我，我就只剩下第一个选择了。我在兵团知青中也是有点儿影响力的，如果我按照第一种选择去做了，就又会带动一些人那么做。人更多了，事情也就更复杂了。你也知道的，我有时候会不够理智。如果我做了什么冲动的事，那我肯定也会被抓起来。"

李玖已经不咬罗一民的手了，她哭道："那你活该！"

罗一民："你说的不是心里话。那第一个为我着急上火的人准是你。另外，杨雯雯的事，像一块石头似的压在我心上，对你也是那样。我们当年做错的事，已经无法挽回了。但我们可以通过多做好事，多帮助别人，来减轻我们良心所受的折磨是不是？"

李玖用手捂脸低声哭泣，什么话也不说了。

罗一民也流泪了，更温柔地说："玖子，当年咱俩也同桌过是不是？可你当年为什么总对我那么凶呢？当年你总欺负我，自从和你同桌了，我就成了个受气包。连你用粉笔在桌上画的分界线都不往中间画。我这边地方小，你那边地方大，那根本就是一条不平等的分界线。我借你橡皮用一下你都不借给我，我朝你要一滴墨水你都不肯挤给我。我一名男生，又不好跟你对着干，只得忍着、让着。我越忍越让，你反而对我越凶。"

李玖："我那么对待你恰恰证明我爱你呀！我气的就是你总忍着我，让着我，还动不动就说好男不和女斗……你越忍越让我越来气，越来气就对你越凶。除了在你面前装出一副凶样子，你叫我还有什么办法呢？"

罗一民："你呀你呀，你脑子里缺根弦呀你？哪儿有像你那么证明爱的呢？

那不是越证明越扭巴吗？你当年要是好好地向我证明，我也不至于剃头挑子一头热，非得去迷恋人家杨雯雯。那，后来的事也就不会发生了，咱俩现在的关系，肯定也就亲亲密密的了。其实当年我就有点儿看出来了，杨雯雯根本不会喜欢我，人家对我的态度，那只不过是一种善良，一种礼貌，一种家庭教养的体现……后来的事，它要是没发生多好啊！"

罗一民已与李玖脸贴着脸了，他也哭了。

罗一民的双臂放松了，李玖转过了身，两人彼此搂抱着了。

两人彼此擦拭泪痕。

两人互相凝视。

两人的唇深情地吻在了一起。

李玖坐在罗一民那辆小三轮车上，罗一民蹬着车行驶在路上。

过了一会儿，罗一民坐在车上，蹬车的换成李玖了。

罗一民："你肯定你的决定是对的吗？"

李玖："咱俩的决定当然是对的。我那么容易就原谅了你，不等于我爸也会那么容易就能原谅你。因为你打过我，他对你火大了，你要想求动他亲自出马，他非把你骂出来不可。"

罗一民："是啊，我估计也会是那样……可，你跟咱们要求的那位老干部熟吗？"

李玖："也不能说有多熟。但他肯定认识我。我爸给他家打家具时，我常去他家，充当互相之间通告情况的角色，相当于联络员吧。他对我挺好的，还主动要往国营大厂介绍我呢，我没麻烦人家……"

罗一民："为什么？"

李玖："你自尊心那么强，我如果成了国营大厂的工人，怕你产生自卑心理，那咱俩的关系更不好发展了。"

罗一民："玖子，那什么……刹一下车！"

李玖将车刹住，诧异地转身看他。

罗一民："听着，我要严严肃肃真真诚诚地跟你说一句话……"

李玖："我又哪儿不对了呀？"

罗一民："你别总想着是你哪儿不对了呀，这要养成习惯可不好……"

李玖："养成习惯了也是你使我养成的！"

罗一民："我想说的是……我……我爱你！今后会更加好好爱你……如果

我说一套做一套，老天爷都不原谅我！"

李玖的脸上顿时乐开了花，但嘴上却说："拉倒吧，谁信啊！"

她转过身去，仿佛充了电，屁股离开座位，欠起身猛蹬车。

罗一民："哎哎哎，别蹬这么快，看累着！"

李玖："才累不着我呢！"

路上撒下她快乐的笑声。

三轮车停在一幢小楼前，两人都下了车。

一年前的冬季，林超然来过这儿，而且在一位老干部家闹了场误会。

罗一民："那位老干部，他是什么职务？"

李玖："我也不太清楚，反正是'文革'前的市委领导，起码是位秘书长什么的吧？"

罗一民："这时候他能在家？"

李玖："年纪大了，过了担任实职的杠了，'文革'中被折腾来折腾去的，身体又不太好，所以只当当顾问什么的了。"看一眼手表又说，"快四点了，他不是那种天天上下班的干部，估计这时候在家……"

罗一民："我怎么觉得这地方挺眼熟，像来过似的……"

李玖："许多人都有你这种感觉，别啰唆了，快跟我进去。"

于是两人手拉手上了台阶。

两人站在一扇门外，李玖按按门铃。

罗一民忽然地说："不好，快走……"

他扯着李玖就往楼下"逃"。

门开了，出现在门内的是那位老干部的女儿，她奇怪地问："有人吗？刚才谁按门铃了？"

下一层的楼梯上。罗一民和李玖贴墙站立，他捂着她的嘴。

楼上传下来关门声。

罗一民领着李玖"逃"到了楼外。

李玖甩开他的手，纳闷地说："你干什么呀你，搞得咱俩特务似的！"

罗一民："我想起来了！去年冬天林超然就是通过你爸来的这里，还搞了场相女婿的大误会。"

李玖："你没记错？"

罗一民："千真万确就是这幢楼，就是那扇门。我追到这里时，我营长已经进去了。他出来后，对我那个不高兴就别提了！"

李玖沮丧了："我爸虽然认识几位干部，可我就来过这位干部家……一民，看来我帮不上你了……对不起……"

李玖都快哭了。

罗一民搂抱她，拍哄她："宝贝儿，别哭别哭，我对我营长的情分尽到了，你对我对他的情分也尽到了。有的事，难为自己没用。"

小三轮车又往回行驶，还是罗一民蹬车，李玖坐车。

罗一民忧心忡忡，蹬得缓慢。

背后传来李玖扑哧一笑。

罗一民头也不回地问："笑什么？"

李玖："笑你刚才叫了我一声宝贝儿。"

罗一民又往前蹬了一段，刹住车，向后扭转过身去。

罗一民："宝贝儿，我又改变想法了。"

李玖："还是打算碰碰运气？"

罗一民："对。要不，我这心里边，总觉得对营长的事没尽到份儿上。而且我想，既然人家老干部对他很欣赏，我们再替他当面相求，动之以情，真说不定人家的一个态度，那就能使他的事情变得不那么严重了。"

李玖："反正我是完全没主意了，你说了算吧。你怎么决定我都配合你。"

罗一民："那咱们就碰碰运气！"

他将车头掉转了。

那位老干部家。罗一民和李玖在门口换拖鞋。

是老干部的女儿给他俩开的门，她问："刚才你俩按过一次门铃吧？"

李玖不好意思地说："可不嘛，没敢等到你开门。"

客厅传出老干部的声音："李玖吧？怎么按过门铃还跑掉了？"

李玖一边和罗一民往客厅走，一边小声对他说："有希望。"

两人进了客厅。老干部放下文件，摘了老花镜，迎上前来。

李玖嘴甜地说："伯伯好。"

老干部："好，好，真是很久没见到你这个小联络员了，这位是谁呀？"

李玖："我未婚夫小罗。领来请您过过目。要是您觉得他配不上我，出了您家门我就和他吹。"

老干部："哎哎哎，不许那样。谈恋爱搞对象是严肃的事情，草草率率地好和吹，都是不对的。"

老干部女儿："爸，人家李玖说的是玩笑话，您别一开口就教导人家！"

老干部："我知道她是在开玩笑。"转身对女儿不满地说，"哎，你的话又是什么意思啊？认为我连玩笑话都听不出来了？我老到那么可悲的地步了吗？"

他女儿只是苦笑而已，没再接他的话，客气地请李玖和罗一民往沙发上坐，之后转身去沏茶。

老干部将椅子挪到沙发对面，坐在了椅子上。

罗一民："伯父，您请坐沙发上，我坐椅子。"

老干部："坐着别动，我喜欢坐椅子。李玖，你爸爸打这把椅子，我坐着高矮正合适，舒服。"

老干部的女儿端了两杯茶过来，一边往茶几上放一边说："当年红卫兵惩罚我父亲弯腰弯成喷气式，结果使他腰落下了病根，连睡觉也只能睡硬板床了。"说罢，也陪着坐下了。

老干部："谁也不许再提那些不堪回首的事。'沉舟侧畔千帆过，病树前头万木春'，要往前看。哎，李玖，你还没回答我的话呢？为什么第一次按门铃后又跑掉了？"

李玖不好意思地说："好久没来了，怕您不认识我了，那我在我未婚夫面前多尴尬啊！"

老干部："哪能不认识你了呢！"转脸端详罗一民，又说，"五官端正，不难看，你对的这个象，和你很般配嘛！"

罗一民："谢谢伯父夸奖。"

老干部女儿："爸，您怎么说的话呀，那么说多没水平。"

老干部："不是开会发言，不是做报告，平常聊天讲的什么水平呢？你平常聊天就句句有水平了？对吧李玖？"

李玖："如果模样太差劲儿，那我不是太对不起自己了？伯父，您刚才是没注意到，小罗他腿有残疾。"

老干部："唔？"

李玖："也不能算是瘸，有点儿跛脚那种程度。"

罗一民："下乡时，负了一次工伤。"

李玖："不是一般的工伤。半卡车人眼瞅要栽到山沟里了，他先跳下车的，一着急，把自己那条腿用大衣一裹，伸到了卡车轮子下边，卡车在十几米深的山沟边上停住了。"

罗一民制止地说："李玖！"

老干部："说下去。"

李玖："再往下没啥说的了，他豁出一条腿，救了十五六个人的命……"

老干部不由将吊在胸前的老花镜戴上了，将脸凑近罗一民的脸，又一番端详，并说："刚才没握手，来，现在握握手。"

罗一民受宠若惊地伸出了手。

老干部用双手握住他一只手，摇着、晃着、拍着，真情流露地说："好青年！好样的！好对象！李玖，你对了一个好对象啊！小罗令人尊敬，你不嫌他腿有残疾，把他对成了你的象，你也是受人尊敬的！我宣布，从今天起，你俩永远是我们家欢迎的客人！"

罗一民与李玖不禁交换暗喜的眼色。

老干部站了起来，背着双手，踱来踱去，自言自语："这是什么精神？这是舍己救人的精神，这是奋不顾身的精神，这是值得大力提倡、宣传和颂扬的精神！这是一种崇高的、伟大的、感人的国际共产主义……"

罗一民难为情地低下了头。

老干部女儿："爸，和国际共产主义没关系。"

老干部："别打断我！没关系就当我没说。教育！这对我是一种教育！小罗、李玖，你俩知道吗？由于'红卫兵'在'文革'中的那些暴行，我基本上把你们这一代人看成了垮掉的一代，没希望了的一代。但你俩，今天着实教育了我。你们这一代中有你俩这样的好青年，我很欣慰啊！"

他女儿小声对罗一民和李玖说："剥夺了他十多年说话的自由，现在逮着个话题就说起来没完没了，你俩悠着点儿。"

老干部："嘀咕什么呢？我说话的时候你别犯自由主义。"

他女儿又苦笑。

老干部："'文革'开始批判我思想僵化，我思想开放得很！人是什么？人在一切物质之中，人在一切物质之上，生命的宝贵性高于一切物质的宝贵性！你豁出一条腿，为的是救十几个人的命，所以我才要高度评价你的英勇行为……"

李玖："他救的人中还有他的知青营长林超然……"

老干部一愣："林超然？"

他女儿也一愣。

罗一民："其实我们这一代中，大多数人的本质还是好的。自从我们下乡以后，许多人都先后开始了对'文革'的反思。我们营长林超然，就是很有思想的。没有他对我的爱护，我……"

老干部："打住。"走到了桌子那儿，翻出了报纸；走过来，一手拿着，一手指着标题问："你说的不会是这个林超然吧？"

罗一民："正是他。"

李玖："伯伯，他去年冬天来过您家。"

老干部："你不提醒我也联想到了。"

罗一民："我和李玖，我俩是来替林超然说情的。我俩希望，您能向市里的领导们反映反映，林超然是个好人，他们都是些至今找不到工作的人，他们总得生存啊！"

老干部："闺女，站起来。"

他女儿乖乖地站了起来。

老干部朝客厅门一指："开门，送客！"

第 十 九 章

　　罗一民和李玖都没料到老干部忽然变得毫无情面了,也都不由得站了起来,你看我,我看你,完全乱了方寸。

　　老干部的女儿:"爸,你听他俩把话说完嘛!"

　　老干部:"我不听!小罗,李玖,知道我为什么不听吗?"

　　罗一民和李玖摇头。

　　老干部:"那你俩听我多说几句吧。那个林超然,本来我对他印象是不错的。即使看了报上登的那些内容以后,我还是一分为二地看待他。又回到城市变成城市人口了嘛,生活在城市每天都离不开钱嘛。也都是成年人了嘛,为了生存,所作所为虽然违法,但情有可原嘛!所以我起初的态度,还真是有点儿同情,还真是想为他们说几句客观的话。但紧接着出现了什么情况?我不说你俩也清楚!那是想干什么?明明是在向市委市政府施加压力嘛!此风不刹,城市必乱!这已经成了政治问题!在严峻的政治问题面前,我老共产党员的党性要求我,立场绝不含糊,绝不姑息,坚决主张从严解决!那么,凡是企图替他们说情的人,就都是我的家所不欢迎的人!"

　　罗一民:"可是,拘留所外边的事,实际上与林超然没有什么关系……"

　　老干部:"敢说没关系?与他关系大得很!我怀疑是他利用他在返城知青中的那点儿影响力,在拘留所里暗中调遣的!"

　　罗一民:"可是,您这么怀疑有什么根据呢?"

　　老干部:"根据以后肯定会有的,现在我靠的是政治本能!政治本能你俩懂吗?"

　　李玖摇着头小声说:"伯父,我不懂。"

　　罗一民:"我懂。我太懂了!"拉起李玖的手便往外走。

老干部:"等等。"

罗一民和李玖在门口站住。

老干部:"希望你们对我讲的,那件舍己为人的往事,不是为了说情而编出来的。"

李玖回头无言地看他,眼中噙满屈辱的泪水。

罗一民:"您喜欢那么怀疑,就那么怀疑吧,那是您的自由。"

他将李玖拉出了客厅。

关门声。

老干部的女儿:"爸,您怎么能那样!他俩是客人……"

老干部:"是说客!"

他女儿:"他俩还是晚辈……"

老干部:"那,就别要求我像对待长辈一样彬彬有礼!"

他女儿:"但您作为主人,作为长辈,失礼总是不好的吧!"

老干部:"那要分因为什么事!如果因为坚持一种政治立场,即使失礼了我也不感到羞耻!"

他走回桌子那儿,悻悻地坐了下去。

父女两人互相瞪视片刻,他女儿也离开了客厅。

楼外。天已黑了。罗一民打不开车锁,气得踢了车胎一脚。李玖从他手中要过去钥匙,一下子就打开了。

她说:"我蹬。"

罗一民说:"别争。我蹬。"

李玖顺从地坐到了车上。

两人的心情坏透了。

老干部的女儿从楼里走了出来,双手各拎一双鞋。他俩默默换鞋时,老干部的女儿歉意地说:"真对不起。因为与某些领导同志的看法有分歧,我父亲今天发过几次脾气了。你们来之前,情绪刚好点儿。"

李玖:"姐,我们小罗的事,那是真的!我俩没骗他!"忍不住哭了。

老干部的女儿搂抱着她说:"别哭别哭。你一哭,我更觉得对不起你们了。归根到底,是因为我父亲他对咱们这一代人成见太深了,不是一时可以扭转的。告诉你俩一个好情况吧,林超然写了一封信,或者是一篇文章,已经转到市委书记手中了。市委书记也决定见见他,和他谈谈了。也许,现在正谈着……"

罗一民转忧为喜："真的？"

老干部的女儿："和你舍己救人的英勇事迹一样真。"

罗一民不由得微笑了。

三轮车行驶在路上。

李玖："长这么大从没被人这么卷过面子，再也不登他家门了！"

罗一民："别这么说。以后该要去，该求他还得求他。咱们结婚了，我一定陪你给他送喜糖！"

李玖："不给！"

罗一民："要给！他有可爱的一面。真诚。什么态度就是什么态度，不虚伪。"

李玖："你怎么还挺高兴似的？"

罗一民："当然高兴啦！知道了一个好情况，那也不虚此行啊！"

他唱了起来：

我们的同志，在困难的时候，
要看到成绩，要看到光明，
要提高我们的勇气……

林超然跟随市委书记的秘书小杜走在市委走廊里。

林超然："能透露透露，谭书记想要与我谈些什么吗？"

小杜："他没说。"

林超然："保密？"

小杜一笑："他确实没说。你自己不马上就会知道了？估计也就是互相认识一下，随便聊聊，时间肯定不会太长。"

两人已走到门前，小杜轻轻推开门，请林超然入内。他刚一进去，门就关上了。

五十多岁的谭书记在站着接电话，一边嗯嗯啊啊，一边向林超然做请的手势。

林超然默默坐在沙发上，打量办公室，被一竖挂的字幅吸引，其上写的是端庄的隶书——"人生如梦，故所以然，当尽量活出几分清醒。"

谭书记表情严肃地说:"明白,明白,我一定认真考虑您的态度。那,既然您说得这么原则,我似乎也只有取消和他的见面了,多谢您一直以来对我的指导。明白,完全明白您的好意……"

林超然看着他,他放下电话发起愣来。

林超然干咳一声,谭书记这才猛醒,走到了他跟前,林超然站了起来。

谭书记主动伸出了一只手:"民间认为,不握手不算正式认识。"

林超然也伸出了手。

两人握手后,谭书记亲切地说:"请坐。"

两人落座后,林超然苦笑地说:"如果我没猜错,您在电话里说的事和我有关。"

谭书记坦率地说:"确实。一些老同志反对我和你见面。"

林超然:"那,我回拘留所去?"

谭书记笑了:"那不仅仅是你没面子,也等于我这市委书记太没面子了啊!"

小杜进入,为林超然沏了杯茶,又退出去了。

林超然:"可您在电话里说了,只有取消咱们的见面。"

谭书记:"有的时候,那也只能说一套做一套啊,要不怎么办?他们是顾问,向我谏言是他们的责任,我得照顾他们的积极性。你在返城知青中是有影响力的人,我也不想拿你开刀,所以只能两边都不得罪。"

林超然:"使您为难了,对不起。"他一时不知再说什么好,又看条幅。

谭书记:"觉得那字怎么样?"

林超然:"我对书法是门外汉……您也认为人生如梦?"

谭书记:"谁到了五十多岁以后,都多少会有种人生苦短的感觉。"

林超然:"人生苦短和人生如梦,意思并不完全相同。"

谭书记:"我老父亲为我写的。他是位农民书法家,解放前有幸读了几年私塾,爱写毛笔字,总是为乡亲们写春联、写喜联,也写挽联,写来写去,就被誉为农民书法家了。我'文革'前当副县长时,他写了这幅字送给我。一位多少知识化了一点儿的农民老父亲,当然不会因为儿子当了副县长,于是劝儿子及时行乐。我的理解是他为了强调人应该经常活在清醒之中,所以不写人生苦短而偏写人生如梦,你认为呢?"

林超然:"我又得说对不起了,我刚才理解偏了。"

谭书记:"'文革'中,我因为这幅字吃了不少苦头,批判我的人们逼着我承认,我父亲是在用资产阶级人生观腐蚀我。那我当然绝不承认。一个农民,干吗要腐蚀自己当了副县长的亲儿子呢？那明明是文化化了的一个农民的正面事例嘛！没文化反文化的人才会从中看出什么所谓不良的思想来。"

谭书记的话说得心平气和，像学者与学者在讨论问题。

林超然发窘地说："您的话简直也像是在当面批判我了，但我可以自重地告诉您，我头脑里没什么'左'的毒素。"

谭书记："你'文革'中没跟着胡闹，这一点我了解过了。否则我还真不会见你。但，当年没'左'过不能保证以后也不'左'……"

林超然不禁扭头看他。

谭书记："我的话对我自己同样适用。谁知道呢，也许多少年以后，我这个被人以极'左'思想大加批判的人，会反过来以极'左'思想看待别人的言行。不论对我还是对你，这都是很可能的。"

林超然不禁望着条幅沉思。

谭书记："饿了吧。"

林超然："有点儿。"

谭书记："他们不至于不给你饭吃吧？"

林超然："他们对我还算优待，是我自己没心思吃。"

谭书记起身去找出了半卷饼干，拿过来说："我也有点儿饿了。我胃不好，办公室里一向预备点儿吃的，咱俩都吃点，先垫垫。"

林超然犹豫。

谭书记："一会儿我陪你吃晚饭。但现在咱们去食堂不好，被人看到了，传到老顾问们耳朵里，我被动。人少了咱们再去。"

林超然："您就不必陪我吃饭了吧。您打算怎么发落我们，干脆敞开窗户说亮话。不管什么罪名，由我承担就是。"

谭书记："你们的事是怎么一回事，我就不动动脑子啊？我就连起码的清醒都没有？不是打算怎么发落的问题，而是要请你帮我一个忙……吃两片嘛！"他自己说完吃了起来，林超然也只好接过了饼干卷。

空荡荡的市委机关食堂。只有谭书记和林超然面对面坐在小桌两侧。

林超然掏兜。

谭书记："想吸烟？吸吧，我陪你吸一支。"

林超然掏出了"迎春烟"。

谭书记："我参加工作以后，发誓绝不吸烟。起初几年还真扳住了。后来当了省委领导的秘书，经常开夜车给领导写报告，结果就吸上了。"

两人都吸起了烟。

林超然讨教地说："我也想戒。您怎么戒的？"

谭书记："自己下决心戒了几次，没戒成。被关进牛棚了，造反派说你还吸烟那就是思想苦闷，改造你是挽救你，你应该感恩，有什么可苦闷的？他们一支不许我吸，结果，一年多以后帮我戒了。现在是，不吸不想，偶尔吸一支也不再上瘾了。"

传来快速的刀切声。

谭书记："老吴师傅，别费事，随便给我们弄点儿吃的就行。"

老吴师傅的声音："吃饺子吧，饺子快。再给你们拌个凉菜，切盘猪头肉，一人一碗饺子汤，行不？"

谭书记："行。就那样。"

林超然笑了。

谭书记："你笑什么？"

林超然："您不是故意请我吃饺子吧？"

谭书记："怎么会！我没那么复杂。这不到了饭点了嘛，不留你说不过去。"

老吴师傅送上了两盘饺子。

林超然研究地看着："怎么这样式的？"

谭书记："这是机器包的。"

林超然："只听说过，第一次见着。"

谭书记："一位香港投资商程老先生捐给食堂的。"

林超然："我见过他，人不错。"

谭书记："噢，怎么认识的？"

林超然："一言难尽。暂时属于我们知青之间的绝对机密，不便相告。"

谭书记："不好意思。请吧！"

两人按灭烟，林超然夹起一个饺子塞入口中。

老吴师傅一手凉拌菜，一手猪头肉，送将上来，大受其益地说："以前大家一要求吃饺子，我们食堂的人就全体皱眉头。二百多人，每人半斤，那得连夜包出一百多斤。过后，擀皮儿的手腕子酸好几天。自从有了那台机器，可解放生产力了。谭书记，什么时候给我们个机会，我们都想当面说几句谢谢人家程老先生的话。"

谭书记:"那没问题,会有机会的。"问林超然,"怎么样?"

林超然:"比手包的差多了!皮儿厚,边儿宽,馅儿少。咱们东北人包饺子,讲究的是窄边儿薄皮儿大馅儿!双手掐出的边,刀刃似的!看这边儿,像刀背!这种机器包的饺子有什么吃头?"

老吴师傅不爱听地说:"太夸张了吧?机械取代手工,那是生产力先进的体现!迷恋手工,社会没法进步了!"

林超然反唇相讥:"社会再进步,饺子也还是手工包的好吃!不信就搞一次社会调查,百分之九十九以上的人会支持我的说法!"

老吴师傅:"那效率呢?手工的效率高还是机械的效率高?中国落后了这么多年,就是因为在吃的方面太矫情了!"

林超然:"中国人一年才能吃上几顿饺子?连吃饺子都降低要求了,那不是太可悲了?"

老吴师傅:"你们东北人不能代表中国人,我们南方人根本不稀罕吃饺子!"

林超然:"原来你不是东北人!你对饺子这么没感情,咱俩当然话不投机半句多啰!"

谭书记:"同志们同志们,不争论了好不好?孰是孰非,暂且搁置。"起身将老吴师傅轻轻推走,边说,"切二斤猪头肉,用一个公共饭盒装起来。再去小卖部替我取两盒烟,一盒牡丹,一盒凤凰,都记在我账上。"

老吴师傅不情愿地说:"书记,您这又请吃又给带的,何必呢?您犯不着嘛!"

谭书记:"小声点儿,我不有事求他嘛!"

谭书记回到桌旁坐下,笑道:"当成一段小插曲,别影响共进晚餐的情绪啊?"

林超然:"听到了,您有什么事求我,请开门见山吧。"

谭书记拿过林超然的烟,吸着一支,郑重地说:"你必须替我召集几名返城知青,十人以内,五人以上,包括你,我要和你们开一次座谈会。"

林超然:"必须?可你刚才对那老师傅说是求我。"

谭书记:"是啊是啊,我这不是在求你吗?我市委书记求你的事,你当然必须办到。"

林超然苦笑地说:"座谈什么?"

谭书记:"怎么才能更快、更实际可行地解决你们的就业问题,想听听你们的见解。而且,你要根据你那封信的思路,作重点发言。"

林超然:"也必须？"

谭书记:"那当然！"

林超然:"时间？"

谭书记:"明天下午两点，我的秘书小杜会在门口接你们。"

林超然:"可时间由您单方面定了不太……"

谭书记:"难道得由你们单方面定？谁忙时间由谁定。"

林超然还想说什么……

谭书记竖起一只手制止:"不争论。明天以后我几乎整天开会，难道你想说你们的会比我还多？"边说边掏出笔，想找纸写什么，却没发现纸，干脆抓过林超然一只手，往他手背上写。

林超然:"这什么？"

谭书记:"小杜的电话。有特殊情况，及时通知他。"

罗一民家门外。门已开锁，罗一民一手放门把手上，问李玖:"想不想进来？"

李玖:"想。"

罗一民将门拉开了一半，李玖却将自己的手放在他手上，将门关上了，柔情似水地说:"虽然想，那也不进了。为了你营长的事，你今天动了那么多心思，来来回回蹬了那么远的车，肯定身心都累了。早点儿睡啊？"

罗一民:"你今天配合得很好，给一百分！"

他情不自禁地搂抱住她，将她的身体压得靠在墙上，一阵长吻。

李玖终于轻轻推开他，张大嘴倒吸了一口气，幸福地说:"都快喘不上气儿了！"

她一笑，转身跑了。

林超然他们那个街道小厂。满院子人，有的在吸烟。

屋里。林父、林母、何父、何母、静之、张继红、街道主任或站或坐，气氛很是沉闷。静之抱着孩子。

张继红:"静之，出来一下。"

静之将孩子交给何母，跟张继红走到了外间屋。

张继红将门关上后，小声问:"如果我们的人都撤走了，结果还是不放你姐夫,几天之后真把他给判了,接着再一个个收拾我们几个,那可怎么办?"

静之忧郁地摇头:"我也不知道。"

张继红:"那我就还要再发动一次!"

里屋传出林父大声而严厉的话:"不许!那也不许你们再那么搞!我向区长保证了的!"

里屋。 林母瞪着林父说:"你听到他俩说什么了呀!"

林父:"小张说还要像白天那么搞!"

林母:"我怎么没听到?"问何母,"你听到了吗?"

何母摇头。

林母:"我们都没听到,怎么单单你听到了?你不是去年就开始耳背了吗?"

林父:"所以有时候我得比别人注意听!他俩一出去,我就知道准是要说不想让咱们听到的话!"

他欲起身往外走。

何父拦住了他,劝道:"别认真,我觉得他那是随便说说的气话。"

外屋。 张继红说:"我看咱俩还是再到外边去吧!"

于是他俩走到了外边。

里屋。 林父瞪着何父问:"这么说,你也听到了?"

何父:"我……我似乎,也听到了那么一耳朵……"

林父得理地说:"你也听到了,你刚才都不说你听到了,好像我幻听似的!"

何父光火了:"你给我住口!哎,我说老家伙,你这半年多是怎么了你?自从我们凝之走了,你怎么变了个人似的?动不动就犯急,就发脾气。 不管我说句什么话,你一接过去就跟我抬杠!你当你是工人阶级,你就可以一直压迫我啊?!从今天起,我不吃你这一套了!"

何母:"老何!亲家公年纪比你大,不许你那么训人家!你那是说的些什么话?和你抬几句杠就是压迫你了吗?如果不是亲家关系,亲家公还不稀罕和你抬杠呢!快向亲家公赔礼道歉!"

何父一跺脚:"我不!"

林父又双手抱头了。

林母对何母说:"你别拦着!"又对何父说,"我支持你!就不赔礼,就不道歉!接着训,狠狠训!也替我出口气。 在家里,他也动不动就跟我抬杠,而且最后还得是他胜利！要不就跟我没完没了地抬下去！"

林父大声地说："我恨你们！我恨你们三个！"

何父及两位母亲都愣住了，呆呆地看着他。

林父："你们都明明知道凝之那孩子身体不好，还急着当姥爷，当姥姥，当奶奶……就我和超然一条心，都劝凝之别听你们的！就我们父子反而想得开，说不当爷爷不当爸，那也没什么……可凝之那孩子孝心，为了满足你们的心愿，还是听了你们的！"

他猛地抬起头，老泪纵横大声地说："要不是因为你们，超然会没了妻子吗？我会没了那么好的一个儿媳妇吗？有时候我一想起凝之那孩子，我就恨你们！超然他还上哪儿找那么好的妻子去？我还怎么能有那么好的儿媳妇！"

他又抱着头孩子似的哭起来……

外边忽然人声嘈杂，传来欢呼声，分抢东西的声音……

门一下子被推开，静之进入，眉开眼笑地说："我姐夫回来了！"感觉到了屋里的气氛不对头，笑容顿时收敛，闪在了门旁。

张继红等几名返城知青簇拥着林超然进入，他们也立刻感觉到了气氛不对头。

林超然："爸，妈，岳父，岳母，我办事不周，让你们担心了……"

何母将孩子递给静之，走到林超然跟前，只说了一句"超然"就哭开了。

她是被林父的话引起了对大女儿的思念。

林超然内疚地说："岳母，是不是给您和我岳父带来不好的影响了？"

张继红："甭问。他们学校好多人都知道你是他们女婿，你名字一见报，那还不一传十，十传百地传啊！"

何母摇头："不是，真不是。"

林母："被你爸气的！刚才你爸把我们三个气得都要哭了……"

林超然望向父亲，像对孩子说话似的："爸，那您可不对吧？"

林父："你妈颠倒是非，刚才明明是他们三个合起伙来气了我一通！"

张继红弯腰看着林父的脸说："真的哎，超然，大爷脸上的泪还没干呢！"

林父就用手抹脸。

林母撇嘴道："装样儿！"

张继红又弯腰看林母的脸："咦，大娘也肯定哭过！"

林母打了他一巴掌："这孩子，调皮！"

张继红的目光望向了何父。

何父好孩子般诚实地说:"我坦白,我眼看要哭了,超然进来了,我的心情又好多了。"

张继红:"清官难断家务事。 超然,这一桩谁气哭了谁的案子,连你也断不清了吧?"

林超然:"断得清。 他们四位长辈都是原告,只我一个晚辈是被告。 他们哭,是我太让他们不省心了。"

张继红看着静之说:"哎呀妈呀,静之,你听你姐夫多会说话呀!你将来找对象,得参考着你姐夫找啊!"

静之不好意思地一笑,将孩子递向林超然;林超然接过孩子后,静之小声说:"你以后要经常抱抱他,要不他对你这个爸爸会眼生的。"逗着孩子又说,"楠楠,认识不,这是爸爸,世界上爸爸的发音都是差不多的。 来,给小姨学,爸、爸……"

孩子在林超然怀里笑,林超然也笑了。

何母:"超然,我们刚才谁也没气谁,是因为忽然都想起……"

静之敏感地转身制止:"妈!"

她对母亲摇头。

然而每一个人仿佛都听到了"凝之"两个字,气氛一时又沉郁了。

林超然将孩子递向了父亲:"爸,我怕我身上还有凉气,您先替我抱一会儿。"

林父伸出了双手,却又缩回去了,一扭头:"我不太会抱,你妈最会抱。"

林母刚要抱,何母抢先将孩子抱了过去,晃着;孩子咯咯笑起来……

张继红有意调解气氛,从左耳上取下一支烟,像捧根金条似的,双手递向林父:"大爷,这可是支'凤凰',上海名烟。 人家市委书记掏自己腰包给超然买了两盒……"

他又从右耳上取下一支烟,以同样夸张的样子敬给何父:"不偏不向,也有您一支。"

最后,他才从兜里掏出一支,不过已断了。

他十分心疼地说:"可惜了可惜了。"享受地吸了一口之后,总结性发言似的,"很久很久以前啊,听别人说坏事也可以变成好事,我心里总这么暗想……什么辩证法,瞎白唬。 坏事那就是坏事!开头的坏事再引出了好的结果,那也不如好事得到的好结果好!现在我开始信那句话了。 就说我们的事儿吧,区长亲自到超然家了解情况,市委书记接见,还单独陪着吃晚饭,临走还让带走两盒'凤凰',多高规格的对待啊!哎,静之呢,静之你躲到里边去干什么呢？"

这小厂的房间，除了门口，正屋是连串三大间。静之已不知何时又抱着孩子了，她说："你们都吸烟了，我怕呛着孩子。"

张继红："说到底，超然咱们几个，那还真得感激静之！要不是她将你那篇文章及时送到了市委，咱们的事，我看那也未必会引出什么好的结果……"

林超然不禁向最里边那间屋望去，门口却已不见了静之的身影。

写上了电话号码的林超然的手，被张继红的一只手握住手腕，张继红的另一只手在往自己手背上抄电话号码。

张继红的手放开了林超然的手。

街道小厂里。"牡丹"烟，"凤凰"烟摆在桌上，伙伴们吸着烟，用手抓着猪头肉吃。

林超然对张继红说："那电话号码你别到处乱传啊！"

张继红："那哪能呢！我不会轻易启用的。"

林超然："警告你啊，如果背着我你乱给市委书记的秘书打电话，可别怪我跟你翻脸。"

张继红："放心。一定事先请示，事后汇报。"

一伙伴："给我笔，我也抄下来。"

张继红："一边儿待着去！超然刚说完，不许乱传。"

林超然："明天下午两点，都准时到市委门口去啊？"

另一伙伴："没兴趣！如果去了，开完座谈会，立马让我到哪一个国营大厂去报到，那我去。否则请假。"

林超然严厉地说："不给假！除非你自动退出咱们这个集体。"

张继红也训那伙伴："目光短浅！市委书记亲自召开的座谈会，你请假？太不识抬举了吧？都得去！"又对林超然说，"但是头儿，最好改成下午四点。"

林超然和大家都疑惑地看他。

张继红："你们想啊，四点开始，你一句我一句，谈着谈着，不就五点多了吗？那不也到饭口上了吗？市委书记那不也会请咱们吃顿晚饭吗？"

林超然："你怎么就那么没出息，吃那么一顿饭能多长一斤肉啊？"

张继红："比多长一斤肉意义重大！市委书记请咱们吃过饭，这叫资本。没请，咱们如果对别人说请过，那叫骗人。请过，即使淡了吧唧地随口一说，那也令人刮目相看。比如你林超然，一说市委书记留你吃饭了，我们哥们儿

441

几个谁不对你刮目相看啊？你在我们心目中那就又高大了不少！"

伙伴们七言八语："说得对！"

"我需要那种资本！"

"四点！四点！坚决改成四点！"

林超然默默站起，示意张继红外边去说话。

外边。林超然说："你替我通知静之，说服她也去。"

张继红："你自己为什么不？"

林超然："她在跟我闹别扭。"

张继红："哎，你想过没有，有时候也许是你在跟她闹别扭。"

林超然："不争论。人家市委书记对那封信特重视。你知道的，那封信是她改得好。你还要保证说服她作重点发言。"

张继红点头。

林超然："别四点。你找个理由跟杜秘书通次电话，三点吧。"

张继红刚想说什么，林超然制止道："也不争论。我一句顶一万句了。"一只手拍在他肩上了，"明天看你们的了。大家都要想一想，争取多谈出点儿有价值的意见。咱们是代表二十几万呢，别让市委书记失望。"

张继红："那你呢？"

林超然叹口气："明天我想陪我爸妈待一天。"说完进屋了。

最里边那间屋内，静之微笑地注视着孩子；孩子也注视着她，甜甜地笑。
静之将自己的脸贴向孩子的脸。

张继红在中间那一间屋"白话"着什么，还比比画画的，逗得林超然和四位父母亲一阵阵开怀大笑。

何母笑着追打张继红，张继红往林超然背后躲。

林超然、静之、张继红等一些知青聚在一起，人人充满憧憬地听林超然讲述着什么。

静之头靠林超然的肩，似乎已很香甜地睡了。

林超然想推醒她。

张继红抓住了他手，制止道："哎，心疼点儿人啊，人家因为咱们几个的事四处奔波地操心了一整天，让她先那么睡一会儿。"

林超然:"我半天没敢动了,肩膀让她靠酸了。"

张继红:"忍着。静之是咱们的功臣,你有怨言那是不对的。"

静之嘴角浮现了一丝不易被察觉的笑容,显然她睡得不像看上去那么实。

林超然:"人的忍耐是有限度的。"

他把静之的手臂搭在自己脖子上,将她抱起,进入里屋。里屋有炕,他将静之斜放在炕上。

他走到门口,站住,回头看,见静之的一条腿垂在炕下。他又走了回去,将她那条腿轻轻放在炕上,替她脱下鞋;静之的一只袜子太旧了,破了,露出白白的大脚趾。

他看着静之那只脚有些发呆了。

张继红在中间屋里喊:"超然,磨蹭什么呢?哥儿几个还没听你说够呢!"

林超然脱下棉衣盖在静之脚上,同时说:"把你棉袄拿来。"

张继红拎着棉袄进来了,林超然从他手中接过棉袄,卷了卷,当枕头塞在静之头下。

林超然和张继红又坐在大家中间了。

林超然:"还说什么?该传达的都传达了,该畅想的也都畅想了。"

张继红:"静之今天特使我感动,我倒想说说她了。"

林超然:"不许。不仅不许当着我的面说,背后也不许。因为我是她姐夫!"

张继红:"你是她姐夫怎么了?我那口子还和她一个连呢。而且比她大一岁,在连队她叫我那口子姐,论起来我也是她一姐夫。她已经和小韩吹了,我这姐夫有责任关心关心她的个人问题。"

林超然:"有我这个正式的姐夫呢,你非正式的省省心吧!"

一名知青:"踏破铁鞋难寻觅,得来全不费工夫!"

张继红:"你小子啥意思?"

对方:"我把她给包产到户算了呗,我正好还是光棍呢!"

张继红:"你小点儿声!"

林超然瞪着对方小声说:"她眼眶高,我警告你,不许动她的心思!"

张继红也小声地说:"问题就在这里!她眼眶高,你改变不了你是她姐夫的规定角色……"

林超然又不拿好眼色瞪张继红。

张继红:"难道你没看出来,静之她对你这个姐夫……"

林超然捂住了他的嘴，扫视着大家，压低声音但却一字一句地说："今后谁再对我说这种话，可别怪我对他不客气！座谈到此结束，要回家的回家，不想回家的都给我睡觉！"

　　月光透过没有窗帘的窗子洒进屋里，洒在炕上。这最里边一间屋的炕上睡着四个人，靠墙的是静之，挨着静之的是林超然，另外两个和衣而眠。除了静之，林超然们连鞋也没脱。
　　中间屋不知响着谁的鼾声。
　　林超然翻了下身，被鼾声搅得皱了下眉。他睁开眼睛，结果发现自己和静之脸对着脸了。
　　月光下，静之的脸看上去那么秀美。
　　林超然一下子又把身翻了过去。
　　他睡不着了，再次翻身，仰躺着。
　　他忍不住缓缓扭转头，看着静之的脸。
　　静之蹬腿，盖在她脚上的棉袄掉地上了。
　　林超然睡不着了，他轻轻起身下地，捡起棉袄，替静之盖在脚上。
　　他将每一间屋的炕洞都拨了一遍，塞进了新柴。也将大铁炉子里的火捅旺了，加入了新柴。之后，他坐在炉前沉思。
　　炉火映红着他的脸。

　　北大荒的冬季。在林超然和凝之的小家里，也就是凝之那个连队的一幢小泥草房里，凝之靠着墙织毛衣，林超然坐在一张旧椅子上拉二胡，拉的是抒情的《草原之夜》。
　　凝之："超然……"
　　林超然扭头看她，却没停止。
　　凝之："跟你商量个事儿。"
　　林超然这才停止，将二胡挂墙上，坐在凝之旁边。
　　凝之："我想跟团里请求一下，调你们马场独立营去。"
　　林超然："为什么？"
　　凝之："要不，咱俩虽然在一个团，那不也等于两地分居吗？你每看我一次，来来回回七八十里，太辛苦你了。"
　　林超然笑了："我不是骑马嘛！团里什么态度？"

凝之:"团里答复说，等他们物色好了一个接替我的知青副指导员再说，我看他们能拖就拖。"

林超然:"关键不在团里，你们连的态度也很重要。"

凝之:"根本不能指望我们连同意，他们太舍不得放我了，我也太舍不得离开我们连了……可，我又多么希望从某一天开始，咱俩能生活在一起，不必再你看我我看你的了。来，比比。"

林超然伸展开双臂，让凝之在自己胸前比试毛衣。

他深情地看着她，忽然搂抱住了她。

于是她也深情地看着他。

林超然:"这半年我来看你的次数确实太少了，下半年我一定把咱俩的损失补回来!"

凝之:"你别误会，我没有埋怨你的意思。只不过，有时候回到这个家里，推门进屋后，就再没个人跟我说话了，觉得挺孤单的。尤其是冬季……"

林超然不禁深情地吻她，她也不禁地搂抱住了他的脖子……

皎洁的月光洒在炕上。两人已脸对脸睡下了；月光下凝之的脸同样很秀丽，如同刚才林超然所见到的静之的脸。

林超然目不转睛地欣赏着凝之的脸。

他又激情地将凝之紧紧搂入怀中。

天亮了。林超然穿着凝之为他织的那一件驼色毛衣跑步回来，而静之也正拎着书包从屋里走出。

静之:"姐夫，跑出汗来穿着不舒服，会感冒的。"

林超然:"没事儿，一会儿我要用冷水擦身。"

静之:"也要把衣服烤烤。"

林超然:"会的。"

他回答静之的话时，继续在院子里活动身体，压腿，也不看静之一眼。

静之:"那，没什么事的话，我回学校去了。"

林超然:"等我送送你。"还不看静之一眼，说罢大步走进屋去了。

静之沉思着，脸上渐渐浮现出了笑容。她以为姐夫说送送她，一定是有话要单独跟她说。而要单独跟她说的话，也许正是她所希望听到的话。

市委一间小型会议室。张继红他们到齐了，站的站，坐的坐，在传看一只搪瓷盆子。那盆子上一片红旗，一行醒目的大字是"文化大革命就是好"。

张继红在吸烟，用茶杯盖当烟灰缸。

伙伴们议论纷纷："会议室摆这么一个搪瓷盆干什么？"

"说不定和座谈内容有关。"

"不会吧？咱们又没招惹过搪瓷厂。"

静之进入，见张继红在吸烟，指着禁烟牌生气地说："没看见啊？"

张继红将禁烟牌收在桌子底下了，嬉皮笑脸地说："这不你也看不见了？你姐夫说，谭书记也吸烟。我不带头，人家想吸也不好意思吸。"

静之："别废话，掐了！"

杜秘书进入，礼貌地说："谭书记来了。"

谭书记进入，大家纷纷站起。

谭书记："坐、坐。随便坐。接了一个电话，让你们等了几分钟，请大家原谅。"

大家落座后，谭书记吸吸鼻子，发现了被当成烟灰缸的茶杯盖，风趣地说："弹烟灰还是烟灰缸好。不过谁如果能把茶杯盖放平了，也算是一物二用。"

大家都笑了，张继红难免尴尬。

谭书记吩咐杜秘书："把小通风窗打开，把那只茶杯盖洗干净，再多拿几个烟灰缸来。"

小杜照办。

张继红："我洗我洗！"

小杜："别客气，你是书记的客人。"

谭书记："今天这里破例一次。想吸的，不必非克制着。我们这位女同胞没意见吧？"

静之摇头微笑。

小杜送来了烟灰缸。

谭书记："小杜，不记录了。"

小杜退出。

谭书记吸着一支烟，望着大家说："我当年是化工学院毕业的。那时志向远大，发誓要为咱们中国获得诺贝尔化学奖，却阴错阳差地从了政了。文学家说，人类社会的一切现象，归根到底是人性现象。政治家说是政治现象。经济学家说是经济现象。而我这个学过化学专业的人认为，其实也是化学现象。西方科学家的研究表明，爱恨情仇，是人类脑区化学反应的结果。那么，我们此刻双方坐在了一起，也是我们大脑里化学反应的结果啊。起码证明，咱们双方都有诚意。诚是文化化人的体现。文化化人，首先是使人的大脑里产生良好的化学反应嘛！说得通吧同志们？"

大家笑了。

谭书记："言归正传。咱们全市，除了已留在兵团、农场、农村的，现有二十三万余名返城知青，以往十几年里，各行各业几乎都没发展，也就没产生什么就业岗位，城市一时消化不了你们，所以我极想听听你们有什么高招？"

张继红："谭书记，如果事情不是变成了这样，我们的头儿真被判刑了，我们因而真闹将起来了，您会对我们怎样？"

谭书记："如果不是林超然那一封信写得好，发表得也很及时，那现在事情是个什么局面，还真不好说了。幸而变成了现在这样。"

一名伙伴："变成了现在这样首先对您是幸而的事。"

谭书记："为什么首先对我是？"

另一名伙伴："因为我们都是在返城知青中有一定能量的人。"

谭书记："噢？"绵里藏针地说，"你们几个能量再大，还大得过党吗？中国共产党成功结束了'文化大革命'，一举拿下了'四人帮'，坚决否定了'两个凡是'，这种能量比你们的能量更大吧？我作为市委书记，也自有我的能量啊。硬碰硬，那在化学中叫'相克反应'。一旦发生了，必然两败俱伤。所以我认为，咱们都避免了'相克反应'，那就分不出什么首先不首先了，幸而是同时对我们双方而言的。"气氛一时凝重。

张继红："同志们同志们，跑偏了！哎，谭书记，我们刚才都对那搪瓷盆发生了兴趣，您是特意叫人摆在这儿的吧？"

谭书记点头。按灭烟，问："你们先回答我的问题，你们卖饺子，用什么装的？"

张继红："报纸啊。我们糊成纸袋子。"

谭书记："得用不少报纸，哪儿来的？"

一名伙伴："废品收购站买几捆就能糊一二百个纸袋。"

谭书记："这就难怪了。你们卖的饺子，有些的皮儿上，都印上了报上的字了。人家食品卫生检查部门的同志，照了相了，而且把照片寄给了我。废品收购站的报纸，那多不卫生？我又得说幸而了——幸而到目前为止，没有吃出病来的，否则你们麻烦大了，坐在这儿的肯定是另外一些人了。"

张继红："我们当知青时，还吃过瘟猪肉包的包子、饺子呢，也吃得欢实着呢，人不能活得太细致了。"

静之严厉地说："你别狡辩了！不对就是不对，错了就要改，说那些有意思吗？"

气氛又凝重。

谭书记："我没法儿一下子解决了二十几万人的工作。连你们几个的也解决不了。这个冬天你们还得靠卖饺子自谋生路，但我给你们解决了几处固定的柜台，以后工商等部门也不会找你们麻烦了……"

张继红："可不用报纸袋，那用什么装呢？"

谭书记举起了盆："这个怎么样？"

张继红："我们哪儿来许多搪瓷盆呢？"

谭书记："这是市里一家集体性质的厂生产的。初衷嘛，是为了在'文革'的第十个年头推向市场。'文革'一结束，积压在库里了。集体企业本就周转资金有限，禁不住这种打击。如果是塑料的，回炉就是了，损失会小点儿。但是搪瓷的，全报废那个厂非黄了不可。"

静之："您的意思是，希望我们以后卖饺子时，捎带着替他们把盆也卖出去？"

谭书记："本来想最后议这件事，既然说到这儿了，就提前吧。帮那个厂解决燃眉之急，也成了我一件愁事儿。昨天想到半夜，忽然茅塞顿开。究竟可行不可行，还得听听你们的。"

张继红："都印上那样的字了，这种盆谁还买？饺子不好卖，连盆更难卖了。"

谭书记："他们给的价极便宜，收回成本就行。"

静之："我认为，这种盆具有收藏价值。如果这样一种购买理念被认可了，连盆卖也不是不可行。也许，会比只卖饺子还卖得好。"

张继红："别说，这是让人开窍的思路。有你的。你如果没来，我们损失大了！"

谭书记："你叫什么名字？"

一名伙伴："何静之。登在报上那封信就出于她的笔下。"

谭书记："唔？不是你们中那个能量最大的林超然写的吗？"

静之："是他写的。他是我姐夫。我只不过替他抄了一遍。"

张继红："是啊是啊，她只不过抄了一遍。"

静之对张继红报以感激的一笑。

谭书记："林超然怎么没来呀？"

张继红："他是孝子。他老父母受了惊吓，他得在家陪陪老父母。"

谭书记："可以理解。那，就照静之同志说的，试试看。怎么样？"

张继红："且慢。这里还有个什么搭什么卖的问题。如果是盆搭饺子，那我们的饺子成搭配品了，对我们不利。"

一名伙伴："那就吆喝成饺子搭盆嘛！"

张继红："那，搭着卖的盆儿，谁还相信有什么收藏价值？"

静之："中国词汇那么多，干吗非说什么搭什么呀？要贴出几份消息——买二斤饺子，可获得最低价的'文革'收藏文物一件。买一斤的，还得不到呢！要低姿态、高调门地来卖！"

张继红："谭书记，我们中不乏智者吧？"

谭书记："我看静之同志的能量不亚于你们诸位。只不过你们具有的是扇动能量，而她具有的是推动能量。"

有几个人就又传看起盆来。

谭书记："关于饺子和盆儿这件具体的事，咱们先议到这里行不行？静之同志，我想请你从宏观上谈一谈，为了尽快解决好返城知青的就业问题，市里该主动做些什么？"

静之当仁不让地说："那好，我说说。二十几万青年的就业问题，不是什么人一下子就能全部解决的。谁也不是上帝。但市里的领导们，也大可不必将我们视为负担，认为城市的胃根本难以消化我们。对于城市的机体，我们这一代人反而是宝贵的营养。我们具有相当顽强的生存能力，可以转化为自谋生路的原动力。但这种原动力，需要对我们有利的政策来激活它。所以，与其说我是代表二十几万人来要工作的，莫如说是代表这个群体来要政策的！"

张继红使劲鼓掌，大家跟着鼓。

谭书记点头。

静之："只要知青个体自谋生路的诉求，在食品安全、环境卫生、生产安全等方面符合有关的条例规定，那就要一路绿灯尽快发给个体营业执照，让视个体经营为洪水猛兽的思想见鬼去吧！"

张继红他们鼓掌。

静之："返城知青们如果组织在一起创业，要给以适当的贷款扶持。应该低息，无息最好！在一个时期内，对自谋生路的知青个体和集体创业的他们，要考虑减税，甚至短期免税！中国人自谋生路集体创业的精神被压制得太久了，让我们来作解放那种精神的证明！"

掌声。

静之望一眼谭书记，欲言又止。

谭书记："说下去啊！"

静之："再说下去是不是不识趣了？您皱了好几次眉，却并不鼓掌。"

谭书记："我不鼓掌是因为，都不是我一个人做得了主的事。但这并不应该成为我无所作为的借口。你说的我都赞同！我要排除一切阻力，尽力而为！"

静之笑了。

张继红他们又对谭书记大鼓其掌。

谭书记："说得很好。说下去！"

静之干脆站了起来，一会儿扳手指，一会儿挥手臂，说得激情饱满。

谭书记带头鼓掌。

天黑了。市委书记站在台阶上与静之、张继红他们一一握手，不安地说："晚上要宴请几位兄弟市的领导，不能留你们吃饭了，实在抱歉，多多谅解！"

张继红："静之！"

静之转身。

张继红："你表现太出色了，真想亲你！"

静之一笑："心领了。"

张继红："你觉得谭书记这人怎么样？"

静之："你觉得呢？"

张继红："印象良好。但也是一个绵里藏针的主儿。"

静之："绵里藏针说明还有自己的思想和主见，比那些一贯对上唯唯诺诺、不敢负责任的人强得多！"

一伙伴突然大叫："我饿！"

另一伙伴推了张继红一下："都怪你！非把两点的会改成三点，要不我在家里也早吃上了！"

另一名伙伴："我中午都没吃，等的就是晚饭由市委书记来请，结果落了个空想一场！你小子得请我们吃！"

张继红："好好好，我请我请。大家不辱使命，该请！静之也不许走！静之呢？"

静之的身影已走远了。

"饺子饺子！手工包的冻饺子！萝卜馅、酸菜馅的冻饺子！皮儿薄馅大的饺子！"

这是第二天上午，某露天市场的一个摊位，林超然在大声吆喝，案子上还摆着一摞搪瓷盆。

张继红小声地说："别忘了盆儿！把盆儿也吆喝上。"

林超然张张嘴，没喊出声，闪开的同时小声说："不会。你来。"

张继红："废物典型！"拿起了一个盆儿，举着喊，"还有盆！盆、盆、这个盆，没裂纹儿！买二斤饺子搭一个盆儿！"

一妇女凑过来，拿起一个盆看。

张继红嘴甜地说："婶儿，这盆儿有收藏价值！走遍全中国，再没地方买得到了！"

妇女："来二斤！"

林超然："我们的饺子香啊！是今年出栏的猪肉拌的馅儿。凭票买的那肉，都是冷库里冻了十几年的肉！这盆儿也便宜，只收您成本价……"

妇女一指张继红："他刚才不说买二斤搭一个吗？要钱算搭吗？忽悠人，不买了！"转身便走。

张继红埋怨地说："哎，你急着说盆儿什么价干什么呀？让我慢慢说不行吗？"

林超然恼火地说："你再会说，不是也得说出个价儿，不能白给吗？"

谭书记办公室。他在批文件，杜秘书进入。

谭书记："视察到了什么情况？"

杜秘书："不容乐观。"

谭书记起身，捻动着笔，沉思地说："他们也是在帮搪瓷厂，咱们不能作壁上观。"

杜秘书："是啊。我暗中看着也挺替他们着急的。"

谭书记："这么办啊，你在咱们楼里找上那么五六个人，去帮林超然他们营造气氛。"

杜秘书："当托儿？"

谭书记："你看你这同志，我那么说了吗？"

杜秘书："我说的我说的，您当然不是那种意思。"

谭书记："但不要找处以上的干部。找处以下的。"

杜秘书："包括处级？"

谭书记沉吟地说："可以。找那种平时唯我马首是瞻的啊？"

杜秘书："明白。"

谭书记："别占用工作时间，等吃完午饭后。"

杜秘书点头。

谭书记："如果大家有什么顾虑，就说我说的——引起批评之声，最后我兜着。"

杜秘书点头。

市委门外。几位处以下干部围着杜秘书问长问短。

干部甲："咱们市委机关干部可从没充当过这种角色。"

杜秘书："所以谭书记强调，要找一向拥护他的同志。"

干部乙："论起来，当然也是谭书记的工作的一个组成部分。可万一许多人不理解，引起批评怎么办？"

干部丙："小杜刚才不是传达了，谭书记说他顶着嘛！"

杜秘书纠正地说："谭书记的原话是——他兜着。兜着和顶着意思有区别，而且他说的是最后由他兜着。"

干部甲："那，就是起先由我们顶着的意思啰？"

杜秘书："这可是自愿的。想去的，跟着我。不愿去的，不勉强。"

他说完拔腿便走。

干部乙："就算因此为谭书记受到些什么批评，那我也心甘情愿！"他跟上了杜秘书。

另外几人互相看看，也都跟去。

原地只剩干部甲了，望着杜秘书他们的背影，自言自语："这种事儿也不能落后啊！"他也跑几步跟上了。

黑大校园。静之那幢宿舍前，她站在台阶上，十几名男女生站在她对面。

静之："没什么嘱咐的了，主要记住一点，要掌握分寸，别过。一过让别人看穿了，就丢咱们黑大学生的脸了。"

一名女生："放心，女大学生，谁还没有点儿表演天分啊！"

一名男生忽然大声地说:"哎,那位那位!后边排着去,不许夹楔!都像你这么夹楔,我们后边的白排了!"他说罢,变脸那么快地恢复了常态,徒弟向师傅汇报似的,"这样没过吧?"

静之:"行。挺到位!"

那男生一挥手:"出发!"

一名女生:"静之,你自己不去啊?"

静之:"我怕碰上熟人,穿帮了。你们办事,我放心。"

同学们都走了,静之缓缓踏下台阶,走进小花园,坐在长椅上沉思。

她想到了可笑之事,笑出了声。

露天市场。与先前的冷清大为不同了,林超然和张继红的柜台前排着长队了,前边是杜秘书等市委的干部,后边是静之的同学们。张继红在掌秤,林超然在用盆接饺子,并收钱。

林超然:"二斤饺子一元五!盆一元五,总共三元钱,请大家预先准备好钱,这样快一些!"

一位男士凑上前看,黑大那名善于表演的男生立刻出了队列,劈头盖脸地一顿数落:"公民,后边排着去,不许夹楔!都像你这么夹楔,我们后边的白排了!"

那男士被数落得直翻白眼,羞恼地说:"嚷嚷什么啊?我夹了吗?不就一破盆嘛!"

张继红:"哎,这位同志,你说是破盆儿可不对啊!我们这搭配着卖的不是一般的盆儿。请看清楚上边的字,这是'文革'文物,全中国哪儿也买不到了,有保留价值的!"

这一招果然吸引了不少人排队。

谭书记出现了,内围围巾,外穿呢大衣,戴皮帽子——一看就非一般人,特贵族。

林超然、张继红看着他,一时都呆了,如同被定身法定住。

干部甲:"谭书记,您何必亲自来呢,我们办事儿,您还不放心啊?"

谭书记庄重地说:"我也是来视察视察市场情况。"

张继红猛醒地说:"排队的同志们,市委书记时间宝贵,让他先买行不行啊?"

不料引起一片抗议之声:"不行!"

"我们时间也宝贵！"

"市委书记更不能搞特殊化，后边排着去！"

"对！不排队就是不正之风！"

黑大那名男生对同学们小声地说："镇定。按既定方针办。咱们一点儿没过，是他们过了。"

谭书记："我的时间也没那么宝贵，午休时间我不需要照顾。"他从容不迫地排到后边去了。

老顾问和他女儿在不远不近的地方看着。他生气地说："成何体统！"一转身怫然而去。

天黑了，街道小厂里，林超然在拨算盘、点钱；张继红在修一台旧收音机；其他人在包饺子。

林超然往钱柜里放钱。

一伙伴："头儿，今天入账多少？"

林超然："比以往三天还多。"走到张继红身边说，"别再从废品收购站往这儿划拉东西了啊，咱这儿不能渐渐成了另一处废品收购站。"

张继红："刚多卖了点儿钱，就要告别自力更生的传统了？废品站弄来的保险柜修一修不挺唬人地用上了吗？这收音机也立刻就出声儿！"

他插上插头，一扭开关，果然出声，但是音很小。

张继红："是音量控制旋钮还有点儿问题。"边修边说，"谭书记太够意思了，没想到他也会去。"

一伙伴边包饺子边说："一位可爱的市委书记。"

林超然洗罢手，擦干，也加入包饺子，并说："说实话，他出现在那里，我认为可不是多么清醒的表现。"

伙伴们不解他的话，都看他。

收音机的声音终于大了，报道新闻："据市委外事部门证实，明日中午，市委书记将亲往机场，迎接一批来自欧洲国家的旅游者。该旅游团二十余人，成员包括英国、法国、德国、意大利、比利时等国人士。是'文革'后来到我市的第一个外国旅游团，将对我市旅游业的发展产生重要影响……"

第二天早晨。小厂的院子里，林超然在清扫积雪。从积雪的厚度来看，昨夜的雪下得很大。

张继红从屋里出来，吃惊地说："下得这么厚啊！"

林超然："估计市区以外将近一尺厚。"

张继红："那老外们可赶上了！"

林超然："我也这么想。我还在想，咱们应该去机场那儿。"

张继红："谭书记迎接外宾，咱们去凑什么热闹？"

林超然："不是凑热闹，去清雪。"

张继红："你真想一出是一出，清雪也不必咱们去吧？那是交通局的事儿！"

林超然："我希望能给谭书记一个意外，正如他昨天给了咱俩一个大大的意外。"

张继红想了想，理解地说："明白你什么想法了，那我得去联系一辆卡车！"

机场到市里的一段公路两旁。林超然、张继红等几十名返城知青，在用各种工具清除公路上的厚雪。

谭书记接外宾的车队通过，每辆车上都插着小国旗。

一辆车靠路边停住，谭书记和杜秘书下了车。

谭书记问一返城知青："你们哪儿的？"

返城知青："返城知青，暂时哪儿的也不是。"

谭书记："唔？谁派你们来的？"

返城知青："林超然、张继红。"

杜秘书指着说："您看那儿。"

林超然、张继红拄着锹在望这边。

谭书记明白了，招手。

林超然、张继红也招手。

谭书记与几名返城知青握手，回到车上。

几辆车的车窗摇下，老外们探出头伸出手，频频招手。

穿上了棉袄戴上了棉帽子的林超然和静之走在路上。

静之试探地问："姐夫是不是有什么话要跟我说？"

林超然："对。"停下脚步，掏出一张纸币给了静之，"拿着这五元钱。"

静之："姐夫，我不缺钱。"

林超然："撒谎。你又享受不到助学金，又不好意思向父母要，怎么会不缺钱呢？"

静之只得把钱接了，小声地说："谢谢姐夫。"

林超然俨然长辈似的："给自己买两双棉袜子。大冬天的，还穿双的确良丝袜怎么行？脚冷就全身冷，这是生活常识。"

静之点头。

林超然："还有，你现在和我们不一样。我们是返城的待业青年，你是黑大的学生，而且是学生会的干部，你以后要少到我们这儿来。"

静之："为什么？"

林超然："为什么还用我告诉你吗？我们返城知青身上有毛病。我们这种毛病，越聚在一起，越明显。我们下了几年乡，就自以为是一种资本，好像被亏待了似的，动不动拿我们的经历说事儿。我们习惯于称兄道弟，有时候江湖义气第一。一旦一些人冲动，往往一批人跟着冲动。这一点，在我们兵团知青身上体现得尤其明显，我把它归纳为'兵团知青习气'。"

静之不以为然地说："没想到你会有这种看法。那你自己身上呢？"

林超然："我的话当然也包括说我自己。你对我的话不以为然是吧？"

静之坦率地说："对。虽然你说也包括你自己，但我还是能听出一种居高临下的意味。所以我要斗胆在你这位姐夫面前承认，我不认为你那么评价知青友谊是客观正确的。而且我建议你以后不要在返城知青之间说类似的话。那话听着太刺耳，太伤人。"

林超然："我现在就可以告诉你，我不会接受你的建议的。恰恰相反，我认为我有责任以后在返城知青中经常说，多说。我那么归纳，并不是要全面否定返城知青之间的友谊。在下乡的岁月里，在特别艰苦的环境中，我们那一种友谊是弥足珍贵的。即使未免带有为朋友两肋插刀的江湖义气色彩，那也是曾使我们感到过温暖的……"

静之："但现在返城了，不再有班、排、连、营这种集体关系了，就应该相忘于江湖？"

林超然："人和城市的关系比人和农村的关系复杂多了，人和社会的关系也比人和集体的关系复杂多了。既然现在都回到了城市，以后又都是城市公民了，那就要尽早克服掉一些是知青时的部落人习气……"

静之："这么一会儿，你已经创造了两个概念了。"

林超然："你冷不冷？"

静之："冷。"

林超然严厉地说:"冷就别站这儿跟我顶嘴!以后不允许你再掺和我们的事!也不允许你常到我们这儿来!我们的事今天刚对了,明天可能又错了!我已经没法儿不在对错之间走钢丝了!还要我说得更明白吗?"

静之:"不劳教诲,怎么就对怎么就错,我自己也有头脑!"

她说罢转身便走。

林超然:"你给我站住!"

静之站住了。

林超然:"你再经常来,别怪我当众撵你走!"

静之就扭头看着他。

轮到他一转身就走了。

静之望着他的背影,眼中充满泪……

江北。 精神病院。 慧之在拖一条长长的走廊;一位年长的女性走来,是护士长。

护士长:"小何,水凉,拖一遍就行。"

慧之:"护士长好。 拖一遍拖不干净。 我在兵团时经常用冷水洗脸,不怕水凉。"

护士长:"看把手冻得通红,先放下别拖了,快去接电话。"

慧之:"电话?谁打来的?"

护士长:"说是你的一个兵团战友。"

慧之疑惑地放下拖布,匆匆离开。

慧之在医院某处接电话。

慧之:"一凡?你怎么回哈尔滨了?"

慧之的身影伫立在江北岸边。

她所站的地方正对着青年宫。 有一个身影从那儿朝江这边走来。 她判断出了那必是杨一凡,跳到江面上,迎着他走去。

杨一凡也认出了她,跑起来……

慧之也跑起来……

两人跑到了相距几步远处,都站住了,含情脉脉地望着。

杨一凡:"好像,别人在这种情况之下,一般都是要拥抱的。"

于是慧之扑到了他怀里，他拥抱住了她。

两人脸对脸，唇对唇，近距离地凝视对方。

慧之闭上了眼睛。

然而杨一凡只是一味欣赏地看着她的脸。

慧之奇怪地睁开了眼睛。

杨一凡："这么近距离地看着你的脸，感觉真好。"

慧之多少有点儿索然，想推开他。

杨一凡："别动。"他竖起一根手指做中线，在慧之脸上横比画竖比画的，边说："某些人脸庞的缺陷，只有近距离，以中线法比量着才看得出来。你的脸对称方面刚刚及格，但你两条眉毛长短不太齐，这边的眉梢短了点儿，眼睛似乎也一大一小，另一边嘴角还有点儿歪……"

慧之一下子推开了他，很不高兴地说："天使的脸才是完美的！我又不是天使！"

杨一凡："你是天使，白衣天使。"

慧之："那你就不应该从我脸上看出你所谓的那些缺陷了！"

杨一凡："错。西方大多数油画家所画的天使的脸，不论男的还是女的，如果用中线法一比量的话，十之七八都是稍稍有点儿不对称的。一种西方美术学派认为，稍稍有点儿不对称，比严格的对称更符合人眼的审美习惯。幸好你的脸庞只不过稍稍有点儿不对称……"

慧之："我笨，听不出你这是在夸我呢，还是在贬我呢！我问你还没放假，你回哈尔滨来干什么？"

杨一凡："我们营长出事了，我能不回来一次吗？"

慧之："你在沈阳怎么知道的？"

杨一凡："好事无人知，坏事传千里呗！我们那个研究生班，一小半是返城知青，一小半的一大半是兵团的。哈尔滨有人打电话告诉他们的，他们在一起一议论，我也知道了。我一知道，挤上一趟火车就回来了。刚才我在青年宫给你打的电话，放下电话就过江了。"

慧之："离开学校前请假了？"

杨一凡："请不请假很重要吗？"

慧之想训他又不忍心训地说："你可真是！难道校纪校规对你来说没有意义吗？"

杨一凡认真地说："有意义啊。平时我处处遵守校纪校规，老师和同学都认为我起到了模范生一样的良好影响……"

慧之:"那事已经过去了!我姐夫已经不会被判刑了,昨天晚上就自由了!"

杨一凡:"这么说,我白浪费车票钱了?"

慧之:"那当然!你要是回来之前打电话问问,或者写信问问,不就不至于犯这种多此一举的错误吗?"

杨一凡:"也不能说是什么错误吧?我着急啊!"

慧之:"就算我姐夫现在还没放出来,你赶回来又有屁用?"

杨一凡一愣,皱眉道:"你说脏话了,这可不好。"

慧之:"好!"

杨一凡:"明明不好,你还非说好,这就更不好了……明白了,你不高兴了。你为什么不高兴了呢?"

慧之:"自己想!"

杨一凡:"女人如果不高兴了,男人与其猜她为什么不高兴,还不如对她说一件高兴的事。现在我郑重向你宣布,我们学校有一名女生追求我了!"

慧之愣住。

杨一凡:"怎么,你不替我高兴?真的,我不骗你。我把她写给我的信带回来了,就是为了让你相信,让你替我高兴。"

他掏出信递向慧之。

慧之一把将信夺去,急迫地看;忽然撕了,扔在地上,跺脚大叫:"杨一凡,我不高兴!很不高兴!"

杨一凡困惑地说:"为什么?为什么这么应该使你高兴的事你都不高兴?"

慧之:"因为你已经有对象了!"

杨一凡更困惑了:"我有对象了?我自己怎么不知道?谁?"

慧之:"我!"

杨一凡:"你?你从来也没给我写过那样的信啊!你是我的红颜知己。我想,红颜知己和对象应该是有区别的吧?"

慧之:"我两样都是!既是你的红颜知己又是你的对象!而且,咱俩都接过吻了!"

杨一凡:"是吗?我怎么不记得?什么时候?什么地点?"

慧之更加生气地说:"去年冬天!咱俩从兆麟公园走出来以后!"举臂一指,"就在江边台阶那儿!你怎么连这种事都能忘了?那你还能记住什么?"

她快气哭了。

杨一凡回望，继而看着慧之，还是想不起来，内疚地说："我虽然想不起来了，但是我相信你的记忆。那么是我不对。"

他看到地上的信纸片，欲捡。

慧之大叫："不许捡！"

杨一凡走到了慧之跟前，安慰地说："你别急。也别生气。我的过错是容易纠正的。据我所知，对象之间不止接吻一次。如果咱俩在一起都喜欢接吻，那就进一步证明咱俩是真的对象了！"

慧之："当然喜欢！"

她上前一步，扬起脸，闭上了眼睛。

杨一凡："我想，我也是喜欢的。"

他捧住慧之的脸，将她的头摆正，并说："其实，接吻闭上眼睛，是一种教条主义的接吻方式！是因为接受了文学艺术的暗示……"

慧之猛地睁开眼，使劲一推，杨一凡坐在地上了。

慧之转身跑了，杨一凡站起，愣愣地看她。

慧之转身喊："不许傻站着，追我！"

于是杨一凡向慧之跑去。

雪白的江面上，慧之灵活得像一只小鹿，而杨一凡则显得笨拙。他几次就要抱住慧之了，却都被慧之机敏地逃开了。

杨一凡摔倒了一次，又摔倒了一次……

慧之清亮的咯咯的笑声……

慧之也摔倒了……

杨一凡扑住了她。

杨一凡伏在她身上，气喘吁吁地，以胜利者的口吻说："终于逮着你了！"

慧之大睁双眼，含情脉脉地看着他。

慧之："我才不是教条主义者，我只不过比较传统。"

她缓缓闭上了眼睛。

杨一凡深吸一口气，俯首吻她……

天空盘旋的鸽子……

他俩仰躺在雪地上。

慧之："和一个精神不……"

她意识到自己说了不该说的话，止住了。

杨一凡："说下去。你对我说什么话我都不生气。"

慧之坐了起来，看着他说："说就说……和一个精神不正常的人谈恋爱，连爱情本身也变得不正常了。"

杨一凡也坐了起来，看着她说："只纠正你一个字……不正常'过'。但正常的爱情又是什么样的爱情呢？"

慧之："我也不知道。"

杨一凡："怎么会，你一定谈过好多次正常的恋爱。"

慧之："才没有！这是我的第一次。不但得自学，还得当辅导员。"

听来是怨言，但是她的表情很幸福。

杨一凡忧伤地说："看来，我和正常的爱情无缘了。"

慧之抱住了他的手臂，将头靠在他肩上："没什么可遗憾的。不正常的爱情感觉也挺好的。告诉我，你的老师和同学们，他们知道你那一段经历吗？"

杨一凡："起初都不知道。我想我应该主动告诉他们……"

慧之："为什么？"

杨一凡："主动告诉了他们，如果我表现出了什么不正常的言行，他们就会对我多加原谅了。被原谅对我是重要的。"

慧之："主动告诉了以后呢？"

杨一凡："没一个相信的。都以为我在开玩笑，而且是不可笑的玩笑。再后来，不知为什么都相信了，也都对我更友好了。并且，不止一个人和我说过，自己和许多正常的别人与我比起来，反而有不少方面显得更不正常。他们还都愿意跟我说心里话，说私密的事。只要他们嘱咐我保密。我就坚决保密，再把我送进精神病院去我也不会讲的……"

慧之："比如……"

杨一凡："比如什么？"

慧之："告诉了你哪些私密的事呀？"

杨一凡："这……一件也不能告诉你。我要对得起别人的信任。"

慧之搂住了他的脖子："一凡，我爱你。"

杨一凡："你以后要经常给我写亲密的信，否则我又该忘了咱俩是对象了。"

慧之点头："你也要经常给我写那样的信。"

杨一凡："我还要得到一样东西，使我能带在身上，随时会看到，随时会想到你。"

慧之："现在我没有那样的东西，以后给你。"

杨一凡："不想等到以后，你现在就有。"从慧之头发上取下了一枚发卡。

慧之："这可不行！一会儿回去，同志们见我头发不整，会胡乱猜想笑话我的。"

杨一凡："那不重要。"将发卡揣兜里，又说，"跟我去看你姐夫吧。"

慧之："不行。我在班上，只请了半个小时的假。"

杨一凡："那我只好自己去了。"

慧之："既然回来了，索性就住几天吧。但今天一定要给学校打次电话，补上假。"

杨一凡听话地说："这我能做到。"

他站了起来，又说："那我走了。"一说完转身就跑。

慧之也站了起来，张张嘴欲喊住他，没喊出声，呆望着他的背影而已。

市内某小挂件摊前，杨一凡在挑选挂链。

林超然他们那个小厂的屋子里。林超然、张继红等人看着一位穿工商制服的三十七八岁的女同志，他们叫她张姐。

张姐从这间屋走到那间屋，东看西看。

张姐："还算干净。"

张继红："您来之前，我们突击打扫过……"

张姐不由瞪他。

林超然："张姐，我们这里，一向都这么干净。我们很注意环境卫生。"

张姐："还有人在炕上睡吧？"

林超然："是啊是啊，偶尔有人不想回家了……"

张姐："人睡过的炕，又在上边放案板，揉面，包饺子，岂有此理！"

张继红："家家户户不都这样嘛！"

张姐严肃地说："但这里不是家。"

林超然将张继红扯到一边，耳语："别解释。绝对服从。"

张姐："最里边……一间屋的炕可以保留。这间屋那间屋的炕、火墙，必须拆掉。"

张继红："这，这……太过分了吧？"

张姐："嗯？"

林超然又将张继红扯到一旁，耳语。

张继红走到张姐跟前，满面堆笑地说："张姐，亲爱的张姐……"

张姐："别油腔滑调的！"

张继红："那，敬爱的，敬爱的张姐，咱们北方的冬季不是长、冷嘛，如果都拆了，那馅子在这两间屋都会冻。要是蒸馒头什么的，面都发不起来。您看这样行不行，我们将火口都改到外边去，那样屋里就不起灰了……"

张姐想了想道："那行。火墙要重刷一遍，炕席要撤了，裱几层报纸，刷上油漆……"

张继红："照办，照办。那，把您包里那张纸，现在就给了我们吧？"

张姐："营业执照现在还不能发给你们。等你们重新把这里改造过了，我来检查了，认为合格了才能发给你们。"

张继红："这，这……"

一名返城知青："那我们在春节前的大好时机不就挣不到钱了吗？"

张姐："市里的领导替你们考虑到了，春节前的一段日子，把你们介绍到各大单位的食堂去帮忙，由他们发给你们临时工资。"

另一名返城知青："那干脆就让我们成了那些食堂的正式职工得了呗！"

张姐："那不可能。哪个单位的正式职工都是有编制的。之所以对你们网开一面，就是希望你们成为返城知青自谋生路的典型。"问张继红，"你是负责的？"

张继红指指林超然："他是正头儿，我是副头儿。"

张姐："你俩之间，要有一个担任法人代表。以后不能对外人自称头儿头儿的，黑社会似的！你们自己能改造好不？不能我给你们介绍个施工队？"

张继红："别别，千万别，我们花不起那份儿钱。再说我们个个都是能工巧匠。别说这么三间屋了，中国就是再盖几座大会堂，那我们也能按要求装修好！"

张姐："别吹。我走了，遇到困难找我……"

大家送张姐走出屋子，走到院子里，走到街上。

大家回到院子里时，见杨一凡站在院子里。

张继红亲热地说："嘿，你小子怎么来了？"

杨一凡看着林超然说："听说你们惹麻烦了，我不放心……"

张继红："耳朵够长的，那你回来也帮不上忙啊！"

"你以为你是救世主呀？"

"不过回来了，就证明够哥们儿！"

"别看一凡平时蔫不唧的，一向够哥们儿！"

于是大家这个给他一拳，那个搂他一下，一阵嘻嘻哈哈的。

林超然："怎么胸前还戴条链子？怀表？"

杨一凡下意识地将一只手捂在胸前："比怀表宝贵。"

张继红："还赶紧捂着，怕我们抢呀？"

杨一凡："怕。你们恢复正常了就好。我没请假，看看你们就走。营长，我也有事儿拜托你。"

林超然："说。"

杨一凡："替我关心着慧之，好好照顾着她。"

林超然："没问题。"

杨一凡："那我走了。"转身便走。

林超然寻思过味儿来："哎，等等。"

杨一凡转身，大家都愣愣地看他。

林超然："一凡，为什么？"

杨一凡："什么为什么？"

林超然："你……你为什么，那么托付我？"

杨一凡："因为你是她姐夫呀。"

林超然："是啊是啊，我是慧之的姐夫。可，她的几个亲人就没那么托付过我……"

杨一凡："是由我和慧之的特殊关系决定的。"

林超然搂着杨一凡的肩，将他带到一旁，小声地说："一凡啊，你和慧之，你俩什么关系了？能小声告诉我吗？"

杨一凡："不能。小声也不能。因为慧之让我暂时保守秘密，而我答应了。"他挣开身子，对大家笑道，"春节见！"一转身走了。

张继红："快，那什么，跟个人送送，再套套话儿！"

于是一人跑了出去。

林超然呆在原地，张继红他们默默地看他。

一人说："超然，对一凡的话你也不能太认真。"

其他人都说："是啊是啊……"

林超然："别安慰我了，怎么什么事儿都让我摊上了？我岳父母会唯我是问的啊！"

送杨一凡的人回来了。

张继红："套出什么话没有？"

那人摇头："怎么套也套不出来，守口如瓶。"

张继红："刚才的事儿，谁都不许在超然父母、岳父母面前提半个字！要像一凡一样善于保守秘密！"

大家纷纷点头。

林超然："继红，有的人，是不是一生下来就注定了是操心的命？"

张继红特同情地说："是啊是啊，一旦摊上了这种命，就只有毫无怨言地操心下去！"

林超然苦笑。

鞭炮齐鸣。

硝烟过后，现出一块简陋的牌匾，上写的是——同意面食街道加工厂。

张姐仰脸看着问："怎么觉得有点儿别扭？"

张继红："起初想把街道两个字放面食前边的，但大家伙一琢磨，面食是主语，还是该放前边。"

张姐："我是指为什么起名同意？"

张继红："张姐，这名字挺好的。顺口，容易叫来。我们办这么个小厂是市委同意的，那就代表党也同意了，你们各级政府部门都同意了，而人民大众呢，必然也会同意的！"

张姐打量院子。院子里铺上了马路砖。

张姐："砖哪儿来的？"

一人说："不是偷的！"

张姐朝那人望去。

张继红："张姐，是我们一知青支援的，他爸是水泥材料厂的厂长。听说市委领导支持我们，他爸就派车给送来了……"

街道主任站在旁边，一直想插话，一直没机会插话。

张姐不动声色地进了屋，众人跟入。

张姐一间屋一间屋地看，终于将皮包往胸前一抱，满意地说："行。挺好。合格。"

大家都笑了，林超然也笑了。

街道主任："为了从您嘴里听到一个'好'字，孩子们可上心了。"

张姐问张继红："你俩定了谁是法人代表没有？"

张继红："他。还得是他。"

张姐对林超然说："那你往后躲什么？前边来。"

林超然走到了她跟前。

张姐拉开皮包，取出执照交给林超然："过后把你名字填上，厂名也填上，要镶在框子里。我要提醒你，一成了法人代表，出了什么和这小厂有关的不良事件，你都得负法律责任。"

林超然："明白。"

张继红："姐……"

张姐："别套得太近。叫张姐可以，叫姐不行。"

张继红："咱俩不都姓张嘛，一笔写不出两个'张'来……"

张姐："不行就是不行，一笔笔就写出两个'张'了。"

张继红："我们想，春节前在这儿聚聚。人多，谁家都小……都心里高兴，所以想聚聚……"

张姐："这么点儿事儿你拐弯抹角的干吗？同意！"

大家又都笑了，张姐也笑了。

圆桌上一碗碗一盘盘热气腾腾的饺子。大家围桌而坐。

林超然："一块儿包，一块儿吃，好像又回到了知青时代。"

张继红："超然，再碰一次呗！"

于是一起举杯。

有人问："超然，你不说带二胡来吗？"

林超然："带来了呀，你们都没人理我那茬儿嘛！"

于是大家鼓掌，又有人说："来段《万马奔腾》！"

张继红："别老杆！那是马头琴曲！"

林超然："那我用二胡就拉不好了？听着！"

他从里屋取出二胡拉起来，正拉得起劲儿，一抬头发现静之站在门口，止住。

大家也都发现了静之。

张继红："静之，来得正好。先喝一杯，然后再吃饺子。这饺子香得没治了！"

他为静之倒满了一杯啤酒。

静之:"尽管有人不欢迎我来,但一想到快春节了,还是忍不住要来看看。"她不坐。

林超然放下二胡,走过来拿起杯,也说:"静之,谢谢你为我改了那篇文章。不但我自己认为改得好,社会各方面反应也好。"

静之看也不看他,只说:"预祝大家春节愉快,并预祝一九八一年全年方方面面都顺利!"

她一饮而尽,放下杯,抹抹嘴说:"我这个北大荒兵团部落人,提前给大家拜年啦!"江湖女侠似的一抱拳,转身走了。

张继红看着林超然奇怪地问:"她这是怎么了?"

一人也问:"她怎么说是兵团部落人呢?那咱们不也是了吗?"

林超然:"别理她。她能这样就对了。"也一饮而尽。

他放下杯,同样抹抹嘴,重新拉起了《万马奔腾》,而且拉得还特投入。

大家都怔怔地望着他。

由于静之的来去,刚才的好气氛显然改变了。

第 二 十 章

哈尔滨街树最为美观成行的一条街道。夏季。
　　林超然蹬着带箱柜的三轮车驶过的身影；箱柜上写有"同意"二字，是手写体。

　　绿色的树叶变成金黄的树叶；张继红蹬着同样的三轮车驶在另一条街道上。他将车停在一个不大不小的饭店前，店中出现一个扎围裙的男人，热情地和他打招呼。他打开箱柜，搬出一板饺子交给那人。

　　黄叶纷纷而落，变成鹅毛大雪……
　　又是林超然蹬着三轮车。他蹬到了一处陡坡前，下了车推车而上。

　　他将车刹住在一家大饭店前。饭店里出来两名服务员，与他各搬了一板饺子进入饭店。

　　他在柜台那儿结账，接过钱很有成就感地点数。
　　与他结账的是一个姑娘，说："我们经理希望从明天起多送十斤饺子来，你们的饺子在我们这儿大受欢迎。"
　　林超然："恐怕不行，包不过来。"
　　对方："都是老关系了，照顾照顾，加加班嘛。我们经理说，补给你们加班费也行。"
　　林超然："那可以考虑，我跟我们的人商量商量。"

天快黑了。林超然低着头蹬车，前边突然有人喊："借光！"

他一抬头，见迎面是蹬着车的张继红，在看着他笑。

他也笑了。

张继红："只低头蹬车，不抬头看路，要犯方向错误的。"

林超然："可别这么说，别哪一天不幸被你言中。"

张继红："蹬边上去，说会儿话。"

在不妨碍交通的地方，两人说话。

张继红："真想有几家咱们自己的饺子馆，连锁的，那什么劲头！"

林超然："是啊。每次跟饭店结账，都会有你那种想法。咱们再苦干三年，攒点儿，借点儿，争取兑个小门面。"

张继红："听说南方都有机器生产的饺子了，做梦都梦见咱们也有了那么一台机器！"

林超然："我也听说了。不过那种远景咱就先别想了吧。既然咱们手工包的饺子很受欢迎，那就要再坚持几年手工包的方向。即使南方机器生产的饺子销售过来了，我相信咱们手工包的饺子也还是会有一席之地。"

张继红："反正我觉得咱们这么下去总不是个长事，咱们总不能一辈子就这么包饺子、卖饺子。"

林超然："行行出状元。问题不在于干什么，而在于能干到什么份儿上。最近我也像你那么问过自己，抽时间哥几个坐一块儿好好聊聊，争取聊透一点儿，聊出个长远规划来。要不，大家会厌倦的。一厌倦，心就散了。"

张继红："老实说，包括我自己在内，已经开始厌倦了。不聊这些泄气话了。正巧碰到你，否则忘了。告诉你件高兴的事，你妹今天到哈尔滨。"

林超然惊喜地说："噢？"

张继红："她去的那是什么地方来着？"

林超然："广东的一个什么小地方，叫深圳。"

张继红："你妹太有蔫主意了！你说她大老远地跑那么一个犄角旮旯的地方去干什么！你家收到了电报，你妈拿着到咱们那儿去找你。你不在，我看过了电报，记下了车次，晚上陪你去接她。你可要替你爸妈看严她，别让她又跑回去了！跟咱们一块儿包饺子卖，也比到那么远……我又忘了，叫什么地方来着？"

林超然："深圳。"

张继红："深圳，深圳，名字都这么古怪，还能是个好地方？"

林超然:"让我妈每次接到信就哭,我想一见面就揍她一顿!"

哈尔滨站。大悬表的表针已指向十一点多,站台上几乎没人,张继红冻得直跺脚。

林超然匆匆走来,恼火地说:"又问过了,说具体到站时间还是难以确定。走,不等了!"

他说罢转身就走,张继红拽住了他。

张继红:"哎哎哎,你这要没接着就回去,你妈不又得哭一鼻子啊?我陪你你有什么过意不去的嘛!"

咳嗽声。

两人一回头,见是静之。

静之:"大娘和大爷等急了,所以我也来了。你俩回去吧,我接就行。"

林超然:"继红那你回去吧。"

张继红:"我回去不白等了?不过我得找个地方暖和暖和倒是真的!"

他转身跑了。

林超然干咳,静之走开。

林超然:"干吗躲着我?"

静之:"不想跟你说话。"

林超然走到了她跟前,注视着她说:"慧之爱上了杨一凡,他也爱上了慧之。"

静之愕然。

林超然:"我一向认为你很可爱,你难道心里不清楚吗?可如果咱俩也……我不知你爸妈会怎么想?"

静之又走开了。

林超然又跟了过去,见她脸上有泪,替她擦去。

静之:"慧之爱上杨一凡是不理智的。我对你的爱却是……"

林超然将手放在了她唇上。

林超然:"如果慧之知道你这么说,她又会怎么想?"

远处传来汽笛声。

张继红跑来,并喊:"来啦来啦,就是这次车!"

迎站的列车员们出现了。

天亮了。何父当校长那所中学里，校园新雪如毡；何家的烟囱冒着烟。

屋里。除了杨一凡画的那些属相画不见了，一切如初。还是那张"床"上，中间隔着帘，睡着两男两女四个人。确切地说，是四个小青年。他们的年龄都在十八九，二十一二岁之间。当年的知青们也是他们那种年龄。

两个男青年一个叫赵凯，一个叫周确；两个女青年一个叫尹红，另一个自然是林超然的妹妹林岚。

尹红是四川姑娘。她醒了，好奇地打量了一番屋子，推醒林岚，小声说："林岚，我要上厕所，小便。"

林岚不愿醒地说："昨晚不告诉你们了嘛，可以尿盆里。"

尹红："那怎么行！天都亮了。"

林岚："有什么不行的！尿盆在火墙那边，有火墙挡着，放心大胆去尿吧。"

尹红："不。你告诉我厕所在哪儿？"

林岚："出了屋门你就看见了，操场右边，那你顺手把尿盆倒了。"

尹红端着尿盆出了门，看到满目白雪，大叫："都起来！地上下满真的雪了！"

她一激动，尿盆掉了。

她傻眼了。

尹红又推林岚。

林岚："哎，你让我多睡会儿行不行啊！"

尹红哭丧地说："林岚，我把尿盆掉门口了。"

林岚坐起，揉揉眼，责备她："你可真没用！谁叫你大惊小怪的？"

帘那边赵凯学尹红："地上下满真的雪了！"

周确："他们四川人不是很少见到雪嘛！"

尹红："林岚，我憋不住了，快尿裤子了！"

林岚："那快往厕所跑呀！"

尹红："可门口那儿……"

林岚："你别管了！"

尹红跑出。

林岚开始穿衣服。

帘那边。赵凯和周确也在穿衣服。

赵凯:"林岚,这是哪儿呀?"

林岚:"起先是教室,我嫂子的父亲是这所中学的校长,后来这里成了他们的家。成了他们的家才变成这样的。现在他们分了房子,学校也不缺教室了,而且放假了,所以昨天夜里就把咱们带这儿住来了。要不咋办,我家地方小,住不下咱们。估计我嫂子家分的房子也大不了……"

周确:"我喜欢这儿,有点儿住在教堂里的感觉。"

赵凯:"我还以为是幼儿园呢!当然住这儿好,咱们自由,想干什么就干什么!"

林岚一板脸:"你想干什么?"

赵凯被问得愣住了。

林岚:"警告你俩,在这儿,只许白天说话,晚上睡觉,不许产生坏念头!"

周确:"我俩又不是坏人,怎么会产生坏念头呢!"

林岚:"你们男的,即使是好人,一旦有机会占女人便宜,那也往往会动坏念头。所以我要丑话说在前边,谁意志薄弱先自己打打预防针!"说着已下了地,在火墙炉子那儿往外扒灰,扒了一撮子灰端出去了。

赵凯老实地说:"你带那种针了吗?带了给我打一针!"

周确:"她那是讽刺咱们,小瞧人!"

外边。林岚在门口那儿往尿迹上撒灰。

"岚子……"

是林母的声音,林岚一抬头,见爸妈已站在跟前,爸爸抱床被子。

林岚:"爸、妈!"放下撮子,扑到妈怀里。

林母搂着她呜咽地说:"岚子,你可回来了,再不回来把妈想死了!"

林岚:"我不是经常给你写信了嘛!"

林父对林母说:"你抱会儿,你抱会儿。"

林母:"这都到门口了,你直接抱屋去就是了嘛!"

林父:"你让我腾出手来,我这就揍她一顿!"

林岚调皮地说:"爸,忍忍,进屋再揍行不?"

林母:"门口咋湿了一大片?"

"林岚把尿盆扣地上了!"尹红从厕所回来了。

林岚："你话接得可真及时！"向父母介绍，"爸、妈，这是我在深圳交的好朋友，四川人。"

林母："我的天老爷，怎么没回家，大老远地跟我们岚子跑东北来了？"

尹红："林岚动员我来看真的雪，我还没看到过真的雪。"

何父何母、林超然和静之这时也来了。林超然拎一个布袋。

一干人等都进了屋，林岚看看这个，看看那个，问大家："都介绍过了吧？"

静之："岚子，都介绍过了。"

林岚主人似的："那都找地方坐呀！"

大家就都坐下了，林父要往地上的一个纸板箱上坐。

林岚："爸，别坐那儿，那个箱子可坐不得。"

林父只得坐炕边上了。

何母将林岚拉到跟前，端详着说："让婶好好看看。别说你妈想你了，连我都经常想你！一年多没见，长成大姑娘样儿了……咦，脸上怎么有雀斑了？以前一张小脸儿可是白白净净的呀！"

林岚："不小心，让焊花溅了几次。"

尹红："她是我们电焊班的班长。"指着赵凯和周确说，"他俩也是电焊工。"

林岚自豪地说："我在深圳领导着九个人呢！我现在已经拿到了二级电焊工的证书！"

亲人们一时你看我，我看你。

林父："胡说！学徒那还得三年呢，你去那儿才一年多！"

林岚："我们深圳那儿跟全中国许多方面都不一样，最讲的是实际能力！我多聪明！学得快，又摊上了一个好师傅，三个月就把我带出徒了！"

尹红等三人证实地一齐点头。

林父将信将疑："那再说说，你挣多少钱了？"

林岚："基本工资跟全国一样，但只要加班加点就发奖金。我们那儿讲实惠，提倡多劳多得！我月月都开五六十。"

林父自言自语："这不公平，不公平，我干了一辈子，退休前才开到六十八元！"

林岚："可我觉得那样才公平！赵凯，把我那兜子递过来，我要发见面礼！"

赵凯从墙上摘下一个沉甸甸的兜子递给她；她把手伸进去，抓出一把电子表来!

亲人们顿时都瞪直了眼睛。

林岚一一给大家分表,最后把兜子往桌上一放,又说:"不喜欢自己那款式的,随便挑!"

她说完,去开纸板箱。

林超然走到桌子那儿,往兜子里看了看,底朝上一倒,倒出一桌面电子表!

亲人们又是一阵你看我,我看你。

林超然严厉地说:"小妹!哪儿来的?"

周确:"走私来的。"

林父:"林岚……"

赵凯:"林大爷您别急,他没说明白。是我们那边渔民走私来的。也不能叫走私,渔民在海上碰到台湾那边的船,用捕到的鱼换的。在我们那儿可便宜了,才十元钱一只。林岚走前买了二十只,她和渔民关系处得好,人家还白送了她二十只。"

林超然:"没经过海关那就叫走私!"

周确:"那边渔民太穷了,可以理解的。我们买,那也是出于同情他们。"

尹红:"再说台湾也不是外国,而是中国的一部分呀!"

林岚:"先别和他们解释,谁来帮帮我!"

于是尹红等三人都去帮林岚忙了。箱子拆开,是一台电视。

张继红也来了,一见桌上一堆表,大呼小叫:"哎呀妈呀!林岚你带回来的?你们四个不是抢了表店了吧?"

林岚:"和他们三个没关系!都是我的,继红哥也有你一块,自己挑吧!"

她一边说,一边指挥赵凯和周确摆放电视。没地方放得下,最后只得放床上了。

亲人们包括张继红,全都目瞪口呆。

林岚:"爸、妈,我孝敬你们的。十八吋,彩色的,台湾那边与日本合资生产的,我花八百元就买下了。"

林父:"你你你……那,都……都是……"

静之:"我提议,都什么也别问了,先让小妹他们吃早饭。岚子,你招待你朋友们洗漱,我去给你们煮饺子。姐夫,你帮我弄火。"

林超然不情愿地跟着静之到了外屋。

静之一边往锅里舀水，刷锅，一边小声说："我也觉得该问个清楚明白，但最好别当着大家的面问。"

屋里。张继红在挑表，边说："小妹，深圳那边天堂呀？怎么你才走了一年多就发成这样？"

林岚则在调台，边说："可苦呢，跟你们下乡差不多！但我们是第一批开拓者……"

张继红一转身，看着电视大声地说："别换台别换台，就看这个，《加里森敢死队》！早就听说了，没地方看去！"

他将椅子摆床前，端端正正地坐下看起来。

林岚和她的朋友们，已经在狼吞虎咽地吃饺子了，皆言"香""好吃"。

电视屏幕上有"戏子"和"酋长"两个人物出现的精彩片断。

除了张继红，亲人们聚在一起，或站或立，都看着林岚他们，目光和表情都有猜疑和忧虑。

《加里森敢死队》的片断。

张继红："我更喜欢的还是'酋长'这个人物，义气、外冷内热。超然，你呢？"

没人回答他的话。

张继红："静之，你呢？听说你们大学生更喜欢'戏子'，发表发表高论嘛！"

还是没人回答他的话。

张继红一回头，林岚他们已经不在了，桌上只剩了盘子和盘中数个饺子。

何母："继红，你把电视关了。"

张继红："还有一集，你们怎么都不看？"

林超然拿起遥控器将电视关了。

何母："一台走私的电视，而且是台湾和日本合资的，我们在看的还是美国的电视剧，这可不好。即使没人揭发批评，我们自己也应该觉得不好。"

张继红："这，没那么严重吧？"

何母："有时候人犯错误，往往就是在自己认为不那么严重的情况下犯的。"

何父："是啊是啊，犯错误容易，一旦被要求检讨，过关可就不那么容易了。"

张继红："据我所知，不少干部家里摆的电视，也是托人从南边买回来的'水货'！"

何母:"他们是他们,我们是我们。有的事在他们是小节,在我们就是大节。尤其你和超然,你俩那档子事刚平息,更要处处谨慎,不能再被抓住把柄。"

何父:"有朋友告诉我,某些干部对你们的事还耿耿于怀呢,还听说你俩在有关方面是挂了号的人物。"

张继红:"不是……"

林超然:"继红,少说两句!"

林母:"这个岚子,一回来就带回了这么多不安!超然,你一定要替爸妈看住你妹,千万别让她再走了!"

林父:"把那东西给我装起来!"

张继红帮着林超然默默将电视装入了纸板箱。

何母:"两位亲家,别怪我小题大做啊,这表,咱们谁都不能戴。咱们两家的人,忽然都戴上了电子表,如果被议论起来,那也是个事儿!何况超然还被当成投机倒把集团的首犯……"

何父:"何况我是中学校长,你是中学老师,静之是大学生……"

他第一个将手中的表放在了桌上。

何母也将表放在了桌上。

林母:"这个岚子,真让我操不完的心!我一辈子也没戴过手表,都老太太了,戴不戴表怎么了?她要真懂事,给我买双鞋不比给我买块表更是孝心吗?超然,替我接过去。"

林超然刚接过去,她又说:"等等,妈还没仔细看一下。"

林超然就将表还给她了。

林母放在手心上看着说:"你妹给我这一块,款式还真挺好看的。"

张继红:"那叫昆式的,典型款的女表。"

林母:"管它昆不昆的,不稀罕资本主义的东西!"分明不舍地将表朝儿子一递。

林父:"不戴表也能活一辈子!"

他生气地从腕上撸下表,摔在地上。

张继红上前捡起,看看表,看着大家说:"挺经摔,证明这表质量不错!哎,你们都不稀罕,我稀罕行不?"

林母:"继红,别忘了你是我们林家干儿子。"

林父吼:"你也给我放下!"

张继红："好好好，您别发脾气，我永远做您听话的干儿子！"也乖乖把表放下了。

何父："静之，还有你那块。"

静之："我没往腕子上戴，去煮饺子的时候就放桌上了。"

何母："静之，你更没有什么理由例外！"

静之："我确实没往腕子上戴嘛，还要搜身啊？"

林超然："我作证，是静之说的那样。"

林母："超然，你把表都收你妹那兜子里，再把那兜子藏好，嘱咐她千万别当着外人显摆。"

林超然："一兜子表她都背走了……"

何母："我这倒没注意。"

何父："她……不会是去倒卖吧？"

林超然："她不是说他们去看冰灯嘛。说之后要挨家去看她的同学和老师，把表分给同学和老师……"

林父："这……这不等于是四处张扬嘛！"

大家一阵面面相觑。

何父："两位亲家，事已至此，我看大家也不必在这儿犯嘀咕了。静之，给你个任务，尽快和林岚聊聊，替你大爷和大娘询问清楚，那些表和电视……"

静之："我看也不用再问了，肯定就是她说的那么回事，我们大学里也有不少老师和同学戴电子表，都是南方过来的。"

林母："静之，那你也再替大爷大娘审审。你问比我们问好。也比你姐夫问好。"

静之点头。

何母："还有个情况，我们也应该重视。就是……林岚他们四个，都青春年少的，一块儿住这儿，床中间只隔着布帘，会不会出什么更让咱们亲人被动的事啊？"

林超然、张继红与静之互相看。

林超然："这种担心倒不必，我相信我妹妹不至于的。"

静之："我也相信。这次见到小妹，我觉得她成熟多了。"

张继红："咱们下乡时，不经常这样嘛，有时连帘都不隔！"

何父："要真出了那种不好的事，脸上最不光彩的那就是我了。这儿是学校的地方，连我们学校也不光彩了……"

477

林父："让她今晚就回家睡！"

林超然："那不合适吧？小妹是他们班长，他们三个是跟小妹来玩儿的。"

林母："那就让那个四川女孩儿和你妹都住咱家。你和继红，你俩陪那俩男孩儿住这儿。"

静之："大娘，我觉得那也不好。我看他们都挺机灵的，我们非要把他们男女分开，他们能不明白我们是怎么看他们的，什么用心？能不觉得自尊心受伤害？我要是他们中的一个，我就会认为被侮辱了，会很不高兴。"

林父："咱们怎么省心怎么决定，不管他们高兴不高兴！"

林超然："我看这个问题不是个问题，可以不必讨论。"

张继红："听起来像是在开会了！"拍拍手道，"那就当成个会来开，干脆举手表决吧……同意把他们男女分开的举手！"

林父、林母、何母举起了手。

何母看着何父问："你没听明白小张的话？"

何父："我……再考虑考虑……出了使咱们不光彩的事当然不好，可一下子伤了四个小青年的自尊心，那也不太好……"

张继红："同意不把他们硬性分开的举手。"

他自己首先高高举起了手，林超然和静之也都举起了手。

张继红："三比三，还不好办了呢。"

静之："有的人啊，看多少书都白看了，包括《教育的诗篇》那样的书。"

何父："那……我也主张，对青年们，该信任就信任一次……"

他也举起了手。

林父："我回家了！"猛地站起，往外便走；在门口转过身，指着何父又说，"你们知识分子，怎么就这么立场不坚定！"

何父苦笑。

兆麟公园里。林岚等四人碰上了她当年的对象，两人一时都意外，不自然；因为她对象与女朋友互挽着，很亲爱的样子。

林岚的表情迅速恢复了自然，大大方方地说："你好！"

对方也寻找着感觉："你好。"

林岚："真的好久不见了。"

对方："是啊，一年多了。你胖了点儿。"

林岚："想不到在这儿碰上了。"

对方:"我也想不到。"

林岚也挽住了周确的手:"这是我男朋友。"

对方:"她是我女朋友。"

林岚:"正好,我到深圳去了,带回了几块电子表,也给你俩一人一块吧。"她从背在身上的兜里掏出了两块表,递给对方。

那一对儿都一愣,但欣然接过去了。

林岚:"喜欢吗?"

那一对儿同时点头:

"喜欢!"

"谢谢。"

林岚:"那么,再见吧。"

那一对儿:

"再见。"

"有空儿找我俩玩儿。"

林岚挽着周确朝前走了,尹红和赵凯自然地跟着。

林岚站住,问:"他们走远了吧?"

尹红:"都在回头看咱们。"

林岚:"那咱们继续往前走,谁也别回头。"

赵凯:"是你那个吹了的对象?"

林岚:"对。想不到我可以那么平静地面对他。"

赵凯:"不但平静,还特贵族范儿!"

周确洋洋自得地说:"那不是由于挽着我嘛!"

林岚将手抽了出来,庄重地说:"别当真啊。刚才算你当了我一台阶,人情后补。"

尹红看着林岚摇头:"那么胖,人才太不怎么样了吧?你一提起他就掉眼泪,我以为准是个白马王子呢!"

周确:"起码也得是我和赵凯这样的吧?太没水准了。"

林岚一笑:"是啊,太没水准了。从现在起,彻底过去了,再也不伤心难过了。"

林超然和张继红走在路上。

林超然:"什么时候我操心的事会少点儿呢?"

张继红:"也许有些时候情况是这样的……操心的人操心惯了,以他的眼来看,别人认为不必大操其心的事,他也认为是他非操心不可的事。结果会使被操心的人不胜其烦。"

林超然站住了:"你是说我对我妹妹的事?"

张继红:"老实说,我觉得你爸你妈,包括岳父岳母,他们刚才的表现都未免小题大做。你爸你妈没文化,知道的事少,情有可原。你岳母刚才的表现可不咋的,那是说的些什么呢!你岳父的表现就很好。要是你妹知道你们两家的大人背后那么议论他们,非气哭了不可。"

林超然:"我岳母是出于对我妹的爱护,对我们林家负责。"

张继红:"我看也是那十几年被整怕了,留下病根儿了。那么如履薄冰的,不连下半辈子也搭进去了?自从昨天晚上我见到你妹,一路跟她聊,我觉得她长大了,长见识了,成熟多了,深圳那地方使她改变了,有点儿胸怀了。人家还写入党申请书了呢,所以,你不必为她忧心忡忡的。"

林超然:"唔,她没对我说。"

张继红:"你一见到她就摆起当过营长的臭架子,她当然不会主动告诉你。我觉得让静之审你妹子不好,很可能会把她俩的关系搞糟了。你看这样行不?咱们哥几个,与你妹他们四个,在一起聊聊。让他们听听咱们的经历,咱们也听听他们的经历。聊得投机了,不什么都了解了?"

林超然将一只手拍在张继红肩上:"同意。"

晚上。两拨人坐在床上。林超然他们几个,将林岚等四人围在中间,摆起了龙门阵。

林超然问尹红:"小尹,你怎么会从四川到深圳去呢?"

尹红:"我大姐在深圳卖麻辣烫。她写信告诉我那儿容易找到活,我毫不犹豫就去了。"

林超然:"麻辣烫是什么?"

尹红:"四川的小吃。容易熟的东西都烫在热锅里,吃的时候拌上又麻又辣的调料。"

周确:"不只他们四川人喜欢那么吃,我们湖北人也喜欢啊。"

赵凯:"我们湖南人更喜欢!"

张继红:"说说,你俩怎么去的?"

赵凯:"我哥是复员的工程兵,他们整团人都去了,我是投奔我哥。"

周确:"我父亲是建筑工程师,他写信让我去的。他说深圳将来肯定会让全中国乃至全世界刮目相看的。谁去得早,谁就会成为深圳市的第一代创业者……"

一名返城知青:"哎哎哎,湖北的小老弟,说话悠着点儿哟,哈尔滨由一个小渔村变成一座省城,那可是经历了二百来年!"

林岚:"深圳不会,二十年就可以!"

林超然:"小妹,你继红哥刚才可还在夸你成熟来着。"

林岚:"我不在乎你们说我成熟还是幼稚!深圳的速度是神奇的!每天都有成千上万的人从全国各地涌向那里!有普通劳动者也有各方面的知识分子、科技人员!我们深圳现在那是几天起一座高楼大厦。你们兵团当年是五湖四海的知青走到了一起,我们现在的深圳人更是五湖四海!到我回来的时候为止,全国一半省份的人我们深圳都有了!"

她将腿一盘,神采飞扬,侃侃而谈,充满自豪感:"我坚信再过二十年,深圳会成为一座又美丽又年轻的城市。它充满一股年轻人的朝气!而我那时才四十多岁,我也有资格对后去的人说,想当年我们……"

林超然:"小妹,爸妈可都嘱咐过我,让我看严你,不许你再回去。"

林岚:"那你就要和我站在同一战线,帮我说服爸妈嘛!"

尹红:"不许我们班长回去那可不行!看得再严我们也得把她揪回去!"

张继红:"哎,小妹,你们那儿缺我这样的人不缺?"

林岚:"太缺了呀!我们深圳现在的主力军,一是复转军人,二是你们这批下过乡的!继红哥你会开车,会修车,水电工技术也拿得起,还有一定的组织能力,你要是去了太有前途了呀!"

林超然、张继红等人走出校门。

张继红:"没和他们聊够。而且,也想再看几集《加里森敢死队》。十八吋大彩电摆在那儿不看,太对不起那么高级的东西了!"

林超然:"我可听说要等十二点以后才播。"

张继红:"那我熬到十二点以后!"

他转身跑了。

另一名知青:"超然,我担心这家伙也被你妹妹拐到深圳去!"

林超然苦笑。

屋里。林岚等四人安安静静地睡在布帘两边。

在火墙的另一边，张继红反坐椅上，双手放于椅背，瞪大双眼在看《加里森敢死队》。电视摆在另一把椅子上，插头插在长长的接线板上。

一挂长鞭被点燃。炸响声中，静之捂着双耳，一转身斜偎在林超然怀里。这一情形被尹红看到，她用胳膊肘拐了林岚一下；林岚看时，林超然已用大衣的一边衣襟遮住了静之。

炸响声过，远远近近接着传来鞭炮声；林岚还在愣愣地看着哥哥和静之，而张继红和尹红他们已在抬头望着校门上方的两只崭新的大红灯笼了。

静之发现自己是偎在林超然怀里，不好意思地说："我以为你是继红哥……"

林超然笑笑。用手指刮了她鼻子一下。

屋里。用课桌拼对成了两张大桌子，另外还有一只大圆桌；林父林母、何父何母、林超然和静之坐在大圆桌周围，这一张桌子在中间。加工厂的返城知青们和林岚他们分别坐在另外两张拼对成的桌子旁。

张继红在鼓鼓捣捣地试话筒；话筒终于接通了。

张继红一手拿话筒，一手举杯道："诸位，我的长辈们，我的兵团战友们，我的小弟小妹们，承蒙你们共同的推举，由我来主持这一九八二年的春节家庭晚餐。我们三方面的人聚在一起过三十儿，是林岚小妹的提议，她说怕她来自深圳的三位远方客人想家，所以希望越热闹越好。现在我提议，为了我们的国家，为了我们各自的人生在一九八二年都有进步……干杯！"

于是一片碰杯声。

张继红："要热闹，就得有人出节目。都听我的，先从长辈开始，只要求他们每人出一个节目，之后就谁也不要勉强他们了，先从我干爸开始，大家呱唧呱唧！"

在掌声中他将话筒递向林父。

林超然："继红，我父亲连首歌也不会唱……"

林父："你怎么知道我不会！给我添酒，我润润嗓子！"

静之笑着又给他的杯里倒满了酒，他一饮而尽，引吭高歌：

人人那个都说，

沂蒙山好，

　　沂蒙那个山上，

　　好风光……

　　大家叫好，鼓掌。

　　何父："老哥，你是出色的男高音哎！"

　　林父："啥男高音，是电视搭配的这话筒响。再说，不能扫孩子们的兴不是！老伴，该你了！"

　　林母："我就别唱了呗。"

　　林父："你问问孩子们，那能答应吗？"

　　一片喊声："不能！"

　　林母："那你抱孙子！"将小孙子递在林父怀中。

　　林母："我也就会唱一首老歌，前几句还忘了……"

　　她离开座位，唱起了《回娘家》，还带着表演唱。

　　都看得开心大笑。

　　张继红："林岚，你爸妈都唱了，轮到你了！"

　　尹红："林岚，露一手，《美酒加咖啡》！"

　　林岚接过话筒，大大方方地唱：

　　美酒加咖啡

　　我只要喝一杯

　　想起了过去

　　又喝了第二杯……

　　林父听了不悦，小声对林超然说："你妹这是唱的啥嘛，不学好！别让她唱了！"

　　林超然小声地说："爸，那多不好。"

　　静之："伯父，我姐夫说得对。"

　　何父："亲家，吸烟，吸烟……"

　　林父："没听说有那么个唱法的，烧包！"

　　林岚一往情深地唱着：

483

明知道爱情像流水

管他去爱谁

我要美酒加咖啡

一杯再一杯

我并没有醉……

林岚唱完后，除她的三位朋友鼓掌，另外两桌反应淡淡的。

林岚不乐意了："咋的？我唱得不好呀？"

张继红："好，好，都快把我唱醉了！"

林岚："好，那两桌怎么不鼓掌？"

林超然和静之响亮地鼓掌。

林父："热！屋里闷热！继红，开小通风窗，通通风！"

气氛一时尴尬。张继红赶紧开了通风窗。

静之大声地说："我妈年轻时唱歌唱得可好听了，大家想不想听？"

两桌晚辈同声地说："想！"

何母对静之嗔道："你怎么为难你妈！"

静之："高兴嘛！"

何母接过话筒，唱《好一朵茉莉花》。

林父也不爱听地说："啧啧啧，多大年纪了唱这个，还返老还童了呢！"

静之就隔着林超然，夹了一大块木耳硬往林父口中塞。

校园里。热气从小通风窗涌出，也传出歌声。

先是返城知青们吼了一首《兵团战士胸有朝阳》。

接着周确和赵凯齐唱《霍元甲》主题歌《风雨百年》，用粤语唱的。

屋里。尹红在唱《月亮代表我的心》。

她还没唱完，外边传入手提话筒的声音："屋里的人听着，都不许动，我们是派出所的！"

声音很严厉。

一个更严厉的男人的声音："你们几个把住窗口和门口，逃出来一个抓一个，一个也别放跑！"

三桌人都呆住了。

门一开，进来一位中年警官。

何父强作镇定地说："张所长，你们这是……"

张所长："何校长也在啊，这……误会了误会了，肯定误会了！"

何父："怎么回事？"

张所长："他们都是……"

何父："这位，这位，是我亲家。这是我妻子，这是我大女婿，她是我小女儿；那桌是我女婿的兵团战友们，那桌是……"

林岚："张叔叔，不记得我了？林岚！几年前我生急病时，是您用摩托车把我送到医院的！"

张所长："小林岚啊，张叔叔不管你们那片啰，调这边来啰。你偷偷跑深圳去了，你爸妈起初还以为你失踪了呢！他们三个是……"

林岚："我深圳的工友，都是南方人。没见过冰雪，跟我来看冰雪的。"

张所长："好大的兴致，刚才你们唱歌了？"

林岚："对呀。"

张所长："你们那么一唱，就有多事儿的了。一有多事儿的，张叔叔可不就得来呗！"转身看着何校长又说，"何校长，对不起打扰你们了啊！所里接到了举报电话，说这屋有人在大唱黄色歌曲。我一想这屋自从你们全家搬走后，一直空着，而且学校又放假了，就怀疑是不是些小流氓们聚在这儿鬼混。这真是天大的误会，不好意思不好意思……"

何母："这屋有我们四位长辈在，怎么会有人唱黄色歌曲！"

张所长："那是那是，所以我说误会了嘛。"

林母："小张，一口一句何校长，眼里没我们两口子？"

张所长："不敢不敢。我不是一进了屋，心里有点儿发蒙了吗？"

林父："那，过来喝杯酒再走。"

张所长："那可不行。我在值班。这么着吧，我敬个礼，算给大家都拜个年了！"

他举手敬礼，旋转着身子。

张所长："你们接着热闹，我走了……"

林岚："张叔叔，我有礼物送给您。"

她起身从墙上摘下了兜子。

林母紧张地说："岚子，别什么不金不贵的东西都送人，你张叔不稀罕。"

张所长："大娘，真是金贵的东西我也不敢要啊！"居然耐心地等那儿。

林岚从兜里掏出了一块表，递给他。

他接过，看着说："电子的，在你们那边挺便宜。你实心实意的，那张叔收了。"

张所长摆着手退了出去。

大家皆长出一口气。

林母："岚子，你还……你张叔一进门，我这心都快跳出来了！"

林岚："这屋又没谁做犯法的事，你们害怕个什么劲儿呀！"

林父："难道你买那些表就完全合法？"

张继红喝高了，他劝止地说："干爸，大三十儿的，不能像平时一样训晚辈儿。刚才那是段插曲，咱们应该当成有意思的事儿来对待。现在我要说的是，我们'同意面食加工厂'的法人代表，我亲爱的兵团战友超然……"

林超然："别说我，还是接着唱歌……"

张继红："让我把话说完，就几句。超然他为了你们林家、何家两家的事，太操心了。自从凝之死后……"

林超然一拍桌子："继红！"

一时肃静无声。

林岚："你胡说！"

张继红："失言了，失言了，唱歌，唱歌……"

林岚："我哥说，我嫂子被她连队的人接回兵团去了，我慧之姐到沈阳看杨一凡去了……"

张继红："我喝多了，喝多了，我是胡说，你哥说得对……我……我先走了……"

他跌跌撞撞地走出去。

何母："超然，你不是说，慧之是回她连队过春节去了吗？怎么又成去沈阳看杨一凡了？她去沈阳看杨一凡干什么呀？他俩究竟是什么关系了呀？"她要哭了，何父赶紧抚慰她。

林超然只有低头不语。

林岚走到了哥哥跟前："哥，告诉我实话，我嫂子怎么了？"

林超然端起杯，猛将一杯酒喝下去。

林岚也快哭了："爸、妈，你们告诉我……"

林父林母也将头低下了。

林岚："你们倒是说句话呀！"

何父："林岚，你继红哥说的不是醉话……你嫂子生你侄子的时候难产，失血太多……"

林岚："我不信，我不信！"

静之起身抱住了她："小妹，信吧……"

林岚痛哭道："你们为什么不写信告诉我？为什么啊……我再上哪儿去见我嫂子啊！"

哈尔滨站。林超然和静之在送妹妹等四人走，林岚臂戴黑纱；张继红也要跟着到深圳去了，他爱人抱着孩子也来送他。

张妻："跟爸说，到了那边努力工作。"

张女："爸爸努力工作。"

张妻："别想家。家里一切有妈妈。"

张女："别想家。家里一切有妈妈。"

林超然走了过来，对孩子说："让你妈轻松轻松，大爷抱你一会儿。"

他抱过孩子对张继红说："继红，现在改变主意还来得及。"

张继红："开弓没有回头箭，不改了。"

尹红："超然哥你别劝他改主意，把他带到深圳是我们一大成就！"

张妻："超然，我支持他去。挺大个男人，不能卖一辈子饺子！党中央下了大决心的事，他去参加了建设，将来肯定有前途！"

上车哨吹响了。

该走的人全都上了车。

林岚在窗口说："静之姐，再见。哥，替我转告爸妈，等我们深圳建设好，一定接他们去享福……"

张妻："明年探家要给我和儿子带回台大彩电！多带些电子表，好送亲戚！"

张继红站在车门那儿招手："放心，包我身上了！"

列车开走。

寂静的街道上，走着林超然和静之。

林超然与静之默默分手。

林超然独自在小厂屋里摇元宵。
案上的元宵已经摆了好几盆。

清晨,林超然穿着凝之为他织的紫色毛衣在跑步。

大年初一,远处不时传来鞭炮声。
林超然进了屋,见张继红在搓元宵。
林超然大诧:"咦,你怎么回事?"
张继红:"舍不得离开老婆孩子,第一个小站下车了……"
林超然:"没出息!"
张继红:"还舍不得咱们这个小小加工厂。"
林超然笑着给了他一拳:"那我收回后一句话。"
张继红也笑了。

奔驶在南方大地上的列车。 南方油菜花黄了,桃花红了,梨花白了,到处一派大好春光。
列车汽笛长鸣,穿山越岭。
画面由南方的大好春光化为北国大地;哈尔滨迎来了它的初夏,一九八二年的初夏。

第二十一章

一长条浪花透板固定在雪白墙壁的下方,持刷子的手在刷来刷去。

刷墙的是杨一凡,而慧之在擦窗。

这是何家分到的房子,二楼,三居室,除了一把满是灰点子的椅子,还没搬入任何一件家具。

静之进入,她还背着兵团时期几乎人人都有的黄书包,但颜色早已洗浅了。她见慧之蹲在窗台上,担心地说:"小心点儿,别掉下去。"

慧之:"扶我一下。"

静之走过去,将慧之扶下了窗台。

杨一凡仍聚精会神地刷着,对静之的到来毫无反应。

静之:"杨一凡,没听到我说话呀?"

杨一凡头也不回地说:"听到了。"

静之:"听到了为什么都不看我一眼?"

杨一凡:"为什么要看你一眼?"

静之:"如果你明知是我爸或我妈来了,也毫无反应呀?"

杨一凡直起了腰,目光却仍看着自己刷过的地方,随口答应地说:"那会有反应的。"

静之:"什么反应?"

杨一凡:"看一眼,叫一声。"

慧之扯静之一下,制止她。

静之一甩胳膊,偏说:"那你为什么就不能也看我一眼,叫我一声。"

杨一凡:"我得从你爸你妈脸上看出来,他们是不是不高兴我在这儿。如果是那样,我立刻走。我不认为你会不高兴在这儿看到我,所以用不着也看你一眼，叫你一声。"

杨一凡说完，又蘸了蓝色灰浆开始刷。

静之将慧之拽到了另一房间，小声问："他说的是明白话，还是糊涂话？"

慧之摇头："我也不知道。"

静之："你应该知道！"

慧之："我也不知道又怎么样呢？"

静之："你……他怎么来了？"

慧之："他从沈阳回来实习，去医院看我，听我说要来擦窗子，就跑来了。"

静之："为什么到医院去看你？"

杨一凡的声音："因为我爱她。"

姐妹俩一转身，见杨一凡已站在她俩面前。

慧之："静之，咱们最好换个话题。"

杨一凡却孩子似的对慧之说："我想画画。"

静之哄小孩似的："好哇。那你到另一个房间画画去，我们姐俩在这个房间说会儿话。咱们谁也不影响谁，行不？"

杨一凡："行。可我想往墙上画。"

慧之："那不许！"

杨一凡："为什么不许？很白很白的墙壁，可画很美很美的图画。"

慧之："没有什么为什么，我说不许就不许。"

杨一凡失望地说："我认为你会高兴的。那好吧，我听你的。可，再允许我问一个为什么……为什么你们家学校里那处房子，就可以让我爱怎么画就怎么画？而且你们都喜欢？"

慧之一时语塞，向静之求助地说："你回答他。"

静之："听我说啊小孩儿，是这样的……"

杨一凡挑理地说："何静之，你没礼貌。我不是小孩儿，我比你二姐还大三个月，不少喜欢绘画的人都叫我老师。"

静之："还这么强的自尊心！"

慧之也批评地说："明明是你不对。叫你好好回答他的问题，你干吗戏弄他？"

静之："开句玩笑嘛，你俩都为什么认真啊？我承认错误，向你俩承认错误。亲爱的杨一凡战友，现在请听我解释……我们学校那处家，不是正式的，是临时的，反正也不会长住，当然可以随便你画。而且你画过之后，不美观的地方确实美观了，所以我们全家看了都高兴。但这里不同。这里是教育局刚分给我父亲的房子，几乎可以说是我们永久的家。一处永久的家，那就得像个家样儿。我父母不喜欢与众不同。他们更喜欢拥有一处标准的家，就像现在这样，雪白的墙，明亮的窗，光滑的水泥地，明白了？"

杨一凡："那，他们会认为我刷上的浪花也完全多余吗？"

静之："那倒不会。他们本也是喜欢欣赏绘画的人。许多人家的墙上都刷出墙腰来，不过分的美观追求，他们还是接受的。"

杨一凡笑了："那我没白干。"问慧之，"哪一个房间是你的呢？那我就在你那间屋的墙上画行不行？"

静之："这……二姐，这就得你回答了吧？"

杨一凡："我猜到了，你想说可以。"

慧之："我没那么想！"

静之看一眼手表："二姐，你俩之间的事，你俩一会儿慢慢儿商议。我得到咱们学校那处家去看看，你送送我。"

慧之："你第一次来，不参观参观了？"

杨一凡："错。对自己的新家不叫参观，正确的用词应该是观看。"

慧之瞪着他，一时气不得笑不出。

静之："这他说的肯定是明白话。空空荡荡的也没什么可观看的，厕所在哪儿？"

慧之："这边儿。"引导静之观看厕所。

静之："一九八二年的此月今天，对于咱们家是历史性的一天。我做梦都想住上室内有厕所的房子，并且最好在自己的家里能有一间属于自己的房间，没想到愿望实现得这么快，两个愿望还一下子都实现了。对于我，共产主义提前实现了。"

慧之："我也有这种感觉。教育局这一次分的房量非常有限，十多年没分房子了，想分到的人争得恨不得打破头。"

姐妹俩在路上，慧之："爸那人你是知道的，在个人名利面前从来是往后闪的，起初完全不采取行动。自从大姐走了以后，除了工作，爸似乎对任何别的事都漠然了。是妈着急了，催促了他几次，还跟他吵了一架，他这才去找关系。也许因为他和妈都被委屈了十多年，重新当了校长以后工作也挺有成绩，将一所普通中学提升为区重点中学了……还也许，因为咱们家失去了大姐，分房委员会的人很同情，结果居然分给咱家了。"

静之："自从咱们失去了大姐以后，我都有点儿怕回学校那处家了。每次一进门，心里就难过。你最近去过姐夫家了吗？"

慧之："没有。去了不知道说什么好。你呢？"

静之："我告诉过你的，我打了姐夫一耳光。一个多月前在他们那个小厂里见过他一面，给他送一本婴儿抚养方面的书。他没怎么理我，连书也没留下……"

姐妹俩走到一处街心公园。

慧之："都陪你走了这么远了，有什么重要的话，说吧？"

静之："二姐，我向你坦白……姐夫曾经要求我，及时向他汇报你和杨一凡的事。爸爸妈妈坚决反对你俩的事，肯定也是爸爸妈妈求他排忧解难。"

慧之："姐夫也当面告诉了我一次，在大姐没走之前。"

静之："你非杨一凡不可了吗？"

慧之叹了口气："已经爱上了，那怎么办？"

静之："他刚才已经说了，我问的是你对他。"

慧之："我说的正是我对他。"

静之愣住。

慧之："起初是他喜欢我。后来，我喜欢他渐渐超过了他喜欢我。再后来，他由喜欢我而爱上了我，现在，我也由喜欢他而爱上了他……"

静之："那，爸爸妈妈太为难了，我也太为难了。"

慧之："爸爸妈妈的态度我当然了解。但我还是那句话……已经爱上了，那怎么办？可，我俩的事使你为的什么难？"

静之："因为……"

她欲言又止。

慧之严肃地说："以前有大姐在，我从不愿意在你面前摆姐的资格。但现在情况不同了，我是你唯一的姐了。你的这件事，我该过问那也得过问了……"

静之："因为……"

慧之："别因为因为的！快简明扼要地说。"

静之鼓足勇气地说："因为我爱上了姐夫。"

慧之呆住。

静之："如果仅仅是你爱上了杨一凡，我没爱上姐夫，爸爸妈妈只不过因为一件事为难。现在，他们得因为两件事为难了。他们是多么传统的父母，二姐你也知道。我们两个女儿的个人问题，和他们的想法太不一样了。站在他们的角度想想，我都特别同情他们了。"

慧之忍不住大叫："那你就别爱上姐夫啊。"

静之："用你的话说……已经爱上了，那有什么办法？起初我在考虑个人问题的时候，不由得总会这么想，能找到一个像姐夫那样的丈夫该有多好。因为这种想法很强烈，我和小韩的关系维持不下去了。我拿他和姐夫一比，他就被比下去了。尽管他人也不错，家庭条件也好。大姐走了以后，我特别同情姐夫……"

慧之又大叫："同情不等于爱情！"

静之："是啊。这个道理我当然懂。但是如果敬爱加上同情，那么变成的爱情，就会比一见钟情更有力量。它的力量太强大了，我抵抗不过它。二姐，你叫我现在如何是好？"

静之眼泪汪汪的了。

慧之不由得轻轻搂抱住了她，虽然无话可说，却毕竟有些同病相怜起来。

静之自怜地说："二姐，要不你成全成全我，和杨一凡结束了吧！咱俩都不放弃的话，只怕爸爸妈妈会气病的……"

慧之："别说小孩子话，那我已经做不到了。姐夫是个好男人，自从大姐走了以后，我常想，以后姐夫还会不会是咱们何家一个亲爱的人。如果你能使一个男人和咱们何家的亲爱关系继续下去，大姐在九泉之下肯定也会欣慰的。"

静之推开了慧之一下，看着她破涕为笑："那你刚才对我大喊大叫……"

慧之："我不是一时让你搞得头脑发蒙嘛，姐夫他们现在在干什么？"

静之："天暖了以后，他们靠卖面食不行了，早就又集体站马路牙子去了，一个个情绪又都挺低落的。"

慧之："那你就替咱们何家多关心关心他，尽量给他一些安慰。至于爸爸妈妈方面，你说得也对，咱们也得替他们的感受考虑考虑，暂时都别向他们承认什么为好。"

静之点头，释然地说："二姐，我心情舒畅些了，那我走了。"

慧之替她抹去脸上的泪："去吧，我看着你走。记住，不论我的事还是你的事，对爸妈都要嘴严点儿。"

静之走了。

慧之呆望着她的背影。

慧之心里这时多想对大姐说："大姐，你快托个梦给我，如果我和静之爱得都很荒唐，那你就指点指点我们的迷津吧。"

慧之回到了何家分的那套新房子，却未见杨一凡。有扇门关着，她推那扇门，推不开。

慧之："一凡，是你在里边吧？"

杨一凡的声音："等一会儿就出来。"

慧之："干什么呢？在往墙上乱画呢是不是？"

杨一凡的声音："不是在乱画，是在认认真真地画。"

慧之："你成心惹我生气是不是？限你十个数内出来。否则，以后再也不理你了！"

她交抱双臂，数起数来。刚数到五，门开了，杨一凡一手拿画笔，在门内做了一个夸张的"请"的姿势。

慧之进入房间，一时目瞪口呆。但见正墙上，画了一对"飞天"。没画完，一个还是线条草图，另一个草图的头部刚着完色。除了"飞天"，墙上还有云朵和花朵、喜鹊……

杨一凡看着她，背台词似的："不论你喜欢，还是愤怒，对于我，都同样是一种奖赏。"

慧之："你的动作还真快。"

杨一凡："因为我才华横溢，而且胸有成竹。"

慧之："但是你不听话！"

她一转身离开了那房间，将椅子搬到窗前找到抹布，站到椅上，又擦起窗来。

杨一凡不知如何是好地看着她。

慧之下了椅子，走到水池那儿洗抹布，杨一凡跟着，站在门口看着。

杨一凡孩子似的："可是，你并没有明确地说不许。"

慧之不理他，洗完抹布，继续擦窗。

杨一凡："其实你心里很欣赏，只不过是在假装生气，对吧？"

慧之只管擦窗，根本不看他一眼。

杨一凡更加不知如何是好了，表情郁闷地进入画有"飞天"那个房间，慧之偷偷下了椅子，蹑足走到门口偷看……杨一凡在收拾画夹。

杨一凡背起画夹，看自己画在墙上的作品，慧之离开门口，又站到椅子上。

杨一凡走出房间，也不看慧之一眼，拿起刷浪花的板刷，也去到水池那儿洗。

杨一凡背上画夹往房间外走。

慧之："站住。"

杨一凡站住。

慧之下了椅子，将抹布搭椅背上，走到杨一凡背后。

慧之的声音变温柔了："转过身。"

杨一凡转身看着她，他的表情特委屈。

慧之："生气了？"

杨一凡："生气的是你。"

慧之："我生气是有理由的，你生气没有什么理由。"

杨一凡："所以我没生气。"

慧之："我确实并没明确地说不许，但我也没有明确地表示可以。在这一种情况下，你是不可以在属于别人的地方想画就画的，即使你是为了使别人看着喜欢，明白？"

杨一凡点头，之后问："那你还是喜欢的，是吧？"

慧之点头。

杨一凡微笑了。

慧之："喜欢你刚才画的画，喜欢你的才华，还喜欢你这个大孩子……"慧之情不自禁地热吻他……

学校里。何家的房前，停着一辆卡车，车上已装了些东西，张继红站在车上。

屋里出来三个人，都是街道小厂的兵团返城知青。前边的人抱着东西，后边的两个人抬着东西。

张继红将他们的东西接上车去。

静之也抱着些东西出来了，张继红接她的东西时问："还有吗？"

静之："没有了。我姐夫怎么没来？"

张继红："他替我们联系活儿去了。我觉得他以后少来不了，但肯定是一个人来。"

静之："哪儿的车？"

张继红："今天不星期日嘛，我们连有一个人返城后当上了司机，他把单位的车偷偷开出来了。"

静之走到驾驶室那儿，对司机说："谢谢你啊，人情后补。"

司机："补什么啊，我跟继红是哥们儿，再说是咱们返城知青之间的事儿，帮点儿忙还不应该的。"

张继红："静之，上不上？"

静之："不了。你们先走吧，我一会儿还回学校去。"

那三名小厂里的工友上了车，车开走了。

静之又回到了屋里，站在门口，望着几乎搬空的屋里……何家的大"床"呈现了庐山真面目，乒乓球案子光溜溜的什么也没有了。

静之此刻在心里多想对凝之说："大姐，爸妈今晚又要暂时睡到校长办公室去了，你也别太留恋这里了，如果想我们了，就回咱们的新家去感受亲情吧。我今天已经去看过了，是新楼房，可亮堂了，三间屋，室内还有厕所……"

屋里还有一个大箱子没搬走，静之走过去打开了箱盖。里边是满满一箱子破旧的滑冰鞋和两个瘪了的球。

她盖上箱盖，一转身，见"床"边那儿地上有一本笔记本，走过去捡起，掏出手绢擦。

她坐在箱盖上翻看笔记本。

凝之："我喜欢舒婷那一首诗——《祖国啊，我亲爱的祖国》，每当读着她那一行行滚烫的诗句，我总有一种想哭的感觉。舒婷是我们这一代的思想发布人，我们都应该感谢她。但我也同样喜欢她的另一首诗——《一代人的呼声》：为了百年后天真的孩子！不用对我们留下的历史猜谜！为了祖国的这份空白！为了民族的这段崎岖！为了天空的纯洁，和道路的正直！我要求真理！"

静之又翻一页，继续看下去："爸爸，因为何家的事，我心中对您的不满其实并没有消除。我请您重读一遍《教育的诗篇》，静之到处借，终于为您借到了那一本书，可是我至今不知您再读过一遍没有？您居然不和我提那件事了，似乎也永远不打算与我交流什么读后感了……"

静之合上笔记本，陷入沉思。

教学楼里。何父、何母、蔡老师陪着区长一行人走在走廊里。

何父："您区长大人怎么偏偏星期日到学校里来视察呢？"

区长："不是视察。是来看看你和嫂子。非星期日来，不是影响学生们上课嘛！你们教育界同行，对你口碑极佳。我是你的老同学，再不来看看你们夫妇，即使你们不挑理，别人也会替你们挑理的啊！"

何母："区长，谢谢您亲自过问我们分房子的事啊！"

区长站住了，庄重地说："我再不过问一下，这次就没你们的份了。而如果连你们都分不到，分房委员会的公正原则是会遭到质疑的。怎么样，你们觉得满意吗？"

何父："满意。简直太满意了。"

区长："老同学，你刚才介绍的情况，我认为值得引起全区中小学校的重视。我甚至认为大学也应该格外重视……'三种人'也罢，因为受极'左'思潮的影响，在'文革'中犯了一般性错误的人也罢，都应该把他们本人当年的言行，与他们的家属亲人区别开来。对他们的子女有歧视是不对的。同学之中若有歧视现象，老师发现苗头，做思想工作，使同学们认识到为什么不对，这是正确的做法。我要建议将你们学校这一好的做法，当成经验在全区推广。"

何父："谢谢区长的鼓励。我们做得还不够细致，今后一定加倍努力。"

何母："区长，这个班有几名学生，诗写得很好，经常贴在墙报上供大家欣赏和点评，想不想进去看一下。"

区长："好哇，我年轻的时候也很喜欢诗歌，咱们一起欣赏欣赏吧！"

一行人分主宾先后进入教室，走到教室后墙的墙报那儿。墙报上只用彩色笔抄了一首长诗，"热烈推荐"四个字下，"麦克唐纳向你致敬"一行标题格外醒目。诗文如下：

麦克唐纳，
你这高尚的美国人
请接受我
一个中国少年的致敬
我曾有一个叔叔
他的名字
叫雷锋。
现在，我愿意视你为
我精神上的
异邦父亲！

区长问何父："麦克唐纳是谁？"

何父："这……我也不清楚……这肯定是星期六晚上换的一期墙报。蔡老师，你知道不？"

蔡老师："我不知道。这首诗的思想可不好，一名中国的中学生，怎么可以将一个美国人视为父亲呢？而且还强调是精神上的。"

区长："是啊，莫名其妙，我同意蔡老师的看法。"

区长秘书："麦克唐纳是一部今年进口的美国电影《冰山抢险队》中的男主人公，前几天才在咱们市上映，我也只是看到了广告。"

何父伸手欲将墙报撕下来，被区长制止了："了解一下这名学生的家庭背景，不是为别的，是为了更有利于帮助学生。中学生嘛，在目前这种改革开放的时期，激情表达自己的思想认识，是错误的也不必大惊小怪，更不必视为洪水猛兽。而批评帮助呢，则要以理服人，和风细雨式的。对孩子们，千万不能搞'四人帮'那种扣大帽子，抡大棒子，胡乱上纲上线的一套。"

何父、何母及蔡老师诺诺连声……

三人将区长送上小车。

小车开走后，何父埋怨何母："人家本来都要走了，你偏多了那么几句话！"

何母："我看也不会成为什么大不了的事吧？人家区长的话我很爱听啊！"

何父："他的话政治水平当然很高，但一个前提是，他认为写诗的同学思想已经错了！"

何母："蔡老师不也认为不好吗？"

蔡老师："错是肯定的嘛！那样的诗，我感觉上反正接受不了。"

何父："蔡老师，早点儿买到几张票，我们都要看一看。不看就都没有发言权嘛。在看过之前，我认为咱们先都不要急于发表评论，权当什么事儿也没发生，不能给学生造成发生了什么事件的印象。"

何母与蔡老师点头。

晚上。何家的窗亮着灯。

屋里。何父与林父各坐一处地方，林父在缝补破旧的滑冰鞋，何父在磨鞋上的冰刀。

抽线的响声与磨冰刀的响声交织在一起。

何父停止了磨冰刀，林父于是也停止了针线。两位父亲互相看着。

何父："亲家，不让你白帮忙，学校会给你钱的。"

林父："不要。我就是冲你是亲家，才不请就到的。学校的钱主要还不是学费？我不挣学生们的钱。"

何父："我和凝之她妈都在上班，慧之和静之又不常回家，孩子完全撇给你们当爷爷奶奶的带了，我们全家都很过意不去。"

林父："亲家之间，咱不说这些。"又缝补起来。

何父："去年凝之刚走不久，有些话我和她妈想说不便说。现在，半年多过去了，我和她妈觉得，可以说了。而且，也应该说了……"

何父又磨起冰刀来。

林父："说吧。说话你就别磨了嘛。我耳背了，你弄出那种声音来我还能听清你的话？"

外边。一个身影走到了门口，是林超然。

林超然的心声："凝之，我回这边来了。自从你走以后，我第一次回来。咱们那个小偏厦子盖起来了，如果你有灵，今晚就和我回家吧。这里虽好，但以后就没人住了，你别太留恋这儿了啊。"

他轻轻推门进了屋。听到内屋何父的话声，在门口站住。

何父的话声："我和凝之她妈，我俩共同的意思是……超然他应该考虑再找一位妻子了。他首先是你们的儿子，那就得你们老父母俩先劝告他。如果你们劝不通，我们作为岳父母的，再接着劝。"

林父的声音："要是我猜到你请我来，为的是跟我说这些话，那我就不来了。"

何父的声音："亲家，你别误会，我们完全是为了超然好，也是为了减轻一下亲家负担。你又不会带孩子，靠亲家母一个人带，那不是太辛劳了。"

林父的声音："我是没带过孩子，但是我这几天正在学着带，我都给孙子喂过奶换过尿布打过包了。"

何父的声音："你这么说，我们夫妇俩太惭愧了。毕竟也是我们的外孙，我们尽不上什么义务，心里不是滋味儿啊！如果超然能早点儿再结婚，不是你们老两口也多了一个抚养孩子的帮手吗？"

林父的声音听来生气了："你不要再说了！你以为超然心里这么快就接受得了另一个女人吗？如果我们按你们的想法劝他，他心里的滋味儿就会好受吗？如果我们每天面对的儿媳妇不是凝之，我们的滋味儿就会好受吗？再如果，一个不慎，娶回家一个不把我们孙子当亲骨肉看待的后妈，上哪儿找那后悔药去？"

　　何父的声音听来也急了："照你这么说，难道就随超然再单身下去了？"

　　林父的声音："反正现在我们劝也没用！如果你们觉得能劝通他，你们亲自劝好了！"

　　片刻的肃静之后，屋里又传出了砂石磨滑冰刀的响声。

　　林超然悄悄退了出去。

　　黑龙江大学某教室内。一些学生们在进行辩论。黑板上写着"时事辩论会"五个字。

　　一名男生："干部家的保姆坐着干部的专车接送上幼儿园的孩子，这当然是利用特权的现象！因为车、司机是国家配给干部本人的……"

　　有人喊："还有汽油怎么算？"

　　静之在聚精会神地听，和她同宿舍那几名女生在她周围。

　　另一名男生将没说完话的那名男生推开了，挖苦地说："法律系的同学，请歇会儿，歇会儿。谢谢您为我们普及了一点儿公仆常识。但历史系有一小撮同学认为，八十年代之今天，看事情不但要有新思维，而且须有大眼光！只要一位干部心系群众，努力工作，区区小事，何足挂齿？眼睛盯着鸡毛蒜皮，是否也意味着头脑之中极'左'思潮在作祟呢？"

　　他高举手臂，猛地往下一劈："打倒极'左'思潮！"

　　掌声。

　　喊声。

　　"拥护！"

　　"反对！"

　　静之起身走上前去，彬彬有礼地说："历史系的这位学长，允许我说几句吗？"

　　对方摆架子地说："报上家门。"

　　静之："法律系的。新生。"

　　对方："想好了说什么？可别浪费大家时间。"

静之："学长已经在浪费大家的时间了。"

笑声。

对方在笑声中愣了愣，尴尬退开。

静之："刚才历史系这位学长的手势，具有很强的表演性。但是我认为，只靠手势和口号那是什么也打不倒的。历史常识告诉我们，在法律形成以前，人类的历史只不过是蒙昧的历史。如果没有公民法权的保障，公仆变成上帝，上帝沦为公仆是司空见惯的历史现象。公民法权的要求，当然首先是依法对公仆们的行为行使监督权。先哲早已说过，法乎其上，守乎其中。法乎其中，守乎其下。法乎其下，底线危机。请问这位历史系的学长，依您刚才的观点，是法乎其上，还是法乎其中，法乎其下呢？"

对方："以为会问得我张口结舌？"

静之："请回答就是。"

对方："我看先要反问你，怎样证明1+1有时候并不等于2？"

静之也被问得一愣："我不是数学系的，我承认我证明不了。"

又一名男生上台了："本人数学系的，我来替她证明。草原上有一群羊在吃草，又来了一群。两群羊混在了一起，于是变成了一大群羊……"

台下有人喊："别转移主题！"

历史系那名男生："数学系的，多谢了！安静！本人并非诚心转移辩论主题！恰恰相反，一直紧扣着主题呢！数学分低等、初等、高等，谁也没办法儿和刚开始学低等数学的人讨论清楚高等数学的高级问题。同样，人与法律的关系也是如此！本人认为，我们同胞的法制观念还远远没有确立，在此种情况之下，奢谈法乎其上，实属天真！法乎其下，由下而中而高，才……"

静之大声地说："反对！法乎其上，才仅守其中。其下是底线，仅守底线的结果只能是底线越来越低，渐渐失守……"

台下很安静，一张张脸听得很认真。

一位校领导模样的人走上了台，向历史系的同学伸出了手。

历史系的同学："徐副校长……"

徐副校长看看静之问："你是何静之？"

静之点头。

徐副校长："又是你发起的？"

静之点头。

徐副校长："就你一贯出风头，过会儿不知辩论到哪儿去了！"对着话筒大声地,"现在我宣布,辩论到此结束!以后半年内,礼堂要维修,不再对学生组织开放!"

他将话筒往历史系那男生手中一塞,转身便走。静之和历史系的男生呆在台上。

历史系的男生:"我认为,事实证明,我辩赢了。"

静之:"事实终将证明,你只不过暂时辩赢了。"

"维修是借口!"

"强烈要求继续下去!"

"何静之,我们听你的!"

台下最后形成了"何静之""何静之"的呼喊声,夹杂着响亮的口哨声。

何静之从历史系男生手中要过话筒,举起了一只手臂。

台下安静了。

她大声地说:"我宣布,辩论继续!"

一片掌声。

人流从敞开的门涌出。但不是在黑大,而是在电影院。

电影刚刚散场……何父何母随人们走出。

何母:"这部电影真好,很久没看到这种题材的电影了,弘扬了舍己救人的精神,有一种崇高气质,我都被感动哭了……"

何父:"你小声点儿!到家再评论行不行?"

他分明怕何母的话被人听到,左看右看,结果看到了小韩和他的父母,而他们也正看着他和何母。

何父:"看,小韩和他爸妈,得过去打声招呼。"

于是两人走了过去。

小韩主动地说:"伯父伯母,你们好。"

小韩的父母却冷冷地看着何父何母。

何父:"亲家,想不到会在电影院碰到你们,近来一切都好吧?"

韩父:"在和我们说话?我们不是你的亲家。"

何父被噎得张张嘴没再说出话,难堪。

小韩:"爸,你有点儿绅士风度行不行?"

何母:"对不起,是我们这口子说得不对。小韩和我们静之还没结婚呢,怎么可以在大庭广众之下开口叫亲家?"

韩母："如果他俩还好着，大庭广众之下叫亲家那也没什么。可他俩明明吹了，这么说岂不是等于戏弄人吗？"

何母也张张嘴说不出话，呆看小韩。

小韩难为情了："伯父，伯母，我们的恋爱关系是结束了。怎么，她没跟你们说起过？"

何父何母对视，只有双双摇头的份儿。

小韩："不是我要跟她吹的，是她先提出来跟我分手的。而且，特坚决，义无反顾。我尽量争取使她回心转意过，没成功。"

何父："怎么……会这样……"

何母："小韩，静之她……是不是跟你闹着玩儿啊？"

韩母："我儿子才没有拿婚姻大事闹着玩儿的毛病。都老大不小的了，我们可陪着玩儿不起。"

小韩："妈，你别总把话说得这么难听嘛！"又对何父何母安慰地说，"伯父、伯母，但我们目前还是朋友，还要争取成为好朋友……"

韩父严厉地说："不许！作为一个有尊严的男人，像你这样就算是有绅士风度了？我看不是！你朋友还少吗？有必要非和她成为好朋友吗？你那叫自轻自贱！"

小韩："爸，请别在这种地方大声训我！"

韩父："何校长，你们夫妇可都是教育工作者。衡量教育工作者教育水平如何，我觉得，首先要看他将儿女教育得怎么样。我们夫妇都没当过老师，更没当过校长，可我们把儿子教育得挺有涵养，我相信这一点你们不得不承认。回家问问你们那女儿，我们小韩对她好不好？我们夫妇对她好不好？分手是可以的，总得说出点儿理由吧？"

小韩："爸，静之有她的理由，只不过我不想跟你们说！"

何父："她什么理由？"

何母："小韩，请现在跟我们说，我们立刻想知道！"

小韩："这……我……我认为我也不应该跟你们说……"

韩父："你们别难为我们儿子了，我们儿子没有告诉你们的责任。再说我们儿子现在又有对象了，什么理由都和我们无关了，你们还是问你们女儿吧。失陪！"

他挽着妻子的手臂走了。

何父何母与小韩愣愣地对视。

韩母回头喊："儿子！"

小韩也只得走。

影院大厅前，除了何父何母已无观众。两人谁也不看谁，仍呆呆地站在原地。

学校。静之等在校长办公室门口，听到脚步声，在楼梯那儿。

何父何母走上了楼。

静之："爸、妈，电影感人吧？我们学校也放过了，大多数同学都觉得是部好电影。可也有那么一些人，认为是外国文化开始占领中国文化阵地的序幕，值得警惕。"

也许是由于走廊里光线不明亮，也许是由于静之的话没停止……何父何母一直走到校长办公室门口也没搭理她的话。

静之却并没有感觉到受了羞辱的父母心里是多么地生她的气……父亲掏出钥匙开门时，她又说："我得配一把这里的钥匙，要不最近我想回来看看你们，或者找你们有事，你们一不在，我都没个地方去……"

何父开了门，三人进了屋，静之摸索着开了灯。旧地板上铺着凉席，凉席上铺着两条褥子，摆两只枕头。

静之："如果我星期日回来，晚上不想回学校去住了，那就也跟你们挤挤睡地上。"一转身，见父母在冷冷地瞪她。

静之："你们怎么了？脸上都像阴天了似的？是看电影跟什么人惹了顿气？"

父母仍不说话。

静之预感到父母生气的原因与自己有关了，从书包里取出凝之的笔记本递给父亲："我大姐的日记，搬家那天，我在地上发现的，写到了和您有关的事儿，特意送回来让您看看……"

何父未接，何母默默接了过去。

何母："静之，你和小韩为什么分手？"

静之被问得一愣。

何母："我们在电影院碰到他了，还有他爸妈。"

静之："性格原因……"

何父："借口。"

静之："小韩都跟你们说什么了？"

何母："他说什么不重要，重要的是我们想要从你口中听到某种真实的理由！"

静之镇定地说："我爱上另一个男人了！"

何母："静之，你怎么可以拿爱情当儿戏？说分手就分手，说又爱上了别人就又爱上了别人？"

静之："我并没拿爱情当儿戏。事情往往是会发生变化的，爱情也一样。"

何母："但对于爱情的变化，处理不好，就涉及道德问题。"

静之："坦诚对待爱情问题就是道德的。虚伪地欺骗自己，欺骗对方才是不道德的。"

何父扇了她一耳光。

静之呆住片刻，冲出去……

第 二 十 二 章

黑大。静之的宿舍里,桌子摆到了屋子中央,一名女生在往生日蛋糕上插蜡烛,另一名女生在固定蜡烛,还有两名女生站在旁边看着。

两名站着的女生中的一名:"静之这家伙,连自己的生日都不放在心上!"

往蛋糕上插蜡烛的女生:"所以要给她一个惊喜。"

门忽然开了,一名女生闯入:"看见她回来了,快关灯,点蜡烛!"

于是有人关了灯,有人点燃了蜡烛。

门又开了,静之进入。

同学们拍手,唱:

  祝你生日快乐,

  祝你生日快乐……

静之一声不响坐在那儿,脱鞋,脱上衣,上了床,将被子往身上蒙头大盖。

同学们一愣,你看我,我看她。

被子底下传出了静之的哭声。

一名同学坐在床边,问:"静之,怎么了?在哪儿受委屈了?"

另一名女生:"甭问,准是她姐夫给她气受了。"

另一名女生:"静之,别往心里去,哪天我们代表中国女同胞,好好调教你那位不识抬举的姐夫!"

被子底下,静之带着哭声:"我爸扇了我一耳光!从小长这么大,他从没打过我……"

一名女生:"如此说来,那就开始哭吧!"

另一名女生:"如此说来,咱们就开始享用吧。"

于是开始分切蛋糕,一个个大快朵颐。

静之忽然一掀被子坐了起来,大叫:"我的生日,给我留份!"

桌上的蛋糕已经分光,但立刻有几只拿着蛋糕的手同时伸向她。

静之接过一块蛋糕,狼吞虎咽,脸颊上还挂着泪呢。

一名女生:"该哭就哭,该吃就吃,这才叫现代女性。"

另一名女生:"静之,你爸为什么扇你一耳光啊?"

静之:"再来一块!"

于是有人从她手中接去纸托盘,有人又递给了她一块。

大家目不转睛地看着她吃。

一名女生:"哭、笑,和亲吻一样,都消耗卡路里,所以得及时补充给养,否则会虚脱的。"

另一名女生:"我怎么一点也看不出来她会虚脱的样子。"

另一名女生:"我看出的是一副不吃白不吃的贪相。"

静之转眼间将第二块蛋糕也吃得精光,一伸手立刻又有人接去了纸托盘。

静之又一伸手:"毛巾。"

毛巾也立刻递在她手里了。

静之擦擦嘴,盘腿大坐地说:"我爸妈今晚也去看了《冰山抢险队》,在电影院碰到了小韩,还有他爸他妈。所以,就知道我和他吹了……"

一名女生:"也知道你爱上你姐夫了吗?"

静之:"这我不清楚。"

另一名女生:"估计也知道了,否则不至于生那么大气。"

另一名女生:"那就可以证明,小韩出卖了你。"

静之:"我想,他不会的。"

同学们七言八语:

"你把他想得太好了吧?"

"在爱情方面,男人基本上都是两面派。说最爱的是你,一转身就想再去讨好别的女人。说因为爱你而绝不报复你的离去,碰上个机会就以报复为快事、能事。"

"先别管那个小韩怎么样,先听听咱们静之挨了一耳光之后又是怎么想的?"

静之:"我需要你们的继续支持。"

一名女生:"如果我们继续支持你呢?"

静之："那我就将对我姐夫的追求进行到底，咬定青山不放松！"

另一名女生："静之，如果你姐夫就是油盐不进呢？"

静之："我身上毕竟有我大姐的影子。没有别的女人能取代我大姐在他心里的位置，我也不能。但如果说，或许有一个女人，能使自己和我大姐在他心里的位置相重叠，那么那个女人除了是我，还会是谁呢？"

同学们纷纷点头。

一名女生："说来说去，多大点儿事儿呀！不就是姐不幸去世了，自己爱上了姐夫吗？如果咱们当代女大学生这么点儿事儿都摆不平，那还凭什么资格促进改革开放呀？"

另一名女生："静之，伸出手来！"

静之伸出了手。

大家一一将手叠在她手上。

有人用英语说："真爱万岁！"

另外的人齐声重复了一遍。

静之开始穿鞋，穿上衣。

一名同学："想出去？"

静之："跳舞去！我知道校外不远有一处歌厅，在那儿跳迪斯科没人限制。"

另一同学："慢，慢，多少钱一张票？"

静之："不贵，才五毛，我请得起。"

歌厅里。在迪斯科曲中，静之和同学们随心所欲地舞之、蹈之……

学校。校长办公室。何父何母双双仰躺地上，何父手持纸扇不停扇着，看得出他心情烦乱，而何母在看凝之的日记。

何母合上日记，责备地说："反正我认为你打静之肯定是不对的。"

何父："先别跟我说她的事，我这会儿在想学生那首诗的事。"

何母合上日记，"那首诗怎么了？我们看了，麦克唐纳这个人物确实塑造得很感人嘛。也不能因为是一部美国片，我们就非说它有毒吧？"

何父："我那么说了吗？"

何母："好电影就是好电影，也不能非说它不好吧？"

何父："我非说它不好了吗？"

何母："那你还有什么可想的？"

何父:"因为我是校长!"啪地合了扇子,坐起,看着何母说,"我该怎么办?把墙报撕下来?那不就引起有些学生的强烈不满了?我不愿被学生看成是一个思想很'左'的校长,再说我的思想明明也不'左'。就那么继续贴着?后天有外校的老师来听课,如果被发现了我怎么答对?"

何母也坐了起来,想了想,建议地说:"你看这么办行不行?就说为了使兄弟学校的老师更全面地了解我们学校的教学水平,要求各班主任选一些近期的考试卷子贴在墙报上,以供外校老师参观、评点……"

何父沉吟片刻,又躺下了。

何母:"行不行啊?"

何父:"可行。也只有这么办。"

何母:"那就再别想那事儿。看看凝之的日记吧!因为何春晖的事,凝之对你一直有意见。《教育的诗篇》静之给你借来了,你也读过了,却再也没有主动和凝之谈谈,结果使凝之带着对你的满腹意见走了……"

何母说得难过,又躺下了。

何父:"你就别怪我了。有的事是谁也料不到的。何春晖那件事本来我想通了,他毕竟不属于三种人,我是不该把他拒在校门外。那些年,变成狼孩的学生千千万万,如果像鲁迅那样一个也不宽恕,中国岂不是自己把自己将军将死了?"

何母:"那我替凝之问你,你打算怎么办?"

何父:"还能怎么办,我见过何春晖一次,他在青年宫那儿看自行车。过几天我就亲自去找他,告诉他这所中学的大门向他敞开了……"

何母:"凝之日记里还写到了静之,她作为姐姐,比我们当父母的更了解静之。"

何父:"念给我听。"

何母翻日记,将日记往何父胸口一放,同时夺过了扇子,幽怨地说:"自己看!"

于是何母扇起扇子来,何父看起日记来。

凝之的日记这样写道:"在我看来,慧之身上有白娘子的某些性格特质,而小妹静之则有点儿像小青。因为她是最小的,因为两个姐姐都处处让着她,有时和爸爸妈妈一样,免不了都拿她当小孩儿,所以她是在一种较自由自在的家庭环境里长大的。下乡以后,仍没改浑身是刺儿的性格。但她身上的刺儿,不像某些自以为是的人,大多数人反倒因而喜欢她。我喜欢慧之那种待人贴心的性格,也喜欢身上有刺的小妹。但我预料,她在处理个人问题的时候会遇到困扰，因为她太敬爱她的姐夫了……"

何父又一下子坐了起来，发呆。

何母："你又怎么了？"

何父："糟糕，凝之日记里写着，静之会爱上超然……"

何母也又坐了起来，白了他一眼："你看明白了再说好不好？"夺过日记，念，"在我这个小妹看来，她的姐夫是天下第一完美男人，而这基本上是一种青春成长期的异性崇拜现象。她并不了解，超然只不过是一个很普通很普通的男人，而且有不少不被外人知道的缺点，比如不太爱干净，在有条件的情况之下，也往往不刷牙不洗脸不洗脚，一犯懒上床就睡了。比如太在乎别人怎么评论自己，好像小白鸽梳理自己的道德羽毛，觉得哪一根不够好，恨不得自己一嘴鸽下来。而人不必对自己要求得太苛刻，永远做一个好人就行。只怕我这小妹在找对象时，总拿别的男人和她想象中的完美姐夫加以比较，那她的烦恼就会多起来。"

何父将扇子往手上一拍："这一段也应该读给静之听！"

何母："她把日记送来的，自己能没看？"

何父："唉，凝之默默地替咱们想了多少事啊！"

何母："你说，要是咱们亲家双方，都促成静之和超然……那好不好？"

何父："不好！你怎么会有这么古怪的想法？"

何母："你瞪什么眼睛呀，怎么古怪了？"

何父："那不自然！"

何母："不自然？不明白你的话。"

何父："在我们老家，只有双方都是嫁娶困难户，才出此下策。论静之的条件，嫁出去根本不是难事儿，干吗非得嫁给丧偶的姐夫？论超然的人品，只要他想谈，选择的空间也很大，又干吗非娶咱们静之？咱们就剩两个女儿了，如果一个嫁给了精神不正常的人，另一个取代姐姐嫁给了姐夫，让别人看咱们家是怎么回事？那正常吗？小韩和他的爸妈又会怎么想？"

何母："倒也是……"

何父："趁早彻底打消你那想法！睡觉！睡觉！"

她起身去关了灯，走回来躺下后，不时地将扇子扇出很大的响声。

白天，上午。街道小厂的院里，林超然们都穿上了破旧的衣服，张继红一手端盆，一手往大家衣服上撩泼石灰水。院子一角，立着长长短短的刷子和两只桶。

林超然："可以了。"

张继红："是不是要再搞点儿带色儿的呀？"

林超然："算了，就这样吧。"

一名工友："干吗非把自己搞得如此狼狈呀？"

另一名工友："超然不是说了嘛，要争取给人家留下深刻的第一印象，使我们看起来都像是站马路牙子的老资格。"

另一名工友："这也不过就是把衣服弄湿了而已。"

林超然："风一吹，过会儿白点子就显出来了。"从继红手中要过盆，又说，"你衣服上还缺点儿，别浪费了。"说罢，将盆里剩下的石灰水全泼张继红身上了。

张继红："哎，你，激着我了，对我有刻骨仇恨是吧？"

别人都笑了，只林超然不笑，严肃地说："继红，你讲几句。"

张继红："都听着，这一单活，够咱们干半个月。是给一个单位粉刷宿舍楼，也是超然求爷爷告奶奶才跑成的……"

林超然："就差给人家下跪了。"

张继红："所以，大家要特别珍惜这次宝贵机会。活儿别干得马虎，每一刷子都要认真仔细地刷，就当成是刷自己家屋子那样。这年头活不好找，钱不好挣，咱们没有关系和后门，干活口碑是咱们的名片，也是咱们的希望！就这些话。"

林超然："出发！"

大家就都去拿刷子，有人自嘲地说："还出发呢，自己忽悠自己玩儿。"

另一个嘟哝："也没自行车可骑了，早知有今天的困境，当时不把我那辆旧车贡献出去了。"

这时街道赵主任进了院子。

张继红："婶儿，有什么指示？"

赵主任："你们这是……要去站马路牙子？"

张继红："都站了好多天了。现在有些路段的马路牙子，也成为抢活儿干的前线了！多亏超然为大家揽了一单活儿，我们正要去开工。"

赵主任："超然，你还不能走，得留这儿。"

林超然："为什么？"

赵主任将他扯到一旁，小声地说："是这么回事……上级派人来通知咱们，说有一位老干部，上午要来见你，这儿不是没电话嘛，我怕给耽误了，所以赶紧亲自来告诉你。"

林超然："这……哪方面的老干部？"

赵主任："我也不知道，究竟区里的市里的还是省里的，来的人也没说。如果一会儿人家来了，你走了，那多失礼。不但会怪罪你，也会怪罪我啊！"

林超然转身向张继红他们说："听到了？"

张继红他们点头。

林超然："都好好想想，你们最近在别处惹什么麻烦没有？"

张继红他们摇头。

林超然："别一问立刻就摇头，认真想想。"

张继红他们互相看看，又都摇头。

林超然："那，也帮我想想。"

张继红："超然，你这不是难为哥儿几个嘛！在我们眼面前，你当然总是正人君子形象啦！可你也不总在我们眼面前呀！"

林超然想了想，自信地说："不在你们眼面前的时候，我也没做什么不光彩的事。"

张继红："别跟我们说，跟她说。"

林超然："婶儿，我们都没什么把柄被人家捏着，所以也就不怕谁怪罪。我联系的活儿，今天开工第一天，对方只认得我，不认得他们几个，我不去会出岔子的。"

赵主任一听急了，扯住了他衣服："超然你可不能走！你一走，婶失职了！"

林超然："婶儿，我衣服上可刚揣了烧手的石灰水儿，您看是湿的。"

赵主任赶紧松开了手。

林超然："这么着继红，只好你留下替我先接待着，我去了如果一切顺利，争取早点儿回来一下……"

他说完朝另外几个人一摆头，率先走出了院子。

赵主任："哎……这孩子……"

张继红："我这身衣服白给弄湿了。"

林超然等匆匆走在路上。

他们来到一处单位的宿舍楼前，见楼前有人在大铁桶里搅拌石灰水。

有两个人从楼里出来，往楼里拎石灰水。

一名工友："怎么这儿有人干上了？"

另一名工友："是不是找错地方了？"

另一名工友指着楼牌说："看没错，就这幢楼！"

林超然上前问："兄弟，你们在粉刷这幢楼？"

对方："你以为我在搅灰玩儿啊？"

林超然："可……刷这幢楼的活儿，是我们几个接的呀！"

对方上下打量他们，讥笑地说："你们几个接的？凭什么证明？"

一名工友对林超然说："给他们看合同。"

林超然："没合同。但口头上讲妥的，让我们今天来开工。"

对方："没合同？那你们就哪儿凉快哪儿待着去吧！"拎起小半袋石灰倒入桶内，接着故意连连朝林超然他们抖袋子。

灰粉使林超然他们后退，一名工友眯眼了。另一名工友夺下对方手中的袋子，也连连朝对方抖，并说："你他妈成心是吧？叫你成心，叫你成心。"

对方绕着桶躲，从地上抄起大勺，舀起两勺石灰要泼向林超然他们……

林超然怒道："你吃错药啦？"他上前夺下大勺扔在地上，接着将对方一掌推倒于地。

对方大叫："楼里的快出来，有人抢咱们的活了！"

楼里奔出了三个人，包括刚才那两个往楼里拎灰浆的人。

倒在地上的人指着林超然们嚷："他们捣乱！不让我搅灰浆，还打我！哎哟，摔残我了，起不来了……"

后出来的三人不由分说，扑向林超然们，挥拳便打。

林超然他们也不示弱，被迫抵抗，双方在打斗中，不时有一方的人舀起灰浆泼向对方的人。

楼里又奔出一个，是王志，他扶起那个被推倒的人，问："怎么打起来了？！"

那人指着林超然说："他是他们的头，他们是成心来找碴儿的，想让咱们干不成，好抢了咱们的活儿！"

林超然正和对方中的一个人在支巴，没注意到王志。他一个斜背将对方摔倒，而王志同时从后抱住他腰，也将他抱起摔倒于地……

林超然迅速跃起，正欲进攻，认出了王志。

林超然："王志。"

因为林超然满头满脸都是灰浆，王志竟一时没认出他来，喝问："你谁？"

林超然用袖子擦了擦脸……

王志："超然？别打了，都别打了，都是哥们儿！"

林超然："住手！住手！"

双方终于停止打斗，互相瞪着。

王志将林超然扯到了一旁："你们怎么也来了？"

林超然："你先说自己。"

王志："我由于经常站马路牙子，单位当然就知道了，先是批评教育，后来升级为批判……"

林超然："批判？"

王志点头："批判我金钱至上。但是我不多挣一份儿钱，就不能担起一个丈夫和父亲的责任。有人要求我将多挣的钱上交，我不交。又主张给我处分，我呢，就干脆辞职了……"

林超然："这儿的活是我几天前谈妥的，只不过当时没签合同。和我谈的人保证说，一开工就签合同……"

王志："但我可有合同！"掏出一页纸给林超然看。

林超然看过，还给王志时说："那我没话可说。"

王志："我送了礼，托人牵了个关系，没想到撬了你们的行……"

林超然苦笑："那我也还是没话可说。"转身对自己人一招手，"咱们走吧。"

工友们无奈地跟着走。

王志："超然……"

林超然站住，转身。

王志："一块儿干吧！不然对你们太不公平。"转身对他的人说，"都是哥们儿，一块儿干。咱们负责这两个门洞，他们负责那两个门洞……"

他手下的一个人："什么哥们儿？我怎么一个都不认识？"

王志："那我就这么说，都是我哥们儿。愿意继续是我哥们儿的，留下，不愿意的，请走。"

林超然走到那个被他推倒的人跟前，拍拍对方肩，争取和解地说："向你道歉。"

街道小厂院门口停着一辆上海牌小汽车，里边坐着一名司机，几个孩子好奇地围着看。

一个男孩："我爸也给干部开小车。听我说，高级干部才有资格坐小汽车。"

一个女孩："高级是多高？"

那男孩："高级就是……就是……我也不知道有多高……"

司机被男孩逗笑了，伸出手摸了他的头一下。

屋里。张继红和老干部坐在旧桌子对面，桌上摆着瓷缸子、旧暖瓶。罗一民曾替林超然求见过这位老干部。

张继红拿起暖瓶往缸子里加水，却没倒出水来。

张继红："嘿，水没了，是向住家为您借的，平时我们都喝自来水。"看得出，他陪得很不情愿，早已无话可说。

老干部："不喝了。都喝光满满一大缸子了。院儿里有厕所吗？"

张继红："院里还真没厕所。街口才有公共厕所，我带您去。"

老干部："那谢谢了。"站了起来。

张继红搀扶着老干部从街口往回走。

老干部："上趟厕所，相当于散步了。怎么不在院子里盖个厕所？"

张继红："不敢有那念头。"

老干部："为什么？"

张继红："再盖个小房，手续还简单点儿，兴许说通居委会主任就行。要想盖个厕所，那手续可麻烦了。大粪是值钱的东西，每个厕所都定向承包给了近郊农村，得经城乡事务协调办公室批准。我们因为下乡多年，刚返城时对城市的各种规章不太摸门，有过教训。现在增强城市法规意识了。"

老干部："这就对了。"

张继红："返城知青，要重新学着做城市人嘛。"

两人进了屋。老干部洗手时，张继红站在旁边自言自语："苏联的共产主义目标，是土豆加牛肉式的。对于我，共产主义就是大米干饭炒豆芽，每顿管够造，还有离家近点儿的公共厕所……"

老干部："天天吃炒豆芽太素了吧？动物蛋白质健康的人体还是需要的。猪肉炖粉条都不敢大胆地想？"

张继红："不敢。八九亿人口，天天保证猪肉炖粉条，那不成神了？"

两人重新在桌旁坐下后，老干部教诲地说："要敢想。你们这一代年轻人，胆子要大点儿。什么都不敢想，那就什么也实现不了。"

张继红："您先告诉我，依您看来，我向往那种初级的，就是大米干饭炒豆芽那种共产主义，估计什么时候实现？"

老干部："不好估计。怎么也得全国人民苦干二三十年吧，中国人要给中国时间，要有起码的耐心。"

张继红："您坐吧，我洗洗我这件上衣。"脱下上衣在水池子那儿洗了起来。

老干部望着他赤裸的后背，他后背上有块明显的伤疤。

老干部："你'文革'中是武斗分子？"

张继红回过头："你怎么知道？"

老干部："一说一个准吧？你后背上的伤疤告诉我的。"

张继红："错错错，那不是武斗留下的，是我在兵团劳动造成的工伤。"

老干部："别遮掩。事实就是事实，遮是遮不过去的。当年的武斗分子，十个有九个打过人，你也不例外吧？"

张继红不洗衣服了，急欲辩白："老同志，天大的误会，不不不，简直天大的冤屈。您不能这么主观嘛，主观主义会害死人的。"

老干部："你也怕被人主观主义地对待？可你们当年又何曾客观地对待过别人呢？现在嘛，我越是细看你的脸，越觉得是一张典型的、当年抡起皮带就抽人的所谓小将的脸……"

张继红："您……您怎么忽然看我不顺眼了啊？"

老干部："因为你忽然暴露了你的历史记号。不过你也别这么急赤白脸的，过去的事那就算过去了，你要勇于承认，我这种当年挨过打的老家伙，也会正确对待……"

这时，门一开，林超然一步跨进了屋，他快变成了"白人"，也可以说不成个人样了。

林超然一眼认出了老干部："是您……对不起，让您久等了。"

老干部："我都等你快两个小时了，林营长怎么把自己造成了这么个奶奶样？"

张继红没好气地说："你可他妈的回来了！"将林超然扯到了门外，小声但恼火地说，"我可知道什么叫精神折磨了，一个半小时以前，大眼瞪小眼，跟我没话说，我挖空心思找话说，他都不愿意跟我多说什么。半小时前陪他上了一次厕所，他这才打开了话匣子。可一看到我后背上的疤，又一口咬定我是'文革'中的打手！你要负责替我刷洗清白……"

林超然苦笑地听着而已。

老干部的声音："林超然，还要叫我等你多久？"

林超然推开张继红，进了屋。

林超然坐在张继红坐过的高脚凳上。张继红跟进屋,将没洗完的衣服拿走了。

　　老干部:"林超然,先放心啊,这次我主动来找你和相女婿可一点儿关系没有。上次那纯粹是误会。现在我女儿有对象,是位现役团长。工作也落实了,在市委秘书处。她正一边工作,一边抓紧复习功课,来年也准备考大学。"

　　林超然真诚地说:"替您女儿高兴,也替您高兴。"

　　老干部:"你们去年出了那档子非法经营的事以后,李玖和罗一民找过我,想求我替你说情,结果被我训了一顿,他俩跟你说了吧?"

　　林超然摇头道:"我好久没见到他俩了。"

　　老干部:"你要不要先洗一下?"

　　林超然笑笑:"不用。"

　　老干部:"后来呢,我就看到了你发在报上那篇文章。我女儿也看到了。我是不以为然的,认为你是在转移方向,狡辩。我女儿却认为你的文章很好,是在急城市所急,给市委市政府出主意,想办法。我们父女还在家里展开过大论战。再后来,你肯定都想不到,我们几位顾问聚在一起,共同讨论了你那篇文章,我也开始扭转对你的不良看法了。再再后来,我开始关注你们又在干什么,所有有关方面介绍,你们再也没做过什么不对的事。并且,磕磕绊绊的都干得挺不容易,也有股子劲儿……"

　　林超然双手忽然一捂脸,仰起了头。

　　老干部:"怎么了?"

　　林超然:"头发上掉下石灰粉,眯眼了。"

　　老干部:"还是先去洗洗。"

　　林超然揉揉眼,放下手说:"好了。"他刚才当然是听了老干部的话,差点哭了。

　　老干部:"最近,市委市政府希望顾问们推荐干部人选,我们几个老家伙一致想到了你。"

　　院子里。张继红从盆里拎起衣服,拧,晾,之后溜进屋,在门后偷听。

　　屋里。老干部从公文包里取出一个大信封,放在桌上,接着说:"市知青办公室的主任快退休了。我们一致推荐你当知青办副主任。他一退休,你接他的班。那可是正处级的位置,并不委屈你这个当过知青营长的人。最主要的是,我们认为由你当知青办主任,能将返城知青的安置工作做得更好,因为你对他们有很深的感情。而关于人的工作，带着对人的感情去做，有多少困难都会肯去克服，去付出。对不对？这信封里是表格，你要认真填。组织部门要约你谈话的时间、地点我也亲笔写得清清楚楚，进市委的入门证都替你办好了。"

老干部的手将大信封推向林超然。

林超然看着未动。

老干部："你在想，知青办不会是一个长久单位，总有一天要撤销的，一旦撤销了，你那时何去何从对不对？放心，我保证，组织上那时肯定会对你另有任用的。"

林超然摇头道："我怕我反而做不好，会令你们信任我的人失望……"

老干部："大胆去开展工作，有我们一些老家伙支持你呢！"

院外。林超然送老干部上了车，目送小车开走。

林超然进了屋，见张继红在对着墙上的破镜子左照右照，端详自己的脸。

张继红："看着我。"

林超然看着他。

张继红："我的脸像'文革'中打手的脸吗？"

林超然："以前没看出像，经你一说，看着有点儿像了。"坐下，拿走了信封。

张继红一下将信封从他手中夺去："再胡说，我把它撕了你信不信？"

林超然正色道："别犯浑，坐下。"

张继红也坐下了。

林超然："以前我也注意到你背上那疤，也起过一样的疑心，只不过一直不好意思问你。现在没外人，交代交代吧。"

张继红："我'文革'中真没伤害过任何人。咱是善良的老百姓人家长大的，才不干那些伤天害理的事。"

他从裤兜里抽出烟，吸起烟来。

林超然："我听着呢。"

张继红："但我是铁杆的中学炮轰派。成了'炮轰派'不是因为别的，仅仅因为'炮轰派'是少数派，受压的一派，坚持得挺悲壮的。觉得自己加入了，于是也成了悲壮之士了。'炮轰派'的据点哈一机被'捍联总'攻下那天，我成了俘虏。不甘心受辱，结果背上被划了两刀。现在想想，当年太可笑了。"

林超然:"那你为什么不解释？"

　　张继红:"那倔老头儿不信啊！再说接着你就回来了。"

　　林超然:"把信封给我。"

　　张继红:"龟儿子才有你这么好的运气！"将信封往桌上一摔,"别装出若无其事的样子！实际上心花怒放呢是不是？行啊,你可算时来运转,苦日子熬出头了,走马上任,当你的官儿去吧。从今往后,咱们大路朝天,各走一边了呗！"

　　他说着说着站了起来,心里大不平衡地踱来踱去。

　　敲门声响了几下。

　　张继红没好气地说:"滚进来！"

　　门一开,进来的是程老先生的秘书,林超然也是认得他的,站了起来。

　　关秘书看着林、张二人,一个钻过面粉堆似的,一个赤裸着上身,愣在门口那儿。张继红不认识他,也愣住。

　　林超然:"您……找我吧？"

　　关秘书:"我找林超然。"

　　张继红朝林超然一指:"他。"

　　关秘书:"对不起,一时没认出您来。我是程老先生的秘书,姓关,咱们见过。我们董事长吩咐我来的。"双手恭恭敬敬地递上名片。

　　林超然也双手接过:"又幸会了,快请坐。"

　　关秘书坐下。

　　张继红左顾右盼地说:"林超然,哪边儿是东来着？"

　　关秘书:"应该是那边。"

　　张继红没客气地说:"没问你,问的是他！太阳还是从东边出来吧？"

　　林超然正色地说:"继红,你什么意思？"

　　张继红:"今天来见你的人,前者是官,后者是商,看来你今天吉星高照,好运成双啊！没晕头转向,分不清东南西北吧？"

　　林超然:"先院子里去待会儿行不行？"

　　张继红:"你以为我还愿意陪坐一旁啊……"悻悻而去。

　　林超然:"关先生,请讲。"

　　关秘书:"我来的目的很单纯,我们董事长有要事急于与您相谈,派我来接您。因为你们这儿没电话,也不知怎么才能与您联系上,所以冒昧前来,成为不速之客,请您包涵。"

　　林超然:"是不是,与罗一民有关的事？"

关秘书："就是您那位腿有点儿毛病的朋友？"

林超然点头。

关秘书："这我不是很清楚，您也能够理解的，我们当秘书的往往不便问那么多。您那位朋友去找过我们董事长一次，偏偏董事长回香港了，结果他们没见上面……"

林超然："那，您认为我什么时候去见程老先生合适呢？"

关秘书："按我们董事长的迫切心情，当然是越快越好。您如果有地方洗洗换换，那我耐心等着，车就在街口。"

林超然："今天肯定不行。"

关秘书："如果晚上呢？"

林超然："这……"

关秘书："林先生，就晚上吧，我们董事长想要见到您的心情确实很迫切。"

林超然："好，就晚上吧。"

关秘书："一言为定。"站了起来。

院子里。张继红在举一副自制的杠铃，而且是挺举，且口中数着："二十一、二十二……"

他的力气已用到了极限。

林超然送关秘书从屋里出来，张继红的杠铃大声落地。

张继红："走啊？有空儿常来玩儿啊！"

关秘书："免送，免送，您请继续玩儿……"

林超然送关秘书出了院子。

张继红嘟哝："谁真想送你了啊！"

林超然回到院子里，看杠铃砸过的地方，有两块砖裂了。

他瞪着张继红说："找两块砖补上啊！"说罢，径自进了屋。

张继红愣了愣，也往屋里走。

张继红进了屋，见林超然正从日历牌上往下撕一页。

林超然坐下，垫着大信封，从耳上取下一截铅笔头儿，往日历纸上写字。

张继红："哎，凭什么啊？凭什么好运忽然一下都向你一个人招手？"

林超然不作声。

张继红："我这人从来不嫉妒别人，可今天，你使我体会到了嫉妒的滋味儿！真想当着那老干部的面揭穿真相……你去年那篇文章原本没那么好，是人家静之替你修改得好！哎，你怎么连人家静之的功劳都不提一句？"

林超然："没心思跟你斗嘴。"将日历纸朝张继红一递，"晚上我要见一位是港商的老先生，得麻烦你去我家一次，帮我取一套衣服，还有鞋袜，放哪儿我都写清楚了，让我妈找。"

张继红不接，冷冷地说："我什么时候也成你秘书了。"

林超然站起，脱了上衣，披在张继红身上，将一只手也按在他肩上，忧郁地说："知道我为什么宁肯经常睡在这儿也不愿回家吗？因为不想看到我儿子。一看到儿子，我会更想凝之……"

张继红默默地从桌上拿起了日历纸，看。

林超然："罗一民跟那位程老先生之间，有些不寻常的往事。人家又找来了，我能不帮着调解吗？"

张继红："一民……骗过人家钱？"

林超然："一民是那种人吗？尽瞎猜！"

林家。张继红抱着孩子，晃着，逗得孩子咯咯笑。

林母在找衣服。

张继红："大爷呢？"

林母："这几天奶粉不好买，你大爷着急上火，牙疼，到医院看牙去了。喏，超然要的衣服都在这儿了，他自己怎么不回来？"

张继红："我们那儿有些事拖住了他。"

林母："继红啊，他还好吧？没闹病吧？"

张继红："大娘放心，他好着呢。"将孩子还给林母抱着，又说，"向您预先报个喜，超然要当官了，不久就会是市委的一位处级干部了。"

林母："你这是逗大娘开心呗。"

张继红郑重地说："绝对不骗您，最多三五天，我报的喜讯就会变成事实！"

林母信了，笑了，忽然一转身，快哭了……

张继红："大娘，高兴的事儿，难过什么啊？"

林母："要是凝之活着，那她会有多高兴啊！"

晚，宾馆。林超然按门铃。

关秘书开了门,看手表:"林先生真准时,我们董事长已在等您了。"

林超然随关秘书进入房间,程老先生迎上前来,与之握手。

两人落座后,程老先生开诚布公地说:"我就不跟你客气了,叫你小林可以吗?"

林超然笑笑,点头。

关秘书送上了茶,程老先生对关秘书说:"这会儿没事了,有事我叫你。"

关秘书识相地退出,临出门将"请勿打扰"的牌子从门把手上取下,带了出去。

程老先生:"我请你来,与罗一民的事有关。罗一民已经来过一次了,虽然没有见到我,但那也可以证明他的忏悔了。烟不能越吸越长,冤家宜解不宜结。何况我也了解到,在动迁的问题上,他很配合我们,那是对我们很大的支持。请你转告他,从前的事,在我这儿,和我外孙女那儿,过去了,他也不必再在心理上纠缠于那件事了。"

林超然大为释然地说:"那么,我替他感激您了,并且一定及时转告他。"

程老先生:"接下来我要谈的事,仅仅与你我有关。我先要问你几句话,肯定还会涉及你某种隐私的话,希望你别见怪。想回答,就回答,不想回答,也没什么,我完全理解。"

林超然沉吟一下,点头。

程老先生:"市委的一个老顾问同志,今天去找你了?"

林超然微微一愣,点头。

程老先生:"他举荐你去当市知青办副主任?"

林超然又点头。

程老先生轻拍他手背:"多谢你如此坦诚。老哈尔滨在香港经商的人士是不多的,经营成功的人士就更屈指可数了,我有幸是他们中的一个。我的企业虽然不算鼎鼎大名,但还是可以说实力雄厚的。我对哈尔滨有感情,最近频繁地回到母亲城,其实并不是为了要抢占滩头,抓住时机挣多少钱,而是想要为母亲城做些贡献,完成长久以来的一种夙愿。"

林超然认真地听。

程老先生:"所以市委市政府的领导同志都很支持我,以友相待,包括刚才提到的那位老顾问同志。我得承认,第一次见到你以后,你给我留下了很深的印象。又从报上读到了你那篇文章,觉得你是一位很有见地的青年。不瞒你,你们的经历,我了解得挺清楚了,所以,一听到你要去当干部了,我这儿就急了。因为,我也需要你这种青年的协助。"

林超然："您请讲。只要是我能做得到的，我一定尽力而为。"
程老先生："我在这座城市太需要一位得力助理了，你是我满意的人选。"
林超然愣住。
程老先生单刀直入地说："每个月暂时给你开五千元的工资，你愿意考虑吗？"
林超然一时缓不过神来。
程老先生："董事长助理，在香港可是许多青年人求之不得的职务。那意味着，以后有可能是副总经理，总经理。至于月薪，实在不算高，也可以说很低。但我说过了，是暂时的。因为你们的市长市委书记，也只不过才每月一百七八十元钱。一开始就给你太高的工资，只怕你会引起许多人的红眼病。"
林超然："这……太突然了，我需要考虑考虑。"
程老先生又轻拍他的手："那当然。我起码给了你的人生另一种选择，这对你是有益无害的，对吧？"
林超然点头，看得出，他内心里反而产生了大矛盾。
林超然在街头小店买了一包烟。

林超然坐在松花江畔吸烟，地面一张废纸上，已经有了几个烟头。

林超然进入了黑大校门。
林超然站在静之的宿舍门前，敲门。
一名女生开了门，问："找谁？"
林超然："我找何静之。"
那女生："您是……"
林超然："我是她姐夫。"
那名女生："她不在宿舍里，也许在图书馆，也许在哪一间教室里。"
林超然失望地说："对不起，打扰了。"
那名女生："别走！"迈出宿舍，关上门，又说，"我替你找她去！"
她转身跑了，在楼梯那儿又大声说："千万别走，我一定替你找到她。"

林超然在楼口徘徊。
"姐夫……"
他一转身，静之已经站在他面前，手拿一本书。

第 二 十 三 章

  林超然和静之坐在某处的长椅上,从那儿可以望到对面的宿舍楼,静之的宿舍正在那一幢楼里。
  林超然:"所以首先来听听你的建议。"
  静之:"为什么?"
  林超然:"什么为什么?"
  静之:"为什么首先听我的?"
  林超然:"这还用问?你的建议对我很重要,明白?"
  静之:"不明白,大爷大娘的看法对你就不重要了?我父母的看法对你就不重要了?他们两位还可以说是你的岳父母吧?那就还是你的亲人。他们还是你的亲人,那我二姐也还是你的亲人。人在举棋不定的时候,每一位亲人的意见都是值得重视的。"
  林超然扭头瞪了静之片刻,明显是训斥口气地说:"你怎么那么多废话?他们是我的亲人,单单你就不是了?"

  静之的宿舍里。她的同学们从窗口搬开了桌子,都趴在窗口,居高临下,看西洋景似的看他俩,还互相用以下的话打趣:
  "别使劲挤我!把我挤掉下去你偿命啊?"
  "你的命金贵,得静之那种聪明的命偿你!"
  "让她姐夫也搭上命一块儿偿你。"

  长椅那儿,林超然站了起来,在静之面前挥舞手臂大声嚷嚷:"首先来找你是因为你和他们不同!你现在是大学生了,你看问题肯定有新角度了!而我问他们，他们最后估计会这么说……决定性的主意还是要你自己拿，那不是等于白问吗？"

静之："你坐下，别那么大声嚷嚷，让人听了还以为咱俩在吵架呢！"

林超然张张嘴，又坐下了。

静之："我没你夸的那么优秀。"

林超然："别说你胖你就喘。我那是夸吗？我那只不过是，客观地……稍微肯定你一下……"

静之："天都黑了，路又不近，你来找我，只不过是为了稍微肯定一下，然后再听我的建议？那我没什么建议可向你奉献，也不需要你的稍微肯定。"她把"稍微"二字说出强调的意味，站起来又说，"那我还是回宿舍吧。"

林超然："你敢！"

静之："我有什么不敢的？"

林超然的口气缓和了，拍拍椅面，哄小孩似的："别跟我使小姐性子，坐下。"

静之就又坐下了。

静之宿舍里。一名同学索然地说："一会儿这个站起来一下，一会儿那个站起来一下，光说不练，没嘛儿意思。"

另一名同学："静之怎么了，爱就主动点儿啊，也让咱们看得激动点儿嘛！"

另一名同学转过了身，自我批评地说："咱们这是干什么呀？这种兴趣是不是与中国当代女大学生的身份不相符呀？"

另一名女生："躲开躲开，敢情你这'红五类'当年谈过好几次恋爱了，我这'黑五类'还一次都没实习过呢，我可需要参考和借鉴。"

她将那名女生拉开，自己占据了位置，舒舒服服地往窗台上一趴。

她旁边的女生说："咱俩一样，同病相怜的话，那就坚持看到底。"

长椅上。林超然扭头看着静之，有气却又气不得地说："你不是小姑娘了，能不能不成心抬杠，跟我郑重点儿说话？"

静之："是你总把我当成小姑娘，我有什么办法。"

林超然："两种好运同时向我招手，都跟我去年那篇文章有关。而那篇文章如果不经你修改润色，效果也许是相反的……"

静之："其实面对两种选择你自己是有倾向性的，那还问我干什么。"

林超然:"你怎么知道?那就说说我倾向于哪一种?"

静之:"鱼与熊掌,两者不可兼得。大多数人明知这个道理,却又巴不得一举两得,你林超然也不例外。五千元的月薪,这简直是天文数字,是普通人月薪的一百来倍。这个数字的吸引力是无比强大的,强大的程度简直不由得让人想用最强力的胶水和它牢牢粘在一起。换成别人,根本不必考虑,当场就一口答应了。可你太不同于别人了。我想象得出,当时你心里立刻想到了张继红他们,想到了你一旦做出决定,那就等于在最艰难的时期毫不犹豫地抛弃了他们,那他们又会怎么想,从此以后怎么看待你,是不是会将你视为一个见利忘义的人?你太在乎别人怎么看待你了,所以你对五千元的月薪是比较否定的。来找我之前,基本上已经决定了要去当知青办副主任,因为你认为,那一份工作,也许有利于你为更多的返城知青做些有益的事——以前心有余而力不足的事。"

林超然:"你和你大姐一样了解我,我首先来找你是完全正确的。"

静之:"你虽然理性上倾向于后一种选择,可感性上还是被五千元的月薪所诱惑。好比一棵植物,根深深扎在不利于它生长的土壤里了,干和叶子,以及枝上的花骨朵,却本能地朝向阳光美好的方向伸延。五千元好比你的人生道路上空升起的一个小太阳,向你投射着金灿灿的光芒。我不得不承认,我也会被那种光芒照耀得睁不开眼,一心只想拥抱住那么一个小太阳。"

林超然:"比喻得好,说下去。"

静之:"还莫如说分析得对。但我也再没什么可说的了。非说不可,也只能是那样的话……鱼与熊掌不可兼得,想要什么还是得由你自己来决定。"

林超然:"你必须得说下去,你得和我辩论,直到辩得我不再觉得那五千元月薪光芒万丈为止!"

静之:"这太难为我了!"

林超然鼓励地说:"拿出你一向善于辩论的能力来!"

静之:"抵抗那五千元月薪的巨大诱惑使你很痛苦吧?"

林超然:"太痛苦了!只靠我自己的理性战胜不了,所以我需要借力。"

静之:"当知青办副主任每月会开多少钱?"

林超然:"大概每月一百一十几元。"

静之:"比我爸当中学校长的工资还高三十几元呢。如果没有每月五千元比着,你会不会觉得每月一百一十几元已经太知足了?"

林超然:"那当然会。"

静之："你不妨这么想一想,我他妈要那么多钱干什么?如果有钱可以买房子,那也值得多多拥有。如果有钱可以买汽车,那也不嫌钱烧手。可目前的中国,没房子可买,也没汽车可买。何年何月有的买,谁也说不准。钱再多,你也只不过能买一辆好自行车骑,买一台好收音机听。买一身上好的呢子衣服或哔叽衣服,也不过八九十元。以你每月一百一十几元的工资,月月攒点儿,不是都买得起吗?"

林超然："照你这么说,五千元的月薪,是多得没意义了?将来中国要是也有大彩电可买了呢?那还不得几千元一台?靠每月一百一十几元的工资,那不得攒几年?"

静之："那就忍一忍迫切想要拥有的欲望,等中国人普遍的工资都提高了,彩电的价格便宜了再买。"

林超然："那得多少年以后?"

静之："我也不知道。你还要这么来想……你自己并不喜欢商业的事情,一旦做了什么董事长助理,不喜欢也得整天面对,整天和商人打交道,整天听的是'钱'这个字,说的也是'钱'这个字,想的还是'钱'这个字,连笔下写得最多的往往都是'钱'这个字。挣了大笔的钱是替别人挣的,赔了你会觉得对不起别人的重用。不久你就会烦恼了……"

林超然："有五千元月薪的光芒照耀着,厌烦了我也会隐藏在内心里,整天装得喜滋滋的。"

静之："你是那种善于伪装的人吗?"

林超然自我否定地笑了。

静之："而当知青办副主任则不同了,替返城知青服务是能使你愉快的事。你为他们服务得越好,你的成就感越大。"

林超然："没白来找你!你一通说服,我受诱惑的痛苦减轻多了。"

不料静之却这么说:"其实依我看来,鱼与熊掌都应该是你目前的权宜考虑。从长远考虑,你应该在攒了些钱之后,考到大学里来。"

林超然："我不圆早年的大学梦啰!"

静之："不是圆不圆梦的问题,不从长远来规划自己的人生,你会落伍的。而那时,你后悔也晚了,你内心的痛苦将比现在还大。"

林超然："我会落伍?不至于的吧,我可是当年的老高三,有那一碗饭垫底儿,够我终生受用了。"

静之："太想当然了吧?只黑大,几年以后,每年就会有一千多名大学毕业生。全省呢？全国呢？十年以后呢，十五年以后呢？那时全国会有千千万万的大学毕业生，还会有硕士、博士，他们的文化知识结构，肯定比你'文革'前老高三那碗饭丰富多了，那时你才四十多岁，正是男人的黄金年龄。而你在他们面前，肯定会觉得羞愧的，因为你一向是一个对自己要求很高的男人……"

林超然："十几年以后的事我现在就顾不上考虑啰，走一步算一步吧……"说着站了起来。

静之迅速抓住他的手："别走，耽误够了别人的时间，起身就走啊？"

林超然愣了一下，不太情愿地坐下，歉意地说："我不是没想到嘛。"

静之庄重地说："没想到什么？"

林超然："没想到你也有事要跟我说。"

静之看着他，更庄重地说："我没什么事要跟你说。"

林超然："那就让我走啊，时间不早了。"

静之："不让。说走就走，对我太不公平了，得陪我坐会儿。"

林超然："那，好吧。遵命就是。"

两人的手……林超然欲抽出自己的手，静之反而将他的手握得更紧。

林超然："又使小孩子的任性。"

静之："我不是小孩子，你耽误了我的时间，还要求我和你辩论，那我就有理由任性一下。"

两人对视片刻，林超然缓缓伸出另一只手，抚摸静之的头发，接着，抚摸她脸颊……

宿舍里。只有一名同学仍趴在窗口了，她回头小声而激动地说："有情况！"

另外几名同学从床上一跃而起，又挤向窗口，她们正看到林超然的手摸在静之脸上，而静之的脸微微仰起，向林超然前倾着，分明地，她是在期待他的吻。

一名女同学："这还有点儿看头。"

另一名女同学："主动啊！这种关键时刻，别装淑女了呀！"

长椅上。林超然放下了手，家长跟孩子说话似的："你瘦了。"

静之："爱你爱的。"

林超然："别胡说！你不必非争当什么尖子生。对于你，能真正学习到知识就够了，考试成绩是次要的。"

静之："只要你还没跟别人结婚，我就会一直向你表白我的爱。"

林超然使劲儿从静之手中抽出了手，第二次站起，眈眈地瞪着静之，显然有点儿不知拿她怎么办才好。

静之也不眨眼地瞪着他，一副成心使他无可奈何的样子。

林超然："记住我关心你的话，别当耳旁风，有空儿时，替我和你大姐，去看看我们的孩子。"

他一转身走了。

静之："林超然！"

林超然站住，却不回头，也不转身。

静之："向你作个声明，从今往后，我不叫你姐夫了。我要像我大姐一样，叫你超然。"说完起身走了。

林超然愣了半刻，缓缓转身。长椅上自然已没了静之的影子，他无奈地挥了一下手臂。

宿舍里。有的同学躺在床上看书，有的在拍蚊子。

两个拍蚊子的同学中的一个："放进满屋的蚊子，结果还什么精彩的情形也没看到，亏大了。"

一名躺在床上的同学："有的爱情像诗或散文，有的爱情像短篇小说或长篇小说。看来静之的爱情故事属于后一种，她有从容不迫的自信，我们也得有静观其成的耐心。"

门一开，静之进入，她径直走到桌前，拿起一缸子水，一饮而尽。

一名同学抗议了："那是我凉的。"

静之："就当奉献给爱情了吧。"说完，走到自己的床位那儿，脱了鞋，往床上盘腿一坐，又说，"知道你们在偷看！"

于是大家都坐了起来，目光一起望向她。

静之："爱得可真累。"

一名同学："看她那样儿！嘴上说累，却满脸甜蜜！哎，你掩饰一下行不行啊？"

静之："不行！干吗掩饰？"

另一名同学："没听说吗？爱情会使人变得弱智。"

静之将枕头抛向了对方。

却有两名同学蹿到了她床上,其中一个兴趣大发地说:"哎,你跟他说什么了这么半天。"

另一名同学:"讲讲,讲讲。"

街道小厂。 林超然走入院子,见屋里亮着灯。

他看一眼手表,走进屋里,见张继红等围桌而坐,桌上有碗豆浆,一张纸上还有两根油条。

林超然:"十点多了,一个个都不要家了?"

张继红:"都在等你。"

林超然挤了个地方坐在条凳上,问:"谁的?"

张继红:"估计你没吃晚饭,给你留的。"

林超然端起碗,一口喝下去半碗豆浆,抹抹嘴,问:"你们几个今天干得还顺心?"

被问的四人点头。

林超然:"既然人家分了一半活给咱们,那也算很够意思了,要跟他们好好相处。"

四人又点头。

林超然抓起油条狼吞虎咽。

四人中一个刚想开口说什么,被张继红制止。

林超然吃完了油条,喝光了豆浆,用桌上那张纸擦手,问:"都在等我?"

张继红:"弟兄们都不但有家,而且都是顾家的男人。 正因为都顾家,所以要求你给个说法。"

林超然:"你把那两件事告诉他们了?"

张继红点头。

林超然:"你嘴倒快。"

张继红:"我是对他们负责。 不能你一个人眼看飞黄腾达了,而弟兄们却蒙在鼓里,还以为你仍和大家同呼吸共命运呢!"

林超然:"好吧,那我今天晚上就向大家发布关于我的两条新闻。 第一条,市里希望我能去当知青办副主任,准备接正主任的班。 第二条,有位是董事长的港商,希望我去当他的助理,月薪五百元。"

一名工友:"骗人!"

另一名工友:"港商再小气,也不至于拿自己的身份不当回事儿。 月薪五百元的董事长助理，太掉董事长本人的价了吧？"

林超然支吾了一下，发窘地说："我承认撒谎了。怕你们心理不平衡，是一千元。"

张继红："你在继续骗人。"

一名工友："我们的心理用不着你照顾，我们只要听实话。"

林超然："两千元两千元，真的两千元，绝对是两千元，骗你们是小狗。"

张继红："看他这狗样儿！我刚才怎么说他的？见钱眼开，对咱们没实话了吧？"

一名工友："说实话。再不说实话，哥几个都瞧不起你了。"

林超然："我发誓……"

另一名工友："你发个球誓呀你！继红都问清楚了，是六千元！"

另一名工友腾地站了起来，来回走，气愤地说："他妈的！这世上还有公平吗？他一个人挣的，比我们大家一块儿挣的还多！他凭什么啊？他不就是当过几年知青营长嘛！难道他还比咱们多长了一个老二呀？"

林超然一拍桌子："你小子给我住口！再说脏话我扇你！"

对方飞起一脚，朝一只空盆踢去，竟将盆踢飞在墙上。一时鸦雀无声。

张继红捡起盆，看看，又看看那工友说："掉漆了，以后会漏的，有气也别踢盆啊！"指着林超然说，"要踢踢他，我们不拉着。"

林超然又拍了下桌子："敢！我是法人代表！还反了你们了，你给我坐下！"

张继红："你自己也说脏话。再说我们可一起扇你。"

其他工友纷纷点头，踢盆那个捋胳膊挽袖子，还往手心唾唾沫。

林超然瞪着张继红说："明明是五千，怎么在你那儿成了六千？说，怎么回事？"

张继红吸着一支烟，轻描淡写地说："我以你代言人的名义给关秘书打了次电话，他告诉我是五千。我代表你说五千太少，那香港的老先生接过了电话，说六千也可以……"

林超然："你！你不是败坏我形象嘛！"

张继红："为你多争取了一千，不谢我还责怪我？那就败坏你形象了？你一个前几天还跟我一起站马路牙子的人，有什么鸟形象值得顾忌的呀？"

一名工友："究竟多少钱和咱们也没什么关系,烧他手他也不会分给咱们的。还是先问问他这个法人代表，对咱们他是怎么考虑的？"

林超然:"如果我说为了和你们同呼吸共命运,两个机会我都不予理睬,那也太二百五了吧?我只能这么保证,不论当什么,心里都会一如既往地装着你们。而且,就现在,我何去何从由你们决定。"

大家一时你看我,我看他。

张继红站了起来,走到日历牌那儿,接连唰唰撕下几页日历纸,之后回到桌旁,问:"刚才桌子上的笔呢?"

有人从自己耳朵上取下笔头递给他。

张继红问林超然:"由我们决定,这话可是你说的。"

林超然点头。

张继红:"现在后悔还来得及。"

林超然摇头。

张继红将日历牌纸一一拍在每人面前,将笔头给了近旁的人:"把你们每个人的主张写纸上。"

笔头从一人手中传到另一人手中,每个写过的人都将日历纸翻过去,或用手捂着。最后笔头又回到了张继红手中,他写完,用手捂着。

林超然:"哪里像什么好命运,简直像是面对陪审团。"

张继红:"亮!"

大家将日历纸翻成了写字的一面,或将捂着的手移开。

除了张继红写的是"助理",其他人写的都是"知青办"。

其他人瞪张继红,像瞪一个叛徒。

林超然:"现在该轮到你说说为什么了?"

张继红嬉笑地说:"因为你……你要是去当了董事长助理,冲咱俩兄弟一场,我怎么也会沾点儿光,某天有机会去当一名合资企业的工头吧?你月薪六千,我月薪二千也行啊!"

林超然:"我要真去当了助理,恐怕连我也得看人家脸色行事,六亲不认了。"

一名工友:"这家伙只想着自己,揍他!"

于是另一名工友将张继红扑倒,其他三人围上去一阵拳打脚踢。

林超然将日历纸收拢过去,像拿扑克牌一样拿在手中,默默看着。

林超然:"别闹了!"

大家这才重新坐下。

林超然:"既然如此,我说话算话,那就服从你们的决定,准备去当知青办副主任。"

工友们笑了,其中一个说:"那我们以后有靠山有背景了。"

林超然:"知道我这会儿在想什么吗?"

大家都看着他。

林超然:"大锅饭真可怕。如果我去当了助理,猜你们会在某一个晚上拦我的路,一个个头上套着剪出窟窿的臭袜子,砖头棍棒齐下,把我打个半死……"

张继红坏笑:"那是肯定的。而且挑头的也肯定是我。"

林超然:"哎,想不到五千元钱把你们变成了这个样子!"

一名工友:"说得轻松!一百倍的差距,那不是要逼我们再闹一次革命吗?"

林超然:"估计中国以后的事,难办了。"

张继红:"还嫌让自己操心的事不够多是不是?这小子,还真当自己是个人物了,居然操心起整个中国的事儿来了!"

于是大家都看着他,口中发出讥笑之声。

又是一个白天。中学教学楼里,何校长陪着几位兄弟中学的听课老师走出一间教室。何母最后走了出来。

何母惴惴不安地说:"几位老师先别走,请当面提出宝贵意见。"

一位女老师:"课文分段启发同学们充分发表看法,允许互相争论,坚持与教材不同的看法也不彻底否定,我觉得这么上课挺好。"

其他老师点头。

何校长:"别迫不及待。意见一会儿我替你收集,几位老师请这边走……"

忽然,前边一间教室的门被撞开了,一名学生跌倒了,一屁股坐在地上。

听课老师们惊呆了。

何校长赶紧上前扶起了那名学生。

何校长与听课老师们进入了那间教室。

但见有一名男生手持笤帚站在最后一排的椅子上,左右还有"哼哈二将",摆着拳击的架势。他们是在护着墙上那首诗,而六七名男女学生在对着他们拍桌子,叫嚷:

"校长命令要换上考试卷的,你不让换就不对!"

持笤帚的男生:"以前都是每个星期换一次!刚贴了几天,还有同学要看,要抄!"

坚持要换的同学七言八语。

"中国的英雄那么多还不够你学的呀？你崇拜外国的英雄就是不爱国！"

"除了雷锋，还有刘英俊、欧阳海、王杰！哪一位都够我们学一辈子。"

"还父亲父亲的，可耻！"

持笤帚的男生："崇高无国界！"

何校长："安静！"

持笤帚的男生这才下了椅子，他叫高原。

听课老师们在肃静中走到了墙报前，看那一首诗……

高原慢慢地放下笤帚，想离开教室。

何校长："你一会儿到我办公室去。"

校长办公室。何校长坐在桌后，面前站着高原。

何校长："我不罚你站，把那张椅子搬过来。"

高原将椅子搬了过来。

何校长："坐下吧。"

高原坐下了。

何校长："我要给你处分。"

高原抬起了头，不服气。

何校长："当然，其他同学也要受到批评。明知今天有外校的老师来听课，还不顾影响，在教室里打架，一点儿集体荣誉感都没有吗？"

高原："谁叫他们想撕我的诗！我个人的荣誉感就一钱不值了吗？"他流泪了。

何校长被反问得一愣，又问："告诉我，你父母是做什么工作的？"

高原："一人做事一人担，和我父母有什么关系？"

何校长："我只不过随便问问嘛。你不说，我想知道那也很容易，档案里不都写着吗？"

高原："我爸是电影院收票的，我妈卖冰棍。"

何校长："可你却喜欢写诗，这难能可贵。我在中学时代，也喜欢写诗，但没你写得好。"

他的话使高原的心理平衡了些，出乎意外地看着他。

何校长："私下里说说，那部电影我也看过了，麦克唐纳这个人物确实塑造得质朴感人……但这可只是咱俩私下里说说的话，不许对别人讲，明白？"

高原点头。

何校长站了起来,一边踱着一边说:"至于你那首诗嘛,我个人不妄加评论。但我希望咱们之间能达成一种默契……如果日后有什么人问起我对你那一首诗的态度,你要这么说……校长认为那首诗写得不怎么样,用词随意,也不讲究韵脚。总之是,我已经因为那一首诗找你谈过话了,记住了吗?"

高原:"其实您心里不是这么认为的,是吧?"

何校长:"错!不妄加评论不等于连起码的缺点都不指出来。我说我中学时期的诗写得不如你好,你要当成谦虚之词!"

高原:"那,我请求对我的处分不入档案……"

何校长:"档案?为什么要入档案?我根本就没往那方面想!记过也可以是口头的……"

高原:"我不信。记过都是要入档案的。我爸当年就是因为卖电影票时少了十几元钱,说不清楚,结果档案里有一条记过处分,后来一直觉得处处低人一等。"

何校长:"放心,我向你保证,绝不入档案。我要开一次记过处分也不入档案的先例。"

高原站了起来,鞠躬,感激地说:"谢谢校长。"

何校长:"高原,你现在还只不过是中学生,你的档案还像一张白纸。以后,你的档案内容会渐渐多起来。我希望你记住我今天的话,只要别人没法在你的档案里加入不善良,不正直,不讲信义,缺乏羞耻感和忏悔心之类的人格评价,那么别人终究是会尊重你的。"

高原:"我要争取使我的档案里多一些与'不'相反的评价。"

何校长笑了:"能那样最好。去吧。"

高原又鞠躬,离去。

何校长重新坐下,沉思。

他拿起电话,拨通后,语调恭敬地说:"麻烦您请区长同志接一下电话,有工作情况向他汇报……"片刻后又说,"平川区长,我是何文彬。来过了,我刚送走他们。也开了座谈会,请每一位兄弟中学的老师都留下了宝贵意见。打扰您主要是为了向您汇报两件事……写那首诗的同学我已经严肃地跟他谈过话了,是一名本质良好的同学,父亲是电影院收票的,母亲是卖冰棍的……完全同意您的看法,引导学生正确对待国家的坎坷确实是我们的责任……还有一件事,我想把那个何春晖找到,给予他成为中学老师的机会……您也支持,那太好了，多谢老同学的理解和鼓励。"

何校长骑自行车行驶在路上。

何校长在青年宫前下了自行车。看自行车的是一个老头。
何校长："大爷，向您打听一下，原先在这儿看自行车的，是不是一个青年啊？"
老头："对，我就是接的他。"
何校长："他哪儿去了呢？"
老头："那小伙子可交好运了，人家是大学毕业生，英语很好，不久前有几位外宾到哈尔滨来，他不知怎么听说了，自荐去当了几天翻译。老外们对他印象良好，其中一个，帮他出国留学了。"
何校长："哪个国家？"
老头："这我也不太清楚。以前只知道外国话就是日本话、苏联话。会的人不但不吃香，还往往会惹麻烦。哪儿想到猛然地一下又兴起英语来，而且能交好运。"

何校长站在那儿，怅然若失。

黑大某教室。那位老教师在讲课，他从容不迫，娓娓道来地说："不但一部《红楼梦》仁者见仁，智者见智，多情种子们为其叹息流泪，道学家读出了淫，而史学家认为是清王朝兴衰的缩影，我们刚才谈到的《水浒传》又何尝不是如此？有人认为它传播了这样的正义思想……哪里有压迫，哪里就有反抗，逼上梁山者造反有理。有人却认为那是一部宣扬投降主义的书，暗示只有接受招安才是宋江他们的光明出路。而我要指出的是……尽管历朝历代的皇帝们也是讲法制的，但那法制如果是只许州官放火，不许百姓点灯的法制，那么法制的观念就难以深入民间，暴力复仇，私刑现象，就会在民间层出不穷。比如武松杀嫂，石秀助杨雄杀妻，解珍解宝两兄弟血洗员外庄……我们学法律的同学必须这样看待我们的专业……本专业不仅培养法官、律师，还培养社会公正与良心……"

下课铃响了。
老教师在掌声中鞠躬离去。

老教师走在校园里。

"老师……"他一转身，见是静之。

老教师："何静之，谢谢你在我的课上一向踊跃发言啊，有你的带动，我对课堂讨论情况越来越满意了。"

静之将手中笔记本递向他："谢谢您的表扬。老师，我在笔记本中写了几篇关于法制的思考文章，想请您抽时间看一看。如果您认为哪一篇有点儿发表价值，我打算向报纸或杂志投稿……"

老教师接过笔记本，鼓励地说："支持。我一定早点儿看。"

两人边走边说话。

静之："还有一件事也请支持……我们学生会想要组织一次法律系和中文系同学的座谈会，讨论从福娄洛教士到米里哀主教，看雨果民主思想与宗教情怀的演变过程……"

老教师："那参加的同学可都得认真读一读《巴黎圣母院》和《悲惨世界》……"

静之："我们早就为座谈会做准备了，每星期六晚上都举办读书活动。轮流读，大家听。我们想请您在座谈会后作总结发言……"

老教师："行。我准时参加。"

忽然间，一个穿旱冰鞋的身影迅速滑了过来。

静之："老师小心！"她刚欲挽着老教师躲开，却为时已晚，老教师被猛撞了一下。

静之冲滑过去的身影生气地嚷："你没长眼睛啊！"

老教师："原谅他吧。他一定是有急事，否则不会滑那么快。"

静之："他起码应该停下来向您道一声歉。我记住他的脸了，再看到他非质问他不可……"

她挽着老教师又向前走……

老教师站住了，手捂腹部，面呈痛苦。他的手上有血。

静之吃惊……

老教师身子摇晃，在静之的搀扶下，倒在地上。

静之："来人呀，有人受伤了。"

一些学生驻足，跑了过来。

静之："老师被刺了，快送老师去校医院！老师，你要按住伤口。"

一男生脱下上衣，用袖子将上衣扎在老教师腹部。

另一名男生背起老教师就跑。

静之低头看自己双手，她手上已染了血。

两名女生持网球拍走来。

静之在身上抹抹双手，上前道："借拍子用一下！"夺下一把拍子就朝伤人者滑走的方向追去。

几个男生在打篮球。

静之："停一下，看见有穿旱冰鞋的人滑过去了吗？"

男生们摇头。

校门传达室里。静之朝门卫大声地喊："叫你通知你就赶快通知，放跑了歹徒拿你是问！"

门卫："你总得告诉我歹徒穿什么样衣服啊！"

静之："长袖海魂衫，光头！"

门卫抓起了电话："后门，后门，注意一个穿长袖海魂衫光头的人。"

静之离开传达室，握着网球拍，在校门口来回走动。

一个背挎包，戴军帽，穿短袖背心的人走来。一看便知，他并不是大学生，因为他脸上毫无书卷气，无知无畏的痕迹显明。并且，一副慌张的样子。

他望着静之犹豫不前。

静之发现他挎包里露出海魂衫袖子。

静之："抓住他！"

对方转身便跑。

静之追赶。

静之将网球拍投出，正中对方后脑，对方趔趄一下，静之冲上去，从后面拦腰抱住对方。对方一只手伸入挎包，掏出刀子，朝肩后斜刺，静之一躲头，肩部中了一刀。

几个人冲过来，将对方制服。

对方："姐……"

静之捂着流血的肩部，一时呆看对方，原来竟是那个曾找到她家里，要与她谈恋爱的无业小青年。

在何家修火墙那天，小青年痴情脉脉地纠缠她的情形。

她和小韩走在路上,被小青年拉住进一步纠缠的情形。

她在公园里与小青年交谈的情形一一浮现在眼前。

小青年:"姐,对不起,我没认出是你来。"

静之:"你!为什么啊!"

小青年:"他剥夺了我的机会。"

校医院。医生在为静之包扎伤口,与她同宿舍的女生们等在门口。

静之在女同学的陪伴下走在校园里。

一名女生:"保卫处审问的结果是这样的。他想考咱们黑大艺术系的美术专业,可是文化课两次都没考过关。今年是第三次考了,考的分数最低,而其中两道分数最多的大题,恰恰是陈老师出的。"

静之在同学们的陪伴之下走到宿舍楼口,一名男生在楼口徘徊,见了她,亲密地说:"静之同学。"

静之站住,看着他,不认识。

男生:"我是中文系的,你肯定不认识我。但是我听说你要买奶粉买不到,我家有亲戚在奶粉厂工作,所以……所以就冒昧地替你买了三袋。"

他从书包里往外掏奶粉。

静之:"太谢谢了,谁替我接一下?"

一名同学上前,一袋一袋接过去奶粉。

静之:"请留下你的姓名和专业,我会尽快把钱给你。"

男生看着同学们说:"我想和她单独说几句话。"

同学们互相交换着眼色进入楼里去了。

男生:"静之同学,你那次朗诵舒婷的诗,给许多同学都留下了深刻的印象,以后你就成了我最倾慕的女生。为了能够和你认识,我多次听过你们法律系的课,可惜你从来也没注意过我。"

静之已明白了他的心思,微微一笑:"那只能请多原谅了。"

男生:"但现在我们不是终于认识了吗?今天对于我来说,可是一个重要的日子。你的事迹我也听说了,更增加了我对你的倾慕……"

一名等在楼门内的女生大声打断地说:"哎,此时此刻是你喋喋不休表达倾慕的时候吗？"

静之："我这会儿伤口很疼。"

男生："对不起对不起。请你一定收下我这封信，我更多的表达都写在信里了。"

静之犹豫一下，接过了信。

男生："祝你伤口早愈！"转身跑了。

静之："快替我问问奶粉多少钱一袋！"

楼内另一女生大声地说："奶粉多少钱一袋？！"

那男生已跑远了。

宿舍里。静之坐在床上问："陈老师怎么样了？"

一名女生："送到市立医院去了，幸亏刀子不长，没伤到内脏。你呢？"

静之："我没事儿，只不过缝了五六针的一个小伤口。"低头看信。

一名女生将信一把夺去，躲到一边去念："亲爱的何静之同学，当我写下'亲爱'两个字的时候，我忽然对繁体字产生了好感。因为繁体之'亲'字，多一个'见'字，繁体之'爱'字，中间是有'心'字的。一见钟情所以亲，发自内心是谓爱。"

另一名女生："打住打住！酸死我了！"

另一名女生："中文系的嘛！"

静之："再念我生气了啊！还我！"

夺信的女生见她特严肃，乖乖将信还给了静之。

静之："替我把奶粉放书包里。"

于是一名女生替她往书包里放奶粉。

静之："我有五天的伤假，今晚就把奶粉给我姐夫家送去。"

一名女生："你可发过誓的，再也不叫林超然姐夫了。"

静之："背后叫另当别论。"

同学们都看着她。

一名女生："静之，说句实话啊，刚才中文系那男生，依我看来也不错。虽然书生气了点儿，但书生气的男人，往往都是情种，比如贾宝玉，比如张生。"

另一名女生："别提张生，始乱之终弃之的负心人，算什么情种。"

静之却起身拿起了书包，同时说："你们继续讨论，我现在就走，谁也别送。"出门去了。

同学们面面相觑。

林家。林父在举孙子，逗得孙子咯咯笑。

林母在炕上缝小被子，提醒："你可千万别摔了他！"

门响。

林母："谁呀？是超然吧？"

静之的声音："大娘，是我。"

门一开，静之已随声而入。

林母："静之！快炕上坐。"

静之在炕边坐下。

林父："楠楠，认不认识？这是你小姨。"

孩子看着静之说："小姨，抱抱。"

静之："楠楠，小姨真不能抱你，小姨今天肩膀挨了一刀。"

林父林母都吃惊地看她。

林父："唔，碰上坏人了？"

静之："是个坏青年，二十刚出头，不是冲我，是冲我们的一位老师。"

林母："你见义勇为了？"

静之："也算不上见义勇为。我在校门口把他堵住了，在别人的帮助下把他给逮住了。"

林父："去过医院了吗？伤得重不重？"

静之："不重，我们校医就能处理那种情况，缝了五六针。"

林母："疼不？"

林父："废话，那能不疼吗？"

静之："现在麻药的劲儿过去了，还真有点儿疼。"

林母："哪个肩膀？这个？"

静之点头。

林母："静之啊，别以为大娘思想落后啊，那种事儿，可不是一个女孩子家非挺身上前不可的事，应该喊男人们去做，记住大娘的话啊？"

静之点头。

林父："你身上……那是血吗？"

林母："哎呀妈呀，可不是血咋的！怎么就穿着带血的衣服来了？"

静之:"有人替我买到了奶粉,我急着送来。"

从书包里往外取奶粉。

林母:"快脱下来大娘给你洗洗,这边还有你大姐一件上衣,你快换上。要不一会儿干了,血迹洗不掉了。"

她打开箱盖找衣服,又说:"你大姐那件上衣,大娘是要当成纪念物的。"

林家接出的那间小偏厦子里,林母帮静之穿凝之的一件上衣。一件黄色洗得变白了的女式兵团服,两肩补了对称的补丁。而小偏厦子,四墙雪白,窗子明亮,也砌了火炉,褥单整齐干净,并且有几样简陋的旧家具了。总之这里完全可以当成一个小家的了。林超然和凝之合照的一张照片放大了,镶在桦树皮框子里,摆在箱盖上。而照片的背景,是林超然和凝之在兵团的家门前……林超然和凝之不知因为什么大笑着,凝之笑得弯下了腰。

静之:"我姐夫要是回来就住这边?"

林母点头。

静之:"大娘,医生给我打的针,有催眠的作用,我犯困了,想在这儿睡一会儿。"

林母:"那你睡吧孩子。大娘不跟你聊了。我去把你衣服洗出来。"

林母走了。

静之拿起相框,深情地看。

静之的心声:"大姐,好想你。"

静之躺在炕上了,仍看照片。

静之的心声:"大姐,你的日记我看过了。不幸被你言中,我在爱情方面真的面临复杂的情况了。"

天黑了。小街上走来林超然的身影,脚步不太稳定,但绝没到东倒西歪、摇摇晃晃的地步。

他边走边唱:"李家溜溜的大姐,人才溜溜地好哟,张家溜溜的大哥,看上溜溜的她哟,月亮弯弯……"

林超然进了家门,大声地说:"爸妈,我回来了!"

林母在补静之那件上衣,林父抱着孩子在晃悠。

林父:"你小声点儿,孩子要睡。"

林母:"喝酒了是吧?几天没回来,一回来还半醉不醉的。"

林父将孙子放炕上,忧郁地问:"你们还站马路牙子呢?"

林超然俯身看儿子。

林父:"刚睡着,你别弄醒他。"

林超然:"爸妈,从明天起,我当官了。市知青办的副主任,不久就可以当正主任。"

林父:"还真让继红说中了。"

林母:"那算个什么官儿?也值得你高兴得喝酒?"

林父欣慰地说:"那也总比站马路牙子强。你小子一走运,继红他们没想法?"

林超然:"他们支持我去当,也是他们非要为我祝贺祝贺……凝之呢?我要立刻告诉她。"

林父林母对视。

林母:"静之来了。"

林超然:"我问凝之。"

小偏厦子里。只有桌上的台灯亮着,静之叠好被子,正要往外走。门一开,林超然进入。

林超然:"凝之!"

静之呆呆望他。

林超然拥抱住了她:"凝之,我有正式工作了。"

静之拧着眉小声说:"你弄疼我肩膀了!"

林超然:"从明天起,我要去当市知青办副主任了!高兴不?"

静之:"高兴。"

林超然:"那为什么还皱着眉头?为什么不笑一笑呢?"

静之忧伤地一笑。

林超然热吻她。

静之想要推开他,无奈一只手用不上劲儿,推不开他。

静之忍着疼拧着眉接受他的吻。

林超然捧着她脸说:"你瘦了。"

静之:"你喝多了,我是静之。"

第二十四章

　　林家正房。林母在看那三袋奶粉，拿起一袋放下一袋，像看宝物，并且自言自语："这下可够我孙子吃小半年的了！"

　　林父在点钱，头也不抬地接了一句："别三袋都摆明面上，九号老王家，街尾老于家，去年也都添了孙女孙子，也发愁买不到奶粉呢。哪天人家来串门看到了，开口说借一袋，你好意思不借给人家？"

　　林母打开箱盖，放入箱子两袋，转身看着林父问："你找出那么多钱干什么？"

　　林父："我想给超然买辆新自行车。不管怎么说，他现在是国家干部了，还骑那辆破自行车，别人也许会以为他装样子。再说，我没辆车骑，也觉得不方便。"

　　林母："他不会让你出钱买的。"说罢，脱鞋上炕，又开始缝那小被子。

　　林父："我也不跟他说啊，买回家了，他还能不骑？哎，我这儿还差三十元，你能不能也贡献点儿？"

　　林母："骗我，我不信你连买辆自行车的钱都不够了。"

　　林父："我哪能骗你呢！为了盖那小偏厦子，差不多把我攒的钱花光了……"

　　林母："我没钱，我又没退休金，哪儿来的钱？"

　　林父："你敢说你没点儿私房钱？"

　　林母："没有。"

　　林父："超然给黑大刷房子挣的钱没给过你？哎呀，这当妈的怎么只进不出呢？你这表现不怎么样啊。"

　　林母："我的私房钱也就几十元！"

　　林父："我也没管你多要啊！不就要三十元嘛！"

林母瞪他："那我还能剩下多少啊？"

林父："批评你自私，你还真自私，你看我，有多少往外拿多少！你怎么就不能向我学习学习？"

林母："你少批评我，站着说话不嫌腰疼！你每月有五十几元退休金，我有吗？"

林父："好好好，算你借我的，以后月月还你，行吧？"

林母："我这儿正缝被子呢，晚上再说。"

她又低下头做起活儿来。

林父张张嘴还想说什么，忍住没说，默默将钱放入小匣子里，按上小锁，也开了箱盖，放入箱里。

林父在炕边坐下时，林母说："给我纫上线。"

林父接过针线，走到窗前，冲着阳光穿针引线，之后将针线还给林母，又坐在炕边。

林母："你说，要是超然和静之，他们……那个的话，好不好？"

林父："哪个的话？"

林母："你明知故问啊？"

林父："你是说……如果他俩……成了夫妻？"

林母点头。

林父愣愣地看了她片刻，压低声音，极其严肃地说："你怎么敢有这种想法？"

林母："这种想法怎么了？犯法呀？是杀头之罪呀？"

林父："你小声点！"

接下来，对话都尽量低了声音。

林母："在自己家里，就咱俩之间说说，我不怕静之听到，更不怕超然听到。当着静之的面我也敢这么问她。"

林父："不许！人家静之现在是大学生！而且人家是学法律的，凭她那么聪明好学，不久肯定是个各方面冒尖的学生。毕业了分配，估计哪一级法院都会争着要她！"

林母："咱们超然就次到哪儿去了？他刚才不是说了，一去上任就是处一级干部了。"

林父："可他毕竟是结过婚的，而且有了儿子，人家静之可是黄花闺女！"

林母："可凝之是静之的亲姐，静之是林楠的亲小姨。而且我觉得，静之对超然是有那么一种意思的。"

她说着，穿鞋下炕。

林父："如果你感觉错了呢？万一你哪天一点破，满拧，人家静之一不高兴，以后还愿意登咱家门吗？"

林母："我的感觉错不了。即使真错了，静之也不至于多么不高兴。她不是那种小心眼儿的姑娘。"

她一边说，一边往带盖带把的缸子里舀奶粉、加水、加糖。

林父："就算静之愿意，超然愿意吗？"

林母一边轻轻搅拌一边说："超然他有什么理由不愿意？还有比静之更适合做他媳妇的女子吗？他如果不愿意证明他脑子出了毛病了，那我就跟他急，跟他闹！"

林父："就算像你说的那样，静之愿意，超然也符合了心思，那亲家两口子会怎么想？人家那么好的大闺女嫁给咱们林家了，结果……虽说不完全是咱们林家的错，却总之说明咱们林家对凝之关心爱护得不够周到。反正在两位亲家面前，我心里边内疚大了去了。现在，人家凭什么愿意再把小闺女嫁给咱们超然？如果让静之和超然在咱们眼皮子底下渐渐往那么一种关系发展，两位亲家质问起来，咱们能说清楚吗？如果他们一翻脸，亲家关系不也交代不了吗？"

林母："你先别那么多顾虑，先说他俩真那样了好不好？"

林父："好当然好。除了静之，任何一个别姓的女子再做了超然的媳妇，再进了咱们家的门，我心里还真的是难以接受……可，我担心好事并不朝好的方面发展，结果，到头来反而变成了坏事。"

林母："是啊，其实，我也不是完全没有这种顾虑。"

她一边说，一边端着缸子往外走。

林父："你这是要干什么去。"

林母："给静之送缸子奶去，她肯定流了不少血，还不得加强点儿营养？"

林父抢前一步，挡在门口，板着脸说："不许你去，我送过去。"

林母："我冲好的，非显着你去做好人？"

林父："我是担心你那张嘴，怕你当着超然的面，顺嘴一出溜，对人家静之说了什么不该说的话，搞得静之别别扭扭，搞得咱们超然也不大得劲。"

林母："我傻呀？当面问我也会挑个时候。放心，刚才咱俩嘀咕的话，我半句也不说。"

林父："你把超然撵这边儿来，喝得半醉不醉的，免得他失了姐夫的样，惹得人家静之烦他……"

林母："静之才不会烦他。"

林父："叫你怎么做你就怎么做，要不你别去，还是我去！"

林母："好好好，你别争，听你的。"

林父这才把门口让开，林母端着缸子出去了。

偏厦子里。林超然站在屋的中央，东看西看，分明在用目光寻找什么，炕上有一只箱子，箱子的横面与炕沿齐，静之站在那儿，靠着箱子，望着林超然。

静之："找什么。"

林超然："二胡。我要为你大姐，也要为你，为你俩拉一段二胡。"

静之："如果我没记错，你把二胡拿到你们那个小厂去了。我在那儿见过。"

林超然想了想，说："对……你……没记错。那，我为你，和你大姐，不，你大姐……和你，为你俩……唱歌……"

他引吭高歌《十五的月亮》，却因为喝醉了，根本唱不上去那么高的音。

静之："你会把大爷大娘唱过来的。"

林超然定定地看着她，愣了一下，索然地说："你又说对了，是会那样。今天你怎么接连都说正确的话？"

静之："因为我没喝醉。"

林超然："我也没……没醉……没……彻底的醉……我……高兴高兴……也要让你，和你大姐……不，不对……让你大姐，和你，高兴……我今天，总说错话！我……我要为你俩跳舞……蒙古族……雄鹰舞……马头琴……口琴……"

他口中发出马头琴声，亢奋地跳了起来。

静之面无表情地，默默地看着他。

林超然一屁股坐在地上。

他向静之伸出了一只手："扶……扶我……一下。"

静之："不。"

林超然："生我……气了？……我刚才……已经认过错了。"

静之："我不是因为那个。我怕你再弄疼我肩膀。我一只手扶不起一个醉汉来。"

林超然："那……那我……就不站起来……"

静之：“那，我会替你感到羞耻的。”
林超然却大声朗诵起来：

> 三伏天下雨雷对雷，
> 朱仙镇比武锤对锤，
> 今儿晚上，
> 咱哥们儿几个杯对杯！
> 酗酒作乐的是浪荡鬼，
> 醉酒哭天的是窝囊废，
> 饮酒赞前程的，
> 是咱社会主义……新一辈……

"鼓掌！给予雷鸣般的掌声！……"
静之：“我看你这会儿就像浪荡鬼！”
林超然：“团泊洼的秋天啊！……下一句是什么来着……诗人，你为什么偏偏要在黎明之前离开我们呢？郭小川，回来，闻捷，回来！傅雷，乌·白辛……你们一起回来啊！卑鄙是卑鄙者的通行证，高尚是高尚者的座右铭！我是新刷出的雪白的起跑线，是绯红的黎明……正在喷薄……祖国啊……”
静之用一只手将一把椅子拖到了他跟前，之后退回原地，仍以原来的姿势站立。
她说：“我只能帮你这么一点儿忙。如果你还不站起来，那么替你感到羞耻的不只是我，还有你刚才提到的那几位死者了。”
林超然扶着椅子站起，反坐椅上，双手撑着椅背，瞪着静之说：“我要大声对你说……不，我不能说……你知道吗？你爸爸代表你妈妈，找过我了……他们要求我，关心一下……你的个人问题……及时向他们反映……你的……感情问题。”
他大喊：“谁告诉我，为什么感情是一个问题？为什么是一个问题？你相信了你编写的童话，自己就成了童话中幽蓝的花……凝之……不不，不对，静之，告诉我，你为什么特别喜欢舒婷的诗？”
静之：“因为她的诗歌是温暖的，哪怕她写的是悲伤。”
门外。端着缸子的林母愣愣地站在那儿，已听了多时。
林超然的声音：“静之，你为什么要流泪呢？别哭……我绝不会辜负我的岳父母,也是你爸妈的信任的……有时候,信任也是悲伤,温暖的……悲伤。"

林母转身悄悄走了。

　　林家正屋里。林父坐在桌子那儿,在粘一些破损的角钱、分钱。

林母又端着缸子推门进入,将缸子放在桌上,默默坐下,叹了口气。

林父:"怎么去了这么半天,还一回来就叹气?"

林母:"我压根儿就没进屋去,这么半天一直站在外边来着。"

林父愕然地说:"插着门?"

林母:"你想哪儿去了,咱们超然是那种当姐夫的男人吗?再说你那么想也把人家静之看扁了。"

林父:"是你说的不明不白的!"

林母:"你性急不等我说完就乱猜嘛!你就没听到超然嚷嚷?"

林父:"我不是耳背嘛,关着窗,听是听到了几句,我以为是后街有人在吵架,他嚷嚷什么?"

林母叹道:"我也没太听明白,高一嗓子低一嗓子,东一句西一句的。我耐着性子站在门外听,还真听到了几句一心想听到的话……"

林父:"往下说啊!"

林母:"听超然对静之说,咱们亲家公,代表亲家母,跟他谈了一次话,让他多关心静之的个人问题,还要经常向他们作汇报……你想啊,要是关心来关心去,把静之给关心成……那成了摆不到桌面上的事儿啦!"

林父:"我怎么说来着?被我说中了吧?有的事,想想是挺好的事,但也就只能那么想想。从今天起,你要把你的好想法沤死在心里,绝不许再冒出一点点小芽来!"

林母:"可我还是不死心。"

林父:"你快给我死了心,咱们林家从没做过被谁指责的事,和亲家之间更不许出那种事!"

　　林父、林母、静之三人在吃晚饭。无非苞谷面菜团子、大糙子粥、蒸土豆,一小盘咸菜,一小盘白糖。

林母:"静之,菜团子好吃不?"

静之:"好吃。馅挺香。"

林母:"为你,大娘舍得放香油了。"

静之:"还放了虾皮吧?"

林母:"过春节凭票买那半斤虾皮儿,剩了一两来着,大娘炸炸全拌馅里了。"

她俩对话时,林父一直在默默剥一个土豆,这时就将剥得光光溜溜的土豆放在静之面前的小盘里了。

静之:"大爷别替我剥,我自己来。"

林母:"早就听你妈说过,你打小可爱吃蒸土豆蘸白糖了。土豆家里倒没缺过,一想你要在这儿吃饭,大娘必然让你吃上这口儿。"

静之:"谢谢大娘。"蘸着白糖大快朵颐。

林父:"静之啊,你姐夫一般是不往醉了喝酒的。今天不知怎么了,不管他多在你面前现丑,你可别笑话他啊!"

静之:"大爷,我不会笑话他的。"

林父林母互相看,表情都欣然了。

林母:"他刚进这屋的时候,还没怎么显出醉样儿,不承想一到了那边小屋里,就在你面前耍开了酒疯。"

静之:"他也没耍酒疯,他为我朗诵诗歌来着,想让我高兴高兴。"

林父林母又互相看,都微笑了。

林父:"那就好,那就好。"

门开开,慧之进入。

林母:"哎呀,慧之也来了,吃了没有?"

慧之:"在医院食堂吃过了。"

林父:"那也坐下,再吃个土豆,这新下来的土豆好吃,面。"

慧之倒也不客气,坐下拿起一个土豆就剥起来。

静之:"你先声明一下行不行?有何贵干?"

慧之:"怎么,是你姐夫家就不是我姐夫家啦?你来得我就来不得啦?"

林父:"都来得都来得,谁长久不来我和你们大娘想谁。"

林母:"她闹着玩呢,你别当真。慧之,因为林楠拴着,明知你们在搬家,我和你大爷也没顾上去帮帮忙,你爸妈是不是派你搬兵来了?"

慧之:"我家昨天都安顿好了,是我妈那班的一些学生帮的忙。今天不星期六嘛,我爸妈让我无论如何找到静之,跟她一块儿回去过星期天。我到她学校去了,她同学说她到你们这儿了。"

静之:"听说我的英雄事迹了?"

慧之:"没进黑大校门就听说了,估计明天会成报上的头条新闻。"

静之："那你到现在也不问句关心的话！"

慧之："对于我们学医的人，缝五六针是小伤口。"

静之："大爷大娘，你看她成心气我！还是我一个姐呢！"

林母："大娘替你出气，打她。"假装打了慧之一下。

慧之："行了啊，到此为止，不许再装小孩了！我姐夫呢？"

林母："他那几个一块儿干活的哥们儿请他喝酒，他喝高了，在小偏厦子那边睡着呢。"

林父："一会儿我送你俩回家。"

慧之："不用送，我俩又不是小孩儿。"

林父："天黑了，不送哪儿成！"

林母："听你大爷的，要不我俩都不放心。"

静之、慧之和林父走在僻静的街道上。姐妹俩拉着手走，林父走在她俩旁边，手中拿着二截棍。

慧之："大爷真像咱俩的保镖了，连多年没摸一下的二截棍都带上了。"

林父："老了，光靠拳脚心里没底了。静之今天的事提了我个醒，送你俩回家，一点儿闪失也不能出。"

静之："大爷，你年轻时真跟日本流氓打过架呀？"

林父："那是。当年我这二截棍不含糊，一个人对付三五个人玩儿似的。现在胳膊腿硬了，不服老不行啊。特别最近几个月，总觉得浑身没劲儿，拿不成个儿似的。"

静之站住了，关心地说："大爷，去医院看过没有啊？"

慧之也站住了，恳切地说："大爷，过几天我联系个后门，带您去医院检查检查身体，行不？"

林父："不麻烦别人吧。我的身子骨我心里有数，不会有大事儿，许是盖那个小偏厦子的时候累着了点儿。"

静之："大爷，还是得听我二姐的，要不我们不放心。"

林父："听、听。为了给你俩个放心，慧之你怎么安排我怎么服从，行吧？"

静之和慧之就都微笑了。

三人走到了何家入住的那幢楼前。

林父："我的任务完成了，我就不进楼了。"

静之："大爷，还是进屋坐会儿吧，您还没来过我们的新家。"

林父："太晚了，跟你爸说，预备了酒，我改天再来参观你们的新家呢。"

慧之："静之，那就别勉强大爷了吧。"

两人目送林父走远。

姐妹两人上几层楼梯，站在三楼自己家门前。

静之欲举手敲门。

慧之阻止道："看，还有门铃。"言罢，欲按门铃。

静之也阻止道："让我按。你都按过了，我还没按过呢！"

慧之："贤妹请。"

静之很有修养地伸出一根手指，像第一次按表决器似的按了一下门铃，接着，又按一下。

门开了。何母在屋里说："你俩可回来了，静之，有客人在等你。"

姐妹两人进了屋，见何父陪着两男一女三人坐在小客厅。两个男人中的一个，还是位穿警服的老警官。

何父："她就是我三女儿何静之。静之，这位是晚报的记者，这位是电台的。"

老警官："我是区公安分局的，例行公事，向你了解一下当时的情况。我看这样吧，干脆我先问，我要了解的，肯定也是两位记者同志想了解的，这样节省时间。"

静之点头，不情愿地坐下。

天亮了。何父何母一个端着一盆油条，一个端着带盖铝锅往家走。

何父："你觉得，我要向静之认错吗？"

何母："认错是必要的，但也别太正儿八经的，那样父女之间反而更隔阂了，有意无意似的最好。"

何家。静之在一间一间地看自己的家，她对厨房里的煤气感到新鲜，开关了两次，随后推开了慧之那个房间的门。

慧之也醒了，趴在被窝里写什么，听到响动，赶紧把笔记本儿往枕头下塞。

静之望着墙上的"飞天"说："你的杨一凡，终于达到了目的。"

慧之拍拍床，静之走过去，也上了床。

慧之："便宜的拖鞋可都是我买的。"

静之："那就对了，你工作了，应该为家里做点儿贡献了。"

姐妹两人各坐床的一端，都抱着膝，互相望着。

静之："写什么呢？"

慧之："日记。"

静之："记录爱情？"

慧之："不告诉你。"

静之："爸妈看到了墙上的飞天，什么态度？"

慧之："未置一评。"

静之："你总能看出他们是高兴还是不高兴吧？"

慧之："毫无表情。"

静之："那就是不高兴呗，二姐，你们进行得怎么样了？"

慧之："到目前为止，符合预期。"

静之叹道："真希望你俩闹别扭。因为闹别扭而冷战,因为冷战而互相指责，因为互相指责而裂痕深化，终于，分道扬镳。"

慧之："那你的希望肯定会成为泡影的。"

静之："所以我替爸妈忧愁啊。咱们都这么大了，还让他们操心，有时候真是觉得挺对不起他们的。"

慧之："少来这一套，你还莫如说是替你自己忧愁。你那点儿鬼心思我还看不透？总盼着我放弃了，你的坚持就少了内疚，对不对？"

静之点头。

慧之："我是姐,按理说我更应该发扬风格。但别的事可以,爱情这件事不行,门儿都没有。"

静之："那咱们就只有和父母之间一块儿闹别扭了。希望哪天爸也打你一耳光，那我心里也平衡点儿。"

慧之："你这种希望倒有不落空的可能。"

姐妹两人都苦笑了。

慧之："你和林超然同志的关系如何了？"

静之："我不急于求成，我们的爱情注定是文火慢炖式的。"

慧之："我倒觉得你应该知难而退，最终选择明智放弃。"

静之："何出此言？"

慧之："你想啊，你俩的关系比我和杨一凡的关系更复杂……林超然同志原本是咱俩的姐夫，而我又是你二姐，你和他一旦真成了，我是应该继续叫他姐夫呢，还是应该改口叫他妹夫呢？他比杨一凡年龄大，还曾经是杨一凡的营长，以后他能习惯于叫杨一凡二姐夫吗？林超然同志原本是爸妈的大女婿，你俩一成可好，他成三女婿了。如果爸妈当着外人介绍'这是我三女婿'，不知他心里会怎么想？如果当我碰上外人介绍'这是我妹夫'，我心里是有障碍的。乱，你就不觉得乱吗？"

静之："乱是相对于秩序而言的，为了爱情，让旧的秩序见鬼去吧，我们应该开创新的秩序。"

慧之："别贫，在跟你进行认真的讨论。"

静之："我是很认真啊，依我想，将来在我们的亲人关系中，应彼此直呼其名，超然、一凡，为了他俩之间称呼起来不别扭，咱俩之间以后要率先直呼其名。直呼其名了，什么大姐夫、二姐夫、小妹夫之类的叫法，不也就可以一概废除了吗？"

慧之沉吟着说："听你的意思，是永不打算再叫我二姐啰？"

静之："你别说得那么忧伤嘛！亲情是亲在心里的情感，真亲，怎么叫都亲。心里边隔生了，嘴上叫得再亲，实际上也还是亲不起来。比如咱俩叫林超然同志的父母，口口声声叫的是大爷、大娘。那算什么特别亲的叫法？向完全陌生的老人打听街道，也得叫人家大爷或大娘吧？而咱俩在内心里，其实也是将大姐的公婆当成另外两位父母来敬爱的，对不对？"

慧之点头。

静之："同样，姐夫不过是姐姐的丈夫的缩义。咱俩觉得林超然同志是咱俩很亲的一个亲人，不仅因为他是大姐的丈夫吧？更因为咱俩实际上是把他当成一个哥哥来看待的吧？爸妈叫他超然，实际上是把他当成一个儿子来叫的。他爸他妈叫咱们何家三姐妹的名字时，实际上是觉得在叫他们的三个女儿，难道慧之就没体会到？"

慧之："从现在就不叫我二姐了？"

静之："多少事，从来急，一万年太久，只争朝夕。"

慧之："那林楠长大了如果不叫你妈妈，叫你小姨，你听之任之？"

静之："那可不行！以后我学习再忙，也要经常抽空去林家关心他。我必须使他从小就认定我是他妈妈，我不能使他成长的过程感到缺少母爱。我要替大姐给予他足够的母爱。我认为只有我能那么替代大姐。这是与我们大人之间的关系不同的另一种关系。"

慧之凝视了静之片刻，亦嗔亦爱地说："你这张能说会道的小嘴呀，上了大学更不得了啦，咸鱼也能叫你说得活蹦乱跳！"

静之笑了："谢谢夸奖！"

何家四口在吃早餐。看来那是一顿气氛沉闷的早餐，因为四人皆垂着目光旁若无人的样子，而且早餐已接近尾声。

静之："慧之，刷碗本来一向是我的活，可我成了伤号，动作不便，你就代劳了吧。"

慧之："可以。"收拾了碗筷，擦过了桌子，转身离开。

何母小声地说："静之，你刚才怎么叫你二姐的？"

静之佯装不解地说："叫她慧之呀。"

何母："从什么时候起，你不叫她二姐，直接叫她的名字了？"

静之："从刚才起呗。"

何母："你觉得直接叫你二姐的名字对吗？"

静之假装想了想，反问："有什么不对的吗？"

何母与静之对话时，何父在翻看报纸。他显然心不在焉，眉头越皱越紧。

何母循循善诱地说："静之，你大姐不在了，你二姐是你唯一的姐了，所以你更应该尊敬她。你现在已经是大学生了，我想，这么一点儿起码的道理，无须别人提醒，你也是应该懂得的。"

静之："我懂啊，妈为什么看出我不尊敬她了。"

何母也皱起了眉："明明是你二姐，你却偏不叫她二姐，而叫名字，这就是不尊敬！你必须叫她二姐，不许再叫她名字。咱们是知识分子家庭，讲家教的家庭，你不叫她二姐叫她名字，我听不惯！"

何父头也不抬地插了一句："我也听不惯。"

静之："妈，多大点儿事儿呀？值得刚吃完饭您就这么义正词严地问我的罪吗？我认为叫她二姐或叫她名字，并不意味着尊敬与不尊敬的问题，更与咱们家是不是知识分子家庭，是不是讲家教的家庭没什么直接联系。"

何母被噎得愣住。

静之："再说，我不叫她二姐了，以后要叫她名字了，是我俩人之间达成的共识。是这样吧，慧之？"

厨房传出慧之拖长音调的回答："是。"

何母："你们姐妹之间要达成什么共识，那预先也应该征求征求我们父母的意见吧？"

静之："我们都觉得并无那种必要。否则就预先征求了。妈，您刚才说我们是知识分子家庭，我认为，知识分子家庭的首要家庭原则，理应如下：第一，家庭成年成员之间应是相互平等的；第二，相互之间的尊重应主要体现在思想的相互尊重和重大人生抉择的相互尊重方面；第三，要给予成员与成员之间一定的隐私权利。比如我和慧之，我们之间的共识，那就是我们的隐私，目前还不到公开的时候，所以我们暂且不予公开……慧之，听到我的话了吗？"

慧之的声音："听到了。"

静之："同意吗？"

慧之："太同意了。"

静之："听，她回答得多愉快！这足以证明，我不叫她二姐而叫她慧之，她内心里同样是高兴的，并没觉得我不尊重她了。而我们的相互尊重，正是建立在思想和重大人生抉择的相互尊重方面。"

何母低声但几乎是咬牙切齿地，而且是用上海话说："何静之，侬给阿拉听好了，侬要是敢把侬二姐带坏了，阿拉绝不答应！"

何父将报纸往桌上一拍："现在已经不是谁把谁带坏的问题了，我看她俩成了一丘之貉，是在沆瀣一气地与咱俩作对！"

静之摇着头，啧啧连声地说："这么说就更加小题大做了，简直还是欲加之罪，何患无辞。"

何父："开会开会，我强烈要求开会！"

何母："我支持。"

何父："慧之，先别刷了，出来一下。"

慧之从厨房出来了，在围裙上擦手，装出满脸困惑的样子问静之："你怎么惹爸妈了？"

静之无辜似的说："因为我不叫你二姐，而叫你的名字，还有一套不叫你二姐的道理。"

慧之："爸、妈，我们姐妹之间，互相爱怎么叫就由我们怎么叫呗，你们生的什么气呢？"

何母："你给我坐下！"

慧之乖乖坐下了。

何父："我反对攻守同盟，反对阴谋！"

慧之问静之:"爸的话什么意思?你明白不?"

静之耸肩,摇头。

何母:"侬两个小妮子勿要在阿拉面前表演双簧,勿要以为阿拉十三点,哪样子事体都不知道分晓,阿拉火眼金睛,明察秋毫。"

静之慧之装小女孩样,互相看。

何父对何母说:"你先忍忍火儿,我作个开场白。"

慧之对静之说:"快,烟,烟灰缸。"

静之:"妈,烟和烟灰缸在哪儿?"

何母:"勿需要侬献殷勤!"

她自己起身去找来了烟和烟灰缸。

何父叼上了烟。

静之划着了火柴。

何父一口将火柴吹灭,自己重划一支,点燃了烟。

慧之:"爸,别激动,别生气,我们做女儿的,哪一点理应受到指责,您给我们指出来,我们一定虚心改正。"

何父:"一个成员关系良好的家庭,首先是一个关系透明度高的家庭,你俩说对不对?"

静之、慧之点头。

何父:"我认为,以尊重隐私为借口,做女儿的在重大人生抉择上有意蒙蔽父母,甚至采取暗中串联,形成统一战线的方式阻挠父母的知情权,那就是在破坏良好的、透明的家庭关系……你俩说对不对?"

慧之问静之:"你认为爸说得对不对?"

静之:"我认为具体情况要具体分析。"

慧之:"爸,我也这么认为。"

何母:"静之、慧之,你俩满意不满意咱们这个新家?"

慧之:"做梦都没敢想有这么好的家。"

静之:"吃油饼,喝豆浆,上厕所不用出门,我小时候想象的共产主义就是这样。"

何母苦口婆心地说:"是啊,你小时候胆小,上厕所总怕一脚踩偏了踏板掉茅坑里,爸妈也怕发生那种事,所以你上厕所,家里必有人跟着,不是你二姐就是你大姐,有时妈还亲自跟着……"

静之不禁摸了摸母亲的手,而母亲抓住她的手没放开。

何母:"现在,你们一个成了大学生,一个参加了工作,爸妈也归回到教师队伍了,再不被当成'臭老九'对待了,咱们全家还住上了这么好的房子,幸福的生活终于开始了,咱们要珍惜是不是……"

静之、慧之点头。

何母:"如果好日子不当好日子过,随心所欲,不听劝,坚持错误,那是不是不知好歹,太烧包了呢?"

静之、慧之对视,都故意做出听不明白的表情。

何母:"我认为你爸说的透明度才是更重要的家庭共识。今天爸妈就来做促进透明的表率,实话告诉你俩,爸妈一直在有计划地攒钱,已经攒到九百多元了……"

何父:"这个月就攒到一千元。"

何母:"我们为什么精打细算地攒钱?还不是为了你俩!你俩谁先结婚,谁就先获得五百元的家庭福利金。谁结婚没房子,小两口都可以一起住家里。愿意暂住就暂住,愿意长住就长住。"

何父:"如果同时结婚,都没房子,那这套房子可以让给你们,我和你妈再住回学校去,我们也情愿。反正学校那处房子闲着也是闲着,我们再住回去也不会有谁提意见。"

慧之:"我结婚的时候不要爸妈的钱。"

静之:"我也不要。"

慧之:"爸妈精打细算攒的钱,应该留着保障晚年生活。"

静之从母亲的把握之中抽出手,轻轻握住了慧之放在桌面的手,庄重地说:"同意。"

慧之:"我结婚以后,不会占家里的房子的。"

静之:"我也不会。"

慧之:"但爸妈晚年需要照顾了,那时我们会主动住回来。"

静之:"我们轮流住回来。"

慧之:"平时我们也会经常回家来看望爸爸妈妈。"

静之:"那当然。要回来就约好一块儿回来,尤其过年过节的时候,热闹。"

姐妹两人你一句我一句地说话时,何父何母不时皱眉对视。

何父终于忍不住地说:"等等,听你们的意思,好像你们的对象都板上钉钉了,只要想结婚,随时都可以结婚了?"

姐妹两人又对视。

慧之:"我的情况是这样。"

静之:"我嘛,往早了说,明年。往晚了说,后年也会板上钉钉的。"

慧之:"爸、妈,这就是我们的透明度。"

静之:"榜样的力量是无穷的。爸妈都做表率了,我们不透明多不好意思。"

何父张张嘴没说出话来。

何母:"好,很好,值得表扬,可我听着,还是觉得半透明不透明的。能不能再透明一点儿呢?慧之,你是姐,你先说,你那个板上钉钉的对象,他姓甚名谁,爸妈见过没有哇?"

慧之:"你们当然不止一次见过啰,如果你们连见都没见过,那我这个做女儿的不是太不应该了吗?"站起,打开她那房间的门,指着墙上的"飞天"说,"就是这墙画的作者啊。"

何母:"侬侬侬,侬不是跟阿拉讲……"

何父:"你不是说,你们只不过先当成一般异性朋友相处吗?"

慧之:"那是起初。任何事情都是在变化发展的,异性朋友相处久了,后来成为对象关系是符合普遍规律的。"

何父也站了起来,嘴唇抖手臂也抖,指问:"你说板上钉钉是什么意思?"

慧之:"我……我怀孕了……"

何母也一下子站了起来。

何父:"可耻!"高举起手挥向慧之。

静之也站了起来,挡在慧之身前,大叫:"慧之快跑!"

何父抓住静之胳膊,一下子将她拖开了。

慧之躲入自己的房间,关上了门。

何父冲到了门口。

静之弯下腰去:"哎呀,哎呀,疼死我了!"

何父转过了身。

何母走到了静之身边:"静之,怎么了怎么了?"

静之:"你没看见呀,妈?我爸刚才使劲儿一拽我,肯定把我的伤口给拽开线了!哎呀,哎呀,疼死了,我觉得在流血……"

何父何母一时都慌了神。

何母冲何父嚷:"你躲开那儿!"

何母将静之推到了门前,大声地说:"慧之开门,我保证你爸不打你,静之的伤口流血了,你带回了医药箱,快给她处理处理!"

门开了一半，静之进入，门又关上了。

何父何母在门外对视，无言而无奈。

慧之的房间里。静之对慧之耳语："为了掩护你，急中生智，装的。"

慧之默默退到床前，坐下了。

静之跟到了床前，问："你们的进展也太突飞猛进了吧？"

慧之："我说谎。"

静之也坐在她身边了。

静之："为什么要说那种谎呢？你不是火上浇油吗？"

慧之："话逼到那儿了嘛。我一想,总是支支吾吾遮遮掩掩的也不是常事儿，还不如干脆一锤子砸下去，让他们都不得不接受现实。"

静之："你可真够勇敢的，比我还勇敢。看来，关键时候见英雄本色，姐就是姐，妹就是妹。"

慧之："你还有心思开玩笑。"

慧之转身哭了，边说："静之，咱俩都不是好女儿，咱们这么惹爸妈生气，确实太对不起他们，太让他们伤心了。"

静之双手放她肩上，安慰地说："也不能这么说，爱情问题上，即使和上帝发生了冲突那也不能让步……还是《这里的黎明静悄悄》那句话……已经爱上了，那有什么办法？"

客厅。何母在流泪，看着何父，用上海话自言自语："这事可哪能办是好！阿拉无能力处理了，水平不来赛了……"

何父握着她手安慰："别哭，别急，你一哭我心里更乱了……车到山前必有路。"

外边突然传入齐声喊叫："何静之……何静之……"

与静之同宿舍的那几名女生，外加是中年男人的系主任站在何家门前。

门开了。静之、何父站门左，慧之、何母站门右，皆笑容可掬，半点儿也看不出刚刚闹过一场风波。

静之脸上笑开了一朵花似的："哎呀，张主任也来了，快请进！"

张主任对女生们说："都换鞋，别把人家这么干净的地给踩脏了。"

何父："不必不必，我们家没那么多讲究。"

他拉着张主任的手,将张主任拉入屋里。

何母:"同学们也快进来,我代表我们全家欢迎你们。"

门关上后,静之为双方一一作介绍:"这是我爸,这是我妈,这是我二姐慧之,爸、妈、二姐,这位是我们系张主任,她们是我同宿舍的同学,都是我好朋友。"

慧之温文尔雅地说:"大家快请坐,椅子不够了,小凳不少,同学们坐小凳吧。"

于是大家纷纷坐下。

慧之:"静之,你的客人,你和爸妈陪客人们先说着,我去为客人们沏茶。"

静之:"那就有劳你了。"

慧之微笑着向大家一一点头,进入厨房。

张主任:"两位家长同志,是这样的,学校和系里都对何静之同学英勇负伤的情况很关怀,很重视,派我代表校领导和全系师生前来探望、慰问。她们几名同学也特关心静之同学的伤情,所以都跟来了。"

静之:"感谢校领导和全系师生的关心,我的感谢也代表我全家。我觉得,其实我的行为也谈不上英勇,她们几名同学面临了,也都会那么做的。"

何父:"是啊是啊,她都没怎么把她的伤当一回事儿。"

何母:"我这小女儿从小就皮实,下乡锻炼了多年,一点儿小伤小疼,忍受得了。"

张主任问静之:"伤口的情况还正常吧?"

静之:"主任放心,我二姐是护士,她说换药拆线什么的,她负全责了,就是……"

张主任:"怎么?"

静之:"刚才让我老爸碰了一下,疼了老半天,疼劲儿刚过去。"

慧之端一托盘茶杯出现了,接言道:"我爸不小心撞着她的……大家请用茶……"

她一一将茶杯送向同学们。

何父:"是啊是啊,我一不小心……"

何母:"再也不会发生那样的情况了。"

张主任:"静之同学,还有这么一件事,学校和系里希望你能承担下来,就是……那个刺伤你和陈老师的小青年,是一个在'文革'中劳改过的问题青年,他行凶,有一定的社会原因。法院现在开始逐步实行律师辩护程序,陈老师强力推荐你为他无偿辩护。"

静之："这……"

张主任："逐渐完善司法制度，是改革开放的一项重大任务，如果咱们黑大法律系的同学能为此做一点儿贡献，实在是一种光荣。"

静之值得信赖地点头。

张主任大功告成地笑了。

何母："张主任，我们静之在学校的表现怎么样啊？"

张主任问同学们："你们说呢？"

同学们异口同声地说："好！"

何父何母都不由得笑了。

何父："你们说好，我这做父亲的当然高兴，但恐怕，感情成分居多吧？"

何母："张主任，我们作为父母，还真想听听您作为系主任对她的看法。"

张主任："我对于一名学生的看法，往往也要综合同学们的看法。她们与静之朝夕相处，比我更有发言权。同学们，人家静之的父母提出要求了，你们能不能再说得具体点啊？"

静之："爸、妈，我回避一下？"

何父："你给我老老实实坐着听。"

同学们七言八语：

"她学习刻苦，不但上课认真记笔记，而且是晚自习时间最长的学生。"

"对学生会的工作有极高热情。不像有的人，又要争着当干部，又不肯为大家花一点时间和精力去组织活动！"

"她乐于帮助别人，是个古道热肠的女生，特有正义感。"

"我和她成为朋友，是因为她待人坦诚，还因为她对爱情的专一。本系的外系的男生追求她的可多了，方式方法也多种多样，五花八门，但她一概不为所动，一心爱着她所爱的人，爱得再苦也不抱怨！"

静之坐不住了，站起来说："爸、妈，我看我还是带同学们参观参观咱们的新家吧？"

于是同学们纷纷起身，跟着她离开了客厅。

张主任："除了爱情方面我不了解，同学们说的其他方面，我都是完全同意的。"

何父何母对视，不自然地笑。

静之引领同学们走到了慧之的房门前，她轻轻推开门，包括她在内大家看到这样的情形：上午明媚的阳光照耀在北墙上，一对散花"飞天"仿佛在光影中活动了，色彩是那么的鲜艳。而穿着一身洗褪色的蓝衣裤的慧之端坐在床边，戴着平时不常戴的眼镜，双手捧书，正安安静静地看书。她那双黑布鞋和白袜子，显示出那个时代的朴素美。

一名女生情不自禁地说："美呆了！'飞天'画得美，这个房间的女主人也美，一种安静之美。"

另一名女同学背起了舒婷的诗："我是'飞天'袖间，千百年来未落到地面的花朵……"

慧之站了起来，不好意思地说："我是工农兵学员，学到的护士知识不系统。要想成为称职的护士，不再自己为自己增加知识不行啊！"

静之将门关上。

客厅那儿，张主任说："家里安静，她住在家里养伤也好。为了能使她出色地完成辩护任务，请你们替我们多照顾她，尽量不要让她分心……"

慧之的房间里，忽然传出一名同学大声的话语："是不是那个杨一凡，静之都向我们坦白过了，你也坦白坦白嘛！"

片刻的肃静之后，房间里传出一阵欢呼和一句口号："爱情万岁。"

张主任摇着头但表情很欣赏地笑。

何父何母苦笑。

何家四口将客人们送出家门，一直送到楼外……

客人们走远了，何父转身看两个女儿一眼，慢慢地独自进了楼。

何家。三个房间的门有两扇关着，客厅里站着何父、何母。

何父："你站这儿一下。"

何母站到了何父所指的地方。

何父猛拽她的一只手臂。

何母："你这是什么毛病啊！"

何父："我上你小女儿的当了，她耍我，我拽的根本不是她肩膀受了伤的那只手臂！静之、慧之，你俩给我出来，别没事儿似的，继续开会！"

何母："算啦，今天就到这儿吧！静之、慧之，别出来了，出来了还不又惹一肚子气！"

夜。慧之的房间里，慧之压着枕头，伏身睡着了。月光下，地上的一本书字迹分明，那是一本《护士知识常用手册》。

静之的房间里，台灯亮着，静之仰躺着，手拿相框，内中镶的是三姐妹下乡前的黑白照，人人手捧红宝书。

静之的心声："大姐，谁还能比我更适合做林楠的妈妈呢？如果你九泉下有灵，祝福我吧！"

何父、何母的房间里。台灯也亮着，夫妇两人都在想心事。

何母长叹一声。

何父："想不到盼来盼去，终于将她们盼返城了倒更操心了。比起来，还是凝之懂事多了。"

何母："凝之毕竟大她俩几岁嘛……听静之的同学说她爱得好苦，我心里老不是滋味儿。要不，静之和超然之间的事，咱俩干脆就松了口，促成他们吧？"

何父："我也不是没这么想过，那样，我们和林家的亲家关系就又接续上了。中断了那么一家的亲家关系，其实我是一百个不愿意。可如果对静之的事松了口，那又凭什么非对慧之的事横加阻拦？"

何母："情况不同嘛。"

何父："能把那不同的情况告诉慧之吗？她生母都认为还是不告诉的好，我们为什么偏多此一举呢？"

何母："杨一凡和林超然也不能相提并论吧？"

何父："理是这么个理，但慧之不是另有她自己的一套爱情道理嘛。所以，还是一碗水端平，都不松口的好。你不要动摇，过几天我还要再找超然谈一次。"

何母："我的感觉是，超然的本心，肯定也是愿意的。"

何父也叹了口气："嗨，难哪！"

他关了台灯。

天亮了。市知青办公室，五个人在等待林超然出现，宣布他的任职。知青办公室在市委大楼里，两间相互贯通的办公室。五人中，一是曲主任，一是组织部的苗同志，另外三人是成员，两女一男——老刘（男）、老孙和小姚。

苗同志："小姚，怎么回事？"

小姚："我也不知道啊，我昨天骑自行车又去通知了他一次，一再叮嘱他别迟到。"

她走到窗前,推窗张望。

老刘:"这人!宣布自己任命的事,也这么不放在心上。"

老孙:"肯定是遇到什么突然的情况了。"

曲主任:"那也应该打个电话来通告一下,不能让人家组织部的苗同志这么干等!"

林超然奔跑在街道上。

他奔跑到了市委门前,被一位六十来岁的老年妇女叫住了,她手牵一个五六岁的女孩。她是一名返城知青的母亲,也是一位退休了的高中教员,那女孩是她孙女,我们从这里开始就叫她高老师吧。

高老师:"同志,您在市委工作?"

林超然:"算是吧,大娘,我能帮上您什么忙?"

林超然的上衣已经前后都湿透了。

高老师:"请您千万替我捎个话儿,告诉知青办的林超然副主任,就说大门外有一位知青的母亲在等她,已经接连等三次了……"

林超然:"这……大娘,我就是。"

高老师疑惑地上下打量他。

三楼窗口出现了小姚,喊:"林主任!"

林超然没意识到是在喊自己,继续跟高老师说话:"大娘,我真是林超然。"

小姚:"林超然!"

林超然这才循声望去。

小姚:"你迟到了,组织部的同志等你半天了。"

高老师扯住了林超然的袖子:"林主任,我家的事,你可得替我们解决啊。"

小姚:"曲主任让你一分钟也别耽误,立刻进楼。"

林超然:"大娘,实在对不起,我过会儿再出来!"挣脱衣袖,慌里慌张地给门卫看临时准入证明。

林超然进入了知青办,看到的每一张脸上自然都有不满的表情。

林超然:"对不起对不起,我骑的是我老父亲的一辆旧自行车,也没太注意那车没车牌,结果半路被交警拦住,给扣下了……"

老孙:"听说全市有五分之一左右的车主不主动缴纳车牌税,最近开始查得可严了。"

曲主任："都别说其他的了，人家苗同志还有事，现在就开会吧。超然同志，你请坐下。"

林超然坐下了。

曲主任："我先来介绍一下。这位是组织部的苗同志，专门来宣布对你的任命的。这位是咱们知青办的老刘，负责档案工作，也负责与各区县的知青办进行联络。这位是孙大姐，负责……"

苗同志："曲主任，不得不打断你一下，我马上还要参加一次会，是不是让我先宣布任命。"

曲主任："您请，您请。"

苗同志从文件夹中取出一纸任命书，开始宣读。

苗同志宣读完毕，立刻站了起来，与林超然握手后匆匆离去。

曲主任接着介绍老孙、小姚。

曲主任指着一张桌子，交给林超然一把钥匙。

小姚将一张印有电话号码的纸替林超然压在玻璃板下。

老孙翻着一个厚厚的文件夹向林超然介绍什么情况。

曲主任、老刘和林超然走在走廊上，左拐右拐，忽上忽下的。

他们站在一扇铁门前，老刘打开门，三人进入。那里是档案室。

曲主任抽下一个档案夹，翻开让林超然看，那一页上有一名女知青的一寸黑白照。

曲主任向林超然说着什么，老刘也插话向他说着什么。

林超然将档案夹放回原处，向老刘问什么，老刘摇头。

林超然走在一排排档案架之间，也抽下一个档案夹，翻着。

三人又走在走廊里。迎面走来了那位市委顾问的女儿，林超然站住，曲主任和老刘先走了。

林超然与她握手，两人都很高兴，她不知说了句什么，林超然大笑。

林超然回到了办公室。他坐在椅上，一时无所事事，看到水盆架上有抹布，洗湿抹布东擦西擦。

曲主任："同志，我每天都擦一遍的。今天是你上班第一天，我擦得尤其认真。"他在看报。

老刘："曲主任家住得近，每天都第一个到办公室，打水、拖地、擦桌子、浇花，把我们应该干的都干了，十几年如一日。"他也在看报。

曲主任："不值得称赞，在家里干惯了而已。"

林超然不好意思起来，笑笑，将抹布搭回去了。

他重新坐下，曲主任抬起了头，看着他问："一时还找不到当副主任的感觉，是吧？"

林超然："有点儿。"

老孙从里间屋出来了，给了他几本杂志："这是最近几期《知青情况通讯》，您先看看，可以了解些情况。"

他刚拿起杂志，小姚也从里间屋出来了，将一杯茶放在他桌上："林副主任请喝茶。"

老刘："副主任，记着明天带张一寸照片来，我替你办工作证。"

林超然："我想着这事儿呢，带来了一张。在哪儿办，我现在就去。"

曲主任："小姚，你替副主任去办了吧。"

小姚向林超然伸出了手："林副主任，那把照片给我吧。"

林超然掏出了一个小纸包，犹豫地说："还是告诉我在哪儿办，我自己去吧？"

曲主任："超然同志，你给小姚一次效劳的机会嘛。"

老刘："小姚，既然主任都这么说了，那我可不争了啊！"

林超然将照片给了小姚。

市委大门外，高老师和孙女小梅还等在那儿。

高老师："小梅，你这么喊几声……林伯伯！"

小梅看一眼持枪的卫兵，怯怯地说："奶奶，我不敢。"

高老师："你不喊，他不出来，你和你妈的事就别指望办成。那你和你妈就得再回北大荒去，你和奶奶再见面就不容易了。"

小梅："奶奶你喊。"

高老师："奶奶老了，喊不大声了。"

卫兵："大娘，去传达室，可以让传达室的人打电话通知他一声。"

高老师为难地说："去年都来过十几次了，传达室的人认识我了，不给打电话找了。"

知青办。林超然也在喝茶,看杂志。
外面传入小梅的喊声:"林伯伯……"
林超然愣一下,没意识到是在喊自己,接着看杂志。
小梅的声音:"林超然副主任!"
不但林超然放下了杂志,曲主任和老刘也放下了报。
林超然猛地起身走到了窗前,朝外看。见高老师和小梅在望着这个窗口。
林超然:"糟糕,把她们给忘了,我出去一下。"

林超然走出了市委大楼,走到高老师和小梅跟前,见小梅已是泪流满面。
高老师:"林副主任请多多原谅,可我……不叫孙女喊你就不知道怎么办好了。"
她也流泪了。
林超然抱起了小梅,对高老师说:"我现在还没办法把你们带进去,咱们找个地方说。"

兆麟公园的一个小亭子里,三人坐在圆石桌周围,小梅在吃冰棍。
高老师:"伯伯给你买的冰棍,还没谢过呢。"
小梅:"谢谢伯伯。"
林超然摸了她的头一下。
高老师:"冰棍签子别往地上扔。"
小梅:"奶奶,我知道,要扔在垃圾桶里。"
林超然:"真是好孩子。"
高老师:"林副主任,我儿子也是下乡知青,当年走的时候,才十六岁多一点儿,刚上初中没多久,说是知识青年,其实还是个半懂事没懂事的孩子。我和他爸当时都被从学校里扫地出门了,他是硬赖着上了列车,混在同学中混去的。你也知道,当年兵团政审挺严的……"
她说不下去,哭了。
林超然:"小梅,伯伯要和你奶奶聊会儿,你先到附近去玩啊?"
小梅懂事地离开了亭子。
林超然掏出手绢递给高老师:"高老师,您慢慢说,详细地讲,我有足够的时间听。"

高老师:"我儿子他在兵团结婚了,儿媳妇是当地老职工的女儿。前年,他们三口一块儿返城了,按政策,儿媳妇和孙女也是可以落上本市户口的。可他们返城没几天,我儿子病了。一看病,诊断是晚期胃癌,这不是乐极生悲吗?那对我们全家是晴天霹雳啊!当时只顾想方设法给儿子治病,就谁也顾不上落户的事了。"

林超然抱着小梅,挽着高老师缓缓走出公园,来到一处公共汽车始发站候车,公共汽车开来,林超然也上了车,安顿好高老师和小梅才下了车。

小梅在车上向林超然招手,公共汽车开走。

林超然沉思地走在回知青办的路上。几个骑自行车的身影从他眼前驶过。

张继红等人也骑着自行车过来了,一个个大斑点虫似的,林超然看出了是他们,怕被他们发现,转过了身。

林超然到了知青办公室,在和曲主任们谈高老师家的事。

孙大姐:"林副主任,你今天刚来上班,高老师怎么消息那么灵通。"

小姚:"林副主任当过知青营长,他爱人当过知青副指导员,全市认识他知道他名字的返城知青肯定不少。他当了知青办副主任的事,只要先有一名返城知青知道了,那还不传得飞快呀?"

林超然苦笑地说:"可不止一名返城知青知道。老刘,那位高老师说她去年找过咱们十几次,是这样吗?"

老刘默默地看曲主任。

曲主任:"她倒是没说谎。她是一个使咱们知青办脑袋疼的人。"

林超然:"为什么?"

老刘:"因为她家的事,咱们知青办根本解决不了哇。"

林超然:"也帮不上任何一点儿忙吗?"

老刘:"我们也都很同情她,能帮早帮了。"

曲主任站了起来,用茶根浇花,之后转身,拍拍林超然的肩说:"超然,咱们知青办,在当初成立的时候,其实只有一个职责,那就是动员城市里的知识青年们上山下乡,除了你和小姚,我们三个都是知青办的老人儿了。我们当年的工作很单纯,也很明确,第一是大张旗鼓地搞宣传活动,第二是走街串巷挨家挨户地进行动员。学校动员不起作用的，街道说服也不起作用的，那我们就得亲自出马了。现在回想起来，那也称得上是百折不挠、十分艰难的一项工作呢！也是挺招人记恨的一项工作。当年不知怎么一来，冒出了一个'一片红'的极'左'口号，这口号是在你们头批知青离开城市以后冒出来的。'一片红'嘛，就是一个不许剩的意思呗。"

曲主任又开始浇另几盆花，并掏出小剪刀修剪花，接着说："老实讲，我如今是心存内疚的。因为当年有的人家儿女下乡后生活明明会陷入困境，可我们为了完成压下来的指标，那也只有狠着心肠硬把人家逼走了。这第一阶段是组织有身份的家长作为代表人物，到各地去进行视察，反映对知青有益的事，也算是将功补过吧。比如插队知青的工分待遇问题，比如你们兵团女知青的例假问题，劳动强度应男女有别的问题，还有文化娱乐方面的要求，等等……现在呢，返城了，知青办其实没有什么非存在不可的必要了。因为只要拿着农村或兵团开的准返证，手续齐全，到自己家当地的派出所就可以落上户。你自己也落过，那手续简单，办理起来一般都比较顺利，是吧？"

林超然点头。

曲主任终于坐下，继续说："具体到高老师家的事，问题复杂了。如果她儿子一家三口一回到城里，及时就办，也就没有现在的事……"

林超然："几天后她儿子就检查出了癌症，全家顾不上落户的事了……"

曲主任："是啊，那是十分特殊的原因，但毕竟是延误了。这一延误，他儿子不幸去世了。人一去世，户口就注销了。户口一注销，一名返城知青不存在了，没有具体的政策依据了。"

林超然："但事实是……"

曲主任："别急，我还没说完。好比一对爱人，没来得及办结婚证呢，一方不幸身亡，你说那另一方，从法律上说，是妻子或丈夫呢，还是不是呢？该不该享受妻子或丈夫的继承权什么的呢？允许返城知青是农业户口的配偶及其子女，与返城知青同时转变为城市户口，这一条带有体恤性的政策，其前提是那一名返城知青得是一个活人。而如果他死了，不存在了，他自己的户口自然消亡了，那一政策还适用于他的妻子儿女吗？目前还没有哪一部门进行解释……"

林超然："那，咱们知青办就进行解释啊！"

老刘等三人的目光一起集中在他身上，如同听一位领导副手极其认真地说了一句极孩子气的话。想要指出他那话十足的孩子气，却又因为他毕竟也是领导而有所顾忌。

曲主任笑了笑，不无挖苦意味地说："副主任同志，你以为咱们知青办是什么实权部门啊！"

老刘："咱们曲主任也不是没为高老师家的事费过心，光我就陪着找了三次公安局，可人家说不符合政策规定，一句话就给顶回来了。"

林超然："他们未免太教条主义了吧？教条主义加官僚主义。"

孙大姐："也不能那么说，照章办理是他们的原则嘛。"

林超然："如果高老师是高局长什么的人物，而且是在职的，比如正是公安系统的一位局长，事情又会怎样。"

一阵沉默。

曲主任："同志，还是别那么看问题吧。那么看问题，容易钻牛角尖儿。不好。"

林超然："可我已经答应高老师了，说咱们知青办一定管好她家的事。"

曲主任："我就猜到了你会那样，你也太性急了。"

孙大姐："不瞒你说，我们都盼着知青办早点儿撤销，我们早点儿另行安排工作。"

林超然大为诧异地说："为什么？"

老刘："因为我们是个没有任何自主权力的部门嘛。现在，我们是一听到电话响就不安，一知道有知青要找来就心惊肉跳。凡来找我们的，几乎都是高老师那种难题。幸亏她儿子是当年自己下乡的，不是我们死乞白赖地动员去的。"

孙大姐："是啊，最怕接待的是那么一类，人家瞪着我们说……仔细认认，当年我可是被你们给逼下去的。接着一说人家面临的问题，我们却根本解决不了，那份儿不良的感觉真叫是无地自容。"

老刘："那样的情况，除了小姚，我们三个都不止一次碰到过。"

林超然问小姚："你也想知青办早点儿撤销？"

小姚点头道："我希望到秘书处去。"

曲主任："我替你跟秘书处沟通过了，放心，知青办一撤销，你能够转过去。"

小姚："谢谢主任。"

林超然："原来是这样……那……我……"

曲主任："你大可不必为你自己忧虑什么。你将来一帆风顺的话，那会前程似锦的。你是有重量级人物举荐，临时储备在这儿的干部。"

老刘等三人点头。

林超然："我是想说……那高老师的事儿，我该怎么再跟人家说？"

大家低头不语了。

林超然:"起码,咱们知青办可以正式打份报告,替她向市里的领导反映一下情况吧?"

老刘等三人的目光望向了曲主任。

曲主任:"同志,你必须明白,咱们的工作责任,首先是替市里的领导独当一面,排忧解难。否则还要咱们干什么呢?你知道什么叫多米诺骨牌效应吧?"

林超然点头。

曲主任:"如果高老师家的事开了口子,解决了,那么和她儿子一样,当年与农家儿女结婚了,后来自己却不幸死在了农村,这样一些知青的妻子、丈夫及儿女,他们是否也有权要求转户于城市呢?区别无非是,一个是返城之后还没来得及落上城市户口就身亡了,另一类人是没等到返城这一天到来就埋在农村了,仅仅因为这么小的区别,就偏偏不一碗水端平?但如果一律开绿灯,那人数可就不在少数了吧?报告一打上去,不是等于咱们转嫁压力,把一个难踢的球踢给领导们了吗?"

林超然:"所以,不能打那样的报告?"

曲主任反问地说:"你说呢?"

老刘打圆场地说:"副主任,差点儿忘了……我给交管局打过电话了,您那辆自行车下班后就可以去取,人家说车牌都会替您安上,您缴一下车牌税就行。"

傍晚。骑着上了崭新车牌的自行车的林超然,出现在一个陌生街区。那是城乡接合部的一个街区,有着一排排老旧的砖房。

狭窄的小路上有两个女孩在跳格子,林超然下了车,向她们问路,两个女孩摇头。

林超然推着自行车向一个在家门口扫地的女人问路,那女人比比画画地告诉了他半天。

林超然推着自行车,在另一条街上左看一眼,右看一眼大步走着。

在他前边,一家小院的门开了,一个挎着包袱的女人出了院门,但另一只手伸在院里拽着什么。

林超然推车走了过去:"请问……"

那女人在流着泪。

林超然这才发现,原来她在拽着一个女孩的手,而那女孩是小梅,小梅的另一只手被高老师拽着。

高老师和小梅也流着泪。

小梅:"我不走……我不离开奶奶……"

她也看到了林超然,更加可怜地说:"林伯伯,我不走,我不离开奶奶……"

女人放开小梅的手,掩面哭出了声。

高老师:"林主任,您来得正好,快帮我劝劝我儿媳妇,告诉她事包在您身上了。"

小梅拉住林超然一只手,摇晃着:"伯伯,您说呀!"

林超然抱起了小梅,对小梅母亲说:"你们的情况,高老师对我说清楚了,放心,我一定尽力而为。"

高老师将包袱从儿媳臂上夺了过去。

小梅母亲:"以前你们知青办也有人说尽力而为……我不信了……"

高老师:"儿媳妇呀,这一次你就信吧啊?人家林同志也是兵团返城的,而且人家是知青办的副主任……"

林超然:"请给我一段时间。"

这时,高家门前聚拢了几位邻居,有大爷、大娘、大叔、大婶,还有看上去是小媳妇的女人,邻居们七言八语:

"同志,能帮上忙的话,千万帮帮他们吧!"

"高老师老夫妇俩都是好人啊。"

"人家老伴俩可都是新中国的第一代高中老师,为国家教出了多少学生啊,落到这一步太让高老师寒心了呀!"

高老师这时已将儿媳推入院里,在家门口劝说着,一时顾不上林超然了。

林超然:"他们……怎么会住到这里来了……"

一女邻居:"还不是'文革'的时候,造反派抢占了人家的房子,把人家强迁到这儿来了!"

林超然:"为什么不要求搬回去呢?"

女邻居:"胆小,不敢呗。"

林超然:"怕什么?"

一位大爷小声地说:"她老伴沈老师被打成了'右派'……"

林超然:"那也有权要求落实政策、平反啊。"

一位大叔年龄的邻居:"同志,请到我家去说吧。"

林超然："我还没进高家的门……"

　　女邻居："去他家吧，去他家吧，他家清静。"

　　两位邻居，一位在前边连声说着"请、请"，一位在后边轻轻推着，使抱着小梅的林超然身不由己地随行。

　　那位大叔年龄的邻居家两间屋，倒也较为宽敞，并且干净整洁。林超然已经坐在椅上了，怀里搂着小梅，而几位邻居，则堵在门口站着。

　　主人一边沏茶一边说："她家就一间住屋，还是一间小住屋。她老伴沈老师偏瘫多年了，以前全靠高老师服侍。她那家你进去也坐不住多一会儿，那味儿……"

　　林超然："那，现在两口变四口了，怎么住呢？"

　　女邻居："这么矮的屋子也只得搭二层铺！幸而她儿媳妇和她儿子感情好，情愿替她儿子尽几年孝心，可又偏偏发生了那样的事，落不上户了……"

　　主人："林同志，您请喝茶。"

　　女邻居："人家是主任。"

　　主人："对不起，叫错了，失敬失敬，知道我们为什么都替那老夫妇俩说好话吗？"

　　林超然摇头。

　　一位大娘："沈老师没病倒那几年，不论谁家的孩子学习跟不上了，父母一求他们，两口子都愿意白天晚上地给补课！"

　　小媳妇："我小姑子要不是经他们两口子辅导，未见得能考上大学。"

　　主人一指女邻居："她刚才说的也不完全对，胆小是有那么一点儿，怕一找反而又找出麻烦来。但是不找也还有另外一层原因，住在我们这儿，我们都尊敬他们，感激他们，这一点他们看得也挺重要……"

　　邻居们都点头。

　　林超然大动其容了，对小梅耳语："小梅，一定替我劝你妈妈，叫她千万别走。就说叔叔向你保证了，一定尽快使你们把户口落上。"

　　邻居们互相看看，都流露出欣慰表情。

　　天黑了。林超然推着车，车梁上坐着小梅，高老师和小梅母亲一左一右送他往街口走。

　　在有路灯的街口，林超然放下了小梅。

高老师:"林主任,我们家的事,拜托给你了。"

林超然刚想说什么,小梅的母亲双膝跪下了,泣不成声地说:"林主任,我……我也不忍心离开我公婆。"

林超然慌忙将她扶起:"我知道,邻居们说了。"

林超然骑着自行车,心事重重,表情凝重地行驶在街上。

林超然骑着自行车驶入中学校门。

林超然在何家住过的房子前刹住车,望着门上的锁发呆。

他的心声:"我这是怎么了,怎么骑到这儿来了?"

林家。林母和孙子对面坐炕上,她手拿一团面,边说边捏小动物给孙子看,孙子背后放只枕头撑着腰。

林母:"看,奶奶这是捏的什么?小老虎,说,小、老、虎……"

而林父坐在小凳上,在修一个将安在自行车大梁上的托架。

林母:"超然都当主任了,咱家那么一个东西也买不起呀,还非得到废品站去淘换!"

林父:"居家过日子,该仔细的地方就得仔细。"

林母:"好日子是省出来的?"

林父:"不省着过,咱家能过到现在?"

门开了,林超然回来了,双手撑在炕上,对儿子说:"亲爸爸一下。"

儿子没理他,爬向奶奶。

林父:"你得像我,常抱抱他,要不他跟你不亲。儿子和爸不亲,那还行?"

林超然苦笑问:"爸,要往自行车上装?"

林父:"是啊,等林楠再长一岁,我骑自行车带他逛动物园。"

林超然:"那不行,您年纪大了,我不放心。"

林父:"保证摔不着你儿子就是了。"

林母:"怎么回来这么晚?"

林超然:"开会了。"脱下上衣,卷卷往角落一扔。

林母:"一早刚换的衣服就脏了?你不是坐办公室吗?"边说边下地。

林超然："那辆旧车没上牌，被交警扣下了，我跑着去上班的。出汗溻了，一会儿我自己洗洗。"

　　林父："怨我。总想着去上牌的，一转身就忘。扣哪儿了，明天我去要。"

　　林超然："同事给打了个电话，我骑回来了，牌子也上了。"

　　林母："看，当国家干部的人，有什么事儿，对待就是不一样。你抱你儿子一会儿，我给你热饭。"

　　林母到厨房去了，林超然抱起了儿子。

　　林父："你不能那么呆抱他，得逗他高兴。举举他，他喜欢让人举。"

　　林超然举了儿子几次，儿子果然笑了。

　　林超然："爸，家里还有酒没有？"

　　林父："还有大半瓶，想喝点儿？"

　　林超然："您陪我？"

　　林父："行，就是怕你又醉了。"

　　林超然："上次醉是个例外。"

　　林母将一个蒸箅子摆桌上了，其上有三个热气腾腾的大馒头、一盘炒双丝、一小盘咸菜。林父紧接着将一海碗大楂子粥放桌上。

　　桌上的馒头只剩了一小块儿，炒双丝吃光了，粥碗也空了，父子两人碰了一下小酒盅，都一饮而尽。

　　林超然："爸，划几拳？"

　　林父笑了："你还来情绪了，那就划呗！"

　　林超然："两只螃蟹。"替父亲和自己满上了酒。

　　父子两人划起拳来，林超然输了，父亲快乐地看着他喝酒。

　　林母抱着孙子，幸福地看着父子俩。

　　瓶子里倒不出酒了，父子两人都有几分醉了。

　　林父站了起来，往起拽林超然："超……然啊，跟爸……到……那边屋去，让你……看一样……东西。"

　　林超然："爸，我……还没喝够……"

　　父子两人勾肩搭背地走了。

　　林母："你们爷俩别一块儿摔倒了！"

　　她幸福地笑，唱："小老鼠，上灯台，叫声奶奶抱下来。"

　　小偏厦子里。一辆崭新的自行车摆在地中央。

　　林父："爸，给你买的……红旗……牌，一百二十八……不敢，放外边……怕丢。明天起，你骑……新的，爸骑……旧的。"

林超然："爸，你……真好！让我……搂你一下！"

他拥抱住了父亲。

林父幸福地，不好意思地笑。

林超然凝视着父亲："爸，你……瘦了。"

林父："是吗？瘦点儿好。有钱难买老来瘦嘛。"

林超然："不好。您瘦了……静之……也瘦了……我妈，被孙子……累瘦了……亲人们都……都瘦了……瘦了。"

林父将儿子扶到了炕边，扶他躺倒。

林父："你躺会儿，睡前要洗洗脚啊？"

林超然："洗……我洗……"

林父掩门出去了。

正屋里。林母也将睡着的孙子放倒了。

林父蹲在地上洗衣服。

林母："你放那儿，一会儿我洗吧。"

林父："我洗。以后超然的衣服换下来，他如果顾不上洗，你别洗，都我洗！"

林母："行行行，都你洗，你最好连孙子的也一块儿包了，当我还稀罕和你争啊？"

偏厦子里。林超然喃喃地说："放心,我尽力办……我一定……尽力办……"

他一翻身，伏在床上，发出鼾声。

一黑一白 前一后两匹马上，骑着凝之和林超然。

白马上的凝之扭身说："你不见得骑得比我高明，比比看？"

林超然："那得让出你二里地去！"

凝之："吹牛！驾！"

白马疾驰而去。

林超然拍拍马脖子，对着马耳朵说："别急。咱说让了，那就得让！"

原野间，黑马追着白马。

两匹马穿过金色叶子的白桦林。

两匹马在麦田边的土路上奔驰而过。

两匹马站在河边饮水。

河边草地上，仰躺着林超然和凝之，凝之在吹草茎，林超然在编花环。

林超然坐起，也将凝之拉起。

凝之："哎呀，你抻疼我肩膀了……"

林超然正要往她头上戴花环，定睛一看，却不是凝之，而是静之。

林超然："你大姐呢？"站起张望。

"我在这儿呢！"一棵树后闪出了凝之的脸。

林超然奔将过去，树后无人。

"傻瓜，这儿呢？"

林超然转身一看，凝之的脸又探出于另一棵树后……

如是数次，林超然终于抓住了凝之，拥抱她，欲吻之……凝之又变成了静之。

林超然轻轻推开静之，喊："凝之！凝之……"

吹草茎发出的响声。

林超然转身一看，又是凝之。

林母将儿子推醒。

林超然："妈，我梦见凝之了……"

林母岔开了话："我冲了一杯奶粉，静之托她同学买到的。"将桌上的瓷缸子端给了儿子。

林超然："静之……她的伤，怎么样了？"

林母："我也不知道。哪天你要买点儿东西，去看看她。不管怎样，目前还是亲戚。"

林超然低头不语。

外边响起了雷声。

林母："要下雨了。你那件衣服你爸替你洗出来了，肯定干不了，明天上班穿这件的卡的。当干部了，穿得要像个样儿。"

林超然看了一眼身旁的衣服，摇头："不想穿这件。"

林母："为什么？你的衣服中数这件新。"

林超然："这是静之返城前给我买的，没太舍得穿，有纪念性。"

林母："瞧你说的，好像两家人以后再不见面了似的！穿吧！静之要看见你穿在身上了,她会高兴。"

林母走了。

林超然缓缓地喝着奶。

知青办。 林超然面前坐着老刘等三人,小姚手中拿着笔和小本。

孙大姐:"要不要等主任回来?"

林超然:"主任去开会前交代了,让我有什么工作要求,只管跟你们讨论。我现在提第一个要求,大家一块儿议议,看有没有必要……那就是,首先把档案再整理一下,分分类。 返城了的,单放一处。 留在农村或兵团的,另放一处。两类档案,还要细分……比如男的、女的、高中的、初中的、有正式工作的、临时工作的、目前工作还没着落的。 尤其是,像高老师家那种面临难题的。"

老刘:"我看没必要。 分细了又怎么样?不那么分又怎么样?"

林超然:"分细了,心中就有数了。"

老刘:"有数了又怎么样?"

林超然:"有数了,咱们就知道应该主动去做哪些工作了。"

老刘按捺不住地站起,嚷嚷:"主动去做?被动的咱们也无能为力,高老师那种事,我们都解决不了,你林副主任一来,那就能给解决了?异想天开吧您哪!没有正式工作的你能给解决了正式工作?房子小,一回来就多了三口人的,你能给解决了住房问题?你是房产部门?你是民政局局长?你是公安局管户籍的头儿?咱们是维持会!哪天一撤,档案都是废纸!谁也别拿自己太当回事儿!不求有功,但求无过。 这样最好!"

林超然怒道:"你给我坐下!"

老刘愣了愣,往外便走。

林超然:"站住。"

老刘站住。

林超然:"我这儿布置工作呢,你哪儿去?"

老刘:"上厕所。"

林超然:"先把档案库钥匙给我!"

老刘慢慢地取下钥匙,扔给他。

林超然接住,严厉地说:"不愿干的,今天都可以打辞职报告。"

老刘摔门而去。

第 二 十 五 章

长长的走廊里。林超然在前边大步腾腾地走,后边紧跟着孙大姐和小姚,神色都有点儿不安。

档案库。林超然在指挥:"先把这几排的架子腾空,摆在空地上,今天上午就一点点都细分出来,做上标记。"

小姚首先上架子上取下一摞,也不弯腰就往地上一丢,不但发出挺大的响声,还扬起了一阵尘土。

林超然瞪她一眼,小姚知错地吐了下舌头。

孙大姐:"小姚,放的时候弯下腰嘛。奇怪,也不常有人出入,哪儿来的这么多灰呢?"

小姚:"大姐你看,一扇窗开了这么大一道缝!"

"不通点儿风吹吹,那不犯潮吗?这是半地下室!"不知何时,老刘也来了。

林超然:"通风不等于一直开着也不关!你过来!"

他将老刘扯到了一排架子那儿,指着说:"昨天晚上下那么大雨,这儿的档案都湿着了!"

老刘:"也没人通知我昨天晚上会下雨啊。"

林超然:"你他妈的少废话!"

老刘愕住。

孙大姐和小姚也暗吃一惊,呆看着他和老刘。

老刘又一转身欲走。

林超然挡住他:"对不起。"

老刘偏要从他身旁挤过去。

林超然伸开双臂撑住了两边的架子:"你也得干活!而且,得写检讨。否则,我向上级汇报你失职!"

老刘:"那骂我又怎么算?"

林超然:"我也写检讨!"

中午了,老刘、孙大姐、小姚三人,有的伏在桌上;有的坐在椅上,架平双腿打盹;有的在看报。

曲主任在浇花。

林超然也伏在桌上打盹。

曲主任浇罢花,轻拍他肩,林超然抬起头。

曲主任小声地说:"陪我出去走走。"

林超然摇头。

曲主任向他耳语:"跟你说事。"

林超然站了起来。

兆麟公园里,曲主任和林超然默默走着。

两人面对面坐在了小亭子里。

曲主任:"昨天夜里下过那一场雨,今天空气真好。"

林超然:"昨天就是在这儿,高老师流着泪向我说她家的事。下班后我去了她家,直到现在心情都不好。"

曲主任:"所以你骂了老刘?"

林超然:"想骂的人更多。"

曲主任:"包括我?"

林超然一扭头,望别处。

曲主任掏出了烟:"吸不吸?"

林超然:"我戒了。"

曲主任自己吸着了烟。

林超然:"一会儿你往哪儿扔烟头?"

曲主任一愣。

林超然:"昨天高老师的孙女在这儿吃了一支冰棍。人家一个北大荒长大的孩子,到了城里,也知道不能随地扔冰棍签子。"

曲主任:"是啊,我往哪儿扔烟头呢?"像掏怀表似的,从上衣兜掏出一个带链子的小袋,再从袋里取出一个小小的美观的烟缸,放在桌上,笑道,"别以为你挑理挑了个正着。想不到吧?咱是绅士型的烟民。"

林超然又将脸转向别处。

曲主任:"你心里对我也有气,对吧?"

林超然看着他说:"对。"

曲主任:"你有气就直接冲我来嘛,干吗骂人家老刘啊?"

林超然:"他也该骂。"

曲主任:"我看别让他写什么检讨了,他是老同志了,一时疏忽大意嘛。"

林超然:"必须写。"

曲主任:"那你也必须写啰?"

林超然:"当然。"

曲主任:"咱们知青办那毕竟也是市委的一个机关部门,副主任上班第二天,就因为骂了属下脏话而写检讨,传出去多不好。"

林超然:"已经骂了,那有什么办法?"

曲主任:"幸亏我再过半年就退了。否则,冲你这性格,咱们正副主任之间如何长期相处?"

林超然:"第一次有人当面跟我说,似乎我是一个不好相处的人。"

曲主任:"同志,在兵团当营长和在国家干部序列里当官是不一样的。"

林超然:"你我是官?"

曲主任:"我不是指我,是指你。我都快退了,还说自己干什么?一个处长,算什么官啊!但你不同,第一天我不是就说了嘛,你是有重量级人物举荐的,你是暂时储备在咱们知青办的。如果不跌跟头,你前程似锦,真的。所以你表一种态度,作一次决定,安排一项工作,总之一言一行,都要思量再三。哪件事该努力去做,哪件事没必要难为自己,心里得有那么一套尺寸方圆……"

林超然:"你把我叫出来,就是要跟我说这些?"

曲主任:"我是为你好。"

林超然:"谢谢了。那我走了。"起身便走。

曲主任:"不想听我说高老师的事儿了?"

林超然站住,回头。

曲主任:"想听就给我乖乖坐下。"

林超然又乖乖坐下了。

曲主任:"哎,你这人怎么这么不识抬举啊?你在我面前充什么清高呢？我那是教你学坏吗？"

林超然："快说高老师的事。"

曲主任："承认你不识抬举，我支你几招，兴许你还真能把高老师的事给办成。不承认的话想走你走。"

林超然艰难地说："我……不识抬举。"

曲主任乐了："我的副主任，这就对了嘛。要有点儿起码的虚心嘛。你先回答我几个问题啊，昨天咱们在走廊碰见的那个女秘书，她姓袁，对不对？"

林超然："对。"

曲主任："叫袁玥对不对？"

林超然："这我不太清楚。"

曲主任："不对吧？我看她对你挺亲热的，那证明你们关系良好。"

林超然："是那样。"

曲主任："那你会不知道她名字？"

林超然："我们……我们是在特殊情况之下认识的，当时没有问她名字的机会。"

曲主任："你这么一说，我把握又不大了，也不知道该不该支你几招了……"

林超然："该，该，请求你了！"

曲主任："知道她父亲是什么人不？"

林超然："是市委的顾问。"

曲主任："还有呢？"

林超然："那就不知道了。"

曲主任："听我说啊。袁玥她父亲，是位在市里和省里都有老资格可摆的人。东北一解放，人家就是正县级干部了。后来，是市里硬把他挖过来当了秘书长。那是要当两年就任命为副市长的，是市长市委书记的后备人选。可后来'文革'了，他的命运自然也就变了。现在呢，超过年龄线了，只能当顾问了。但老省市的领导，跟他关系都很铁。新省市的领导，对他的一句话，也都格外重视。所以，高老师的事，你帮得成帮不成……"

林超然："不是我。是咱们知青办。"

曲主任："那也得有人出头。非你莫属。明白？"

林超然："不太明白。"

曲主任："还不明白？只要他一句话，高老师的事，那还不是他说怎么办就怎么办啊？"

林超然:"可,我跟他之间,我哪儿有那么大的面子啊?你这不是瞎支招吗?"

曲主任:"我当然知道你们之间没那么大面子。这是明摆着的。但你先求袁玥啊!只要你说动袁玥肯帮你了,有她替你敲边鼓,事情还不十拿九稳啊?"

林超然沉吟。

曲主任:"你去告诉高老师,让她给咱们知青办写封信,写实了她家的困境,但信封上不要写你的名字,更不要写我的名字,谁的名字都不要写,只写知青办。咱们收到了以后呢,你要求袁玥说服她老爸接见你一次,哪怕是给予你一次礼节性的拜访机会也行。见了面,你再相机行事,将高老师的信呈上,请教老先生该如何处理那样一封群众来信。记住,你不要引着他往知青的事情上想,你要使他觉得,是与一对老夫妇,两位退休老教师有关的事……"

林超然:"为什么?"

曲主任:"知青人数众多嘛,某些事一和知青两个字联系起来,牵扯面那就广了,政策分寸难以把握,往往会将领导本人也拖到攀比困境里去。所以一位领导若不是特别有魄力,敢作敢为,是不太愿意亲自做主的。估计袁玥的父亲,那也可能明智地退避三舍。但退休老教师的人数就比知青少多了,像高老师家那种情况,少之又少,不会引起难以收拾的攀比局面。"

林超然:"那,你考虑得这么周到,解决方案也有了,为什么自己不尽量把事情办成?"

曲主任:"老实说,昨天你的认真态度,使我彻夜难眠,翻来覆去地想,才终于想出这么个比较成熟的解决方案。我也去过高老师家,我也很同情,但当时没想出解决办法来。再说,袁玥当时也没在市委当秘书,我也不会由她而联想到她父亲。而且,当时我还有另一种顾虑……"

林超然:"什么顾虑?"

曲主任:"我是要退休了的人啊!谁不愿意在自己退休之前,把凡是自己经手的工作都画上圆满的句号呢?但高老师的事,是我想画上句号就能画上的吗?如果我退休后,将一件拖泥带水的事留给了下一任,那我多让人腻歪啊!也于心不安啊!现在好了,接班的人是你,你又那么的,那么……见义勇为……"

林超然苦笑。

曲主任:"所以,我什么顾虑也没有了。今天,我就等于正式把高老师的事移交给你了。也可以摆点儿资格地说,是将一件有难度的工作布置给你副主任去完成。你要尽力去办,我给你支招,为你出主意想办法,咱们知青办全都配合你啊？办成了，咱们好好庆贺一番，也算是欢送我退休。"

林超然决心很大地点头。

两人离开小亭子，走向公园门口，还在说着，走走停停的。

林超然："主任，《大浪淘沙》这部电影，'文革'前您看过没有？"

曲主任："当然看过啦！一号人物叫金恭授，大明星于洋演的。我喜欢于洋，他演的电影我都爱看。"

林超然："金恭授要以自己的微薄之力帮一名老码头工人，他的革命引路人指着码头对他说，看，那么多穷苦的人，你一个一个地帮，帮得过来吗？"

曲主任："有这个情节，我印象深刻！"

林超然："如今，新中国成立了，穷苦的人还是很多，在没有具体的政策关怀到一大片的情况之下，谁能帮就尽量帮一个，也不算是可笑的想法吧？"

曲主任："当然不可笑！要是连这种想法都被认为可笑了，那社会不是太冷漠了吗？"

两人又在公园门口站住，比比画画地讨论起来。

市委。下班时，林超然站在楼门口等人。

袁玥从楼里走出。

林超然："袁玥同志！"

袁玥看见他，笑了："等人？"

一辆小车开到楼前，袁玥又说："我先走了啊！"踏下台阶，快步走到车前，打开了车门。

林超然："袁玥！"

袁玥回头看他。

林超然："我在等你。"

袁玥："有事？"

林超然点头。

袁玥："明天说行不？"

林超然："最好今天。"

袁玥对坐在车里的人说了句什么，关上车门，小车开走了。

林超然走到了她跟前，歉意地说："真对不起，使你坐不成车了。"

袁玥："没有什么！"

林超然："每天有车接你上下班？"

袁玥笑了："我哪儿有那种资格呀！车里坐的是我老爸，他来市里开个会。我当然要沾他一次光！不沾白不沾啊！"

林超然也笑了。

林超然推着自行车，与袁玥走在街上。

袁玥："林副主任不再骑辆小破三轮了？"

林超然："那是人家罗一民的。这是我老爸因为我有正式工作了，一高兴，一咬牙，亲自给我买的。"

袁玥想到了什么事，扑哧笑了。

林超然："你笑什么？"

袁玥："你那个战友罗一民，为你们去年惹的麻烦，壮着胆子到我家去，想游说我爸出面替你说情，结果被我爸给训出了家门……"

林超然苦笑地说："我已经有日子没见到他了。替我扶下车，我请你吃冰棍儿！"

袁玥："哎……"

林超然已跑开了。

林超然拿着两支冰棍回到了袁玥跟前。

袁玥："我胃怕凉，不想吃。"

林超然："给点儿面子嘛。奶油的，对胃有好处。"

袁玥："瞎说！"却接过了冰棍。

两人一边吮着冰棍一边走。

袁玥："咱俩这样子，像俩小孩儿。"

林超然："都不是小孩儿了，还能像小孩儿，这种感觉挺好啊！"

袁玥："吃人家的嘴短。什么事儿，请讲吧！"

林超然："我想……过几天到你家去一次。"

袁玥："欢迎啊！再也不会闹出上次那种笑话了。我爸举荐你之前，还征求我的意见了呢，我当然举双手赞同了！"

林超然苦笑地说："我遇到难题了，想请你父亲帮忙。如果他不愿意，还得请你帮我说服他。"

袁玥站住了："公事私事？"

林超然："公事。私事不敢打扰你父亲。"

袁玥："刚上班第二天就遇到大难题了？"

林超然点头。

林超然在存自行车，袁玥在等他。

两人走在松花江畔。

袁玥："你说的那个高老师家的事，我听了也很同情。你们为什么不以知青办的名义向别的领导打份报告？"

林超然："我也这么想过。原先的市委书记还请我吃过一顿便饭呢，可他调走了。我们知青办的人都谨慎，不敢贸然给市一级领导打报告，怕办夹生了，反而事与愿违。"

袁玥："我和我母亲，其实都不太鼓励我父亲多管闲事。顾问顾问，人家在职在位的领导干部问到的时候，替人家当当参谋，那才好。否则，反而有添乱之嫌……"

林超然："是啊是啊，我完全理解。但高老师这一件事，无论如何你要帮我这个忙，求你了……"

袁玥犹豫。

"冰棍！奶油鸡蛋冰棍！"

一卖冰棍的小女孩推着冰棍车走来。

林超然："等一下！"

他跑了过去。

袁玥："哎！你……这家伙！"

她有些生气地转过了身去。

林超然又买了两支冰棍跑回来。

袁玥嗔道："你真是的！何必呢？我说过了我胃怕凉！"

林超然："还是奶油鸡蛋的……"

袁玥："奶油鸡蛋的也不吃！"

她往前走去。

林超然愣了愣，紧跟上，相劝地说："再吃一支吧，买都买了，你总不能眼看着化在我手里吧？"

袁玥："你自作自受！"

林超然："有人在看咱俩了。准以为咱俩在搞对象呢！快接着，要不看的人更多了。"

袁玥终于接过了一支，警告地说："绝对不许再买了啊！"

林超然："不买了不买了。冰棍越吃越渴。再买也要换个样，请你喝汽水儿。"

袁玥："你敢！"

两人忍不住都笑了。

袁玥："你要是想讨好谁，只知道请人家吃冰棍、喝汽水吗？"

林超然："那倒也不是。小时候家里生活很困难，看见别人吃冰棍、喝汽水，可馋了。我是享受助学金的学生，不敢买冰棍买汽水儿，怕被同学和老师看见。有一年'国庆'，我带弟弟妹妹逛公园，兜里有几角钱，就买了三支冰棍。怕被熟人看见，结果还是被几个同学撞上了，后来还写了检讨书……我对冰棍和汽水太有感情了……"

袁玥："如果我拒绝帮你，那你还打算怎么讨好我？"

林超然："那……那我也不知道了。"

袁玥："你们知青办还打算怎么帮助高老师解决困难？"

林超然："那可就谁也没有什么办法了。"

袁玥："那你以后会不理我了吗？"

林超然："那绝不会。每个人有每个人不同的原则，你也有你的难处。你替你父亲考虑，这我完全能够理解，只不过……"

袁玥："只不过怎样？"

林超然："心里不是滋味，一想就难受。明明是工作职责应该进行帮助的人，却又偏偏无能为力，这种心情，和一个明明想主持法律正义的人，面对明明被判错的人一样吧，又沮丧，又悲伤，还有一种大的失败感……"

他挥了一下手臂："这你肯定不会理解的！"

结果，没吃一两口的冰棍从手中飞出，掉在了地上。

他呆呆地看着那支冰棍，表情极为惋惜。

他走过去捡起冰棍，扔进了附近的垃圾筒里。

袁玥将自己手中的冰棍递向他："把我的吃了吧，我没什么传染病。"

林超然左顾右盼。

袁玥："我胃还真有点儿不舒服了，你不吃我也不想吃完了，别浪费了。"

林超然："等那几个看我的人转过头去……行了，他们不看我了！"

他迅速从袁玥手中接过了冰棍。

袁玥："你怎么知道我不会理解？而且还说得那么肯定！"

林超然："能理解？"

袁玥："百分百理解。我可好久没被感动过了，你刚才的话感动了我。高老师的事，我帮了，而且要帮到底，直到帮出个好结果。"

林超然脸上顿时笑开了花。

袁玥："冰棍在化！"

林超然一口将剩下的冰棍吃得只剩签子了。

袁玥却皱起了眉。

林超然："怎么了？"

袁玥捂着胃说："都怪你，胃真有点儿疼了。"

林超然骑着自行车，后座上坐着袁玥。

林超然："胃好点了吗？"

袁玥："不太疼了。林超然，我爸荐举你当知青办副主任，还真算有眼光！"

林超然："你把这种话在你父亲面前多说几次就起作用了！"

袁玥家那幢楼前。林超然和袁玥在说话。

林超然："不知怎么感谢你才好。"

袁玥："别再请我吃冰棍，我就谢天谢地了。"

两人又都笑了。

"小玥，怎么不坐你爸的车回来？"是袁母的声音。

两人这才发现袁母不知何时站在他俩身后，手拎菜篮子，里边是买回来的菜。

袁玥："碰到超然了，我俩谈了一会儿工作。"

林超然："伯母好！"

袁母："啊……是你呀！"

袁玥："进家里坐会儿不？"

林超然："不了，改天吧！伯母再见！"

袁母点了下头。

林超然骑上车走了。

袁母："你俩又不在一个部门，有什么工作可谈的？"

袁玥："他和我谈他的工作。"

袁母："他的工作不和他们知青办的同志谈，和你谈干什么？"

袁玥："妈，你这是审问啊？"从母亲手中拎过了菜篮子。

袁家厨房里，母女两人一个在洗菜，一个在淘米。

袁母："小玥。"

袁玥："嘛事儿？"

袁母："你对他，别超然超然的，叫起来挺亲似的。就是叫超然，那后边也应该带上同志二字。还有,尽量不要单独接触。你现在是有了未婚夫的女性，他妻子又去世没多久，免得惹出些飞短流长、瓜田李下的议论。"

袁玥："我才不在乎那些。"

袁母："不在乎也得在乎！你俩都是出入市委大楼的人，要时时刻刻注意影响。有些议论，那是没摊在你头上，摊上你就知道利害了，长十八张嘴都分辩不回来名誉，跳进黄河也洗不清。再说他今天又骑辆新自行车，还是紫色的！你一路坐他自行车后边，多招摇？如果被认识你俩的人看到了，说不定日后就有闲话！"

袁玥："菜洗好了，切不切？"

袁母："我的话你往心里记了没有？"

袁玥："不但记在心里了，而且溶化在血液中了！"

袁母："你认真点儿！妈跟你说的是人生经验。就在上个月，宣传部有位副处长，挺好的一名年轻干部，就因为一封揭发他作风问题的匿名信，硬是没提成正处！还仅仅因为是莫须有的事！"

袁玥："那就是造谣！造谣可耻。"

她飞快地切起菜来。

袁母无奈地瞪她。

袁家一家三口在吃晚饭。

袁玥："爸，你举荐的那个林超然，他工作中遇到难题了。"

袁父："唔？我能帮他化解得了吗？"

袁玥："不知道。估计能吧。"

袁父："那让他来找我啊！"

袁母不满地瞪女儿："你看，这不是给你爸找事嘛！嫌你爸刚清闲了两天？"

袁父："你这么说女儿也不对。我举荐的人工作开展不得力，我没面子。

工作出色，我脸上光彩。女儿关心我举荐的人，那就等于是关心我嘛。"又对女儿说，"你通知林超然，让他最近来见我。他工作上遇到了难题不主动求见我，向我讨教，那是不对的！他心中没有我这个举荐人了吗？"

袁玥："我想，他也许是不太敢打扰你。"

袁父："不太敢？难道我那么可怕，一见面我会把他吃了？"

袁玥："老爸放心，明天一上班我就告诉他。"窃喜，低头一笑。

袁母不悦地说："你们父女俩一唱一和的，一天这么说，另一天又那么说，还总是你们有理似的，反正这个家就我找不到什么好感觉！"

袁玥："老爸，快对我妈表扬表扬！"

袁父："好，表扬表扬。你多劳苦功高啊，我们父女俩没你照顾还成？来来来，这鱼的中段，肉肥鲜美，由我亲自献给您！"

夹了一大块鱼肉递在袁母碗里。

袁玥："老爸真善于巴结。"

袁母："我那话也是说你呢！"

袁玥："那我也表现表现。老爸给您夹鱼肉了，我只得给您再添点儿鱼汤啰！鱼汤也有一定的营养嘛！"

袁母一时哭笑不得。

林超然骑自行车拐入自己家住的那条小街，迎面被三个同样骑车的人拦住去路，他们是张继红、王志和罗一民。罗一民骑他那辆小三轮车，一手握把，一手拿一块西瓜。

林超然："嘿，巧劲儿的。"

张继红："什么巧劲儿不巧劲儿的，下来下来下来！见了我们还不下来？"

罗一民："我们仨刚从你家出来，大爷大娘请我们吃西瓜了。"说完，将西瓜皮往车斗里一扔。

王志："我们有事儿跟你商量。"

林超然："什么事儿？"

王志："三两句可说不清楚。"

林超然："改天行不行？"

王志征求地看张继红和罗一民。

林超然："我刚下班，还没进家门啊，再说也饿了。"

罗一民："那，改天就改天吧。"

张继红："改天？不行！你怎么这么好说话？都碰到他还放过他去？"支好自己的车，绕着林超然转，嘲讽地说，"你们看他这样儿，骑上崭新的自行车了，还买了颜色这么招摇的一辆！林超然，你想干什么呀？骑这种颜色的一辆自行车，进出于市委那种地方，企图钓几个女孩子上钩呀？"

王志和罗一民笑了。

林超然："不许胡说八道！是我老爸买的。因为颜色卖不出去，便宜他二十元钱，换你不捡这份便宜？"

张继红："是你老爸买的那我不说车了。你俩再看，穿上一身板板正正的衣服了！也不戴那顶军帽了，小分头梳得还挺顺，小脸儿也刮得干干净净的，刚当上副主任第二天，有人往家里送大西瓜了！见了咱们面，还不想下车，还说'我刚下班，还没进家门啊！'谁管你进家门没进家门，走走！……"说着，替林超然掉转了车头。

林超然："干什么去呀？"

张继红："我们也饿着呢，找地方请我们吃饭去！我们请过你了，现在该你请我们了！"

林超然："我身上没钱，要不都到我家吃去？"

王志："那我绝对不同意！别给大爷大娘添麻烦。"

罗一民："我也反对。"

张继红："那是，刚才都搅扰一次了，不能二次再给我干爸干妈添乱！一民，翻他兜，我不信他兜里没钱。"

罗一民还真就下了车，逐一翻林超然的兜。

罗一民："才十几元。"

张继红问王志："你兜里真一分钱没带？"

王志："我只有三元多。"

罗一民："我兜里也有几元。要不，今天放过他，还是改天得了。"

张继红："不行！有些事拖不得。一拖就没指望了。都听我的，找地儿吃饭说事儿去，二十来元足够了！"

林超然不情愿地跟他们走了。

小饭馆门外，四人坐在临时桌旁，四只杯里倒满了啤酒。所上的菜无非是炸花生米、炒土豆丝、拌西红柿、拍黄瓜、咸鸭蛋而已。

张继红："不碰杯了。都省着点儿喝，就要了两瓶酒。"

林超然饮一口酒后，问罗一民："你怎么也跟他们两个站马路牙子的往一块儿搅？"

罗一民："我们那一条街开始动迁了，我的铁匠铺子开不成了，不跟他们往一块儿搅怎么办？"

林超然一愣，又问："缺钱不？"

罗一民："暂时还行。"

林超然："缺钱时吱声啊。"

罗一民："那当然。你都副处级干部了，每月一百多元的工资开着，跟你我还客气什么呀！"

林超然："谁往我家送西瓜？"

罗一民："这我就不知道了。"朝张继红翘下巴，"问他。"

张继红："你不知道我就知道了？别扯西瓜了，说正事。王志，你说。"

王志："超然，我们一些哥们儿总站马路牙子肯定不是长事儿，我决心正式起个执照，也组织一号人马干工程队！"

林超然："这……好倒是好……"

张继红："好倒是好算什么鸟话？听着这个别扭！"

林超然："少跟我瞪眼睛啊！再跟我瞪眼睛，别说我起身就走。"又对王志说，"我也早有过你的想法，但不是起码需要几万元注册资金吗？如果你是打算向我借钱，老实说，现在我可真没有。我父亲有点儿钱也为我买车了。我岳父母那儿肯定是存了点儿钱，可我怎么好意思向他们借？"

张继红："都听到了吧？数他工资高了，还好意思向咱们站马路牙子的哭穷！"

他一只手放在桌上，林超然砸了他的手一拳，砸得他龇牙咧嘴。

王志："钱不是问题了。我小舅子当倒爷赚了几大笔钱，肯借给我。他们哥几个各自东借西借的凑了一万，估计差不多了。现在起执照也不太难了，不必你费心。就是一旦组织起来，每年得有工程可干。"

林超然点头。

罗一民："王志联系到了一单大活，可我们执照还没下来，人家不正式跟我们谈。可要等执照下来再谈，那活早跑了。所以……所以嘛……"

他喝起酒来。

张继红夺下了他的杯："你小子话没说完喝的什么酒啊！"

罗一民："你说，该你说了！"

张继红："干吗最不好说的话非留给我说？你说！非由你口里说出来不可！"拧罗一民耳朵。

罗一民："哎呀哎呀，我说我说，超然你得为我们担保！"

张继红松手了，与王志、罗一民一齐看着林超然。

林超然："担保？你们有多少人？怎么为你们担保？"

王志："三十几个，都是返城知青。也不只咱们兵团的，还有插队的。"

张继红："对方听说有知青办副主任将为我们担保干活的质量，表示执照还没批下来那也可以考虑。"

林超然："我刚听说你们的事！"

张继红："是啊是啊，你是刚听说，但我们先跟人家那么说啊！只要你在担保书上签上你知青办主任的大名，我们的事就八九不离十了！"

林超然："什么活？"

罗一民："盖楼。"

林超然："你们什么时候会盖楼了？"

张继红："你嘲笑个什么劲儿啊？盖楼有什么难的？"

王志："弟兄们中，瓦工水泥工都有。都是返城这几年干出来的熟练工。有我带着干，不会给人家干出质量问题的。"

林超然："万一……万一你们盖的楼歪了，塌了呢？"

王志："你要非这么想，那我就没话可说了。"

张继红："这你大可放心。一幢楼也不只我们弟兄们盖，还有另外几支施工队，我们只不过是参与着干嘛！再说，人家还有质量监察员……"

林超然："亏你们想得出来！我现在是出入市委的国家干部，能替你们随便担保吗？万一引起什么纠纷，我那副主任还当得成吗？"

张继红等三人呆呆看他。

林超然一起身，开了自行车锁，骑上就走。

罗一民："我说他不会同意嘛。"

王志："是啊，太难为他了。"

张继红："你俩还替他说话？他混蛋！"

王志："你骂他就不对了。"

张继红："混蛋！混蛋！混蛋！不是他走得快，我当他面骂他！刚当上个破主任，还是副的，在咱们面前摆的什么臭架子啊！忘了和咱们一块儿站马路牙子的时候了？"

林家。林父在喂孙子吃西瓜，林母坐在小凳上挑菜，林超然进了家门。

林母："正说你不知道什么时候回来呢！"

林超然："妈，什么人送来的西瓜？"

林母："一位退休的高中老师。"问林父："姓什么来着？"

林父："姓高。这瓜甜！继红他们三个来过，吃了小半个。给邻居家孩子送去几块，超然，你先吃几块，饭一会儿就好。"

林超然掀开桌上的罩子看一眼西瓜，罩上后不高兴地说："爸，妈，你们不该收下！"

林母："人家高老师跟我年纪差不多大了，挺老远挺沉地拎来一个瓜，我非让人家再拎走不可？"

林父："收下对。再说你妈听她讲，她老伴儿长年生病，送了她一袋奶粉……"

林母："奶粉人家没拿。走后我发现，人家顺手又放外屋了……"

林超然坐在桌旁发呆。

林母不知自己怎么就错了，闷声不响地端着菜到外屋去了。

林楠："爸，爸，抱……"

林父乐了："嘿，我孙子今天出息了，开始叫爸了。超然，快抱他一会儿！"

林超然从父亲怀中抱过了儿子，亲了儿子一下。

林父："你们帮那高老师解决什么困难了？"

林超然："以后再讲给您听吧，目前正帮她解决。"

林父："我看她愁眉不展的，八成是难倒一家人的事。你一定要替人家解决了。"

林超然："解决起来不那么容易。"

林父："很容易人家也犯不着找到你！那么大个西瓜都收下了，切了，吃了，总不能再吐出来吧？不冲西瓜，冲人家那岁数，那你也得想方设法地帮！你现在也是个多少有点儿权力的人了，该用的时候就用嘛！"

林超然："爸，知青办没什么权力。"

林父："别蒙我。没什么权力的机关还需要有人去当主任，当处长？凡是有这个长那个长的地方，那就肯定有它的权力。我当年当班组长还有一份权力呢！必须上心给人家办，听到没有？"

林超然："听到了，办，办，办！"

595

他举着儿子仰躺下去。

林父也离开了里屋。

林超然一下一下举儿子，逗得儿子咯咯笑。

厨房里。林母双手粘着玉米面，向林父做表情，示意林父也往屋里看。

两位老人闪在门旁看看，都幸福地微笑了。

屋里。林超然仰视着举起的儿子，一脸沉重的负担。

林超然的心声："儿子，真想和你调调个，干脆我当儿子你当爸算了……"

早晨。张继红、王志、罗一民在站马路牙子。

张继红发现林超然骑自行车驶来，对王志和罗一民小声说："转过身去，转过身去。"

王志和罗一民虽困惑，但是却转过了身。

王志："转过身干吗？"

张继红："别出声。你装会儿哑巴行不行？"

站马路牙子的人还不少，林超然推着自行车，进行检阅似的从他们面前走过。

有人认出了他，打招呼："哎，你不是那个那个……你忘了？咱们合伙干过啊，怎么，现在发达了？"

又有两人认出了他，凑上前敬烟："我俩你也应该认识的呀，吸烟吸烟！"

"站马路牙子还站出息了，行啊！恭喜恭喜！找人干活吧？那得先雇我们仨呀！"

林超然："不是找人干活……是……顺路来看看熟人。"

"还挺重感情的，那更得吸一支了。"

"吸我的吸我的，以后有什么活儿可要想着我们点儿！"

林超然推拒不开，只得接过一支烟吸着了。

指间夹着烟的林超然站在张继红等三人背后讥笑地说："都背对着我，就以为我找不到你们了？"

张继红等三人这才转过了身，张继红也话中带刺地说："怎么，知青办要雇人粉刷副主任办公室？"

林超然："不想理你。王志，跟我到一边说几句话。"

林超然和王志站在一棵行道树下。

林超然:"昨天我一走,你们就开始骂我了是不是?"

王志:"没有,绝对没有。怎么会呢?我们哥仨也都理解你的难处。"

林超然:"担保不担保的事再说,我帮你们,争取早点儿把执照批下来行不?"

王志:"那也好啊!我们……不是以为这事儿比担保更难嘛。我们前边排着三四十号人呢,听说怕个体发展得太猛,控制着批,每月才批几份执照。"

林超然:"实际情况我也不清楚。那就这么说定了,我试试看吧。"他骑上自行车走了。

张继红和罗一民过来了,张继红问:"跟你说什么?"

王志:"他说帮我们早点儿把执照办下来。"

张继红:"那证明他昨天晚上自我反省了。如果他连这么一点儿主动性都没有,我以后也不理他了。"

罗一民:"别动不动就说理不理的话,说多了会伤感情的。"

张继红:"是我先说的吗?他先说的!你怎么处处维护着他?"

他佯装要打,罗一民笑着躲开。

传来喊声:"王志!你们三个快过来,有活!还缺人!"

三人拔腿跑去。

一辆大卡车上已站着些个体粉刷工了,王志在车上大声嚷嚷:"还有一个人,叫司机先别开车!"

张继红朝车下伸出着一只手。

罗一民一瘸一跛地跑向卡车。

然而卡车开走了。

罗一民无奈地站住,沮丧之极。

李玖上班那个街道小工厂,罗一民对一名在擦窗子的中年女工说:"请替我叫一下李玖。"

女工:"是你呀,听说你们那儿要拆迁?"

罗一民:"已经开始拆了,我都没地方住了。"

女工:"趁这机会,做上门女婿,住李玖家去呀!"

罗一民:"你不替我叫我自己叫了啊!"

女工:"李玖!李玖!你心爱的人找你来了!"又问罗一民,"补偿了一大笔钱吧?这下你发了,小李子可真有眼光!"

罗一民苦笑。

李玖出现在窗口里边，穿一件大红上衣，满头发卷，浓妆艳抹；罗一民看呆了。

李玖："你不是站马路牙子去了吗？怎么又到这儿来了？"

罗一民："都没等着活儿。你干吗把自己搞成这样儿？"

李玖："这样怎么了？不好看呀？结婚那天的我，肯定要比现在还漂亮！"

女工："人家李玖一会儿要登台表演歌舞，代表厂里参加街道的群众文艺活动比赛！"

罗一民："我来告诉你，我搬张继红他们那儿住去了，以后有事到那儿找我。"说罢，转身欲走。

李玖："别急着走，带走一大宝贝！儿子！儿子过来！"

小刚才出现在窗内，李玖将儿子举起，又说："别愣着，接一把。"

罗一民将小刚接到窗外去了。

李玖转身要离开。

罗一民："哎，你说那什么大宝贝呢？"

小刚："我妈说的就是我。她嫌我在这儿烦她。"

李玖："还不如儿子聪明！"

罗一民低头看着小刚苦笑。

罗一民拉着小刚的手走开的背影。

第 二 十 六 章

知青办。五人分别在两间屋里吃午饭：老刘等三人在外间，林超然和曲主任在里间。

曲主任拿着一小瓶辣酱走到林超然桌旁，小声地说："能吃辣的不？"

林超然："来点儿。"

曲主任往他饭盒盖上拨了些辣酱，将小瓶放在桌上，又小声说："就说你带的，问老刘他们要不？"说完，走回自己桌子那儿坐下，接着吃饭。

林超然想了想，拿起小瓶走到了外间，问："孙大姐，小姚，能吃辣酱不？"

小姚："不了，谢谢副主任。"

孙大姐："你说晚了，我快吃完了。"

林超然走到了老刘跟前："你肯定不怕辣，拨点儿。"

老刘："你怎么知道？"

林超然："敢顶头儿的人，一般都能吃辣的。"

老刘："还真让你说对了。我也不只顶过你，还顶过主任呢！"不客气地接过小瓶，往自己饭盒里拨辣酱。

电话响了。

小姚抓起了电话："对。是知青办。在，您稍等。"

她捂住电话，对林超然小声说："是袁秘书，找您。"

林超然接过了电话。

曲主任出现在里外屋门口，示意大家安静。

林超然："行，行，谢谢你把时间都替我定下来了。还要再说那句话，真不知道怎么感谢你才好！"

曲主任："加一句，知青办全体同志都感谢她。"

林超然："我们主任让我替他说，知青办全体同志都感谢你！"

他缓缓放下了电话。曲主任等四人全都高兴地望着他，他说："她父亲约我星期日到她家去。"

老刘："现在，八字有一撇了。"

孙大姐："估计，那一撇也有门儿，只不过时间早晚的问题。"

小姚："全看林副主任的游说能力了。"

林超然："昨天，高老师往我家送了一个大西瓜。"

曲主任："诸位，现在本主任宣布，从今天起，如果没有别的更重要的工作，以高老师的事为工作中心，大家要通力配合副主任，包括我在内。"

张继红他们那个街道小工厂。罗一民、小刚和李玖也在吃饭。李玖没换衣服，也没卸妆，下身穿的是一条绿裤子。三人吃着大包子。桌上放着暖瓶，每人面前一碗白开水。

李玖："儿子，包子好吃不好吃？"

小刚："好吃。"

李玖："应该感谢谁？"

小刚："感谢罗叔叔。"

李玖："关他屁事儿！是妈一演完节目就买了拎来的！"

罗一民："要是有汤就更好了。"

李玖："美的你！倒是也卖汤，我怎么往这儿送？儿子，重说一遍，应该感谢谁？"

小刚："还是应该感谢罗叔叔。"

李玖："气我是不是？我打你！"举起了巴掌。

小刚："罗叔叔不惹妈妈生气了，妈妈整天就高高兴兴的了，就更爱我了。"

李玖："哎呀妈呀，哎呀妈呀，我儿子咋这聪明咋这会说话呢！一民，你说你命多好呀，这么聪明的儿子，这么漂亮的老婆，呼啦一下你全有了！妈得亲你几下！"

她捧住儿子的脸，鸡啄米似的连亲几下，儿子脸上留下了重叠的口红印。

罗一民："你把脸先洗洗行不？穿这么一身，脸弄成那样，光天化日地就敢往这儿走，没吓着人？"

李玖："我这正吃着呢你让我先洗脸？不是怕你俩饿吗？"放下了刚拿起的包子，连说，"不行，不行。"

罗一民喝一口水，奇怪地说："没汤你也觉得不行吧？"

李玖："我是说，不但替你感到幸福，这会儿连我自己也幸福得不行！满心房的幸福往外溢！真不行，我也得亲你几下！"

她说罢，也捧住罗一民的脸，鸡啄米似的连亲几下，罗一民脸上也留下了重叠的口红印。

罗一民："唉，我这命！"

李玖抚胸口："现在好多了。刚才那种忽然的幸福感，就像一百年没打上来的一个大嗝儿！"

小刚："妈，是不是非得你们结婚了我才能叫罗叔叔爸呢？"

罗一民："那当然！"

李玖："那不一定！"

小刚左看看妈，右看看罗一民，又问："那，我到底该什么时候叫，谁管这事？"

两个大人一时都被问住了。

李玖："别刨根问底儿了，吃饱了就出去玩儿。妈下午还上班，趁午休这会儿要跟你罗叔叔商量点儿事！"

小刚："那我出去玩儿了。吃不了啦，爸替我吃了这半个吧！"把半个包子往罗一民碗里一放，跑出去了。

李玖："亲爱的，啥感觉？"

罗一民："他把包子泡水里了，还叫我替他吃完，你说啥感觉？"

李玖："别一点儿小事就抱怨！再抱怨你就是身在福中不知福。张继红他们有理由抱怨，你没啥理由抱怨。"

罗一民："我现在不但失业了，而且还无家可归了，我怎么就没理由抱怨？"

李玖："问题正在你无家可归了。表面看，你比他们更惨了点儿。但他们的儿子肯定都没咱们儿子这么聪明……"

罗一民："现在还只是你的儿子。"

李玖："现在你还不承认他也是你儿子的话，那你简直就是混蛋一个！而且他们的老婆肯定也没我漂亮！而且咱们虽然失去了一处破门面房，以后的住房条件却会得到改善。"

罗一民："你还是先把脸洗洗行不行？我看着眼乱，像面对一个大花脸！"

李玖举起了手："打你！你说你，也根本没追求，娇妻爱子的，一并都有了！还整天不知足！你是不是幸福得胡说八道呀？"

罗一民："幸福就我这种命吗？"

李玖："以前不算，现在你敢说你不幸福？摊上一个好老婆那就是全地球男人的第一大幸福！"门忽然开了，小刚回来了，大声地说："妈，来客人了，找我爸的。"又对着门外礼貌地说，"三位叔叔请进！"

进入三条汉子，为首的是程老先生的秘书，后两人中，一人拎一只大帆布兜，看上去挺沉的。三人都西装革履，系领带。但比之于文质彬彬的秘书，另两个男人看上去都很有块儿，像保镖。拎帆布兜的进门后也不将兜子放下，反而往腋下一夹。另一个，威严地往他旁边一站，交抱双臂。

罗一民和李玖大为吃惊。罗一民迅速从桌上抓起了三双筷子，当成刀似的握着。

秘书："罗先生，还记得我吧？"

罗一民点头。

秘书："让我们好一顿找，幸亏碰到了您儿子，才把我们带到这儿。我可以坐下说话吗？"

罗一民点头。

秘书："这位……是夫人？"

小刚："她是我妈。"

秘书："敢问罗夫人，是演员？"

李玖："啊，是的是的。刚演出完，还没来得及卸妆呢。"

小刚："我妈今天得鼓励奖了！"

罗一民："大人说话，小孩子不许插嘴。"又对李玖说，"还不带他进里边屋回避一下！"

李玖起身，拉着小刚躲入里屋去了。

秘书："在吃饭是吧？打扰的不是时候，请多见谅。"

罗一民："没什么，刚吃完，我正要收拾碗筷。"

他想把筷子放下，无奈刚才太紧张了，手指竟松不开了。只得用另一只手，一根手指一根手指地掰。

他尴尬地说："别见笑，手抽筋了。"

秘书："没见笑。您慢慢解决，常有的事儿。今天可真热！"掏出手绢擦脸，他脸上也确实淌着汗。

筷子终于从罗一民手中落下，他舒了一口长气。

秘书也舒了一口长气，慢条斯理地说："罗先生，我们冒昧打扰，是因为这样的事由。你们那条街道的拆迁户，大部分都与我们办理完毕手续了，只有少数人还拖着，这使我们的工作很被动。"

罗一民："您搞错了吧？那少数人里可不应该有我。我是第一个配合你们签约的人，这一点您也是知道的呀。"

秘书："知道知道，当然知道。不但我知道，连程老先生也知道，所以他挺感激你的带动作用的。但是，您还没接受拆迁补偿金，所以呢，也就不能算手续完毕了。"

罗一民："我当时一再表示过，补偿金我就不接受了。因为，我和程老先生之间，我们的关系，有一些特殊性。接受补偿金，反而会使我心里多一份不安。"

秘书："但是，如果您不接受，我们董事长心里会同样感到不安。他指示我们，一定要尽早将补偿金送给您。否则，他就要亲自送了。那么一来，我们当下属的，不是太惭愧了吗？"

他从文件包中取出两页纸，又说："您把名签这上边了，将钱款收下了，我们的任务才算彻底结束了，不是也避免以后引起不必要的纠纷吗？"

罗一民："说来说去，是不太相信我的口头表示喽？"

秘书："别误会别误会，您千万别误会。商业之道，讲究丁是丁，卯是卯，一切都落实在纸上。"

罗一民："那好，我就签，我就收。在这儿签是吧，可没笔呀。"

秘书："笔。"

两臂交抱胸前的汉子，跨上前来，向罗一民双手奉上了一支签字笔；罗一民接过，签上了自己的名。

秘书收起协议，朝夹着大帆布包的汉子一摆下巴，那汉子也跨上前来。

里屋。李玖在用纸擦脸上的脂粉，听到罗一民叫她："李玖，出来收拾一下桌子。"

李玖："等会儿。"

罗一民："不行。"

李玖不情愿地走到了外屋，她的脸成了个半花脸。除了罗一民，另外三个男人都忍不住笑看她，这使他们的样子也挺可笑。

罗一民小声地说："今天你可给我长了脸了。"

李玖偏大声地说："那是。演员的脸嘛。这么近地看一位演员的脸，全中国能有几个幸运的人？"

秘书："是的，是的，荣幸之至。"

李玖也不将碗筷拿走，只摞在一起，往旁边一放，用手绢擦了擦桌子，之后闪到罗一民身后。

夹提包的男人："不行，桌面得腾空。"

罗一民："听人家的，腾空。"

李玖这才将碗筷拿走，之后坐在炕沿那儿看着。

夹提包的男人将提包放椅子上，嗞的一声拉开拉链。

罗一民眼睛瞪大了，满满一提包成捆的钱！

秘书："罗先生，共三万元。全都是十元的面值，每捆一千，共三十捆。刚从银行取出来的，咱们也别拆捆细点了，行不？"罗一民呆得说不出话。

李玖："行！行！我说行也等于行！"

秘书开始从提包里往外取钱，一捆捆放桌上，口中同时说："一、二、三……"

罗一民瞪着桌面。

李玖瞪着桌面。

十捆钱已在桌面上摆满一层，秘书开始摆第二层："十一、十二、十三……"

小刚从里屋探出头，也盯着桌面看，并且也小声数："十四、十五、十六……"

桌面上的钱又摞到了第三层。

小刚："二十二、二十三、二十四……"

秘书放下了最后一捆钱，满满一桌面的钱，整整齐齐三层，壮观。

秘书活动着手腕说："罗先生。"

罗一民仿佛聋了。

两个汉子中的一个忍不住大声地说："罗先生！"

罗一民这才回过了神："啊？"

秘书："钱都在这儿了，三十捆儿，您要不要自己再点一下？"

罗一民木讷地说："不，不了。"

李玖："我跟着数过了，没错儿。"

小刚："我也数来着，是三十捆儿。"

秘书："那，我们可以走了。"

罗一民："我……送送你们。"

他要往起站，却站不起来。双手撑住椅子边使劲儿，还是站不起来。

罗一民："我……腿也抽筋了。"

秘书："不必送。"向另外两个男人示意，三人朝门口走去。

李玖："等等！"

秘书回头。

李玖："那什么……你看这……把你们那提包借我们吧，一准还。"

秘书："对对，提包留下，给你们了，不必还。"

拿提包的男人又走回桌前，将提包放钱上。

小刚："叔叔，我送你们！"

屋里只剩下罗一民和李玖了，两人谁也不看谁，都只看着桌上的钱。

罗一民伸手摸钱，拿起一捆，正看反看。他将钱放下时，李玖坐在了他对面。

李玖："是我在你的梦里，还是你在我的梦里？"

罗一民："不知道。"

李玖将手放在了提包上："掐我几下。"

罗一民握住了她的手："本来，这钱我是不打算收的。"

李玖："干吗不收？一码是一码。"

罗一民："全中国还没多少万元户，咱们冷不丁地成了万元户了。"

李玖："咱们一下子顶了三个万元户！"亲罗一民的手，用脸偎，喃喃地说，"还真让厂里那些老大姐说对了，现在看来，确实是我找你找对了，可沾了大光了。"

罗一民："又把我手弄红了，快去洗洗脸。"

李玖乖乖走到洗脸架那儿，接了半盆水洗脸；她忽然用毛巾捂脸哭了。

罗一民已在往提包里装钱，见李玖哭了，走到她身边，哄她："哭什么呀？怕我甩了你？"

李玖："才不是呢，你更甩不掉我了！"将毛巾往盆里一摔，反身搂抱住罗一民，哭道，"我高兴的！这么多钱，怎么花呀！"

罗一民："别哭别哭，咱俩商量着花。有钱不花，死了白搭，咱争取十年内把它花光！"

这时，门突然开了，两人吃一惊，看时，是小刚回来了。

小刚："爸，妈，叔叔们上车走了，我把大门也插上了。"

李玖："叔叔不让叫爸，那你就先别叫爸了，等以后该叫的时候再叫啊。"

罗一民摸了小刚的头一下，极温和地说："就咱们三个在一块的时候，你愿意叫爸就叫吧。"

他将小刚抱起，走到炕那儿坐下，对李玖说："快收起来，我看着头晕。"

于是李玖往提包里收钱。

鼓鼓的提包放在桌上了，看去再多一捆也塞不下了。小刚居中，两个大人一个孩子紧挨着坐炕沿上，都以望一种神圣之物的目光望着提包。

罗一民："我只能住这儿，可钱不能放这儿。"

李玖："今天就得存上，是不？"

罗一民点头。

李玖："我下午不上班了，跟你一块儿去存，你一个人带着这么多钱，我太不放心了。"

罗一民："咱俩去存，一路都不太安全，最好找几个可靠的人保护着。"

小刚："要是有一百元的钱就省事了，那三十捆就变成三捆了。"

李玖摸了他头一下："儿子真聪明，才一年级，这么大的账都算对了！"

罗一民："让儿子把你爸妈找来？"

李玖："他们太老了，遇到情况也不顶事儿呀。"

罗一民："怎么也还是能顶点儿事的，除了他们也没人可找呀。"

李玖："找张继红他们怎么样？都是特勇敢的哥们儿，那再安全不过了。"

罗一民："我最先想到的也是他们，可这时候也不知上哪儿找他们去啊，还是把你爸妈请来吧。"

李玖："那好吧。儿子，回家去叫姥姥、姥爷，别说是我的事儿，叫他们赶快来就是了。"

小刚："妈，那究竟怎么说呀？"

李玖："就说……就说妈和你罗叔叔又吵架了，一分钟都不能耽误！"

小刚："真这么说呀！"

罗一民："别听你妈的！"

李玖："就照妈的话说，快去！"

小刚："保证完成任务！"起身跑了。

罗一民："说什么不可以？"

李玖："我家那是个客人不断的人家，万一偏偏碰上了外人在场，照实说多招人嫉妒？"

她一边说一边也起身往外走。

罗一民："你干什么去？"

李玖:"我得去再把大门关上呀!"

奔跑在路上的小刚。
几个孩子迎着小刚跑来,其中一个孩子大声地说:"小刚,前趟街有耍猴的!"
小刚:"不看!"跑过去。
那孩子困惑地说:"这家伙,怎么连耍猴的都不看了?"

小刚风风火火地跑回家。李玖父亲在磨刨子刃,李玖母亲蜷在沙发上打盹。
小刚急急地诉说着。
李父李母都行动起来了。李母慌里慌张地穿鞋,李父则从门后操起了一根木方子。

两个老人、一个孩子匆匆走在街上,小刚跑得快,不时停下来等等姥爷姥姥。

小厂屋里。李玖偎着罗一民,罗一民一手搂着李玖肩,两人仍在深情地望着提包。
两人听到了砸门声。

两人一块儿走到院子里去,罗一民开了院门。李母率先进了院子,对罗一民指手画脚,大声地嚷嚷。
罗一民不知回说了一句什么,惹恼了李父,他朝罗一民举起了木方子。
罗一民闪到了李玖身后。小刚从前边往后推姥爷,结果将姥爷推得坐在了地上。
李玖大笑,笑罢解释什么。
四个大人、一个孩子都进了屋。

李玖拉开提包让父母看。李母身子摇晃,欲晕倒,李父和李玖从左右扶住了她。
李父和罗一民共同用一根行李绳捆扎提包。
李玖又找到了一条绳子,指父亲的腰,指罗一民的腰。

人行道上。罗一民和李父一前一后,用木方子抬着提包在走。两人腰间各系了一圈绳子,而绳子的另一端都系在提包上。

李玖、李母和小刚走在两旁，李母手里拿着长炉钩子；李玖肩上扛着大号擀面杖。

有路人驻足好奇地看他们。

他们一行人进了储蓄所。保安手持电棍上前干涉，李父和罗一民只顾从腰间往下解绳子。

胆小的人们惊慌躲避，有人甚至夺门而出。

李玖解释着什么。

一位负责人绕出柜台，半信不信地蹲下，摸提包；罗一民也蹲下，拉开了一段拉链。

那负责人赶紧拎起提包，另一只手往柜台内请罗一民。

一名女工作人员拿起一块牌子跑出，挂在门外。牌子上写的是：暂停营业。

李玖上班的街道小工厂。李玖哼着歌回来了，坐在自己的工作台那儿糊纸盒。

有女工不满地说："还没事儿似的唱呢！"

厂长走过来严肃地说："李玖，没你这样上班的啊，动不动就旷工，还经常迟到早退的，连假也不请一下。没人批准你上午参加活动了，下午就可以这时候才来，这都快下班了！"

李玖："厂长，今后我一定改！"

厂长："我得从今天起就对你严加要求，扣你两个小时工钱！"

李玖："扣吧扣吧！应该扣嘛！把以前迟到早退的钱一总都扣了吧！"

厂长："你明明有错，我不得不批评你几句，你怎么还说气话呢？"

李玖："厂长，我没说气话。大家看我样子像是在生气吗？我是在高高兴兴地说呀！那什么，厂长，为了表达我接受批评的诚意，下了班我请姐妹们全体吃饭，咱们去最好的饭店，点最贵的菜，行不行？"

厂长困惑地看她，又看大家。

众女工异口同声："行！"

厂长严厉地说："不行！"

一片寂静。

厂长："今晚我有事儿！"转脸对李玖请求似的："玖子，你请客，少了谁也别少了我呀，就改星期天吧啊？"

李玖连连点头，大声地说："都听清了，厂长让改在星期天了！"

林超然家住的那条小街。骑着自行车的林超然迎面碰上了静之,下了车。

静之:"哪儿去?"

林超然:"上班啊。"

静之:"糊涂了?今天星期天。"

林超然:"工作方面的事,去一下办公室。你什么事?"

静之淡淡地说:"星期一我们学校那件案子开庭,我告诉大爷大娘一下,希望他们一块儿去听。"

林超然:"为什么让他们去听?"

静之:"我是那小青年的辩护律师。"

林超然:"律师?他又不是什么大人物,还需要律师替他辩护?"

静之:"非得大人物犯法,才有请律师辩护的资格呀?"

林超然:"犯法了就是犯法了,罪行就是罪行,辩护不就是为了轻判吗?都有律师进行辩护,都轻判了,那法律的威严还存在吗?"

静之:"你的问题不是简单的几句话就能回答明白的。咱俩要讨论这个问题的话,我得认认真真地给你上几堂法律学的启蒙课。"

林超然笑了:"那你以后再启蒙我吧。他们都在家,你快去吧。"

静之:"再见。"转身走了。

林超然也又骑上了自行车。

林超然回味着静之的话:"再见?怎么这么别扭!"

他骑着自行车兜一个小圈,又追上了静之;静之默默看着将自行车横在她面前的林超然。

林超然:"为什么?"

静之:"为什么非得我替他辩护?"

林超然:"你们法律上的事我不感兴趣。那些事和我无关。我指的是咱们之前的关系!打算以后跟我说话再也不叫姐夫了?"

静之:"先纠正你第一句话,不管一个人对法律常识感不感兴趣,每一个人都可能因为某件事被推到法律面前。别忘了你就差点儿被判刑,你在报上发表那篇文章,也就等于你的自我辩护书。至于以后再叫不叫你姐夫,那完全取决于我高兴不高兴。高兴时才叫。"

林超然:"今天不高兴了?"

静之:"往这儿走的时候还挺高兴来着,见了你的面反而不高兴了。"

林超然:"你跟我说话什么都不叫了,我心里很别扭!"

静之:"咱俩说了这么多话了,你一句也不问我伤口怎么样了,我心里更别扭!"一说完又想走。

林超然拽住了她:"伤口怎么样了?"

静之:"我正是这边肩膀受的伤。"

林超然立刻放手了。

静之:"我对非主动性的关心不愿回答。"

林超然:"你上了大学以后,怎么……怎么反而变得刁蛮无礼了?"

静之笑了。

林超然:"笑什么?我在严肃地批评你!"

静之:"那是因为,以前的你,自以为永远拥有批评我的特权,一旦面对反批评,还很不适应。林超然同志,您要对新的问题感兴趣,要适应新的情况,包括我们之间的关系。你对我诲人不倦、三娘教子的时代,基本上一去不复返了。一个新的时代开始了,那就是,何静之不断督促林超然追赶上社会发展的时代。"

林超然:"少跟我贫!为什么只希望我父母去听,却不问问我想不想去听?"

静之:"你刚才已经说了你不感兴趣,幸亏我没问,否则多丢面子?"

林超然张口结舌了。

静之:"再说星期一你得上班,怎么会为了关心我的表现就请半天假呢?"

林超然张张嘴,还是没说出话来。

静之:"超然同志,那么,我又得说再见了!"

她第二次转身走了。

林超然呆呆地望着她的背影。

热水沏在茶杯里,茶叶翻滚。袁玥家里。林超然和袁父坐在茶几两旁,袁玥沏完茶,坐在两人斜对面的椅子上。

袁父:"星期天还让你到家里来汇报工作,没什么意见吧?"

林超然:"您如此关心我的工作情况,我心里只有感激。"

袁父:"你是我举荐的干部,我当然要关心你的工作情况啰。说说吧,怎么样的一个难题?"

林超然:"我们知青办收到了一封群众来信。写信的人虽然是知青的母亲,但也是一位退休的老教师。我们觉得,单单以返城知青政策对待这件事是不够的,可具体应该怎样回复这样一封群众来信,我们也拿不准。所以,特别希望能听到您的看法。她家情况都写在信中了，您一看就明白……"

林超然从军挎包里取出信，双手递向袁父。

袁父接过，表扬地说："都是副处级干部了，还背着当年知青时的挎包，保持一种朴素的青年干部形象，很好嘛。能很负责任地对待一封群众来信，更好嘛。"

林超然："谢谢您的表扬。"

袁玥这时替父亲取来了眼镜。

袁父戴上眼镜，一边看信一边又说："不是表扬，是敲警钟。你要记住，如果以后听我对你说的话像是表扬，那实际上都是敲警钟。千万别学有些人，即使刚刚当上副科长，说话的腔调都立刻变了，给人一种开始不说人话的感觉了。"

林超然："我向您保证，绝不会那样的。"

袁玥："你喝茶。"

林超然端起茶杯喝茶。

袁父却摘下了眼镜，头往后仰在沙发靠背上，闭上了眼睛。

袁玥："爸，这么快就看完了？"

袁父："没看完。这种信，我看不下去。"

林超然不由与袁玥交换担心的目光。

袁玥："爸，看不下去，也还是应该看完。要不，您怎么向林主任提建议呢？"

袁父："那是。"又戴上眼镜看起信来。

袁玥问林超然："我父亲在练书法，想看看他的字不？"

袁父："别现我的丑。"

袁玥："他还能笑话您呀？再说您写得挺好的。"

于是林超然起身，跟随袁玥走到了办公桌那儿。袁玥从书架中取出一幅裱好的字展开给林超然看，同时耳语："别担心，有我呢。"

林超然瞥着袁父问："他为什么说看不下去？"

袁玥："我也不知道。夸夸他的字，大声点儿。"

林超然："我不懂书法。怎么夸？快教我。"

袁玥："你就说，哎呀，这字太见风骨了，文如其人，真是一点不假呀……"

林超然张张嘴，显然说不出口。

袁玥："谁都喜欢夸，别不好意思。他一只耳朵在'文革'中被打聋了，大声点儿。"

林超然又张张嘴，还是说不出来。

袁玥急得跺了一下脚："别失去机会！"

袁父却又开口道："我看完了。"

林超然和袁玥走回到了袁父跟前，都有些担心地坐下。

袁父："终于看完了一封看不下去的信。"

袁玥："爸，他觉得您的字特好，够得上书法家的水平。"

林超然："特见风骨。文如其人，这话真不假呀。"说得极难为情。

袁父："我不敢说自己是个多么值得学习的人，但风骨嘛，的确还是有一些的。几年前，逼我写伪证，诬陷别的老干部。那种事，我是宁肯把牢底坐穿，也断然不为的。"说着站了起来，走到桌前，放下信，背手踱步。

林超然张大嘴却极小声地问袁玥："还怎么夸？"

袁玥耸肩，摊手。

袁父站住了："你俩在小声说什么？"

袁玥："爸，他刚才说，他特敬佩您。"

林超然："是啊是啊，我打心眼儿里……"

袁父："林超然，你别奉承我！"

林超然惴惴不安了。

袁父走到了他跟前，面无表情地说："那个高老师的事，你别管了。凭你一个小小知青办的副主任，想管那也管不成。"

林超然失望地呆了。

袁玥的表情也顿时沮丧了。

袁父又开始踱步。

林超然和袁玥只有默默地看着他。

袁父站到了袁玥身边，命令地说："坐我桌子那儿去！"

袁玥默默坐过去了。

袁父："看那种信，恼火、同情、惭愧，我们这种人，太对不起高老师那样的人。她的事，我管了，一管到底！"

林超然和袁玥都喜出望外地笑了。

袁父："女儿，桌上有笔有纸，我说，你记。替我整理一份建议，明天亲自交给新来的市委书记同志。"

袁玥："爸，我是您女儿，那不好吧？"

袁父："没什么好不好的。你亲自交，市委书记会看得更快，那么批示也就快。高老师家的困境，理应尽快得到解决。"

走走停停，越说越激动的袁父。

飞快地记录的袁玥。

望着袁父，认真听他每句话的林超然。

骑着自行车，心中愉快，如沐春风的林超然。

林超然的目光被什么景物吸引，他将车速慢了下来，终于刹住，一脚着地，望着不走了。他看到有一名油漆工，正站在木架上，描刷法院的大徽标。

庄严的法庭。法官及书记员一干人等已就座，旁听席座无虚席。

法官："下面，请辩护人为被告进行辩护。"

静之从辩护席上站起，从容不迫地说："尊敬的法官，原告代理律师，首先我坦率承认，我也是受害人之一，我的左肩，也留有被被告所刺的伤疤……"

法官等极为诧异，听众席上也响起一片诧异之声。

听众中的林超然，他像望着一个陌生人一样望着静之。

静之："我和我的老师同是受害人。我的老师并不放弃作为原告的起诉权，却鼓励我作为被告的辩护人，这起初使我很不理解。当我了解了被告的成长史，并走访了被告的亲人、邻居、中小学老师和同学，我开始理解了。尤其是，当我和我的一个亲人就此事交换过看法以后，我更加理解了。我的那一位亲人，是我所十分敬爱的。他说'不就是一个小无业青年吗？有什么必要替他进行辩护？'"

林超然感到了意外。

一个个认真倾听的听众。

静之："他还说'辩护不就是为了使他的罪行得以减轻吗？犯罪就是犯罪了，如果替每一个罪犯都进行辩护，那又怎么能维护法律的威严？'而我要强调指出，即使此时此刻，那个因为刺伤了我和我的老师，因而站在被告席上的青年，他还不是严格意义上的罪犯。要等到法官宣读完毕对他的判决，法锤落下，他才成为法律概念上的罪犯。在这一点上，人人平等。现在，我已经与被告之间达成了共识，他以完全的信任委托我替他进行辩护。我的委托人原本有一个幸福和睦的家庭，在他五岁的时候，'文革'开始了。他的父亲当年由于莫须有的罪名被判刑入狱，没有经过今天这样的公开审判，没有人替之辩护，也被剥夺了自我辩护的权利。这位不幸的父亲后来冤死狱中，这是我的委托人直至粉碎'四人帮'以后才获知的。而他的母亲，当年受政治压力的迫使，与他的父亲离婚了，不久也自杀了。这使我的委托人当年成了实际上的孤儿。他在孤儿院度过了四年的成长期，九岁才被舅舅从孤儿院接出。可舅舅当年是极不情愿地对他担起抚养责任的，并且因为他母亲的死而怨恨他的父亲，又由于对他父亲的怨恨而迁怒于他。连他的舅舅，当年也经常斥骂他'狗崽子'。我的委托人后来的成长期饱受各种歧视，那种歧视不仅经常发自同代人，也经常发自成年人。我的委托人，他的成长期，比高尔基的自传体小说《在人间》里所描写的情形还不如……他自卑，从小就背负了有罪感的沉重十字架，没有同情和亲情来温暖一下他幼小的心灵。"

被告席上，那犯了罪的青年，双手捂脸，无声哭泣，哭得伏在了栏杆上……

听众席中，有人流泪了。

林超然不看着静之了，高高地仰起了脸。

静之："请法官原谅我的辩护词的冗长，不要制止我……"

法官："本庭允许你充分进行完毕你的辩护。"

看得出，连法官也很动容。

静之："我要援引俄国伟大的作家托尔斯泰对高尔基说过的话……他泪流满面地读完了《在人间》，见到高尔基时还是忍不住又流泪了。他说的第一句话是'上帝啊，你没有成为罪犯，反而成了作家，这简直是一个奇迹啊！'我的委托人，他多么希望同样的奇迹也发生在自己身上呢！他热爱绘画，一心想要考取黑大艺术系美术专业。连续三年，他的绘画专业成绩都过了录取分数线，但文化课的成绩却考得一年不如一年。本届文化课的部分题目，由我的老师所出。所以，这一个对人生绝望到了极点的青年，将我的老师视为报复对象了。事发当日，他喝了一些酒之后，更加丧失了理智。鉴于他认罪态度良好，我请求法官，对我的委托人予以从宽判处……"

听众席上，一张张沉思的脸，不少人脸上有泪痕。

坐在林超然旁边的一个男人，哭得一把鼻涕一把泪。

林超然掏出手绢塞给他。

那男人："我是他舅舅。"

林超然抓握了他手一下，不无自豪地说："我是辩护人说的那个，她敬爱的亲人。"

原告代理人："法官，诚如被告辩护人所述，被告的成长过程实有令人同情的方面。但是，我们都明白的，一个人的犯罪行为，通常是由两种因素导致的。

一是主观，一是客观。就本案而言，本人认为，使被告犯罪的因素，不能完全归于客观。他的年龄已经超过了十八岁，他属于具有行为自主能力的成年人了。而且，也正如被告辩护人所言，被告的犯罪动机是出于扭曲的报复心理。并且此种报复心理，在其喝了一些酒之前就已经形成了。故我方反对从轻判处。因为从轻判处，将开了一个不好的头，会使类似的犯罪人以为，他们的犯罪行为主要不应由他们本身负责，而似乎应该由时代负责。基于这种对法律严正性的考虑，我方恰恰要求严判。因为只有严判，才能对全社会类似的犯罪潜伏者，起到应起的威慑作用。"

法官："辩护人，有什么要反驳或补充的吗？"

静之："有。"

法官："请讲。这一次，我要限制你的发言时间，不得超过十分钟。"

林超然不再望着静之，抬起手腕，低头看表。

静之："本人认为，法律对社会的作用，不在于威慑这样的人或那样的人，而在于维护社会的公平正义以及公民生活的安全。判决是以法律的名义对社会进行的特殊教育。既曰教育，便有效果如何的问题。有因才有果，无好可言的'文革'时代，即不但完全改变了，而且严重伤害了一个青年的成长期，这是因为我的辩护，意在提醒法官量刑时考虑到因果之间确有不容忽视的必然联系。所以，我也只不过要求从轻判处，而并没有要求无罪释放。这证明，在我们所依据的法律理念中，是并不回避被告犯罪的主观责任的。而对方要求严判，却是根本忽略了客观因素。如果按照对方的威慑思维来从重判处，那么连冉·阿让也丝毫都不值得同情了，芳汀也不值得同情了，雨果更显得迂腐可笑了，我们可能就没有《悲惨世界》可读了。而沙威，倒似乎更可敬了……"

听众席中有人喊："还有苔丝！"

"多给辩护人一点儿时间！"

"辩护人，你还有两分钟！"

听众席中人有些骚乱。

林超然："静之，抓紧时间！"

静之这时才发现了林超然；惊讶，随即朝他点头。

法官敲了一下法锤，大声地说："肃静！"

静之："普遍的良心是法律的基础，良心就是良好的心。我们人类良好的心要求我们的法律，在进行判决时不能将因果完全分开，就本案而言，将因果分开尤其不符合我们良心的情理感受。"

林超然："说得好！"站起大鼓其掌。

一名法警快步走过来，将他从座位上请了起来。

那青年的舅舅替他求情："他是辩护人敬爱的亲人。"

法警一言不发地往外推林超然，而他扭头激动地望着静之。

法庭门外。林超然向法警认错："请原谅，请原谅，我知错了，绝不那样了，让我在门口再看一会儿行不？就一会儿，我可是请了半天假来的！"

法警："那你不许再回到听众席上了，只许站在门口。"

林超然："谢谢，谢谢。"

法警："因为你是辩护人敬爱的亲人，我可是破例啊！"将门开了一下。

林超然闪入，贴墙站在最后边。

原告代理人："法官，我对辩护人动辄引用作家的话和文学作品的辩论方式表示不满！"

法官："没有明确的法律条文禁止那样，所以我无权禁止。但我给予你同样的权利。"

原告代理人一愣。

林超然觉得好笑，微微一笑。

站在他身旁的法警："不得再出任何声音啊！"

林超然："绝不了。"

原告代理人侃侃而谈。

静之侃侃而谈。

林超然眼中的静之，一忽儿变成了凝之了，一忽儿又变成静之了。

林超然晃晃头，退了出去。他沉思着踏下法院的高台阶，在一级台阶上缓缓坐下去。

休庭了，人们涌出法院的门，一双双脚从林超然身边踏下台阶。

台阶静空片刻，静之的脚踏下了台阶。她穿的是一双半旧的黑布襻鞋，没穿袜子。

静之的脚在林超然身边站住。

她也缓缓坐了下去。

她和他都向对方转过了脸，两人互视着，都微笑了。

第 二 十 七 章

静之："大爷大娘怎么没来？"

林超然："昨天吃早饭时还说一定要来的。可夜里，我父亲胃疼起来，我带父亲去医院看了一次急诊，打了一针止疼药，回到家里，睡到快下两点了。医生说那药有安眠作用。他今天早上没醒，我和我母亲都没忍心叫他。结果我母亲也不能来了，再说，孩子若托付给邻居看着，她也不放心。"

静之："大爷胃疼好多次了，应该再陪他去医院仔细检查检查，并且应该照照胃镜。"

林超然："我也是这么说的。可他一听照胃镜，立刻大声嚷嚷，说他那是老毛病，不值得非往胃里插管子，受那份儿洋罪。"

静之："老人也像孩子，有些事得反复说服。"

林超然："是啊。我再说服说服吧。"

静之："你如果还说服不了他，及时告诉我，我去说服。"

林超然："那估计他会听，他喜欢你。"

静之："机关单位一般星期一都不准请假，你怎么来了？"

林超然："不来不行啊。我母亲说……我俩老的都不能去了，那你当儿子的必须替我们去。人家静之特意来家里告诉过的，如果站法庭上四下一望，竟然没有咱林家一个人，那太对不起人家孩子了！"

静之："如果大娘不这么说，你是不会来的，对不？"

林超然："错。你在我家街口跟我说过这事儿的当天，我就下决心一定要来，所以星期天请准了假。"

静之："骗人。"

林超然："真的。可我有些奇怪了，你们家怎么也一个人都没来？"

静之:"我爸妈才不会因为我这种事请假呢。慧之倒是说请假也要来,是我阻止她别来的。她来到这里再回到江北去,太远了。"

林超然:"你大姐去世以后,你和慧之的关系,是不是比以前亲密多了?"

静之点点头:"也不完全是因为我大姐去世了……"

林超然:"还因为什么?"

静之:"不告诉你。"

林超然:"又拿这个敬爱的亲人当外人了?不告诉算了!可,你的老师和同学怎么也一个都没来?"

静之:"来了几个呀。人家法院限制人数,只给了我们学校五张旁听证,我们系才分到了两张。在听众席上忍不住喊起来的,那就是我们学校的两名男生。"

林超然:"我也忍不住喊了,还站起来鼓掌了……"

静之心理极大满足地笑了:"看见啦,还让法警给推出去了……哎,你猜休庭以后,那小青年对我说了句什么话?"

林超然:"从今天起就叫我'哎'了吗?那我不猜了。"

静之:"那我就告诉你,他走到我跟前,恭恭敬敬地鞠了一躬,特大声地说:'姐,我更爱你了!'搞得法官们好生奇怪。"

林超然:"我也奇怪啊,你怎么成他姐了呢?"

静之不好意思地笑了:"征婚启事惹的事儿!我家住在学校平房里的时候,你战友们帮着砌火墙那天,他还找到我家去了呢!"

林超然望着远处说:"那时候,你在我眼里,好像是永远也长不大的捣蛋鬼。和现在的你,太不一样了。我在你面前,有时候都会因为觉得无知而羞愧了。"

静之沉默片刻,看一眼手表说:"走吧。要不你下午该迟到了。"

林超然:"再陪我坐一会儿。亲人之间,好久没这么聊聊了,挺好。"

他说完,又望着远处。

静之也就又沉默。

远处天空上,有几只高高飘飞的风筝,两人同时望着。

静之:"在想什么?"

林超然终于又向她转过了脸,凝视地说:"现在的我,好想吻吻你。"

静之:"在这种地方?"

林超然:"这种地方不错啊。也许一换地方,我的好情绪又变了。"

静之:"情绪好的时候,才想吻人家,太大男子主义了吧?"

林超然叹了口气:"你批评得也对,那就忍住吧。在你面前,我不仅十足的大男人主义,有时还特虚伪,心口不一,还……"

静之的一只手捂住了他的嘴,柔情地说:"那就别忍了……"

林超然捧住了她的脸,在她额上吻了一下,之后凝视她。

静之:"给我法庭上的表现打几分?"

林超然:"满分。"

他情不自禁地将她拖入怀中,俯首向她的双唇吻下去。

天空上的风筝。

林超然骑着自行车,后座上坐着静之,自行车行驶在通往黑大的郊区路上。

林超然:"可我还是挺糊涂的……你老师要是真的不愿那小青年被判刑,别告人家就是了嘛!为什么一定要告,又一定要让你替那小青年辩护呢?不是完全多此一举吗?"

静之:"如果他不起诉,当然就没有今天的开庭。没有今天的开庭,坐在旁听席上的许多记者,就不会对控辩双方的辩论进行报道,那么一些法律思想就不会迅速传播到民间。我老师认为,全中国人都应该补上许多方面的法律课,我们大学的法律系师生,有必要在这一点上起推动作用……"

林超然:"难怪你一开始就把我的话抛出来,当成批判教育的靶子!"

静之:"当时生气了吧?"

林超然:"那倒没有……'一个我敬爱的亲人',你不是把这一句我肯定爱听的话说在前边了嘛!"

静之:"按我的准备可没这么一句。那句话原本是'有些人认为'。我一发现你也在旁听席上,临时决定那么说的。"

林超然:"你呀,狡猾狡猾的!"

静之:"一休庭,记者们就围住了我,都少不了问这么一句……'那你所敬爱的亲人是你什么人呀?'"

林超然:"你怎么回答的?"

静之:"当然只能回答'无可奉告'了,要是如实回答了,大大的'敬爱的姐夫'五个字和我的名字连在一起,登在多家报上,那人们还能思考法律吗?不街谈巷议小姨子和姐夫的关系才怪呢!那咱们两家四位父母饶得了咱们吗?"

林超然：" 还撇清！法徽高悬，见证了你是爱我的！"

静之："别忘了是你主动吻的我！"

林超然："好好好，我承认行了吧！你这张小嘴呀，就是不让人。告诉我，最后怎么判的？"

静之："没当庭宣判。但可以肯定，我的辩护产生了作用。我也觉得自己表现挺出色的⋯⋯"

马路对面有一段路是摊市，买的卖的人挺多，与静之同宿舍的几名黑大女生也在那儿，其中一人看到了他俩，大叫："静之！何静之！"

林超然刹住车，静之跳下。同学们围过去，七言八语：

"静之，辩护得怎么样啊？"

"气死我了，只给了咱们系两张旁听证，结果还被俩男生抢去了！"

"没想到不是演习，是真枪实弹的一场战斗吧？"

"哎哎哎，都别急着问，先听她给自己打多少分！"

林超然洋洋得意地说："满分！我给她打满分！静之，那我走了啊！"从一名女生手中劈下一个香蕉，推着自行车走了。

静之："还要向诸位汇报一个战果，他今天第一次主动吻了我，在法院的台阶上！"

一女生："吻在额头吧？那也值得一说？大人吻小孩儿才那么个吻法！"

静之："才不是呢！嘴对嘴，唇对唇⋯⋯"

一女同学："哇噻，短兵相接呀！"

她们一起望向林超然背影，林超然没走多远，吃完最后一口香蕉，将香蕉皮扔进垃圾筒，听到她们的齐喊："姐夫！"

林超然转身，倒扶车把。

女同学们齐声："我、们、爱、你！"

林超然也大声地说："我只爱一个！"用另一只手行了一个骑士礼，骑上自行车，远去。

女同学们笑作一团。

一个卖水果的女人和旁边卖服装的女人看不惯地说："这时代成了什么样子？女大学生也没个女大学生的样子！光天化日的，嚷嚷着爱姐夫，丢人！"

另一个女人："哎，一代不如一代，往后这国家可咋整呢！"

女同学们听到了，全都不高兴了，皆反唇相讥：

"这时代怎么了？比'文革'那时代还不如吗？"

"几年前允许你们光天化日地摆摊吗？那时候你们这叫滋生资本主义的温床！要割掉你们的尾巴！"

"光天化日之下女大学生就不能开开玩笑了？从前的大学生什么样你见过吗？九斤老太！"

两个女人翻了翻白眼，也不示弱，发起了话语反击：

"你们才长尾巴呢！你们尾巴翘到天上去了！要割先割你们的！"

"没见过也知道，反正比你们强！"

静之劝同学们："别吵别吵都别跟人家吵，咱们这成什么样子啊？"

拿着香蕉的女生："是她们先把咱们想得不成样子嘛！不买香蕉了！"将香蕉往摊床上一放，气愤地说，"退钱退钱！"

别的摆摊女人们加入了争吵。

双方都指指点点地激烈舌战。

女同学们先"停战"了。因为在她们面前，站着系主任了。

静之和同学们齐声地说："主任好！"

主任的脸色才不好呢，他愠怒地瞪着她们。

女人们又对主任七言八语地数落她们：

"你们学校的女生也太凶了，小声议论两句就跟长辈吵哇？"

"还说要割我们的尾巴呢！你们怎么教育的呀？"

"你们是不是还把她们当'文革'时候的小将宠着啊？"

"戴上大学校徽，就高人一等了不起呀？"

系主任左转头右转头，一肚子窝火地看着冲他嚷嚷的女人们。

静之向同学们使眼色，大家溜走。

晚上。静之的宿舍里。

静之双手抱膝，坐在床上想心事；一名女生坐在桌子那儿，照着小镜修眉毛；另一名女生仰躺床上看字典。

看字典的女生："哎，静之，知道小姨和小姨子，这两种称呼有什么不同吗？"

静之瞥她一眼，不接话。

修眉毛的女生："你白痴呀？小姨是母亲的妹妹，小姨子是妻子的妹妹，差着辈分呢！"

看字典的女生:"为什么多了一个'子',就差了辈分呢?"

修眉毛的女生张张嘴,没答上来。

看字典的女生:"只知其一,不知其二了吧?在一切外语中,可能只有'妻妹'这种关系称谓,根本没有'小姨子'这种叫法。'子'在汉语中一是指普遍的知识男性,如'诸子''学子',二是指小辈分的人,如'处子',少女也。'小姨子''小叔子''小舅子',都是……"

静之冷冷地说:"别背字典了行不行?也不怕别人烦!"

看字典的女生坐了起来:"你这是为什么?打从外边回来你就闷闷不乐,这会儿又冷语伤我!"

静之:"真伤着了?我还就怕伤不到你心里去!你们当时为什么那么凶地跟人家吵?劝都劝不住!我左思右想,觉得还是我们的表现不怎么样!就都没看出系主任当时有多生气呀?回来一个个还都没事儿似的……"

修眉毛的女生:"我也觉得当时咱们是太过点儿。吵都吵了,别想了。系主任整天那么多事儿,不会认真对待白天那点儿不愉快的事。"

门忽然一开,另一名女生进入,将书包往床上一甩,诡秘地说:"最新报道!外文系宣传栏那儿,波谲云诡,风生水起!"

静之及两名同学的目光集中在她身上。

后进来的女生:"暑假那会儿,他们有一些同学不是自发组织去黄山游玩了吗?照了好多照片,在他们系的宣传橱窗里贴出来了,还都起了题目。其中一张照片的题目是……'天之骄子'。"

拿着字典的女生:"那又怎么样?除了议论人家感觉太良好了点儿,还能议论人家别的吗?"

后进来的女生:"黄山上不是有些扛夫吗?就是肩背上绑着一把竹椅,专门扛老人、孩子或咱们女人上山下山的当地农民。照片上那天是个雨天,一名扛夫浑身淋得落汤鸡似的,大概眼里也进雨水了,一只手在揉眼睛,看上去像哭了似的……"

"别说了!"修眉毛的女生不修眉毛了,往床上一仰,自言自语,"我就是黄山脚下村里的,我爸我叔农闲时都做过扛夫。你一说我想家了,也想我爸想我叔了……"

拿着字典的女生:"让她说完,都说一半了……"

后进来的女生:"一大半了……"

修眉毛的女生:"那我不听,我躲出去!"一跃而起,冲到了门外。

后进来的女生:"她别听也好。静之,你还记得外文系有个最胖的男生吗? 他爸是一个大干部的那个……"

静之:"就是有人要撮合你跟他谈恋爱,你嫌他太胖的那一个?"

后进来的女生:"对,就那兄弟。他高高坐在那扛夫的头顶上,一手打着伞,一手拿个大红苹果,一副开心自得的样子!你俩想,那照片给人什么印象?"

门忽然又开了,那名拒绝听的女生站在门口,气愤地说:"要是他骑在我头上,我走到地势险要处,一歪肩膀,摔死他!"

静之走过去,把她拉进屋,按在床边坐下,安抚地说:"别太生气,听说那男生平时挺安分的,是个善良的人。他当时肯定只顾玩了,没考虑那么多……"

后进来的女生:"幸亏我没和他成一对儿,要不……"

静之:"少说两句行不行?火上浇油啊!"

拿着字典的女生:"好事儿。起码对咱们几个是好事儿。你们想啊,有了那张照片引起的风波,咱们白天吵架的事儿不就被冲淡了吗?"

静之:"你俩看住她,不许她也去看!"

她退出宿舍,关上了门。

静之匆匆走在校园,不少学生从她身边跑过。

静之走到了外文系的橱窗那儿,橱窗前人头攒动;她并没接近过去,而是站在不远的地方看,听。

男女同学的议论声:

"外文系为什么也要把这样的一张照片贴出来?他们应该有同学站出来解释解释!"

"这是身为大学生,又成心毁坏我们大学生的形象!狼子野心,何其毒也!"

"是可忍,孰不可忍!"

"今天已经不是'文革'时代了,我反对继续滥用'文革'语言!"

"批判之声不受语言限制!"

于是看上去情形发生了肢体冲撞。

静之沉思地,也可以说是呆呆地望着。吵嚷之声消失,四周静得出奇。

在她的眼中,所见情形变为黑白照片似的,没了色彩的情形……

那些学生们,变成了当年穿着准军服,腰扎皮带的红卫兵;激动万分地辩论,冲撞……

静之独自坐在校园某处的长椅上,那里很幽静,也挺隐蔽。

静之沉思的脸。

有人在她身旁坐下,是一名男生,替静之买到过奶粉的那名中文系男生。他坐得紧挨着静之,静之不愿意地往旁边挪了挪。

那男生:"在外文系的宣传橱窗那儿,我发现了你。"

静之:"我请同学转给你的奶粉钱,收到了吧?"

那男生:"其实何必呢?"

静之:"你写给我的那封信,我也封在信封里,加进了我的一封信……"

那男生:"也有人交给我了……"

静之:"那么,我们之间,不可能有同校同学以外的关系了,这一点你看明白了吧?"

那男生:"明白了,当然看明白了……可,我认为我还有争取的希望。即使你是一座碉堡,我觉得只要我发起不断的进攻,迟早也会把你攻克!"

静之不禁笑了:"你们中文系的,说起话来就是形象。可为什么男人非得将女人视为碉堡呢?男人和女人的关系完全可以不必是攻守的关系啊!让我们作为朋友吧!一个男人和一个女人,如果不能成为夫妻,能成为朋友对双方不是也很好吗?"

她真诚地转脸看着对方,又开玩笑地说:"在这个难以买到奶粉的年代,我还真希望交一位能很容易就买到奶粉的朋友!将来我做母亲了,孩子吃的是你这位叔叔给买的奶粉……咱俩谁大?"

那男生:"你大,大我三岁半。"

静之:"我这命!总碰上年龄比我小的追求者。等我的孩子长大了,我告诉他:'要是没有叔叔们经常替你买奶粉,你不会长得这么壮实,你要对他们心怀感激。'而你,一定是我家所欢迎的客人,这样的关系很糟吗?"

那男生低头不语。

静之伸出了一只手:"如果愿意,握握手。"

那男生抬起头,摇头。

静之放下了手:"那我就不知再说什么好了。"

那男生:"我也愿意那样,但有一个条件。"

静之:"学弟,咱俩像是在做交易了,说说看。"

那男生："让我吻你一下。"

静之犹豫。

那男生可怜兮兮地说："求你……"

静之："答应。就一下啊！"她偏过了一边脸。

那男生在她那边脸上吻了一下，自然极不满足，突然拥抱住她，要继续强吻。

两人撕扯了一番，那男生被静之推倒在地。

静之站了起来，生气地说："你这样还够朋友吗？"

那男生起身就跑。

静之："站住！"

那男生站住了。

静之："你不够朋友，我不能也不够朋友，咱俩一块儿走吧。"

寂静的校园里并肩走着他俩的身影。

在静之那幢宿舍楼前，静之又一次伸出手；那男生握了她手一下，难为情地笑笑，转身跑了。

林家。林超然坐桌子那儿，在笔记本上写什么；林母则在翻日历牌，而孩子安睡在炕上。

林母："超然，你写半天了，在写什么？"

林超然："今天走访几名生活困难的返城知青家庭，我在排一下顺序，将来好帮他们。"

林母："将来是什么时候？再过十年中国的困难家庭会少些不？"

林超然叹了口气："我也不知道。"

林母："下下个星期日是静之的生日，不知道何家为她过一下不？要是过，你应该代表咱们林家去一下，再带点儿礼。要是他们不呢，你争取把静之请咱家来，我给人家孩子做顿可口的，你就说我的意思。"

林超然："记住了。"

林母："看看你爸在外屋捣鼓什么呢？催他进屋早点儿睡，你也早点儿到那边屋睡吧。"

林超然："好的，妈。"合上笔记本，走到了外屋。

厨房里。林父蹲在地上,一手拿着小盘,小盘里有小小一截点燃的蜡烛;地上放一张报纸,他在从地上捡起什么往纸片上放。

林超然:"爸,干什么呢?"也蹲了下去。

林父:"枸杞。我想往酒瓶里泡,手一抖,全撒地上了。"

林超然:"捡起些就算了。"

林父:"宝贵的东西糟蹋了那多罪过!人家慧之专门为我淘换的,都没舍得给她爸留点儿。"

林超然也只得帮着捡。

林父:"黄芪也是慧之为我淘换来的,我已经泡酒瓶里了。有时我胃疼了,喝一口,能止疼好一会儿。"

林超然:"爸,捡干净了,起来吧。"

由于蹲久了,林父起来得挺费劲儿,林超然扶他站了起来。他将枸杞放在碗里洗,替父亲往瓶里装,边说:"爸,星期天咱们到医院去。"

林父:"你工作那么忙,除了工作的事,还有哥们儿的事,能挤出时间?"

林超然:"别管我有没有时间,首先是您愿不愿意的问题。"

林父:"那行。这次我听你的。医院那种地方,没家人陪着,我还真不愿去。"

外边响起了沉闷的雷声。

林超然:"如果医生建议做胃镜,那您也不许含糊。"

林父:"就没那必要了吧?人老了,这疼那疼免不了的。一当回事儿过细地检查,明明没大毛病也检查出大毛病了。"

雷声。

林超然:"静之今天说,您如果不肯做胃镜,让我务必告诉她,她要来说服你!"

林父:"好好好,听你的,也听医生的,行了吧?"

林超然:"那咱们说定了,不许反悔!"

林父:"说定了,不反悔。你睡去吧,没你事儿了。"

林超然闪开,林父拿起了大瓷缸子,要往酒瓶里注水。

林超然提高了声音:"爸,你这是干什么?"

林父:"兑点儿凉开水。"

林超然声音更大了:"不许!"从父亲手中夺去了酒瓶子。

林父:"那是六十度的酒,对满一瓶,不是能多喝些日子嘛!"

林超然:"您这才叫没必要!不兑水,有养生保健的作用。一兑水,那成酒水了!咱家还供不起您喝点儿酒了呀?您自己有退休金,我妹在深圳自己能养活自己,我现在的工作又稳定了,工资还不少,咱们至于嘛!"

　　林父:"给我瓶子!你们挣多少那是你们的,我不花你们的酒钱!"

　　林超然激动地说:"爸!"

　　林父也不高兴地说:"你今天这是干什么?怎么处处管着我!"

　　林父争夺酒瓶子。

　　里屋门开了一道缝,林母探出头制止地说:"你们父子俩唧咯什么呢?一声比一声高的,别惊醒了孩子!"

　　林超然:"我爸要往酒里兑水!"

　　林父:"是凉开水!"

　　林母走了出来,往外推儿子:"哎呀,你快睡去吧!他自己喝,又不招待人,爱兑就兑吧!走走走!睡前把窗关好,别溅进屋里雨。"

　　林超然:"那你别让他兑!"

　　林母:"我负责了!"将林超然推了出去,插门。一转身,见林父已经在往瓶子里兑水了。

　　林母谴责地说:"你就不明白儿子是为你好?"

　　林父:"怎么不明白?你就不明白我是为你好?我抠抠索索地这省点儿那省点儿,万一哪天走你前边,不是能给你多留点儿?"

　　林母:"以后你少说这种不吉利的话!"

　　屋外。林超然平伸一只手,仰脸望天,天空黑沉沉的。

　　雨下起来了,落在他手上,落在他脸上。

　　他在心里默默地说着:"老天爷,我从没求过你。今天我林超然求你,保佑我爸妈都健健康康的,长命百岁!他们这一辈子太辛苦,我还没好好地尽过孝,我还不能没有了做儿子的感觉……"

　　大雨哗哗地下着,寂静的黑大校园,法律系的学生宿舍淋在大雨中。

　　静之的宿舍里。静之她们在安睡,有一张下床却空着。

　　门突然开了,一个人影站在门口。

　　有一名女生惊坐起来:"谁?"

静之开了灯，欠起了身。

睡着的无一例外都醒了，站在门口的是那名安徽籍女生，浑身淋透。

安徽籍女生："我去看过那张照片了……"

静之下了床，将她拉入宿舍，关上门。之后，将她的被褥掀开，扶她坐在床边。

安徽籍女生手拿一张撕过的照片，看着说："我把橱窗砸了，被他骑着的是我父亲……"

她将照片捂在胸口，号啕大哭。

静之紧紧搂抱住了她。

其他上下床的女生全都愕住。

一名女生自言自语："世界上真不该有巧合这种事儿……"

天亮了。知青办里。

林超然他们在开会，窗外，还在下着不大不小的雨。

曲主任："那么，就从今天起，照超然同志的主张办。超然，我当主任多年，别的功劳谈不上，只不过省出了三四百元办公费、宣传费、活动经费，咱们干脆都把它花了，买成礼物带上，分头去看望看望那些家里困难的返城知青……"

林超然："别的事我们想办也办不成。这件我们可以做到的事，当然要议了就决，决了就做！"

雨中。林超然和老刘各穿简易雨衣，骑着自行车行驶在某居民区之间。

两人推着自行车寻找门牌号。

老刘："怎么从十二号一下子就跳到了二十四号？"

林超然："十八号肯定在这两个号之间，只能敲哪一户人家的门问了。"

雨中。孙大姐和小姚一组，各打一把伞，拎着东西，站在一户人家门外；两人对视一眼，孙大姐敲门。

雨中。曲主任独自一人打着一把伞，拎着东西，也在寻找门牌号。

知青办里。这是一个明媚的大晴天。窗台上，有一盆君子兰的花蕾绽放了。

林超然、曲主任、老刘和孙大姐聚在一起吃饭。

林超然："忘了，我这还有下饭的好东西呢！"他从柜子里取出一个罐头瓶，打开，往饭盒盖上拨出些炸小虾，说，"给我面子，都尝尝，我岳父安徽老家寄来的。"

老刘："这是河虾！稀罕稀罕……"

孙大姐吃了一口，赞道："嗯，味道好！"

曲主任："找女婿，就得找副主任这样的，跟别人说起岳父母来，口气里总透着股子亲，这样的女婿岳母不疼那才怪了！"

门一开，小姚兴冲冲地进入，一手拿着饭盒，一手拿着一份文件，大声地说："批下来了！我在食堂见到了袁秘书，她让我把批件带回来。"

所有人的目光都望向她，似乎一时都没反应过来是什么事。

小姚："我说高老师的事儿批下来了！而且不是在高老师的信上批的，是专门发了一份市委的红头文件！"

曲主任站起，一把将文件夺过去，于是大家的目光又集中在他身上。

曲主任念文件："现责成市知青办的同志，联系公安局户籍部门，尽快将高老师之儿媳与孙女在本市落户的问题予以解决；并要求解决之后，及时经知青办向市委汇报。又，要求市教委及各区教委，尽快查实全市退休教师原住房在'文革'期间被占用情况，并动员腾还。凡主张搬回权益者，应本着原房归原主的原则，予以满足……"

老刘："这下，高老师一家的处境有转机了！她家我是进去过的，那么小的屋子住四口人太难为她们了。"

孙大姐："很少有高老师那么老实的人，'文革'结束都快五年了，房子的事硬是从没提过。"

曲主任："唉，'文革'中被整怕了。第一次见到我这个知青办主任时，说话都有点儿提心吊胆的。好像生怕哪一句话我不爱听了，会对她大发脾气似的……"

小姚："居然能把她家的事给解决了，对咱们可太不容易了！"

只有林超然一人，在那会儿始终一句话没说；只不过谁说话，他的目光望向谁。

他仿佛心不在焉，想着别的。

曲主任："副主任，最应该高兴的是你啊，怎么反倒不吭声了？"

林超然："我……有点儿不知说什么好……"

曲主任："我给你支的招英明吧？如果不按退休老教师的困难反映情况，不可能这么快。这就叫迂回包抄达到目的，于是'尼古拉的大门'被咱们打开了。"

老刘："袁玥她老父亲这层关系起了关键性的作用，要不才不会有这么一份市委的红头文件。"

林超然："是不是有了这一份红头文件，办起来就一路绿灯了？"

曲主任："那当然！不但一路绿灯，还得对咱们敬着几分地办！这是中国的红与绿现象。要想绿，没有红撑腰那不行！"

林超然："那，要是袁玥不配合我，他父亲不愿过问，咱们的事还能办得成吗？"

曲主任："那可就两说着了！"

孙大姐："那，就是红与黑了，咱们也只能同情了。"

曲主任拍拍林超然的肩："太容易了，反而一时转不过弯子了？人人都有这种情况，心理学方面叫'超预期逆反'。好比一个孩子，原本以为只有大哭大闹一场才能得到一件玩具，没承想仅仅讨好了大人一下就得到了，反而高兴不起来了。"

林超然："我想出去走走！"说罢一起身就出去了。

曲主任他们一时互相看着不明所以。

门一开林超然却又回来了，拍曲主任衣兜，并问："烟？"

曲主任："没带。我打算戒……"

老刘："我也没了，正想买去。"

林超然："都这么看着我干什么呀？我心里跟你们一样高兴呀！怎么会不高兴呢，只不过有点儿……"

小姚："超预期逆返。"

林超然："对。就是主任说的那样！"

他倒退着出去了。

小姚："他怎么了？"

曲主任："他还不太能适应红与绿的现象，想得太多了。"

兆麟公园里，林超然又坐在小亭子那里，独自沉思。

他对面仿佛又坐着高老师了，在说："我也不知写过多少封信了，能想到的单位和部门都寄去过，可是据说都转到你们知青办了。我也知你们知青办没什么实际权力，渐渐地，就有点儿认命了。要不是别人告诉我你这个返城知青当上了副主任，我不会又来找麻烦的……"

有些水点溅到了亭子里，一名老养花工浇树浇到了这里。

老养花工："对不起，对不起……"

林超然笑笑:"没事儿。"

　　老养花工关了水龙头，踏上亭子，也坐在一角吸起烟来。

　　林超然:"老师傅……"

　　老养花工向他转过了脸。

　　林超然:"能……给我一支烟吗？"

　　老养花工:"能，能，太能了！"移坐到林超然对面，不但给了林超然一支烟，而且按着打火机替他点燃。

　　林超然:"谢谢。"

　　老养花工:"便宜烟，您凑合吸吧。"

　　林超然:"贵庚了？"

　　老养花工:"过五十九了，就要退休了。"

　　林超然:"做这份工作多久了啊？"

　　老养花工:"那可有年头了！打一有这公园起，我就在这儿种花栽树的。后来呢，连假山也让我带着人造了。看那些老树，差不多都是我当年栽的。当年我还是小伙子呢！"

　　林超然:"听您的话，对这份工作很喜欢啊。"

　　老养花工:"那当然！不只喜欢我这份工作，我对这公园感情还深呢。夏天望着处处花开了，心里那个美。如果死了一棵树，那就很伤心。"

　　林超然:"工资还行？"

　　老养花工:"说到工资，那可就另一回事儿了。这一行又没个级别，刚干的时候，每月才十几元。如今都干一辈子了，退休也不过能领四十多元。好在儿女们都成家了，不指望我贴济了。一个人花，马马虎虎够了。"

　　林超然:"年轻时，就没想过换一份工作？"

　　老养花工:"想是想过，换也换过，但都没干长。后来悟出了一个道理……人这一生，许多事身不由己。工作不由你选择，你就会埋怨。但如果让你选择时，差不多又都选那收入高点儿，论起来有地位的工作，却并不问问自己心里喜欢不喜欢，适合不适合自己的性情。"

　　林超然骑自行车行驶在回家的路上。老养花工的话响在他耳畔:"有的人，到老了才抱怨，我干了一辈子自己不喜欢的工作。那抱怨给谁听呀？晚了啊！早干什么了啊！我这一辈子，在别人看来太普通了呀！但我对自己这一辈子还挺知足，起码我一辈子在做自己喜欢、高兴、顺心的工作……"

林家。林超然怀里抱着儿子在和父母吃晚饭；他一边用小勺喂儿子吃，一边说："爸，妈，如果我哪一天不想当知青办的副主任了，你们会生气吗？"

父母不由困惑对视。

林母："你不是说知青办以后准会取消，那市委就会重新安排你的工作吗？"

林超然："我的意思是……其实，我恐怕不太适合当干部……"

林母："和同事们闹不和了？"

林超然："那倒没有。我们知青办的同事关系挺团结的。"

林父："在兵团的时候，你都当过那么多年知青营长了，怎么忽然说自己不适合当干部？"

林超然："感觉很不一样。"

林父板起了脸："有什么不一样？"

林超然："当知青营长的时候，做些该做的事，做起来容易些。在市委机关那种地方，要想做些该做的事，往往做起来太难了。没有领导批示，红头文件开路，有时只能心里边想想，最终就灰心了，不做了。还得这么安慰自己……是我的官还当得不够大，没法子……"

林母："这就是当干部的人和一般人的区别呀！一般人想有你的烦恼还没资格有呢！那你就一步步争取当上更大的官嘛，官越当越大，那证明越来越进步！"

林超然："可我这一辈子，如果整天寻思着怎么样才能当上更大的官，那不是不知不觉地就会变成一个官迷了吗？"

林父："别说了！你这叫矫情！如果你哪天背着我把副主任辞了，那我肯定生气。"

林母："我也肯定生气。"

林超然："爸妈你们别太认真啊。我只不过嘴上那么一说，当成个话题和你们聊聊而已。"

林父将碗筷一放，仰躺到床上去了。

林母埋怨地说："你饭桌上聊点儿什么不好，偏聊些起争论的，都惹你爸不高兴了。"

林超然："爸，别不高兴啊，我绝不会瞒着你们辞职的。"

林父没说话。

林超然:"星期天做胃镜的事,可别又变卦啊!"

林父没好气地说:"我说不去了吗?"

星期日。 医院。 胃镜检查室门外,长椅上排了不少人,林超然和父亲坐在一起。

林父:"几点了?"

林超然:"十点半了。 爸饿了吧?"

林父:"饿饿也好,兴许中午回家能多吃点儿。"

林超然:"别急。 再过两三个就轮到咱们了。"

王志和张继红匆匆出现,发现了林超然,匆匆走过来。

林超然站了起来,迎上去,不悦地说:"找我?"

张继红:"不找你找谁啊! 先到的你家,你妈说你和大爷到这所医院来了。"

林超然:"又什么事?"

王志:"执照批下来了,告诉你这个好消息,我俩也代表弟兄们,当面来谢你。"

林超然:"别说得这么好听! 又要我干什么?"

张继红亲密地搂着他肩说:"对你的要求一点儿不难为你。 不但执照批下来了,我们的第一单大活儿也把合同签了。当下缺少建筑工,我们正好有了执照,顺利打了个短平快! 人家对方很给面子,没提任何私底下的条件,只不过要求咱们请一顿饭,还希望能认识一下你这市知青办的副主任。"

林超然火了:"你干吗跟什么人都提我啊!"

张继红蛮有理地说:"你目前是我们返城知青中唯一在市委当干部的人! 是我们交人办事的招牌,凭什么不让我们提你?!"

林超然:"你!"压住火问,"什么时候?"

王志:"今天中午……"

林超然:"休想! 没见我父亲坐在那儿吗? 他胃疼好久了,我是来陪他做胃镜的。"

张继红看一眼手表,对王志说:"可快十一点了,咱们一方得早到,千万不能让人家对方先到了,反而等咱们。"

王志:"超然,你看这样行不行? 咱们一块儿去跟大爷说说,让继红留下陪着大爷,你跟我走?"

林超然："不行！"

张继红："怎么不行？我也是他干儿子，我陪着你还不放心吗？这样，看大爷的。大爷说行就行。如果连大爷都说不行，我俩今天认栽了！"

王志："你栽得起，我这个法人代表可栽不起！超然，我以前一次没求过你，今天我求你了！别忘了，在黑大干活时，你还欠过我一份情。"

张继红："别跟他啰唆，一块儿问大爷去！"

张继红和王志一左一右，一个拽一个推，将林超然"挟持"到了林父跟前。

两人你一句我一句地向林父说些什么；林超然要插嘴，被张继红推开。

林父听得连连点头。

张继红坐下，二郎腿一架，一只胳膊搂着林父的肩，扬起另一只胳膊朝林超然和王志挥手。

林超然被王志拖走。

一间颇体面的饭店包间里，林超然、王志还有另两个，曾和林超然一块儿干过活的返城知青，与对方的三个人在饮酒，用午餐。

桌上的菜肴不同以往，很是丰盛，在当年算是很高级的一餐。林超然并不开心，强作欢颜，不情愿地碰杯、对饮。

王志不时地向他使眼色，唯恐冷场，给客人添酒、夹菜。

林超然被迫与一位客人划拳，输了，不得不饮下一杯酒……

第 二 十 八 章

黑龙江大学。一间大约有两百个座位的阶梯教室，已经座无虚席，四周还贴墙站满了人。

黑板上，写着这样的美术体字：

我们！
我们？
我们……

一名学生会的男生："安静！现在开会了，首先，请学生会的副主席何静之同学，就组织这一次辩论会的主旨介绍一下背景。"

静之在大家的注视之下走上台去，在就要一步踏上台时摔倒了。

一名男生的喊声："穿高跟鞋了吧？几寸的？"

静之站到了麦克风那儿，她郑重地说："我并没穿高跟鞋。对于鞋子，我更愿意穿那种能使我脚踏实地的。"

她的话使气氛顿时肃静了。

她竟弯腰脱下了一只鞋子，高举着说："看，一双普普通通的平底扣襻女鞋！"

笑声又起。

静之："事实上，我是因为大家的参与热忱而倾倒的！"

更大的笑声。

静之在笑声中穿上鞋子。

静之也笑了一下，立刻又恢复庄重的表情，从容不迫地说："各位同学，我想纠正一下。刚才主持人说到了'辩论会'三个字,而我却更希望大家以'讨论会'的心态参加。有些事,孰对孰错,在正常的情况下,何须辩论?讨论就不能提升我们的认识了吗?我是正确观点的代表人,舍我其谁?这往往是辩论者的姿态。而我更喜欢这样两句话……不要自以为自己的每一种观点都是对的,这容易使人骄傲自大,犯主观主义的错误,也不要听到不同观点就一味反对,因为那就会失去机会明白错误的为什么竟是自己……"

一名女生:"谁的话?"

静之:"梁漱溟。"

另一名女生:"梁漱溟是谁?怎么从没听说过?"

站在墙边的一名年龄较大的男生:"以后问你们老师,别打岔!"

有人递给主持人条子,主持人交给静之。

她看着说:"我正想谈到黑板上的字,有同学已经迫不及待地递条子问为什么了,现在我回答……在座有的是返城知青的同学们,大家一定还记得,我们这一代人刚返城时,某些报纸登出了耸动的标题——'狼孩回来了',所以,第一行'我们'两个字后边,是惊叹号。后来,我们这一代人中的大多数,通过许多人生方面从零开始的坚忍表现,证明了我们已不再是当年的我们,所以城市渐渐开始对我们刮目相看,那么,第二行'我们'后边就有个问号。无论我们这一代,还是六十年代以后出生的学弟学妹们,我们都是大学生了,怎么做人做事不愧于我们胸前的大学校徽呢?我认为这个问题值得我们思考,于是'我们'后边又有了问号。我相信,今天我们在这里进行的讨论,将有助于提升我们的认识,但却不一定就能得出统一的认识。那么当然,'我们'后边应以删节号为好。讨论题是我想出来的,黑板上的字是我亲笔写上去的。我的字并不好,请大家说服自己的眼睛就接受了吧。如果,大家觉得由我想出来的论题不好,完全可以擦去,我不会感到那对我是多么沉重的打击……"

片刻的肃静后,响起整齐的掌声。

坐在边座上的林超然尤其起劲地鼓掌。他旁边的座位空着,是他为静之占的。

几名男女生登上了台,在麦克风前排起了队。

静之:"谢谢大家的掌声。"

她刚离开麦克风,一名男生立刻占据之。

那名男生:"何静之同学请留步!本人要向你提一个问题:你自己对照片风波是怎么看的?"

他说完，做了一个请的手势。

静之又站到了麦克风前，坦诚地说："据我了解，外文系的那名男生，并非真的以骑在劳苦大众身上为乐事。他当时只不过因为玩得开心，一时兴起，做出了那种深受指责的事情。后来他也意识到自己太过分了，几分钟后就下来了。但我对背着他将那张照片贴在宣传橱窗里的同学深为不满，因为这使那张照片产生了接近摄影作品的影响。它使我联想到了油画《父亲》，而照片的效果与《父亲》的效果截然相反……"

一名男生："何静之同学，您说得够多了，请休息一会儿，休息一会儿，听听我这个外文系的同学怎么看。"

静之礼貌地让开，下台，快步走到林超然那儿，坐下。

林超然："没不高兴吧？"

静之："什么事儿？"

林超然："我觉得那家伙在讽刺你。"

静之："怎么会不高兴呢，当学生会的干部，被冷嘲热讽是常有的事儿，何况我也经常讽刺别人。在大学里，这很是正常，在我的生日这一天，又成功组织了一次活动，我特有成就感！"

林超然握了她手一下。

台上那名外文系的男生："自从那张照片引起风波以后，我听到了太多关于大学生良心的谴责。良心属于道德范畴，那么我不禁要反问：如果我们系的'胖子'是不道德的，那么一个工人那样就道德了吗？工农一家亲，亲人为了游玩花钱骑在亲人肩上，分明也不怎么道德。不消说，干部那样子更不道德，因为实在有违公仆形象。军人也是不可以的，人民子弟兵尤其不应骑在人民肩上。女人就另当别论了吗？否。男女平等绝不意味着女人反过来骑在男人肩上就理所当然！儿童和少年那样子是不是就完全可以了呢？按照道德论者的逻辑，儿童和少年应该从小确立特别尊重劳苦大众的感情立场，那样子有利于他们成为有道德的人。如此说来，只有老人和残废者那样子才不至于受到道德谴责了。可在想登上黄山的游人中，老人和残废者终究是少数。那么，使许多黄山背夫，眼望着一拨拨游人从眼前经过，又仿佛一个个无视他们的存在，令他们招徕不到生意，挣不到钱，反而是道德的了吗？打倒伪道德论！"

听众间一个声音强烈不满地说："反对！你没有资格扮演黄山背夫的代言人！"

外语系的男生："与你们所有人比起来，恐怕我多少还是有点儿资格代表他们说几句话的。因为,他们中有些人已是我的朋友,而我,已连续三个假期成为他们中的一员。为了减轻家里供我上大学的负担,我肩膀上也深深留下了和他们一样的勒痕,如若不信,那么请看……"

他居然脱下了上衣,将背转向台下,他肩上的两道勒痕果然清晰可见。

片刻肃静之后,一名女生登上了台,温文尔雅地说:"这位学长,快请穿上衣服。"她是与静之同宿舍的一名女生。

等外文系的男生穿好衣服下了台,她接着说:"本人法律系的,也是哲学系的旁听生。道德是哲学范畴的概念,我很奇怪为什么没有哲学系的同学发言?恕我当仁不让。首先我要表达对刚才外文系那位学长的敬意,他勤工俭学的精神值得我学习。但是我立刻就要批评他张口说出的'残废人'三个字,因为身残绝不等于人废!我提议,以后我们当以'残障人'称呼他们。"

掌声。

静之的同学:"我接下来的观点,也许会被刚才那位学兄视为伪道德之说了。我认为他犯了一种思想方法的错误,那就是以个别否定普遍。我认为普遍的道德是存在的,西塞罗曾言:道德的原则之一,就在于所作所为的每件事,合乎理性的尺度。而普罗提诺也说,灵魂经自己的本性而领会了道德,因而再现了铭记在灵魂深处的那些原始而温暖的形象……"

林超然:"给我笔。"

静之将笔给了他。

林超然往手心写什么。

外文系那男生站了起来:"何必引经据典,请你干脆回答……如果你是'胖子'又会怎么样?"

静之的同学:"我会用那十元钱买几瓶汽水,分给那些背夫,使他们感受到来自大学生的温暖!中国需要这种同胞间的温暖!"

外文系的男生:"如果你当时给予我的是汽水,我肯定会对你说……汽水你自己喝,请骑到我肩上,给我挣你十元钱的机会。因为渴是我能忍受的,但十元钱却是我迫切想要挣到的!"

静之的同学:"那我们这个社会,就要从根本上消除一些同胞仅仅为了想要挣到十元钱,便渴望另一些同胞骑在自己肩上的现象!这种现象使我联想到武训,是一种使人悲伤的现象!"

外文系的男生:"那要等到什么时候?共产主义实现以后吗?"

静之的同学一时语塞。

静之猛地站起,大声地说:"因为有我们,应该不会那么漫长!因为有我们,中国的许多事可以改变得快一些!"

一个又一个学生上台发言,个个慷慨陈词,也有一个又一个学生从座位上站起,激情表达。

林超然推着自行车,与静之走出黑大校门。

静之:"大爷做胃镜的结果怎么样?"

林超然:"听继红讲,没什么大事,还做了体检,继红说他会替我去医院取体检报告。"

静之:"大爷身体底子好,别太担心。"

林超然看一眼手心:"西塞罗是什么人物?普罗提诺又是什么人物。"

静之:"我也不知道。"

林超然"友邦惊诧"地说:"还有你不知道的人物?"

静之:"我怎么会知道得那么多呢?知识像印刷厂的存纸库房,而我只不过是一页刚写了几行字的稿纸。"

林超然:"看来你没有你的同学读书多。"

静之:"那不见得,我俩不过读不同的书罢了。她呀,经常现炒现卖,我们同宿舍的都戏称她'快餐娘子'。知识虚荣心,大学生都有点儿,我也有。但我认为这种虚荣心只要不成了毛病,对大学生有益无害,会促使我们多读些书,总比讲究吃穿讲究享受追求荣华富贵那种虚荣心可爱点儿,对吧?"

林超然:"对。"

静之:"那么,你也等于承认了,我身上毕竟也有可爱的方面。"

林超然:"你身上可爱的方面不少。"

静之笑了:"爱听,请再说一遍。"

林超然:"别人爱听的话说多了就成了哄人了,我只夸你,不哄你。到了你们大学几次,我想成为大学生的心也死灰复燃了,咋办?"

静之:"什么叫咋办啊!早就希望你也考上大学了!"

林超然骑上了自行车,静之坐在后座。

林超然:"可我年龄是不是太大了呢?刚才会场中,有那么多二十来岁的学生。"

静之:"可也有不少三十来岁,是咱们这一代人的学生啊。同志,在知识面前，别面子第一好不好？"

林超然："刚返城时，我因为自己是老高三，很有知识优越感。这才过了两三年，优越感渐渐变成知识焦虑感了。如果我希望通过上大学改变现在从政的人生方向，你怎么看？"

静之："第一，理解。因为你这个人，从性情上来说就不适合从政。第二，支持。违背性情的人生将是苦恼的人生，不能眼见亲爱者将长期陷入人生苦恼而态度暧昧。第三，助力。让我们共同来订一下复习计划，我们教学相长！"

林超然："这么说，是你帮我啰？"

静之："那当然，我现在有这种资格，也有这种水平了。别的不论，好专业要考英语的，而你一句不会，我的英语成绩却一向是优。"

两人在何家住的那幢楼前下了车。

静之："你先进去，我十分钟后再回家。"

林超然："这可又不像你了。"

静之："有点儿像你了。但还是与你的虚伪有区别，我这是明智。"

何家。何母在做饭，何父打下手。

门铃声响起……何父开了门，门外站着林超然。

何父："超然啊，我当是静之呢，快进来。"

林超然进了门，边换鞋边说："我爸妈派我做代表，来沾点儿慧之生日的光。"

何母从厨房出来，对何父说："你看着点儿锅，超然初次来，我陪他参观参观咱们的新家。"

何父："怎么愉快的事总是归你啊！"

何母："别争，看会儿锅就不愉快了？"

她引领女婿这儿那儿包括阳台厕所"参观"起来。

她推开了慧之房间的门："这是慧之的房间。"

林超然的目光被墙上的"飞天"所吸引："又是杨一凡的大作。"

何母："可不嘛，走，咱俩到静之的房间说点儿事。"

两人进入静之的房间，都坐在床边，林超然的目光又被凝之的照片吸引，呆呆地望着。

何母起身将凝之的小相框从桌上拿起,递给林超然。

何母:"超然啊,你说慧之和杨一凡,他俩的事可该怎么结果呀?我和你岳父愁死了!"

林超然:"我也不是没替你们向慧之言说过利害,我有我劝她的难处……"

何母:"这我们理解,杨一凡和你关系那么亲,有些话你也不好背着他跟慧之说。可慧之现在根本听不进我们的劝了,所以呢,我和你岳父,还是得把最后的希望寄托在你身上,要不可叫我们往谁身上寄托呢?"

林超然低头看着凝之的照片,未语。

何母:"我们清楚,静之她是爱上你这个姐夫了,而你肯定也是喜欢她的,是吧?"

林超然犹豫一下,微微点头。

何母:"这也好。甚至可以说,很好。我们何林两家,又是拆不开的亲家关系了。小楠楠呢,也等于是有了亲妈一样了。你和静之的事,我现在就代表你岳父,表示一种同意的态度。但是呢,慧之与杨一凡的事,你可也要再替我们费心思化解啊?"

林超然不知说什么好。

门铃又响起。

林母:"来啦!"起身离开房间去开门。

门外站着静之和慧之,慧之手捧一盒生日蛋糕。

客厅里,生日蛋糕摆在了桌上,静之准备吹蜡烛。

何母阻止地说:"你别!又不是你过生日,是你二姐过生日!"

静之不好意思地说:"眼里只有蛋糕了,都忘了是谁过生日了,那么尊敬的二姐,您请亲自吧!"

慧之:"我看你是什么事儿都抢惯了!我过生日,我自己掏钱买的蛋糕,你却还想抢个先!"

静之推她一下:"快吹行不?再不吹我流哈喇子啦!"

她迫不及待地唱了起来:"祝你生日快乐!……"

何父何母拍手合之。

慧之一口气吹灭蜡烛,静之与慧之对拍了一下掌。

何父:"什么意思?"

静之、慧之对视。

慧之:"爸,有什么问题吗?"

何父:"好像在就要分享生日蛋糕的时候,一般没有互相击掌这一细节。"

静之:"我们革新一下。"

何母:"互相击掌往往表示鼓励,你俩击掌想表示什么?"

慧之:"人生不易,我们也是互相鼓励的意思啊,除此之外,安有他意?"

何母对何父说:"那咱俩也互相鼓励鼓励。"

于是他两人也击了一下掌。

林超然:"既然没人和我击掌,那我切蛋糕吧!"

大家都笑了。

蛋糕不大,分为五块,各自品尝珍馐般地吃着,互相说着话。

何母:"以前你们过生日,往好了说也不过就是全家跟着沾光吃顿面条。有时候呢,过生日的那个碗里多个鸡蛋,还得是家里养鸡的孩子才有那种优待。要不怎么不少人家也不顾卫生不卫生的,都想在厨房养一两只母鸡呢!鸡蛋那么稀罕的东西,想要花钱买那也没处买啊!"

慧之:"现在也还是不好买,不信我出钱,你们谁出去买买试试。如果限时两个钟头,十有八九得空手回来。"

何父:"鸡蛋姑且不论,毕竟,现在咱们分享着慧之的生日蛋糕了。中国要一寸一寸往前变就好,要看到中国的变化,我支持改革开放!"

林超然:"爸说得对,我也支持。"

慧之与静之交换眼色,那意思分明是:听,多会说话。

静之笑了,推慧之一下,问:"哪儿买的?"

慧之:"中央大街那家老字号的点心店。当时买是买不到的,得预订。人家怕做出来了没人舍得花钱买,赔了,我提前三天就订了。"

静之:"我明年过生日,也要为自己买个大的。"

何母问慧之:"多少钱?你过生日,该爸爸妈妈出钱买蛋糕,一会儿妈把钱给你。"

慧之:"四元多。"

何父:"你可真敢花钱!"

慧之:"人一年就过一次生日嘛!"

静之:"爱听。"

何母："慧之，你每月才三十几元工资，以后别大手大脚的！"

慧之："妈，再说钱的事儿，可别怪我起身就走啊！"

何父对何母说："同志，那你就省下四元多钱，凡事别勉强。但是呢，凡事有章程又比没章程好，比如这过生日的事，我主张咱家以后谁过生日都别买蛋糕。咱们中国人，何必非赶外国的时髦？还是全家吃顿面条好。四元多钱那能买多少鸡蛋？只要提前两天给我任务，生日那天保证把鸡蛋买回来。"

慧之："得，刚说过拥护改革开放的豪言壮语，几分钟之后就倒退回去了！"

静之吸吸鼻子，突然说："饭煳了。"

五人开始吃饭了。菜还摆了一桌子，但以家常素菜为多，慧之倒酒，林超然在为每人盛米饭。

何母对静之说："这饭焖得多好，一点儿没煳！你呀，上了大学了，还学会装模作样骗爸妈了！"

林超然："静之在大学里可表现出色，我好几次亲眼所见。"

何父何母不由交换眼色。

静之："今天菜的样数倒不少，可除了一盘猪头肉，另外全是素的！本人可不是素食动物。"

何父："别不知足，这盘子里只猪头肉吗？还有粉肠没看见？为了买到，我骑自行车去过四家副食商店。"

慧之："妹，这我说句公道话，你太该知足了！你的粮食关系已经迁学校去了，我和爸妈加起来每月才六斤大米，今天可是为你焖的大米饭！"

静之："好好好，别声讨了，知足，知足！"

五只杯碰在一起了。

每人刚喝了一口啤酒，门铃第三次响了。

慧之起身去开了门，门外站着一男一女两个中年人。

女人："这是何校长家吗？"

慧之："请进，爸，找您的。"

何父已站了起来，颇诧异地说："哎呀，蒋处长，韩同志，欢迎，欢迎。"

何母也站了起来，何母向两位客人介绍："这是我二女儿慧之，护士。这是我小女儿静之，在黑大读法律。我大女儿的不幸，你们都知道的。他就是我大女婿，市知青办的副主任……"

她介绍的话，说得有点儿伤感，但更多的是慰藉……时间能淡化许多种悲伤。

何父:"今天是我二女儿生日。你们吃午饭没有?没吃别见外,赶上就坐下吃!"

女人:"你们都坐,都坐。我们有点儿事要及时与何校长沟通一下,所以,明知星期日突然来访不礼貌,但蒋处长性子急,非拽上我一块儿来。"

何父:"我们学校,出了不好的事?"

男人:"别误会别误会,绝对不是为不好的事而来,区教委、市教委还有两级教育局,对您的工作成绩可称赞了!"

何父:"那,请到这边屋里谈吧?"

女人:"沈老师,您也一块儿听听吧?"

何母就也困惑地跟入了静之的房间,林超然往静之的房间搬过去两把椅子。

门关上了。

静之:"我怎么有种不妙的感觉。"

慧之:"别瞎猜,没听人家那位处长夸咱爸嘛!听说又要严打了,也许是防止初中生高中生犯罪方面的紧急工作。"向林超然翘翘下巴,又说,"我倒想问问你,听到爸妈怎么介绍林副主任了?'我大女婿!'我看由大女婿到小女婿,这个弯子他们不好转。"

静之:"反正比你俩那个弯子好转。"

林超然:"你俩别太放肆啊!老猫旁边忙,小猫要上房。"

慧之:"开开玩笑都不行了?看到我房间里的壁画了?"

林超然点头:"饭桌上别那么多话,招呼饭。"说罢,自顾吃起来。

慧之:"麻烦你再回答一句,印象如何?"

林超然:"不错。"

慧之:"敢当着我爸妈的面称赞不?"

林超然:"这可第二句了。当然敢,但没那个必要。为什么要哪壶不开,偏提哪壶?"

静之问慧之:"怎么没带杨一凡来?"

慧之:"我倒不是不敢,他需要好好补一觉。这几天,我每天晚上都到他那儿去,他累着了。"

林超然不由得放下碗,瞪着慧之愣住。

静之也瞪着慧之愣住。

慧之却不再说话，吃起饭来。

静之站起，向林超然使眼色，林超然也站起，跟着她走到厨房那儿。

静之小声地说："这你可得说她几句，那也太现代派了吧？连我都没法接受。"

林超然也小声地说："叫我说什么？怎么说？"

静之："她别哪天怀孕了！那我们家有戏可演了。"

林超然："依她的性格，要真想那样，谁也挡不住。"

"你俩鬼鬼祟祟嘀咕什么呢？"慧之在厨房外大声说。

静之："何慧之，你可不许做下太出格的事儿来！爸是校长，妈是老师，非叫他们在人前觉得没面子，那就是你不对了！"

慧之："改革开放的年代，什么叫对，什么又叫不对，许多人都得改变思维方式。我和一凡统一认识了，要么，带给亲人们一份儿惊喜，要么，被侧目。真那个结果我们也认了……"

静之对林超然更小声地说："这可怎么办？听她的意思是想哪天抱回个孩子来！"

林超然瞪着静之张张嘴，却没说出话。

静之那房间的门开了，何父何母跟两位客人出来了。何父何母的表情别提有多难看，像是能拧出一盆水来，两位客人的表情也特别不自然。

林超然、静之、慧之看出准是客人带来了什么不好的消息，都有几分不安地看着何父何母将客人送出门外。

何父何母重新坐在了饭桌旁。

林超然和静之也重新坐下了。

何父："吃饭。接着吃饭。"

何母："是啊，吃吧。菜都凉了吧？要不要我去热一下？"

林超然和两姐妹谁也没动筷子没动碗。

静之小心翼翼地说："爸妈，他们……来谈的什么事儿。"

何父："都吃饭啊！吃完饭再说。"

慧之："您要是不说，我们能吃得下去嘛！"

何母："那……那就现在说了吧。"

何父："好。现在说就现在说。"干咳一声，看着静之和慧之接着说，"总之，对咱们何家，是一件不好的事，太不好了，非常不好，我说了你俩谁也不许哭！"

静之慧之对视一眼，都点头。

林超然："我吃饱了……"

他站起来想走开。

何母："超然，你坐着，我家的事不避你。"

林超然又缓缓坐下了。

何父："是这样的……有一位退休的老教师……"

问何母："姓什么来着？"

何母："姓高。"

何父："对，姓高，女的，她丈夫也是一位退休教师。老夫妇两人教了一辈子高中……"

何母："都是哈尔滨解放后第一代高中教师……"

何父："到底我说你说？"

何母："你说你说，还是你来说。"

何父："他们教过的学生，有不少考上了大学……哈工大的，哈军工的，还有考上清华、北大的，'文革'一开始，他们就被从家里赶出去了。现在，市委下了红头文件，要求尽快落实对他们的平反政策，包括归还原住房。"

静之："咱们家住的，是他们的房子？"

何父何母点头。

静之："怎么会……搞成这样？"

何父："是啊。我也问教委的同志，怎么会搞成这样？他们抱歉地说……'文革'一结束，强占了这套房子的造反派被撵走了，房子由教委收回了，没人向教委主张权利，结果，负责具体工作的人认为是无主房，分给了咱们。而市委红头文件的原则是……原屋原主……"

静之："爸，可……可当时分给您，不也带有落实政策的性质吗？"

何母："是啊是啊，可落实政策，也要讲个谁急谁缓啊！"

林超然呆如木鸡。

慧之早已流泪了，忽然大声地说："我不搬！我喜欢这个家！我喜欢我的房间！"

何父严厉地说："你叫喊什么你？小孩子呀？不许胡闹。"

慧之起身跑入了自己的房间，门关上时，又飞出她的一句话："我刚住出好感觉来……"

林超然："我……我出去一下。"

他一起身，大步走了出去。

外边。小烟亭那儿，林超然买了一盒烟，迫不及待地撕开，叼上一支后，照例没有打火机点燃……

又是卖烟的借给他打火机用。

他大口大口地吸烟不止……

又下雨了，秋雨，淅淅沥沥的，满目秋凉景象。

医院门口的公共电话亭那儿，张继红在打电话，表情从没见过地凝重。

张继红出语困难地说："超然，我在医院门口。大爷的病历什么的在我手上了，我详细地问过医生了……不知道该怎么跟你说……是癌……最恶性的那种……"

他捂住话筒，他蹲下哭了。又说："我详细问过医生了，据医生说，估计……已经全面扩散了……"

知青办。林超然握着话筒，像石头人。

话筒传出张继红的声音："超然！超然！你说句话！"

声音大得曲主任也听到了，他想从林超然手中拿过去话筒；拿不过去，林超然的手仿佛与话筒粘住了。

曲主任终于得到了话筒，替林超然说："过会儿再打来……"

他放下话筒，同情地看着林超然。

林超然绝望的孩子似的："我怎么办？我怎么办……"

曲主任："回家吧。以后的几天别来了。"

林超然扶着自行车站在家门前，门锁着。

邻居一位大娘走出家门，走到他身旁，怕惊着他似的，轻声细语地说："超然啊，快去医院吧。你爸今天上午吐血了，你妈吓哭了。院里男人们都上班了，是几个女人和半大孩子，帮着把你爸送医院去了……"

林超然骑着自行车朝医院飞驶而来，由于刹车太猛，摔倒了。

医院急诊室门外，何母搂着林母坐在长椅上，张继红、王志、罗一民、杨

647

一凡、李玖、静之都站着，却互相无语。

林超然匆匆而至，张继红迎上去。

林超然："我父亲怎么样？"

张继红："到医院都已经昏迷了，在抢救……"

林超然："妈……"

林母："你爸他……太能忍了！……他怎么，那么能忍啊！"

林母伏在何母身上哭了。

何母："你岳父过会儿就来……"

张继红将林超然拥向对面的长椅，小声地说："坐下。现在你是你妈主心骨，她哭可以，你得忍着点儿……"

林超然六神无主地坐下。

罗一民走到了他跟前，也小声地说："超然，咱用最好的方法治，花多少钱不是问题！我银行里存着三万元呢，随用随取！"

李玖："不打借条都行！"

罗一民狠瞪她一眼。

杨一凡走过去问："营长，有大爷的近照吗？任何一张都可以。"

林超然呆呆点一下头。

杨一凡："我要给大爷画一张油画遗像，用坦培拉尼画法，就是用鸡蛋黄调油彩……"

王志走了过来，搂着他肩，耳语："一凡，陪我出去待会儿，听话啊……"

他将杨一凡那么搂着走了。

张继红对罗一民说："让他静会儿。"

罗一民走开了。

张继红又对李玖说："你也一边去。"

李玖也走开了。

张继红向静之招手。

静之走过来。

张继红："你陪他坐会儿。"

静之紧挨着林超然坐下了。

张继红也走开了。

静之握住了林超然一只手。

林超然已泪流满面。

静之："罗一民告诉的杨一凡，我也给慧之打了电话，她正忙，估计今天是没空儿从江北过来了……"

慧之却匆匆走来，手持一大捧野花，静之起身迎上去，接过了花。

慧之："来了这么多人呀，大爷怎么样？"

静之："情况很不好。胃癌，晚期。吐血了，现在还昏迷着……"

慧之呆住，接着，低声哭了，双拳直往静之身上擂："你骗我，你说一般性住院！我以为没什么大事儿，才采了那么多野花……"

野花插在玻璃瓶中，摆在窗台上。这是一个明媚的上午，阳光照入小小的单人病房，林父躺在病床上，林超然坐在病床边，跟父亲小声说着话。

林父："怎么还把我弄到单间里了？"

林超然："继红他们的意思，都说为了来探望您方便，听他们的吧。"

林父："这是高干的优待，我可享受不起，明天就把我调到普通病房去！"

林超然："爸，这也是很普通很普通的单间，贵不了多少钱的。"

林父："那也是贵，贵多少？"

林超然："这我不清楚，等继红来了您问他吧，前天您刚住进来的时候，我脑子都发蒙了，一切手续都是继红他们办的。"

林父："发蒙了，我的病很重？"

林超然："爸放心，您的病倒不重，只不过是胃溃疡。医生说好好在医院调理几天，动一次手术就会彻底治愈的……我不是没经历过嘛。"

林父："怕我死？"

林超然："怕。"

林父："儿子，你也放心，爸不会这么早就死的。我还不到七十岁，还没活够呢！信爸的话啊……"

林超然忧伤地点头。

林父："我刚才做了一个梦，梦见你弄坏我那把玻璃刀子的事了，你还记得吗？我这辈子，就买过那么一次便宜东西。小日本投降那年，在八杂市买到的，德国货，刀头上镶的那叫金刚石，切起玻璃来那叫快，别人都说买值了，可你却偷偷给我搞成废物了……"

林超然："我想用捡来的废玻璃做三角板，也为同学们做，可用得不得法，一使劲儿，那粒金刚石掉了。那么小，趴地上，瞪着两眼满地找也没找着，当时我心里害怕极了，就用胶水往刀头上粘了一小粒玻璃碴儿……"

林父:"你说你小时候有多能鼓捣啊!我哪儿会知道呢!前街的人家请我去帮着切块玻璃,结果我把人家的整块儿玻璃糟蹋了,还划破了自己的手。当时我以为我自己把玻璃刀弄坏的,心里那个懊糟。后来想,不对。我一向是把刀头朝上放套里的,从套子里取出来时是反放的,肯定有谁动它了嘛,你妈不会动,你弟你妹都不知我放哪儿,那除了你动还有谁?我气的呀!什么叫七窍冒烟,当时我就气成那样。"

林超然:"你想等我回到家,拽过来,按倒掀翻就暴打一顿。"

林父:"对。"

林超然:"为什么却没打我呢?"

林父:"我往家走的路上,耳朵边好像有人在悄悄对我说……你看你这个父亲,你在儿子眼里怎么是个霸王爷似的呢?一个十几岁的孩子,要把那么小一粒玻璃碴儿黏在玻璃刀头上,那是容易事吗?他如果不是太怕你了,他会不敢承认吗?他那小脑袋瓜里,会憋出那么一种并不聪明的法子骗你吗?"

林超然:"其实,也算挺聪明的。"

林父:"那叫聪明?亏你想得出来,你小时候真的那么怕我?"

林超然:"真的。"

林父:"我在你们几个孩子眼里就那么厉害?"

林超然:"对。门一响,我们听出是你下班了,就不敢嘻嘻哈哈地闹着玩了。"

林父:"当年我一路往家走,耳边那声音一路劝我,句句都批评我不对,说一个让儿女害怕的父亲不是一个好父亲。到家门口了,我的气也消了。再回忆回忆那声音,哪儿是别人的声音,明明是我自己的。所以进了家门,我装没事儿似的,连审问都没审问你一句,是吧?"

林超然笑着点点头。

林父:"以后我脾气改多了吧?"

林超然又点头。

林父:"总体来说,我还算是一个好父亲?"

林超然:"不是算,本来就是。"

林父也笑了,笑得甭提多欣慰。

林母来到病房,林超然起身,将椅子让给了母亲,走到窗前,从瓶子里抽出蔫了的花枝。

林母坐下后,问林父:"你们父子刚才在聊什么?"

林父:"我在跟他提我那把玻璃刀的事儿。"

林母:"还好意思提。那么禁使的一把玻璃刀,你那双笨手,居然就能把它使坏了。"

林父:"儿子,听到了吧,实情我都从没告诉你妈!"

林超然:"妈,当年是我偷偷使坏的。"

林母:"我哪儿有心思为你们爷俩断当年那桩案子。他爸,我给你押了点儿面片,吃点吧?"

林父:"不想吃,胃里总是胀胀的感觉。"

林母:"还是多少吃几口吧啊?越什么都不吃,胃里越会那样,坐起来,我喂你吃点儿啊。"

林父顺从地坐了起来。

林母喂林父吃面片,林超然深情地、默默地看着那情形。

一扇扇病房的窗推开了,有病人伏在窗台倾听。

林父那间病房的窗外。张继红、王志、罗一民、杨一凡,还有另两名返城知青,组成了一个小小的乐队,破旧的手风琴、扬琴、口琴、笛子、箫,倒也合奏得挺好听。居然还有人像模像样地指挥。

林超然坐在病房里拉二胡。

林父靠坐在病床上,很享受地听。

林父忽然大声地说:"超然!"

林超然停止了拉二胡。

林父:"我想刮刮胡子。"

林超然:"爸有这心情太好了,我替爸刮。"

林父:"刮脸刀我让你妈给带来了,在抽屉里。"

林超然:"我去打热水。"林超然拿着盆走出。

林父头在床尾,枕林超然双膝上;林超然坐在椅上,双膝并拢,用安全刀片仔细地为父亲刮胡子。

林超然用热毛巾替父亲擦脸,之后将小圆镜递在父亲手中;林父左照右照,表情显得满意。

林父:"扶我起来。"

林超然扶起了父亲。

林父:"扶我到窗口。"

林超然替父亲穿上拖鞋,扶父亲走到窗口。

林父一手扶窗台上,伟大领袖似的摆摆手。

窗外的知青们停止了演奏,一起望他。

林父一抱拳:"孩子们,谢啦谢啦!光嘴上说谢不行,得有行动是吧?我也要为你们唱几句什么,那才显着谢的实在是吧?唱《大海航行靠舵手》给你们听听?"

知青们摇头。

林父:"那,《咱们工人有力量》?"

知青们摇头。

林超然:"爸,您不必的。"

林父:"我这会儿不是高兴嘛!有了,我在西北时学过几句秦腔,就唱秦腔给你们听听!"

他酝酿了一会儿感情,高声唱起了秦腔。

天黑了。 林超然他们曾做过饺子的那排砖房,有一扇窗亮着灯。

屋里。 罗一民扎着围裙在切什么肉食,李玖则坐在破椅子上,脚搁在炕沿上。炕沿上摆着小半导体,嗞嗞啦啦地在播姜昆与李文华合说的相声《照相》。

罗一民:"别听了,嗞嗞啦啦地噪耳朵,都听多少遍了啊!"

李玖:"那也爱听!"

罗一民:"好好好,宝贝儿听吧,听吧。"

李玖大声地说:"爱听!"

罗一民:"我说了,爱听那就听吧!"

李玖关了半导体,走到了罗一民跟前,深情地看看他说:"我更爱听你叫我宝贝儿。"

罗一民:"为了亲自做一顿你最爱吃的炒肝儿,我跑一家回民小馆儿去学了半天。"

李玖:"不是回民买不到这些,你能耐不小,怎么买到的?"

罗一民:"咱们知青战友中不是也有回民吗?求他们帮着买的。"

李玖在他脸上很响地亲了一口:"真爱你!"

罗一民:"是我真爱你。"

李玖："再说几句吧！"

罗一民："再说什么？"

李玖："宝贝儿呀。"

罗一民："那种话像味精，不能往感情里多加的。"

李玖从背后搂住了他腰，撒娇地说："你很少说。咱俩的感情之中鲜味儿不够，再多加点儿嘛！"

罗一民："别闹，我这掌刀呢！"

李玖扭动身体："求你嘛！"

罗一民："好好好，宝贝，看看外屋煤油炉里的油够不够，不够添满，一会儿还要为你炒个葱爆羊肉，得用大火。"

李玖："不行！第一句你带儿音了，刚才那句没带儿音，不合格！带儿音的听着才够味儿，重说！"

罗一民："唉，我的命啊！女人可真是的，她爱你你不爱她，她变着法儿折磨你。你被折磨得终于爱她了，她还是变着法儿折磨你！"

李玖："这是幸福的折磨，你心里受用得很！快，再那么叫我一次，带儿音的！"

罗一民："宝贝儿，亲亲爱爱的宝贝儿，别闹了啊？照我的话去做！"

李玖又很响地亲了他一下，到外屋去了，片刻进入，说："满的，够用。"

罗一民："那你剥葱。"

李玖乖乖坐下剥葱。忽然想起了什么，站起来说："哎，宝贝儿，今天我整理旧物，发现了当知青时的日记，念几段给你听啊！"起身翻挂在墙上的书包。

罗一民自言自语："宝贝，宝贝儿，宝贝，宝贝儿……"他摇头苦笑。

李玖已翻出了日记，大声地读起来："今天是星期天，我们几名知青一致认为，革命青年不应该有星期天。除了睡觉，我们生命的每一分每一秒都应该属于革命。"

罗一民："那上厕所呢？列宁都说，不会休息就不会工作，二百五！"

李玖瞪他。

罗一民："二百五宝贝儿！"

李玖："不许气我，更不许打断！"

她接着念："最近我们发现了一个值得特别重视的情况，那就是有些人不戴毛主席像章了。从不戴像章开始，就会一步步滑向不忠于的边缘。这是极其危险的，也是极其严重的政治现象！所以，我们集中了一些像章，分散到各个路口，看到没戴像章的人，命令其请罪，再送他一枚像章。天快黑时，我们总共发现了三个没戴的人。其中一个是'老右'，他也不配戴。另两个说丢了，我们一人给他们一个。当然，前提是，他们请罪了。我们都认为，这也是战斗。我们要像最高指示说的那样，只要还有一个人，这个人就要继续战斗下去。"

罗一民边洗葱边说："唉，二百五宝贝儿，我加儿音了啊——你那是哪儿跟哪儿啊！"

李玖："你说，我们当年怎么会那样？"

罗一民："应该问，是谁把我们变成了那样。"

李玖："是啊。太羞耻了！"忽然想起来地说，"哎，我先回家一次啊！"

她将日记往桌上一放，一转身跑了出去。

罗一民："哎，早点儿回来！"

李玖家。她往袋子里放麻酱、腐乳、馒头什么的。

李父李母呆呆看她。

李玖："爸，还有那个……那个……没有？"

她分明不好意思说明。

李父："你说明白啊！"

李玖说拼音："就是那个 jiu……明白？"

李父："jiu？……jiu……酒？"

李玖连连点头。

李父："柜子里有瓶没开的……"

李玖打开柜子，取出就往袋里装。

李父："那可是五粮液！给爸留半瓶啊？"

李玖："看情况。"往外就跑。

李母："要不要芥末？"

李玖："免了！"人已在外边了。

李父李母互相看。

李母检讨地说："幸亏女儿当初没听我的。"

李父："幸亏我一直暗中做她的坚强后盾。"

李母："别往自己脸上贴金！谁操棍子要打小罗来？"

李父："那是误会！"

李玖的头探了进来:"今晚别给我留门了啊!"

她话一说完,头即缩回。

小刚揉着眼从里屋出来,往外追:"妈等等我,我也跟你去罗叔叔那儿!"

李母一把拽住小刚:"别跟去!和姥姥在家,姥姥给你讲故事!"又问李父,"她探进头说了句什么?"

李父:"说今晚别给她留门了!"

李母:"别给她留门了?啥意思啊?"

李父:"你猪脑子啊,自己想!"

厂房里,罗一民与李玖在干杯。

罗一民:"好吃吗?"

李玖:"好吃,好吃!唉,我的命呀!"

罗一民:"你的命还不好啊?还想咋样?"

李玖:"我学你的话,是幸福的感叹!干吗不把灯都开了?"

罗一民:"那多浪费电?晚点儿回去行不行?"

李玖脉脉含情地说:"不回去也行!"

罗一民喜出望外:"真的?"

李玖:"我回家主要就是声明一下嘛!"

罗一民又满了一盅酒,一口饮光,却没咽,含嘴里,起身走到李玖身边,捧住她脸,边吻边给了她半口酒。

两人同时咽酒。

两人各夹了一口菜让对方吃。

李玖:"真他妈幸福!"

罗一民:"幸福就幸福,别带他妈的。"

李玖:"幸福感太强烈了,不带他妈的不足以表达!"

罗一民就又深吻她。

屋门外。 红粉笔写着八个大字:一概来人,请勿打扰!

屋里。 桌上的盘子碗已空了,瓶子里的酒也光了。

有炕的小屋。 两人已躺在床上,李玖枕着罗一民手臂。

罗一民:"宝贝……儿,跟你……商量个事儿。"

他口齿不清了。

李玖："尽管……直说……你的话，是最高……指示……"

罗一民："我想……取出一万……元钱……给我，营长家……送去。"

李玖："他开口借了？"

一涉及钱，她口齿清楚了。还晃了晃头，拿起床头椅子上的半杯茶，咕咚咕咚都喝光了。

罗一民："他倒是没开口借钱……"

李玖："那就等他开口借时再跟我商量！"显然不情愿，一翻身，背对罗一民了。

罗一民扶她身上哄她："在医院里时，你不是也亲口说的，不用打借条吗？"

李玖："那也要等人家开口借！"

罗一民："我觉得主动点儿好。我了解我营长，不到万不得已，他是不会开口向人借钱的。咱们明明知道他肯定需要钱，为什么非要等他万不得已……"

李玖一下子坐了起来："你怎么说话连贯了？"

罗一民也坐了起来："你不是也口齿清楚了吗？"

李玖："我看，你没醉！"

罗一民笑了："你也明明是在装醉啊！"

李玖："我装醉是因为好玩儿！我要使幸福增加喜剧色彩！"

罗一民："宝贝儿，听清楚没有？我加儿音了啊，没听清楚我再说一遍！咱俩不是心有灵犀一点通嘛！我装醉也是为了使幸福增加喜剧色彩啊！"

李玖："不行！"将罗一民推倒。

罗一民又扶她起身："宝贝儿，行吧。你说不行，显得多无情无义啊！"

李玖流泪了："明白了，你的好表现是计谋！为了达到目的，还企图把我灌醉！哼，小样！你醉了我也醉不了！"

罗一民："那是。我宝贝儿天生海量，我有自知之明，所以我的好表现不是计谋，我会那么二百五吗？"

外边，一只手从木板缝间伸入，拔开了院门插，林母进了院子。

林母用手电照屋门上的粉笔字。她只认得"一"和"人"两个字，念出了声。

屋里，罗一民还在劝李玖。

罗一民："宝贝儿，你可一向是知情知义的人……"

李玖:"甭夸我!一万万万不行,三千可以考虑!"

罗一民:"六千吧!六六大顺,也许林大爷借这个吉数会闯过鬼门关!"

李玖:"给你个面子,四千!"

罗一民:"四千多不好,不吉利!五千吧,五千怎么样?五五……"

李玖:"五五二百五!唉,我的命啊,刚成了有钱人!这以后类似的事儿多了,不是每一次都等于割我的肉嘛!"

拍门声。

两人愣住。

拍门声更大。

罗一民:"你不是跟你爸妈说好了吗?"

李玖:"不会是他们……"

林母的声音:"一民!大娘知道你住在这儿了,快给大娘开门!"

罗一民:"是林大娘!"匆匆穿衣,穿鞋。

罗一民搀扶林母进了屋。李玖也已穿上衣服,卷好了被子,坐在炕上。但她一只脚上穿了袜子,另一只脚上没穿。

李玖站了起来,发窘地说:"是大娘呀,快请坐。"

她搀扶林母坐在椅上。

林母:"李玖也在啊。"

李玖:"那什么……一民他不是胆小嘛,非死乞白赖地央求我,陪他待晚点儿,给他壮壮胆儿。"

罗一民:"是啊是啊,我也不知道怎么了,近来特胆儿小。大娘这么晚来,有急事儿?"

林母:"当着李玖的面,我都不好意思开口了。"

李玖:"大娘,我还成外人了呀?只要我和一民力所能及的事,大娘您尽管开口!"

罗一民:"是啊大娘,她都快成我宝……快成我老婆了,自家人嘛!"

林母:"那,大娘可就豁出老脸来说了,你大爷这一得了癌,家里急需钱啊!人家何家倒是慷慨,肯出一笔钱。可凝之不在了,咱花人家的钱,心里不安啊!于是大娘就想到了你。超然坚决反对向你开口借,但钱即使保不住你大爷的命,起码也能保他多活些日子啊!所以呢,趁超然在医院陪他爸,大娘左思右想睡不着,深更半夜地,不由自主就来了……"

她哭了。

罗一民和李玖互相看看。

罗一民:"大娘,我和李玖,我俩之间,她管钱,但三四千的,我还做得了主。我向您保证,可以随用随取。"

林母:"那,大娘太感谢了。"

李玖:"大娘,别说三千四千,就是四千五千……"

罗一民:"就是一万,李玖她也会二话不说就往外拿的。"

李玖张大嘴,愣住。

罗一民:"是吧,宝贝儿?"

李玖:"是……是啊是啊!"

林母:"能从你们这儿借一万当然更好了,那估计绰绰有余了,大娘这心里一块石头落地了,那,大娘不搅扰你们了,你俩快睡吧!"

罗一民扶林母走出。

李玖气得咬牙根,抓起枕头,一记记往炕上摔。

罗一民回来了,见李玖双手叉腰瞪他。

罗一民:"怎么了宝贝儿?刚才夸你夸不对了?"

李玖拧他耳朵:"你那不是夸我,是挤对我!挤对得我说不出二话来!"

罗一民:"哎呀哎呀,你怎么不分好赖话呢!人家又不是要,人家是借嘛!我营长现在都是副处级干部了,你还怕人家还不上啊!"

李玖:"就他每月那点工资,猴年马月才能还上?我打你打你打你打你……"

她又抄起枕头打罗一民,罗一民绕着桌子躲。

白天。罗一民存过三万元那家银行,几个人在办存储。

李玖进入,走到一个窗口,四下看看,小声地说:"我取钱。"

办理员接过存折,问:"取多少?"

李玖声音更小地说:"一万。"

左右还是有人听到了,惊讶地看她。

办理员:"请稍等。"拿着她的存折,起身跟一个负责人嘀咕什么。负责人出来了,彬彬有礼地说:"同志请跟我来。"

李玖跟他进了一个房间。

负责人:"同志,现在利息很高,您如果不急用的话……"

李玖："我急用，特急，十万火急！"
负责人无奈地说："那，好吧！"

一块写有"此处施工请绕行"的提示板醒目地摆在小街中间，木马横于小街中段，那儿的下水道口的铁盖半掩半开，下水道口另一边倒放着一只塑料桶。
李玖的身影从小街那头走来，肩挎大布兜。
一个男人迎她走来。李玖看着他，站住，犹豫一下，继续往前走。
那男人走近她时，猝然将她推得贴着一面墙了。男人的一只手卡住她脖子。
男人："要钱还是要命？"
李玖惊慌一下，随即镇定地说："要钱。"
男人："要钱我捅死你！"
李玖："捅死我也要钱。"
男人："你？别人这种时候，可都是保命要紧！"
李玖："别人是别人，我是我，我与众不同。"
男人："以为我不敢捅死你是不是？告诉你，我可杀人不眨眼！"握在男人另一只手上的刀锋，压在了李玖的脖子上。
李玖："行行行，算你狠。我兜子里有一万元，你放开我，一半归你。"
男人犹豫。
李玖："那，四六开，你六我四！"
男人还犹豫。
李玖："三七！我三你七，这是我底线，见好就收，你懂不懂？"
男人放开了她，别好刀，双手抻衣襟，预备兜着钱。
李玖另一只手伸入兜子里，迅速抽出一把菜刀。
男人大吃一惊，后退。
李玖："王八蛋！你姑奶奶防着你们这种人呢！我他妈先要你的命！"
她闭上眼睛，挥刀乱砍："砍死你砍死你砍死你……"
男人转身，尥蹶子就跑。
一阵响声，接着一切归于寂静。
李玖缓缓睁开眼睛——见塑料桶滚到了一边，下水道口的盖子也翻过来了，几乎盖严了下水道口。
下水道传出男人的声音："救命！救命！"
李玖冷笑，收起了菜刀。

两名水道工拖着塑料管子走来，见李玖盘腿坐在下水道盖上。

一名水道工："哎，你怎么偏往这坐啊？"

李玖："有烟吗？"

另一名水道工小声地说："看来精神不好，千万别戗着来，要顺毛'摩挲'……"

第一名水道工掏出烟扔给李玖一支，将打火机给了同伴，也小声地说："我怕这号人，你来。"

对方蹲下，按着打火机，防范地伸长胳膊，替李玖点着了烟。

李玖吸烟，她手一个劲地抖。

一名水道工对另一个说："别急，等她吸完烟就会走的。"

李玖吸完了烟，使劲按灭地上，忽然仰起头，母狼嚎似的："来人啊！有人掉下水道里啦！"

医院，林父的病房里。罗一民拿一又旧又小的半导体在摆弄，按不出声音。

林父在看着，而李玖在从网兜里往外取食品。

窗台上，瓶子里是一束鲜花。

李玖从罗一民手中夺下半导体，扔纸篓里。

罗一民："哎，你……也许是电池没电了。"

李玖："那都是十好几年前的破玩意了！旧的不去，新的不来！"取出了纸盒，拆装，是新的半导体，给了林父。

罗一民："你倒是早说呀！"

李玖："我不像你，一贯言语大于行动。大爷，忠不忠，那得主要看行动，是吧？"

林父感动地说："哎呀，闺女，你想得可真周到，大爷收下了。但是那什么，钱你们一定带回去！我是老工人，医药费不是可以报销嘛！"

罗一民："大爷，有些好药是报不了的，咱得为你用好药！"

林父："如果是治不了的病，无论于公于私，就不必浪费许多钱了嘛！"趁李玖不注意，从纸篓里捡起半导体，塞于枕下。

医生与护士来查房了。

林父："你们仔细看看她，她现在可是名人，认出没有？"

医生摇头。

护士："她……她是那个……报上登的那位，赤手空拳擒拿拦路抢劫惯犯的那位宝贝？"

罗一民骄傲地说："要加儿音。宝贝儿。我对记者随口这么一说，不承想被写到标题字里了。"

林父也骄傲地说："她是我干女儿，他是我干女婿。"

护士一转身跑出。

医生对李玖尊敬地说："荣幸，见到您是我的荣幸！我们医院就有同志被那惯犯拦路抢劫过。放心，老人家在我们这儿一定会得到很好的照顾！"

忽然进来四五名护士，有的将笔和小本伸向李玖，有的向她伸着衣襟和帽子，七言八语：

"李玖同志，向您致敬！"

"李玖同志，请给我签在帽子上吧，我要留作纪念！"

"李玖同志，请签我衣服上！"

李玖一边签名一边纠正："我不叫李玖，叫李玖。汉字玖。数字里边玖最大，是天数！女人我最大，半边天那么大！"

天黑了，病房中拉上了窗帘，瓶中的花枝更少了。林超然侧身站窗前，用小剪刀修剪花枝，何父坐在床尾一角，目光眷恋地望着林父，林父靠坐床上，静之、慧之，一个坐在床左的椅子上，一个坐在右床边，各自握着林父一只手。

林父幸福地对何父说："住院的感觉还挺好。我这辈子，从没被这么多人当回事儿过。"

何父："那就别急着出院，多住几天。"

静之："只要你觉得好，费点儿钱亲人们也都高兴，别考虑钱嘛。"

林父："你看，静之、慧之，一边一个，这么亲地握着我手不愿放。医生护士都以为她俩是我女儿呢！"

何父："当然也是你的女儿。"

林父："想当初，超然和凝之决定结婚前，我的态度还不太积极，怕和你们知识分子结成亲家，以后关系不好处，哪承想，咱们越处越亲……"

静之："那是因为您和大娘处处礼让着我爸妈。"

林父："哪里，是你爸妈处处让着我和你大娘。"

慧之："大爷，您和大娘，就像我们三姐妹的另两位父母。"

何父："静之，慧之，让你们大爷早点儿睡，咱们走吧。"

于是静之、慧之依依不舍地站了起来。

何父:"亲家哥,刚才也没机会握你的手,现在咱俩也握一下手吧?"

林父:"不跟你握的。别人说,在医院,太正式的握手不吉祥。"

何父:"好。那就不握,接你出院时再握。"

林超然送出何家三口后,父亲对他说:"扶我躺下。"

林超然扶父亲躺下了。

林父:"坐我旁边。"

林超然坐在了床边椅子上。

林父伸出了一只手:"儿子,你也握着我的手。"

林超然用双手握住了父亲那只手。

林父闭上了眼睛,给小孩讲故事似的:"我小时候,常听老辈人说,这么样亲人握着亲人的手,阎王爷派出索命的小鬼一看,就想他们在阳间的亲人了。一想,心就软了……"

林超然:"爸,您刚才说了不少话,睡会儿吧。"

林父:"再说几句。你信不信?"

林超然:"我嘛,半信半疑的。"

林父:"我……也是。"

林父:"我困劲儿还真上来了。听我儿子的,不说了……"

林超然:"爸,那就睡个好觉……"

天亮了。林超然握着父亲的手,上身斜伏在父亲腿边,也睡着了。

护士进入,拉开窗帘,林超然醒了,又走到窗前,挑出枯萎的花枝。

护士走到床边,细看林父,俯身倾听林父的呼吸,惊慌,跑出门去。

林超然转身,吃惊地望着父亲,挑出的枯花从他手中落在地上。

瓶中只剩下了两枝花,一白一红。

护士又回到了病房,一男一女两位医生也来到病房。男医生摸林父脉搏,用听诊器听林父心脏。

男医生向女医生摇头。

女医生向林超然摇头。

护士欲用被子盖住林父的脸,林超然不许。

医生护士互相使眼色,皆退出。

林超然坐下,用小剪刀为父亲剪指甲。

他伏在了父亲身上,双肩剧烈耸动。

第 二 十 九 章

这是一天的中午。何家在中学校园里住过的那幢砖房,几扇窗子都敞开着。

屋里,站着慧之与杨一凡。慧之照例穿上了白大褂,戴上了白帽子,挽着双袖,一手拿笤帚,而杨一凡背着的是一个马桶兜。屋里的情形,显然被修缮过。这里那里的裂缝,出现一道道或白灰或水泥抹过的痕迹。当初杨一凡画出的图案,不但褪色了,还被抹过的痕迹破坏了。

杨一凡:"张继红他们来过?"

慧之点头。

杨一凡查看那些被抹过的痕迹,称赞:"他们干得很细心。"

慧之:"也不想想是给谁家干啊!可抹出这么多黑黑白白的道子,多难看。也不说用灰刷一遍,你还夸他们。"

杨一凡:"我想,他们是不忍心完全覆盖了我的作品,把最有创意空间的活留给了我。起码,我能恢复我作品原先的色彩。"

慧之:"我也给你带了一件白大褂,换上吧?"

杨一凡:"不。那会弄脏的,我穿我自己带的。"

慧之看一眼手表:"现在快一点了,估计咱们得干到几点?"

杨一凡:"争取五点结束。"

杨一凡换上了一件蓝色的布满油彩点子的大褂,站在椅子上,高举笤帚刷墙。

慧之在用另一把笤帚扫地。

杨一凡在收拾门前、窗前的杂物,重摆砖围子,扫地,忙个不停。

慧之在擦窗。

屋里，杨一凡开始站在椅子上描画图案了，慧之照例充当助手，一会儿端起盛着彩色灰浆的盆，一会儿递刷子。

慧之忽然失声尖叫，盆从手中落地；还好，盆中已没多少灰浆。

杨一凡奇怪地看她，她指杨一凡放在地上的马桶兜；杨一凡下了椅子，走到马桶兜那儿蹲下，倒拿手中刷子，用刷柄拨弄兜子里边。

杨一凡捧起了一只很小的小猫；慧之喜欢地笑了，接过小猫，爱抚。

中午的太阳偏西了，转眼变成为火红的夕阳。慧之和杨一凡站在屋里，双双伏于同一窗台。另几扇窗子已关上，玻璃擦得明明亮亮。

原先的图案已焕然一新；至于那些抹过的道子，皆被画成了海草或珊瑚，旁边有各种美丽的热带鱼仿佛在漫游。

学校的操场上，几位男生在踢足球。

杨一凡："咱们提前半小时完工了。"

慧之："别急着走。一会儿咱俩都洗把脸，然后我请你吃饭。"

杨一凡："我急着听到你的称赞。"

慧之扭头亲了他一下，却叹口气道："说心里话，我还是更喜欢我们即将搬出的那套楼房。住这儿，家里又得预备尿盆了，冬天又得烧煤，烧木柴，倒煤灰，麻烦死了……"

杨一凡："不同的生活，有不同的滋味儿。火炉、火墙、火炕的温暖，比起暖气的温暖，更是温暖。听一壶水嗞嗞响着，在火炉上渐渐开着，和在煤气灶上烧开，是不一样的心情。"

慧之："你呀，总是和别人不一样。"说罢，亲了小猫一下。

操场上不断传来男生们的喊叫声。

杨一凡："为了你，我已经在尽量处处装得和别人一样，说不使别人诧异的话了。"

慧之握了他手一下："别为了我装，那太委屈你了，也没必要。"

杨一凡："在儿童、少年、青年和老年四种人生阶段中，你更喜欢哪一种？"

慧之想了想，认真地说："儿童阶段。你呢？"

杨一凡："青年阶段。"

慧之："因为你像儿童，所以我喜欢儿童阶段。"

杨一凡："因为我喜欢爱情，所以我喜欢青年时代。因为我是青年，所以爱你爱得甜甜蜜蜜，快快乐乐的。"

慧之不禁扭头凝视他。

杨一凡："这样的话，还不算正常人的话吗？"

慧之："听来还是特像儿童的话。"

杨一凡沮丧了："我很笨，是不是？"

慧之："太聪明了有什么好？"捧住他脸，深情地吻他。

小饭馆里，只有慧之和杨一凡在吃饭，清静。

杨一凡将口中嚼过的饭吐在掌上，喂小猫；慧之温柔地看着。

杨一凡："它太小了，由我来养吧？我会好好照顾它的。"

慧之点头，问老板娘："生意还行？"

老板娘边嗑瓜子边说："马马虎虎。小猫挺漂亮，留这儿吧。"

慧之："那可不行！你看他会舍得吗？"一回头，杨一凡不在了；她用目光一找，发现杨一凡钻桌子底下了，柔声地说："咪咪，我不抓你，听话，自己过来……"

老板娘："你什么人？"

慧之："猜。"

老板娘："你弟。"

慧之："错。我爱人！"

老板娘："爱人？整个儿一大孩子！"

慧之："已经爱上了，那咋办？"

老板娘几乎幸灾乐祸地说："那是不好办了，谁叫你摊上了呢！"

慧之望着钻出桌子，抱着小猫的杨一凡，幸福地说："是啊，谁叫我摊上了呢！"

林家。何父坐在椅上，抱外孙于膝，背诗给外孙听："君不见，黄河之水天上来，奔流到海不复还！高堂明镜悲白发，朝如青丝暮成雪……"

他白头发明显地多了。

外孙傻傻地看着他。

而林母和静之，则一个坐炕上，一个坐炕沿，默默包饺子。

何母扎着围裙，端着一大盘凉菜，从厨房走入，将凉菜放桌上，问何父："你念经呢？"

何父："背诗给我外孙听。"

何母："他听得懂吗？像你这么看孩子，早晚把孩子看傻了！"又对静之说，"静之，去叫超然过来吃饭。"

静之放下手中一个饺子，默默出去了。

何母坐在炕沿，对林母说："亲家母，去我们那儿住几天？"

林母凄然一笑，摇头。

何母："超然白天上班，你一个人多孤单？"

林母："不是有孙子嘛。"

何母："到了晚上，你们母子这边睡一个，那边睡一个，哪个心里都冷清。"

林母拉住了何母一只手："超然懂事，最近天天晚上陪我，他睡吊铺上。你们工作忙，静之学校里也忙，慧之又在江北那么远的地方上班，你们一家，就别操心我们这边了啊？"

何父干咳一声，之后迟迟豫豫地说："要不，咱们大人之间说开了，说定了，就让静之……我的意思是，都支持他俩的事成了吧！"

何母："亲家母，你说那么样，好不？"

林母连连点头："好，好，怎么不好……"

她一扭头，无声地哭了。

林家小偏厦子里，桌上并排摆着三幅遗像。中间是大一些的林父的油画像，两边是凝之和林超越的。

林超然倒坐在一把椅子上，双手叠于椅背，下颌放在胳膊上，呆望着亲人们的遗像；而静之，双手背于身后，贴墙站在门口那儿，呆望着林超然。

静之："走吧，要不大娘或我爸妈，会亲自过来叫的。"

林超然："先是让我当不成哥了；没几年，突然地又让我当不成丈夫了；现在，又让我当不成儿子了……如果命运是一个人，我非和他拼了不可……"

静之走到他跟前，低声地说："命运什么都不是，只不过就是人生的一些内容。"

林超然流泪了，抬头望着她说："我没准备好……我怕了……"

静之情不自禁地搂抱住他的头，安慰："吃饭的时候，不能再流泪了，更不能再哭了。你一哭，大娘不是更伤心了？"

林超然的双手也搂抱住了静之的腰，语无伦次地说："我不哭了……我……楠楠……我每天晚上……我面对他们一老一小，我……找不到，我找不到话说我……"

他终于还是哭出了声。

下雪了，一九八二年年底的初雪，一九八三年就要到了。

火车站。何父、慧之在等待上海开来的列车。慧之的生母陈阿姨要来了。慧之直到此时还不知自己的身世。

列车开来，乘客下车。慧之与父亲奔向一节车厢，望着车门口，慧之手拿陈阿姨的军装照。

陈阿姨下了车，仍一身棉军装，只不过没领章帽徽肩章，她转业了。

慧之认出了她，叫："陈阿姨！"

陈阿姨的目光望向她。

慧之迎上去，拥抱住了陈阿姨，趁机耳语："千万别提我大姐！"

何父也迎上去，接过了陈阿姨手中的东西。

何父："淑兰，如果走在路上碰到了，还敢认我吗？"

陈阿姨摇头："你老了，我也老了，都老了……"

慧之："阿姨不老，精神着呢！"

陈阿姨："你这么说是成心哄阿姨高兴呗。连你我也不敢认了，你是哪个？静之还是慧之？"

慧之："阿姨，我是慧之。我妈没给您寄我们的全家照？"

何父："看你问的，你们都返城后，一直说抽空儿照张全家福，不是这个有事儿，就是那个有事儿，照成过吗？"

慧之："总说有事儿的那是您！"

陈阿姨："慧之，让阿姨好好看看你，我那儿只有你们姐妹小时候的照片。你如今长成大姑娘了，像秦怡年轻的样子嘛！"

慧之不好意思了："人家是大明星，我哪儿比得上人家年轻时漂亮啊！"

何父："走吧，挺冷的，别让你陈阿姨站这儿挨冻了。"

雪天中。何父蹬着三轮平板车，车上坐着慧之和陈阿姨。

陈阿姨小声地说："为什么不许我提你大姐？离婚了？"

慧之摇头，解开两颗扣子，让陈阿姨看她袄里。她袄里缝着一块长方形黑布。

慧之小声地说:"十月份的事,我好几件衣服上都缝了。静之也和我一样。"

陈阿姨明白了,戚然,随之搂住了慧之。

何家。何父推开家门,往屋里请陈阿姨。

陈阿姨进了屋,环顾四壁,十分惊讶。

何父:"这么不伦不类的一个家,都不好意思往家里接你。"

慧之望着陈阿姨,期待她的说法。

陈阿姨:"多美丽的一个家啊!只有童话里才会出现!"

慧之笑了。

陈阿姨见何母呆呆地望着自己,微笑道:"你那么看着我干什么?坐我边上。"扯了何母一下。何母坐在她身旁,感慨地说:"都十来年没看到你了。想你的时候,就看你的照片。看惯了照片上的你,现在一下看到眼前的你,有种一时对不上号的感觉。"

陈阿姨:"我和我的照片比,老了那么多嘛?"

何父:"她老多了,你可没太大变化。"

陈阿姨笑了:"你也哄我呗。哄我可以,我爱听,但也别哄一个,打击另一个嘛。"

何父也笑了:"私下里我也总哄她,我还给她买过高级的蛤蚧油呢!"

陈阿姨:"就是你们往西藏寄过的那种?"

何父:"对,三元多一蛤蚧!那至今还往朝鲜出口呢。"

何母:"我这双娇气的手,一到冬天,沾水就裂。可我是主妇,能总是让他那双手弄水吗?"

陈阿姨抓住何母一只手看,之后用双手亲热地捂着,对何父说:"你替我心疼她是对的,否则我会严厉批评你的。"又对何母小声说,"我真不知该怎么感激你。"

何母朝门那边努嘴:"不许再说这种话,小心慧之听到。"

门一开慧之端一盆热水进入,绞了一下热毛巾递给陈阿姨:"阿姨,擦擦脸。"

陈阿姨接过,擦脸,看着慧之说:"慧之真懂事儿。"

慧之:"我爸妈教育得好呗。"

何父:"半大孩子都应该懂这点儿事,她气我俩的时候你是没见着过,有时候气得我真想扇她两撇子。"

慧之:"阿姨,别信我爸的话,我在爸妈面前可乖了,差不多是百依百顺!"将沏好的一瓷杯茶端给陈阿姨,"阿姨请用茶。"

陈阿姨:"来,你坐阿姨另一边。"

慧之坐到了她的另一边。

何母:"淑兰,刚才我看着你发愣,那是因为照片上的你,帽子上有红星,领子上有红旗,衣肩上有肩章,英姿飒爽。你这一转业,军服上什么都没有了,我一时反而还……难以接受你的样子了……"

何父:"你陈阿姨转业前可是副团级军官啊!"

陈阿姨左右搂住了何母和慧之:"想你们,做梦都想你,所以申请转业了。以后,来哈尔滨看你们的次数就会多了。"

电话响了,何父接听电话:"对,是的。我们刚把她接回家里不一会儿。"转身捂住电话对陈阿姨说,"居然是找你的。"

陈阿姨起身接电话,热情地说:"大姐,我到了……不愿麻烦你们啊,千万别见怪,对,我是想逛逛哈尔滨的雪景,哎呀,太……行行行,听你们的。"

她放下电话对何父何母和慧之说:"是我战友中一位老大姐,现在是警备区副司令员的夫人,我来前和她通过了电话,告诉了车次,没想到她们也派人去车站了。没接到,车往这里开来了。"

何父:"你一路上坐我的专车上,那不就算逛了哈尔滨的雪景了吗?"

陈阿姨:"我那位老大姐的性格固执得很。她要是替谁安排的事,谁就只有服从。要不她会生气的!"

何父:"千万别让她把你安排到别处住啊。你和慧之要天天住这儿,我和慧之她妈还住办公室去。"

慧之:"阿姨,求求你和我多住几个晚上吧。我还有好多心事要跟你说呢!"

何父严肃地说:"该说的跟你阿姨说,那不该说的,别乱说啊!"

慧之:"我的心事,该说不该说,得由你来决定?"

何父:"对,一会儿你陈阿姨离开了,我要和你单独谈话。"

慧之逆反地说:"又来那一套!"

何父:"哪一套?"

慧之："高压手段那一套！"

陈阿姨一会儿看这个，一会儿看那个，分明地，她看到的使她暗暗吃惊。

何母："老何，当着淑兰的面，你这是干什么你！没你这么管教孩子的，好孩子也会让你管教坏了。"

何父意识到自己失态了，摸了慧之头一下，掩饰地说："我逗她玩呢，我可爱逗她玩了！"

慧之一拨头："我还是小孩吗？"

何母："慧之，当着你陈阿姨的面，你也少说几句！你陈阿姨刚夸你懂事！"又对陈阿姨说，"淑兰啊，你刚才说，来电话的，是警备区副司令员的夫人对不对？"

陈阿姨点头。

何母："跟你感情很深？"

陈阿姨点头。

何母："如果咱有事儿求她，她能尽量帮忙不？"

陈阿姨："我想，能吧。"

何母："太好了，慧之她现在上班的医院，在松花江北边，离家远，交通又不方便。而且，还是一所精神病院。何不求求你那位老大姐，把慧之调到警备区医院去，要不，我可不顺心啦。"

何父："对对，好想法，要不我也不顺心。真调到警备区医院去，慧之不也能穿上军装了。"

陈阿姨沉吟地说："这……咱们以后再商量。"

慧之大不高兴地说："爸，妈，你们怎么这么好意思啊？这叫不正之风！一些干部一被平反，重新一掌权就又利用职权谋取私利，老百姓特烦！把我陈阿姨接到家里来没多一会儿呢，你们就想为我走她的后门，脸红不脸红啊？我有过这种要求吗？我在江北精神病院表现良好，大家都喜欢我！如果我走后门调离了，我不就成了别人议论的话题啦？我不愿那样！"

一阵肃静。

何父："别说得那么严重好不好？我只不过一中学校长，算什么干部？"

何母："别人议论一阵就过去了，为了你好，妈一点儿都不脸红。"

慧之："那不成了厚脸皮了吗？"

陈阿姨："慧之，你给我住口。"

慧之万没料到，愣住。

又是一阵肃静。

外边响起汽车喇叭声。

陈阿姨瞪着慧之说:"你怎么可以那么跟你爸妈说话?我忍你半天了。'亲有过,谏使更。怡吾色,柔吾声。'这十二个字,你以后要给我记住。"

慧之眼泪汪汪了。

陈阿姨又对何父何母说:"车既然到了,我总得坐着去兜一圈儿。保证不住别处,一定回来吃晚饭。"

何父、何母点头。

陈阿姨走到门口,在门口站住,回头对慧之说:"跟我出来一下。"

慧之抹了一把眼泪跟出。

外边,陈阿姨对慧之说:"陪不陪我去?"

慧之摇头。

陈阿姨:"你爸妈把你拉扯大多么不容易,一个知道感恩的女儿是不会那么跟父母大声嚷嚷的,更不会当着外人的面大声嚷嚷!"

慧之:"我没拿您当外人。我尊敬您。不愿爸爸妈妈使您做违心的事,损害您军人的荣誉……"

陈阿姨:"这我明白……既然你不愿陪我去,我也不勉强。回屋后,不许跟爸妈拌嘴了啊!"

慧之哭出声:"阿姨说那十二个字,我不知道是哪十二个字?"

陈阿姨替她擦眼泪:"好声好气地问你爸妈,他们知道。"说着往屋里推慧之。

上海牌小汽车的前门开了,下来一名现役军人。向陈阿姨敬礼,拉开了车后门。

陈阿姨坐入车里又说:"告诉你爸妈,我也是要为他们去买份见面礼,而且是我们年轻时共同喜欢的。"

车门关上,车开走了。

雪还在下着。松花江畔。

陈阿姨与那位军人的身影在雪中走着。

军人:"首长,雪不小。请还是回到车上吧。"

陈阿姨:"不许叫我首长,我一个副团职,算得上什么首长,再说我已经退役了，叫我大姐。"

军人不好意思："是，大姐。"

陈阿姨："我喜欢雪，尤其是在雪天行走。就像有的南方人，喜欢在黄梅雨季撑着伞，在小街小巷漫无目的行走。"

军人："西藏的冬季也下雪，您在西藏军区服役了多年，还没看够雪？"

陈阿姨："西藏的雪和东北的雪是不一样的，那边的雪很硬，像盐粉，往往结不成雪花儿。"用一只手接住雪花，看着又说，"这里的雪很柔软，结成的雪花像艺术品。哎，你不是说江边有卖画的吗？怎么一个都没看见？"

军人："肯定是由于下雪啊！往常卖什么画的都有，国画、油画、板画，一排排一溜溜儿，现在哈尔滨也有外国人来了，他们最喜欢买。因为哈尔滨画家画的构图好，又便宜，但就是……"

陈阿姨："说下去。"

军人："有关方面是会驱赶他们的，不服从的还会给抓走，没收他们的画，宣布他们破坏了社会主义经济基础。"

陈阿姨："那没收了，怎么处理呢？"

军人："这我就不太清楚了，听说，一般是要烧了的。"

陈阿姨："那你怎么看？"

军人一愣："我没看法。"

陈阿姨："任何人对任何事都会有看法，也应该有看法，你怎么会没看法？"

军人："大姐什么看法？"

陈阿姨："我的看法非常明确，抓人、烧画，那是'文革'遗风！加强管理是可以的，但更要提供方便。将来喜欢买画，在家里挂幅画的中国人会越来越多。这是我的看法，你也请说说吧。"

军人："我……还是没看法。"

陈阿姨笑了，打他一下："你这位同志啊，狡猾狡猾的。"

军人又不好意思了，忽然指着说："大姐你看！"

远处有一个身影——杨一凡的身影，伫立雪中，扶着大画框。

陈阿姨和军人走到了杨一凡跟前，杨一凡身上已落了很厚的一层雪，显然，他站在那里多时了，而画也几乎完全被雪覆盖住了。

陈阿姨："卖吗？"

杨一凡点头。

陈阿姨:"画的什么?"

杨一凡:"自己看。"

军人:"都落满雪了,别人能看到什么啊?"

杨一凡:"谁想买,谁就应该把雪擦去。"

军人:"你这话说得就不对了,既然你想卖画,就应该时不时地擦一擦雪。那样别人才能一眼看见你画的是什么。"

杨一凡:"我与众不同。"

陈阿姨与军人不由互相看一眼,军人掏出手绢。

陈阿姨:"我亲自来。"接过手绢,擦画上的雪。几擦之后,显现出了慧之戴护士帽的面容。

杨一凡:"请先扶一下。"说完竟然跑了。

陈阿姨和军人又一时互相看看发愣,再看杨一凡,他边跑边喊:"停住!停住!赶快停住!"

原来江面上有一个男青年在推着爬犁跑,爬犁上坐一扎红头巾的女青年。爬犁停住了。

杨一凡:"前面有好几个钓鱼的冰窟窿,危险!"

爬犁拐弯了。

杨一凡竟伏在栏杆上愉快地看起来。

一只手拍在他身上;他一转身,跟前不但站着陈阿姨和军人,还站着一戴水獭帽子的香港人——是杨雯雯她外公的秘书。

军人:"不卖你的画啦?"

画上的雪已经擦尽——画的是白帽子白大褂的慧之。

杨一凡:"真想买?"

陈阿姨:"你画的?"

杨一凡点头。

陈阿姨:"你画的什么人?"

杨一凡:"我爱的人。"

陈阿姨:"她叫什么名字?"

杨一凡:"我的秘密,不能告诉别人。"

秘书:"哎,我不问这么多,卖给我吧。"

杨一凡:"那不行,他们先要买的,他们不买才能轮到你。"

陈阿姨:"多少钱?"

杨一凡:"八十四元五毛二。"

军人:"你怎么还带几分几毛的零头?"

杨一凡:"我的秘密,不能告诉你。"

军人:"八十四元怎么样?"

杨一凡:"一口价,少一分也不行。"

秘书:"卖我,卖我,给你一百元,卖给我!"

他说着,掏出了大钱包。

杨一凡:"别急,先问他们买还是不买。"

秘书:"哎,你们这买的卖的,怎么都这么啰唆啊?"

杨一凡:"凡事都有先来后到,嫌啰唆你别等了。"

秘书:"我可一开口就给你一百元啊!"

杨一凡:"轮到卖给你也是八十四元五角二。不多收一分,不少卖一分。"

秘书气得干瞪眼不知说什么好。

陈阿姨:"我再什么也不问了,买了。"又对军人说,"我没钢镚儿,你那有没有?"

军人:"大姐,我也没有。"

杨一凡:"我兜里有不少,找得开。"

秘书生气地转身便走,嘟哝:"简直是神经病!"

突然一声断喝:"杨一凡,又是你!这第几次了!"

一名巡警出现了。

杨一凡:"好几次刚要卖成就让你搅黄了,我还想说又是你呢!"对陈阿姨小声地说,"别理他,他不真管我。"

巡警大声地说:"这次我要真管!走,走!拿上你的画走。"

军人拍拍巡警的肩,示意对方到一边说话。

杨一凡小声对陈阿姨说:"他精神有点儿不正常。"

晚上。为了欢迎陈阿姨的到来,何母亲自在厨房忙碌,林超然在打下手。

何母:"超然,把这盘菜也端上去。"

林超然接过菜,进了屋。

屋里，何父、静之、慧之在陪陈阿姨看电视。电视里，又是姜昆在表演相声《照相》。然而，由于主人们不笑，陈阿姨也不笑，主人客人都安静无声地看着。

林超然往桌上放菜时，静之扭头看他。

林超然张大嘴，不出声地说："笑……"

静之困惑。

林超然只得用手在空中写一个大大的"笑"字。

静之看明白了，却纳闷儿似的："你们怎么都不笑啊？"

何父："是啊是啊，当年太可笑了！"

慧之："是太可笑了。"

陈阿姨奇怪地看何家父女，不过还是都没笑，气氛反而有点儿莫名其妙了似的。

林超然："陈阿姨……"

陈阿姨回头看他。

林超然："姜昆当年也是我们兵团的，他带宣传队到我们马场独立营演出过，我还跟他合过影呢！"

慧之："他爱人也是兵团的。"

静之："陈阿姨，慧之当年可笑的事，比这段相声还可笑！"

陈阿姨："是吗？说来听听！"

静之："人家慧之，当年日记里记了一则革命得不得了的日记，还被他们连的宣传队谱上了曲。他们连的知青轮流敲钟……"

慧之："不许说！"

静之站了起来，连说带比画："当我手拿敲钟铁，我就想到了我是为革命在敲钟。上工敲钟是催同志们马上去战斗；批判会前敲钟，是号召同志们准备和思想上的敌人拼刺刀；我敲的是革命的钟，我敲的是战斗的钟，我敲的是资本主义的丧钟，我敲的是无产阶级的警钟……"

陈阿姨、何父、慧之都不看电视了，转身看静之。

静之："革命的钟、战斗的钟、红色的钟、路线的钟，越敲精神越抖擞，直到敲出一个红彤彤的新世界！"

大家这才笑了。

连慧之自己也笑了，佯怒地说："揭人家短，我打你！"

她站起来欲打静之，静之往林超然身后躲。

林超然："别闹了，慧之，帮我点儿忙。"

慧之随林超然往外走时，林超然小声对她说："到门外等我，有话跟你说。"

门外。林超然问："听你爸说，你也请一凡来了？"

慧之点头。

"我到了。"两人一回头，见杨一凡已在他俩跟前。

慧之双拳齐抢，连说："打你！打你！打你！"

杨一凡连连后退，莫名其妙。

慧之指着他大声地说："来了也不许你进门！"

林超然将她推入了屋里。

杨一凡："谁惹她生气了？"

林超然："先不说她，先说你。你今天千万要表现良好。家里来了一位客人，这位客人极为特殊，你千万千万别让客人感到你和别人不一样。"

杨一凡又天真又认真地："到何家来的，还有比我更特殊的客人吗？"

林超然："你算老几？"

杨一凡摇头："我不知道，营长，那你告诉我，我算老几？"

林超然对牛弹琴无可奈何地说："我的意思是，你别把自己当客人！"

杨一凡认真地说："我从没把自己当客人，我时刻提醒自己，我是慧之的爱人。"

林超然："给我记住，进了门，就要自觉忘记你是慧之的爱人！"

杨一凡："营长，这对我可太难了。"

林超然："我强烈要求你，难也得做到！"

杨一凡："那，我尽量。"

屋里。杨一凡的画靠墙放着，陈阿姨又在欣赏，何父何母站她两边，静之在包饺子。

慧之洗罢手，帮静之包。

陈阿姨："画得真好，多像慧之啊！"

何父："是啊是啊，没想到让你这当阿姨的给买回来了。"

慧之："要是让别人给买去了，我非登报再高价买回来不可！"

何母："慧之，大人们在说话，保持一会儿沉默啊？"

林超然搂着杨一凡的肩一块儿进来了。

林超然:"陈阿姨,他就是我的兵团战友杨一凡。当然,也是慧之间接的战友。"

陈阿姨:"战友怎么还分直接间接的啊?"

静之:"他俩在兵团时不认识,返城之后才认识的。"

陈阿姨:"小杨,虽然咱们见过了,那也再正式认识一下吧!"说着,向杨一凡伸出了手。

杨一凡:"我不和您握手。"

众人皆愕。

杨一凡:"慧之叫您阿姨,所以您也是我的阿姨。正式认识我应该向您鞠躬。"

他恭恭敬敬向陈阿姨鞠了一躬。

陈阿姨乐了:"这孩子,真懂礼节。"转向何父何母,"如今懂礼节懂到这么细处的青年不多了,是吧?"

众人都暗松一口气。

何父:"是啊,是啊。"

何母:"他也就这一点有时候还算正……"

静之赶紧接言道:"还算正合我妈的心意。"

何母瞪她一眼:"少接一句,能把你当哑巴?"

何父:"我认为,静之接话接得对,动机和效果要统一来看。"

林超然:"同意。"也洗了手包饺子。

陈阿姨:"你们的话怎么都怪怪的?"

杨一凡:"在精神有点不正常的人听来,许多自以为精神正常的,恰恰爱说些怪怪的话。"

众人又愕。

陈阿姨:"对,小杨你说的对,接近是格言!"

杨一凡笑了。

大家都笑了,但何父、何母笑得极不自然。

慧之:"你别得意!我问你,为什么把为我画的肖像卖了?"

杨一凡:"你的脚在兵团冻伤过,我要为你买双靴子!"打开带来的鞋盒,里边是一双半高腰的皮靴。

静之:"嘿,真漂亮!"

杨一凡问慧之:"喜欢吗?"

慧之一扭头："不稀罕！反正我心里很不高兴！"

杨一凡："脚比画重要。"

慧之："对于我，画比脚重要！"

杨一凡："画卖了，还可以再画。脚冻坏了，不可能再生出一双好脚。"

林超然："你俩打住，都不许再争论，行不？"

何父："对对，不许再争论！"

何母："反正又没卖到别人家去。"

陈阿姨："我同意小杨的话。喜欢画是浪漫主义，爱护脚是现实主义。在人生更多的时候，浪漫主义得为现实主义让路。"

杨一凡又笑了。

陈阿姨："可是小杨，能告诉我吗，为什么非要卖八十四元五角二？"

杨一凡："这双靴子的价格是一百一十元，我所有的钱，加上储币罐里的分币，总共才二十五元四角八分，所以我必须卖八十四元五角二分啊！"

众人愣愣地看他。

慧之："那，你一分钱也没有了？"

杨一凡："还有十几元饭票。再过几天开工资了，我不吸烟不喝酒，过几天一分钱也没有的日子，不算委屈的事儿。"

陈阿姨："慧之，快说谢谢！"

慧之装没听到。

陈阿姨："慧之！"

何母："慧之，连陈阿姨的话也不听？"

慧之大声地说："我谢在心里了行不行啊！"

众人皆笑，杨一凡笑得最天真。

屋里，所有人都坐在桌旁了。

何母对陈阿姨亲热地说："淑兰啊，上海菜我都做不大好了，你凑合着吃啊！"

陈阿姨："这不做得蛮好嘛，样样都是我爱吃的，亏你还记得。"

慧之："阿姨，有没有人向您介绍过我和……"

何父赶紧抢过话："慧之，你自己不必再介绍了嘛，爸能不替你介绍啊！来来来，都举一下杯……"

慧之："慢，他还是我……"

何母又抢过话去："他还是……那个……他教慧之学画，算是老师吧！"

陈阿姨对杨一凡说："我很欣赏你的画，包括画在墙上的。"

杨一凡："可我并不是教慧之学画的老师。"说罢，看一眼林超然，意思是：我这么说算正常话吗？

林超然点一下头。

慧之："他还是我男朋友。"

何父："对对对，他们之间呀，既是当年的兵团战友，又是返城之后的朋友。不分男女，男男女女的，互相之间都称朋友。"

慧之："不完全是我爸介绍的那样。确切地说，他是我未婚夫，只不过我爸妈到现在还不愿接受他。"

陈阿姨的目光望向了何父何母。

杨一凡："因为在兵团的时候，我的神经受过刺激。"

陈阿姨："当年我的神经也受过刺激。"

杨一凡："所以，有那么一段时期，我的精神不太正常。"

陈阿姨："我也是。可粉碎'四人帮'后，一高兴，就正常了。"

杨一凡："我的情况跟阿姨一样。"

陈阿姨："我还写诗写散文呢！都别急着碰杯，我有一本新出的诗集要向你们炫耀炫耀！"

她起身离开，从包里翻出了一本诗集递给杨一凡，得意地说："我加入了上海市作家协会。"

静之："小杨是省美术家协会会员，目前在鲁迅美术学院读研究生。"

慧之："秋天的时候，我天天下班以后给他去当模特。现在我可以宣布了……那幅油画已经在北京中国美术馆参展，题目是《护士》。我给起的，我觉得文艺作品的题目越普通越好。"

陈阿姨："那么，现在真的有理由共同碰下杯了！"带头举起了杯。

于是大家共同举杯一碰，何父何母难免有点儿不自然。

杨一凡："阿姨，我可以朗读一段吗？"

陈阿姨："当然可以了。"

杨一凡很有感情地读了起来：

当最后一片雪花

在暗夜里消失；

当黎明漫上
　　斗大的窗口；
　　我知道
　　春天已经开始。
　　因为在铁条和铁条的间隙，
　　那棵老杨树的眼睛
　　又亲切地与我对视；
　　并且默默告诉我
　　春天的信息。
　　呵，我又想写诗！
　　因为春天
　　真的已经开始……

　　何母带头鼓掌，于是大家都鼓掌。
　　何父："好诗！"
　　陈阿姨："诗倒是太一般了。但小杨你读得很好，谢谢。这本，一会儿我签了名送给你吧。"
　　杨一凡彬彬有礼地说："我也谢谢阿姨。"
　　静之向林超然使眼色。
　　林超然举起了杯："我提议，为爱情干杯！"
　　于是大家第二次干杯。
　　何母："大家吃菜，吃啊，谁也别客气！"
　　何父夹了一筷子菜，犹豫一下，放在杨一凡盘中。
　　杨一凡："谢谢岳父大人！"
　　大家都笑了。
　　雪后的月亮好大，白如银盘。

　　陈阿姨、慧之和杨一凡三人在校园里散步。
　　慧之挽着陈阿姨，杨一凡走在陈阿姨另一侧。雪地亦白如银毡，被三人踩出吱吱的响声。
　　陈阿姨："小杨，那么你究竟爱上了慧之哪一点呢？"
　　杨一凡："她漂亮。"

"噢？"陈阿姨站住，转脸看慧之，坦率地说，"我认为，其实慧之不属于那种称得上漂亮的姑娘。"

慧之："我自己也这么认为。情人眼里出西施，我也没法子。"

杨一凡："她有点儿像年轻时的秦怡。"片刻又说，"我说的是有点儿。"

慧之："阿姨也这么说过。我没看到过秦怡年轻时候的照片，只能姑妄听之。"

杨一凡："'文革'前，我们北京的中学生，不少人有十大明星的剧照贺年片，我见到过。我从不为了讨好谁而说不符合实际的话，对慧之也是。"

陈阿姨又看慧之："秦怡年轻时的照片我当然也见到过，你是有那么一点儿像她。"

杨一凡："阿姨，我敢说，您年轻时肯定也有那么一点儿像秦怡。"

陈阿姨："照你这么说，我和慧之不是也有那么一点儿像了吗？"

杨一凡绕到陈阿姨、慧之对面，端详这个，端详那个，认真地说："我画家的眼睛向我证明，你们确实也有那么一点儿像。"

陈阿姨与慧之对视，都笑了。

陈阿姨："那我也只有姑妄听之了。可，除了漂亮不漂亮，你还应该爱上慧之点儿别的方面吧？"

杨一凡："她善良。"

陈阿姨："这倒是的。据我所知，她们三姐妹都善良。所以，'文革'中她们不跟着发狂发癫的，绝对不做伤害别人的事。慧之，这一点，你应该感谢你爸妈对你们教育得好。"

慧之点头。想了想，说："我大姐也做出了好榜样。"

陈阿姨："我也要替你感谢你爸妈，还要感谢你大姐。"

慧之："为什么？"

陈阿姨："因为我也爱你呀！如果你居然不善良，那我会十分伤心的。每一个人，都要对那些教育出了善良青年的人心存感激。因为青年如果不善良，那任何一种所谓能力都不会使他成为好青年。"

慧之："阿姨，一凡也很善良。"

陈阿姨："这我的眼看得出来，尽管我的眼不是画家的眼。小杨，还有什么补充的吗？"

杨一凡："慧之是经常说我言行不正常的人。可是呢，恰恰在她面前，我觉得自己的言行比正常人还正常。"

陈阿姨:"这可就有点儿太深奥了。慧之,你经常那么说小杨是不对的。"

慧之:"我那是经常跟他开玩笑。"

杨一凡:"阿姨,我禁得起她那种玩笑。"

陈阿姨:"慧之啊,如果你爸妈就是不理解你们呢?"

杨一凡:"那我们就只相爱,不结婚。就那么心心相印地相爱一辈子,也挺好。"

陈阿姨:"嚯,悲壮起来了。"

慧之:"我也是那么想的。有情人何必终成眷属?在爱情问题上,现代一点儿又何妨?"

陈阿姨:"比起有情人终成眷属来,只相爱,不结婚,终归是有些遗憾的。再心心相印,那也是遗憾的心心相印……"

慧之有些急了:"阿姨,那您说我们该怎么办啊?"

陈阿姨微笑了:"你爸妈特听我的劝。我替你们劝劝他们呗!"

慧之:"阿姨真好!"拥抱住陈阿姨,雀跃了几下。

杨一凡也笑了。

陈阿姨:"估计,只要我一劝,你们的爱情阻力就渐渐解除了。孩子们,你们要好好地相爱。没有了什么家庭出身,什么父母的历史问题政治问题,没有了阶级斗争路线斗争什么的干扰爱情,这多好!这实在是好啊!来,孩子们,让阿姨搂搂你们。"

杨一凡和慧之靠近了她的左右。

陈阿姨张开双臂,搂着他们说:"这种感觉也真好!你俩愿不愿意同我回上海,并且留在上海玩几天?"

慧之:"愿意!"

陈阿姨:"能请下假吗?"

慧之:"估计没问题!"

陈阿姨又问杨一凡:"你呢?"

杨一凡:"我只要有画交给老师,哪儿都可以去。我要把上海的弄堂全画遍!"

三人都笑了。

何家屋里。只有何父、何母还坐在桌旁。

何父:"超然和静之呢?怎么一转眼,他俩也不见了?"

何母:"去超然家了。超然决定明年考大学,静之跟去帮他复习功课。"停顿一下又骄傲地说,"现在,超然甘当静之的小学生了!"

何父一边剥花生吃一边说:"超然当副主任不是当得好好的吗?连处级干部都不想当了?"

何母:"我没问那么多。"

何父:"有些事,该问还得问。现在,我们又有该问的责任了!"

何母:"我可操心操够了,再不想担那么多责任了,随他们愿意怎么样就怎么样吧!"

何父:"我今天可是一百个没想到。"

何母:"没想到什么?"

何父:"没想到淑兰对慧之和杨一凡的事儿,来了那么一种开明的表态。慧之一开口,我心里七上八下的,生怕淑兰立刻不高兴起来,那饭桌上会闹得多尴尬?"

何母:"我倒是猜到了几分。你想啊,淑兰那是思想多开化的女性!当年在大学时期就写文章为潘金莲翻案的人啊!宣布我的爱情我做主,全系批判也不在乎的人啊!"

何父:"马后炮!忘了为慧之的事哭唧唧的时候了?"

何母:"人的思想总是在不断变化嘛!"

何父:"你变我没变。变了的要向没变的预先打招呼,否则等于是背叛统一战线!"

何母:"什么年代了你还上纲上线的?我不是也怕我估计错了嘛!"

何父:"那也难以原谅你,除非陪我干一杯。"

何母:"你就明说你没喝够得了呗!好,陪我先生喝一杯。"

她倒满两杯酒,两人碰一下杯。

何父:"为了孩子们的幸福。"

何母:"为了孩子们的幸福。"

两人一饮而尽。

何父轻轻放下杯,又说:"一年左右的时间里,何、林两家,各失去了一个亲人。对于每一家,等于都失去了两个亲人。可我们的亲家关系,却比以前更亲密了。死者不能复生,活着的,都要好好地活,继续活出那么一股子化悲痛为力量的劲儿来,同意不?"

何母点点头,小声地说:"好好活也是需要力量的。"

何父醉意重重地唱了起来：

一条小路曲曲弯弯细又长，
一直通向那遥远的地方。
沿着这条细长的小路，
我要带着我的爱人上战场……

雪地上，一条被重物拖出的痕迹，仿佛一条被坦克碾出的小路；在郊区的一处地方。这是几天后的一个傍晚，大雪纷飞！满天飘舞的雪花中，可见一些身影在拖拉什么东西；一个巨大的铁家伙！

号子声……齐而高亢，有力。

张继红带领工友们在拖一个锅炉。张继红在衔着哨子指挥，他嗓子已经喊哑了。

锅炉在缓缓地向前移动。

有人在前边铺木板。是罗一民。他滑倒了，情形危急。另一个人及时拖起了他，是林超然。

两人谁也没顾上看谁，也都握住了大绳。

喊号的张继红。

绷直的大绳。

哨声。

王志："歇会儿！都歇会儿！"

大绳一松，许多人坐在地上。

罗一民拍林超然肩："哥们儿，谢了！"

两人这才互相认出。

罗一民："营长，你怎么来了？"

林超然捣了他一拳："还叫营长！改改不行啊！"举手一指，"没车来不了。"

公路边停着一辆上海牌小车。

罗一民："谱够大的呀，还没车来不了啦！"

林超然："去办公事儿，我求司机绕了个大弯。"

另一边，哨子还在响，像是张继红在叼着哨子说话。

罗一民问一个走过来的人："他那是干什么？"

那人："哨子粘住他嘴唇了。"

林超然和罗一民互相看一眼,急忙走过去。

张继红用手绢捂嘴,手绢上有血了。

林超然："快陪他去医务室!"

罗一民："这荒郊野地的,哪儿有什么医务室?你可真是高高在上了!"

有人拎着医药箱跑来,给张继红上药。

林超然："你们这是干什么?"

王志："你看,厂房地基刚打好,锅炉却提前运来了。没法子,只得先把它在地基内里归了位。有事儿?"

林超然："知青办组织了一次兵团回访,市里给调了一辆大客车,我替你们留下了两个名额。多一个也不行。你们这儿的人能请下假吗?"

王志："我们干的是程老先生的工程,他对我们挺好的,没问题。批两个人几天假我就做得了主。"

罗一民："那我算一个,早就想回去看看了。"

汽车喇叭声。

林超然掏出钱塞给罗一民："我刚开支,又借了点儿。不能空手回去,你负责用这一百元钱给老战士们家弄点儿酱油、醋、味精什么的……"

罗一民："放心。"

林超然："三天后,早上八点,在和兴路口那儿上车。"

王志："记住了。"

汽车喇叭声。

林超然走到了张继红跟前,按着他肩嘱咐："千万注意安全,别出事故!"

张继红仍用手绢捂嘴,不能说话,点头。

王志："一会儿我喊号子。"

林超然："那我走了。"

大家目送他跑向公路。

林超然跑到车旁,背后号子声又响起。他转身深情地望着雪花中的人影。

天黑了,林超然推自行车走在回家路上,见路边有两个人影蹲在那儿烧纸。

他觉得像是母亲和静之的身影,试探地叫了一声："妈……"

两个身影站起,果然是母亲和静之。

三人一起往家走,静之扶着林母。

林母："儿子,别说我。我知道这不起作用,可不给你爸和凝之、超越送点纸钱花花,我这几天睡不着觉。"

林超然:"妈,我不反对。"

林家小偏厦子里,林超然和静之坐在小炕桌对面,静之手拿笔,面前是翻开的笔记本。

静之:"要不要我把黑大都有哪些学科说给你听?"

林超然:"不用。我已经有想法了,考你们黑大的哲学系。我知道北大哲学系有名,但我太没把握。我只不过渴望在大学那么一种氛围里,多读书,多参加思想交流活动,把我以前想不明白的事想想明白……"

静之:"太使我意外了,为什么偏偏是哲学?"

林超然:"以后再告诉你。"

静之:"这我可有点儿不知怎么帮你了。"

林超然:"替我借书就行。古今中外,关于哲学的书,能借到的都帮我借……"

静之:"那我今天晚上不等于白来了?"

林超然:"也不白来。咱俩讨论一个问题……'一切存在的,都是必然的',和'一切存在的,都是合理的',这两种说法有什么不同?"

两人平静地互相看着,你说一句,我说一句,时而这个点头,时而那个摇头。

灯忽然灭了,不知是断电了,还是灯泡坏了。

林超然点上了一截蜡烛。烛光下,两人继续平静地讨论着。

天亮了。和兴路那儿停着一辆大客车和一辆有篷的大卡车。

林超然骑着父亲那辆旧自行车在客车旁停下,罗一民从客车上下来。

林超然将车筐里的一袋东西递给罗一民:"我给我弟买了半个大列巴,几根红肠。"

罗一民:"我一定到超越坟上看看。"

林超然:"怎么还跟辆卡车?"

罗一民扯着林超然走到了卡车后边,车上装了半车纸箱。

罗一民:"大伙一合计,带少了不行,不够分,也太寒碜。就由王志去向甲方要求预支给每人二十元钱,程老先生很理解,批准了,还为我们派了这辆车……你怎么又骑上那辆旧自行车了?"

林超然:"想骑旧的了。新车给静之骑了,她也需要自己有一辆车……"

车上有人喊:"要开车了,车下的,快上来!"

林超然目送客车和卡车开走。

林超然来到知青办,小姚在分报纸。

小姚将一份报放在老刘桌上:"你爱看的《新民晚报》。"

曲主任:"老刘,上海有什么值得大家知道的新闻,念一念啊!"

老刘:"我翻翻看。"

林超然擦桌子、浇花。

曲主任:"副主任,这我就放心了。"

林超然询问地望向曲主任。

曲主任:"我退休后,有人爱护我的花了嘛。"

老刘:"安静……咱们一名哈尔滨返城知青,在上海成烈士了……"

林超然和曲主任的目光都望向他。

小姚和孙大姐也从外屋进入里屋。

老刘念报:"现已查明,上个星期为救一名少年,不幸碾在车轮下的人叫杨一凡……"

水杯从林超然手中掉在地上,碎了。

他一把从老刘手中夺去报,急切地看。

他跌坐在椅上。

晚上,火车站台。

二十几名返城知青站在一起。

何父、何母、林母、林超然、静之、张继红、王志、李玖站在第一排;人人臂上都戴了黑纱。

列车进站。

下车的乘客四散而去,站台很快人少了,寂静了下来。

慧之下车了,她戴着黑纱,捧着骨灰盒。林超然和静之首先迎上去。林超然接过了骨灰盒,静之搂抱住了慧之。

慧之哭了。

其他亲人围了过去。

张继红等摘下了帽子,默哀……

何家门前的丁香树又开了……

哈尔滨市美丽的夏天又到来了……

北大荒色彩斑斓的秋季也到来了。

八一农大的图书馆里，林超然在读书。
一个男人走到他身旁，小声说："超然，校长叫你去一下，要向你介绍一位美国朋友。"
林超然："为什么要向我介绍他？"
那男人："对方是美国的土壤学专家，是专门来咱们北大荒进行考察研究的。他经常这儿去那儿去的，有时候招呼都不打。美国人嘛，自由散漫惯了。学校怕他哪一天走迷路，丢了……"

林超然和那个男人走在校园里。
那个男人继续说："你是党员，政治上可靠，身份又只不过是一名学生，所以领导们决定让你经常陪陪他。他外出时，当当他的向导，不至于使他有一天下落不明……"

校长办公室。林超然与约翰·保罗握手。约翰·保罗六十来岁了，留着一脸漂亮的胡子。
保罗："约翰·保罗。"
林超然："林超然。"
保罗："双木林？"
林超然："对。"
保罗："超越的超，大自然的然？"
林超然："都对。您汉语很好。"
校长："保罗先生是汉语通。那，我可就代表学校，把他委托给你了。"
林超然："没问题。我整天用绳把我俩拴一块。"
三人都笑了。

林超然与保罗骑马走在荒野上。

保罗："你为什么非要考农大呢？"

林超然："也不是我非要不非要。我报考的是黑龙江大学，并且考的分数很高。可忽然有了一条新规定，三十五岁以上的人不录取了，我的年龄已经超过三十五岁了。北大荒没忘了我，对我很厚爱，破例招收了我这名超龄生……"

保罗："我听说，你享受很特殊的待遇……只要保证交几份好作业，考试成绩是优，你不想上课的时候可以不上课。而且，还分给了你一间只有教师们才有资格住的宿舍……"

林超然："他们希望我毕业后能留校工作。"

保罗："你怎么打算？"

林超然："那也未尝不可，每个人总得有一份工作。"

保罗："可你原来是有职业的。据说如果你不辞职，将来是苗子。"

林超然："苗子？什么苗子？"

保罗："就是你们中国人常说的，将来当领导的苗子啊！"

林超然笑了："你知道的还真多！我有自知之明，不是那块料。"

保罗："不后悔？"

林超然："一点儿也不。我喜欢终生从事和书籍为伴的工作，觉得那是一种幸福。我正在向我的幸福接近。轮到我问你了吧？是什么吸引你到我们中国的北大荒来了？"

保罗："发现的冲动。我研究的各种资料显示，在这里有可能发现地球上少见的寒带湿地……"

林超然："那，有时间我要带你远行。"

保罗："太好了！正是我想提出的请求。"

林超然与保罗走在大峡谷边缘。保罗一边拍照一边激动地说："林，这是很有地理特征的地方！在你们北大荒有这样的地方，太不可思议了！"

林超然却从肩上取下一捆绳子，一边往保罗身上系一边说："为了你的安全我必须这样做，所以我才带了一捆绳子。"

他将绳子另一端拴在一棵树上后又说："现在，你想怎么拍就怎么拍吧！"

保罗示意林超然站在某处，要为他拍照。林超然站了过去，保罗连连按动快门。

保罗："姿势！这样的姿势……"

他学当年红卫兵的典型姿势。

林超然皱眉，摇头。

保罗："我需要你那样！"

林超然冷冷地说："可我不需要。"

他坐到一块石头上，不理保罗了。

保罗意识到自己的话很成问题，也坐到了林超然身边。

保罗："生气了？"

林超然："照完了没有？照完了走。我带你来的，我要负责任地带你回去。"

保罗："如果我的话使你不高兴了，我向你道歉。"

林超然："是不是在你想来，所有我这一代中国人，当年必定都是狂热的红卫兵？"

保罗诚实地说："难道这种想法不对吗？"

林超然："请你记住……不是所有我这一代人全是没有自己头脑的。而我有幸是他们中的一个，我的头脑使我当年从不曾对我的国家丧失过清醒。所以你要我那样使我反感。"

保罗："对不起。"

林超然："我们的孔子你知道吧？"

保罗点头。

林超然："还要请你记住他的一句话……己所不欲，勿施于人。"

保罗："其实，我很想和你成为朋友。"

林超然："这也是我的想法。"

保罗掏出一块巧克力掰开，分给了林超然一半。

两人吃起巧克力来。

两人的背影。

保罗的声音："但是，我们有可能成为朋友吗？"

林超然的声音："为什么没有可能？"

保罗的声音："我们两个国家，有过历史形成的敌意。"

林超然的声音："地球上互相没有过敌意的国家已经很少了。由于领土问题、民族问题、宗教问题、政治问题等等。于是引起战争，千百万人流血、伤亡。但是如果将现实与历史加以对照，世界不是正在减少敌意吗？如果你对中国深怀敌意，我想你就不会来到中国。"

保罗:"如果你对美国深怀敌意,你就不会给予我的考察许多帮助。"

两人相视而笑。互相伸出了手,互相拉着站了起来。

保罗:"替我照一张。"

林超然接过了相机。

保罗站到了他刚才站过的地方,摆出了红卫兵姿势,问:"我自己这样照,可以吗?"

林超然笑了:"你在中国绝对享有这种自由,我尊重你这种自由。"

两人往回走了,保罗亲密地搂着林超然的肩。他腰上的绳子没解下。

保罗:"其实我那样没有恶意,只不过觉得好玩儿。"

林超然:"其实我也不是一个容易生气的人,只不过那种姿势对于中国是记忆伤痕,刚才我为我的国家又痛了一下。"

保罗被绳子一扯,差点滑倒,超然及时扶住了他。

两人发现绳子,大笑。

夕阳如血,湿地的景象广袤而旷远。四野一片寂静,芦苇静止于夕照之下。

林超然和保罗骑在马上的背影一动不动;另有一匹马,驮着帐篷什么的。

保罗的声音:"我们出来几天了?"

林超然的声音:"四天了。"

保罗:"寒带湿地,我终于发现了它。"

林超然:"我们早就发现了它。在兵团时期,我加入过一支测绘队,来过这里几次了。"

保罗:"我是第一个见过这里的美国人。"

林超然:"你何不多拍几张照片,也许可以发在你们的《国家地理》上。"

保罗:"对,对!"

他开始摆弄照相机。

一群水鸟飞起。

保罗遗憾地说:"没胶卷了……"

两人望着水鸟飞向天边,天边晚霞似火。

旭日东升,北大荒的早晨景象极为壮丽。

三匹马、两个骑者的身影出现在地平线上。

保罗的声音:"你的英文水平不错。"

林超然的声音:"我的英文水平很低,那是别人替我翻译的。"

保罗的声音:"看得出,是一位女性的笔迹。"

林超然:"对。她是……我的爱人。"

保罗的声音:"为什么,要寄到国外的大学学刊去?"

林超然的声音:"说到底,中国的改革开放,首先需要突破许多思维定式。我们中国人的思想被束缚得太久了,需要从新的思想宝库中借鉴经验。我希望我的文章像一只小鸟,将中国的思想形象描绘给世界……"

林超然和保罗在一个小院门前下了马,院墙外盛开着扫帚梅。

一只小狗从院里跑出来;一个孩子也追了出来,是林楠。

林超然:"楠楠!"

林楠高兴地喊:"爸爸!"

林超然抱起了儿子。

静之出现了,扎着围裙,笑微微地望着林超然。

保罗:"看来,我晚上不能请你吃饭了。而且,得由我去归还马匹和东西了……"

晚上。林超然的房间里,林楠在床上蹦着说:"是奶奶和小姨妈妈批准我来的,我路上可听小姨妈妈的话了!"

这是间一个屋一张小双人床的招待所式房间。林超然在看书,静之在整理提包里的东西。

林超然:"你刚才怎么叫小姨的?"

林楠:"小姨妈妈。我自己发明的……"

静之笑。

敲门声。静之开了门,门外是保罗。

保罗:"对不起,打扰你们了,我……忽然觉得很寂寞。"

静之:"那,需要我们怎样帮助您呢?"

保罗:"希望你们同意楠楠睡到我那里去,我那里可是套间……"

静之看林超然。

林超然:"楠楠,今晚愿意跟这位大胡子爷爷睡他那里吗?"

保罗:"小狗也在我那呢。"

林楠高兴地说:"愿意!"

保罗问静之:"您呢?"

静之点头。

保罗向林超然挤挤眼睛,抱起楠楠就走;林超然将他送出了门。

林超然回到屋里后,静之一边继续收拾东西一边问:"他为什么向你使眼色?"

林超然:"你发现了?"

静之:"当然啰。"

林超然从后搂抱住了她:"那我只得承认,是我俩串通好的……我想你了……"

静之转过了身。

林超然:"是可以原谅的小阴谋,对不?"

两人深情相吻。

两人躺在床上了。静之偎在林超然胸前,林超然一只手臂搂着她。

静之:"现在可以告诉我,当初为什么要考哲学系了吧?"

林超然:"'文革'前,我是学校将要派往法国留学的学生。而且,当时学校、专业都是在国内确定了的……西方哲学是我的学习任务。据说派中国学生出国学这一门专业,当年在高教部争论就很大。最终,还是周总理批准的。'文革'一开始,我成了黑苗子。其实,当年我虽然是高三学生了,但对'哲学'二字不甚了了。可这么多年过去了,哲学反而成了我内心里的一种情结,我起初只不过想要圆了它。读过你帮我借来的那许多书以后,我忽然悟到,国家与国家之所以如此不同,说到底是因为人类的思想成果丰富多彩,我多想去了解啊……"

他俩聊了很久,不知不觉中,天亮了。林超然、静之、楠楠在食堂吃饭。

保罗进入食堂,兴奋地说:"林!好消息!我收到法国方面的复信了!你当年要去留学的那一所大学,他们不但要将你的文章发表在他们的学刊上,而且还欢迎你如今去留学!"

林超然和静之喜出望外地笑了。

保罗祝贺地与林超然拥抱:"他们认为文章很好。又查了一下档案,当年的资料中居然有你的名字,这使他们也非常高兴。"又对静之说,"只可惜,你翻译的英文稿等于白翻了。他们要汉文原稿,说他们有一流的汉学家,可以最准确地翻译成法文……"

静之："就是那篇《古老哲学的中国与现代哲学的西方之刍议》？"
林超然点头。
静之："你昨晚都没提！"
林超然挠挠头，不好意思了。

保罗要回美国了。吉普车停在一条路边，林超然抱着儿子，与静之一起送他。
保罗与林超然拥抱："我还会再来这里的！"
林超然："可那时我已经离开这里了。"
保罗："回忆我们的友谊也挺好。"
他与静之握手。
静之："一路顺风。"
保罗："祝你们早点儿结婚！"
静之不好意思地笑了。
吉普车开走……
林超然："儿子，爸爸又要开始洋插队了！"
楠楠："我还和小妈妈一块儿去看你！"
静之："洋插队，我喜欢这种说法。"
在广袤的大地上，三个人的身影越来越远。
"洋插队"，在返城年代，成为中国社会的"哥德巴赫猜想"……